An Imam in Paris

AN IMAM IN PARIS

ACCOUNT OF A STAY IN FRANCE BY AN EGYPTIAN CLERIC (1826—1831)

[埃及] 里法阿·拉费阿·塔赫塔维
[英国] 丹尼尔·L. 纽曼 著
廉超群 译

19世纪
一个阿拉伯人的
欧洲观察手记

两个世界

浙江人民出版社

佳评推荐

塔赫塔维是一位非常有见地的观察者，他向我们展示了一个非常独特的描绘欧洲异域风情的阿拉伯旅行者的形象。本书从以阿拉伯语出版的那一刻起就成了畅销书，而且很快就畅销于整个奥斯曼世界，它确实比任何其他书籍都更多地在奥斯曼帝国和阿拉伯社会中引发了改革主义的辩论。

——牛津大学安东尼学院院士　尤金·罗根

作为阿拉伯世界著名的启蒙思想家，塔赫塔维是近代以来最早前往欧洲访问和学习的阿拉伯人之一。通过他的视角，我们得以近距离地观察到，阿拉伯知识精英在面对所谓近代欧洲文明时，是如何看待跨文化和跨信仰的碰撞，又是如何解读和调和不同文明之间的差异的。这也是本书最为有趣的地方。

——中东研究专家、天津师范大学教授　哈全安

对于对欧洲和阿拉伯文化之间的早期相遇感兴趣的读者来说，本书提供了迷人的一瞥，作者生动记录了在东方主义牢牢抓住欧洲人想象力的时期的巴黎生活。

——《纽约图书杂志》

本书让我们能够了解一位高智商的阿拉伯学者如何回应和应对他所面临的欧洲文明带来的冲击……丹尼尔·L. 纽曼首次将这本非凡的书翻译成英文，并以一流的导言和注释来帮助读者更好地解读文本。

——《泰晤士报文学增刊》

思考伊斯兰与现代性之间错综复杂的关系……本书拥有最令人惊奇和最有趣的内容。

——《犹太季刊》

中文版序

《披沙拣金记巴黎》是19世纪埃及学者里法阿·塔赫塔维（1801—1873）对自己留学法国经历的记录。1826年，埃及统治者穆罕默德·阿里（1769—1849）向法国派出了一支由44人组成的留学团，这是阿拉伯世界派往欧洲国家的第一支留学团。塔赫塔维是留学团的4名驻团伊玛目之一，他的工作是为留学生们提供宗教指导，但实际上他全程参加了法方安排的学习和考试。1834年，也即塔赫塔维学成归国三年后，他的这部用阿拉伯语写成的留学记录出版，该书不仅在埃及引发热烈反响，且很快被翻译成奥斯曼土耳其语，在埃及的统治精英阶层中广泛流传，甚至传向了奥斯曼帝国的中心伊斯坦布尔。塔赫塔维也因这部作品而名声大噪，他同这部作品一起成为埃及乃至阿拉伯世界"漫长的19世纪"的标志和象征。

对埃及而言，"漫长的19世纪"从大约18世纪中叶起延续至第一次世界大战结束，这个漫长时期的主题是旧制度与新制度接触与碰撞下的急剧变革。政治上，埃及从奥斯曼帝国行省向独立地区国家演变，从奥斯曼各军团和马木鲁克各精英家族相互制衡的松散政治结构向中央集权的政治制度转变。从马木鲁克家族卡兹达格利的阿里贝伊（1728—1773）建立中央集权统治，挑战奥斯曼土耳其帝国对埃及的掌控，到阿尔巴尼亚军团统领穆罕默德·阿里掌控埃及（1805—1848）、参照欧洲国家的模式对埃及进行现代化改造并建立起世袭制的统治王朝，埃及不断探索着脱离奥斯曼土耳其帝国成为独立国家的路径。

经济上，埃及从传统的农业经济和东向的贸易转而向西融入欧洲主导的国际贸易体系，重点发展棉花种植，为欧洲市场提供原材料。鉴于贸易收入的增长难以支撑埃及雄心勃勃的现代化改革，埃及统治者于是通过借贷进行苏伊士运河开凿和城市基础设施建设等现代化工程，从而背上了沉重的外债。埃及日益依附于欧洲，欧洲逐步加大对埃及贸易和财政的控制，欧洲的渗透与埃及本土的民族主义相互滋长，最终促使英国于1882年占领埃及，以保护国的名义实行殖民统治，直至1922年才有条件地承认埃及独立。

社会结构上，埃及精英结构的成分逐步变化，呈现出埃及化的倾向。随着军队、官僚机构和国民教育向本土埃及人开放，说奥斯曼土耳其语的少数精英统治说阿拉伯语的多数民众的旧格局逐步改变，本土埃及人逐渐占据军队和官僚的中下层，以受过国民教育的本土埃及人为主体的新知识阶层逐渐形成并壮大。

思想文化上，以宗教世界观和语文学为基础构建起来的传统知识体系受到到欧洲科学和技术学科的冲击，社会契约、公民、宪法、议会、民主、自由等政治概念以及与之相关的政治理念开始挑战旧有的政治制度，一种现代的埃及民族认同在奥斯曼主义、地中海与欧洲主义和埃及民族主义的复杂博弈中逐步形成，一场以重新发掘传统与推进现代革新为核心主题的阿拉伯文化复兴运动轰轰烈烈地展开。

塔赫塔维一生的起落浮沉正体现了上述新旧接触与碰撞下的急

剧变革。他出身于“乡绅”之家，家族有伊斯兰教先知穆罕默德的血统，也频出宗教学者。他的父亲是包税人，家境殷实，但穆罕默德·阿里实行的土地改革废除了包税制，这让他的家庭陷入困境。他颠沛流离，赴开罗学习，在埃及最高宗教学府爱资哈尔完成学业，成为一名宗教学者，走上了传统知识分子的发展轨道。但命运的际遇又让他加入穆罕默德·阿里派往法国的留学团，使他得以全面了解欧洲的现代科学与思想，结识法国的东方学家，亲身体验法国人的政治和社会生活。学成回国后，他在新式学校中担任教师和翻译，并没有立即获得重用。《披沙拣金记巴黎》让他赢得了统治者的青睐，穆罕默德·阿里任命他组建和管理语言学院。他投身于翻译人才的培养和翻译实践，他和他的学生们翻译了大批欧洲各学科的书籍。但穆罕默德·阿里的继任者阿巴斯逆转了亲欧的改革路线，塔赫塔维被“流放”到苏丹。在其后的萨义德和伊斯玛仪统治时期，埃及继续改革，塔赫塔维重获重用，成为埃及“漫长的19世纪”教育改革和翻译运动的一个核心人物。

新旧的接触与碰撞同样也体现在塔赫塔维的思想倾向上。他赞赏欧洲在科技发展和物质生活水平上取得的成就，同时强调伊斯兰信仰的精神价值。他不遗余力地译介欧洲的科学知识，但依然秉持伊斯兰教的世界观与知识观。他积极介绍欧洲的现代政治理念与宪法文本，同时依照伊斯兰政治传统歌颂穆罕默德·阿里在统治过程中的公正与慷慨。在他的著作中，我们可以看到在他身后才开始流行的伊斯兰现代主义、埃及民族主义、自由主义等诸多思潮和运动的思想痕迹，但他却从未系统地论述过他的政治思想。尽管如此，他依然被黎巴嫩裔英国中东历史学家阿尔伯特·侯拉尼称为“现代埃及第一位重要的政治思想家”，他那并不系统的思想论述恰恰是埃及“漫长的19世纪”多种思潮接触与碰撞的镜像，并持续滋养后辈学者与思想家。

《披沙拣金记巴黎》是塔赫塔维早期的作品，他从启程去法国留学时就已开始构思和撰写此书。整个留学过程中新与旧在他个体经验中的接触与碰撞之剧烈，是我们难以想象的，而这部作品的雏形就是在这样的接触和碰撞中形成的。从回国之后到作品出版的三年间，接受过埃及和法国两个学术传统训练的塔赫塔维开始将所学所想付诸改革实践，对于穆罕默德·阿里改革项目的益处和阻力，他也有了更为直接的经验和更为深刻的认识。这种新的经验和认识自然也体现在书稿的修改和调整中。

也正因为此，读者们看到的《披沙拣金记巴黎》是一部在新与旧的张力中的杂糅之作。它的内容多样，其中有对留法经历的记述和对法国风物人情的描绘，也有对法国1830年革命这样重大事件的记录，有对法国人知识体系和学术机构的介绍，也有对新概念新词语的翻译与诠释，有作者对不同学科内容的翻译习作，也有对法国宪法的全文翻译，有作者同法国学者的书信往来，也有对埃及统治者的赞颂，有诗歌，也有典故轶事。它的立场多元，作者对于描写的知识、风物、经历和事件，有赞扬，有默许，有批评，并常常将法国和埃及的经验并置比较，有时凸显差异，有时又强调共性。它的语言风格多变，有典雅的骈文，有工整的诗句，但主体是一种可能受到法语文风影响的平直、不花哨、接近口语白话的阿拉伯语。

以今天的目光看来，这部杂糅之作是“漫长的19世纪”的埃及乃至阿拉伯世界现代政治意识萌发并融入现代世界体系过程中的经验、思考与情绪的直白而实在的记录。在翻译过程中，我力图保留这种直白和实在，以期中国读者可以直接接触这份珍贵的历史记录。

我的翻译尝试若能在某种程度上唤起读者朋友们的历史记忆，进而促使中国和埃及、中国和阿拉伯世界之间有益的共情发生，那就再好不过了。

这个译本是我在细读、比对《披沙拣金记巴黎》的阿拉伯语第一版（埃及布拉克印刷局1834年版）、第二版（埃及学者穆罕默德·伊马拉编《塔赫塔维文集》第二卷，埃及日出出版社2010年版）和英国学者丹尼尔·劳伦斯·纽曼英译本的基础上完成的。与英译本不同的地方，我在译者注中做了说明。纽曼的导言和注释，为理解这部作品提供了非常重要的历史情景和文化知识，中译本也一并收入。翻译经典作品，总有力不从心、如履薄冰之感。译本中的舛讹，还请读者朋友们批评指正。

廉超群

2022年末于北京家中

第二版序

令人欣慰的是，该书第一版深受欢迎。除吸引了广大对中东早期现代史和他者话语（Alterist discourse）感兴趣的读者外，该书还成功地成为大学阿拉伯文学、历史学、社会学和文化人类学课程的教学材料。

如果说有什么变化的话，那就是：从对里法阿·拉费阿·塔赫塔维的提及频次来看，英语世界对他的兴趣增加了。这也许并不像看起来那样令人惊讶，鉴于我们的主人公不仅经受住了时间的考验，而且他的观点在当下同150多年前一样具有现实意义。

准备出版第二版时面临的问题是：旧版需要在多大程度上进行修订和更新，以免与当代学术界脱节。虽然总是有改进的余地，但改变本身就不应是目的，显然，第二版需要做的是相对细微的修改、补充和更正。

2010年8月于达勒姆

序

我的博士论文研究的是19世纪游历欧洲的突尼斯人，本书从多个方面来看都可以说是这一研究的延续。塔赫塔维的这部作品，一次又一次地让我感到震撼，因为它对现代阿拉伯文学和现代阿拉伯政治与社会思想的发展都有极为重大的影响，也是穆斯林他者话语领域内任何历史研究必不可少的资料。此外，塔赫塔维与埃及的文化复兴（*naḥḍa*）有着千丝万缕的联系，是这一复兴的推动者之一；他也恰如其分地被称为埃及民族主义和现代伊斯兰教育思想之父；他还是现代阿拉伯历史学的先驱之一。尽管如此，直到20世纪的最后25年，该书才被翻译成欧洲语言，先是由阿努阿尔·卢卡（Anouar Louca）翻译成法语，然后由卡尔·施托瓦塞尔（Karl Stowasser）翻译成德语，[1]但这两个译本都不太完整。而对英语读者来说，他们能读到的关于此书的内容只有一部现代阿拉伯文学概览中五页半篇幅的介绍。[2]从20世纪70年代中期开始，确实兴起了一股现代阿拉伯文学英译浪潮，其中19世纪作品的缺席尤其引人注目，因为这的确很不寻常。这股英译浪潮在很大程度上可以归因于文学品味的变化以及中东政治局势等因素的影响，而埃及作家纳吉布·马哈福兹被授予诺贝尔文学奖则进一步激发了西方读者对当代阿拉伯小说的兴趣。虽然大多数译作针对的都是普通大众，然而19世纪作品缺席的现象，在学术界却也并没有什么不同。在学术界，阿拉伯文学研究似乎分为现代文学（20世纪，更准确地说是20世纪后半叶的文学）研究和中世纪文学（所谓的“古典”阿拉伯文学或阿拉伯文学“黄金时代”）研究，而19世纪的文学作品则主要被历史学家、政治和社会学家、语言学家等使用。

尽管我很想把这本书翻译成英语，但长期以来，由于学术和个人的原因，我无法为这个项目投入必需的时间。鉴于此，能在作者200周年诞辰之际完成该书的翻译，可以说既是偶然的又是恰当的。

本译本的导言试图将该书及其作者置于相应的历史背景中。然而，必须强调的是，我并不会标榜这篇导言是对里法阿·塔赫塔维的生平和作品的一般研究。虽然用英语（或任何其他欧洲语言）撰写这样的研究是早就应该进行的工作，但这部作品本身就明确了导言所涉的范畴。

我想借此机会感谢一些人，他们的反馈对本书的贡献很大。首先，我必须感谢皮埃尔·卡夏（哥伦比亚大学）和让雅克·瑟帖（布鲁塞尔大学），他们阅读了初稿，并提出了许多宝贵和有益的意见与建议，且后来都被终稿采纳。余下的任何缺点和错误都将由我一人负责。我还要感谢侯萨姆·赫迪姆（布鲁塞尔大学）和罗宾·奥斯特（牛津大学圣约翰学院），感谢他们对我的翻译提出了令人鼓舞的反馈意见。我也很高兴能够感谢马德里自治大学的涅韦斯·帕拉德拉·阿隆索和玛利亚·路易莎·奥尔特加。同时，我还要衷心感谢我所在学院的负责人弗兰斯·德·拉埃特，他为我的研究提供了后勤支持和鼓励。最后，我还要感谢萨基书局（Saqi Books），特别是萨拉·哈马德，感谢他们的支持和似乎无尽的耐心。

目　录

第一部分　导言 / 1

一、赴欧“埃及”留学团 / 2

背景 / 2

学生 / 11

二、塔赫塔维的生平 / 13

吉祥的开端 / 13

第一次背井离乡 / 15

哈桑·阿塔尔：一位早期的改革派学者 / 17

游子回国 / 20

老师、教员、译者、主编（1835—1849）/ 26

第二次背井离乡（1850—1854）/ 32

阿里·穆巴拉克：“教育之父” / 35

改革者塔赫塔维（1854—1873）/ 46

三、塔赫塔维在欧洲 / 50

四、关于本书 / 66

缘起与主题 / 66

形式与风格 / 74

第二部分　披沙拣金记巴黎 / 79

序　言 / 80

前　言 / 85

第一章　在我看来我们去往那个国家的原因，那里是异教与顽冥之地，距离我们极其遥远，物价奇高，开销不菲 / 85

第二章　所需的科学与技术和所求的手艺与工艺 / 92

第三章　讨论法兰克地区同其他地区相比所处的地位和法兰西民族相较于其他法兰克人所具有的优势，并说明殿下为何专门把我们派去法国，而不是法兰克地区的其他王国 / 94

第四章　留学团的领导者 / 104

正　记 / 106

第一篇 / 108

第一章　从开罗出发进入亚历山大港 / 108

第二章　对这座城市状况的概述，总结自阿拉伯语和法语书籍中我们认为正确的信息 / 109

第三章　在与亚历山大港相连的海上的航行 / 114

第四章　我们见到的山、国家和岛屿 / 116

第二篇 / 122

第一章　我们在马赛城停留期间［的经历］/ 122

第二章　从马赛出发进入巴黎的旅程 / 130

第三篇 / 132

第一章　巴黎概貌：地理位置、土地特征、天气和周边地区 / 132

第二章 巴黎人 / 145
第三章 法国的治理 / 163
第四章 巴黎人的住宅与相关情况 / 181
第五章 巴黎人的食物和饮食习惯 / 186
第六章 巴黎人的衣着 / 189
第七章 巴黎城里的休闲娱乐场所 / 192
第八章 巴黎城维护身体健康的政策 / 200
第九章 巴黎对医学的重视 / 201
第十章 巴黎城里的慈善 / 204
第十一章 在巴黎城里谋利及其方式 / 208
第十二章 巴黎人的宗教 / 213
第十三章 巴黎人在科学、技术、工艺方面的进展和组织以及对相关问题的解释 / 217
第四篇 / 236
第一章 我们一开始接受的阅读、写作等教学安排 / 237
第二章 对我们出入的管理 / 239
第三章 恩主如何勉励我们勤奋学习 / 242
第四章 我与除若马尔先生以外的一些法国大学者的往来书信 / 244
第五章 我在巴黎读过的书、考试的方式、若马尔先生写给我的信、学术刊物上对最终考试的介绍；我将按顺序介绍我读过的内容，如有与前文重复之处，那也实在是在所难免 / 251
第六章 在巴黎期间给我安排的考试，特别是我回埃及前的最终考试 / 257

第五篇 / 263

第一章 ［背景］介绍，以此了解法国人不再服从他们国王的原因 / 263

第二章 发生的变化和随之而来的革命 / 267

第三章 国王在这一期间的行动；他同意和解却错过了时机；他逊位给他的儿子 / 273

第四章 ［各省使者］议院作出的决定；革命以奥尔良公爵被任命为法兰西人之王而结束 / 276

第五章 关于那些在敕令上签字的大臣们的下场；那些敕令致使颁布它们的国王的统治终结，而那些大臣们欲求不可得之物却没有考虑后果 / 281

第六章 革命后法国人对查理十世的嘲讽以及法国人如何不满足于此 / 285

第七章 法兰克人听到第一位国王被赶下台和第二位国王被扶上王位后的反应以及他们对该［变局］的接受 / 288

第六篇 / 290

第一章 法兰克人对科学和技术的分类 / 290

第二章 语言的分类和法语的固定用法 / 291

第三章 书写技术 / 304

第四章 修辞学，包含形象修辞、句式修辞和藻饰修辞三科 / 306

第五章 逻辑学 / 309

第六章 被认为是亚里士多德提出的十范畴 / 313

第七章 在法语中叫作*arithmétique*的算术科学 / 315

结 语 / 321

注 释 / 345

参考文献 / 459

转写说明 / 499

索 引 / 501

PART I

第一部分 导 言

17

一、赴欧“埃及”留学团

背　　景

在摧毁先前统治埃及的奴隶士兵王朝，也即马木鲁克王朝[1]的势力后，穆罕默德·阿里（1770—1849）全面掌控了这个国家。他曾是一名阿尔巴尼亚雇佣兵，是被派往埃及（在英国人的帮助下）驱逐法国人的奥斯曼军团的一员，而埃及当时从属于奥斯曼帝国。1805年，他被奥斯曼苏丹任命为埃及总督，并获得了“帕夏”这一荣誉头衔。很明显，从就任伊始，这位新的统治者就不允许他治下的疆域如过去那般继续沉睡。雄心勃勃的穆罕默德·阿里帕夏开始
18 着手建立一个地区大国（以及一个王朝），这使得他一次又一次地同他在伊斯坦布尔的宗主爆发冲突。在目睹了现代欧洲的军事实力后，他意识到，为了实现自己的雄心，他需要西方以军事援助的名义提供帮助。这并不是一条崭新的途径，派赴埃及的奥斯曼军团，其核心人员就曾接受过德国军官的训练，这些人也构成了推行现代化改革的苏丹塞利姆三世（1789—1807年在位）所建“新军”的第一批连队。[2]早在18世纪上半叶，欧洲人就参与了奥斯曼帝国的现代化。克劳德-亚历山大·德·博纳瓦尔（Claude-Alexandre de Bonneval,

卒于1747年）伯爵于1734年在伊斯坦布尔建立了奥斯曼帝国第一所工程学校，[3]而著名的匈牙利裔法国工程师德·托特（de Tott，卒于1793年）男爵则为奥斯曼帝国建了一所技术学院。[4]随后，一批教育机构相继建立，其中包括帝国海军学校（1773）和军事工程学校（1784）。后者的建立更是引入欧式教育的第一个里程碑，因为其教员大部分是法国的军事工程师。[5]该校还为苏丹穆斯塔法三世（卒于1774年）治下开启的翻译运动注入了新的动力，使运动的重点转向军事手册的翻译，特别是法语军事手册。[6]到塞利姆三世统治时期，欧洲的专家与军人被请来建设和训练欧式军队。有趣的是，青年拿破仑·波拿巴还曾被提名担任派往土耳其的一支军事使团的团长。[7]这一时期被称为奥斯曼帝国的改革时期，其间帝国首次在伦敦（1793）、维也纳（1794）、柏林（1795）和巴黎（1796）等欧洲各国首都设立了常驻使馆。[8]

尽管一开始穆罕默德·阿里的注意力集中在军事领域，努力想
打造一支他自己的“新军”，[9]但很快他就开始酝酿更加雄心勃勃的
计划，希望通过引入欧洲的科学来实现整个国家的现代化。毫无疑 19
问，该计划的关键是教育。因此，除招募外国军事顾问和教官之外，
他还选择了一条革命性的道路：把人派到那些科学发达的地方去。

第一个被派出的是出身低微的土耳其人奥斯曼·努鲁丁（1797—1834），他的父亲是穆罕默德·阿里宫廷的运水工。当时，瑞典总领事约瑟夫·博科提（Joseph Bokty）受托遴选一些男孩去意大利接受欧洲科学的训练，约瑟夫便推荐了他，但背后的原因尚不明确。虽然最初的想法是派出一个留学团，但最终只有奥斯曼一人被选中。1809年，他负笈欧洲，8年后才回归故土。[10]在瑞士和德国短暂停留后，他前往意大利，在那里（利沃诺、米兰和罗马）学习了几年工

程学和陆、海军科学。最后他又到达巴黎，花了一年多时间学习法语、英语和数学。除了接受教育外，奥斯曼还受命购置尽可能多的书籍。虽然穆罕默德·阿里本人临近天命之年时依然目不识丁，但他对于现代科学技术书籍以及任何有益于训练军官和促进国家进步的书籍都很感兴趣。[11]

当然，这些作品都需要翻译和印刷出版。穆罕默德·阿里不仅从法国和意大利购买印刷设备，还于1815年把15岁的叙利亚人尼古拉·麦瑟比基（卒于1830年）送去米兰学习印刷术。[12]与他同行的至少还有2名叙利亚基督徒学生——拉法伊勒·麦瑟比基和易勒雅斯·萨巴厄。这二人在米兰度过了短暂而令人沮丧的时光，随后去往都灵，分别学习数学和化学课程。[13]

第一批学生被派往意大利并不完全是巧合。首先，埃及和意大利之间有着长期的贸易往来，最早在埃及（以及其他伊斯兰地区）
20 设立外交代表机构的也是意大利各城邦。其次，意大利临近埃及，地理位置占优。再次，埃及的欧洲侨民中，超过三分之二是意大利人，他们中大部分是商人，也有许多人行医或担任埃及军官。最后，意大利商人群体在伊斯兰世界所辖地中海沿岸大量分布，使得意大利语成为近东和北非地区最广为人知的欧洲语言。确实，至少有一位穆斯林统治者，即突尼斯的艾哈迈德贝伊（Aḥmad Bey，1837—1855年在位）会说这门语言。他在1846年12月访问法国期间，就用意大利语同法国国王路易-菲利普一世交谈。[14]通用语的流通也加强了上述同意大利的特殊语言联系。通用语是中世纪以来在地中海东部和南部使用的以罗曼语为基底的商业用语，由（东方和西方）多种语言混合而成，构成其罗曼语基底的正是意大利语各方言。[15]

值得注意的是，事实上这批学生都不是本土埃及人。这主要是因为，基本上没有本土人出任埃及官员，几乎所有的官员都具有外族血统（土耳其、格鲁吉亚、阿尔巴尼亚），包括穆罕默德·阿里本人。至于留欧学生中的叙利亚基督徒，其渊源要追溯到法国对埃及的占领时期。许多叙利亚基督徒侨民同法国当局建立了密切的联系，他们或是逃避家乡宗教迫害的难民，或是难民的后代，依靠自身（在同欧洲人长期贸易往来中发展起来的）语言能力担任起法国人本土居民的口译员与联络官。由于穆斯林反对法国的统治，波拿巴很早就利用上了当地的宗教少数族裔（叙利亚基督徒、科普特人），因为他们大多偏向法方。许多少数族裔被招募进法国军队，这一政策后来也成为法军的标准做法，并在其他战役中获得了巨大成功，特别是在阿尔及利亚，如宰瓦维人（Zaouaves）这样的少数族裔组成军队，帮助法国在战争中取得了不少胜利。在该政策下，希腊军团得以创建，并由帕帕斯·奥格卢（Papas Oglou）上校领导，他是一名投诚的马木鲁克，来自希俄斯，该军团在镇压1798年10月第一次开罗起义中发挥了作用。[16]当时最引人瞩目的新建军团是穆阿里姆·雅古布（Muʿallim Yaʿqūb，1745—1801）领导的独立科普特军团。该军团从自由散漫的乌合之众成长为纪律严明的战斗部队，21
到1801年达到惊人的2.4万人之众。[17]此外，法国人还在地方政府机构中起用少数族裔，科普特人在其中占据了主导地位，他们既是完完全全的埃及人，又有行政经验，因而具有得天独厚的优势，但他们从未被正式允许担任公职。[18]波拿巴甚至还任命了两名叙利亚基督徒进入他的本土政要委员会（*Dīwān*，“迪万”）。这类与外国异教徒的合作，加上关于计划成立由科普特人统治的半独立埃及政权的谣言，[19]毫无意外地引发了穆斯林的浓浓恨意。基督徒虐待穆斯林同胞的消息更加剧了这种恨意，我们也可以推测，许多叙利亚基督徒（以及科普特人）在一定程度上享有的优越经济地位更是火上浇油。[20] 因此，这些少数族裔中的许多人（尽管比人们想象的要少得多）之后都随着法国远征军一起撤回法国，开启了自我流放。[21] 他们中有些人继续扮演中间人的角色，连接着东方和收留他们的法国。其中的著名代表人物有叙利亚人米哈伊勒·萨巴厄（Mīkhā᾽īl al-Ṣabbāgh，又作Michel Sabbag）[22]、若阿尼·法拉翁（Joanny Pharaon）、巴
22 希勒·法赫尔（Bāsīl Fakhr，又作Basile Fackr）[23] 和科普特人易勒雅斯·布格图尔·艾斯尤提（Ilyās Buqṭur al-Asyūṭī，又作Ellious Bocthor）[24]，他们都对法国的阿拉伯语研究做出了重大贡献，并作为文化中间人发挥了重要作用。

在埃及，某些基督教派（特别是方济各会）早在18世纪就已开始积极谋求派遣青年科普特人（和后来的叙利亚基督徒难民）赴欧洲受训以成为传教士。[25] 虽然同叙利亚和黎巴嫩相比，这项政策并没有取得多大成功，但至少有一名留学生有史可查，他名叫拉法伊勒·图赫伊（Rafā᾽īl Ṭūkhī），是一个皈依了天主教的科普特人。他在孩提时就被送到罗马接受教士训练。后来，他留在那里，并编写了《科普特语–阿拉伯语弥撒书》（*Missale Copto-Arabicum*, 1734），这是第一本在埃及使用的印刷书，由梵蒂冈传教学院出版，这肯定了其权威性。[26] 大约同一时期，可能还有一名出生在埃及、名叫康斯坦丁的希腊人在巴黎路易大帝学院以“年轻译员”的身份接受训练。[27] “年轻译员”起初指的是嘉布遣会招募的黎凡特地区的男孩，他们或是接受传教训练，或在法国驻黎凡特外交使领馆担任译员。到18世纪20年代，法国学生（通常是法国驻东方外交人员的后代）取代了黎凡特人，因为后者被认为无法达到译员工作所要求的极其苛刻和严格的语言训练标准。[28]

拉法伊勒·图赫伊可能还不是第一个在罗马接受教育的本 23
土埃及人。有记录显示，17世纪的法国曾有过一名叫尤素福·本·艾布·宰根（Yūsuf Ibn Abū Dhaqn）的科普特人，他是荷兰阿拉伯学家托马斯·埃珀尼厄斯（Thomas Erpenius, 1584—1624）逗留法国期间（1609—1611）的主要语言研究资料提供者。[29]遗憾的是，人们对艾布·宰根知之甚少，只知道他的受教育程度似乎很低，因为根据埃珀尼厄斯的说法，此人“读不懂古典阿拉伯语”，只能帮助他提升口语交际能力。

基督徒（和犹太人）总是与欧洲人有更多的接触，黎凡特地区尤甚。确实，许多叙利亚-黎巴嫩教士都在欧洲，特别是罗马接受宗教训练。马龙派的加俾额尔·齐拉依（Jibrāʾīl al-Qilāʿī）可以被认为是第一个长期留学欧洲的黎凡特人。1468年左右，他被一个经过他村庄的方济各会教徒“招募”。三年后，他前往意大利，在那里生活了23年后，又回到故土黎巴嫩传教。[30]1583年，罗马教皇当局建立了一所马龙派神学院，该学院培养了一批著名学者，其中有些人甚至在欧洲定居，[31]比如加俾额尔·萨赫尤尼（Jibrāʾīl al-Ṣahyūnī，又作Sionita）[32]、易卜拉欣·哈奇利（Ibrāhīm al-Ibrāhīm al-Ḥāqilī，又作Abraham Ecchellensis）[33]、约哈拿·哈斯鲁尼（Yuḥannā al-Ḥaṣrūnī，又作Hesronita）[34]和尤素福·西姆昂·西姆阿尼（Yūsuf Simʿān al-Simʿānī，
又作Assemanus）[35]。这些教士通过对阿拉伯语言、文学和文化的翻 24
译与研究来推动欧洲东方学的发展，他们也是第一批在家乡传播欧洲文化的本土学者。那些回归故土的教士，依托其语言能力和对欧洲文化的深入了解，扮演了东西方中间人的关键角色。叙利亚基督徒和西方之间的接触也推动了印刷术传入近东。1610年，位于黎巴嫩高兹哈耶的圣安东尼修道院成立了第一家叙利亚语印刷所。1702

年，第一家阿拉伯语印刷所在阿勒颇成立。之后，舒瓦伊尔和贝鲁特的阿拉伯语印刷所也相继于1734年和1751年成立。[36]此外，不同教派（以耶稣会为主）在近东设立的教会学校构成了与欧洲接触的另一重要途径，其中最著名的是分别于1734年和1798年在艾因·图拉和艾因·沃拉格建立的学校。

麦瑟比基的官派留学持续了4年，并直接促成了1821年官方的政府印刷局在开罗郊区布拉克（Būlāq）的成立。[37]奥斯曼·努鲁丁担任印刷局的官方负责人，麦瑟比基则负责每日运行他从意大利带回来的印刷机。有趣的是，该印刷局印制的第一部书是叙利亚默基特礼天主教会教士拉法伊勒·安图恩·扎胡尔（1759—1831）编写的意大利语-阿拉伯语词典，他曾是占领埃及的法国军队的一名官
25 方口译员。[38]同年，该印刷局开始印制一份仅供官方使用的土耳其语-阿拉伯语双语宫廷公报，用来记录政府各部门的报告。这份官方记录被命名为《赫迪夫报》（*Jarnāl al-Khidiw*），这是世界上第一份印刷出版的阿拉伯语刊物。[39]六年后，它被一份更为名副其实的官方公报《埃及纪事报》（*al-Waqāʾiʿ al- Miṣriyya*）所取代，由谢赫哈桑·阿塔尔（见后文）任主编。这份土-阿双语公报的第一期于1828年12月3日（伊历1244年5月25日）面世。[40]

穆罕默德·阿里宏伟的教育发展计划的第二阶段当然是提供本土教育。同其他伊斯兰国家一样，埃及当时的教育系统由通常附属于清真寺的宗教学校（*kuttāb*）构成，穆斯林儿童在那里接受基本的宗教教育，并学习基础的阅读和写作技能。至于埃及著名的清真寺
26 兼最高学府爱资哈尔则专注于开展各宗教学科和阿拉伯语教育，几乎不提供普通教育，其毕业生的出路仅局限于布道与文书工作。[41]对少数族裔科普特人来说，情况没有太大不同。他们的孩子接受的

也是基础教育，根本没有什么高等教育。1816年，穆罕默德·阿里迈出了构建专业教育系统的第一步，目标是为现在和将来的政府官员提供必要的技能训练。他在开罗的城堡中开办了一所学校，教授宫中的马木鲁克书法和算术。课程内容很快得以扩展，基本军事训练以及土耳其语、波斯语和意大利语都被纳入其中。[42]1820年，又建了一所工程学校，主要用于培训土地测量员。1821年5月，在奥斯曼·努鲁丁的请求下，这所学校迁往布拉克。奥斯曼已经在那里建了一座图书馆，该馆位于总督之子、继承人易卜拉欣帕夏的宫殿内，用以存放从欧洲购置的书籍。[43]在工程学校任教的有法国建筑家帕斯卡尔·科斯特，他后来成为研究阿拉伯和伊斯兰建筑的著名学者。[44]1825年，这所学校再次迁移，移至艾因尼宫，并更名为军事学校。[45]在布拉克期间任该校校长的奥斯曼随迁新址，继续担任负责人。该校延续了之前的做法，不对埃及人开放，只接受土耳其、格鲁吉亚、亚美尼亚、希腊和库尔德学生。[46]事实上，总督的意图是培养一批奥斯曼帝国的贵族以构成他权力的支柱，为此，他下令在伊斯坦布尔购买白奴。[47]但穆罕默德·阿里也意识到，尽管延请了外籍教师（主体是意大利人，意大利语也是主要的教学语言），军事学校并不能达到他所期待的教育水准与多样性。对于借助口译员进行 27
教学的潜在危害，他也颇为在意。[48]于是，他指示他的外交事务顾问布乌斯·尤素菲扬贝伊（Boghos Bey Yusufian）①安排一批学生赴欧洲留学。1826年1月，布乌斯联系了法国总领事德罗韦蒂[49]，向他咨询应该派学生去哪个国家。尽管德罗韦蒂自己是意大利血统，但他强烈推荐法国，称意大利社会的宗教偏见与因埃及和希腊的战争而

① 英译本误作Boghos Bey Yūsuf。——译者注

滋长的反埃情绪会给埃及学生带来困扰。[50]同时我们也应该注意到，早在1811年，法国人就以那部鸿篇巨制《埃及志》(*Description d'Egypte*)编者埃德姆–弗朗西斯·若马尔(Edme-François Jomard)[51]的名义(通过德罗韦蒂)向埃及提交了“以教育推进埃及文明化计划”，提议埃及学生赴法国接受现代科学训练。[52]继续向前追溯，波
28 拿巴本人认为，教育，特别是法国教育，是征服人心并传播法国大革命和法国文明思想与原则的手段。这样看来，教育同法国人庆祝伊斯兰教节日、波拿巴表达对伊斯兰教的崇敬和征募本地人加入法军一样，都是一种宣传手段，而且非常强大。在(远征埃及途中)占领马耳他后不久，波拿巴就下令将大约60名来自岛上最显赫家族的男孩送到法国接受教育，以期形成一个深受法国思想影响并认同法国事业的本土精英阶层。遗憾的是，他很快发现这一政策对埃及的穆斯林显贵不起作用。同时，他也需要把注意力放在处理更紧迫的实际问题上，比如打仗和控制充满敌意的本地居民。[53]

就在奥斯曼·努鲁丁结束留学离开巴黎前不久，若马尔委托他再向总督递交一份建议书。[54]然而，奥斯曼·努鲁丁忠于意大利，他并没有向穆罕默德·阿里提出迫切的请求，以致后者决定推迟留学事宜。[55]

尽管政府最高层中(以布乌斯和奥斯曼为首)的亲意大利派和英国外交官进行了密集的游说，但在这场拉锯战中，总督最终还是决定听从德罗韦蒂的建议。我们可以猜测，此前不久，以布瓦耶将军为首的法国军官前来训练埃及军队，是法国获得支持的一个强有力因素。[56]此外，对于像穆罕默德·阿里这样的人来说，他的大多数现代化项目都是为了提升军事实力，而法国的军事超级大国地位(以及由此带来的优势)必定深深地打动了他。确实，就在总督做出决定的同时，马赛造船厂正在为埃及建造两艘护卫舰。[57]除了上述动

机之外，机会也很重要。1826年3月，法国鳟鱼号抵达亚历山大港。船长罗比亚尔（Robillard）在拜见总督之后，正式探访了布瓦耶将军在艾布·扎拜勒（Abū Zaʿbal）的训练营。穆罕默德·阿里灵机一动，决定趁热打铁，下令组建留学团，搭乘鳟鱼号前往法国。

学　生

29

留学团最初由44名成员组成，遴选的依据（同大多数宫廷任命一样）主要是任人唯亲而非任人唯贤，其中多人来自开罗的重要家族。[58]只有18名学生是本土埃及人，其余是切尔克斯人、希腊人、格鲁吉亚人、亚美尼亚人（最突出的是艾尔廷兄弟[59]）和土耳其人，其中穆斯塔法·穆赫塔尔埃芬迪①（Muṣṭafā Mukhtār Efendi）和艾哈迈德埃芬迪（Aḥmad Efendi）二人来自穆罕默德·阿里的家乡卡瓦拉。在这样的成员背景下，留学团的大多数人说的是土耳其语，一些人也能用阿拉伯语交流，另有些人会一点意大利语，但没有人懂法语。其中4名成员是亚美尼亚基督徒，余下所有人都是穆斯林。

留学团成员的教育背景都很薄弱：他们中有11人没接受过任何正规教育，除了基本的算术，几乎没有人有更多值得夸耀的知识储备。有25人曾在布拉克或艾因尼宫的学校待过一段时间，里法阿·拉费阿·塔赫塔维、艾哈迈德·阿塔尔和穆罕默德·达什图提三人曾在爱资哈尔学习过。

在年龄方面，留学团成员也参差不齐。最年轻的是年仅15岁的

① 埃芬迪是奥斯曼土耳其时期使用的尊称，类似于“先生”。传统上用于称呼中央和各省政府中的高级官员，19世纪30年代起，多用于称呼低级别官员，并在社会生活中用于泛称受过一定教育的人。——译者注

穆罕默德·艾斯阿德，他出生在开罗（另外6名18岁以下的成员也都出生在埃及）。最年长的是37岁的土耳其人哈桑·伊斯坎达拉尼，他也是留学团领导之一。他们的平均年龄是21岁（19名成员低于这个年龄），这意味着，24岁的塔赫塔维只比其他人稍大一点。

3名高级官员任留学团领导，他们是阿卜迪埃芬迪和先前提到过的穆斯塔法·穆赫塔尔埃芬迪以及哈桑·伊斯坎达拉尼，三人将分别接受行政管理、军事组织和海军工程及管理领域的训练。[60]

拥有埃及本土血统的成员处于“二等”地位，这从他们被安排学习的课程就能够很明显地看出来。土耳其人、切尔克斯人和亚美尼亚人被安排学习军事和行政相关的课程以及海军科学与政治学，
30 所有这些课程都将帮助他们直通政府内部的高级职位。埃及人则专注于更“实用”的领域，如自然史、冶金、机械、雕版排印和化学，相对而言，统治者不太看重这些领域，因为他认为这些纯粹是学术研究，对他和他的政府没有直接用处。

1826年3月18日，留学团成员离开开罗，乘坐小船前往亚历山大。旅途耗时四天，包括在沿途村庄的数次停留。他们被安置在亚历山大奢华的总督宫殿中，等待了大约23天。4月13日，留学团再次登船，于次日启航前往法国。

他们从亚历山大出发，经过克里特岛到达西西里，在墨西拿停靠了五天（4月28日—5月3日），但由于检疫规定，他们没有被允许上岸。之后他们继续航行，经过了那不勒斯、科西嘉岛（5月12日）和马赛。经过总共32天的海上航行，留学团终于在1826年5月15日抵达马赛。冒险即将开始。但在讲述他们在欧洲的经历之前，让我们先仔细了解一下留学团中那位最著名的成员，也即留学团经历的唯一记述者。

二、塔赫塔维的生平 31

吉祥的开端[1]

塔赫塔是上埃及尼罗河西岸的一个贸易小镇，位于开罗以南约430千米，在两个地区首府艾斯尤特和索哈杰之间。这个小镇曾是一座荷鲁斯神殿所在地，但在历史上从未显示出什么突出的地位。然而，正是在这里，在1801年10月14日，也即最后一批法国士兵败退埃及之际，一个男婴降生在一个高贵而富有的谢里夫[2]家族——这个家族的支脉遍布上埃及。

男婴父亲这边的家族谱系可以一直追溯到先知穆罕默德的女儿法特梅，先祖中有苏非圣徒西迪①哲拉鲁丁·艾布·卡西姆（Sīdī
Jalāl al-Dīn Abū al-Qāsim，卒于1361年），镇上的清真寺和宗教学校 32
就是以他的名字命名的。男婴的母亲名叫法特梅，是艾哈迈德·法尔格利·安萨里（Aaḥmad Farghalī al-Anṣārī）的女儿，艾哈迈德的家族谱系可以追溯到麦地那的赫兹拉基（Khazraj）部落。这个部落

---

① 穆斯林将先知穆罕默德之女法特梅与阿里所生的后裔称为“赛义德”（al-Sayyid），常冠在名字之前，意为“圣裔”，“西迪”是“我的赛义德”在阿拉伯语埃及方言中的读法。——译者注

的人通常被认为是先知的辅士，以认可他们在先知离开麦加（622）之后提供的帮助。为自己的出身而骄傲的男婴父母给这个他们唯一的孩子取名里法阿，以纪念母亲这边的一位先祖里法阿·本·阿卜杜·萨拉姆·赫提卜·安萨里（Rifāʿa b. ʿAbd al-Salām al-Khaṭīb al-Anṣārī）——他的坟墓直到今天仍然是一个热闹的朝圣地。[3]在当地，这个家族很受尊敬也很有地位，有好几位成员是法官或学者。例如，里法阿的舅舅们中就有语法学家和诗人艾布·哈桑·阿卜杜·阿齐兹·安萨里（Abū al-Ḥasan ʿAbd al-Azīz al-Anṣārī）、圣训专家阿卜杜·萨玛德·安萨里（ʿAbd al-Ṣamād al-Anṣārī）和沙斐仪派的法学家法拉吉·安萨里（Farrāj al-Anṣārī）。在传统穆斯林社会，像这样有着虔诚血统的家族有着极高的声望，里法阿终其一生都对他的高贵出身感到非常自豪，并在多个场合提及这一点。[4]

同许多农村家庭一样，艾布·卡西姆一家见证了穆罕默德·阿里引入的土地改革给他们的命运带来的重大转折，废除包税制（*iltizām*）就是其中一项。[5]里法阿的父亲是一个包税人，因地产被征收，一夜之间就陷入了贫困，不得不想尽一切办法去养家糊口，因此，在度过了一个相对无忧无虑的童年并在此期间从他的舅舅们那里接受了大部分早期教育之后，里法阿同父母一起于1813年离开了塔赫塔。在地区首府吉尔贾附近的曼沙尼达，他们在艾布·古特纳（Abū Quṭna）家族的亲戚处住了一段时间，接着去了基纳，然后又
33 去了纳格哈马迪以东的法尔舒特，最终又回到家乡，搬进了母亲的家族。里法阿的父亲很快就去世了。正是在这三年的颠沛流离之中，已经展现出天赋的里法阿在父亲的指导下背下了整部《古兰经》。在舅舅们的帮助下，他也早已开始学习爱资哈尔清真寺使用的一些文本。

第一次背井离乡

1817年，在尼罗河上航行了两周后，里法阿·塔赫塔维母子抵达开罗，在那里，里法阿进入爱资哈尔学习，那是近东无可争议的学术中心。在爱资哈尔，他从一些当时最著名的学者那里接受了各门经典的宗教学科和阿拉伯语（语法和修辞）训练，其中就有讲授语法和《古兰经》注的易卜拉欣·巴朱里（Ibrāhīm al-Bājūrī）[6]、哈桑·布尔汗·古维斯尼（Ḥasan al-Burhān al-Quwīsnī）[7]、穆罕默德·达曼胡里（Muḥammad al-Damanhūrī）[8]和讲授圣训的穆罕默德·本·沙斐仪·法道利（Muḥammad b. Shāfiʿī al-Faḍālī）[9]。里法阿曾凭着一 34
首讨论安拉独一（*tawḥīd*）的拉加兹式格律诗（*urjūza*）吸引了穆罕默德·本·沙斐仪·法道利的注意。[10]但是，对这位青年学者影响最大的是谢赫①哈桑·阿塔尔（见下文），哈桑培养了里法阿对学术的热爱和对诗歌的热情，激发了他对医学、天文学、历史学、地理学和欧洲各门新科学的兴趣。这位谢赫曾在参观埃及研究院时亲眼见过这些新科学。在爱资哈尔，塔赫塔维也读过几部苏非主义的著作，并跟着布哈里谢赫读了沙兹里教团的苏非学者伊本·阿塔拉·伊斯坎达里（卒于1309年）著名的《箴言集》（*Kitāb al-ḥikam*）。[11]他还接受过艾哈迈德·本·阿里·达姆胡吉（卒于1848年）的指导，后者于1838年当上了爱资哈尔的长老，是哈勒瓦提耶教团[12]的成员，也是著名谢赫阿卜杜拉·沙尔卡维（ʿAbd Allāh al-Sharqāwī）[13]的海里凡

---

① 阿拉伯语中的尊称，用来称呼有名望、有地位的伊斯兰宗教学者、伊斯兰宗教领袖以及长者和部落首领。——译者注

（*khalīfa*，“正式代表”），而沙尔卡维是历史学家哲拜尔提的同代人。

求学期间，里法阿也经常回到南方，在明亚（Minyā）以南约50千米的迈莱维的尤素菲清真寺和故乡塔赫塔那座以他的先祖命名的清真寺里做一些教学工作。当他结束在爱资哈尔第一年的学习时，他在家乡清真寺中讲授的第一批课程中关于摩洛哥出生的穆罕默德·艾布·阿卜杜拉·萨努西（卒于1490年）的著名神学著作《至小之小》（*Ṣughrā al-ṣughrā*）的课程已经让学者们印象深刻。[14]在爱资哈尔学习四年后，里法阿获得了多个许可（*ijāza*），即谢赫们同意他教授他们的课程的许可。1821年起，里法阿成了爱资哈尔的教师。他似乎很有教学天赋，很快就小有名气。他的专长是圣训学、逻辑学、修辞学、诗歌和韵律学。除了之前提过的那篇拉加兹式
35 格律诗，他在学生时代还就伊本·希沙姆·安萨里（Ibn Hishām al-Anṣārī，1309—1960）[15]的著名语法著作《滴露成泽》（*Qaṭr al-nadā wa-ball al-sadā*）写过一篇总结（*khātima*）。在他在爱资哈尔的早期教学生涯中，已知里法阿至少还写过两篇教学诗，一篇是关于几何（这无疑受到了阿塔尔的影响），另一篇则是关于圣训研究的常规方法（*muṣṭalaḥ*）。前一篇中有两联被收入了本书（见第六篇第七章）。

然而，此时的里法阿谢赫也明白，对于像他这样的年轻学者来说，生活并不是完美无瑕的，尤其是考虑到那微薄的薪水。为了贴补收入，赡养母亲，他和许多同事一样，被迫去寻找其他能赚取报酬的工作。值得说明的是，即便是功成名就的谢赫们也会做一些副业，只要价格合适，他们并不排斥为私人授课或举行宗教仪式。像之前提过的爱资哈尔长老沙尔卡维这样的大学者也不例外，他去到富有的主顾家里念齐克尔（重复念诵赞美安拉的程式化语言的苏非派仪式），收取礼物，最终积攒起一大笔财富。[16]对于塔赫塔维而言，

最适合的副业就是教学了，除了给开罗的土耳其精英子弟上私人课程外，他每周还在一所面向马木鲁克的私人学校里教授几个小时，这所学校是穆罕默德·拉祖格利（Muḥammad Lāzughlī）开办的。最终是他的前导师阿塔尔把他从这些副业中解放了出来，阿塔尔以自己的名义给塔赫塔维在穆罕默德·阿里新建的新军（1824）中谋了一个宣教员（*wāʿiẓ*）的职位。这标志着这位年轻人生命中的一个里程碑，因为这让他得以第一次与欧洲人（主要是法国人）近距离接触。这些欧洲人受雇于总督，帮助训练军队。另外，塔赫塔维也正是在军队工作期间亲眼见证了穆罕默德·阿里现代化项目的成果。 36
两年后，当总督决定向法国派遣留学团时，阿塔尔自然认为这对他这位曾经的学生来说是极好的机会。他让塔赫塔维获得了留学团伊玛目[①]的任命，负责给将在充满异教徒的欧洲生活的团员提供宗教指导。最终，塔赫塔维在巴黎生活了五年，而他在此期间习得的经验、知识和技能——我们将在下一章对此进行讨论——将对他祖国的文化和科学发展产生重大的、持久的影响。

哈桑·阿塔尔：一位早期的改革派学者

尽管穆罕默德·阿里一开始很倚重学者群体（*ʿulamāʾ*），但他推动的现代化很快让他们感到厌恶。[17]而哈桑·阿塔尔（1766—1835）是一个明显的例外。我们已经知道，他在塔赫塔维的人生中扮演了重要的角色，后者能加入法国留学团得归功于他。[18]

---

① 伊斯兰教称谓，意为“领拜人”“表率”，宗教上一般指清真寺领拜人，类似中国清真寺的阿訇，亦用来指宗教领袖或高级学者。——译者注

阿塔尔是一个拥有摩洛哥血统的小香料商的儿子，似乎具有异于常人的天赋。由于得帮着父亲做生意，他不能有规律地去爱资哈尔上课，但他在很年轻时就获得了教师资格，并最终成了爱资哈尔的长老（1830—1834）。他的兴趣广泛，从不限于同阿拉伯语和宗教注释学相关的各门传统学科，当上长老后，他很快因这个特点而闻名。[19]

法国人入侵埃及时，阿塔尔同许多学者一样去往上埃及避难，他在那里住了大约18个月。回到开罗后，他是极少数与埃及研究院成员建立联系的学者之一，还被邀请去观看他们的实验。[20]他还教
37 授研究院的其中几个成员阿拉伯语。对于这座位于奢华的哈桑·卡施福宫的研究院的访问[21]，以及与法国学者的密切接触，激发了阿塔尔对现代欧洲科学的兴趣，也让他意识到这些科学对自己国家发展的重要性。让他印象特别深刻的似乎是印刷机、法国人随手取阅的大量书籍以及这些书籍可以促进知识的获取这一事实。[22]在关于他与法国人关系的个人叙述中，阿塔尔将他们称为“爱好和平的人……只对那些对他们发动战争的人采取暴力”。他甚至记录道，那些法国学者邀请他同住，但犹豫了一下后，这位谢赫明智地拒绝了这一邀请，因为他意识到这会使他为本国社会所唾弃。[23]尽管如此，称阿塔尔为改革者、现代化者，甚至西化者仍然是言过其实的，因为当时还没有任何连贯一致的意识形态建构。然而，阿塔尔关于伊斯兰社会应该如何前进的观点显然预示了海伊鲁丁·突尼西、穆罕默德·阿布杜或里法阿·塔赫塔维的构想。和他们一样，他认为答案不在于盲目模仿欧洲，而在于获取那些可以造福本国社会的事物，并重新发现伊斯兰文化和科学中蕴含的财富——其中许多都以欧洲现代技术和发明作为基础。阿塔尔在很大程度上依然是传统伊

斯兰学术的一分子，他的文学作品清楚地表明了这一点。因此，说他会在“神圣法律”以外思考有关进步的问题，这种说法是很难成立的。

虽然法国的技术和进步让阿塔尔颇为赞叹，但法国士兵普遍的轻浮行为却不是如此，因为他们把钱都浪费在“赶驴人和卖酒人”身上了，前者指的是开罗街头组织的赛驴，这在当时很是流行。[24]

这位“现代主义”的谢赫因其对旅行的酷爱而有别于其他宗教 38
学者。他在奥斯曼帝国各地行走。1803年3月，他离开埃及，打算去游历帝国在欧洲的各省。[25]他先是坐船到了伊斯坦布尔，然后（不知何故）去了斯库台（Shkodër），这里当时被叫作“阿拉巴尼亚人的亚历山大”（*Iskandariyyat al-Arnaʾūd*）或“鲁姆人的亚历山大”（*Iskandariyyat al-Rūm*）。他在那里教书，娶妻生子，但后来妻子和孩子都亡故了。[26]1808年中，阿塔尔回到伊斯坦布尔，拜见了奥斯曼帝国的最高宗教权威“伊斯兰教的谢赫”（大穆夫提①）阿拉伯-扎达·穆罕默德（ʿArab-Zādeh Meḥmed），向他赠送了自己在斯库台期间撰写的著作《艾布·哈桑谢赫所获胜利报告中的外国人的奇珍异品》（*Tuḥfat gharīb al-waṭan fi taḥqīq nuṣrat al-shaykh Abī al-Ḥasan*），[27]后者给此书写了一篇热情洋溢的颂词。

在于斯屈达尔周边也可能是城中短暂居住后，阿塔尔慢慢开始了返乡之旅，他先后途经伊兹密尔、大马士革（他于1810年4月抵达）和耶路撒冷，之后又在巴勒斯坦游历。随后，他回到大马士革（1811年5月），在城里的一所宗教学校重拾教鞭，直到前往麦加进行朝觐。1813年，在外地逗留了十年之后，阿塔尔重归故土。他很

---

① 大穆夫提是伊斯兰逊尼派或伊巴德派穆斯林国家提供法律意见或解释伊斯兰教法的最高宗教法官。——译者注

可能是立马就回到了爱资哈尔的教学岗位上。几年后，年轻的塔赫塔维成为他在爱资哈尔的学生。尽管年龄不同，但两人迅速发展起了密切的友谊。这位谢赫除了向他的学生传授《古兰经》和圣训注释学、逻辑学、阿拉伯语语法和修辞学，还传授了他在医学、几何学、天文学、地理学和历史学这些非传统学科上的渊博知识。已知的是，阿塔尔在上述所有领域都有著述。[28]

与此同时，阿塔尔的学术地位的不断提高，也引起了宫廷的注意，并得到了统治者本人的高度尊重。我们可以推测，穆罕默
39 德·阿里对阿塔尔的尊重因后者对其现代化政策的支持而进一步加强。这显然会让阿塔尔同多年好友、历史学家阿卜杜·拉赫曼·哲拜尔提（1753—1826）[29]发生冲突，因为哲拜尔提强烈反对引入欧洲（异教徒）的科学和实践，也强烈反对统治者的专制统治。

正是阿塔尔在穆罕默德·阿里那里获得的恩宠才使得他的学生里法阿·塔赫塔维得以入选留学团，成为其中为数不多的埃及本土人之一，尽管塔赫塔维的主要职务不过是随团伊玛目。

40 阿塔尔公职生涯的下一个阶段始于1828年，那年他被任命为《埃及纪事报》的主编。1831年，阿塔尔被任命为爱资哈尔的长老，这使他达到了公职生涯的顶峰，并由此成为这片土地上的最高宗教权威。他担任这一职务长达四年，直到1835年4月去世。

游子回国

1831年春末，塔赫塔维回到了故土，他相信他的恩人对他很满意，相信接下来会有好事到来。然而，事情并没有立即按照预想的方向走。但可以肯定的是，他对欧洲经历的描述，让他的导师也大

为触动，正如塔赫塔维本人在回国后不久写给若马尔的一封信中所说的那样：

> 长老本人读了我的游记之后，非常满意，答应写信给殿下，催促他把这部游记印刷出版。长老认为这部作品将成为鼓励穆斯林出国求学，再回国传播和归化的最有效途径。[30]

在同一封信中，他还提到了他从爱资哈尔的学者同事那里感受到的善意：

> 我的舅舅，也即我的岳父，刚巧是担任长老的穆夫提①。总的来说，我在学者们中间挺受欢迎。许多学者主动来找我，请我教他们法语，这表明了埃及文明的可贵之处。[31]

塔赫塔维回国后的第一份工作是在艾布·扎巴勒（Abū Zaʿbal）[32]的医学院（*madrasat al-ṭibb*）任翻译和法语教师，虽然这颇令他鼓舞，因为他至少有机会从事自己选择的职业，但这份工作所能提供的职业发展机会却极为有限。他在医学院的同事有出生于突尼斯的 41
谢赫穆罕默德·本·欧麦尔·突尼西（1789—1875）、叙利亚的移民优哈拿（哈拿）·昂侯里——与作家（也是巴黎培养的医生）哈拿·昂侯里（1836—1890）不是同一人，以及尤素福·费尔阿温。他们都在早期翻译欧洲科学著作的运动中发挥了重要作用。突尼西负责修订医学手册，他的早期职业生涯在许多方面都与塔赫塔维相似。他也是爱资哈尔的毕业生，也曾在埃及军队中担任宣教

① 正式职务是副长老兼法律意见书记官，见后文。穆夫提是伊斯兰教教职称谓，即教法说明官。——译者注

员。[33]昂侯里是医学院的首席翻译，翻译了大量关于医学、解剖学和自然科学（物理学、植物学）的法语著作（通常转译自意大利语版本）。[34]费尔阿温是法国翻译家若阿尼（或让）· 法拉翁［Joanny
42 (or Jean) Pharaon，即优哈拿 · 费尔阿温（Yūḥannā Firʿawn）］[35]的亲戚，后者的儿子弗洛里安是法国《费加罗报》（*Le Figaro*）的第一位阿拉伯编辑。费尔阿温翻译了一批解剖学、兽医学和药理学领域的作品。

塔赫塔维在医学院执教的首批学生中有穆罕默德 · 阿里 · 巴克利帕夏（Muḥammad ʿAlī Bāshā al-Baqlī，1813—1876），他是克洛贝伊（Clot-Bey）派往巴黎深造的12名出色的医科学生中的一员，后来成为埃及最早的现代外科医生之一，这为他赢得了“哈基姆”（*ḥakīm*，“医生”）的称号，也使他成为推动埃及医疗体系现代化的力量。[36]塔赫塔维职业生涯早期的文学作品包括对西普里安-普罗斯珀 · 布拉尔（Cyprien-Prosper Brard）所著《通俗矿物学》（*Minéralogie Populaire*，1832）和乔治-贝尔纳 · 德平（Georges-Bernard Depping）所著《各国风俗与习惯历史概要》（*Aperçu Historique sur les Moeurs et Coutumes des Nations*, 1833）的翻译，这两项翻译都是他在巴黎期间完成的。此外，他还修订了由尤素福 · 费尔阿温翻译、穆斯塔法 · 哈桑 · 卡萨卜校对的法语兽医学手册《兽医解剖学术语解释》（*al-Tawḍīḥ li-alfāẓ al-tashrīḥ al-bayṭarī*）[37]。除了履行教
43 学和翻译的职责外，塔赫塔维还负责管理医学院附属的预科学校。最后，他在这一阶段可能还投入了大量时间修订《披沙拣金记巴黎》[38]，在修订过程中增添了一些章节（见下文）。

他的新职业和不断增长的收入[39]让他开始考虑组建家庭。他娶了时任爱资哈尔法律意见书记官（*amīn al-fatwā*），也即身为副长老

的舅舅穆罕默德·安萨里的一个女儿。夫妇二人后来生育了多个子女，其中包括两个儿子——阿里·法赫米（ʿAlī Fahmī）和巴达维贝伊（Badawī Bey），前者追随父亲的脚步，在官僚系统中一直晋升至高位（见下文）。[40]

1833年，塔赫塔维被调到开罗以南几英里开外的图拉，取代法国东方学家柯尼希贝伊（Koenig Bey）[41]任军事学校的首席翻译。他的职责是翻译几何学与军事科学著作，并对此类翻译进行指导和修订。他在这所学校的日子似乎并不愉快，这在很大程度上是因为校长、西班牙人唐·安东尼奥·德·斯圭拉贝伊对他的敌意。这位校长曾经是那短暂的加的斯（Cádiz）自由派议会的成员。[42]根据詹姆 44
斯·海沃思-邓恩（James Heyworth-Dunne）[43]的说法，这种敌意应当来自圣西门主义者和其反对者之间的意识形态斗争。圣西门主义者的领导人物是巴泰勒米·普罗斯珀·昂方坦（Barthélémy Prosper Enfantin，1976—1864），他曾是圣西门的亲密伙伴，并被他的信徒们称为昂方坦教父（圣西门主义运动早期自称为教会，这里指他在这场运动中的地位相当于高级牧师）。1833年10月，巴泰勒米带着一群支持者抵达埃及，立即开始着手实现教父的梦想，即开凿一条连接红海和地中海的运河。[44]在埃及，圣西门主义关于现代科学和技术无所不能的观点受到了法国侨民中杰出人士的广泛认同，如穆罕默德·阿里的首席外国军事顾问苏莱曼·法兰萨维帕夏［即约瑟夫·塞夫（Joseph Sève）上校］、时任法国驻埃及副领事费迪南·德·莱塞普（Ferdinand de Lesseps）以及后来在各自的领域中名声大噪的杰出工程师利南·德·贝勒丰（Linant de Bellefonds）和查理·朗贝尔（Charles Lambert）。事实上，埃及在圣西门基督教社会主义意识形态中占据了至关重要的位置，因为该运动视埃及为将非洲纳入其全球版图的敲门砖。这个国家被认为正处于一个十字路口，昔日的荣耀与辉煌、今日建立一种团结全人类的兄弟情谊、用欧洲的技术和科学解决一切问题的梦想，都彼此交错在一起。苏伊士运河正象征着连接被地中海隔开的不同大陆和这些大陆之间的“兄弟情谊”。虽然埃及确实存在对圣西门主义者的强烈反对，但詹姆斯·海沃思–邓恩说这是塔赫塔维和斯圭拉关系恶化的原因，却是经不起仔细推敲的。首先是时间问题，塔赫塔维在圣西门主义者发起埃及“圣战”（crusade）之前就来到了这所学校。再有，虽然斯圭拉确实敌视圣西门主义意识形态，但当时没有迹象表明塔赫塔维与昂方坦周围的人有往来，也没有迹象表明他接受了他们的理念。尽管可以揣测塔赫塔维会认同他们的一些设想，但没有什么证据可以表明他曾是圣西门主义意识形态的信徒。确实，也没有明确的证据支
45 持这样一种观点，即斯圭拉不喜欢塔赫塔维是因为他怀疑后者因曾在法国居住学习或因憎恨法国对教育政策的控制和影响而支持圣西门主义的理想。毕竟也不能排除两人的不睦不是由那种俗气的个人原因造成的。

进入这所军事学校的第二年，随着《披沙拣金记巴黎》的出版，塔赫塔维迎来了职业生涯的转折点。[45]同年（1834），他还修订出版了尤素福·费尔阿温翻译的地理学著作《陆地与大洋探索精选集》（*Kanz al-mukhtār fī kashf al-arāḍī wa-l-biḥār*）。[46]他对地理学的兴趣还促使他在洪堡、迈萨和米什洛著作的基础上编写了一本地理学手册《习地理者必备译文辑》（*al-Taʿrībāt al-shāfiyya li-murīd al-jughrāfiya*）。[47]此外，穆罕默德·阿里征服叙利亚时，塔赫塔维还写了《关于沙姆地区地理的论文》（*Risāla fī jughrāfiyā bilād al-Shām*），虽然并未发表，但这不仅仅是巧合。[48]

同年（1834）初秋，埃及再次遭到瘟疫的袭击，瘟疫通过海路
（据称是经由一艘希腊船只）进入埃及，就同19世纪第一场瘟疫爆
发时（1813—1825）一样，亚历山大首当其冲。尽管当局发疯似地
试图将这种致命的疾病限制在港口内，但它很快就蔓延到了内地。
1835年2月，瘟疫传到开罗，并继续向上埃及传播，5月，卢克索和
法尤姆绿洲有了死亡病例。[49]在开罗报告第一批死亡病例后，为了躲
避瘟疫，塔赫塔维离职回乡，在老家塔赫塔住了6个月，当然，一定
程度上也可能是想脱离学校艰苦的工作状况。正是在这次未经正式
批准的“学术休假”期间，他完成了康拉德·马尔特–布戎（Conrad 46
Malte-Brun）的《普通地理学》（*Précis de Géographie Universelle*）
第一卷的翻译——他在留法结束前就开始了这项工作。回到开罗后，
塔赫塔维将这本译作献给穆罕默德·阿里，后者显然对这一努力印
象深刻，因为这位年轻的翻译不仅获得了丰厚的报酬，还被晋升为
“少校副官”（*ṣāghaqūl aghāsī*）[50]。此外，塔赫塔维那部由他导师
阿塔尔作序的游记也获得了统治者的青睐（但普通民众并不那么喜
欢）[51]，穆罕默德·阿里还下令将其翻译成土耳其语，也即绝大多
数政府官员的母语。这项任务被交给了鲁斯塔姆·巴希姆埃芬迪。
1839年，这个译本由布拉克的政府印刷局出版，书名为《里法阿贝
伊游记》（*Sefārat nāme-ye Rifāʿat Bey*）。穆罕默德·阿里特别欣赏这
本书，不仅命人分发给所有高级官员和新式学校的学生，还将书送
到伊斯坦布尔，该书激起了帝国政府的浓厚兴趣。[52]书的出版时机
很有意思，当时奥斯曼帝国正处于由“花厅御诏”（*Gülhane Hatt-ı
Şerif*）颁布改革政令而开启的“坦齐马特”（*tanẓīmāt*，指宪政改革
法案）时期。[53]不难想见，塔赫塔维书中关于政治的章节引起了伊斯
坦布尔改革者的共鸣。

在听说塔赫塔维与校长之间紧张的工作关系后，穆罕默德·阿里解除了塔赫塔维的职务，并任命他为艾因尼宫学校的图书管理员。巧合的是，没过多久，由于法国的密集游说，德·斯圭拉本人也被解除了职务。正是在艾因尼宫期间，塔赫塔维将他关于教育的一些想法写成报告呈交给统治者，在报告中，塔赫塔维呼吁建立一所翻译学校。这一提议被接受并交由他负责执行。由此，在此后40年的职业生涯中，翻译和训练翻译人员成了塔赫塔维的主要活动。

47 老师、教员、译者、主编（1835—1849）

塔赫塔维提议建立的语言学校[54]是现今开罗艾因·夏姆斯大学（阿巴西亚校区）语言学院的直接前身，这里曾是马木鲁克统治者穆罕默德·艾勒菲（Muḥammad al-Alfī）贝伊的华丽宫殿，位于高雅的艾兹巴基亚街区。[55]塔赫塔维争分夺秒地按照自己的想法和愿望建设这所学校，在当时，它的设置在许多方面都是不同寻常的。首先，在当时埃及的“现代”教育系统中，塔赫塔维是唯一的埃及本土校长，其他学校（至少是那些培养学生从政或参军的学校）都由土耳其人管理，他们上面往往还有欧洲人。其次，也即更重要的是，这所学校的所有学生都是埃及本土人，而不像在其他政府学校，学生都是土耳其人（或切尔克斯人等）。学生人数最初限制在50人，后来扩大到150人，学制定为4年，毕业生自动获得陆军中尉军衔。虽然最初的设想是从下埃及和上埃及招收同等数量的学生，但实际的学生构成显示，他们中的大多数都和校长一样来自上埃及。[56]这些学生都是从预科学校招收的，年龄从14岁到18岁不等。第一批学生中有后来塔赫塔维传记的作者萨利赫·麦吉迪（Ṣāliḥ Majdī，卒于1881年），他凭借自己的能力成了著名的作家和教育家。[57]塔赫塔维决心提供一种广泛的教育，除了语言（法语、英语、意大利语、土耳其语、阿拉伯语）之外，课程也包括地理学、数学和历史学等，还有法国法律和伊斯兰法。因此，它是当时唯一一所提供真正的通识教育且不与军事直接相关的学校。当然，一切都取决于教学的质量。塔赫塔维不辞辛劳地组建了一支能够胜任这项任务的教师队伍，他们中大部分来自爱资哈尔，其中还有塔赫塔维过去的老师达曼胡里 48
（见上文）。[58]学校还有过三名法国教师，但从1839年起他们被该校的毕业生取代。

塔赫塔维在执行他的新使命中表现出了与在巴黎求学时同样的热情和坚持。他既是一名校长，也同克洛贝伊、朗贝尔和阿莫内等法国侨民的主要代表一样，是新成立的（1836）院校管理委员会（*dīwān al-madāris*）的成员，该委员会由前巴黎埃及留学团的领导者之一穆斯塔法·穆赫塔尔贝伊领导。尽管承担着这些职责，塔赫塔维还是一头扎进了教学工作，有时他会一连上三到四小时的课，有时还会在夜间和拂晓授课。[59]他的另一项工作是翻译，既包括自己翻译也包括修改别人的翻译。此外，为学校编写教材的责任也落在了他的肩上。[60]1841年，学校增设了一个翻译部（*qalam al-tarjama*），这自然也由塔赫塔维领导。[61]学校的50名高水平教师主要是来自本校的毕业生。塔赫塔维的热情和语言学校的整体教学质量很快有了成效。学校成立不久，学生们就开始出版他们的翻译作品，当然这都得到了塔赫塔维的细心指导。该校总共将翻译2000种外国（欧洲和土耳其）作品。[62]原作的选择清楚地反映了塔赫塔维的喜好（明显以历史作品为主）和他在法国所受的教

育，因为其中就有他在巴黎读过的作品。这些翻译作品有：阿卜
杜拉·侯赛因·米斯里编写的《希腊哲学家史》（*Tārīkh al-falāsifa*
al-Yūnāniyyīn）[63]、哈利法·马哈穆德编写的《启迪东方的逻辑学》
（*Tanwīr*① *al-Mashriq bi-ʿilm al-manṭiq*）[64]，艾哈迈德·侯赛因·拉西
迪编写的《自然地理初探》（*al-Dirāsa al-awwaliyya fī al-jughrāfiyā*
49 *al-ṭabīʿiyya*）[65]，穆斯塔法·赛义德·艾哈迈德·扎拉比、阿卜杜
拉·艾布·苏欧德和穆罕默德·阿卜杜·拉齐克汇编的包含多篇法
语和阿拉伯语作品的创世与众先知史《先人的开端与智者的指引》
（*Bidāyat al-qudamāʾ wa-hidāyat*② *al-ḥukamāʾ*）[66]，基于法语和阿拉伯
语资料编写的、含有穆斯塔法·赛义德·艾哈迈德·扎拉比翻译作
品的中世纪史《中世纪珍闻》（*Qurrat al-nufūs wa al-ʿuyūn bi-siyar mā*
tawassaṭa min al-qurūn）[67]，穆罕默德·穆斯塔法·拜亚翻译的伏尔
泰所著瑞典国王卡尔十二世生平史《卡尔十二世生平如朝阳般的经
历》（*Maṭāliʿ shumūs al-siyar fī waqāʾiʿ Karulūs al-thānī ʿashar*）[68]、阿
卜杜拉·艾布·苏欧德编写的法国国王史《法国国王行为辑录兼与
埃及国王的比较》（*Naẓm al-laʾāli fī al-sulūk fī-man ḥakama Faransā*
50 *wa-man qābalahum ʿalā Miṣr min al-mulūk*③）[69]和哈利法·马哈穆德
翻译的罗伯逊所著查理五世统治时期史《明君给欧洲各国社会带来
的进步》（*Itḥāf al-mulūk al-alibbāʾ bi-taqaddum al-jamʿiyyāt fī bilād*
Urubbā）[70]。随着翻译作品的选题超出了纯粹的科学（和军事）题
材，埃及兴起了一场名副其实的翻译运动，这是阿拉伯历史上的第

---

① 英译本作者将“照亮”“启迪”（*tanwīr*）误作为“光”（*nūr*）。——译者注

② 英译本作者将“指引”（*hidāya*）误作为“礼物”（*hadīya*）。——译者注

③ 英译本作者对此书阿文标题的拉丁转写出现多处错误，根据阿语原名修改。——译者注

二次翻译潮（第一次是中世纪对古希腊著作的翻译），所涉翻译内容涵盖了所有的文理学科。塔赫塔维既是这场运动的有力推动者，也是主要的贡献者之一。[71]

当然，塔赫塔维在语言学校紧凑的日程安排让他在职业生涯早期几乎没有时间自己做翻译。1837—1841年，他在这一领域的产出仅限于翻译出版马尔特–布戎的地理学著作（见上文）和勒让德的《几何学原理》（*Eléments de Géométrie*），对《几何学原理》一书的翻译也是在巴黎时就启动了。[72]

从语言学校和翻译专业众校友光辉的职业生涯来看，这所学校显然是成功的。[73]除了先前提过的萨利赫·麦吉迪，该校毕业生还有：穆罕默德·卡德里帕夏（Muḥammad Qadrī Pasha，卒于1888年），他在埃及的法律改革中发挥了开拓性的作用，并最终当上了司法大臣[74]；穆罕默德·奥斯曼·杰拉勒贝伊（Muḥammad ʿUthmān Bey Jalāl，1829—1894），他翻译了许多法国文学经典（包括拉辛和莫里哀的戏剧以及拉封丹的寓言），通常被认为是现代阿拉伯小说和戏剧的先驱之一[75]；阿卜杜拉·艾布·苏欧德（1821—1878），埃及 51
第一家私营报纸《尼罗河谷》（*Wādī al-Nīl*，1866）的创办者，后来成为有名的诗人、记者和作家。[76]许多毕业生在开启国家行政部门的职业生涯之前都倾向于加入（学校的）教师队伍，这也证明了塔赫塔维眼光长远。穆罕默德·阿里似乎很欣赏语言学校的工作，为了肯定该校提供的服务，作为校长的塔赫塔维被晋升为步兵少校。

毫无疑问，从组织管理和课程设置来看，语言学校是塔赫塔维法国留学的一项直接成果，是实现他那将（本土穆斯林）传统和现代欧洲方法相结合的教育理念的第一次尝试。当然，他要待几十年后才会在一个更为全面的文化改革主义思想框架内表述这一理念。

这所学校的声名很快就越过了埃及边境，引起了突尼斯统治者艾哈迈德贝伊的注意，他同穆罕默德·阿里一样，也拥有建立一个现代（欧化的）工业国家的梦想。1840年3月，艾哈迈德贝伊建立了一所军事学校，[77]地点在贝伊的巴尔杜宫中，后来又搬入了固定校址，即前军营内。这是突尼斯摄政国时期第一所由政府开办的世俗学校，该校的成立也是突尼斯朝着创建欧式教育体系迈出的第一步。巴尔杜军事学校是根据法国综合理工学院的原则组织的，同时又效仿了伊斯坦布尔军事科学学院和穆罕默德·阿里的炮兵学校。与埃及的众多学校一样，巴尔杜军事学校的领导层和教师都是欧洲
52 人。[78]第一任校长是皮埃蒙特人路易吉·卡利加里斯上尉，他是奥斯曼军队的前教官，曾一度担任军队的参谋。[79]课程设置参照的是当时欧洲各大军校（特别是圣西尔军校），包括工程学、数学和测量学。其中，法语是一门核心课程，就像在埃及和伊斯坦布尔一样。法语“不仅成了文化现代性的象征，也在实际上成了文化现代性的内容”[80]。除了教学之外，学校还必须承担翻译任务（特别是欧洲军事手册的翻译）。当然，为了完成此类任务，还需要培训学生。在这场翻译运动中，诗人马哈穆德·卡巴杜（Maḥmūd Qābādū）发挥了至关重要的作用。[81]他总共完成了大约40种的翻译，或是直接从法语翻译，或是间接从土耳其语翻译。[82]这些军事题材的译作中，很大一部分完成于引入印刷技术之前。值得寻味的是，官方的政府出版社只印刷出版了其中两部作品！这可能是因为，从19世纪60年代开始，由于财政困难，贝伊在军事领域的投入受到严重影响。值得注意的是，埃及的翻译运动始于实用科学，随后拓展到其他领域，但突尼斯的翻译运动却从未超出过初始阶段的范畴。此外，塔赫塔维可能影响了政治家海伊鲁丁（Khayr al-Dīn）的教育政策，后者也坚

定不移地相信教育的“开化”作用，也很欣赏欧洲的教育。事实上，虽然这二人从未谋面，但他们显然彼此钦佩。[83]

19世纪40年代，塔赫塔维的事业继续腾飞，语言学校又增加了其他几个附属机构，其中包括“预科”学校（1841）、伊斯兰法学院（1847）、会计学院（1845）和土地管理学院（1846）。此外，1841年，穆罕默德·阿里还让这位最耀眼的明星掌管艾因尼宫的欧洲图书馆，并于下一年任命他为官方邸报《埃及纪事报》的主编，以让这份编辑水平不高的报纸实现现代化。[84]于是，塔赫塔维又一次追随了导师阿塔尔的脚步（后者是该报的第一任主编）。塔赫塔 53
维设法进行了一些改变，首先就是用阿拉伯语取代土耳其语（那时报上所有的文章都是先用土耳其语写的，然后被翻译成阿拉伯语），但他的赞助人似乎还没有准备好进行塔赫塔维所想的那种彻底的改革。事实上，在大约一年的时间里，塔赫塔维发表了一些涉及一般政治问题的文章，既有关于欧洲的，也有关于穆斯林的，但之后，邸报内容缓慢又确切地回到了先前的古板样式，即发布政府公告和赞美统治者的颂词。这一方针的回调可能是穆罕默德·阿里施压的结果，因为他发现他得到的已超出了预期。事实上，很难想象他会欢迎任何受欧洲新奇思想启发的政治评论（即使是赞美性质的），因为这样的评论一旦成为政治批评的肇源后，就很难平息。

尽管如此，塔赫塔维还是继续受到穆罕默德·阿里的青睐。1844年，他晋升为中校，两年后，在提交了翻译的马尔特-布戎《普通地理学》的第三部分也即最后一部分后，他晋升为上校。从那时起，他就有资格在自己的名字上加上尊称“贝伊”了。

当穆罕默德·阿里的统治渐近尾声时，里法阿贝伊也即将面临困厄的岁月。在统治的最后几年，穆罕默德·阿里的身心健康日益恶化，不再过问政府的日常事务。1848年，他的儿子易卜拉欣帕夏接掌政权，但不幸于当年的11月去世，此时距离他父亲去世还有9个月。这位伟大总督的位置最终由他的孙子（已故的图苏恩之子）阿巴斯一世继承，后者的统治将一直延续到1854年。历史的讽刺之处在于，在塔赫塔维一生中这个最多产的时期，他最后做的工作却是修订为他赢得名声与认可的《披沙拣金记巴黎》。1849年，在他的赞助人去世的几个月前，该书的第二版面世。

第二次背井离乡（1850—1854）

在奥斯曼的官僚等级体系中，埃及的统治者被称为“总督”（*vali*）。新总督阿巴斯一世并不像他的祖父那样喜好并信赖欧洲的发
54 明。他的统治历来被认为是对前任政策的逆转，背后驱动这种逆转的则是一种对欧洲的深切的敌视情绪。但实际上，他做出的许多决定都是基于实用主义的考虑，而不是仇外。阿巴斯确实厌恶外国，特别是法国对埃及的影响，但以此推断他仇恨欧洲的一切，却也是夸大其词。在需要时，他并不反对依靠欧洲的专业知识，例如连接开罗和亚历山大的铁路就是由一家英国公司修建的。[85]此外，尽管他关闭了巴黎的埃及军事学校，但他仍继续把学生送到欧洲深造，虽然人数较少。留学团分别被送到法国[86]、英国、意大利、奥地利和普鲁士。[87]

几乎是阿巴斯甫一继位，宫廷里的风向就明显变了。穆罕默德·阿里建立的现代学校，不是被关闭（如塔赫塔维的语言学校）就是被合并。不幸的是，对于塔赫塔维来说，这还只是个开始。确实，看上去有一股更为黑暗的力量在背后运作，让他失去了恩宠。他几乎

可以肯定，正是因为“某位亲王”[88]的运作，他才会被派到苏丹①。表面上看，派他过去是为了在喀土穆建立和管理一所小学，主要面向居住在那里的埃及官员的后代。此外，《披沙拣金记巴黎》第二版的出版可能也是一个因素，因为作者在书中对法国议会制度的关注肯定给这位赫迪夫②留下了不太好的印象。

塔赫塔维于1850年抵达苏丹，在那里住了四年。[89]苏丹相当于埃及的“古拉格”（Gulaq），许多异见分子在疾病肆虐的喀土穆挣扎求生。这里的死亡数字巨大，塔赫塔维自己也报告说，与他一起流放的埃及人中有一半死于某种流行病或其他疾病。[90]其中一位是他多年的好友，当年同在巴黎留学的穆罕默德·巴尤米，巴尤米病逝于 55
1852年。[91]法国作家查理·迪迪埃（Charles Didier，同名出版社的创始人）正是在这里遇到了塔赫塔维，并将他比作“科林斯的德尼”（Denis in Corinth），因为塔赫塔维同德尼一样教孩子们如何阅读并以此谋生。但迪迪埃补充道：“我们的先生很好地坚持了自己的原则，并作为一个好穆斯林去服从安拉的命令。”[92]

在流放期间，塔赫塔维翻译了费奈隆的《忒勒玛科斯历险记》（*Les Aventures de Télémaque*），译本名为《忒勒玛科斯经历中的天轨位置》（*Mawāqiʿ al-aflāk fī waqāʾiʿ Tilīmāk*）[93]，这是第一个被翻译成阿拉伯文的希腊神话故事。[94]然而，考虑到当时的情况，可以想见这部法国文学经典（1699）对塔赫塔维的吸引并不在于此。这部作品最初是由法国大主教和神学家弗朗索瓦·德·萨利尼亚

---

① 此处是指埃及人占领的苏丹地区，而非君主。——译者注

② 赫迪夫意指“君主”，埃及统治者称号，这一称号首先被穆罕默德·阿里帕夏使用，后被奥斯曼帝国于1867年正式承认，并沿用至1914年埃及正式成为大英帝国的保护国之时。——译者注

克·德·拉·莫特–费奈隆（François de Salignac de la Mothe-Fénelon, 1651—1715）为他的学生，路易十四的孙子（和法定继承人）所写，并不仅仅是为了讲述奥德修斯之子忒勒玛科斯的冒险。《忒勒玛科斯历险记》是按照当时流行的“王子之鉴”（Mirrors for Princes）的传统创作的，目的是给未来的国王提供善政指南，也就是如何做到公正与明智。需要补充的是，这种文学体裁在阿拉伯文学中绝非是未知的，因为阿拉伯文学本就有着悠久的“智慧”文学传统。最早的“王子之鉴”是巴列维或印度故事的译本，其中最著名的无疑是由出生于波斯的伊本·穆格法（Ibn al-Muqaffaʿ，卒于757年）改编的《卡里来和笛木乃》。[95]费奈隆在他的作品中表达了他的核心政治思想——批评专制，称赞宣扬正义、振兴教育和贸易的统治者。[96]由此不难看出费奈隆的告诫如何引起了一名为专制的决定所害的人的
56 共鸣。他的思想对塔赫塔维产生了持久的影响，在塔赫塔维后来更偏哲学的作品中，这位17世纪法国神学家的许多想法和建议都在其中重新显现。最后，还应当指出，费奈隆的另一部重要作品《论女儿的教育》（*Traité de l'Education des Filles*, 1867年）可能直接启发塔赫塔维创作了《女孩与男孩的可靠指南》（*al-Murshid al-amīn li-l-banāt wa-l-banīn*）。[97]

流放的耻辱显然令人难以忍受，因为塔赫塔维几次要求允许他返回开罗。他甚至为内政总长哈桑帕夏用丰律（*wāfir*）写了一首84联的颂诗，恳求他代为求情。[98]然而，他所有的恳求都是徒劳。据他说，只有在他写了一首长篇的先知颂诗（*qaṣīda nabawiyya*）之后，他的祈求才得到了回应。这首诗是对11世纪的也门诗人阿卜杜·拉赫曼·本·艾哈迈德·布拉伊所作的一首诗的五倍扩写。[99]

出于显而易见的原因，塔赫塔维认为搁置出版《忒勒玛科斯经

历中的天轨位置》是明智的选择，至少应当暂时搁置。这部作品直到1867年才最终出版（而且是在黎巴嫩！），[100]但还是造成了宫廷内的躁动。

关于塔赫塔维命运的突转，仍有一个谜团有待解开：那位使他下台的“亲王”（即高官）到底是谁？尽管这个人的名字从未被透露过，但很可能是一个当时已经是塔赫塔维主要竞争对手的人，而且两人还将在其他一些场合发生冲突。因此，可以猜测，这个人很有可能不是别人，正是阿里·穆巴拉克（ʿAlī Mubārak，1824—1893），而他在现代阿拉伯教育和文化史上也发挥了极其重要的作用。

阿里·穆巴拉克：“教育之父”

阿里·穆巴拉克比塔赫塔维小23岁，出生在尼罗河三角洲地区代盖赫利耶省的新比林巴勒村，父亲是当地的伊玛目。[101]从他早年的生活看，他几乎不可能从事任何一种职业。按照传统，他先是在 57
村里的经塾学校（*kuttāb*）接受早期教育，但这个小男孩发现自己很难适应严厉的课堂纪律便逃走了。在一轮霍乱中幸存下来后，他的父亲找到他，并把他带回了家。但父亲无法说服儿子回到课堂，也无法说服那个贪婪的虐待狂老师，于是他退而求其次，让儿子去学一门手艺，于是阿里便成了一名木匠的学徒。然而，没过多久，这个脾气暴躁的男孩和他的师傅之间的关系就恶化了，并最终导致了学徒协议的终止。双方的争论似乎集中在木匠收受的回扣上，虽然这个男孩自己并不反对收受贿赂。事实上，这种嫉妒、贪婪和野心的结合将一直是阿里·穆巴拉克生活和职业生涯的主要特征。

日益绝望的父亲把他任性的儿子送到一位收税员那里，希望这个行业能吸引他。但某天，当男孩自行支取了三个月未曾支付给他的工资时，收税员提出了指控，而男孩被关进了监狱。在异乎寻常的好运的眷顾下，男孩的父亲从碰巧正在访问该地区的穆罕默德·阿里那里求得了赦免。

年轻的阿里早已精通人情世故，他讨好狱卒，使得后者很是同情他这个儿童犯。当一名高级官员想寻找一名助手时，这位狱卒便推荐了阿里。一份能显示他抄写技能的样本，一笔合适的贿赂，让阿里成功得到了这个职位。这是阿里职业生涯的一个转折点。第一次见新主人昂巴尔埃芬迪时，他发现这位新主人曾是一个阿比西尼亚奴隶，这让他非常震惊。他在自传中表达了他得知黑人担任政府职务时的好奇与惊讶，因为几乎所有的政府职务都是给土耳其人预留的。[102]后来，阿里发现这个奴隶之所以可以晋升为官员是由于他在艾因尼宫学校受的教育，他是该校第一批学生之一。从那时起，
58 阿里就雄心勃勃，一心一意只想着进入这所学校。为了实现这一雄心壮志，他需要进入政府的教育系统，而第一步则是进入该系统内的一所小学读书，在那里，最有前途的学生会被选入艾因尼宫继续学习。于是，这个辍过学、入过狱、总是制造麻烦的孩子提交了入学申请，并最终被敏亚特·伊兹镇的一所学校录取。不久后他就得偿所愿，被选送到开罗，当时他才12岁。

虽然阿里终于如愿以偿地进入了艾因尼宫，但现实是残酷的。他在阿伊尼宫的日子并不愉快，这里不仅教学水平很差，生活条件也几乎让人难以忍受。在剧烈的体育锻炼和军事训练下，却无法保证营养，在这样严苛的制度下，阿里住进了医院。阿里的父亲反复劝说儿子，还想办法把他从病房里“解救”出来，但阿里还是坚持要完成学业。三年后，他被布拉克的工程学校录取。这所学校创建

于1834年，校长是朗贝尔贝伊。

1844年初，苏莱曼·法兰萨维帕夏准备组建一个留学团去巴黎留学，学习地点就在后来的埃及军事学校。阿里·穆巴拉克成功地引起了他的注意。最终，共有37人被选入这个留学团，其中包括穆罕默德·阿里的儿子侯赛因和哈里姆，以及易卜拉欣的儿子伊斯玛仪（未来的赫迪夫）和艾哈迈德，这个团也因此被称为“后裔团”。雄心勃勃的阿里·穆巴拉克很快意识到了与王子们相交以及学习现代科学会给他带来的好处，即保证他将来的前途。[103]这所学校坐落于勒加尔街与时髦的谢尔什·米迪街的交会处，靠近拉斯帕伊大道，由同塔赫塔维一同留学巴黎的亚美尼亚人伊斯提凡贝伊（见下文）负责管理。[104]此外，塔赫塔维的儿子阿里·法赫米（ʻAlī Fahmī）也在该校首批学生之列。学校的课程由另一位参与第一次留学团的资深人士埃德姆-弗朗西斯·若马尔制定，目的是培养学生以使他们顺利进入法国的军事院校。由于这批学生中的一些人同埃及的统治家族关系密切，因此学校经常会举行宴会与庆典（法国王位的法定继承人和法国其他王室成员都会出席）。1846年5月，正在法国进行正式访问的易卜拉欣帕夏视察了学校。路易-菲利普正式迎接他时，这 59
些学生以荣誉护卫的身份陪同在帕夏身侧。[105]当年轻的贝伊和王子们享受着首都的高级生活时[106]，出身相对卑微的学生则勤奋地投入学习中。阿里·穆巴拉克和他的两个朋友——哈马德·阿卜杜·阿提与阿里·易卜拉欣尤为勤奋，也一直在班里名列前茅。穆巴拉克在巴黎学习期间，同塔赫塔维一样，对历史表现出了特别的兴趣。

1847年1月，这三个朋友被梅斯的炮兵和工程兵学校录取，并在那里上了两年的课。他们在一个工程兵部队接受了几个月的实践训练，然而，在阿巴斯帕夏继位后，所有的学生都被召回埃及，这次欧洲冒险也就戛然而止了。

回到祖国后，阿里·穆巴拉克开始了他从教育到行政、从军事到贸易等各个领域的职业生涯。晋升为上尉后，他获得了第一份任命，成了图拉炮兵学校的教师。然而，不久之后，他就开始进入权力圈，和他那两个巴黎学友一起受邀担任赫迪夫的私人顾问，阿里·易卜拉欣还成了阿巴斯之子伊勒哈米（Ilḥāmī）的老师。穆巴拉克曾带着毫不掩饰的坦诚回忆道，这次受邀进入权力走廊让他忧心忡忡，因为他非常清楚，与赫迪夫和他身边的人走得太近会有不利的影响。[107]

穆巴拉克以一贯的热情投入各种事业中，其中一项就是重组政府学校，因为此前阿巴斯已经关闭了许多所（我们之前说过，包括塔赫塔维的语言学校），并大大缩减了政府的教育预算。在穆巴拉克后来的回忆录中，这个时期的他是一个不知疲倦的组织者、管理者和运营者，他还抽出时间授课（特别是物理学和建筑学）、编写教科书、制定课程计划、并严格检查教育过程的每一个环节（包括学生的衣服、食物和一般福利）。[108]学生时代，他经常哀叹埃及的教育机
60 构缺乏教科书，而现在他开始报复性地弥补这一匮乏。在他的老师们的帮助下，穆巴拉克重新启动已停办的语言学校及其附属的翻译机构，并编写了一批教科书。为进一步传播教科书，他还在工程学院设立了活字和平板印刷机构，为各类政府学校印制了6万册教科书，其中，地图和其他图片资料都以平版印刷的方式制作。教学方法也发生了根本性的变化。他引入了一些曾在法国尝试和测试过的方法，在艾因尼宫第一年经历的磨难也一定程度上让他强烈反对课堂体罚。

虽然没有证据表明穆巴拉克积极密谋反对埃及教育界的其他明

星人物，但至少可以指出一个很能说明问题的事实，即在他获得新教育项目的控制权两天后，易卜拉欣·艾德哈姆（Ibrāhīm Adham）帕夏[109]就被免去了教育部部长一职，几个月后，他的门生塔赫塔维也被流放到苏丹。虽然目前尚不清楚穆巴拉克和塔赫塔维之间的对抗是何时开始的，也不清楚这是否仅仅是因为双方性格上的不合，抑或是政治对抗，或是穆巴拉克对塔赫塔维曾受穆罕默德·阿里恩宠心怀不满，但无论是何种情况，可以肯定的是，穆巴拉克个人并不是很喜欢塔赫塔维。

新的赫迪夫萨义德（Saʿīd）继位后，穆巴拉克的命运骤然发生了转变。因为宫廷阴谋的影响，他被派往克里米亚，加入站在奥斯曼帝国一边与俄国人作战的埃及军队。凭借强大的适应能力，机智的穆巴拉克从容不迫地接受了这次历练，甚至在伊斯坦布尔的四个月里就学会了土耳其语。1857年，他结束漂泊，回到国内，但他的情况并没有真正改善，在一段时间里，他之前辉煌的职业生涯看上去只是一枚受潮的哑炮。他甚至一度考虑退回乡下，回归农民生活。[110]萨义德余下的统治期几乎没有给穆巴拉克带来什么慰藉，他 61
不是在政府部门的低级职位上短暂任职，就是被总督强行解除职务。然而，他依然心心念念着教学。因此，当易卜拉欣帕夏想要找人来教导埃及军官和士官们如何读、写和算术时，穆巴拉克抓住了这个与他的同胞“分享知识的益处”的机会。[111]无论怎么看，这都有点回归本初的意思，于是，这位伟大的教育家屈尊在毫无准备的情况下给学生上课，有时他会和学生坐在临时搭建的帐篷里，把它当作教室，并通过在沙地上写字来教字母。他的这些教学经历最后凝结成了几何学[112]、数学和工程学[113]、生物学[114]以及阿拉伯语读写[115]的教科书。

在萨义德统治的最后几个月里，穆巴拉克的生活处于特别的低谷，无论是在职业上还是在个人生活上都是如此。1863年，前任赫迪夫去世，穆巴拉克曾经的埃及军事学校的同学伊斯玛仪成为新的赫迪夫，伊斯玛仪的宏愿是将埃及变成这片大陆上的超级大国，而采纳欧洲文化是实现此愿望的一个关键要素。突然之间，穆巴拉克的前途看起来又光明了许多。在经历了艰难又漫长的9年之后，他在这位西化的赫迪夫的统治时期度过了自己一生中最多产和回报最丰厚的阶段。[116]他被任命为伊斯玛仪的内阁成员，负责尼罗河拦河
62 坝和将尼罗河水从罗塞塔支流改道的工程。1865年，他代表埃及加入负责埃及和苏伊士运河公司土地权谈判的国际委员会。凭借外交天赋，穆巴拉克让他的统治者和法国皇帝拿破仑三世都很满意，并向他表示了感激：赫迪夫授予了他“杰出者”（*mutamāyiz*）的荣誉地位和著名的麦吉迪勋章（*nīshān majīdī*），等级为第三等，法国皇帝则授予他荣誉军团（*Légion d'Honneur*）军官的称号。[117] 1867年10月，穆巴拉克成为教育副大臣（*wakīl*），当时的教育大臣（*wazīr al-ma'ārif*）是谢里夫帕夏，一年后，他又晋升为教育大臣，同时兼任公共事务大臣（*wazīr al-ashghāl*），由此，穆巴拉克成为埃及现代历史上第一位领导政府部门的本土埃及人。在公共事务部，他的职责包括监督和执行开罗现代化的伟大规划——这是伊斯玛仪在埃及创建属于他的“巴黎”这一梦想的组成部分——以及铁路的扩建，还有开凿苏伊士运河的准备工作。1867年，穆巴拉克被派往巴黎，代表赫迪夫家族洽谈贷款事宜。他利用此行收集了有关公共教育的资料，并对现代城市规划的重要组成部分——下水道建设进行了第一手调查，对此，他在自传中几乎用了整整一页的篇幅。[118]同年，受法国教育制度的启发，他统一了埃及的教育系统，并引入了三级体系，

其中，原先的经塾学校被升级改造成小学，这将直接提高广大民众受教育的机会。[119]也正是这一举措为他赢得了“教育之父”的美誉。

穆巴拉克改革的影响甚至越过了埃及的国境，突尼斯政治家海伊鲁丁有关萨迪基学校的设想即得益于此，这一点是毫无疑问的。当然，这一设想的源头是穆巴拉克和海伊鲁丁都很赞赏的法国学校。[120]萨迪基学校成立于1857年，教师队伍也几乎全部由本土人组 63
成。学校旨在为穆斯林学生提供三个层级的教育而不论其背景如何。在教学方式上，融合传统与现代，新式教育融入传统教学而不是叠加其上。或者，用一位研究该校历史的学者的话说，就是提供“一种既深深扎根于穆斯林传统，又向外国文明和现代科学广泛开放的文化”[121]。

穆巴拉克的成功自然引来了宫廷中的人的嫉妒，许多同样雄心勃勃却未必有同样能力的人伺机而动，准备在适当的时候向他发起进攻。1870年，当穆巴拉克要求财政大臣伊斯玛仪·西德基帕夏担负起铁路的维护和服务，否则就拒绝移交铁路收入时，这些人向他发起了进攻，穆巴拉克被迫离职。然而，不到六个月，能干的他就又再次被召回政府，负责私立学校的管理。不久之后，他被重新任命为教育大臣。不仅如此，他那令人艳羡的职权范围还增加了宗教基金部。为了方便开展各项工作，穆巴拉克把贾马密兹巷的穆斯塔法·法迪勒宫用作他进行所有活动的总部。虽然看起来令人难以置信，但他的工作还包括管理开罗所有的政府学校。他每日都要去现场视察，了解学生的活动和学业进展。即便是后来这两个部都移交给了赫迪夫的儿子侯赛因·卡米尔，穆巴拉克依然担任了顾问。

我们已经提过，穆巴拉克认为能否获得图书是教育的一个关键因素。于是，1870年，他推动建立了埃及第一家国家图书馆“书馆”（*Dār al-Kutub*），该图书馆仿照的是在巴黎学习期间给他留下深刻印象的法国国家图书馆。他还建立了一个实验室，里面有进行各种科学（物理、化学、数学）实验所需的必要设备。[122]同年，穆巴拉克还创办了一本名为《学苑》(*Rawḍat al-Madāris*）的刊物，其刊登的文章涉及广泛的科学话题，也讨论教学方法。他和其他著名的
64 教育家、学者和作家，如塔赫塔维、阿卜杜拉·费克里（ʿAbd Allāh Fikrī）和伊斯玛仪·法拉基（Ismāʿīl al-Falakī）都在刊物上发表了文章。无论塔赫塔维和穆巴拉克彼此之间有何龃龉，但穆巴拉克无疑是认可他这位前竞争对手的能力的，因为刊物的编辑秘书正是由塔赫塔维的儿子阿里·法赫米贝伊担任的。[123]

另一个受欧洲启发而建的设施是贾马密兹巷的会议厅，主要用于外国和埃及本土的老师做讲座。例如，荷兰东方学家布鲁格施就在此做了一系列著名的关于法老时代的埃及的讲座。[124]该会议厅于1871年7月正式落成，并被命名为“科学馆”(Dār al-ʿUlūm)，但这个名称于次年又给了师范学院——这所学院是穆巴拉克教育设想中的巅峰之作，是为培养新式学校的教师而设立的，课程既有宗教科目(《古兰经》、伊斯兰法)，又有历史学、物理学、建筑学、力学等现代科学，讲授者既有本土人又有欧洲人。[125]实际上，这是他向爱资哈尔引介现代科学的途径。穆巴拉克明白，学者群体反对将这些现代科学的科目引入爱资哈尔的课程，这将是他永远越不过去的坎，因此，他想出了一个简单而又绝妙的点子：与其试图去彻底改革这所高度保守的清真寺大学，不如在一个独立实体的框架下向学生引介新科学。值得补充的是，这个师范学校一直延续到今天，并一直在埃及教育系统中保有突出地位。[126]1878年，随着塔赫塔维的儿子阿里·法赫米被任命为院长，塔赫塔维的名字也开始不断地在这所

师范学院流传，当然，这是在他身故之后的事了。法赫米显然继承了父亲的组织能力：一年后，他被任命为私立学校的负责人；1882年，他晋升为教育副大臣，仅次于教育大臣阿卜杜拉·费克里。

1873年10月，伊斯玛仪·西德基在法庭上再一次给了穆巴拉克一记重击，他指控穆巴拉克在其所著的《埃及尼罗河治理良策》（*Nukhbat al-fikr fī tadbīr Nīl Miṣr*）一书中批评政府。事实上，这些 65
指控都是基于该书的手稿（该书直到1298/1880年才出版）[127]，这也反映了埃及法庭上的阴谋不轨已经到了什么样的程度。穆巴拉克失去了一个又一个职位，他的“帝国”开始不可抑制地崩塌。

直到1878年，穆巴拉克才得以重返政府，供职于他曾经工作过的教育部和宗教基金部，彼时的内阁（1878—1879）由努巴尔（Nūbār）帕夏领导，且非常不得人心。

在伊斯玛仪的继任者陶菲克（Tawfīq）的统治时期（1879—1892），穆巴拉克再次被任命为公共事务大臣，成为利雅得（Riyād）帕夏领导的内阁（1879—1881）中的一员。有趣的是，在陶菲克继位后成为教育大臣的是穆巴拉克的老朋友阿里·易卜拉欣。易卜拉欣涉猎的领域甚多，从法律到工程学（他设计了著名的穆罕默德·阿里大街）无所不包。他的重要贡献包括：建立了第一所盲人和聋哑人学校，引入了毕业证书制度。

隶属关系和盟友关系上的错误选择主导了穆巴拉克政治生涯的最后阶段，其中一例就是他对欧拉比起义和英国占领埃及（1882）等一系列事件的态度。[128]他最后一次重大的政治任命是在1882年9月，在谢里夫帕夏第四次领导内阁时担任公共事务大臣。当这届政府于1884年垮台时，已经60岁的穆巴拉克显然已经受够了，他决定回到故乡管理他的乡村地产。1888年，他最后一次回归政坛，在利雅得帕夏重组的内阁中担任教育大臣。历史就是这么令人费解：曾将如此多的外国元素引入埃及教育，又曾如此直言不讳批评欧拉比和其支持者的穆巴拉克，在最后一次回归政坛时，却发动了一场针对埃及外国学校的“圣战”。他认为，埃及的外国学校已经太多了，这些学校还在教育过程中无视民族和宗教元素。他还建议政府实施统一的小学必修课程。1891年，当他再次回到乡村时，穆巴拉克并未能享受他的退休生活，疾病迫使他回到首都，1893年11月14日，他在首都去世。

66 在其令人震惊的政治和管理经历外，穆巴拉克还是一位多产的作家和翻译家。除了已经提到的学校教科书外，还有必要列举他的其他三部作品。一是塞迪约著名的《阿拉伯人史》（*Histoire des Arabes*，1854）的节译本，译本名为《阿拉伯人史精华》（*Khulāṣat tārīkh al-ʿArab*）。[129]选择该书绝非巧合，因为塞迪约这部描述阿拉伯辉煌文化的作品已经成为受穆斯林喜爱的参考书，穆斯林总是热衷于强调欧洲现代文明的阿拉伯起源。这部作品也成了其他旅行者的参考资料，例如，突尼斯人海伊鲁丁[130]和穆罕默德·本·扈加[131]就都曾从中大量援引材料。

二是皇皇巨著《开罗及其著名古城镇之陶菲克新志》（*al-Khiṭaṭ al-Tawfiqiyya al-jadīda li-Miṣr al-Qāhira wa-muduniha wa-bilādihā al-qadīma wa-l-shahīra*），该书第一部分出版于1886年。这是一部献给陶菲克的12卷本埃及历史、地理和地貌宝典，体例上效仿的是15世纪在开罗出生的历史学家塔基丁·马克里奇（1364—1442）的《方志》（*al-Khiṭaṭ*）。《新志》是基于阿拉伯人和欧洲人的记录以及铭文与地图完成的，同时还收录了大量传记，这反映了穆巴拉克对历史的爱好。该书在欧洲学术界非常受欢迎，这在伊格纳茨·戈德齐赫尔于

1890年发表在《维也纳东方学期刊》（*Wiener Zeitschrift für die Kunde des Morgenlandes*）的评论中得到了证明[132]，尽管德国阿拉伯学家卡尔·福勒斯在穆巴拉克的讣告中表达了稍微不那么正面的观点。[133]

最后，和塔赫塔维一样，穆巴拉克也写了一部关于他在欧洲经历的书。然而，与塔赫塔维不同的是，他的作品是一部虚构的游记。这部书名为《阿拉姆丁》（*ʿAlam al-Dīn*，1988），共有4卷（总共1490页），无论是结构还是其中的教化意图都有别于19世纪其他的欧洲游记，因此也被称为“最早的对于欧洲东方主义的批评之一”。[134]书中讲述了一次虚构的旅行，旅行者是爱资哈尔谢赫阿拉姆丁同他年幼的儿子布尔哈努丁。一位英国东方学家与他们同行，他 67
还邀请阿拉姆丁协助他翻译著名的阿拉伯语词典《阿拉伯人之舌》（*Lisān al-ʿArab*）。故事中的埃及人与欧洲人之间的关系很可能是受到埃及学者易卜拉欣·达苏基（Ibrāhīm al-Dasūqī）和英国阿拉伯学家爱德华·威廉·莱恩（Edward William Lane）之间的友谊的启发。易卜拉欣确实给爱德华提供了很大的帮助［尤其是，爱德华在开罗居住期间，易卜拉欣给他抄写了另一本阿拉伯语词典《新人的王冠》（*Tāj al-ʿarūs*）全部24卷的内容］。[135]在《新志》中，穆巴拉克还收录了达苏基对与莱恩接触的记述。[136]

穆巴拉克在这部游记的开篇就明确表示，他打算写一部教育作品，其基本目的是提供尽可能多的关于人类和科学的信息，比较过去和现在，并通过两个截然不同的人物来比较东方和西方。[137]遗憾的是，他的另一个目标，即引人入胜，实际上未能达到。这部作品结构不佳，风格参差不齐，未能激发读者的想象力。尽管采用了对话的形式，但曾经做过历史老师的穆巴拉克提供的仅是关于欧洲社会和文化的相当乏味的入门读物。写作前往巴黎的旅程（经由马赛）

和在巴黎的生活不过是为了引出主角之间进行的一系列哲学对话（总共125次），对话的主体杂乱无章，涉及欧洲文明和社会的各个方面、阿拉伯和埃及的历史与宗教以及“风暴”“孤独”这样更无趣的话题。

值得注意的是，穆巴拉克的这部作品可能启发了另一场虚构的“旅行”，旅行者是穆罕默德·穆维里希所著《第二次旅行》（*al-Riḥla al-thāniyya*）的主人公，[138]这篇游记首次面世是在作者于1927年出版的《伊萨·本·希沙姆叙事录》（*Hadīth ʿĪsā b. Hishām*）中。《伊萨·本·希沙姆叙事录》通常被认为是第一部阿拉伯语小说，小说描述了叙述者伊萨·本·希沙姆和一位死而复生的帕夏，以及一位法国东方学家一起前去参观1900年巴黎世博会（穆维里希本人确实曾参观过）的故事。另外，同《阿拉姆丁》一样，伊萨·本·希沙
68 姆的叙述是通过对话的形式进行的。阿拉伯现代文学第一次使用这种手法，就是在《阿拉姆丁》中。此外，这部作品可能也是现代阿拉伯文学中的第一部教育小说。[139]

最后，《阿拉姆丁》还包含了一条关于穆巴拉克和塔赫塔维之间关系的有趣线索，因为前者忍不住嘲笑《披沙拣金记巴黎》的作者，称其讲述了一个从未亲身经历过的事情。[140]

改革者塔赫塔维（1854—1873）

1854年7月14日，阿巴斯一世被他的两名太监暗杀，他的叔叔，伟大的穆罕默德·阿里最后一个在世的儿子萨义德（一世）帕夏继位。这位新统治者与他的侄子不同，是一位热心的亲法者。他的身边立即聚集起了利南·德·贝勒丰、克洛贝伊和费迪南德·德·莱

塞普（曾短暂地担任他的老师）等欧洲顾问。塔赫塔维也再次登台，这回轮到穆巴拉克去台侧候场了。

最初，塔赫塔维被任命为开罗省政府欧洲局主管，之后又前往萨利巴街的男子学校担任副校长（校长是苏莱曼帕夏）。他还与当时担任院校管理委员会督学和开罗省省长的艾德哈姆帕夏搭档，着手实施一个政府学校建设项目，以延续穆罕默德·阿里的努力。[141]他们计划首批建立10所学校，其中开罗8所、布拉克1所、旧开罗1所，这些学校将面向所有居民，不论背景、年龄或教育程度，这些"国民学校"还将填补经塾和总督学校（即政府学校）之间的空白。这是引入面向全体埃及人的普通基础教育的第一次尝试，其课程和架构显然是效仿了欧洲的院校。遗憾的是，穆斯塔维选择的时机并不合适，因此，他的项目没能得到赫迪夫的认可。正如我们所看到的那样，这些"国民学校"在多年之后才在穆巴拉克的推动下得见曙光。 69

19世纪50年代，塔赫塔维参与奠基了一种新的文学体裁——爱国主义诗歌（*waṭaniyyāt*）。1856年，他发表了5首这样的诗歌，效仿的是他在巴黎期间接触过的法语同类诗歌。[142]日后，爱国主义将成为推动一个国家进步和繁荣的关键因素。[143]正是这种爱国主义理念后来为他赢得了"阿拉伯民族主义之父"的称号，[144]但正如一位观察家指出的那样，更确切的称号应该是"埃及民族主义之父"。[145]

1856年，赫迪夫又一次心血来潮，任命没有受过军事训练的塔赫塔维负责管理在开罗城堡新建立的军事学校。该校随后增设了一个翻译部，由塔赫塔维的门生萨利赫·麦吉迪负责。作为一位前伊玛目，塔赫塔维的教育和管理能力使得这所学校的受欢迎程度节节攀升。他的儿子巴达维·法赫米贝伊后来也成为该校的学生。除了主管军事学校，塔赫塔维还负责管理另外三个机构（会计、土木工程和建筑），这些机构后来都被并入了这所军事学校。他还获得了一个更不合适的任命——开罗建造局督查。[146] 1861年，统治者关闭了整所学校，塔赫塔维的职业生涯再次受挫，并在随后令人沮丧的两年时间里陷入停滞。

之后，伊斯玛仪的统治开启了塔赫塔维极度活跃的一个阶段。[147] 他再次被允许开展他的翻译事业，被任命为一家新成立的翻译局的负责人，专门翻译欧洲法律文本。正是在此期间，塔赫塔维（同他以前的学生阿卜杜拉·赛义德贝伊、艾哈迈德·希勒米和阿卜杜·萨拉姆一起）翻译了《拿破仑法典》(*Code Napoléon*)，并于1866年出版。[148]两年后，他又出版了他翻译的《法国商业法典》，阿拉伯语名为《商法》(*Qānūn al-tijāra*)。[149]在教育领域，塔赫塔维也一如既往地忙碌着，他一边担任院校管理委员会成员，一边又在1869年出版了后来被称为第一部现代阿拉伯语语法书的《阿拉伯语
70 珍品教材》(*al-Tuḥfa al-maktabiyya li-taqrīb al-lugha al-ʿArabiyya*)[150]，该书是他应阿里·穆巴拉克（时任院校管理委员会主席）的要求所写。这部作品的布局和结构以及解释过程中使用的平易的语言与易于查阅的表格，都明显会让人想起作者在法国学习的那些教材中他十分欣赏的那种实用语法的写法。1870年，也就是70岁的时候，塔赫塔维还投身报刊业，担任《学苑》（见上文）的主编。

19世纪60年代末是塔赫塔维文字创作最丰富的时期，作品有《埃及人习得当世嘉行之路径》(*Manāhij al-albāb al-Miṣriyya fī mabāhij al-ādāb al-ʿaṣriyya*)[151]和之前提过的《女孩与男孩的可靠指南》（完成于他去世前不久）这样重要的“哲学”著作。这些作品应当被视为他的社会、政治和教育思想的巅峰之作。《指南》讨论

了教育方方面面的问题，由于书中强调男孩和女孩教育平等，作者也因此被称为妇女解放的先驱。[152]而《路径》则为认识塔赫塔维政治和治理观点的发展提供了独一无二的参考。在历史领域，他启动了一部埃及历史巨著，并完成了前两卷。遗憾的是，他生前只出版了其中一卷，即《伟大的陶菲克光耀下的埃及历史及伊斯玛仪后裔考》（*Anwār Tawfīq al-Jalīl fī akhbār Miṣr wa-tawthīq banī Ismāʿīl*）[153]，该书从法老时代的埃及讲起，一直到穆斯林对埃及的征服，可能确实是埃及人写的第一本关于古埃及史的书。[154]同样值得注意的是，作者同时使用了阿拉伯语和欧洲语言资料。第二卷是先知传，名为《一个希贾兹人的终极传略》（*Nihāyat al-ījāz fī sīrat sākin al-Ḥijāz*）[155]，这本书在塔赫塔维去世后才出版，编辑工作由他的儿子阿里·法赫米完成。

里法阿贝伊于伊历1290年3月1日，即公元1873年5月27日去 71
世，葬礼于次日举行，主持仪式的是爱资哈尔长老穆罕默德·麦赫迪·阿巴希。他的遗体被安葬在开罗穆格塔姆山脚下学者花园的大墓园之中。同年1月，开罗的第一所穆斯林女子学校开学。

就塔赫塔维在19世纪对埃及社会的贡献以及他对这个现代国家后续发展的影响而言，其重要性是难以估量的。就事论事地说，阿里·穆巴拉克也是如此。他们象征着东方与西方、传统与现代的最佳融合。时至今日，他们的成就和改革成果仍在延续。

72 # 三、塔赫塔维在欧洲

埃及的学生们刚一踏上法国的土地，就被带到城北“新医院”（*Nouvelles Infirmeries*，这个名字颇有误导性）的检疫所，并在那里度过了他们的检疫隔离期。18天后也即1826年6月4日，他们被解除限制，入住了位于城郊的博内维恩堡，开始接受教育。在接下来的30天里（6—7月），他们全心投入学习法语发音和字母。[1]然而，并非所有时候都是如此辛苦，学生们偶尔也会被允许在马赛观光。小餐馆和精美的商店往往吸引了他们的注意，当然还有穿着优雅的（不蒙面的！）法国女人。

对于这些埃及人的到来，当地居民的反应却没有预期的那么热情。媒体煽动起潜在的亲希腊情绪，使得一群更激进的人拿这个留学团做文章来攻击首相维莱尔（Villèle）的亲奥斯曼立场。[2]

在外出游玩的过程中，留学生们还与埃及难民（穆阿里姆·雅古布科普特军团余部）建立了联系，这些人几乎都已在马赛定居，但依然从战争部支取退休金。马赛也是巴黎以外第一个开设阿拉伯语方言课程的城市（由巴黎东方语言学院提供支持），该课程是在德·萨西和叙利亚牧师加俾额尔·塔维勒（Jibrāʾīl al-Ṭawīl，又作Gabriel
73 Taouil）的建议下设立的，塔维勒于1807—1835年间负责教授该课程

［他的继任者是大名鼎鼎的厄塞布·德·萨勒（Eusèbe de Salles）］。[3]

新从祖国来的同胞和久居海外的移民兄弟之间的接触并不总是顺利。尽管塔赫塔维表示自己很高兴遇见一个来自故乡上埃及的人，尤其这人还是他的远房亲戚，但他也震惊地发现，许多过去和他持有相同信仰的人都皈依了基督教，有些人甚至都不会说阿拉伯语了。

为了让留学生们与欧洲的第一次接触尽可能愉快，若马尔请了一些翻译来帮忙，他们都是从马赛的“东方人”中招募的，除了我们之前提到过的若阿尼·法拉翁，还有米哈伊勒·哈拉比、阿伊德·巴加利、尤素福·伊瓦德和约瑟夫–埃利·阿古布。这最后一位是［我们行文］至此名头最大的，在埃及团旅法的大部分时候，他都和留学生们待在一起，甚至还在路易大帝学院教他们如何将法语翻译成阿拉伯语。阿古布于1795年出生在开罗，父亲是亚美尼亚人，母亲是叙利亚人，在法国军队撤离时，他随父母离开埃及，后在马赛定居。他是一位著名的作家，他的诗作多用浪漫的笔调描绘埃及及其历史，成功地利用了埃及战役以来法国流行的埃及热。他的主要成名作是诗集《破碎的诗琴》（*La Lyre Brisée*，1824），塔赫塔维抵达法国后不久（1827）就翻译了该诗集，并由出版原作的东代·迪普雷（Dondey-Dupré）出版社出版，这也是第一部欧洲文学作品的阿拉伯语译本。[4]阿古布还在书中加入了赞美穆罕默德·阿里的诗歌[5]，按照预想的那样成功地吸引了埃及宫廷的注意。在若马尔的鼓动下，布乌斯贝伊还将这些诗作翻译成了土耳其语。诗作者则被任命为若马尔的私人助理（这个职位有丰厚的津贴）。

更具学术价值的是阿古布翻译的埃及民歌，即所谓的“轮旋曲”（*mawwāl*）。[6]他出色地将埃及口语翻译成非常优雅、易懂的法语。74
阿古布版本的轮旋曲得到了当时法国著名文人的青睐，如著名诗人德·拉马丁（de Lamartine），还启发古斯塔夫·福楼拜写了名为《花魁之歌》（*Chant de la Courtisane*）的仿作，福楼拜曾在与马克西姆·迪·康（Maxime du Camp）的埃及之行中真正听到过这首歌。[7]

这些认可，加上异国情调的吸引力，使阿古布至少在一段时间内成为巴黎文坛一颗冉冉升起的新星，他还在时髦华丽的迪弗努瓦夫人举办的沙龙上大受好评。不幸的是，他的财富很快就耗尽了，并穷困潦倒地在他的第二故乡马赛去世，年仅37岁。[8]

1826年7月24日，阿古布陪同留学团的三位领导来到巴黎，在那里，若马尔为他们举办了一场宴会，其他健在的埃及远征军成员，如曾与德塞一起指挥法军上埃及师的贝利亚尔将军，也出席了宴会。几天后，留学团其余的人也跟着来了，途中，他们只在里昂作了一次短暂的停留。8月5日，全团在他们未来的新家集合，那是位于三一区（第九区）克利希街33号的一座漂亮的城市公寓，与维克多·雨果未来的寓所（克利希街21号）仅几栋楼之隔。四天后，课程开始了，满满的日程让这些埃及人筋疲力尽：每天早上7点开始上课，晚上6点结束。除了技术制图，他们还要进行法语、历史学、算术、工程学和地理学等科目的学习。与此同时，若马尔的宣传机器也在全力运转，以满足公众了解并八卦这些“土耳其人”以及留学团的目标、活动、进展等的需求。

或许正如人们所预想的那样，大多数学生的准备工作极其不充分，这就意味着，他们的学习进展缓慢、艰难，尤其是在法语方面。因此，若马尔不得不搁置他的专门培训计划，直到学生们掌握了足够多的语言知识，能够跟上课程。在这方面的主要障碍在过去和现在的语言教育中都很常见，那就是，学生们都住在一起，大部分时间仍在用母语（可能不止一种）交谈，而没有沉浸到目标语言中去。

除了和老师交谈，他们几乎没有机会说法语。事实上，学生们自己 75
似乎也不觉得有什么进展，正如塔赫塔维所评论的那样。[9]于是，为了解决语言问题，学生们被分成若干小组，有些被送到各寄宿学校，另一些则寄宿在私人教师家里。[10]塔赫塔维被送到一位名叫舍瓦利耶的军事工程师家里，这位工程师是综合理工学院的毕业生，从事的是语言教学工作。除了全额食宿、学习用品（书本、钢笔等）以及服装和医疗费用外，学生们每月还能领到一笔津贴（津贴的标准在开罗已经仔细确定）。但津贴的数额差别很大，例如，塔赫塔维可以拿到250皮亚斯特（约80法国法郎），而留学团团长阿卜迪·舒克里埃芬迪则可以拿到2500皮亚斯特，且从1828年底起还翻了一番。垫底的是艾哈迈德·阿塔尔，只能拿到微薄的80皮亚斯特。比较来看，埃及一个普通的工厂工人或士兵的月薪在10至15皮亚斯特之间，而1834年塔赫塔维《披沙拣金记巴黎》的售价是15皮亚斯特。[11]团领导和包括塔赫塔维在内的几名学生还配有埃及仆人。[12]

起初，学生们被若马尔（他作为教学督导负责学生的课程）和团领导人严格管理，他们轮流负责，最初是每天轮一次，后来是每月轮一次。大约一年后，阿卜迪埃芬迪成为唯一的负责人。1831年10月他回埃及后，由另一名土耳其人艾敏艾芬迪接任。当学生们都还住在克利希街的团驻地时，不论白天或晚上，他们都不得离开，只有在周日得到一位负责人签发的许可后才能外出。住进寄宿学校后，如果没有作业或课程，他们可以在平日的晚上、周日全天、周四下午和公共假日同法国同学与老师一起外出。当然，这一规定并不适用于三位领导，因为老师们已经收到了特定指示，大意是不要给领导们布置任何作业。所有学生的行动都受到严格的管制[13]，违反者会被关进宿舍，如果屡教不改，则会被遣送回埃及。此外，总督

76 还密切关注那些在海外留学的臣民们，团员和团领导必须每月提交详细的进度报告。他们的统治者是一个严厉和苛刻的“监工”，这一点从他经常发往巴黎的信中就可以看出，他在信中常常敦促学生们要表现得更好，有时又对他们过去的糟糕表现表示失望。[14]《披沙拣金记巴黎》的作者之所以在书中列出了他研读过的书目清单，也应当结合这个情况考虑。若马尔特别小心地关注着他的门生们的进步幅度和勤奋程度，并在必要时给予鼓励和表扬。[15]学生们还经常被提醒，他们的教育花费了统治者多少钱，他们应该如何以最大的热情和勤奋投入学习以回报。

1827年7月，在第一个学年结束时，学生们参加了第一次考试，这次考试几乎完全是为了测试他们的法语知识。虽然考试结果并不理想，但却给埃及统治者留下了足够深刻的印象，使他决定继续支持此次留学。若马尔的努力得到了嘉奖，他得到了1万法郎的年薪。[16]在考试中表现出色的学生都获得了奖励。塔赫塔维得到的是巴泰勒米所著《青年阿纳卡西斯希腊游记》（*Voyage du Jeune Anacharsis en Grèce*）的豪华版本，还附有一封若马尔热情洋溢的表扬信。[17]

同月，穆罕默德·阿里给国王查理十世送来一头长颈鹿，法国的埃及热达到了新的高潮，[18]也再次引发了法国公众对埃及学生们的兴趣，这些学生和长颈鹿一起成了名为“长颈鹿，或在国王花园的一天”的杂耍表演的主角。[19]诗人巴泰勒米和梅里也在他们的仿英雄体史诗《巴克里亚德，或阿尔及尔战争》（*La Bacriade, ou la guerre d'Alger*，1827）中提到了长颈鹿和这些学生。诗中，留学团成员成了一个错综复杂的国际阴谋中的棋子，据称他们是受埃及总督应阿尔及利亚统治者（德伊）所托，被派来追回一个名叫拿单·巴克里的阿尔及利亚犹太商人——也即与诗歌同名的主角贪污的资金。然而，学生们不仅没有完成任务，他们的行为还使得法国政府对阿尔及利亚发起了进攻。

这个故事其实是基于一个非常复杂且疑点重重的事件，最早可 77
以追溯到法国督政府时期（1795—1799），涉及法国拖欠阿尔及利亚小麦货款的事件。1793—1798年间，巴克里和布什纳格这两个犹太商人家族与塔列朗共谋，将阿尔及利亚的这些小麦供应给法国。阿尔及利亚的德伊[1]哈桑（Ḥasan，1790—1798）曾于1796年向法国政府提供了一笔无息贷款，用于法国购买邦纳和君士坦丁的小麦，并在随后的两年里又追加了贷款。虽然这些小麦最初是要运往法国南部省份的，但最终却很快成了拿破仑在意大利和埃及的军队的重要物资。事实上，由于新任德伊穆斯塔法（Muṣṭafā，1798—1805）对坚持还款的要求越来越迫切，拿破仑甚至曾短暂地考虑过进攻这个摄政国。债务总额在1800年为790万法郎，而到1815年却飙升至2400万法郎。然而，在犹太商人与法国政府达成协议（1819年10月28日）后，这一数额被削减至700万法郎，这让巴克里和布什纳格家族的债权人（德伊也在其中）深感震惊。当法国驻阿尔及尔领事皮埃尔·德瓦尔（Pierre Deval）控诉自己遭到阿尔及利亚统治者侯赛因（Ḥusayn）德伊的羞辱时，事情发展到了一个分水岭。

1827年4月29日，两人发生争执，德伊指责德瓦尔作为领事不仅扣留法国政府有关债务问题的公函，还侵吞了领事资金。德瓦尔则要求阿尔及利亚归还教皇的两艘船只，并希望德伊保证海盗们不会攻击以教会国家旗帜航行的船只——因为教皇不缴纳任何贡品，

---

① 原书此处及下一处皆作“贝伊”，根据当时阿尔及尔统治者的实际称号修改为“德伊”。——译者注

所以法国人不得不保护这些船免受阿尔及利亚海盗的侵扰。在这次无疑非常激烈的交锋中，据说德伊用蝇拂打了德瓦尔的脸。[20]这件事在法国引起了极大的关注，法国政府雷厉风行地对阿尔及尔港实施了封锁，而德伊则摧毁了邦纳和拉卡勒的商行。然而，法国当时并不想真正开启一场远征，封锁不过是炮舰外交的又一次实践。而且，公众的关注很快就消退了，双方都不愿意看到一场代价高昂的战争。然后，在这个戏剧性的案例中，现实又反过来“模仿”了戏剧：巴克里事件最终成为1830年法国全面攻打阿尔及尔的借口。此次军事行动是波利尼亚克（Polignac）内阁精心策划的一次谋略的组成部分，不仅能解决难以处理的债务问题，还能在这个过程中获得更优
78 惠的贸易关税，还能将人民的注意力从查理十世灾难性的国内政策上转移。

最后，值得补充的是，整个事件确有一丝与埃及的关联。机敏的德罗韦蒂长期以来一直怀揣着一个梦想，那就是使他的“养子”埃及成为奥斯曼帝国的继承者。在他的这一愿景中，埃及的领土会向东和向西扩张。而阿尔及利亚的问题让他意识到可以为这一扩张积累资本。于是在1829年，德罗韦蒂与波利尼亚克接洽，商讨法国和埃及联合进攻三个摄政国（阿尔及利亚、突尼斯、利比亚）的事宜，法国将为易卜拉欣帕夏领导的埃及地面部队提供海上支援。最终，因穆罕默德·阿里拒绝法国政府对阿尔及利亚控制权的要求，谈判破裂，计划也就泡汤了。[21]当然，事情是否真的会发展到法国所计划的那样，本身也是存疑的。很难想象，当法国和埃及在实质上分解奥斯曼帝国并从根本上改变现有权力平衡的时候，奥斯曼人或其他欧洲列强（尤其是英国）会袖手旁观。

1828年2月28日和3月1日，学生们必须参加另一次考试，以宣

告他们预备培训的结束。考试由曾参加过埃及远征、时任塞纳省省长、议员德·沙布罗尔伯爵主持，场面异常庄严和隆重。一批杰出人物来到考试现场，包括东方学家阿梅代·若贝尔（东方语言学院土耳其语教授）、T. 比安基和加尔桑·德·陶希以及多名院士、将军（包括已经提到的贝利亚尔）与其他知名人士。更为引人瞩目的是，英国海军上将西德尼·史密斯爵士和英国领事大卫·莫里尔也来到了现场。考试包括笔试和口试。笔试于2月28日举行，学生们将有一小时的时间来完成一篇法语文章，一小时又一刻钟的时间来答数学题（算术、代数和几何），而绘画科目则将根据他们最近完成的作品来打分。[22]从数学考题的内容可以明显看出，考试要求相当低。例如，一道几何题仅要求画一个三角形，并已给出了两边及其中一边的对角。另一道更偏算术的题目是这样的：船上有42人，每人每天配给用水15升，可维持15天，问如果要求维持25天，则每人每天应配给多少用水量。[23]法语笔试要求学生们给埃及的朋友写一封信，描述他们在法国居住期间印象最深刻的事情。口试的目的是测试他 79
们的综合知识和用法语中肯、正确表达观点的能力。例如，塔赫塔维被问道：“什么是考试（*Qu’est-ce qu’un examen?*）？”他的回答相当简洁：“一个人经过考试后我们会尊重或鄙视他（*Après l’examen, on estime un homme ou on le méprise.*）。”但这个回答似乎没有像赫里勒·马哈穆德那显露口才的回答那样打动考官。[24]

考试现场的明星是留学团最年轻的成员之一、开罗出生的土耳其人马兹哈尔，他同亚美尼亚人伊斯提凡、本土埃及人阿里·哈伊白（ʿAlī Haybah）以及赫里勒·马哈穆德都在法语作文和文法分析上获了奖，还在代数和几何考试中获得了第一名。马兹哈尔是留学团中唯一一个论文被收录在若马尔发表在《亚洲学报》（*Journal Asiatique*）

上的官方报告中的。[25]在参加此次考试前，他已经入学波旁皇家学院，并在70名学生中排名第六，是第一批获准参加大学初级几何学考试的7名学生之一。穆斯塔法·麦赫拉姆吉和穆罕默德·巴尤米也表现出对几何学的独特天赋，后者甚至正在准备著名的皇家理工学院的入学考试。[26]

尽管若马尔特别表扬了塔赫塔维，还提到了他翻译的《埃及和叙利亚年鉴》（*Almanac de l'Egypte et de la Syrie*）和西普里安–普罗斯珀·布拉尔的矿物学手册，但这位年轻的伊玛目和其他五位同学一样，基于他们取得的进步，只获得了安慰性的“鼓励奖”，奖品是西尔韦斯特·德·萨西（Silvestre de Sacy）编写的《阿拉伯诗歌选》。[27]若马尔很高兴地提到，土生土长的埃及人同在埃及出生的“奥斯曼人”表现得一样好，前者17人中有8人获奖，后者17人中有6人获奖。非埃及出生的土耳其人是最不成功的。若马尔认为，年龄是更具决定性的因素。他提到，三个最被看好的学生（马兹哈尔、巴尤米和麦赫拉姆吉）全都属于团里最年轻的成员（抵法时才17岁），并补充说：“遗憾的是，埃及政府没有派更年轻的人来！”[28]

80 考试结束后，学生们终于准备好开始接受专业训练了。他们被分配到事先选定的15个学科领域中，用若马尔的话说，“依据的是他们的喜好和能力”，但最终做决定的可能还是若马尔本人（毫无疑问，他与团领导密切协商，并遵照总督的指示）。[29]第一门课程是军事管理，于4月10日开始，参加者是留学团的领导之一穆罕默德·穆赫塔尔和他的同胞拉希德埃芬迪。阿卜迪埃芬迪、艾尔廷与他的兄弟穆罕默德·胡斯鲁、格鲁吉亚人塞利姆则参加了民政管理（或外交事务）的课程。其他学科还有炮兵学、化学、医学（包括外科学和解剖学）、军事工程学、海军事务、行政、力学和水力学、技术绘图和雕刻、农学、自然史和翻译。[30]专业训练的形式是个人辅导和选修大学课程相结合。准备接受海军训练的学生前往布雷斯特的法国海军学院，而专攻农学的学生则在罗维尔的实验农场继续接受教育。1829年，两名埃及学生被医学院录取。马兹哈尔、巴尤米和麦赫拉姆吉还听了著名的奥古斯特·孔德的数学课，并给后者留下了很好的印象。几年后，孔德给马兹哈尔提供了一封写给约翰·斯图尔特·密尔的热情洋溢的介绍信，信中称马兹哈尔为“最聪明、最有爱的埃及青年”[31]。

塔赫塔维几乎是刚到法国就被若马尔挑中接受翻译训练，现在他开始把精力集中在这门技艺上。他的老师主要是之前提过的舍瓦利耶和一个名叫洛莫内里（Laumonerie）的人，他跟着他们一起读了大量的书，这些书包含了令人钦佩的广泛内容，从地理学、历史学到逻辑学、哲学、文学和几何学。[32]此外，他还阅读报纸和杂志，对有关奥斯曼帝国和他的祖国的文章表现出浓厚的兴趣。[33]他还写了一篇天文学论文。[34]他的工作日程安排甚至危及了他的健康——长时间在夜间阅读使他患上了严重的眼疾。[35]在返回埃及前的最终考 81
试（1831年10月19日）中，塔赫塔维展示了他在一年时间里完成的翻译，这些翻译不论是数量还是涉及的主题范围都很惊人。[36]《披沙拣金记巴黎》也收录了他从法语翻译过来的一些文献（《法国宪章》、一篇医学论文和一篇报纸文章），这些翻译可能在最初时只是习作。

第一位译者的毕业非常重要，因为他将有助于实现若马尔三年前所说的“让埃及从我们的科学成果中受益，并使它有朝一日同我们的机构一起创造福祉”[37]，因此，学术期刊《百科评论》（*Revue Encyclopédique*）在其11月号上全文刊发了塔赫塔维的考试记录。

鉴于首次派出的留学团成员们取得了令人鼓舞的成绩，若马尔没费太大工夫就说服了总督将这一探索转变成更持续的做法，并派出了更多的学生。随着埃及舰队在纳瓦里诺遭到毁灭性的打击，1828年8月，6名埃及工匠来到土伦港学习海军建设。同年，又有其他埃及人陆续到来，看上去似乎已经成了一股源源不断的潮流。1829年5月，又有34人被派往巴黎接受不同领域的训练。这些和其他被派往巴黎的学生往往对他们未来的学业准备得更充分，大多数人都是艾因尼宫学校的毕业生，而这所学校在当时已经运作得很完善了。1829年的留学团成员还包括6名非洲奴隶男孩（年龄在8—12岁之间），他们是由法国领事德罗韦蒂购买的。德罗韦蒂这么做，是为了实现他的另一项宏伟计划，即把文明和教育带到非洲内陆。[38]不幸的是，其中一名非洲男孩当年即因肺结核在巴黎去世，留学团也因此受到了影响。此外，总督并不仅仅把法国作为人才培养的唯一目的地；1829年10月，也有15—20名学生被派往英国。[39]

1832年，巴黎接纳了12名埃及医学生。他们是克洛贝伊选中的艾布·扎巴勒医学院的教师人选，这所医学院最初是为了满足穆罕默德·阿里对军医的需求而建立的。派这些医学生留法是为了培养
82 本土教师，以规避用外语授课并实时翻译给学生这种烦琐而低效的授课方式。[40]当然，在东西方关系特别敏感的时期，这次留学团的派遣也能带来明显的政治效益。还值得一提的是，这可能是第一次根据能力而不是根据关系背景来选拔学生。克洛贝伊挑选的这批学生中，除其中一人外，其余都是本土埃及人，所有人都是在艾布·扎巴勒医学院已完成五年学习的爱资哈尔毕业生。1832年11月到达巴黎后，他们参加了皇家医学院的入学考试，并全部通过。随后，他们分组进入主宫医院（Hôtel-Dieu）和仁爱医院（La Charité）等一些巴黎最著名的医院学习。这个留学团之所以引人注意还有一个更世

俗的原因，那就是，其中3名医学生都娶了法国姑娘。

第一个留学团中的大多数人在巴黎平均待了四到五年，有些人甚至待了八年。[41]艾哈迈德埃芬迪就是如此。他是穆赫塔尔（团领导之一）的表亲，也是留学团的财务主管。他本应学习自然史和金属铸造，但8年后因负债累累且没有获得任何资质而被召回埃及。[42]第一个留学团共有5名学生因健康原因或欠缺学习能力而被遣返。

留学潮最鼎盛时，巴黎的埃及学校共有115名学生在读。根据自诩为埃及留学团史专家的欧麦尔·图苏恩（ʿUmar Ṭūsūn）亲王的说法，1813—1849年间，约有311名学生被送往欧洲（法国、意大利、奥地利、英国）。[43]还有其他学者认为学生人数多达360人。[44]

然而，1835年12月，从开罗寄来了一封给若马尔的信，然后，祸患和失望接踵而至。若马尔被告知，总督正在召回所有的学生，但究竟是什么原因，我们仍然不得而知。

第一个留学团所取得的成绩特别值得关注。正如我们在塔赫塔维的案例中所看到的，他所受的训练使他在所选择的专业领域中得以大展拳脚，尽管有时这份事业并不稳定。马兹哈尔也得以将他的工程技能付诸实践，他不仅协助蒙热尔建造了三角洲拦河坝和亚历山大灯塔，还在后来成为公共事务大臣。学过海军工程学的哈桑·伊斯坎达拉尼先是被安排负责管理亚历山大船坞，后又成为海 83
军事务大臣，艾尔廷兄弟则随着统治者的承继更替逐渐升至高位。然而，其他许多人就没有这么幸运了，统治者的心血来潮推动了他们的职业生涯，而统治者的判断也决定了他们的去向。于是我们看到，伊斯提凡的外交训练被用在了教育部，专攻水力学且学术能力得到若马尔高度评价的巴尤米被任命为化学老师，学习金属锻造的艾敏埃芬迪成了火药厂的负责人，在布雷斯特和土伦学习过海军工程学的切尔克斯人马哈穆德被派到财政部工作。在这样的政策安排下，最悲惨的要数赫里勒・马哈穆德，他先是成了一名图书装订师，但后来沦落到只能作为导游，向来访的欧洲人兜售服务。[45]此外，据艾尔廷的儿子雅古布说，鉴于翻译的需要，学生回国后，实际上会被关在城堡里三个月，只有在将自己专业领域内的一本书翻译成土耳其语后才会被释放，当然这种说法并非完全可信。[46]

虽然此次留学探索的目标没有实现，但不能仅因此就将它贬得一无是处。确实，参与人数不多，留学成果参差不齐，后续对团员专业知识使用不当，再加上（或受威胁于）政府官员的疑虑和敌意，所有这些意味着，总督关于培养一个能推动国家重组和现代化的“超级官员”核心的梦想几乎没有实现。此外，留学生较差的教育基础以及大部分人的年龄与对新环境的不适应意味着，在大多数情况下，他们并没有从现代教育中得到他们本可以得到的好处。[47]当然，也有一些人并没有很认真地对待他们的任务（如已经提过的艾哈迈德埃芬迪），他们也许被欧洲文明中更为轻浮的方面所迷惑。法国学者普里斯・德阿韦纳沮丧地对第一个埃及留学团的一些成员作了如下评论，正如他所说：

> 每一次谈话都让他们（即学生们）回忆起我们迷人的姑娘、我们的舞蹈、我们的眼眸和我们的演出。[48]

84 另一位当时的观察家在谈到留学团的成果时，更是冷嘲热讽，他说：

> 他们中的大多数人在巴黎只学会了三件事：法语说得够好、喝葡萄酒和嘲笑穆罕默德。[49]

事实上，第一个留学团的许多成员，尤其是塔赫塔维本人，还是为［埃及］这个国家的思想、文化和政治生活做出了宝贵的贡献。翻译运动即是一例，塔赫塔维所带动的翻译运动是埃及现代教育体系发展的重要因素。此外，也不应低估这些留学生们作为欧洲（法国）和埃及之间的文化中介所发挥的作用。他们中的许多人都向欧洲旅行者提供了信息，例如，塔赫塔维接待了法国作家让-雅克·安培（Jean-Jacques Ampère）[50]和查理·迪迪埃（见上文）以及英国历史学家佩顿（Paton）[51]，而福楼拜和他的长期伙伴马克西姆·迪·康则用上了赫里勒·马哈穆德的服务。[52]

这个埃及留学团的故事并没有在1835年结束。事实上，正如我们所看到的，不到十年，穆罕默德·阿里的法国军事顾问苏莱曼帕夏便说服他的主人建立了埃及军事学校，该学院一直运作到1849年。总督的继任者们继续执行了他的留学生派遣政策，法国仍然是主要的留学目的地。例如，19世纪70年代初在欧洲接受教育的50多名学生中，有24人在法国；到1882年英国占领埃及前夕，这一数字上升到38人。[53]其他穆斯林统治者也纷纷效仿，其中最突出的是奥斯曼帝国的苏丹。他不甘落后于他的臣子，不顾许多人的反对，在埃及派出留学团后的第二年便向欧洲派出了更大规模的留学团，该留学团由150名学生组成（其中4人前往巴黎），大部分是陆军和海军学校的学员，以及即将成立的新学校的储备师资。这些新学校中最先成立的是一所医学院——穆罕默德·阿里的艾布·扎巴勒医学院成立一月后在伊斯坦布尔成立。[54]

奥斯曼帝国苏丹的另一位封臣（总督），突尼斯的艾哈迈德贝伊 85
也派了几名军人去圣西尔（Saint-Cyr）军事学院进行学习，这位总督还雇用了大量的欧洲（主要是法国）工匠和技术人员来协助开展他那宏伟的现代化计划。[55]他派出的第一个非军事留学团于1880年10月抵达巴黎，并在圣路易语法学校注册入学，8名团员都是萨迪基学校的毕业生。遗憾的是，几个月后，突尼斯成为法国的保护国，这一留学项目也就戛然而止了。[56]

早在1811年和1815年，伊朗就曾派出小批学生前往欧洲，至少有一位波斯学员米尔扎·穆罕默德·萨利赫·设拉奇（Mirzā Muḥammad Ṣāliḥ Shīrāzī）也写了一部游记。[57]

直到19世纪下半叶，埃及仍然是欧洲阿拉伯留学生的主要来源地，在侨居法国的突尼斯人苏莱曼·哈拉伊里1862年报告的300多名穆斯林学生中，最大的阿拉伯学生群体是埃及人。[58]

19世纪下半叶，奥斯曼苏丹再次效仿他的封臣，在巴黎建立了自己的学校——“奥斯曼帝国学校”（*Mekteb-i Osmani*），该校位于当时绿树成荫的郊区格勒那勒（1860年并入巴黎，为第十五区）紫罗兰街的奥斯曼大使馆内，开办于1857—1864年间。课程内容比埃及学校的课程更丰富一些，除了一般的军事训练，还有法语、（奥斯曼和法国）历史、数学、物理、化学、地理学和绘画。这些课程由法国教育部负责组织，但一些教师是土耳其人，校长也是土耳其人。[59]
86 与埃及的前辈学子一样，一些土耳其人也在巴黎的中学，如圣巴尔贝、路易大帝和查理曼等学校上课，还有一些人进入法国、德国、意大利和比利时的大学学习。[60]

最后值得一提的是，在某些情况下，留学团产生了意想不到的、不受统治者欢迎的回报——它们成为19世纪后期新政治思想的主要来源和渠道之一。作为一个流亡者的集聚地，巴黎是持不同政见者和各种立场的活动家组织抵抗伊斯坦布尔与开罗政权的中心。其中有绰号为“戴蓝眼镜的人”即埃及人詹姆斯·萨努阿，穆罕默德·阿布笃（Muḥammad ʿAbduh），阿布笃的导师、波斯神秘主义者哲马鲁丁·阿富汗尼以及纳米克·凯末尔周围的奥斯曼青年党人。[61]也正是在巴黎，他们中的一些人创办了刊物，以宣传自己的观点。其中最著名的无疑是穆罕默德·阿布笃和阿富汗尼的《最坚固的纽带》（*al-ʿUrwa al-Wuthqā*），这本刊物在东方流传甚广。[62]

87 # 四、关于本书

缘起与主题

正如我们所看到的那样，塔赫塔维既不是第一个踏上欧洲土地的埃及人、阿拉伯人，也不是第一个写下自己欧洲旅行记录的人。这些“第一个”的荣誉属于安达卢西亚的犹太人雅古布·图尔图施（Yaʿqūb Ṭurṭūshī），他在10世纪中叶就游历了西欧大部分地区。遗憾的是，他的游记只留存了一些片段，被收录在后来的一些作品中。最早的欧洲之行的完整记录是17或18世纪摩洛哥大使们的作品，他们的主要目的地是西班牙，但其中也有一位名叫艾哈迈德·本·卡西姆·哈加里（Aḥmad b. Qāsim al-Ḥajarī，卒于1645年）的摩里斯科人曾远赴北方的低地国家。[1]然而，这些作品基本上不为外界所知，其内容范围也非常有限。事实上，塔赫塔维是阿拉伯世界全面描述欧洲社会和文化的第一人。此外，他还扩大了他的同胞们对现实世界的认知，正是在《披沙拣金记巴黎》中，欧洲以外的许多国家第一次被提及，从而成为阿拉伯人认知的一部分。虽然有40多位来自东西方穆斯林国家的旅行者追随了他的脚步，但《披沙拣金记巴黎》以其在内容和文体上的创新而获得的卓越地位同其作者的名声一样经久不衰。[2]突尼斯人穆罕默德·扈加在1900年将自己的法国游记命名为*Sulūk al-ibrīz fī masālik Bārīz*，可译作《巴黎街道上的金子般行为》，用自己特殊的方式向塔赫塔维致敬。《披沙拣金记巴黎》 88
的重要性还在于，作者在书中所纳入的如法国人吃饭用刀叉、坐椅子等情形，对了解当时穆斯林对欧洲的先入之见与固有认识提供了宝贵的启示。除了对如何认知“他者”提供参考外，该书还揭示了如何将“自我”（欧洲）认知传递给“他者”（穆斯林）的过程。

正如塔赫塔维本人所述说的那样，正是在导师哈桑·阿塔尔的建议下，他才决定将自己在这块新奇大陆的经历写成一部详细的记录。这也意味着《披沙拣金记巴黎》有着不同于以往同类型作品的一个特点，即该书所蕴含的教育意图。这一意图从书的一开始就很明确，那就是教同胞去了解西方。

从离开埃及的那一刻起，塔赫塔维就开始记录旅程的每一个阶段以及他在巴黎的生活和活动，并在其中急切地利用了他所获得的法语文献。一部欧洲文献——德平的《各国风俗与习惯历史概要》——甚至对该书的结构产生了影响。塔赫塔维游记中第四、第五、第六章关于巴黎住房、食物和服装的内容明显地与这本书的前三章有相似之处。塔赫塔维也于1829年完成了这部书的翻译。

《披沙拣金记巴黎》一书分为两部分：导言部分（序言和前言）和正记。前一部分介绍了访问的目的，同时提供了关于留学团领导的一些情况和现代世界的地理概况，且特别强调了欧洲的位置。该书的正记分为若干篇，每篇又分为若干章。各篇的篇幅差异很大，一系列相似的主题会归在同一篇内。第一篇讲的是从亚历山大到马赛的海上旅程，第二篇讲的是马赛的生活。第三篇对法国首都生活的各个方面进行了详细的考察，其中对法国政治、教育和娱乐组织的全面叙述是关键内容。第四篇全部用来讲述作者的学习、留学团的情况等。第五篇主要讲述了塔赫塔维亲见的1830年革命，包括对事件背景以及国王被赶下台这一最终结果的详细描述。第六篇也即最后一篇讨论了各门学科，不过主要是集中于语言（包括对法语的描述）、算术和逻辑。

89 这本书有几个版本。初稿是在作者前往巴黎前不久完成的。收入到《披沙拣金记巴黎》中的该版本的大纲[3]显示，该书的核心内容后来被扩展了约三分之一，因为原本的计划是写四篇。最重要的新增内容是关于法国革命的章节，可能是作者应一位巴黎朋友的要求加入其中的。[4]此外，塔赫塔维还加入了一整篇文章专门介绍日常的学习活动（包括他阅读的书和关于期末考试的完整报告）、留学团的规定等。这“新的”第四篇还收录了一些法国著名学者赞美作者及其著作的书信。将这样的颂词（*taqārīẓ*）收入书中，虽然以今天的眼光来看很奇怪，但在阿拉伯文学传统中却是常见的做法。在这一传统中，撰写颂词的通常是学者和其他知名人士，目的是对作品给予正式肯定。[5]最后增加的内容是上文提到过的塔赫塔维翻译的一篇医学论文，被附在讨论巴黎医学的章节中（第三篇第九章）。这篇论文的写作时间不详，但可以推测它是艾布·扎巴勒医学院的教材。关于书中其他一些部分的写作时间也有线索可循。最后一次修订或增补似乎是在1832年，依据是新加内容所含的一些历史线索，如一首关于阿卡的诗可能是为了纪念1832年穆罕默德·阿里攻占该城而加入的；又如法国著名东方学家约瑟夫–图桑·雷诺（Joseph-Toussaint Reinaud）的一封信，信中提到了马尔特–布戎（Malte-Brun）所著《普通地理学》（*Géographie Universelle*）的修订版（塔赫塔维在巴黎时就已开始翻译该书），该修订版的第一卷直到1832年才出版。当然，也有一些删减。第一处是一段关于哈桑·伊斯坎达拉尼的虔诚的文字，原本是前言第四章的结尾。[6]第二处比较有趣，是一段描述地球转动的文字，删除这段话是为了避免让作者受到“没有信仰”的指责。[7]第三处也是最后一处已知的删减是一大段关于圆形优点的冗长的哲学讨论，这显然是在德·萨西的建议下出于可读性的考虑而删去的。[8]

书名也发生了一些变化。《披沙拣金记巴黎》是该书正文给出的
书名[9]，意思是“在（*fī*）对巴黎的概述中提炼金子”，而在该书第一 90
版及后续几版的封面上写的则是“在前往（*ʾilā*）概述巴黎的道路上提炼金子”。介词的变化可能不仅仅是字面意思的改变。

轻易的推断和草率的解释都不适用于对《披沙拣金记巴黎》的讨论。书中虽描写了欧洲社会的某些特征，但这并不意味着作者对这些特征持赞许的态度。例如，作者很少会明确主张采用欧洲的创新成果（欧洲的科学和税收是例外）。在某些情况下，如法国的政治制度，作者明确主张不采用。虽然塔赫塔维在这部作品中将法国政治制度作为范例来介绍，但他后来的作品也显示，他并不赞成自己的国家采用欧洲式的议会民主制。许多观点都是隐含式的，因此，如果期待《披沙拣金记巴黎》能提供某种一目了然的哲学或意识形态建构来处理两种文化互动过程中的内在冲突本质，那就大错特错了。直到大约30年后，塔赫塔维的其他作品中才出现处理这种冲突的建构。遗憾的是，研究者在研究塔赫塔维后期的作品时，往往从《披沙拣金记巴黎》这部本质上属描述性的作品中去寻找用于确证的理论。不仅塔赫塔维本身没有能力将自己的经历和观点纳入一个更广泛的意识形态框架，他所处的历史环境也没有对他做出这样的要求。塔赫塔维并没有去处理伴随着对西方科学的采用而出现的复杂

的宗教问题，但这并不能证明他的天真，而是说明他还没有这样做的必要，因为西方在这方面的影响才刚刚开始。直到30年后他才开始呼吁在爱资哈尔教授现代科学。[10]因此，把他对欧洲科学的钦佩以及他认为应该把欧洲科学引入穆斯林国家的这一事实，说成是在西方化（进步的现代主义）和保守主义（传统主义）或复兴主义[11]这一冲突的两极之间的某种改革主义的早期萌芽，这种说法充其量不过是一种时代错位。

另一个有争议的例子是书中提到了孟德斯鸠、孔狄亚克、洪堡、卢梭和伏尔泰等欧洲哲学家，他们都在塔赫塔维的阅读书目里，
91 人们自然会倾向于将他与某一学派联系起来。然而，仔细审视就会发现，这种联系也有一些难以解释的矛盾。虽然很容易想象塔赫塔维会同意伏尔泰的观点，即绝对君主制是最好的政治制度，或者同意这位哲学家对教权主义的反对和对基督教不容忍其他宗教的批评［见《论宽容》（*Traité sur l'Intolérance*）］，但他却绝不可能将孟德斯鸠的自然决定论与伏尔泰的严格经验主义以及伏尔泰对任何有组织的指导原则的敌意相提并论。即使假设这位年轻的伊玛目同意伏尔泰关于历史只受人的意志和激情驱使的观点，也同样是牵强的。至于卢梭的哲学，则在许多方面更是与伏尔泰的哲学截然相反。因为坚信人的法则优越而不可违背，卢梭主张绝对民主，即君主和臣民都是公民，他们共同构成不可分割的政治体，这也使得他与孟德斯鸠在这一问题上根本不可能达成一致，因为在孟德斯鸠看来，君权和民权是各自独立的；但对卢梭而言，却完全不是如此。此外，卢梭还激烈谴责宗教对人们日常生活的影响，这与伊斯兰社会的基础背道而驰，塔赫塔维又如何能回避这一点呢？孔狄亚克受基督教启发，笃信灵魂的现实性，这无疑会引起这名爱资哈尔学者的共鸣，

我们也很容易揣摩出他对这位法国哲学家的经验自然主义（感官主义）——即人类所有的知识都是基于感官的感知（没有任何来自神的干预）——的看法。最后，这里提到的两位哲学家，即孟德斯鸠[12]和伏尔泰[13]，从未掩饰过他们的反伊斯兰情绪，这一点也将排除塔赫塔维同他们的思想发生任何实质关联的可能。更重要的是，从塔赫塔维的背景来看，任何欧洲的理性哲学似乎都不可能对他产生真正的吸引力。

塔赫塔维恪守初心，切切实实地讨论了欧洲社会的方方面面，《披沙拣金记巴黎》也确实显示了他对欧洲文化和文明深深的仰慕，这在他后来的作品如《路径》中仍然可以看到。在讨论该书的主旨之前，有必要看一下将要出现的“欧洲”这一概念。从多个方面来看，“多重欧洲”（multi-Europe）或“多维欧洲”（multi-layered Europe）的提法是合适的。欧洲首先是一个基于进步、工业和科学的（半）神话式的建构，这与普世化的欧洲概念密不可分——一个单维大陆的具体特征被提升为普世的属性。就法国而言，可以在两 92
个提喻层面上对其加以概括。在超国家层面上，欧洲作为一个大陆构成了法国的宏观世界，“法国人”和“法兰克人”时不时地被交替使用。在较低的国家层面上，法国与巴黎融为一体，巴黎几乎已经变成一种抽象意象的国家的唯一具象。有趣的是，德·萨西对《披沙拣金记巴黎》的一条主要批评意见就遵循了这种二分路径以及后续的推论。[14]对欧洲的认识也符合二分路径，或者更准确地说，摩尼教式的二元对立的框架。在其中，旅行者所经历的新环境和他的故土之间的差异以一组组的对立概念呈现出来，例如，先进与落后、不信教与虔诚，等等。

塔赫塔维采用这种以法国为中心的方法意味着他根本不会提及

他在巴黎生活期间或前后发生的一些政治事件。例如，尽管他详细讨论了反对查理十世的民众起义，但却没有与世界其他地区——无论是拉丁美洲还是离“家”更近的地方（比利时）——的革命进行比较。另一个最让人不解的遗漏是法国入侵阿尔及利亚一事，这是在他仍在巴黎时发生的，受到入侵的还是一个穆斯林国家！然而书中关于这一事件的信息极少，这很令人惊讶，因为众所周知，他曾就这次入侵写过一篇文章。[15]

《披沙拣金记巴黎》的一个重要主题是欧洲的科学和技术以及将它们引入伊斯兰世界的必要性；这些引入使得穆斯林也能享受到它们的益处，并再现阿拉伯人昔日的辉煌。正是在本书中，我们第一次发现了之后许多人持有的论点，即许多欧洲科学都源自伊斯兰或阿拉伯科学。同样有趣的是，作者不止一次激动地、有理有据地为总督聘请外国顾问和谋求学习欧洲科学的政策辩护，尽管他驳斥的对象并不总是那么明确。[16]他承认理性是欧洲进步的核心，但在欧洲人对理性的完全依赖上他持既欣赏又斥责的态度。因此，他的观点与19世纪初埃及学者群体的观点很接近，他们在理性之中发现了法国人否定神圣法律的证据，并进而证明了他们不可救药的无信仰状态。半个世纪之后，勒南（Renan）就此点对塔赫塔维展开攻击，且
93 其攻击的性质和程度都令人瞠目结舌。他在1883年3月29日所做的著名的，或者说是臭名昭著的演讲《伊斯兰教与科学》（*l'Islamisme et la Science*）[17]中，称伊斯兰教为“人类所背负的最沉重的枷锁”[18]，并补充说这个宗教一直在迫害科学和哲学[19]。他总结说：“从根本上将穆斯林区别出来的是他们对科学的憎恶，他们相信研究是无用的、轻浮的、几近渎神的：因为自然科学与主竞争，而历史学若应用于伊斯兰教兴起之前的时代可能会重复古老的错误。”[20]正是在这结尾

陈述中，他提到了塔赫塔维。他说："其中一个最令人啧啧称奇的证明……就是里法阿谢赫，他曾在巴黎住过几年，担任过埃及学校的牧师（*aumônier*）[原文如此]。回到埃及后，他写了一本书，书中充满了对法国社会最为奇特的观察。书中一以贯之的观念是，欧洲的科学以自然规律的永恒性为原则，因此是彻头彻尾的异端。必须强调的是，从伊斯兰教的角度来看，他并不是完全错误的。"[21]

在统治领域，法国民众享有的自由给塔赫塔维留下了特别深刻的印象。他将自由这个概念引入阿拉伯语，认为自由同正义一样，都是实现繁荣的先决条件。在他后期的政治思想中，这两个概念为普遍（公共）利益（*al-manāfiʿ al-ʿumūmiyya*）和宗教（或根植于真正宗教的道德行为）所取代。[22]然而，在《披沙拣金记巴黎》中，我们面对的并不是一个自由主义者，因为在书中，"自由"被解释为"我们所说的正义和公平"，这是伊斯兰政治理论的两个基石，而不是塔赫塔维在法国的实践中看到的方式。此外，塔赫塔维从没试图去解决"自由"概念与奴隶制之间根本上的不相容；当时，在他的祖国，奴隶制依然方兴未艾。

在书中，法国的司法制度也颇受塔赫塔维的青睐，尤其是遵纪守法给居民带来的安全。当然，人们也会好奇当塔赫塔维的恩主读到"即使是国王也不能免于被起诉"这样的评论时会怎么想。

他在经济领域的观点就更难摸清了，因为书中似乎只涉及了一个影响因素和财富来源，即工业，而劳动力和农业问题则几乎完全被忽略了。

需要赶紧补充的是，塔赫塔维并不是不加鉴别地崇拜法国或欧 94
洲的一切，这主要体现在他对当地民众总体特征、道德水平等方面的看法上。在他看来，法国人乃至欧洲人吝啬、任性、轻浮、不虔诚，等等，这些特点始终与阿拉伯人形成鲜明的对比，这也使得阿拉伯人在人类世界占据上风。因此，这种与“现代性的欧洲”一样片面的观点，可以认为是塔赫塔维在面对科技发达的欧洲时那种自卑感的自我弥补。然而，在讨论巴黎的慈善活动时，塔赫塔维确实发现有点难办，这当然与慷慨有关，而他认为慷慨是阿拉伯人特有的。为了解决这个困境，他引入了“集体”（社会）和“个体”（个人）慷慨之间的区别。他认为，法国完全缺乏后一种慷慨，即个人慷慨，在法国，驱动人们的是对个人财富和富足生活的不懈追求。

与此相关的是宗教问题，或者更准确地说，是基督教问题，塔赫塔维在这上面也花了很大篇幅来讨论。这当然是一个微妙的问题，因为与“顽固的异教徒”如此密切的交往，会使作者易于受到各种指责。有趣的是，作者从不觉得“技术的欧洲”和“异教的欧洲”（或者说是不道德的欧洲）之间存在矛盾。塔赫塔维多次将欧洲基督徒与埃及基督徒也即科普特人区分开来，从而成功地消除了基督教与科技进步之间（无论是暗示还是推断得来）的任何关联。

形式与风格

除了内容之外，《披沙拣金记巴黎》在风格上也有别于当时其他的阿拉伯文学作品。它使用了简单的语言，这也与作者想要为尽可能多的读者写作此书的意图相关。它也摆脱了在阿拉伯文学中占主导地位的韵文和藻饰文字。同时，正如塔赫塔维自己在前言中所指出的那样，这部作品深深地根植于中世纪的游记体裁。因为除了线性叙事的连续性，《披沙拣金记巴黎》显然是基于个人的观察，在这
95 个过程中，旅行者作为一个个体对他所处的环境进行干预。[23]

游记体裁的第二个关键因素是明确的阶段划分。首先是第一阶段的前言，前言部分明确说明了旅行的目的并介绍了同行者。就像其他记录去异教徒国度旅行的游记作者一样，塔赫塔维在游记一开始就为自己的旅行辩护。他仔细解释了旅行的原因，并引用了相关的宗教文本来证明旅行的合法性，其中最重要的是那则著名的圣训——据称先知要求信仰者去“求知，哪怕远在中国”。这么做，是为了避免他对欧洲社会的赞美让人怀疑他已被欧洲“同化”（*tafarnuj*）。塔赫塔维自己的声明也佐证了这一点，他说他“只认可那些不违背伊斯兰教规定的事物”。他的法国导师若马尔显然也敏锐地意识到了这个问题，他在建议年轻的伊玛目翻译德平的著作时补充说，“那些贬损或诽谤伊斯兰教习俗的内容”应该被删除。[24]

对于序言为何使用古典韵文手法，也应当从这个角度加以解读。这一手法验证了作者具有坚实的穆斯林和学者资质。换句话说，该手法的能指（*significant*）和所指（*signifié*）都体现了他对本土文化的忠诚。序言和前言部分中非常传统的内容以及大量的诗词引用也是如此。除了突出作者的“阿拉伯性”之外，引文主要取自阿拉伯文学黄金时代的作品这一事实也将作者和读者与阿拉伯或者说穆斯林文明的辉煌历史联系在了一起。有趣的是，这些元素在后来的阿拉伯作家的作品中基本不存在，他们更专注于穆斯林文明的历史科学成就，以及欧洲文化对他们的亏欠。

这部游记中的第二阶段记述了实际的旅程，第一段旅程被描述得非常详细，同过去旅行者的经历一样，水在其中起着至关重要的作用，旅行者的决心和信仰从一开始就受到了考验。

第三阶段是到达目的地并描述在那里的居住生活情况。最后是回家的旅程。

这三个阶段的过程同旅行者内心旅程中的阶段式渐进相映照，
也是作者经历异化的过程，而这一过程，从登上前往目的地的法国
船的那一刻就开始了。事实上，这是塔赫塔维和他的同伴们第一次
96 与基督徒在一段时期内共处，更不用说这些基督徒还是欧洲人。旅
行者们在旅法期间跨越了两个世界：他自己的世界和新环境所在的
世界。这其中最突出的特征，用罗兰·巴特（Roland Barthes）的
话说，就是旅行者“有其栖身之国……一个空间，数个大城市的物
质浓缩于此；一个要素，主体可以沉浸其中”[25]。从这个意义上说，
《披沙拣金记巴黎》的“传统主义”开篇甚至可以被认为是一种拖延
策略，延迟与新世界的接触和后续的异化。

尽管作者的意图是好的，但文本本身并不总是那么易于理解，文学评论家有时会掌控解释权，他们会沉浸于多义的文字游戏、押韵和具有多种解释的同形异义双关语之中而不能自拔。同样，诗歌与其所要指涉的文本之间的联系通常是脆弱的，两者总是被强行关联在一起。而且，偶尔人们也会形成这样的印象，即作者在每一章中都必要引用些什么。自然，这是当代人的判断，而无视了当时的文学品味。

总体来看，这部作品的语言风格显示出欧洲语言的影响。可以想见，塔赫塔维试图调和阿拉伯语与法语的写作风格，他对此也展开了详细的讨论。[26]但浓郁的古典文体和说明性的语言常常无法协调地混合在一起，且其中时不时还点缀一些口语，这表明这种风格还仍然是一种尝试。

词汇方面的特点也值得关注，因为《披沙拣金记巴黎》是第一部大量使用借词的现代阿拉伯文学作品，其中有大约70个法语借词（和一些土耳其语借词），其中一些一直沿用至今，例如：

nimra“数字”、*ūbira*“歌剧”、*aghusṭus*“八月”、*akadima*“学会”、*bārūn*“男爵”、*būlītīqa*“政治”、*bulwār*“林荫大道”、*busṭa*“邮政”、*jinrāl*“将军”、*dūk*“公爵”、*fabrīqa*“工厂”、*kāẓīṭa*“报纸”、*marshāl*“元帅”、*santimitr*“厘米”、*mitr*“米”、*tilighrāf*“电报”和*tiyātir*“戏剧”。[27]同样值得一提的是直译借词，想必定会给读者带来一些困扰，例如：用*al-zaman*“时间”表示天气（法语词*le temps*），用*mawāḍi*ʿ“地点”表示广场（法语词*places*）。应该指出的是，正如欧洲学者所称赞的那样，借词的使用具有重要意义，因为它是现代性的标志，标志着作者进入了现代世界及其科学并与这两者建立了关联。

新的概念和思想也导致了许多选词不一致的现象，这毫不奇 97
怪。其中一个例子是，塔赫塔维在翻译“民族”（nation）、“国家”（state）和政治体意义上的“人民”（people）等政治概念时，往往在一系列源自伊斯兰政治思想的词汇间摇摆不定，似乎无法给出确定的方案。

翻译或多或少总是要有所取舍，对于“经典”文本来说尤为如此。我的目的是在不牺牲可读性的前提下，提供一个尽可能呈现原文感觉的译本，从而让不讲阿拉伯语的读者对19世纪阿拉伯语文本的风格有所了解。

PART II

第二部分　披沙拣金记巴黎

101 # 序 言

赞美安拉！[1]我为我们的领袖穆罕默德祈祷，向他致敬。良驹负
载他殷热的渴望驰向他［使命］的主宰，队列呈现他嘉美的本性，
彰示他血统的高贵。[2]他远行去沙姆[3]，迁徙到麦地那[4]；在忠诚的吉
102 卜利勒的陪伴下，他从麦加禁寺[5]奔赴圣城远寺[6]。我也为他的弟子、
亲属和所爱的人祈祷，向他们致意。

我请求高贵的、以穆罕默德为名的殿下[7]在埃及各地、在希贾兹、苏丹和沙姆之地高扬力量与正义，周施庇护与恩德。他是绝伦统治与超凡建设的光辉之星。他是超群拔类的宰辅、广受尊崇的栋梁、累代罕有的股肱、历朝稀出的重臣。他殚精竭虑，振兴诸学；南征北讨，重塑伊斯兰的荣光[8]。他是才华盖世的智者、神圣禁地的征服者。他是我们尊贵的殿下，福泽四方[9]，秉性高贵。他是哈吉[10]穆罕默德·阿里帕夏。愿至高无上的安拉使他宏图大展、雄愿得偿。阿敏[①]！

圣主庇荫，

　　赋以荣欣。

---

① 伊斯兰教用语，意为“祈主准我所求”。——译者注

卓绝造物，
　　世代为君。

我这个希求主的援助、遵从主的驱策、仰仗主的慷慨的奴仆，名叫里法阿，是已故的赛义德巴达维·拉斐阿（al-Sayyid Badawī Rāfiʿ）的儿子。塔赫塔维（al-Ṭahṭāwī）标记了我的家乡，侯赛 103
尼·卡西米（al-Ḥusaynī al-Qāsimī）标记了我的族系，沙斐仪（al-Shāfiʿī）[11]标记了我的教法学派。我说：赞美至高无上的安拉，他使我有幸在爱资哈尔这座散发启蒙之光的学府求学，它是硕果盈枝的学术天堂，是鲜花盛开的知识园地，正如我们的老师、博学的阿塔尔所说：

心慕高德驻圣堂，
　　日出诸学耀文库。
芬芳满园治学地，
　　爱资哈尔盛名扬。[12]

另有人作了二联佳句，暗指两圣城的学者：

身离知繁学茂处，[13]
　　心哀自远学者屋。
彼有渊博如汪洋，
　　此余止水失丰足。[14]

开启之主[15]使我获得了足以走出蒙昧、异于常人[16]的素养。我 104
的家族[17]，岁月曾对他们降下雨露甘霖，但之后又对他们暴虐不公。时光曾在他们的堂舍[18]打下安逸的印记，但之后又让他们疲于奔命。

过去与现在口耳相传的观念、《古兰经》与圣训之外学者们的公议[19]都指出：世间万物，知识最为宝贵和重要。无论在今世还是后世，知识都让拥有它的人受益。知识的价值显而易见，每个时代都是如此。知识助我为殿下效力，我先在军中担任宣教员（*wāʿiẓ*），后又被擢升为特使派驻巴黎，陪同被选派的埃芬迪们[20]去这座宏伟的城市学习那里的科学和技术。

我的名字进入了旅法团的名单。当我准备出发的时候，一些亲朋好友——特别是我们的谢赫阿塔尔[21]——他非常喜欢聆听与了解各种奇闻逸事——建议我要仔细观察这次旅行中将要发生的事情以及我将要看到和遇到的奇妙的事件与事物，并将它们记录下来。这将有助于揭开蒙在这个国度上的罩纱，据说那里有不少地方可以被称
105 作“众国的新娘”[22]。这也将成为日后留学者们的旅行指南。[这个建议确是恰当的]特别是考虑到截至目前为止，据我所知，还没有用阿拉伯语写就的关于法兰西王国首都巴黎的任何历史介绍，也没有任何关于巴黎的城市和居民状况的记录。赞美安拉经由我们的恩惠之主促成此事；恩主在他的统治时期，关心和鼓励科学与技术的发展，让这一切成为可能。

对我的旅程，我做了简要的记述。我的记述，既不过度宽容，也不充斥偏见，既不怠于批评，也不急于评价优劣。我还用一些有益的题外话和明晰的论证来装点我的记述，这是为了敦促伊斯兰各国考察外国的科学、技术和工艺。这些在法兰克人[23]的国度里最为完备，这是公认不争、理应承认的事实[24]。安拉作证，在旅居法国期间，见到那里有而诸伊斯兰王国无的事物，我很是悲伤。

你们要注意，当你们发现我讲述的事情同你们的常识相悖而难以相信时，不要把这些视为胡诌或传奇，或看作是夸夸其谈。毕

竟，半信半疑是一种罪过，且在场的人确能看到不在场的人看不到的情形。

知觉未臻至，
　　便循臻者识。[①]
不曾见新月，
　　当听月下辞。

至高无上的安拉见证，我在讲述时不会偏离真理的道路。只要我的头脑允许，在适当的情况下，我会对这个国家的一些事物和习俗做积极的评判。当然，我只会肯定那些不违背［先知］穆罕默德 106
法律规定[25]的事物和习俗——为他行以最诚挚的祷告，向他致以最崇高的问候。

这部简短的游记不仅仅记录了旅行和旅行中经历的事情，也包含旅行的目标与成果，其中还会有我们所需要的科学和工艺的简短介绍，且会依照法兰克人记载、思考与构建这些科学和工艺的方式来呈现。因此，对于那些引发思考或争议的内容，我在大部分情况下都会追溯它们的根源，以表明我唯一的目的便是说明和介绍。我给这部游记起名为《披沙拣金记巴黎或巴黎学坛辑珍》（*Takhlīṣ al-ibrīz fī talkhīṣ Bārīz aw al-dīwān al-nafīs bi-īwān Bārīs*）[26]。它包含：前言，分为多章；正记，分为多篇，亦可说分为多册，每篇或每册又分为多章；结语。读者可参考本书开头的目录。

写作本书时，我尽量做到行文简洁、表达平易，以使所有人都

① 此联句系作者于第二版新增，英译本缺且未作说明，依据阿拉伯语原文补充。——译者注

能在书中徜徉[27]。虽然本书体量不大，也不是大部头的长篇，但其中有益的知识比比皆是，尚待打磨的“原珠”不计其数。

体量虽小莫轻视，
　　裨益良多实如是。

我恳求至高无上的安拉使这本书被我们的福祉与恩惠之主、美德与慷慨之源采纳，并用其将众伊斯兰国家——无论是阿拉伯国家还是非阿拉伯国家——从无知、漠然的沉睡中唤醒。安拉倾听一切，回应一切；凡求助安拉者，必不失望。

前　言

第一章

在我看来我们去往那个国家的原因，那里是异教与顽冥之地，距离我们极其遥远，物价奇高，开销不菲

我以为，这里需要一个引言。人原本是纯真天然、朴实无华的。他们以自然的状态存在，除了本能，不知其他。后来，有些人学到了一些原先不为人知的知识。这些知识的获得，有的出于偶然，有的则来自天启，经由神的律法和人的理智判断它们有益后，便被应用和保存了。比如，当初有些人不知道如何用火把食物弄熟，因为他们对火完全不了解。他们仅仅食用水果或日照下成熟的东西，或直接生食。如今，在那些尚未开化的地方，人们依然保留着这样的习惯。后来，有人偶然发现燧石在被铁块或类似的东西击打后迸出了火花，照此操作，进而燃起了火，了解了火的特性。又比如，还有些人不知道如何把衣物染成紫色，直到其中一人看到一条狗从海里叼出一贝壳，狗打开贝壳吃了里头的肉之后，嘴里就变红了，因为染上了贝壳里的颜色。于是，人们也开始取用贝壳，了解了如何

染这种颜色。这个故事说的是沙姆地区苏尔人的事。再有，人们起初不知道如何在海上航行，后来，通过神的启示或是人间的偶然，他们发现木头有可以浮于水面的特性，便开始制造船只，驾船出航。他们制造了不同类型的船，从用于商贸的小型船只逐渐发展到用于
108 战斗的战舰。战争也是如此，从用箭和矛打仗，发展到使用武器，再到使用大炮和迫击炮。人们起初崇拜日月星辰和诸如此类的物体，后来至高无上的安拉发出启示，派出使者，人们才开始敬拜独一真神。

时间前行如下行的坡面，越往回升，就越会发现人类在工艺与文明上的落后；越往下降，你就越会注意到人类在这些领域通常会沿着时间的下行而取得了进步和发展。根据进步的程度和同原初状态的距离远近，可以将人类分为若干层级：第一级是未开化的野人[1]，第二级是不文明的蛮人，第三级是富有教养、言行优雅、定居的、文明的、高度城市化的人。[2]

第一级人类的例子是黑色之地[3]上的野人，他们总像漫游的野兽一样，分不清什么是合法的，什么是非法的[4]。他们不会读也不会写，对于有益于今世与后世的事物也一无所知，同野兽一样，直觉驱使着他们去满足自身的欲望。他们会做一点播种和狩猎，为的是
109 获取食物。他们也会建一些棚舍和帐篷，为的是保护自己免受太阳和其他自然因素的伤害。[5]

第二级人类的例子是沙漠中的阿拉伯人，他们已经形成某种程度的融洽、和谐的人类社会，知道区分合法与非法，能读会写，也能理解与宗教有关的事情。他们知道如何建造、耕种、蓄养牲畜，尽管如此，他们在生活水平、文明程度[6]、工艺技术、理性与传承诸学[7]上并没有进步到完善的境地。

第三级人类包括生活在埃及、沙姆、也门、鲁姆（Rūm）[8]、波斯、 110
法兰克、马格里布[9]、森纳尔[10]、美洲大部分地区和环绕洋[11]诸岛的民族，这些民族拥有文明和政治形态、科学与工艺、法律与贸易，他们能熟练使用工艺设备，具有以轻便方式负重的能力以及航海知识等。

但生活在不同地区的第三级人类在科学技术、生活状况、遵纪守法和制造生活用品的工艺水平上存在差异。比如，法兰克地区的第三级人类在数学、自然科学、形而上学的基本原理与分支细节上达到了最高水平。我们之后还会提到，有些法兰克人还钻研一些阿
拉伯学问，甚至已经掌握了其中的细节与奥义，但他们没有被引上 111
正路[12]，没有走上救赎之道，也没有信奉真正的宗教、遵循正确的道路[①]。

而伊斯兰地区虽在法学及其应用以及理性诸学上成绩斐然，但却忽视了所有的实证科学[13]，因此阿拉伯人需要去西方国家学习尚不了解的知识。这就是为什么法兰克人认为伊斯兰学者只知道自身的法律和语言，也即同阿拉伯语有关的知识。但他们也向我们承认，在所有的学问上，我们都曾经是他们的老师，都曾经比他们先进。通过思考和观察可以确定，这份功劳确实属于我们的前辈，而后来的人不都是在汲取前辈留下的成果并接受他们的指引么？有诗人说得好：

遗憾的是我竟就这样睡去，
　　沉沉入梦，鼻息齁齁。
直到鸽子在灌木枝上哭鸣，

① “也没有……道路”一句英译本缺。——译者注

百转千折，缠绵悱恻。
若我能先于它因思念而哭泣，
幸福将使我的内心在懊悔前痊愈。
但它占了先，那哭声让我泪眼婆娑，
所以我说，功劳全归先行者。

有关这类内容的诗中，我也很欣赏下面这几句讲报偿的：

我就是那个勇士，
在被正午的太阳炙烤着的河谷里，口干舌燥。
你的恩德就此开启，清水灌濯，源源不断，
你是如此慷慨，让极度干渴之人如沐甘霖。
这是我们给你的报偿，但不是我们赋予你的恩德，
因为恩德只属于先行者。

112 的确，我们的国家在众哈里发[14]的时代是世界各国中最完善的，
这是因为哈里发们扶持了学者、手工艺人等人，有些哈里发甚至还
亲身参与。你看哈伦·赖世德[15]之子麦蒙[16]，除了支持他统治疆域内
的时刻计算师[17]外，还亲自研究天文学。经过研究，他确定黄道面
和天赤道面之间的夹角为23°35′，[18]并取得了其他一些成果。同样，
113 阿拔斯王朝的哈里发贾法尔·穆塔瓦基勒[19]支持伊斯提凡（Iṣṭifān）
翻译迪奥斯科里德斯[20]的《药物志》等一批希腊典籍，安达卢西亚[21]
的统治者“拯救者”阿卜杜·拉赫曼[22]请求君士坦丁堡的国王罗曼
努斯（*Armāniyūs*）[23]派遣一个会说希腊语和拉丁语的人来训练他的
奴隶们，使他们能够学会翻译，罗曼努斯便派去了一个名叫尼古拉[24]
的修士。类似的例子还有很多。

由此可见，在任何时期，没有统治者的支持，科学是不会传播的，正如一句谚语所说："人们信奉其君王的宗教。"

如今，哈里发的威力已支离破碎，哈里发的统治已分崩离析。看看安达卢西亚，如今西班牙的基督徒已在那里统治了大约350年了。法兰克人凭借他们的技能、治理、公正、军事知识与多样又富有创造力的战争手段而变得强大。如果没有至高无上的安拉的力量在保护，在实力、人口、财富、技能等方面，伊斯兰教就没有什么可以同法兰克人匹敌。一句著名的谚语说道："最关注事情结果的君王最睿智。"这就是为什么我们的恩主——至高无上的安拉安排他①来治理伟大的 114
埃及，愿安拉保护他，因为他矢志恢复埃及逝去的芳华与褪去的荣光。从接掌埃及开始，他——愿至高无上的安拉保护他——就专注于治疗埃及的"疾病"，并修复因"疾病"而造成的腐化。如果没有他的话，这种"疾病"将依然无法治愈，这种腐化将依然无法消除。法兰克人中技艺高超的技术与实用工艺专家前来效力，他对他们广施恩泽，以至于埃及甚至其他地方的民众由于不了解情况，而对他如此欢迎、接纳和恩待法兰克人大加谴责。他们不知道的是，他——愿安拉保护他——这么做是基于法兰克人的人品和学识，而不是因为他们是基督徒。[25]这也是情势所需，正如有人说的那样：

教师和医生他们都一样，
　　只有受到尊重才会把人帮。
怠慢医生便得忍受病痛，
　　苛待教师就会深陷愚惘。

① 即穆罕默德·阿里帕夏。——译者注

没有人会否认，在今天的埃及，技术和工艺已经达到了较高的水平，而这是从无到有逐渐发展起来的。我们的殿下在其上的投入是完全合适的。看看诸如车间[26]、工厂、学校这样的地方，再看看军队的组织，这确实是殿下最大的功业之一，也是最值得载入史册的一项善举。只有亲眼看过法兰克人的国家或亲自见证了这些发展的人，才能理解建设这种新体系的必要性。不论是简说还是赘述，我们恩主的愿望总是同建设相关。常言道："建如生，毁如死"，"君王
115 建设之力度取决于其雄心之烈。"恩主——愿至高无上的安拉保护他——急于改善他的国家，他请来尽可能多的法兰克学者，并把尽可能多的人从埃及派到法国去，因为在实证科学领域，这个国家的学者最为突出。有一则圣训说："智慧是信仰者迷途的羔羊，他寻找它，哪怕需到以物配主者[27]那里。"托勒密二世[28]说："从海里取珍珠，从老鼠身上取麝香，从石头中取金，从说话人那里取智慧。"另有一则圣训说："求知，哪怕远在中国。"[29]众所周知，中国人是拜偶像的。这则圣训的意思是，人们应该通过旅行去获取知识。简而言之，一个人只要信仰稳固，旅行便没有害处，特别是为获得知识而作的旅行。这或许就是殿下在派出这个[30]留学团时心中的考量。

这次旅行的成果——如系至高无上的安拉所愿——将体现在科学技术的传播和普及、科学技术书籍的翻译和对这些书籍的出版中。第二章将会讨论这些科学和技术。学者们应当鼓励所有人投身于科学、技术和使用工艺的学习。我们所处的时代不再适合说白哈乌丁·艾布·侯赛因·阿米利[31]在谈论倾尽一生收集、贮藏和阅读学术书籍时说的话：

116 买学术书时，你挥金如土，

校正它们时，你竭尽心力。
夜以继日，你扎进
对后世无益的事情里。
你埋头苦读，从入夜到天明，
哪怕你的心都还没有清醒。
早晨你充满激情，去分析《目标》与《例证》，
去揭示每一章的奥义，
去提出问题并给出答案，
但到头来这些却毫无裨益。
说真的，你偏离了正确的道路，
你的迷误将永无休止。
悔恨将是你读完《收获》的收获，
潦倒将伴随你直至末日。
你学习《观点》与《观察》的笔记，
将阻塞你实现目标的大门。
《拯救》救不了迷误，
《治疗》治不好无知。
《指导》不会带来理性，
《说明》不会引出真理。
《阐释》让感官变得迷惘，
《明灯》让道路变得幽黑。
《评注》不会让意义变得分明，
《解说》不会让方法变得清晰。
你把人生的精华，
投入《精要》的修正与研习。

生命就这样在愚昧中荒度，
　　奋起努力吧，因为时间流逝一刻不息。
抛下各种注释和注解[32]吧，
　　它们遮住了你的双眼让你不辨东西。

他又说道：

你们这些在学校求学的人啊，
　　你们得到的只是魔鬼的唆使。
不投入在独一真爱上的思想，
117 　　在另一世不会占据一席之地。
用酒擦洗你的心，抹去所有
　　不能在来世带来救赎的知识。[33]

第二章

所需的科学与技术和所求的手艺与工艺

我们在这里谈一下那些所需的技术，了解一下它们对每个国家而言的重要性和必要性。在埃及，这些技术要么不发达，要么根本不存在。

这些技术可被分为两类：一类是面向所有学生的一般科目，比如算术、几何、地理、历史和绘画，另一类是分配不同学生学习的专门科目，包括以下各科：

第一科是国家治理学，包含以下分支：法兰克人所称的三法，即自然法、人法和实在法；对国情、国家利益及相关问题的研究；

经济学[34]；交易、会计、国库与税收管理学[35]。

第二科是军事管理学。

第三科是航海与海事学。

第四科是了解各国利益的技术，也即使领馆学，其中包括使团[36]的设置。该科目包含以下分支：语言、法律和术语知识。

第五科是水文技术[37]，也即建造水坝、桥梁、码头和挖凿水井 118 的技艺。

第六科是机械技术，涉及工程和拖拉重物的机械器具。

第七科是军事工程。

第八科是火炮的发射与布置技术，即炮兵技术。

第九科是用以生产火炮和武器的金属铸造技术。

第十科是化学与造纸术。“化学”在这里指分析粒子[38]及其构成的知识，其中包含火药和糖的生产技术，而不是像有的人所想的那样指的是“贤者之石”①。对此，法兰克人既不了解，也根本不会相信。

第十一科是医疗技术，包含以下分支：解剖、外科手术和健康管理[39]的技术；诊断技术；兽医技术，对马和其他动物的治疗。

第十二科是农学，包含以下分支：有关作物分类和通过合理筑建进行土地管理的技术；有关农具管理的知识。

第十三科是自然史学，包含以下分支：动物、植物谱系和矿物谱系研究。

第十四科是雕版工艺，包含以下分支：印刷技术、雕刻技术[40]等。

第十五科是翻译技术，即书籍的翻译。这是一项颇有难度的技

---

① 指中世纪炼金术师相信其存在并苦苦寻找的神奇物质，能点石成金或制造万能药。——译者注

术，特别是考虑到翻译科学书籍需要了解所译学科的基本原理术语、掌握翻译的始源语与目标语以及翻译的技巧①。

如果实事求是地去看，你会注意到所有这些在法兰克人那里已经广为人知的科学，我们对它们的了解却并不够，甚至完全不了解。不懂某科知识的人要比精通它的人低一等，因自视甚高而不去学习某科知识的人会带着懊悔离开人世。感谢安拉派恩主来拯救我们，使我们脱离对其他民族所有之事物一无所知的黑暗。我相信每个品味完善、禀赋健全的人都会跟我一样感激。在这本书的最后，如果我们所求助的至高无上的安拉愿意的话，我会简要谈谈上述科目中的部分。

119

第三章

讨论法兰克地区同其他地区相比所处的地位和法兰西民族相较于其他法兰克人所具有的优势，并说明殿下为何专门把我们派去法国，而不是法兰克地区的其他王国

我们说：要知道，法兰克人中的地理学家将世界从北到南、从东到西分为五个部分：欧洲、亚洲、非洲（易弗里基叶）、美洲和环绕洋诸岛。[41]

欧洲在北面与被称为北冰洋的冰冻之海[42]相接，在西面与被称为暗海与西海[43]的黑暗之海[44]相连，在南面通过被称为地中海或白

① “掌握……”一句系塔赫塔维于第二版新增，英译本缺且未作说明，依据阿拉伯语原文补充。——译者注

海的鲁姆之海[45]和亚洲相接，在东面通过被称为戈尔干海或塔巴里 120
斯坦海的哈扎尔人之海[46]和亚洲相连。欧洲也被用来指法兰克人之地、希腊人之地、君士坦丁堡、哈扎尔人之地、保加利亚人之地、瓦拉几亚人之地、塞尔维亚人之地等。它大约包括13个地区，也即“核心省”[47]，其中北部有4个，即英国[48]、丹麦、瑞典和俄国（Mūsqū）；中部有6个，即荷兰[49]、法国、瑞士、奥地利[50]、普鲁士[51]和德意志联邦[52]；南部有3个，即西班牙、葡萄牙和意大利。

奥斯曼帝国在欧洲的部分有：希腊人之地、阿尔巴尼亚人之地、波斯尼亚人之地[53]、塞尔维亚人之地[54]、保加利亚人之地、瓦拉几亚人之地和摩尔多瓦人之地[55]。从中你可以看到，一些译者将 121
欧洲解释为法兰克人之地是有问题的，除非这个名称将属于奥斯曼帝国的部分也囊括在内。与此相对的是，奥斯曼帝国将“法兰克斯坦”（*Ifranjistān*）一词的所指限定为欧洲除了他们的疆土以外的地方，也即他们所称的“鲁姆人之地”[56]，但他们也泛化了“鲁姆”一词的使用，将其用来指代法兰克人之地和他们统治下的一些亚洲地区。

亚洲的北面也同冰冻之海相接，西面则同欧洲和非洲相邻，南至印度洋[57]和中国海，东至南环绕洋［即太平洋］和白令海[58]。它被分为10个核心地区：北部有1个，即西伯利亚；中部有7个，即沙姆、亚美尼亚、库尔德斯坦、巴格达、巴士拉、塞浦路斯等奥斯曼帝国的疆土，波斯，俾路支斯坦，喀布里斯坦，阿富汗斯坦[59]，大鞑靼之地，中国和日本[60]；南部有2个，即阿拉伯人之地［即阿拉比亚］和印度[61]。希贾兹和瓦哈比派[62]之地由奥斯曼帝国统治，也门也 122
在其保护下，而阿曼是独立的，这些地区都在阿拉伯半岛。以上为亚洲各行省。

接下来说说非洲，它的北面同鲁姆之海相连，西面是被称为黑暗之海的大西洋，南面是南环绕洋，东面是印度洋、曼德海峡[63]、被称为红海的古勒祖姆海[64]以及阿拉伯人之地。非洲可分为8个核心地区：北部有2个，即马格里布和埃及；中部有4个，即塞内冈比亚之地、津芝[65]之地、努比亚和阿比西尼亚；南部有2个，即几内亚和卡夫拉里亚。这就是今天法兰克人所说的非洲，尽管"易弗里基叶"这个词最初是指突尼斯那边的一个著名城镇及其周边地区。

欧洲的陆地还得算上临近的岛屿，亚洲和非洲也是如此。这三个部分，即欧洲、亚洲和非洲，被称为"旧世界"或"旧大陆"[66]，即古代人所知道的土地。美洲[67]则被称为"新世界"和"西方的印
123 度"[68]。而在阿拉伯语中，美洲被称作"受造物的奇迹"。法兰克人知道美洲的存在，要比基督教徒征服安达卢西亚，并将阿拉伯人从那里赶走要来得晚。[69]

美洲同六个大洋相连，北部是冰冻环绕洋和巴芬海［即巴芬湾］，东边是黑暗之海和安的列斯群岛所在之海［即加勒比海］，西边是被称为"大洋"的大环绕洋和白令海。美洲分为两部分，即北美洲和南美洲。北美洲包含6个核心地区：俄属美洲，即美洲由俄国统治的部分[70]；格陵兰岛；新英格兰[71]；"伊塔祖尼耶"（*Ītāzūniyā*）[72]，即合众国；墨西哥；危地马拉。南美洲包含9个核心地区：哥伦比亚；圭亚那；巴西；秘鲁；玻利维亚，又称上秘鲁[73]；巴拉圭；拉普拉塔[74]；智利和巴塔哥尼亚。

环绕洋诸岛位于美洲的西面和亚洲的东南面，四面环海，由三个核心部分构成：印度尼西亚、澳大利亚和波利尼西亚。

124 欧洲有四个以贸易著称的主要城市，分别是奥斯曼帝国的首都

伊斯坦布尔[75]、英国的首都伦敦、法国的首都巴黎和意大利的那不勒斯。亚洲有4个主要城市：中国的首都北京；印度的首都加尔各答，目前在英国的统治下；同在印度的苏拉特，据说过去被称为曼苏拉；日本[76]的宫古，日本也被称为瓷器（*farfūr*）之国。非洲有4个主要城市：埃及统治者所在的开罗、努比亚统治者所在的森纳尔以及马格里布的阿尔及尔和突尼斯。北美洲的主要城市有：墨西哥的墨西哥城以及伊塔祖尼耶的纽约、费城和华盛顿[77]。南美洲有4个主要城市：巴西的里约热内卢、拉普拉塔的布宜诺斯艾利斯、秘鲁的利马和新格拉纳达[78]的基多。在环绕洋诸岛上，有2个著名的城市：爪哇岛的中心巴达维亚；马尼拉，位于菲律宾群岛中的马尼拉岛是该群岛的都城①。

法兰克人之地主要居住着基督徒或不信教者（*kafara*）[79]，奥斯曼帝国的领土是这片土地上的伊斯兰区域。亚洲是伊斯兰教的发源地，也是其他各宗教的发源地。那里是众先知和众使者的故乡，也是所有天经降示的地方；那里有最高贵的地方、受祝福的土地和旅行者心之所向的清真寺；那里有前人与后人之首领[80]及其弟子的出 125
生地与安息所；那里也是四大伊玛目的出生地——愿至高无上的安拉对他们满意：伊玛目沙斐仪出生在加沙——愿安拉对他满意，伊玛目马立克[81]出生在麦地那——愿安拉对他满意，大伊玛目艾布·哈尼法·努阿曼[82]出生在库法，伊玛目艾哈迈德·本·罕百勒[83]出生在巴格达。据说，在哈里发的时代，巴格达之于其他地方就相当于主人之于其奴仆一样，而所有这些地方都在亚洲。亚洲大陆上

① “位于……”一句系作者于第二版新增，英译本缺且未作说明，依据阿语原文补充。——译者注

也居住着阿拉伯人，他们绝对是最高贵的部落，他们的语言也是公认最明畅的。他们中有哈希姆[84]的后裔，这些后裔好比大地之盐、荣耀之精粹、荣誉之盾牌。亚洲的优越性体现在那些令人倾心的地
126 方：比如朝向（*qibla*）[85]，每个人在每日每夜都必须转向它，以及伟大的《古兰经》降示的那两座城市。因此，亚洲的荣耀不计其数，亚洲人民的功绩不可胜数，正如一名亚洲人所言：

请注意，山的近邻，
　　慷慨而善良的人们！
我们与这圣地比邻，
　　这人性与善的所在。
我们是生活于此的民族，
　　我们受它庇护没有恐惧。
我们是如此重视天经的教诲，
　　所以在我们面前小心些吧，你们这些软弱的兄弟！
我们了解麦加，她也了解我们，
　　我们也熟悉萨法山[86]和天房[87]，
我们还有穆阿拉（*al-Muʿallā*）陵墓与米纳山谷[88]，
　　你们要认识到这一点，并据此行事。
我们的祖先是最优秀的人，
　　我们的族系出自“被嘉许的阿里”，
我们的血统可追溯至那两大部落[89]，
　　其中没有任何瑕疵。

127 虽然伊斯兰教诞生在亚洲，并从那里传向各地，但亚洲仍有很大一部分人不信奉伊斯兰教，比如中国和印度部分地区的人；另有

一部分人虽信奉伊斯兰教，但却走上了迷误之路，比如波斯的叛教者[90]。

非洲则有着像埃及和马格里布这样最伟大的国度。埃及是最伟大、最繁荣的国家之一，也是圣徒[91]、贤人和学者的孕育之地，而马格里布的居民是正直、虔诚、有知识、勤劳作的人。如果安拉意欲的话，在恩主——愿安拉保护他——的努力下，伊斯兰教也将传向黑色之地上的异教徒。[92]

美洲是异教徒的土地，那里原先居住着崇拜偶像的游牧民族，后来，法兰克人的军事实力增强了，便征服了那里。他们把自己人成批地迁过去，还派去了牧师，结果许多当地人皈依了基督教。如今，美洲的大部分人都是基督徒，但游牧民族中仍有偶像崇拜者。伊斯兰教在那里并不存在，那是因为法兰克人在对航海、天文和地理知识的掌握、对商业贸易的热情和旅行的热衷上出类拔萃。有诗人说道：

从一位伟人那里，我听来一句话：
　　“尊荣源于移动。”说得真对！
若身居高地，便会心愿得偿，
　　那太阳就永远不会离开白羊座的光晕。

另一位说：

驾起坐骑去旷野，
　　放下歌女与宫舍。 128
死死守着故土，
　　好比住在坟墓。

珍珠不离海，
　　如何成项珠？

哈里里（al-Ḥarīrī）[93]说：

穷游诸国，
　　胜于位高权重。

还有人说：

起身离乡去周游，
　　久驻故土遭人诟。
看那棋中卑微卒，
　　终靠移动成为后！

他还说：

付出值得称颂的忍耐吧，[94]
　　付出忍耐者不惧怕贫穷！
留在故土的人一无所获，
　　就像那巢中鹰无食可猎。

众所周知，珍珠和麝香只有在离开故土和产地后才会变得珍贵，
129 但这不能否认爱国是一种信仰。[95]离开故土是为了旅行并寻求生计的来源，但这并不阻碍人们依恋祖国和家乡，这依恋是与生俱来的，正如一位诗人所言：

远离故土的人啊，
　　独自在伤心哭泣。

每开启一次新旅程，
　　便加重一分思乡疾。

另有人说：

我心中的痛苦有增无减，
　　鸟儿在它的枝头哀啼，
它的失落就是我的失落，
　　我们都因思念家乡哭泣。

但这同对造物主的信赖与依靠并不矛盾，这一点从以下一位诗人的诗句中可见一斑：

我生性并不贪婪无度，
　　我知道给养自会来临。
我若刻意索求，将筋疲力尽，
　　我若静心安坐，便毫不费力。

另有人说：

满足于你所得到的最少量的给养，
　　当心不要为欲望左右。
大海只有在退潮时才清澈，
　　只有在涨潮时才浑浊。

说这些是为了激励那些不喜欢旅行的人，也是为了劝阻人们不要出于贪欲而旅行。

至于环绕洋诸岛，大部分已被伊斯兰征服，例如，爪哇岛的居民是穆斯林，印度尼西亚的居民大部分也是穆斯林，很少有人信仰基督教。

从以上描述可以看出，世界的这五个部分，根据伊斯兰教在其中的地位和与其的关联度而言，人们对各部分的偏爱程度确实是不
130 同的，也就是说，在整体上，人们对一个部分要比另一个部分更偏爱。这样看来，亚洲是最好的，其次是非洲，因为非洲居住着伊斯兰教的圣人和虔诚的信仰者，也包含着战无不胜的埃及[96]。之后是欧洲，因为伊斯兰教在那里也很强大，最伟大的伊玛目，也即两圣城的伊玛目、伊斯兰世界的苏丹也在那里。再往后是海岛[97]之地［即大洋洲］，那里也是穆斯林居住的地方，但在学术上看起来那里并不是特别发达。受偏爱度最低的是美洲，那里没有伊斯兰教，至少在我看来是如此，安拉更清楚什么是正确的。以上评价是从伊斯兰教、伊斯兰法和本体荣誉的角度出发做出的，这里的荣誉既包含了法律所涵盖的内容，也包含了其他。不能说这样的评价主要源自优越感，因为有优越感并不能带来卓越。

任何一个公允的人都不会否认，今天法兰克人的国度在实证科学方面非常突出，成就也最高，其中就有英国、法国和奥地利。他们的智者已经超越了亚里士多德、柏拉图、希波克拉底等先贤，在数学、自然学、宗教学和形而上学方面都有极高的造诣。他们的哲学比古人的哲学更纯粹，因为他们论证了至高无上之安拉的存在、灵魂的不朽和［神之］奖惩［的施与］。

法兰克人最伟大的城市是伦敦，它是英国的首都，然后是巴黎，它是法国国王的所在地。有说法称，巴黎在空气的洁净程度、居民的秉性和总体生活成本上要优于伦敦。如果你看到巴黎是如何被管
131 理[98]的，你就会明白异乡人在那里的安逸、舒畅与同巴黎人之间的

愉快相处达到了何等完美的程度。大多数情况下，即使宗教信仰不同，巴黎人也都对异乡人很友好，很照顾后者的感受。这是因为巴黎人大多是名义上的基督徒，既不奉教规行事，也不对他们的宗教报以热情。他们属于那类依靠理性来分辨是非的人①，或是声称凡是理性允许的事情都是正确的自由论者（*ibāḥiyyūn*）。如果你向法国人提起伊斯兰教，并将其与其他宗教比较，他们会说所有宗教都是扬善惩恶[99]的，并会给予一致的褒扬。如果比较伊斯兰教和自然科学，他们会说，他们不相信信奉天经之人的经书[100]中的任何内容，因为它们不符合自然规律。总体而言，在法国，可以信奉各种宗教，穆斯林建清真寺、犹太人建礼拜堂等，都不会受到反对。之后对法国政治的讨论还会涉及上述内容。

或许上述情况解释了恩主为何选择派40多人[101]去那里学习这些我们缺失的科学。事实上，基督教诸王国也派人去了那里，有来自美洲国家的人，也有来自其他遥远王国的人。恩主——愿安拉保佑他——还派了一些学生去英国学习科学，但人数不多。[102]

总的说来，所有的民族都对尊荣孜孜以求，正如谢里夫·拉迪[103]所言：

> 追求尊荣吧！
> 　　尊荣并不昂贵。

没有什么比君王们所追求的科学和技术更能带来尊荣的了。君王越强大，他的眼光就应当越精准。

---

① 此处英译本为“宗教是那群依靠理性来分辨是非的人的专属”，系对原文的误读。——译者注

132

第四章

留学团的领导者

殿下从内阁要人中派了三名领袖去法国，任命他们做留学团其余成员的督导。依照排序，他们分别是："掌印人"[104]尊贵的阿布迪埃芬迪阁下[105]，他具有出色的洞见，有知识，有决断，文武双全，熟知阿拉伯人与非阿拉伯人的法令（*rusūm*）；"掌墨人"[106]穆斯塔法·穆赫塔尔埃芬迪阁下[107]，他具有正确的洞见，运星高照，不受任何拘束地热爱高贵的事物；哈只哈桑·伊斯坎达拉尼埃芬迪阁下[108]，他富有学识，又善于行动，既能持笔，又能举矛，愿安拉在两世都能实现他的愿望，阿敏！

133 这三位埃芬迪阁下同其他成员一样学习[109]课程，"掌印人"埃芬迪阁下专习国家治理学，"掌墨人"埃芬迪阁下专习军事管理学，哈只哈桑埃芬迪阁下专习航海与海洋工程学。这三位都表现出了求智与求知的巨大热情，尽管这通常会被权贵阶层鄙视。

这三位轮流担任负责人，开始是一日一轮换，后来是一月一轮换，到最后"掌印人"埃芬迪阁下成为唯一的负责人。同三位埃芬迪阁下一起安排课程的还有尊贵的若马尔先生[110]，他受殿下委派负责督导课程。他是法兰西学会也即科学委员会[111]的一名重要学者，从他的秉性来看，他敬爱殿下，常常提供咨政建议为殿下效力。从他的身上总是可以看到他在传播知识和科学方面对埃及和其他非洲国家利益的关切。这一点从他的行为举止以及他在伊历1244年所撰《年鉴》的导言中可见一斑。[112]

若马尔先生以其学识著称，又善于组织管理，从一开始，他在人们心中的印象便是偏爱执笔而非舞剑，因为他用笔进行的组织管理比别人用剑进行的要好上一千倍都不止。因此，用笔来统治各地也就不足为奇了。他对科学的热忱使他在著书与科研方面实现了快速而大量的产出，这也是大部分法兰克学者的特点。著书的人就像车轮，停止转动就会坏；或者像一把铁钥匙，如果不用就会生锈。尊贵的若马尔先生夜以继日地进行着科学研究，之后我们还会多次提到他。如果至高无上的安拉愿意的话，我将提到我从他那里收到 134
的几封信。[113]

前言到此结束。

135 # 正　记

正记记录从开罗到巴黎的旅程以及我们沿途所见奇闻逸事；在巴黎的旅居经历，那里充溢着实证科学与技术，随处可见令人叹为观止的公平与公正，而这样的公平与公正更应当[1]出现在伊斯兰的土地上与先知——愿安拉赐他福祉与安康——的律法所统辖的国度内。

正记包含若干篇，各篇又包含若干章。

第一篇记录从开罗出发进入法国港口之一马赛城的经历，包含若干章。

第二篇记录从马赛到巴黎的经历，包含若干章。

第三篇记录在巴黎的经历以及我们关于巴黎状况的所见所闻。这一篇是我们撰写这部游记的主要目的，这就是为什么我们在其中极尽周详。尽管如此，所有这些详尽记录都不能完全还原这座城市的种种真实面貌，而只是一种近似，但这会让没有亲眼见识过这些旅行奇观的人倍感新奇。有人曾说：

未见罗马及其人，

---

① 英译本将“更应当”（*min bāb ʾawlā*）译作“再次寻找一个家”，系误解。——译者注

不识世界与众生。

对于法兰克人的国度而言，更是如此。

第四篇简要描述前言第二章提到的各门科学与技术。[1]

第一篇

第一章

从开罗出发进入亚历山大港

我们是在穆罕默德——愿安拉赐他最好的福祉与安康——迁徙后第1241年的舍尔邦月（八月）的第八日[1]，即星期五下午，离开开罗的。分离之后会有团聚，道别之人终会归来，在我看来，这是吉兆。我们登上小船向亚历山大港进发，在宁静的尼罗河上度过了四天，沿途停靠的城镇和村庄就不提了。

我们是在舍尔邦月的第13日[2]即星期三进入亚历山大的，然后在恩主的宫殿[3]中居住了23天。由于其间我们很少进城，所以我很难描述这座城市。在我看来，就地理位置和城市状况而言，亚历山大与法兰克人的城市非常相似，尽管当时我还未曾真正见过法兰克人的城市。我之所以这么认为，是因为我在亚历山大见到了埃及其他地区没有的景象。亚历山大法兰克人众多，市民们都会说一些意大利语这样的外语。[4]到达马赛后，我更肯定了我的看法；亚历山大既是马赛的样本，也是马赛的典范。[5]

第二章

对这座城市状况的概述，总结自阿拉伯语和法语书籍中我们认为正确的信息

“亚历山大”这个名字可以追溯到腓力［二世］之子亚历山大［即亚历山大大帝］[6]，也就是那位杀死了大流士［三世］①并统治这个 137
国家的人。有16座城镇以亚历山大之名命名，一座在印度，一座在巴比伦，一座在大河岸边，一座在撒马尔罕的粟特[7]，一座在木鹿，还有巴尔赫城、埃及最大的港口、哈马和阿勒颇之间的一个村庄、底格里斯河上的一个村庄（临近瓦西特，文人艾哈迈德·本·穆赫塔尔·本·穆巴希尔[8]的家乡）、麦加和麦地那之间的一个村庄、印度境内河流流域内的一个小镇，此外还有另外的5座城。[9]

木鹿是波斯呼罗珊地区的一个小城，与其关联的形容词是“马尔维伊”（Marwī）和“马尔瓦齐”（Marwazī）。让我们看看“大河”指的又是哪里。我在哈马的苏丹伊玛德丁·艾布·菲达·伊斯玛仪·本·纳西尔（ʿImād al-Din Abū al-Fidāʾ Ismāʿīl b. Nāṣir）[10]所著的《各国地理》（*Taqwīm al-buldān*）一书中读到，安达卢西亚有一条河叫做“大河”，即塞维利亚河[11]，原文是：“其中有安达卢西亚的塞维利亚河，安达卢西亚人称之为‘大河’。”[12]之所以被如此称呼也许是因为这条河因其潮起潮落的现象而与众不同，正如艾布·菲 138
达所指出的那样：“潮起潮落发生在一个叫做艾尔哈的地方，在那里，

---

① 直接杀害大流士三世的是其总督贝苏斯，并非亚历山大大帝。——译者注

船只在退潮时下降，又随着洪水上升。”有人这样描述那里的潮水起落：

> 吾爱，晨起带我去河边吧，
> 　　请停在那浪头卷起重峦叠嶂的地方。
> 可别越过了艾尔哈，在那儿的后头，
> 　　有我不愿见的荒凉。[13]

亚历山大是安达卢西亚的大河畔一座小城的名字，这座小城也许是亚历山大在穿越安达卢西亚半岛［即伊比利亚半岛］时建造的。《各国奇闻芳华录》（*Nashq al-azhār fī ʿajāʾib al-aqṭār*）的作者[14]提到，“左勒盖尔奈英”（有两角的人）亚历山大穿越安达卢西亚，开辟了直布罗陀[15]海峡，这一海峡也被称作“海峡之海”，这条海峡曾经是丹吉尔和安达卢西亚之间的陆地。该书在讲述这些时，虽未提到亚历山大在这个半岛上建了一座城，但这并不能证明那里没有这样一座城。从人们的种种说法来看，似乎有两个名叫亚历山大的人，一个是腓力之子ʾIskandar，另一个是杀死大流士的ʾAskandar，其中起首的海姆宰为开口呼①。《词典》（*al-Qāmūs*）另有一处提到：

139 　　有两角的人是鲁姆人亚历山大，因为当他号召人们敬拜至高无上的安拉时，他们打了他的一只角，但至高无上的安拉把他复活了，他再次号召人们，他们又打了他的另一只角，于是他死去了，但至高无上的安拉又把他复活了。他或是到过大地的两端，或是有两条发辫。[16]

---

①“海姆宰”是阿拉伯语辅音字母ء（拉丁转写为ʾ）的名称，“开口呼”指该辅音后接短元音/a/。——译者注

从这段话来看，“有两角的人”亚历山大和鲁姆人亚历山大应是同一个人。

东方学家认为，尊贵经文[17]中提到的“左勒盖尔奈英”不是希腊人亚历山大，因为前者的出现要早于后者。[18]前者据说是一位先知，建造了阻挡雅朱者和马朱者①的壁垒，这位先知还去寻找了生命之水，但一无所获，最终生命之水被绿人（*al-Khaḍir*）[19]——愿他平安——找到了，从此他得以长生不老并一直活到现在。而后者则是鲁姆人或由南人亚历山大，由南人即希腊人，因为古希腊人也被称为由南人（*al-Yunān*）[20]，现在的希腊人则被称为鲁姆人。

在法兰克人的讨论中，则只有一位亚历山大，就是腓力之子、马其顿的亚历山大大帝。他们将他和阿拉伯史书中的“有两角的人”亚历山大视为同一人，并将建造阻挡雅朱者和马朱者壁垒等关于亚历山大的奇闻逸事都归到他身上，但他们不相信其中不合常理的事情。但无论如何，伊斯兰学者和法兰克智者都认为亚历山大城应该溯源至鲁姆人亚历山大。[21]

在我看来,有两角的人明显就是希腊人口中的赫拉克勒斯，证据是直布罗陀海峡的别名“赫拉克勒斯海峡”以及上述《各国奇闻芳华录》对此海峡的说法。希腊神话在谈及赫拉克勒斯双柱时提到，俄刻阿诺斯将海洋引入了如今叫做直布罗陀的地方，那里地处两山之间，而先前这两山是连在一起的。其中一座山位于西班牙方向，名叫“卡勒巴”（*Qalba*），另一座山位于非洲方向，名叫“比拉”（*Bila*）。直布罗陀海峡被开辟后,这两座山就像两根柱子一样,赫拉克勒斯在它们上面写下文字，大意是：“这后面什么都没有。”

---

① 雅朱者和马朱者是《古兰经》中提到的两个古代野蛮民族。——译者注

支持上述说法的证据还有：在希腊神话中，赫拉克勒斯属于一类被称为“半神”的人类翘楚，希腊人认为这类人是永恒者和消逝者也即神与人结合所生。据他们的说法，赫拉克勒斯是朱比特也即木星和忒拜国王安菲特律翁之妻阿尔克墨涅所生。朱比特扮作忒拜国王的样子同阿尔克墨涅交媾，后者受孕怀上了赫拉克勒斯。

达米里（al-Damiri）在他写的《动物书》中写过类似的事情，他转引的是贾希兹的讲述，大意是：阿穆尔·本·雅尔布阿是女恶魔和人类所生。他提到：据说朱尔胡姆人是天使和人类的后代。他们的国王违逆了他的主，主化作人形从天上降到地面，做了哈鲁特和马鲁特做的事情。这个部落里出现了赛伯邑女王比勒吉斯和有两角的人，后者的母亲是人，父亲是天使。因此，当欧麦尔·本·哈塔布——愿安拉对他满意——听到一人呼喊另一人“喂，有两角的人”时说：“你们把先知们的名字都用完了？怎么都僭越用起天使们的名字了？”

他还提到：据说精灵和人类是可以交媾的，因为安拉说过：“你可以和他们同享他们的财产和儿女。”[①]这样说就意味着雌性精灵只会迷惑人类男性以求爱，而雄性精灵只会找人类女性，如若不是如此，就变成雄性吸引男性，雌性吸引女性了。安拉也说过：“任何人或精灵，都未曾与她们交接过。”[②]如果没有雄性精灵夺取过人类女性的贞操，那就不会有这样的语词，安拉也不会说这样的话。

［我比较希腊神话和阿拉伯传说中相关说法的］目的是说明［古代］阿拉伯人所称的信仰中的至高存在就是希腊人信仰中的众神。我想，如果将这个问题提交到被称为“学术院”的法国大学校的先

① 出自《古兰经》第17章第64节，这是安拉对精灵中的恶魔易卜里斯说的话，其中的“他们”指的是人类。——译者注

② 出自《古兰经》第55章第56和74节。——译者注

生们那里去讨论的话，他们在研究后会认可和支持我的观点。[①]

之前引述过的《词典》中也提到了名为亚历山大的诸多城镇。
有如阿尔巴尼亚的亚历山大耶西（*Iskenderyāsī*），也即亚历山 140
大，得名自亚历山大贝伊[22]，这个城镇同著名的鲁姆人亚历山大没有关联。

有人说，埃及的亚历山大城是亚历山大在大约以撒［即耶稣］——愿他平安——诞生前302年建立的，在这之前这个城市叫作卡伊苏恩（*Qaysūn*）。法兰克人认为，这座城先前叫作“努”（*Nū*），在被伊斯兰教征服以前，这里相继被罗马、鲁姆［此处指拜占庭］和希腊统治过。欧麦尔·本·哈塔布[23]命令阿慕尔·本·阿斯[24]征服了这座城市。征服之后，阿慕尔给欧麦尔——愿安拉对二人满意——写信，称在那里发现了4000座宫殿、4000个浴室、4万个缴纳人头税[25]的犹太人、400个广场，1.2万家杂货果蔬店铺。这些数字可能是历史学家的夸大，因为他们在谈论巴格达等其他地方时也夸大了。在这座城市的诸多奇观中，就有被阿慕尔·本·阿斯——愿安拉对他满意——焚毁的图书馆，当时那里有70万卷藏书。[26]

早年间，这座城市大约有30万人，但今天这个数字要少得多。[27] 141
这里曾被法国人征服过，在英国人赶走法国人后又回归伊斯兰教的掌控。如今，在恩主的努力下，楼宇建筑的光芒再次照耀这座城市，早年间作为贸易中心的繁荣重又出现。它也成了恩主的居处，大部分时间他都居住于此。从位置和建筑来看，它很像法兰克人的港口。它位于开罗西北部，距开罗约50法尔萨赫[28]，纬度是31°13′——纬度标记了与赤道间的距离远近。它与巴黎的距离将在后文提及。

---

①“在我看来……我的观点”一段英译本缺，此处据阿拉伯语原文补充。——译者注

第三章

在与亚历山大港相连的海上的航行

在阿拉伯地理著作中，这片海被称为鲁姆海，因为它的一端同鲁姆人之地相连；这片海又被称为沙姆海，因为它毗邻沙姆地区。法兰克人称它为地中海或内海[29]，因为它位于陆地的中间，不同于环绕整片大陆的环绕洋。有人说，环绕洋在高于海平面的地面下持续流动。有人则持相反的看法，认为地面之下依然是干燥的土地，就
142 像俄国地区的一些地方那样。这片内海在土耳其语中被称为“萨菲德海”[即白海][30]，同“本都海”[31]也即黑海相对。俄国地区有一片海也叫白海，同[法兰克]地理学家的术语一致。[32]

拉马丹月（九月）第五日星期三下午[33]，我们开始在这片海域航行。我们登上了一艘法国军舰[34]，它虽不会让人们心中感到恐惧，但它威严沉肃的造型触动了旅客的心，以至于身处其间，旅客就像孩子一样。这艘军舰上有各种手艺与工艺需要的设备，也有武器和士兵[35]，并配备了18门炮。

吉祥拉马丹月第六日星期四，军舰启航了。当时微风习习，我们丝毫没有感觉到军舰发动，也没有任何不适。出发前，我遵照一位去过伊斯坦布尔的学者[36]教我的办法喝了几大口咸海水，他说这可以避免海上航行的痛苦。实际上，我没有什么不适，除了登船时有些发烧，但船启动、航行以后就好了。有时，疾病反而让身体变得康健。我们持续航行了大约四天，没有感觉到剧烈的晃动与颠簸。之后，狂风大作，海浪翻滚，扰动着[船上]众人的身体和心

灵。我们中的大多数人都紧紧贴着甲板，所有人都在恳求审判日的调解者能帮助我们。我们想起了一句幽默的话："航海者是危险的，143 但更危险的是君王身边既无知又无识的人。"这也验证了我们的朋友萨夫提[37]在艾布·努瓦斯[38]的一首幽默诗中插入的内容：

为使海的女奴受孕我同她交媾，①
　　见识了其中种种凶险。
我发誓再不坐船，
　　终我一生，我只驭坐骑出行。

但在慷慨的主的庇护下就不需害怕任何大不幸，有诗人说得好：

为何我们恐惧未消，
　　却依然远航？
因为我们依靠慷慨之主，
　　他必不会弃我们不顾。

风暴在大约三天后平息，之后只是时不时地出现。法兰克人有别于其他基督徒的一项值得称赞的品质是爱好外表的整洁。至尊至高的主用污秽和肮脏来考验埃及的科普特人，却赋予法兰克人等量的清洁，即便在海上也是如此。[39]我们坐的那艘船的船员总是非常认真地打扫，以尽可能地清除污垢。他们每天都清洗座椅，约每两天就会打扫一次卧舱。他们还拂掸、晾晒床垫被褥，除去上面的污渍。虽说"清洁是信仰的一部分"[40]，而他们身上没有一点［正确的信 144

① 这一句连续使用多义词：*waṭy*"交媾"或"踩踏"、*ḥaml*"怀孕"或"负载"、*jāriya*"女奴"或"船只"，构成了句义的双关，另一层意思为：我踏上船使其负载。——译者注

仰］却仍如此热衷于清洁。

尽管与我们国家的人相比，法国人的洁净程度很高，但他们并不认为自己属于非常关注清洁的民族。下面这段话可以说明这一点，该段译自法语写的《风俗与习惯》[41]一书：

> 最注重房屋清洁的是弗拉芒人①。在他们的城市，大多数街道都是用白色的石头铺成的，且这些石头总是被仔细地清洁，房子的外立面也做了装饰，弗拉芒人会经常清洗玻璃窗甚至外墙。在英国和美利坚合众国[42]的部分地区，清洁卫生也很常见，但在法国、奥地利和其他国家则很少见。有些国家很脏，到处都是虱子，甚至有些人听任虱子叮咬却不以为意。自从白衬衣②流行起来后，麻风病就消失了；因为白衬衣需要每星期洗涤、更换一次或好几次。白色的衣服大体上带来了清洁和健康，消除了令人作呕的污秽。[43]

第四章

我们见到的山、国家和岛屿

旅程第7日，我们驶过克里特岛[44]。从远处，我们看到了那里高
145 耸的山，希腊人称它为“伊达”，在希腊人的历史中，这座山因种种神奇之事而闻名。旅程的第13日，我们看到了西西里岛，这个岛在

① 英译本作“荷兰人”，为尽可能反映塔赫塔维原书的内容，此处根据阿拉伯文原文改。——译者注

② 英译本作“床单”，根据阿拉伯语原文改。——译者注

阿拉伯语中叫做萨卡利亚（Ṣaqāliyya）或西奇利亚（Ṣiqilliyya）。西西里岛位于意大利南部，一条叫做墨西拿的海峡将之与意大利［主体］隔开。该岛是地中海面积最大和最肥沃的岛屿之一，并曾因此被誉为“罗马的粮仓”。该岛过去曾是罗马人和西部的居民迦太基人之间爆发战争的原因之一，最终，该岛归于罗马人的统治之下。此后，西西里岛历经希腊诸国王的统治、穆斯林的征服、法国人的部落之一诺曼基督徒（*al-Naṣārā al-Nurmandiyya*）[45]的占领、一些西班牙国王的统治和奥地利人的统治，最后成为那不勒斯（*Nābulī al-Kattān*）王国[46]的一部分，被称为普利亚（*Būliya*）[47]。如今，法兰克人经常将它同那不勒斯并称为“两西西里”，将西西里置于那不勒斯之前。地理书上说，这个岛有10万人口，那里的城市都建在山顶上。

旅程的第14日，我们从远处看到了岛上那座名为“蒙特埃斯纳”（Mantathnā）的山［即埃特纳火山］。这个名字由两个词组成：一是“蒙特”（Mant），指山，另一是“埃斯纳”（Athnā），因此最好分开写成“蒙特·埃斯纳”。这座山今天被叫做“朱拜勒”[48]，在我看来，这是［阿拉伯语单词］“贾巴勒”（*jabal*，意为“山”）的变异，是穆斯林将之引入到这个岛上用来指称这座山的。穆斯林被驱 146
逐后，这个词仍继续沿用，直至今日，但其发音却因岛上居民的错误发音而发生了变异。

这座山是一座火山，白天会喷烟，晚上会冒火，有时还会抛出燃烧着的石状物质。在法兰克人的语言中，火山被称为“布勒卡尼亚”山（*jibāl bulkāniyya*），单座火山叫做“布勒坎”（*bulkān*，即意大利语词*vulcano*），这个词在阿拉伯语中被误读作“布尔坎”（*burkān*），即［“勒”（*l*）变成了］“尔”（*r*），可能是从安达卢西亚人的语言中音译过来的。根据麦斯欧迪[49]《黄金草原》[50]中的说法，那里的人称火山为“塔赫麦”（*ṭahma*）。火山口在法语中叫做“卡拉提拉”（*krātīra*，即*cratère*）。

火山通常只存在于岛屿上。据测量过这座山的人说，此山比环绕洋的平面高出1903英尺[51]，其占地周长约为55法里，其火山口的周长约为0.25法里。

一般来说，火山在喷发后会恢复平静，之后又会再次喷发。它可能长时间处于休眠状态毫无动静，以至于人们认为它已经完全熄灭了，但几个世纪后又会再次喷发。“朱拜勒”已经喷发了31次，其中就包括了法兰克历1809年的那次喷发。最大的一次喷发发生在（公元）739年，那次喷发摧毁了卡班（*Kābān*）城，造成了1.8万
147 人死亡。[52]火山即将喷发的迹象是地表之下剧烈的咆哮、崩裂和轰鸣声以及烟尘的出现与增多。一些自然学家说，通过比较地震和火山，我们可以发现，这两种现象有共同的肇因，即地表之下地心之中燃烧的火。但地震的影响比火山更广，地震的影响可以波及大片陆地，而火山的影响仅限于邻近地区。另一个常见规律是，离火山越远，地震就越猛烈。对此，有人是这么解释的：地下的火要寻找出口，如果地上有火山，它就会从火山口出去，这样一来火的力量就会被削弱，地震就不会发生；相反，如果地上没有火山，火找不到出口，大地就会因此而震颤。另有智者认为，火山和地震现象都是由摩擦带来的引力造成的，法语中称之为“伊克提里西塔”（*al-iktirīsita*，即*électricité*），［阿拉伯语中］叫做“拉希斯”（*rasīs*），是琥珀（*kahrabā*）[53]在摩擦时呈现出的一种特性。对于这一说法，有人回应称，这与另一位智者关于地质构造和地层结构的观点不相容。但有一条规律是确定的，即火山高度越低，喷发频率越高，高度越高，喷发频率越低，这是很常见的。赞美至高无上的安拉，他［对

此］是全知的。

［旅程］第15日，我们在墨西拿城停靠，但没有下船，因为当地人不允许东方国家的人未经检疫隔离就进入他们的领土。所谓检疫隔离，就是停留一定的天数以消除疫病的气味。当地人会带来各种必需品，供人们有偿获取。他们非常谨慎，会把收取的钱币放入盛有醋或类似物质的容器中。我们［就这样］获取了城中的水果、蔬菜、饮用水等必需品。 148

我们在墨西拿城的港口停留了五日。我们在远处眺望城中的高楼广厦，以及从日落时分点亮的一直燃到日出的灯火。停留期间我们还听到了钟声，他们敲起的钟声十分悦耳动听。有一晚，在同一些风趣之人交谈时，我创作了一篇风趣的玛卡梅[54]，这篇玛卡梅表达了三层意思。第一，高洁的爱美之心无可指摘，对此我引用了一组诗句作为证据，自己还加了这么几句：

我对那些美丽的人充满渴望，
　　青春的激情使我毫不畏惧。
对爱情我没有任何怀疑，
　　因为高洁确是我的本质。

第二，心爱之人的眼眸似佳酿，情人为之沉醉，这种愉悦（*rāḥa*）无需真正的酒（*rāḥ*）也可得到。[55]就这层意思，我做了以下诗句：

他手持着酒杯翩翩而来，我说：
　　这酒中精华就如同他的双颊。
他纯洁的姿容已映入我的眼中，我还有什么不知足？
　　何况我早已沉醉在他迷人的眼眸中不能自拔。

第三，优雅娴熟的敲钟人所敲出的钟声震慑心灵，就此我引用了一位诗人的诗句：

149 他敲着铃走来，我问他：
　　“是谁教会了羚羊敲铃？”
我又问我的心：“你比比，让你更痛苦的
　　是铃声还是别离？”

我又在诗后附上了几句相似的诗句，探讨了它们的含义和相似之处，并回答了一些语法问题等，就不在此赘述了。

旅程第20日，我们离开这座城市，沿着火山航行，直至驶过了这座山。

第24日，我们经过了那不勒斯城，这座城在土耳其语中叫做“普利亚”。驶离那里约90英里后，风向突转，逆着我们的航向朝着船头吹。风从船的目标方向吹来，使得船没法向目标航行，而是渐渐远离。[这让我想起了]某位我很是欣赏的诗人的诗句：

那一日，它纤纤转身离我而去，却没有回身
　　我带着疏离的苦痛问道：
“纯洁的枝条啊，你为何不向我而来？”
　　“你背朝着风的方向，我又怎么能够？”

萨拉赫·萨法迪（al-Ṣalāḥ al-Ṣafadī）说：

他摇曳着身姿时枝条对他说：
　　“你以为自己真就这么柔软么？
来，我们去花园中找微风评评理，

看我们中到底谁会随风起舞！”①

由于风向的改变，我们又返回了那不勒斯，并在那里停靠。但同在墨西拿城的情况一样，我们无法进入这座城市。那不勒斯是法兰克地区最大的城市之一，它的国王统治着前面说过的西西里岛，那不勒斯城就是这位国王的所在地。在阿拉伯语中，那不勒斯被叫作“卡坦的那不勒”（*Nābul al-Kattān*），也许是因为这里的亚麻（*kattān*）质量很好。[56]穆斯林曾经统治那不勒斯王国约200年，之后这里与西西里王国一起被诺曼基督徒征服。直到今天，那不勒斯仍然在意大利基督徒的控制下，这就是为什么它被称为“南意大利”的原因。我们之前也提过，那不勒斯是欧洲的主要贸易中心之一。

第29日，我们看到了科西嘉岛，这个岛现由法国人统治，被叫作“科西岛”（*Jazīrat al-Qurs*）。穆斯林曾经征服过该岛，但他们在这里的统治并没有维持太长时间。科西嘉岛也是名叫波拿巴的那位 150
著名拿破仑的故乡。[57]在法国人的军事行动中，拿破仑征服了埃及，后来又成了法国统治者，尽管他的父亲只是一名炮兵上尉。

第33日，我们停靠在马赛港，至此我们已经在海上航行了33天，其中包括在墨西拿停留的5天和在那不勒斯停留的1天左右的时间。风向的变化造成了严重的延迟，如果没有风向的影响，我们抵达［马赛］的用时会短得多。

---

① 作者在第二版中增加了此诗，英译本缺且未作说明，依据阿拉伯语原文补充。——译者注

第二篇

第一章

我们在马赛城停留期间［的经历］

我们停靠在马赛的码头，马赛是法国的一个港口。我们从邮轮上下来，坐着小艇，来到城外的一处房子，准备接受检疫隔离。按照法兰克人的习惯做法，任何自外国来的人员在入城前必须进行隔离。[1]

151 这里我们可以提一下马格里布的学者们对检验隔离问题的讨论，这是一位值得信赖的摩洛哥学者向我转述的。他说，就是否允许检验隔离，突尼斯马立克派的大学者穆罕默德·曼纳伊谢赫[2]和哈乃斐
152 派的穆夫提[3]、大学者穆罕默德·拜伊拉姆谢赫[4]之间曾有过一次争论。前者是宰桐清真寺[5]的教师，后者写过好几部天启与理性诸学的书，其中有《奥斯曼王朝史》，该书从王朝开端写到现在的苏丹马哈穆德时期。穆罕默德·曼纳伊谢赫认为，检验隔离不合法，而穆罕默德·拜伊拉姆谢赫则认为，这种检验隔离不仅合法，而且还是义务。拜伊拉姆谢赫还就此写了一篇论文，并援引《古兰经》和逊奈（*sunna*）[6]作为凭据。曼纳伊谢赫也写了一篇论文，论证应当禁止检

验隔离，认为这是一种逃脱安拉判定的行为。[7]

两位学者间在大地是圆的还是平的问题上也有过类似的争论，曼纳伊认为大地是平的，拜伊拉姆则认为大地是圆的。在马格里布 153
的学者中，认为大地是转动球体的还有大学者穆赫塔尔·肯塔维（Mukhtār al-Kintāwī）谢赫[8]。这位谢赫来自廷巴克图附近的艾宰瓦特，曾写过一部马立克法的概要，效仿的是哈利勒的概要[9]和法学家伊本·马立克的语法《千联诗》[10]。此外，他还写了多部表象和隐奥诸学的书，例如《古兰经》分段本（*aḥzāb*）①与诵经集（*awrād*）[11]，就像沙兹里[12]的诵经集那样。他还写了一部叫作《巡游》的书，该书集中了各门学问，其中就包括天文学。他讨论并说明了大地的球状形态与转动状态。扼要来看，他的看法是：大地是球体。[从这种看法出发，]无论说大地是转动的还是静止的，都没有什么关系。[13]塔尔·肯塔维去世那年，是自先知迁徙起的第1226年——愿先知获得最好的祈祷和最纯的问候②，他那与他同名的孙子继承了他。

我们在检疫隔离期间住的房子非常宽敞，有高馆也有花园，建 154
筑精美而牢固，这使我们认识到这个国家的建筑质量有多么出色、建筑水平有多么高超，花园和池塘等随处可见。我们在这隔离住所第一日所经历的事情，大多让我们啧啧称奇。接待方给我们配了一些法国仆人，说的是我们听不懂的话。他们还配了大约100张椅子供我们坐，因为在这个国家，铺上地毯、席地而坐被认为是很奇怪的事情，更不用说直接坐地上了。随后，他们摆桌子供应早餐。他们支起高高的圆桌[14]，摆上波斯陶盘似的白盘，在每张盘子前放上一个

① 又译“希兹布”。——译者注

② 英译本误作“愿谢赫收获最好的祈祷和最纯的问候”，从阿拉伯语原文改。——译者注

玻璃杯、一副刀叉和一把勺子。每张桌子上都有大约两个盛水的玻璃瓶和两个分别装着盐和胡椒的罐子。然后，他们又围着桌子摆上椅子，每人一把。之后，他们就把餐食端上来了。他们在每张桌子上放上一大盘或两大盘餐食，桌上一人从大盘里舀出食物，分给同桌的人。分到餐食后，每个人都用面前的刀切割盘中的食物，然后用叉子而不用手送到嘴边。这里的人绝不用手吃饭，也绝不用别人的刀叉用餐，更不会用别人的杯子喝水。他们说，这样更干净，也更健康。从法兰克人的习惯还可以看出，用餐时，他们总是用上了釉的瓷盘，从来不用铜盘和铜器，即便是镀锡的也不行，那些只会被用来当作烹饪的工具。

他们的餐食，分为几个固定的阶段，每个阶段可能还会进一步细分。一顿餐先从汤开始，然后是肉，然后是各种菜肴，如蔬菜和点心，然后是沙拉。有时，瓷盘的釉色还会与盛用的食物进行匹配：例如，沙拉盘是绿色的，也就是沙拉的颜色。他们的餐食以水果结束，然后上酒精饮料[15]，但他们只喝一点点，然后是茶和咖啡。无论是富人还是穷人，都是如此。当然，人们会各自根据自己的经济状况准备餐食。每用完一道菜，他们就换一个没用过的盘子。之后，
155 他们给我们准备了床铺。按照他们的习惯，人们必须睡在高起的物体上，比如床。他们就照此给我们准备。

我们在这个地方住了18天，其间没有离开过。这个地方非常宽敞，有大园林和开阔地带供我们漫步，也有小花园让我们休闲。

隔离结束后，我们在隔离点坐上装饰华美的客运马车，去往城里的另一处房子。这些客运马车咕隆咕隆地行驶，日夜不停。这处房子其实坐落在城边，是一座建在城外的城堡，有花园和各种设施。[16]我们住在那里，等着出发前往巴黎。在等待期间，我们有时会外出

进城消遣几个小时，还去了几家咖啡馆，咖啡馆里聚集的不是平头百姓，而是达官贵人。[17]的确，这些地方的装潢名贵华丽，只适合完完全全的富人。加之店里的消费高昂，也只有有钱人才去得起。穷人们则去一些简陋的咖啡馆，或是酒馆和麻烟馆，尽管简陋，这些地方相对也有些装潢。①　156

我之前说过，从城市状况来看，亚历山大与马赛很像，但这里我想谈谈它们之间的区别。［马赛］的街巷和道路要宽很多，宽到可以容纳多辆车在一条道上并排行驶。[18]此外，［马赛］所有的门厅、走廊和大会客厅的内墙上都安装了尺寸巨大的镜子，甚至在很多大厅内部的墙上，每一面都有玻璃镜子，看上去璀璨夺目。

第一次进城时，我们路过了一些美轮美奂的商店，外墙装饰着玻璃镜子，里面挤满了漂亮的女人。[19]当时刚过正午。习惯上，这个国家的女子往往会露出她们的脸部、头部、前颈及以下的部位、后颈及以下的部位，还会露出双手双臂直到靠近肩膀的地方。[20]同样的，购物完全是女人的领域，而劳动则是男人的专属。我们饶有兴致地欣赏着这些商店、咖啡馆等，以及挤在里面的人。

最先吸引我们视线的精美店铺是一间大咖啡馆。当我们进去看时，发现它的布置和它的外观一样，都很别致。店主[21]是个女子，坐在大柜台后，面前摆放着墨水瓶、鹅毛笔和菜单。咖啡是在离顾客较远的屋子里制作的，年轻的服务生在顾客落座区和咖啡制作区之间来回穿梭。顾客区陈列着带有植物纹饰的椅垫的座椅和上等红木制成的桌子[22]，每张桌子上都陈列黑色或彩色大理石板。这间咖啡馆出售各种饮料和点心。顾客点单后，服务生会将单子交给店主，店　157

---

①“尽管……”一句系作者在第二版中新增，英译本缺，依据阿拉伯语原文补充。——译者注

主一边吩咐送餐，一边在账本上记录，并撕下一条标记价格的纸条，待结账时派服务生送到顾客手中。一般来说，顾客点的咖啡会和糖一起送过来，喝之前顾客把糖融到咖啡里。我们也跟着照做了。[23]他们的咖啡盅相当大，大致抵得上埃及的4盅。事实上，与其说它是盅，不如说它是杯。这家咖啡馆还提供日报[24]供顾客取阅。

我走进这家咖啡馆并坐下来时，感觉像是身处在熙熙攘攘的老城（*qaṣaba*）[①]，因为我的周遭全是人。馆内馆外人众，每一面镜子都映射着他们的样子，各色各样的人或走，或坐，或站，简直让人以为这咖啡馆就是一条街。直到我看见了镜面中映射出的我们的多重影像，才明白一切的错觉不过是玻璃的特效，也才意识到我所处的仍然是一个封闭空间。在我们国家，镜子通常将人的形象一变为二，就这一点，有人说：

因怕他在我眼前化作两个，
　　我把镜面遮挡，将他与镜子相隔，
我自可耐受独一的苦厄，
　　可若双星显现又当如何？

而在法兰克人的国度，由于安在墙上的镜子数量多、面积大，镜子通常从四面八方将一个形象映成多个，对此我说：

158 离我去兮踪迹无，
　　驻我心兮讯音疏。
显身入镜映姿貌，

① 在不少伊斯兰国家和地区，特别是北非地区，“*qaṣaba*”指的是城市中心的老城，通常是集市所在地，因此英译本处理成“巴扎”。——译者注

形影憧憧环宇屋。

我们的阿塔尔谢赫说过："对于这个话题，我没见过比伊本·赛赫勒[25]更具想象力的了。"伊本·赛赫勒曾如是说：

他在我的思想之镜，
　　投下太阳般的样貌。
这样貌映射在我心底，
　　燃起那熊熊烈火。

哈里里也曾这样描述一名手持镜子的俊美青年：

他看到镜中俊美的容颜，
　　因一见钟情而相思成疾。
他指镜中所见是优素福，
　　而他自己则是雅古布。

我将在讲述巴黎时继续讨论这一话题。

在检疫隔离后停留在马赛的日子里，我们还忙于学习"分断字母"，也就是学习法语拼写。

在马赛城，有许多来自埃及和沙姆地区的基督徒，当年他们跟着法国人一起从埃及撤出[26]，如今都穿着法国人的服饰。当年跟着一起撤出的穆斯林已经很少见了，他们中有的已经过世，有的皈依了基督教——愿安拉庇佑避免此事。这方面比较典型的是格鲁吉亚人和切尔克斯的马木鲁克们，以及在很小的时候就被法国人带走的女性。我就曾遇到过一个，这位女性已是个老妇人，但她一直保持着自己的宗教信仰。在皈依者中，有个叫阿卜杜·阿勒的人，据说法

159 国人在占领埃及期间曾封他为“禁卫军[27]的阿迦”。他跟着法国人撤出，在保持了15年左右的伊斯兰信仰后，为了娶一个基督教女子而皈依了基督教——愿安拉庇佑避免此事。此后不久，他就去世了。[28]据说，有人听见他在弥留之际喊道：“安拉的使者啊，来拯救我吧！”他回归了伊斯兰教，或许得以善终，因他当时说：

赞美安拉！正教是我的宗教，

安拉是我主，阿米娜之子是我先知。

但我注意到他有二子一女回了埃及，他们都信奉基督教，其中一子现在艾布·扎巴勒学校任教。[29]

还有人同我讲过一则类似的故事：有位法军总司令，名叫梅努[30]，
160 在克莱贝尔将军[31]被杀后接掌了埃及。他在开罗皈依了伊斯兰教，但看上去并不诚心实意。他取名阿卜杜拉，娶了拉希德一位谢里夫的女儿。当法国人撤离埃及时，他决定回国，并带走了这位妻子。他一回国就重新信回了基督教，把缠头巾换成了四角帽。[32]尽管他的妻子坚持自己的信仰，但他依然同她一起生活了一段日子。直到妻子生了一个儿子，丈夫希望按照基督教的习俗给他施洗，使他成为基督徒，但妻子拒绝如此，并说道：“我绝不会让我的儿子成为基督徒，让他接触虚假的宗教！”对此，丈夫反驳说：“所有的宗教都是正确的，它们都追求同一个目标，那就是行善。”见妻子拒不接受这个观点，他接着对她说：“《古兰经》上是这么说的，既然你是穆斯林，你就得相信你先知的经书！”然后，他派人去请法兰克人中最精通
161 阿拉伯语的学者德·萨西男爵[33]，因为他能读懂《古兰经》。梅努对他妻子说：“你问问他对这个问题的看法。”[34]妻子照做了。就这样，德·萨西说服了她，妻子最终同意给儿子施洗。据说她后来也皈依

了基督教，并以异教徒的身份死去。

伊斯兰外，
　　芸芸诸教。
皆为虚妄，
　　信之无益。

我在马赛遇到的埃及人中，有一个人穿得也像法兰克人，他叫穆罕默德。他会说一口流利的外语，但对阿拉伯语却知之甚少。我问他家乡在埃及的哪里，他回答说他来自艾斯尤特，出身于一个谢里夫家庭。他的父亲叫赛义德阿卜杜·拉西姆，是当地名流。他的母亲叫麦斯欧黛或一个类似的名字。他很小就被法国人掳走了。他说，他一直坚持自己的伊斯兰信仰，也熟谙各种宗教常识，奇妙的是，听了他的话，我在他身上看到了富贵的征兆。他的面相确实有着艾斯尤特谢里夫们的特征。如果他的话属实，那他就是塔赫塔的西迪艾布·卡西姆之子西迪侯拉兹的后人。[35]塔赫塔的谢里夫们是西迪古特卜·拉巴尼·艾布·卡西姆之子西迪叶海亚的后人。叶海亚的第三子是西迪阿里·拜绥尔，闪达维勒岛[36]的居民是他的后人。对于知道的人来说，塔赫塔的艾布·卡西姆名声大得很，虽然西迪阿卜杜·瓦哈卜·沙拉尼并没有把他录进《品阶》(*al-Ṭabaqāt*)。[37]奥斯曼帝国的许多谢里夫都可以将他们的血统追溯到先前提过的西迪侯拉兹。

我在马赛还见到了叫作“戏院”(*spectacles*)的休闲场所。那里太神奇了，没有办法用文字描述，必须得亲眼见到才行，我们会在讲述巴黎时再具体讲。我们在这座城里逗留了50天，之后就动身去巴黎了。 162

第二章

从马赛出发进入巴黎的旅程

你应该知道，那些从马赛到巴黎旅行的人通常是乘马车去的。人们通常会租一整辆马车或其中的一个座位，乘客可以自理餐食，也可以支付固定价格购买包含旅途中餐食的座位。除了用餐之类的时间，马车会不分昼夜地行驶在路上。

沿途的每个城镇都有专门的提供各式各样食物和饮料的餐饮场所。这些地方非常干净、雅致，还有布置精美的卧室。总而言之，那里装备齐全。

我们中每组人乘坐同一天的车，从马赛出发，持续快速地行进，且不会像海上航行那样受到暴风之类因素的影响。从马赛出发后的第三日上午，我们抵达里昂，在这里休息停留了大约12个小时。我们从城中走过，从停留的屋子里向窗外观望，是我们领略这座城市的唯一途径。[38]

若不能登上山顶，

就下到山脚吧。①

我们在晚上离开里昂前往巴黎，并在离开马赛后的第七天早上抵达巴黎。我们沿途经过了许多村庄，大部分都有买卖的场所、守

① 此联句为作者在第二版中添加，出自阿拔斯时期诗人艾布·阿拉·麦阿里（Abū al-ʻAlāʼ al-Maʻarrī, 973—1057）的诗集《燧火集》（*Saqṭ al-zand*）。——译者注

卫和绿树掩映的华丽建筑。

总体而言，毗邻的村庄大多彼此相连，在这些村庄间快速行进时，就好像身处同一个城镇。沿途都是排列整齐的树木，很少中断，旅行者大部分时间都行进在树荫之下。

这些村庄和小城镇中的女子看上去要比巴黎城中的女子更漂亮，身姿也更秀丽，但妆饰打扮却不及后者，这是所有文明国度中的常见现象。

163 # 第三篇

第一章

巴黎概貌：地理位置、土地特征、天气和周边地区

法国人称这座城市为*Pari*，其中*p*的发音相当于波斯语的*b*，介于［阿拉伯语］的*f*和*b*之间。但这个词写作*Paris*，*s*不发音，法语中有些字母虽然会写出来，但永远不发音，特别是一些以*s*结尾的词，*s*往往不发音。例如，雅典在法语里写作*Athènes*，但读作*Atēn*。阿拉伯人、土耳其人等民族则把巴黎写作*Bārīs*、*Barīs*或*Bārīz*，有时也读作*Fārīs*。我认为［词尾］最合适的写法是*s*，尽管在非法语地区将这个字母读作*z*的情况很普遍。这可能是因为在法语中*s*在某些情况和条件下需要读作*z*。这种情况，［对于*Paris*中的*s*而言，］只有在它的关系名词[1]中才是如此。在法语中，*Paris*的关系名词读作*Bāriziyānī*［即Parisien，其中的*s*读作*z*］。这一现象本身就解释了［读音变化］的原因，因为关系名词往往将词语回溯至其本源。当然，这条规律也适用于阿拉伯语的关系名词，而此处说的是外语中的关系名词。在我写的一些关于这座城市的诗中，我在拼写［“巴

黎”一词］时使用了s。例如，我说：

若我将巴黎（*Bārīs*）休弃三次，[2]
　　那我将只能回到开罗身边。
她们都是我的新娘，
　　但开罗不是异教徒之女。

我又说：

他们将美丽的太阳一一列举，
　　说它们都升起在埃及。
但如果他们看见阳光照耀下的巴黎， 164
　　必将专门提起。

巴黎这座城市得名于一个很久以前在塞纳河沿岸定居的古老的法国部落，叫作巴黎西人（*Parisii*）。在古法语中，这个词的意思是“边远地区的人”。因此，*Paris* 并不是像某些人所说的那样源自著名人物帕里斯①。

这座城市是目前世界上人口最多的城市之一，也是法兰克地区最大的城市之一。它是法国的首都和法国国王的所在地。关于这一点，之后会有专门的章节进行详细讨论。

巴黎位于北纬49°50′，即从赤道向北到它的距离。至于它的经度，则有不同的算法。如果我们按照法国人用来确定各地经度所依据的子午线——这条子午线穿过巴黎，是他们的皇家天文台规定的，也是他们计算经度的基准——来计算，那巴黎的经度就是0°。如果

① 帕里斯是荷马史诗《伊利亚特》中的特洛伊王子。——译者注

我们按照托勒密[3]用来计算经度的子午线来计算——这条子午线位于西海中的永恒诸岛[4]，至今依然是弗拉芒人等民族计算经度的基准——那巴黎就位于东经20°左右。

尽管会偏离主题，但请允许我们向你解释一下某个地方的经度和纬度是如何确定的，又有何用途。

你要知道，天文学家已经给出证据证明地球是圆的，且并不是
165 完完全全的圆。基于地球的形状，他们制作了地球模型[5]。为了能够划分地球表面、方便认识地球，他们设想了子午线、纬线、一轴和两极，并绘在这人造模型上。地球的轴线平行于天体轴线，其两端是两极，其中一极叫北极，另一极叫南极。子午线是从一极到另一极的圆，是基于以下这样一个事实，即当太阳在这条线所经过的某个地方升到最高时，那里就是正午。这些圆的中心构成了地球的中心。纬线是垂直于子午线的圆，它们到圆心的距离就是它们到地轴的距离。纬线中最大的圆圈是赤道，从这里到两极的距离是相等的，将地球分成两半，即北半球和南半球。同所有的圆圈一样，子午线圈与纬线圈被分为360°，每度细分为60′，每分又细分为60″，每秒细分为60个1/60″（*thālitha*），以此类推。法兰克人还有另一种新的分度系统，他们把圆圈四等分，每1/4圆又均分为100等份，称为百分度，每百分度细分为100′，每分细分为100″，以此类推。这里他们用的是十进制和公制[6]，但十进制①更为通行。

这些圆被用来确定经度和纬度。纬度就是［给定］纬线圈到最大纬线圈即赤道的距离。向北计算距离就是北纬，最大值是90°，向南就是南纬，最大值也是90°。经度是［给定］子午线到本初子午

① 英译本误作“后一种”，依据阿拉伯语原文修改。——译者注

线的距离，向东是东经，最大值是180°，向西是西经，最大值也是180°。

在地球仪和地图上，地理学家以度为单位标出了每条纬线与赤道之间、每条子午线与本初子午线的距离。我们先前提到，智者托勒密将本初子午线定在永恒诸岛。但当美洲大陆被发现后，法兰克人决定，每个地区的人都应该把自己国家所处的位置定为本初子午线，并以此为参照确定其他地方的位置。法国人就是这么做的，他 166
们把巴黎所在的位置定为本初子午线。然而，还有些民族［不这样做］，比如，弗拉芒人就以永恒诸岛中的铁岛［即耶罗岛］为基准计算经度。[7]

实际上，所有国家采用共同的基准计算各地的经度是再自然不过的事情了。（在我看来）基准应该设在文明程度最高或具有特色的地方，比如尊贵的麦加。这样一来，就可以考虑通过时差来确定经度。这是因为，人们都知道，太阳——或根据法兰克人的说法是地球——会在24小时内完成每日的运转，也即它每小时在其运转轨迹圈上走15°，每走一度要花4分钟。这意味着，当开罗进入正午时，开罗以西15°的地方在一小时后才会进入正午，开罗以西30°的地方将在两小时后才进入正午，以此类推。反之，开罗进入正午时，开罗以东15°的地方已是午后1时，开罗以东30°的地方已是午后2时，以此类推。

在这里，我想提一下当巴黎以西和以东的国家的首都进入正午时巴黎的时间，以此来计算巴黎［在经度上］与这些城市的距离。当开罗进入正午时，巴黎离正午还有1小时56分钟。当伊斯坦布尔进入正午时，巴黎离正午还有1小时46分钟。当巴格达进入正午时，巴黎离正午还有2小时40分钟。当阿勒颇进入正午时，巴黎距离正午还有2小时45分钟。当突尼斯进入正午时，巴黎离正午还有32分钟。当伊斯法罕进入正午时，巴黎离正午还有3小时22分钟。类似的，巴黎的正午与中国皇帝所在地北京的正午相差7小时41分钟，
167 与众门之门城[8]［即杰尔宾特］的正午相差1小时48分钟，与伟大罗马城[9]的正午相差38分钟。这些城市都在巴黎以东。

至于巴黎以西的城市，当安达卢西亚国王的所在地马德里进入正午时，巴黎已是午后40分。当葡萄牙首都里斯本进入正午时，巴黎已是午后5分半。当美国的费城进入正午时，巴黎已是午后5小时13分。美洲巴西苏丹国的首都里约热内卢进入正午时，巴黎已是大约午后3时。俄属美洲的昆夫（*Kunfū*）岛进入正午时，巴黎正当午夜，两地可说是日夜交替。

巴黎距亚历山大769法里，距开罗809法里，距圣城麦加740法里，距伊斯坦布尔560法里，距阿勒颇866法里，距马拉喀什725法里，距突尼斯370法里，距英国首都伦敦100法里，距俄国首都圣彼得堡546法里，距俄国旧都莫斯科600法里，距教皇所在地罗马325法里，距奥地利首都维也纳（*Baja*）325法里，距那不勒斯384法里。[10]

巴黎高于环绕洋平面18卡玛（*qāma*）[11]。众所周知，巴黎位于温带地区，既没有酷热也没有严寒。高温最高可达31.5度，这是相当罕见的，因为这里的平均高温是29度。低温最高一般在12度，偶尔会到18度，平均低温为7度。大家知道，热度从冰冻物质的熔点一直测算到水的沸点，而冷度则是从水的冰点开始测算的。

大多数时候，［巴黎的］天气[12]并不晴朗，总是有很多云。冬天
168 的时候，太阳常常好几天隐在云后，不见踪影，就好像已经在白日里死去，只能在夜间活动一样，对此，有诗人说得好：

夜渐深，夜色未浓，
　　我说：
愿造物主更多地奖赏人类
　　以白昼之日！
因太阳已然逝去，
　　带着我的爱与坚持一起。①

希哈布·希贾基（al-Shihāb al-Ḥijāzī）[13]的诗集中有几句诗很适合描写多云的日子：

太阳憔悴地隐在云幕之后，
　　一直在偷偷地打量我们。
它试图撕开抵抗的云层，
　　就像委顿的男子（ʿinnīn）[14]面对初夜的少女。

有位诗人把写有这首诗第一联的那页纸弄丢了，只发现了写有第二联的那页，便写了如下诗句来补全：

云层挡住了太阳照向我们的光，
　　太阳就这样一直隐在云幕之后。
它试图撕开抵抗的云层，
　　就像委顿的男子面对初夜的少女。

大学者萨夫提（al-Ṣaftī）也用诗表达了这层含义：

① “就像……”一句及以下诗句为作者在第二版中新增，英译本缺，依据阿拉伯语原文补充。——译者注

我爱慕着埃及的姿容，
　　但她却在我求欢时挣脱。
我试图探究她的隐秘，
　　就像委顿的男子面对初夜的少女。

他描写阿卡（ʿAkkā）的诗中也有这层含义：[15]

阿卡的美举世无双，
　　她有着法老的灵魂又不索嫁妆。
但追求者却一直停滞不前，
　　就像委顿的男子面对初夜的少女。

我们的恩主打开了阿卡的封印，取走了它的童贞。世人以为他
169 会在它面前疲软无力，但他却雄风大展，打开了沙姆及其以外地区
所有城市的封印。他完全配得上诗人［以下的］诗句：

大地的统治者啊，
　　你已经得偿所愿！
阿卡已稳在你手，
　　你得到的还不止这一片。

埃及的诗人们记录下了对沙姆和鲁姆人之地诸城市的征服，并热情颂扬。[16]

巴黎一年四季都在下雨，且一旦下起来量都很大。人们为了避免雨水的侵害，便把屋顶造成斜的，这样雨水就可以顺势流到地面。所有的房屋和街道都有排水沟和下水道，下雨时，巴黎各条街道上的排水沟都充溢着雨水，就像流动的运河。因为城市的路面铺着石

板，所以雨水永远不会被吸收，而是流进这些排水沟，然后从那里流入下水道。

巴黎的天气变化无常，这种变化可能在一天之中发生，也可能在第一天到第二天之间发生变化。例如，某天早上，天气非常晴朗，没有人想到会发生变化，但半小时不到，天色大变，大雨倾盆。气温可能在某一天达到24度，但第二天却降到低于12度。这样一来，在这个国家，人们很少能不受天气变化的影响。事实上，当地人的 170
脾性也同天气一样，我们之后会讨论。

自然，人们必须保护自己免受天气变化无常的伤害，即便从总体上看，巴黎的空气不错且益于健康。虽然在大部分情况下，巴黎没有开罗那么热，但也许是忽冷忽热的缘故，也不总是宜人的。冷起来时，虽然人们在没有极度疲惫的情况下能够忍耐这种寒冷，但不用火取暖却也无法工作。这就是为什么巴黎所有的咖啡馆、旅店（*khān*）[17]、工厂和店铺都在地上建了炉子以生火取暖。这些炉子的设计不会让烟雾渗入房间，因为它们与外界相连，外面的空气会把烟雾引离房间。有些房间还装着一种带铁门的壁炉，上面接着一根锡制的管子，另一端插入一个通风口里。人们将木头放进壁炉，关上炉门，烟雾朝管子的方向升起，排到外面。这样，壁炉和管子就都热起来了，房间、客厅等处也都热起来。他们还有一种新奇的事物，叫作“俄式烟囱”[18]。法国人习惯把烟囱或壁炉称作“火炉”（*poêle*），火炉的表面装饰得十分漂亮且干净。

壁炉的立面是大理石，炉膛是铁制的，由于工艺精美而被法国人视作屋内的装饰品。冬日，人们会围坐在壁炉旁，因为让客人临火而坐是冬日待客的最高礼遇。我们祈求安拉将我们从地狱之火的炙热中拯救出来。[19]有人说得好：

171 火乃冬日之果实，

欲食用者须耐热。

又有人说得好：

有一天我去看朋友，

他正冷得瑟瑟发抖。

我要点火时他却说："不，

取暖之火你更值得有。"①

总的来说，冬季取暖是法国人日常供给的组成部分，他们需要取暖来抵御寒冷。为了抵御雨水的危害，他们会使用雨伞，这在埃及被称为阳伞，是用来遮阳的，而他们则用来挡雨。天热的时候，女人会撑着阳伞行走，但男人永远不会这么做。

这座城市的土壤肥沃多产。难道不是吗？那众多的房屋中，无一座没有大花园，且都种植着树木、蔬菜，等等。大部分外国的植物这里都有，法国人很注重为外国动植物创造一个自然生长的环境。比如枣椰树，虽然只生长在热带地区，但法国人想尽办法种了一些，即便结不了果实，也可以用作研究植物学的样本。我们都很清楚，只有伊斯兰地区才有枣椰树。然而，在发现美洲的时候，法兰克人在那里发现了一种枣椰树，看上去并不是从我们这里移植过去的。这一点可以和杰出学者卡兹维尼（al-Qazwīnī）《万物奇迹》（*ʿAjāʾib al-makhlūqāt wa-gharāʾib al-mawjūdāt*）一书中的说法一起考虑："枣椰树：有福、奇特之树，其一大特点是只生长在伊斯兰之地。"[20]在非伊

① 此处引用的诗句系作者在第二版中新增，英译本缺，据阿拉伯语原文补充。——译者注

斯兰地区发现的枣椰树可能是一种特殊的树种，植物学家将其定名为枣椰树，而伊斯兰地区所独有的、适应其气候条件的树种是产椰枣的枣椰树。这是需要好好考虑的问题。

巴黎附近有一个冷矿泉水源。有两条河穿城而过，其中最大、最著名的是塞纳河，另一条是戈布兰河[21]。法兰克人中的一些化学家说，混合外来物质最少的河水是埃及的尼罗河、印度的恒河和巴黎 172
的塞纳河。基于此，医学界声称这些河的河水有益于身体健康；也可以用来烹调蔬菜，提升蔬菜的口味，这是其他河水所不及的；河水还可以溶解肥皂用于洗涤；等等。

巴黎境内的塞纳河上有三座岛屿，其中一座叫西堤岛（*Île de la Cité*），是古巴黎的所在。“西堤”的意思是“城”，所以这座岛也叫“城岛”。[塞纳河与它的岛屿] 同尼罗河、罗达岛[22]和尼罗河丈量仪是多么不同啊！在罗达岛和丈量仪处散步的体验是无与伦比的。开罗和巴黎分别有内运河（*al-Khalīj*）[23]和塞纳河穿过，塞纳河将整个巴黎一分为二，满载货物的大船在其上航行，还有漂亮的码头和整 173
洁的河岸，但在河边散步并不令人愉悦。尼罗河水和塞纳河水在味道等方面也很不相同。如果尼罗河水在使用前像塞纳河水一样习惯性地进行过滤，那它将是最好的药物之一。我还想说，塞纳河的水和上埃及泉水、小溪和水渠中的水味道差别也很大。

简而言之，埃及和巴黎在土壤、水、除了桃子之外的水果和气候方面都有很大的不同。如果不是巴黎人的聪明、智慧、才干、出色的管理能力和对国家利益的忠诚，他们的城市就一文不值了。[24]以塞纳河为例，天气暖和时尚可在河边散步，但到了冬天，气温会降到冰点以下8度[25]，马车都可以轧在河面上。再看看这座城市的树木，暖和的日子里它们开枝散叶，但寒冷的季节就变得光秃秃的，十分难看，像立着的柴火杆。所有寒冷的国家都是如此。对此，有人曾说：

我问树枝："你为什么在冬天赤身露体，
　　在春天却衣冠楚楚？"
它对我说："春天即将来临，
　　我需要脱衣为这喜讯庆祝。"

再考虑一下这座城市的天气，在冬天和大多数温暖的日子里，天空总是阴沉的。一个人可以前一小时在休闲散步，后一小时就郁郁寡欢，因为雷电暴雨会将先前的好运气一扫而空。不过冰雪和下水道也免去了有害泥浆的困扰，而不像诗人所描述的基兰（*Jīlān*）之地那样：

我在基兰生活过一段时间，
　　但在那里我一无所获。
我什么好事都没有遇见，
　　除了那阴雨连绵、泥泞龌龊。①

但巴黎人并不为此而烦恼，在这样的日子里，他们可能会引用一句描述酷寒之日的话："这酒冻、火熄的日子，它的离去让重物变轻，它的侵袭让轻物变重。"法国人在冬夜经常光顾娱乐场所，这是因为他们花了好些功夫去抵御寒冷②。我们请求至高无上的安拉保佑我们免受严寒（*zamharīr*）。[26]

---

①"不过……"一句和以下引用的诗句系作者在第二版新增，英译本缺且未作说明，依据阿拉伯语原文补充。——译者注

② 英译本误作"却没有采取任何措施保护自己免受夜间冷空气的伤害"，依据阿拉伯语原文修改。——译者注

如果开罗得到维护，并获得足够的文明设施，它定会成为世界上首屈一指的城市，诚如人们口耳相传的那样："开罗乃世界之母。"在巴黎居住期间，我曾赋诗一首赞美开罗，并歌颂我们的恩主——愿他的统治荣耀永续，阿敏！[27] 174

虽然开罗并没有寒冷给巴黎带来的种种不便，但它也缺乏炎热时节必需的设施，比如湿润空气的设备。巴黎人在炎热时节能轻易地向大片开阔地洒水。他们制造了一个带轮子的大桶，由马拉着，桶身上装有几个制作精巧的喷嘴，可以强力、高速地喷水。喷嘴打开时，轮子继续运转，所以在大约一刻钟的时间里，就能喷洒大片土地，而这在埃及是需要一群人花上一个多小时才能完成的事情。巴黎人还有其他设施用来洒水以湿润空气。我们的开罗常被酷热侵袭，更应该有这样的设施。

塞纳河上的一大奇观就是河上的大船，船上有着巴黎最好的浴场，这些浴场建得很是高大，每个浴场有100多个洗浴间，稍后我们会对此进行描述。

还值得称赞的是，巴黎人用精湛的工程技术建造了地下沟渠，从而将河水更便利地输送到市中心的其他浴场或蓄水池。想象一下，如果用这种方式填满开罗的蓄水池，那要比用骆驼背水便捷多少！他们的方法总是更经济、更便捷。

城内的河岸建有高大的河堤，高出河面2卡玛（相当于12英尺），建得很坚固，行人可以在堤边俯瞰河景。

巴黎的塞纳河上有16座桥[28]，其中一座叫植物园桥，这座桥长400英尺，宽37英尺，①有5个坚固的铁墩固定在石基上。这座桥耗时 175

① 英译本误作30英尺，依据阿拉伯语原文修改。——译者注

5年时间，耗资3000万法郎才得以建成。今天，这座桥被称为奥斯特利茨桥（Pont d’Austerlitz），以拿破仑打败奥地利和俄国皇帝的地方命名。这场战役被称为“奥斯特利茨战役”，或“三皇之战”，或“拿破仑加冕之战”，奥斯特利茨是战场附近的小镇，对法国人来说，这场胜利是值得永远留存的美好回忆。因此，他们建了这座桥，并以这个小镇的名字命名，来永久纪念这场胜利。[29]

流经巴黎的塞纳河长约2法里，但城中河段的宽度各不相同，比如在奥斯特利茨桥那里，宽度为166米。平均流速为每秒20帕尔马克[30]，即每分钟1200帕尔马克。

巴黎的土壤表层由两种物质构成，分别是石膏和塞纳河退潮后留下的淤泥。土壤由几个不同的土层构成。第一层是可耕种、嵌有卵石的沙土，第二层是混有石膏和贝壳的黏土，第三层是硅质黏土，第四层为贝壳质石灰黏土，第五层为混有贝壳的石灰岩，第六层是咸海水，第七层为类似于尼罗河冲积层的土层，第八层为白垩岩或白垩质煤炭石灰岩。

一排排树木贯穿并包围着这座城市，它们平行排列，整齐划一。在舒布拉[31]路、艾布·扎巴尔和吉哈达巴德[32]也可以看到同样的情况。在炎热的季节，这些树开枝散叶，行人可以在树下遮阴蔽日。
176 这类街道被称为林荫大道（*boulevard*）[33]。在巴黎，城市的外围有像城墙一样的林荫大道，城中也有林荫大道，外围林荫大道的长度超过5.5法里。巴黎共有22条林荫大道。

巴黎有许多被称为“空间”的开阔空地，即广场，类似于开罗的露麦拉（al-Lumayla）广场[34]。当然，这两者相似的只是面积大小，而非肮脏程度。在巴黎，这样的广场共有75个。巴黎还有58个类似开罗纳斯尔门[35]的外围城门。巴黎有四条运河，三座巨型轮状输水装置，这种输水装置很像水车，但是又比水车要大很多。另外巴黎全城还有86个储水箱和114个街上水龙头。

证明这座城市繁荣的标志是人口的不断增加、面积的不断扩大、建筑的不断建成和改善。[36]居民们都雄心勃勃地去修建高屋广厦以扩张城市，他们的君王们也会提供支持，不时颁布新的法令，在一段时间内提升新房的收益，就如诗人所言：

建高屋广厦，
　　显地位尊崇。①

巴黎因此而人口众多，其居民——我指的是那些真正居住在那里的人——总数大约有100万②，城市的周长为7法里。

巴黎的交通工具同其他法国城市一样都是马车，但巴黎的马车数量和种类更多。马车隆隆作响，昼夜不停。关于此，其他章节将提供更多的细节。

第二章

巴黎人

你要知道，巴黎人与许多基督徒的不同之处在于他们聪明的头脑、精细的理解力和处理深奥问题的深刻洞察力。[37]他们不像科普特
基督徒那样，天生就无知和粗心。他们从不被传统束缚，总是喜欢 177

① “居民们……”一句和以下诗句英译本缺，依据阿拉伯语原文补充。——译者注
② 英译本为150万，依据阿拉伯语原文修改。——译者注

对事物刨根溯源并寻找证据。在他们中间，即使是普通人也能读会写，并和其他人一样能深入事物背后——当然，这也要取决于每个人受所处环境的限制。因此，这个地方的民众并不像野蛮国度的人那样过着动物般的日子。他们所有的科学、技术和工艺——哪怕是最低级的工艺——都被记录在书中，所以每个工匠都必须能读会写才能掌握自己的专业技能。每门技术的专业人士都想在自己的领域内发明出一些前所未有的新技术，或是完善别人的发明。促使他们这么做的，除了收益的增加，还有对虚荣和名声的追求，他们希望自己能流芳百世，[38]他们的做法也确如诗人所言：

我确实见到在人们逝去之后，
　　其生前作为与成就仍为人乐道。
既然死后成为谈资不可避免，
　　那留下好名自是更优更好。

也如伊本·杜拉伊德（Ibn Durayd）所言：

既然人死留名，
　　何不流芳后世？[39]

有人曾经对亚历山大说：“如果你亲近许多女子，你就会有许多子嗣，通过他们你将流芳百世。”亚历山大反驳道：“流芳百世靠的是美好的品行，靠被女人征服来征服男人的人，乏善可陈。”

热衷于了解新鲜事物并对此报以热情，喜欢一切事物特别是服
178 饰常变常新，这是法国人的天性。他们从来都不是一成不变的，时至今日，他们在穿着打扮上也没有形成任何一种固定的模式。这并不是说他们在服饰上进行了全盘的改变，而是指他们追求穿着的多

样性。例如，他们不会不戴帽子而改缠头巾，但他们会在一段时间戴一种帽子，过一段时间又换成款式或颜色不同的另一种帽子，诸如此类。

灵巧和敏捷也是他们的天性。的确，你可以看到德高望重的人像个小孩子一样在街上奔跑。他们还经常表现出轻率无常的天性，从高兴到悲伤，从严肃到戏谑，经常转换，反之亦然。[40]甚至在一天的时间里，他们也可能会做好几件相互矛盾的事情。当然，所有这些多变的天性针对的都是无关紧要的事情，对于重要的事情他们就不是这样了。法国人的政治观点是不变的，每个人都坚持自己的信念（*madhhab*）[41]和看法，并终生不渝。

他们喜欢旅行，有时会花上数年时间在东方和西方游历，但他们仍心系自己的国家[42]，为了国家利益，甚至会将自己置身于危险之中，这就好像验证了哈加里（al-Ḥājarī）[43]的话：

我谓众家国皆可爱，
　　唯吾乡与吾国难及。

另一位诗人说：

移情别恋再甚，
　　真爱唯有初恋。
天下皆可为家，
　　唯故乡长思念。

法国人的特质还有：对外邦人友善，希望同他们密切接触。无 179
论是在国内生活还是在国外旅行，身着珍贵服饰的外邦人尤其会激发他们探寻外邦风俗民情的兴趣和渴望，这是为了满足他们自己的好奇心。正如诗人所说，人们总是期待从世上获得一些遥不可及的东西：

> 千面一心，
> 　　皆求世间之不可得。

法国人只在言语和行动上表示慈善，却不会动用金钱。[44]朋友向他们借贷时，他们不会拒绝，但只有在确定能拿到回报时，才会真正给予。实际上，他们是吝啬的，并不慷慨。至于其原因，我们已经在我们翻译的《风俗与习惯历史概要》[45]中讨论待客的部分进行了说明。事实上最根本的原因是：慷慨是阿拉伯人特有的。[46]

法国人大多信守其所承诺的责任和义务，从不疏忽工作，这也是他们的特质。无论贫富，他们都不会厌倦工作，这就好像印证了这样一句话："日夜在你身上劳作，所以你也要日夜工作。"

他们的天性中根深蒂固的是爱慕名声和虚荣，不喜自大与仇怨。他们的心，正如他们称赞自己时所说，比行将献祭的羔羊的心更纯洁。[47]但他们愤怒起来却比老虎更凶猛，一旦发怒，宁愿死也不愿活着。每隔不久，就会有人因为贫穷或相思而自杀。

他们的一个主要特点就是信守诺言，不背信弃义，也很少弄虚
180 作假。智者有言："诺言是高尚者的网，以其获取自由人的美德。"又有人说："忘恩负义源于卑劣的本性与不正当的信仰。"也有人说："感恩是福恩的保障，感恩必得善终。"另有人说："高尚者的诺言比债务人的负债更牢靠。"还有人说："背叛是对忠诚的伤害。"

真诚也是他们的主要特点，他们非常看重豪侠气概（*murūʾa*）[48]。法国人称赞道："豪侠气概是所有美好品质的统称。"他们和其他地方的人一样，都认为忘恩负义是可耻的，感恩是必须的。我相信这种观点是所有民族共同持有的，缺少这种品质的个人会被认为已经迷

失了本性。这就好比父慈子孝，虽然有些人做不到，但所有的民族和宗教（*milal*）[49]都认为这是与生俱来的品质。

就这一点，以下诗句虽有些离题，但的确是说得最好的：

假定复活不被启示，
　　火狱之火不曾燃烧，
有此念者岂不足以
　　如作恶者遭主羞辱？

据说著名诗人艾布·伯克尔·花剌子密（Abū Bakr al-Khwārizmī）去拜见萨希布·本·阿巴德（al-Ṣāḥib b. ʿAbbād）时受到了热情款待，他便盘桓了一段日子，尽享恩荣。离别时，他作了两句联句，放在萨希布常坐的位置上：

可千万别夸伊本·阿巴德，
　　哪怕他的大方让淫雨都逊色。
这不过是他的邪恶伎俩，
　　操纵人心而无关慷慨吝啬。

萨希布看到了联句，于是，在后来得知花剌子密的死讯时说道：

我问呼罗珊来的骑手们：
　　“你们的花剌子密可已死去？”他们回答说：“是。”
于是我说：“用灰泥在他坟墓顶上写下：
　　咄！忘恩者天谴之！”

［哈里发］麦蒙的后人艾布·塔里布·阿卜杜·赛拉姆·本·侯赛因·麦蒙尼（Abū Ṭālib ʿAbd al-Salām b. al-Ḥusayn al-Maʾmūnī）

则不同，他曾一度是萨希布·本·阿巴德身边一位出色的诗人，但遭萨希布亲信们的指责而失去了地位。他口占一诗向萨希布请辞，其中辞别的部分有这么几句：

我向你辞行，全身处处
　　都在用优美的辞藻向你致以谢意。
我是多么想栖居在你的庇护之下，
　　就像你的手多么想给高洁者恩赐。
但我的舌却想向你辞行，
　　为了去向全世界赞颂你的卓异。
我觉得自己已经背弃了心心念念于我的亲人，
　　在我离开你的居所渐行渐远之际。①

他们还有一个特点是爱把钱花在个人享乐、［满足］邪恶的欲望和欢娱上。在这方面，他们的开销总是毫无节制。

181 在他们那里，男人是女人的奴隶，无论女人美不美，男人都会听从她们的命令。[50]他们中有人说："在野蛮之地，女人被杀戮；在东方，女人如家具；而在法兰克人的国度，女人是被宠爱的孩子。"正如诗人所说：

违逆女人吧，这才是正确的顺从，
　　让女人牵着走的男人只会委委屈屈。
女人会阻碍男人发展众多的美德，
　　即便可劲求知千年也于事无补。

① 从前页"就这一点……"至此为作者在第二版添加，英译本缺且未作说明，依据阿拉伯语原文补充。——译者注

法兰克人从不会认为他们的女人不好，尽管她们会对他们犯下很多错。他们中也有这样的人——即使这人是一个显贵，如果确信妻子有不忠的行为，就会彻底离开她，余生都不再与她有任何瓜葛。[51]这种情形下的离婚要经过诉讼与抗辩，在此过程中，丈夫向陪审团（*ru ʻus al-ashhād*）提供强有力的证据；虽然不行咒誓（*li ʻān*）①，也不波及子女，但子女会因此等丑事而蒙羞。这类事情无论在大家族还是小家族中都司空见惯，离婚庭审有的公开，有的不公开。但其他人并不会从中吸取教训，去防备女子带来的伤害。正如诗人所说：

往坏里去想女人，
　　如果你是聪明人。
正确看问题的人，
　　定不会入火坑。

一个地地道道的阿拉伯人曾对他的妻子说：

女人中有一人骗了一个男人，
　　在你我大限之后世上将会有一个受了骗的灵魂。

他们的天性中一个值得称赞的、与阿拉伯人的天性真正共通的方面，就是他们没有任何喜欢男孩、用文辞追求男孩的倾向。这类事情已被他们遗忘，也为他们的天性与道德所排斥。[52]他们的语言和诗歌的一个优点就是拒绝同性之爱。在法语中，如果一个男人说 182

① 伊斯兰法中的一种离婚程序，男方在没有证据和见证人的情况下指控女方通奸或女方所生子女非自己骨肉，女方否认并指责男方撒谎，双方分别在法官面前向安拉发誓自己所言不虚，否则将受到诅咒，之后双方即离婚且免受对撒谎者和通奸者施以的惩罚，女方获得离仪，她所生子女不为男方承认。——译者注

“我爱上了一个男孩”，这是非常不合适的，只会为人不齿并惹来麻烦。因此，他们在翻译我们的书时，会调整文字的内容取向，把这句话翻译成“我爱上了一个女孩”或“我爱上了一个人”。这样做，是为了规避同性之恋，因为他们认为这是道德腐化。他们是正确的，两性之间相互在对方身上发现吸引自己的特性，就像磁铁带有吸引铁的特性、琥珀带有吸引物体的特性那样。但如果是同性，彼此间就不存在这样的特性，这也是背离自然状态的。法国人认为同性之恋是最为可耻的秽行之一，因此，他们很少在书中明确提及，即使提及，也尽量含蓄，你也不会听他们谈及。[53]对此，我很欣赏谢赫阿巴斯·也门尼（ʿAbbās al-Yamanī）的诗句：

我爱过苏阿达、拉芭卜和宰奈卜，
　　但颊上生须之人我也不推拒。
我不会像对无须之人那样把他夸耀，
　　但对见了他容颜之人，我又忍不住咒骂几句。
于我而言，他的美尽在那烟云尘雾中，
　　他持矛戴甲，闪耀如炬，
绵延的战火也无法让他退却，［好比在说］：
　　“可怜可怜你矛下的头颅吧！”
　　　　而不是：“你给我放弃！”①

法国人也有一个不良特性，即如我们之前所说，许多女性很少守妇道，对于在穆斯林那里让男人嫉妒的事情，他们的男人并不嫉

① “对此……”一句和以下诗句英译本缺，依据阿拉伯语原文补充。——译者注

妒。[54]曾有一个厚颜无耻的法国人说过："如果女人拒绝了你的求欢，别让她给骗了，这并不表明她是贞洁的，只能说明她是情场老手。"难道不是吗？在他们那里，尤其对于未婚者来说，通奸虽是缺点和堕落，但绝不是大罪。法国女性貌似验证了一位智者的话："别相信女人，也别相信金钱，再多也一样。"还有人说："女人是撒旦的陷阱。"用诗人的话说：

她要是配合，你就尽情享受吧，
　　别担心她不来，她肯定会出现。
她会把自己交给你，
　　也会交给同样向她示爱的小白脸。
若她发誓距离不会破坏她的承诺，
　　你要知道染了指甲的手发不得誓言。

简而言之，巴黎同法国和法兰克地区的其他大城市一样，充斥着大量的恶行、异端（*bida'*）[55]和迷误，尽管这座城市是全世界最具智慧的地方之一，是外邦的科学中心，也是法国人的"雅典"。在此之前，我已经在某种程度上将巴黎与雅典——这座希腊哲学家的城市进行了比较。之后我又读到一位法国作家的话，大意是：巴黎人最像雅典人，更准确地说，他们是我们这个时代的雅典人；他们有着罗马人的头脑，希腊人的性格。[56] 183

我们已经说过，法国人属于依靠理性来判断事物好坏的民族。这里我想补充说，他们否认任何超越日常经验的事物。他们认为，事物不会违背自然规律，宗教的出现只是为了引导人们行善弃恶；国家的文明、人的求索与其修养的提升将代替宗教；在文明国家，政治将取代教法。[57]

他们有一种不好的观念，即他们认为，他们的智者与自然学家的头脑比众先知更好、更聪明。他们还有很多可憎的观念，否认前定与命运就是其中之一。格言有云：“智者信命，定行诸事。”当然，人不应该把所有的事情都归因于命运，或者在事情还没有发生之前就把命运作为借口。俗话说：“求诸命运是软弱的表现。”另有人说：“争端爆发时，沉默胜空谈；战火燃起时，谋划胜估测。”在阿拉伯人中，有一群人认为，至高无上的安拉创造了人类，将他们置于一个神奇的秩序中并对此秩序进行了完善，但安拉一直通过他那至高无上的、被称为“关注与维护”的属性来观察人类，这种属性旨在
184 阻止一切可能破坏该秩序的事情。我们将在别处继续讨论法国人的其他观念。

巴黎人的肤色往往白里透红，在土生土长的巴黎人中，很少有棕色皮肤。这是因为他们通常不允许白人男子娶黑人女子[58]，反之亦然，为的是避免出现肤色的混杂。在他们那里，没有与女奴生的私生子，如诗人所说：

在印度有只会说话的鸟，
　　启示它的是众生称颂的主。
它在啁啁啾啾中言道：
　　“女奴（*ama*）之子无根无族（*umma*）。”①

更有甚者认为黑人永远不可能拥有美丽。对他们来说，黑色是丑陋的特征之一。因此，在爱情上，这些人不会同时考虑两类对象，

---

①“在他们那里……”一句和以下诗句系作者于第二版中增加，英译本缺且未作说明，据阿拉伯语原文补充。——译者注

也不会欣赏诗人赞美黑人男孩的诗句：

你的脸就像我手指所书，
那用词遂了我的心意，
那含义源自盈满之月，
只是被黑夜染上了它的颜色。

相反，看上去他们经常吟诵的是这类诗句：

真的，我认为喜欢棕色的人犯了错，
因为白色的丽人要明媚得多。
我喜爱每一个白色的少女，
她们的脸溢着光彩，她们的齿缝宽绰。
够了！我要去追随我的真爱，
白皙明丽无疑是最正确的选择。

法国人认为雇用黑人女佣做饭和做其他家务活是不合适的，因为他们根深蒂固地认为黑人缺乏必要的清洁。

法国女人极尽美丽和优雅，是同行共处的良伴。她们总是把自己打扮得漂漂亮亮，在娱乐场所和男人打成一片。[59]有时，女人们，不论她们是否来自上流社会，都会在这样的地方结识男人，特别是在星期日——那是基督徒的节日和休息日——及其夜晚，在舞会上和舞厅里，我们之后会细说。有人说得好：

舞动的女郎把长发 185
垂曳在蜂腰间。
长裙遮掩了她们苗条的身材，

但紧束的腰带又将之呈现。

有说法称，巴黎是女人的天堂，男人的“高处”（*a'rāf*）[60]，马的地狱。[61]这是因为，在这里，女人不是被赋予了财富就是被赋予了美貌；男人们却位于两者间，成了女人的奴隶，他们给自己设置了很多条条框框，却对心爱的女人纵容非常；马日夜拉着车在巴黎的石头地上奔驰，特别是当租用马车的是美女时，车夫会使劲驱策，以便尽快把她送到目的地。这座城市的马也因此饱受折磨。

巴黎是法国的一部分，巴黎人的语言当然是法语，让我们来简单说说这门语言。你要知道，法语是一门现代法兰克语言，源自高卢人也即古法国人的语言。法语在经过拉丁语的优化后，融入了一些希腊语和奥地利语［即日耳曼语］以及少许斯拉夫语与其他语言的元素。法国人精研各门学问时，从各种语言中吸收了术语，其中大部分来自希腊语。法语是使用最广泛的语言，也是最丰富的语言，这是因为法语词汇众多，但这不是就法语的同义词而言，也不是基于其文字游戏和变化，或是字面藻饰。法语中没有这些，也没有大多数的意义藻饰。也许在阿拉伯语中被视作藻饰的表达，在法语中是孱弱的。比如，双关（*tawriya*）[62]很少被视为精妙的藻饰
186 手段而加以使用，即便用了，也不过是文学家的幽默而已。对于完全和不完全的谐音[63]也是如此，这对法国人来说没有任何意义。阿拉伯语翻译成法语后，像以下诗句中藻饰的精妙之处就消失不见了：[64]

忆起那茵茵谷地（*'Aqīq*），

美（*barā'a*）目淌（*istihlāl*）泪似血滴。

沙丘（*naqā*）之地出（*tamma*）人杰（*naqā'*），

火焚（*ḍaram*）伤害（*ḍurr*）体残缺（*tanāquṣ*）。[①]

我写的关于圣训考据（*muṣṭalaḥ al-ḥadīth*）的诗也无法译成法语：

我的身体从炽热的爱中复原，无欲无求，
　　我的眼中流下泪水，连串成行。
我的故事在众人口中流传，
　　甚至喜好责难之人都为我的弱点而悲伤。
云朵用它们的方式转述着我的故事，接连不断，
　　就好像它们哭泣时的滴雨绵长。
它们把我的事情提交给爱的审判官，但被驳回了，
　　审判官说："这个标致的人啊，我可管不上。
心啊，面对身上的孱弱，你要坚忍，
　　抛却倦怠，别忧虑，也别迷茫。
他留下的生计，就随它去吧，
　　也别想着去指责偏误迷惘。
因为这已显而易见，且经传授而为众人知晓，
　　他的话错谬、虚假，不被接纳。"

我最后写道：

---

① 摘自哲拉鲁丁·苏尤提创作的修辞教学诗，诗中融合了修辞学概念和语例，以方便学生学习。第一联涉及的藻饰修辞方法是"妙始"（*barāʿat al-istihlāl*），即诗歌开头点明主题。这一联以回忆先知穆罕默德曾经到过的地方ʿAqīq（本义为"河谷"）开始，表明诗歌的主题是歌颂先知。其中*ʿaqīq*又有"玛瑙"之意，因此构成双关（*tawriya*），而玛瑙的颜色又同"血"呼应。第二联涉及的藻饰修辞方法是完全谐音（*al-jinās al-tāmm*）和不完全谐音（*al-jinās al-nāqiṣ*），诗中*naqā*与*naqāʾ*被认为是完全谐音，而*ḍaram*和*ḍurr*则构成不完全谐音。——译者注

我的爱停驻在他身上不肯离去，

因为全心投入的痴爱无法自拔。①

我们将在之后完成对这个话题的讨论。总的来说，每种语言都有自己约定俗成的用法[65]，法语通过一个动词与另一个动词间的组合尽量减少形态变化。例如，如果某人想表示他已经吃过了，他会说“我–拥有–吃”［即*j'ai mangé*］。在某些情况下，动词“吃”只有在同表示“拥有”“参与”的动词连用时才会发生形态变化，［这句话］就好比是：“我参与了吃。”如果他想说他出去了，他会说“我是一个出去的人”［即*je suis sorti*］。表示“拥有”和表示“存在”的动词被称为助动词，也就是说，它们帮助其他动词进行形态变化，也因此被剥夺了自身原来的含义。[66]如果他们让动词使役，他们会说：“我做了–对他–吃”［即*je le fis manger*］，也就是我让他吃或我使他吃。同样，他们会说：“我做了–对他–出去”，也就是我让他出去或我使他出去，以此类推。法语不能像阿拉伯语那样对动词进行形态变化，从这个角度看，法国人的语言是有局限的。

法语的规则，词语的构成、书写与拼读共同构成了法国人所说
187 的*grammatica*或*gramaire*，意思是一门语言的“话语构成术”。这相当于用“语法学”[67]去囊括所有同语言相关的知识，就如同我们所说的阿拉伯语学，阿拉伯语学包含了12门学科，阿塔尔谢赫对此概括如下：

句法、词法、格律，而后是词汇；

之后是派生、诗歌与写作；

---

① 以上三段诗英译本缺，依据阿拉伯语原文补充。——译者注

还有句式和形象修辞，以及书法、押韵与历史；
人们就是这样列举阿拉伯人的学科。

另有人又加入了藻饰修辞和《古兰经》诵读学（*tajwīd*）[68]。总之，这些学科的增减是开放的，虽然我对它们做了界定与划分，但这不是固定的。显然，这些学科应当被称为阿拉伯语语言学的研究领域。确实，诗歌和韵律如何能成为独立的学科呢？句法、词法、派生又如何能成为独立的学科呢？看看“历史”的含义以及它如何成为一门阿拉伯的学科吧。最早在“历史”这个领域著书立说的是希腊学者，最早的著作是荷马描写特洛伊战争的作品，而阿拉伯人的历史书写则要晚得多。[69]书法也是一门古老的学科，法兰克人将其纳入“话语构成术”中，还将逻辑、作文和辩论也纳入其中。与其他欧洲语言一样，法语有自己约定俗成的用法，它的句法、词法、格律、韵律、修辞、书法、作文、语义诸学都是以此用法为基础构建的，这［些学科］也就是所谓的“语法”。所有富有规则的语言都 188
有一门总结其规则的学科，其用途是防止读写过程中犯错，或对言辞进行修饰。不只是阿拉伯语，每一门语言都有这样一门学科。但可以肯定的是，阿拉伯语是最明畅、最伟大、最广博、最动听的语言。拉丁语学者若了解有关拉丁语的所有知识，他也就了解了语法、词法等学科，所以，因为他不懂阿拉伯语而说他一无所知，这是无知的说法。若一个人精通一门语言，他也会深刻认识其他语言。我的意思是，若把其他语言的内容翻译和解释给他，他也能够理解并将其与自己的语言进行比较。或是他可能以前了解一些，现在又能进一步了解并进而去开展研究，且能依靠理性去证伪。既然知识是本性，为什么不能如此呢？当一个会法语的人读不懂用阿拉伯语写的长篇巨制时，他可以借助翻译的文本来阅读。每一门使用中的语言都有它自己的《长注》[70]《详注》[71]和《萨阿迪注》[72]。的确，并
189 不是每一样流动的物质都是水，并不是每一片穹顶都是天空，并不是每一座房子都是天房，并不是每一个穆罕默德都是安拉的使者，正如诗人所说：

> 说所有的微风都来自希贾兹那是大错特错，
> 　　正如说每一束光都能同时照耀东方与西方。

又有人说：

> 并不是每一个染了指甲的女子都是布赛娜，
> 　　也并不是每一个痴心的男子都是哲米勒[73]。

毫无疑问，阿拉伯人的语言是最伟大、最绚丽的语言。但是，是否连纯金的模仿品都不过是浮华的饰物呢？有人说得好：

> 叶耳鲁卜人①的语言适合他们，
> 　　但忠实会导致缺失，正如美丽会带来丑陋。
> 阿拉伯人的荣耀在于：穆罕默德
> 　　从语言地道的阿拉伯人那里带来了最纯正的阿拉伯语。
> 那反复吟诵的经文②正是以这样的语言降示，
> 　　其中饱含对安拉的赞誉。

---

① 叶耳鲁卜人（Ya'rib）为南阿拉伯人的祖先，英译者误以为该词等同于“阿拉伯”（*'Arab*）。——译者注

② 反复吟诵的经文（*mathānī*）是指被经常吟诵的一种《古兰经》的经文，并不仅仅指英译者所理解的“开端章”。——译者注

表面看起来，仅仅因为外国人说阿拉伯语不像阿拉伯人说得那样好，就认为他们不懂阿拉伯语，这种看法是没有根据的。证据是，我在巴黎遇到过一位法国名人，他在法兰克人中以精通东方语言而闻名，特别是阿拉伯语和波斯语，他就是西尔韦斯特·德·萨西男爵。他是巴黎名流，也是法国和其他国家几个学术团体（*jamʿiyya*）[74]的成员。他的翻译作品在巴黎广为流传，并因精通阿拉伯语而声名 190
远播。他撰写了一部哈里里《玛卡梅集》的注释，取名为《注释精选》[75]。据说，他学习阿拉伯语靠的是理解力、聪慧和广博的学识，除了初学时得到过老师的指导，之后都是自学。他没有寻求哈立德[76]谢赫的帮助，也没有修习《指南》(*al-Mughnī*)[77]，尽管他能读懂这部书。不仅如此，他还曾几次讲授关于巴依达维（al-Bayḍāwī）[78]的课程。然而，他朗读［阿拉伯语］时带有外国口音，除非手里有书，否则他也不会说阿拉伯语。如果他想解释一段话，他会使用那些自己也很难读正确的生僻词。让我们引用他那本哈里里《玛卡梅集》注释的序言，以让你们了解他的写作风格与文字特点。他的语言是流畅的，尽管有些许的不足，这是因为他熟谙法兰克人语言的语法规则，因而在用阿拉伯语表达时会受其影响。在这篇序言中，他试图同时遵循他的宗教和伊斯兰教的表达模式，而不过度拔高二者中的任何一个。[79]

在这本书的法语序言中，他说："奇才[80]的玛卡梅比哈里里的要 191
好。"他在《求知者益友：诗文片段集》(*al-Anīs al-mufīd li-l-ṭālib al-mustafīd wa-jāmiʿ al-shudhūr min manẓūm wa-manthūr*)[81]一书中，将两位作者的好几篇玛卡梅译成了法语。总之，虽然他说阿拉伯语很难，但他的学识，特别是对阿拉伯语的知识遐迩闻名。在他的一些书中，我领略到了他那卓越的洞察、深邃的分析和有力的反驳。他博览各种语言的学术书籍，这源于他对自己语言的精通和对学习其他语言的投入。

求知不可仅凭热忱，
　　而当勤学苦练，循序渐进。
有多少波斯人起先连话也说不清，
　　却依靠反复练习掌握了每一门学问。①

他还有其他一些能展示其才华的著作：比如语法著作《阿拉伯语学瑰宝》（*al-Tuḥfa al-saniyya fī ʿilm al-ʿarabiyya*）[82]用一种前所未有的奇怪编排讨论语法；还有一部他编选并从阿拉伯语翻译成法语的文集《〈古兰经〉注与阿拉伯语研究大师揭示语法规则和语言用法隐奥著作选》（*al-Mukhtār min kutub aʾimmat al-tafsīr wa-l-ʿarabiyya fī kashf al-ghawāmiḍ al-iṣṭilāḥāt al-nahwiyya wa-l-lughawiyya*）[83]。他还有其他著作与译作，特别是在他非常精通的波斯语领域。在法兰克地区，他以他的学识才华而声名远播，这一点是无可否认的。多位法兰克的伟大君王都曾赐予他荣誉。[84]

192 用法语记录的技术已经登峰造极，每一门技术都有按照字母顺序排列的术语词典，甚至平民们使用的技术也有专门的学会，比如烹饪学会，那是烹饪专家和烹饪诗人的协会。虽然这听上去有些异想天开，但这恰恰表明这个国家重视探究各种事物，哪怕对低等的事物也是如此。男性和女性都是如此。女性也创作了很多杰出著作，她们中有些人把书从一种语言翻译成另一种语言，译文风格优雅、

① 该诗系作者于第二版新增，英译本缺且未作说明，依据阿拉伯语原文补充。——译者注

文字精美、质量很高，有些人则投入写作与信件，作品令人啧啧称奇。从这里可以看到，有些善用格言之人常说的“男人美在头脑，女人美在言语”并不适用于这个国家。在这里，人们会关注女人的头脑、天资、悟性和学识。

法国人的文学也不错，但他们的文学语言与诗歌都是基于［古］希腊人的传统（*jāhiliyya*），而［古］希腊人习惯于将心爱之物神化。例如，他们会说，美之神、爱之神以及其他诸神。有时，他们的用词显然是违背信仰的，他们也未必相信自己说的话，这些用词只是一种比喻或类似比喻的手法而已。总的来说，许多法国诗歌都挺不错。[85]

第三章

法国的治理[86]

现在我们来介绍法国的治理，并全面呈现他们的大部分法律，以使得他们出色的治理模式可供他人借鉴。 193

我们之前说过，巴黎是法国的首都，也是法国国王和被称为波旁家族的法国王室的所在地，法国的国王只能出自这个家族。法国是一个奉行君主世袭制的王国[87]，国王居住在杜伊勒里宫[88]。法国人一般把国家的迪万（*dīwān*）①称为杜伊勒里内阁，也就是王宫或国王的迪万。

法国国王拥有治理王国的根本权力，往下是贵族院（*Chambre des*

① 伊斯兰国家政府管理机构的称谓。——译者注

pairs）也即贵族迪万的成员，他们是第一协商机构[89]，再往下是各省使者迪万（即众议院，*Chambre des députés des départements*）[90]。
194 第一迪万也即贵族迪万设在巴黎的卢森堡宫[91]，第二迪万设在波旁宫[92]。各省使者迪万往下是大臣和官员（*wukalā*ʾ，即*agents*）迪万，然后是枢密迪万［即枢密会议（*Conseil Privé*）］，再往下还有国王机要迪万［即内阁会议（*Conseil de Cabinet*）］和国家议政迪万［即国务会议（*Conseil d'Etat*）］。只要上述迪万认可，国王在王国就拥有完全的权力[93]。此外，他还享有其他特权，我们将在讨论法国政治体制时再具体展开。

贵族迪万成员的职能是在必要时制定新法律或维持现有法律。法国人把法令（*qānūn*）[94]称为法律（*sharīʿa*）[95]，他们会说，某某国王的法律。贵族迪万的另一职能是支持和维护王权，反对任何对抗王权的人。经法国国王批准，贵族迪万每年都会定期开会，会期在各省使者迪万会议期间。贵族迪万的成员人数并不固定，但只有25岁以上的人才能进入，而且必须到30岁才能参与协商。[96]

195 然而，这些规定并不适用于王室成员，因为他们出生时就是贵族迪万成员，从25岁起就可以参加协商。贵族迪万的席位是世袭的，且仅限男性，并优先考虑长子，长子去世后按顺序接替。

各省使者迪万的席位不是世袭的。该迪万的职能是审查法律、政策、法令和条例，核实并对国家的收益、收入和支出质疑，在市场税[97]、人头税[98]等各类税收方面为百姓辩护，保护他们免受不公和压迫。该迪万共有428名代表，皆为男性，由各省居民指派委任。进入该迪万的人，必须年满40岁，且拥有每年纳税达1000法郎的地产。

至于大臣，则有许多位，其中有内务大臣、战争大臣、外事大臣、海洋与侨民大臣[99]、财政大臣、宗教事务大臣、技术与工艺教育大臣和贸易大臣。内政大臣等同于埃及的内政总长（*Katkhudā*）[100]， 196
财政大臣等同于财政总长（*Khāzindār*）[101]，贸易大臣等同于贸易督查（*Nāẓir al-tijārāt*），外事大臣等同于奥斯曼国的首席埃芬迪（*Raʾīs Afandī*）[102]，战争大臣等同于军事总督等，这最后一位在我们这里不是大臣而在他们那里却是。

枢密迪万由国王挑选的若干人组成，国王在特定事务上征求他们的意见，成员通常是王亲与大臣。[103]

国王机要迪万由众机要大臣[104]、4位大臣衔官员[105]和众国务顾问[106]组成。

国家议政迪万由国王指定的王亲、9位任国务秘书的大臣、众大臣衔官员、众顾问、众汇报官（即*Maîtres des requêtes*，检审官）[107]和一群旁听议政学习国家治理的人员[108]组成。

从以上的介绍可见，法国国王没有绝对权力，法国的政治制度是一个规约性的法律体系。在这个体系中，国王需要按照各迪万成员批准的法律施行统治，贵族迪万维护的是国王的利益，各省使者 197
迪万维护的是百姓（*al-raʿiyya*）[109]的利益。

法国人目前遵循的，也是法国政治基础的法律是他们的国王路易十八制定的，法国人依然执行和认可这部法律，对于其中诸多条文，理性之人是绝不会否认其公正性的。

记录这部法律的法典被称为“宪章”（*al-sharṭa*[110]，即*La charte*），这个词在拉丁语中的意思是“纸”，随后引申为指代记录规约性律令的文件。我们收录这部法典——虽然其中大部分内容不能在逊奈中找到，但你们可以通过这部法典了解法国人是如何通过理性判定正义与公平是带来王国繁荣、臣民安康的因素[111]，他们的统治者与臣民是如何在这部法律的指引下去实现国家的昌盛、知识的增长、财富的积累、心灵的安逸的。你不会在法国人那里听到有人抱怨不公，因为正义确实是繁荣的基石。这里让我们引用一些学者和智者的话，看他们如何谈论正义与不公。他们中有人说：

> 虐待孤儿和寡妇是开启贫穷之门的钥匙。
>
> 仁慈是掩映不幸的面纱。
>
> 人心是君王的库藏，往其中存放什么就会有什么。

又有人说：

> 没有人［的支持］就没有统治权，没有钱财就没有人［的支持］，没有文明就没有钱财，没有正义就没有文明。

198 与之意思接近的话还有："君王统治的是臣民的身体而非内心。"另有人说："治国第一要务是用正义引导国家并使国家免遭破坏。"还有人说："若要人服从，便要令人做力所能及之事；主人让奴隶做力所不及之事，便是给了奴隶反抗的借口。"正如有的诗句说的那样，胜利是基于正义的：

暴君妄图战胜敌手，
　　但这胜利又如何能算正当？
渴望胜利的人背后，
　　怎会有利箭来自铁石心肠？

另有诗说：

凶手与暴虐之人不会顺遂，

因不公就如牧野恶草丛生。

施暴者寝食难安，

压迫者不得善终。

报应不爽，以牙还牙，

再小的行为也难免岁月的奖惩。[①]

这部法律包括以下内容：（1）法国人的公共权利；[112]（2）王国的治理方式；[113]（3）贵族迪万的职能；（4）作为臣民代理与代表的各省迪万使者的职能；（5）大臣的职能；（6）法官的等级和判决；（7）臣民的权利。[114]《宪章》的制定者写道：[115]

赋予法国人民的权利

第一条 法国人在法律面前一律平等。[116]

第二条 他们都应毫无区别地按照其财富的多少向国库缴 199
纳一定数额的款项。

第三条 他们每人都有资格担任任何公职、获得任何军衔。[117]

第四条 他们每人都人身独立，其自由也得到保障。除法律规定的权利和统治者要求的特定情形外，任何人不得遭到迫害（*yataʿarraḍ lah*）。[118]

第五条 在法国境内每人都可以自由地信仰宗教，不受任何人的干涉，并可以寻求任何人的帮助。禁止任何人阻碍他人进行礼拜。[119]

第六条 规定罗马天主教为国教。[120]

---

① 此处英译本作“命运认可成功的行为”，系误读。——译者注

第七条　天主教与其他基督教会牧师的俸禄由基督教财库拨付，其他宗教神职人员的俸禄不由该财库拨付。[121]

200 第八条　不得阻止法国人发表、书写和刊印其观点，前提是这些观点不触犯法律，触犯法律的观点会被抹除。[122]

第九条　一切财产和土地不可侵犯[123]，任何人不得侵占他人财产[①]。

第十条　只有国家有权强制个人出于公共利益出售地产，且国家在接管地产前须支付等值的费用。[124]

第十一条　对本法颁布之前的所有政见和冲突不予追究，对法庭上和国民间发生的一切也都不予追究。[125]

第十二条　重新组织征兵工作并缩减征兵规模，将有一部专门法律规定陆军和海军的征兵操作。[126]

王国的治理方式

第十三条　国王受人尊敬，大臣在一切事务上都对国王负责，他们可以进行质询与决议，但只有国王才能下令执行。[127]

第十四条　国王拥有国家最高权力，包括对陆军和海军令行
201 禁止，宣布战争与和平，与其他民族缔结同盟、开展贸易、任命要职，更新法律与政策并下令遵照执行以保障国家利益等。[128]

第十五条　对民事关系的治理由国王、贵族迪万和各省使者迪万负责。[129]

第十六条　国王可以独自批准法律的规定并下令颁布和公开。[130]

---

① 后半句英译本作“不区分不同财产”，更贴近《宪章》的法语原文，但同阿拉伯语原文不符合，据阿拉伯语原文调整。——译者注

第十七条 根据国王的命令，法律草案将先被提交至贵族迪万，再提交至各省使者迪万，但关于通行税和人头税[131]的法律需要先提交至各省使者迪万。

第十八条 法律须经两迪万（第一和第二迪万）多数成员同意后方可执行。

第十九条 任一迪万均可要求国王就某一事项宣布一项法律并向国王说明制定该法律的益处。①

第二十条 该法律可由任一迪万的秘密委员会制定，一旦某一迪万制定一法并形成确定意见，须将此法在10天的考虑期后送呈另一迪万。

第二十一条 这项法律若被另一迪万通过，则允许提交国王；若被否决，则不允许在该迪万当年会期内［再次］提交审议。

第二十二条 只有国王才能批准法律并向臣民颁布。

第二十三条 国王在位期间的年俸以一种方式固定：不得多于或低于其登基时②由贵族迪万也即第一议政迪万确定的数额。

第二十四条 贵族迪万是制定治理性法律的关键部分。[132]

第二十五条 该迪万（贵族迪万）根据国王的命令召开会 202
议，会期持续数月，与各省使者迪万会议同期召开；两个迪万的会议同日开幕，同日闭幕。

① 英译本译作“任一迪万均可要求国王就该迪万认为有益于纳入法律的任何事项宣布一项法案”，更贴近《宪章》的法语原文，但同阿拉伯语原文不符合，据阿拉伯语原文调整。——译者注

② 英译本作“担任贵族院主席时”，据阿拉伯语原文改。——译者注

第二十六条　若贵族迪万会议在各省使者迪万会议前或在获得国王允许前召开，则该机构在会议期间发布的所有措施皆为无效且禁止施行。[133]

第二十七条　任命[134]法国贵族迪万成员是国王的权力，贵族迪万成员人数不定，国王可根据自己的意愿授予贵族迪万成员头衔[135]，使其终身享有并可使后人继承。

第二十八条　年满25岁即可加入贵族迪万，但须年满35岁才可在议政时发表意见。

第二十九条　贵族迪万主席是法国大法官（*qāḍī al-quḍā*），是法国国王的掌印人（*muhradār*），也即其掌印大臣。若他因故缺席，国王可从该迪万成员中指定一位接替。

第三十条　王室成员和国王子嗣生来就有权获得贵族地位，在贵族迪万中坐于迪万主席身后，但在年满25岁前，不得在该迪万会议上发言或发表意见。

第三十一条　贵族迪万理事会成员①不得在该迪万召开会议时进入该迪万，除非获得国王派信使送来的许可，若违背此条规定，则该迪万在他们在场时所做的一切皆无效。

203 第三十二条　贵族迪万的讨论应对他人保密。

第三十三条　只有国王迪万②有权审判叛国和其他法律规定的危害国家的罪行。

第三十四条　若无贵族迪万命令，不得逮捕该迪万的任何成员，他人不得审理该迪万成员涉嫌犯罪的案件。

---

① 根据法语原文，此处“贵族迪万理事会成员”指亲王。——译者注

② 根据法语原文，此处“国王迪万”指贵族院。——译者注

臣民的代理，各省使者迪万

第三十五条　各省使者迪万由被称为选民团（*al-liktūr*，即*électeurs*）[136]的选民选出，选民团的组织由特别法律规定。

第三十六条　各省维持本宪章颁布前的代表人数。

第三十七条　代表任期从现在起为7年，而非先前的5年。[137]

第三十八条　进入各省使者迪万者须年满40岁，且拥有需缴纳人头税达1000法郎的财产。[138]

第三十九条　各省须集合满足上述年龄和财产条件的50人，并从中选出代表。若缴纳人头税达1000法郎的人数不足50，则由拥有缴纳人头税低于1000法郎财产的人补足，并从中选出代表。

第四十条　选民团[139]成员须拥有缴纳人头税达300法郎的财产且年满30岁。

第四十一条　各选民团主席由国王任命并［自动］成为选民团成员。[140]

第四十二条　各省使者半数以上须为该省常住居民。[141] 204

第四十三条　各省使者迪万主席由国王从该迪万提名的5名①代表中选择并任命。

第四十四条　该迪万的会议对外公开，除非有［至少］5名成员要求保密，此时可允许该迪万要求外人离开。[142]

第四十五条　该迪万划分为若干小迪万，称为“局”（*al-būrū*，即*bureaux*），也即“所”，其成员受托审议国王指定和交付的事项。[143]

---

① 英译本作“50名”，同法文和阿拉伯文原文皆不符。——译者注

第四十六条　只有经国王批准并经诸小迪万审议，才可修改法国政策惯例[144]中的做法。

第四十七条　各省使者迪万可接收关于通行税与人头税的请求报告，经该迪万批准后方可呈交至贵族迪万。[145]

第四十八条　国王关于人头税的法令须获得两迪万审议通过和国王批准才可执行。

第四十九条　地产税以年为期确定，其他税项则可以［另一］固定期限确定。[146]

第五十条　国王应每年下令召开两迪万，日期由国王决定。[147]国王有权解散各省使者迪万，条件是在三月内组建新的各省使者迪万。

205 第五十一条　任何人不得在各省使者迪万召开期间、召开前一个半月内和结束后一个半月内逮捕该迪万成员。[148]

第五十二条　在该迪万召开期间，任何人不得因与刑事犯罪有关的事项而追查[149]该迪万成员，除非成员被当场抓获且该迪万批准逮捕。

第五十三条　向任一迪万提交请求书只能通过书面形式。法国的政治惯例[150]不允许个人向委员会提交报告。

诸大臣

第五十四条　大臣可担任任一迪万成员，也有权出席任一迪万，若他们要求在迪万发言，迪万应当聆听。

第五十五条　允许各省使者迪万指控大臣，但使者迪万须向贵族迪万提起诉讼并由后者做出裁定以解决双方之间的争端。

第五十六条　除非因受贿或挪用公款而犯下叛国罪，否则不得指控大臣，对大臣的审判按照专门法律的规定进行。[151]

法官群体

第五十七条　判决是国王的权力且源于国王。法官由国王任命，他们的俸禄由国库支付，他们以国王的名义作出判决。[152]

第五十八条　若国王任命某人为法官，就须使其在任，不得罢免。 206

第五十九条　在本宪章生效时已在任的法官不得罢免，除非另有新法规定。

第六十条　处理商业交易的法官制度永远不得废除。

第六十一条　处理维护和平事宜（*muṣālaḥa*）的法官制度同样保留，但处理维护和平事宜的法官可被罢免，即便他们是由国王任命的。

第六十二条　没有什么可以免于这些法官的判决。[153]

第六十三条　出于前述原因，不允许设立额外的法院或仲裁机构，如有必要，被称为*barbūtāl*的地方法官（*qudāt al-nuqabā*ʾ）机构[154]可除外。

第六十四条　对于刑事案件，在审判法官面前发起诉讼与抗辩双方的辩论是公开的[155]，除非罪行公开会伤害公众或破坏公德，在此种情况下，法院可公告案件进行秘密审理。

第六十五条　被称为“罪行裁决团”（*jūriyat al-jināyāt*）的陪审团制度永远不得废除，若有必要在司法制度上做出某些改变，须由两迪万审议并通过专门法律。[156]

第六十六条　没收财产为惩罚方式的法律全部废除，永远不得重新引入。

第六十七条　国王有权赦免罪犯和减轻刑罚。

第六十八条　现行行政法典[157]［即民法典］不与本宪章抵

触的条文，除非另立新法进行修改，否则不予废除。[158]

207 受［国家］迪万保障的民权[159]

第六十九条　所有长期服役的军人、退役的军人、阵亡军人的配偶终身享有军职（*waẓīfa*）、军衔（*daraja*）和军俸（*kharj*）。[160]

第七十条　臣民欠［国家］迪万的债可根据国家与债权人之间的协议得到担保。[161]

第七十一条　旧贵族只是被授予名义上的贵族头衔，新贵族也是如此。法国国王可根据自己的意愿授予任何人法国贵族头衔，但此头衔不会免除人头税等义务，除被赋予头衔外，贵族不享有任何特权。[162]

第七十二条　获得"骑士头衔"荣誉勋章者，可按照法国国王为此头衔而定的规定保留该头衔。[163]

第七十三条　位于法国以外、以开发并定居其他国家为目标的部落和社群[164]另有法律和政策管理。

第七十四条　法国每位国王登基时都须发誓永不背弃此宪章。[165]

自最近一次发生在1831年[166]的内乱（*fitna*）[167]以来，这一宪章
208 经历了许多变化和修改，我们将在法国人民的起义与他们对自由和平等的追求的篇章中［即第五篇］再讨论这次内乱。

如果你仔细想想，就会发现这份宪章中的大部分内容都是非常宝贵的。无论如何，这份宪章确实适用于法国人。这里让我们谈几点看法。第一条"法国人在法律面前一律平等"，意思是所有生活在法国的人，无论高低贵贱，都适用上述法律规定，没有差别，甚至可以对国王提出法律指控，且判决也会对国王生效，就如同对其他所有人

一样。你看，这第一条非常有助于伸张正义、救助受压迫者，穷人们心满意足地认为，就执行法律规定来说，自己也是很重要的。在法国人那里，这一条文几乎已是一则经典表述[168]，这明确表明了正义在法国的地位，也表明了他们在文明生活方式上的高度进步。他们所说的并渴望得到的自由就是我们所说的正义与公平[169]，因为“以自由行统治”意味着在判决和法律上实现平等，这样统治者就不会压迫任何人。确实，在这个国家，法律就是审判地，法律就是训诫所。

这个国家的自由正如诗人所言： 209

正义泽被四方，

　　纯洁与忠诚常在。

但总的来说，即便一个国家存在正义，那这种正义也是相对的、锦上添花的，而不是完全的、真正的，这后一种正义就像完全的信仰和绝对的合法一样，并不存在于今天的任何一个国度。

因此，不要像诗人所说的那样，把魑魅[170]、狮鹫[171]和挚友完全视作不可能的存在，因为有些存在是相对的：

我在同代人中寻不到

　　忠诚的朋友来分担我的烦忧。

因而我确信这世上有三种不可能的存在：

　　魑魅、狮鹫与挚友。

更何况，狮鹫并非不存在，它是一种鸟，也曾被发现过，植物学家[172]也曾提到过它。萨拉比（al-Thaʿlabī）[173]在众先知的故事中也讲过一则狮鹫和我们的首领苏莱曼的故事，故事中的狮鹫就否定了天命。但可以肯定的是，在阿拉伯人和法兰克人中普遍流行的那种上半身是鹫、下半身是狮的狮鹫并不存在。但不管怎么说，作为一种鸟类的狮鹫确实是存在的。

第二条则纯粹是一条政策。可以说，如果伊斯兰国家的人头税等税赋能像这个国家这么安排的话，人们会很高兴的，特别是当天
210 课、逆产（*fay'*）[174]和战利品（*ghanīma*）[175]不能满足国库的需要或被完全禁止的时候。根据大伊玛目教法学派［即哈乃斐派］的一些说法[176]，这［即法兰克人那样的税赋安排］在沙里亚法［伊斯兰法］中也是有根据的。先哲有言："地税[177]是王权的支柱。"我在巴黎逗留期间，从未听到任何人抱怨通行税、人头税等的征收。人们不会对此感到困扰，因为他们的征税方式不会伤害纳税人，又能让国库受益，且尤其能让拥有财产的人避免遭受压迫和腐败。

第三条有利无害，它鼓励每个人都投身学习，去获得比现在更高的职位。这样一来，他们的知识就会不断增加，文明也不会像有的地方——那些地方的人十分看重手艺与职业的继承，一直延续着子承父业的做法——那样停滞不前。一位历史学家说：

> 古时候的埃及也是如此。古代科普特人的法律规定了每人从事的行业，然后再传给自己的孩子。据说，这么做的原因是，
> 211 所有的手艺与职业对他们来说都是很受推崇的。这一习俗也是当时情势下的必然产物，因为它极大地推动了手艺的完善，也正因为在多次看过父亲的手艺后，儿子通常也会擅长这门手艺，且不再有兴趣从事其他工作。这一习俗消除了野心，让每个人都安于其业，不再奢求更多，而是致力于在自己的领域里做些发明创造，以达到手艺的完善。

对于此观点，有人回应说，一个人并不总是有能力习得他父亲

的手艺，能力不足可能会导致学艺失败，但如果他从事另一种职业，则可能早已取得了成功，实现了抱负。

第四至七条对本国人和外国人都有益，这就是为什么这个国家人丁兴旺，很多外国人也纷纷来此生活。

第八条鼓励人们在不伤害他人的情况下，自由表达自己的观点、知识和感受。这样，人们就能了解他们同胞的所思所想。在这方面特别值得一提的是被称为刊（*journals*）[178]和报（*gazettes*）[179]的日报。人们从其中了解所有的内部与外部新闻，也即他们王国内外发生的事情。尽管这些报刊所登载的谎言与假话不计其数，但也含有人们期待了解的消息。有时，报纸中还会有新近研究的科学问题、有用的公告和有益的建议，来源可以是举足轻重的大人物，也可以是微不足道的小人物。小人物也可能会想到大人物没有想到的事情，正如他们中有人说的那样："不要轻视小人物给你的重要意见，就像珍珠不会因采珠人地位低下而受到轻视。"有诗人说：

我听说他是独自一人， 212
　　但我亲见他与精灵[180]共存。
我在野驴腹中发现了各式的猎物[181]，
　　我也在一人身上见到了所有人。

报刊的另一个好处是，当有人做了伟大或卑鄙的事情时，报人会写下来，让精英与平民也知晓，这能鼓励行善者，同时劝诫作恶者。[182]同样，人们也会把自己遭受他人欺凌的经过发表在报刊上，精英与平民由此可以了解受欺凌者与欺凌者的实际情况，而不会有偏差和歪曲。随后，案件提交至法院进行依法审理，人们可从此类案件中接受教训。

第九条是正义和公平的源泉，对于限制并惩罚压迫弱者的强者来说至关重要。

第十条的规定显然是适当的。

第十五条值得称道的一点是民事关系分三个层级进行治理：第一层级是国王和大臣，第二层级是爱戴国王的贵族，第三层级是各省使者，他们是民众的代理人，深受民众爱戴，甚至没有受到任何抱怨。各省使者为民请命，替民代言，就好比民众自治。无论何种情况，民众都可以保护自己不受任何压迫。其余条文的内容对你们来说应该都是一目了然的。

213 法国人自1138年[183]以来拥有的权利《宪章》修正案扼要

法国人的权利与义务

修正后的《宪章》内容

法国人不论其地位、职务、头衔和财富，在法律面前一律平等。[184]实际上，这些规定对于人类社会与文明是有好处的，但对于法律却无裨益。他们因此都有资格获得军职与公职，这同他们依据自身能力帮助国家是一致的。[185]

法律还规定，每个人都享有人身自由，除法典中规定的情况外，任何人都不得被逮捕。[186]非法抓捕他人者将受到严厉的惩罚。在法国，基于上述自由，每个人都可以信奉自己选择的宗教，且这种信奉受到国家的保护[187]，干扰他人宗教信仰者都会受到惩罚。除非得到国家的明确许可，否则不得向教堂捐赠财物。[188]

每个法国人都有权就政治或宗教问题发表看法，条件是不损害法典中确立的秩序。[189]任何财产都是绝对不可侵犯的，任何人都不会被强迫交出财产，除非是为了公共利益，但条件是在征收财产之前，征收者已经支付了与财产价值相称的补偿。214
对此类事宜的决定由法院做出。

每个人都有义务献身于王国的军事防御，即每年年满21岁的男子须响应征召，参加年度征兵遴选[190]，兵役期为8年。①凡年满18周岁并享有国家所赋权利[191]的法国人，均可自愿参军。以下这些人可获得兵役豁免：

身高不足1.75米的人，也即低于4英尺又10帕尔马克的人；残疾人；父母双亡家庭的长子；若母亲或祖母没有丈夫，或父亲眼盲或已年届70的家庭的长子或独子，若长子已死，则为次子；征召入伍的两兄弟中的兄长；服兵役时（*taḥt al-bayraq*）[192]表现突出或死亡者或战争中负伤者的兄弟。

委托他人代服兵役者需担保被委托人一年内不逃兵役，除非被委托人逃兵役1年内被抓获或被委托人在服役时死亡。每年12月21日，服完兵役者准许其归家。

由于不是每个人都可以亲自参与国家治理，因此全体臣民授权430名代表代其参政并派他们前往巴黎议政。这些代理由臣民选择，受其所托维护其权利，并遵照其利益行事。凡符合年满25岁等条件的法国人都可参加本省代表的选举[193]，凡年满30岁的法国人，只要满足法典中规定的条件，即有可能成为代表。[194] 215

各大选区设立选拔和选举团，各小选区设立选举团。大区选举团由主要选民组成，将选举172名代表，小区选举团将选举257名代表。印制和手抄的竞选人传单会在选举团召开的1个月前沿街张贴，每个人都可以发布书面广告。每个选民需要秘

① 英译本作“八个月”，依据阿拉伯语原文改。——译者注

密填写选票，将其折叠后交给［选举团］主席，主席再将选票投入票箱。

各省使者迪万每5年全体改选一次。只有在两迪万会议作出决定并经国王批准后，迪万才能接纳［新］成员。城镇居民可向两迪万成员提交陈诉书以提出不满或报告有益的事物。

不得罢免法官。[195]对任何人的判决只能由其居住地的法官进行。审判须公开举行，刑事案件的审判必须有陪审团在场。取消没收财产的惩罚。[196]国王有权赦免死刑或减轻重刑。[197]

国王及其继承者在登基时须宣誓遵守此王国法典［即《宪章》］行事。[198]

篇幅所限，我们无法尽述法国的法律规定。我们只想强调，他们的法律规定不是来自天启之书，而是很大程度上来自政治法规。这与伊斯兰法完全不同，也没有根植于任何基本原则。这些法律被称为“法国法律（*ḥuqūq*）”，意思是适用于处理法国人彼此之间关系的法律。这样命名是因为法兰克人有多套不同的法律体系。

巴黎有多个法院，每个法院都有一名首席法官，类似于［我们
216 的］大法官。大法官的周围有主审法官、陪审员、控辩双方的代理人、律师和代理律师以及书记员[199]。

若有人说他因需求所迫
　　而偏离正道，
可千万别与他为伍，
　　因他有危害而无益好。①

① 此诗系作者于第二版新增，英译本缺且未作说明，依据阿拉伯语原文增补。——译者注

第四章

巴黎人的住宅与相关情况

众所周知，一个城镇或城市的文明程度是以其知识水平及其与粗鄙和野蛮状态的距离来衡量的。法兰克人的国度拥有各种知识和修养，毋庸置疑，这会促进社会交往，给文明增光添彩。在法兰克诸民族中，法兰西民族因其对技术与知识的热爱而脱颖而出，这一点已得到证实，但这个民族在修养与文明程度上却更为突出。

就建筑而言，省会城市[200]一般优于乡村和村庄，大城市一般优于省会城市，王国的首都则优于其他城市。因此，法国国王的所在地巴黎是法兰克地区楼宇建筑最为出色的地方之一也就不足为奇了。尽管这些楼宇建筑用料并不那么好，但其设计和工艺却极为出色。也有人说，其建筑用料也是好的，只是有些不足，这体现在大理石用得不多，还欠缺了一些材料。难道不是这样吗？他们的建筑的墙基和外墙用的是砂石，内墙用的大多是优质木材，柱子大多是铜制的，很少用大理石，地面铺的是石板，有时也会混入黑色大理石。道路总是用方形的石板铺设，庭院也是如此，而门厅则用砖、木头或黑色大理石配上精心制作的石板一起铺设。石材或木头的质量根据居民的富裕程度而有所不同。

如前所述，房间的墙壁和地板都是用木头做的，上面涂上了油 217
漆。法国人会在墙上贴上精致的浮雕纸，这比用石灰粉刷墙壁的惯常做法要好，因为这样，在触摸墙壁时，纸上就不会脱落什么东西。此外，浮雕纸花费更少，更好看，也更容易安装。他们的房间里还装点了各种各样的物什，此处难以细细展开。不过其中最值得一提的是，法国人试图通过安装彩色特别是绿色的窗帘来调暗房间的光线，用木头或一种红砖来铺设房间的地板，并每天用一种叫做“抛光蜡”[201]的黄蜡来打磨地板。他们那里有专门打磨地板的人提供收费服务。

他们的床下面铺着麻布、植物纹饰的布和其他织物，还有可以穿着鞋踩上去的华丽地毯。每个房间里都有一个烧火的壁炉，形状就像［我们用来放置］水壶的壁架，壁炉的外立面是优质大理石。壁炉的上方放着一个摆钟[202]，摆钟两侧各有一个白色仿大理石或水晶花瓶，里面插着鲜花或假花。再往外两侧是轮状的法兰克烛台，如果没有亲眼见它们点亮的样子，就不能了解它们的真实面貌。大部分法兰克人的房间里都放着一台叫钢琴（*al-biyān*）[203]的乐器。在用来工作和阅读的书房里，则会放上一张书桌，上面摆放有书写工具和其他文具，比如象牙、黄杨或其他材质的裁纸刀。绝大多数房间都挂满了画像，特别是［屋主］亲人的画像。书房里可能还会有曾经属于不同祖先的精美画像和精巧物件。在书桌上，你有时会看到不同类型的报纸。在重要人物的房间里，你可能还会看见华丽的枝形吊灯，里面点的是用蜂蜡制成的蜡烛。在接待客人的日子里，你会看到他们在房间的书桌上摆上新书、报刊等，以满足那些想要
218 阅读这类书报的客人们的需要。[204]这证明了法国人对读书的重视，书籍是他们亲密的朋友。

有格言说得好：书就是盛满水的容器①，就是装满机智的信封。[205]另有格言道：有什么比在膝上耕耘、在袖中携带的花园更好呢？

---

① 此句英译本缺，据阿拉伯文原文补。——译者注

有人写过一首很贴切的诗：

> 我的书是我的密友，我的思想是我夜聊的伴侣，
> 　　我的手是我的仆人，我的梦与我同榻而眠，
> 我的舌是我的剑，我的诗是我的力量，
> 　　我的墨水瓶维持我的生计，我的纸卷让我的生命绵延。

另一位诗人说：

> 我们有一群伙伴，他们的言谈从不令人生厌，
> 　　他们聪明又可靠，对于幽冥与现世无所不晓。
> 通过他们，我们知晓过去发生的事，
> 　　还能得到智慧、教益与正确的忠告。
> 说他们死不能算你错，
> 　　说他们活却也驳你不倒。

又有人说：“书是多好的叙述者！”还有人风趣地说：“我从来不曾见过比笔还能笑的哭泣者。”

让所有这些物品变得更为亲切的是女主人，也就是房主的太太，她会先露面问候客人，随后她的丈夫才跟着问候。[206]这些装饰精致的房间同我们的房间是多么的不同啊！我们那里问候客人的方式通常是让黑人奴仆给客人递上一管烟。[207]

房顶用的是珍贵的木材。房子通常有四层，层层相叠，也有建 219
七层的，但这不包含地面层，因其不算作楼层。楼层之外，地下还有一些小房间，用来拴马或用作厨房和储藏室，特别是用来储藏酒和柴火。

同开罗的房屋一样，法国人的一套房屋包含多个独立的公寓，

每一层都有几个这样的公寓，每个公寓内的房间彼此相通。法国人习惯上把房屋分成三类：一是普通房屋，二是重要人士的房屋，三是国王、王室成员、诸议政迪万等的房屋。第一类叫房屋，第二类叫宅邸[208]，第三类叫城堡或宫殿[209]。另有一种方式将房屋分为三级：一是有守卫且大门可通车的房屋，二是有庭院和门房[210]但大门不可通车的房屋，三是没有门房的房屋，也即没有可供门房住宿的地方。在巴黎，门房的职责是等居民归家直至午夜。如果居民想在城里逗留直至午夜以后归家，那就必须通知门房等待，这种情况下还得给门房一些好处。但巴黎不像开罗那样各个街巷都有大门，因此街巷不设门房。[211]

在巴黎，房产的购买和租赁都很昂贵，一座大型住宅的价格可
220 能高达百万法郎①，相当于大约3000万基尔什（*qirsh*）②[212]。在巴黎租房，可以仅租房屋，也可以连带豪华床铺、全套家具和器具一起租。法国人家中的器具包括所有的厨具和餐具，其中有银质器皿等，也包括床上用品，通常是若干张床垫、每月更换的床单、毯子，其中有一张床垫是羽毛的。还有一些精美的家具用以待客，包括绣花真丝及类似材料包裹的椅子和沙发、普通椅子和一些美轮美奂的物件，比如他们称之为摆钟的大钟、华丽的花瓶、镀金的咖啡壶和点纯蜡蜡烛的枝形吊灯。还有带玻璃门的书柜，这样书柜里装帧精美的书籍就一目了然。无论贫富，人人都有一个书柜，因为平民百姓[213]也都能读会写。通常情况下，结婚多年的男子不和妻子睡在同一个房间里。

---

① 英译本误作“800万法郎”，依据阿拉伯语原文修改。——译者注

② 埃及货币单位，西方语言中称作皮亚斯特，100基尔什=1埃镑。——译者注

他们还有一种习惯做法，就是每年国王和王室成员去乡间居住的几个月间，王宫会向公众开放，法国人认为这没什么不妥。人们进入国王和王室成员的宫殿参观，欣赏里面的家具和新奇陈设。进入王宫需要凭借印有准许一人、二人或多人进入的书面许可，很多人都有这样的许可，若有熟人索要便会给予。于是，你会看到王宫里到处都是参观国王和王室成员私人住处的熙熙攘攘的人群。我也进去过几次，见识了很多新奇之处，很值得一观。里面悬挂的许多画像，除了不会说话外，与真人无异。王宫里有许多法国国王的照片，也有所有王室成员的画像。王宫中的一切物件都是那么新奇，这倒不是因为它们的材料有多么名贵，而是因为它们的整体制作工 221
艺出色。例如，从椅子、床到王座，所有的家具都覆盖着华丽的锦缎，且镀上了金。但王宫里的宝石不像我们国家王公贵胄的府邸里那样多。法国人的基本原则是，所有的一切都是为了美观，而不是为了装点门面、炫富和虚荣。

冬天，巴黎所有的富人都住在城里。我们在谈到巴黎地区的气候时已经说过，每家每户都有壁炉，每个大厅和房间都生着火。天气炎热的时候，富裕的人会住到乡下，因为乡下城堡的空气要比巴黎市中心的空气更有益健康。另一些人则去往法国其他城镇或周边国家，去呼吸异地的空气，游览［别样的］地方，了解当地人的风俗习惯。每年，在他们所说的“无工期”或“休闲期”，也就是假期，巴黎人尤其会这么做。

甚至是女性也会出游，无论是独自旅行，还是同一位男子商量好由他陪同旅行，她们则会负担该名男性旅途的开销。这是因为女性也热衷于学习知识，热衷于探寻和了解生命的秘密。或许她们中有人从法兰克地区来埃及就是为了看看金字塔、神庙等奇观。她们在各方面都同男人一样。有些富贵、贞洁的女子在没有结婚的情况下就把自己献给了外国人。一旦怀孕，由于担心丑闻曝光，她们便借旅游的名义，去外国生子，将孩子托付给保姆并支付一笔特殊酬金，让孩子在异国他乡长大，但这类事情并不经常发生。确实，并不是每一片闪电云都会降下大雨。有些法国女性品德高尚，有些则恰好相反，而后者占大多数，因为在法国，爱的艺术占据了大多数人的心，无论是男性还是女性。他们这样的爱是有理由的，他们相信他们恋爱的目的很纯粹，青年男女之间建立关系后便可能会步入婚姻。

房屋洁净，一尘不染，这是法国人值得称道之处，尽管这一点
222 同弗拉芒人相比仍“相形见绌”，但毕竟弗拉芒人对外部洁净的重视，在世上其他民族中都无出其右。古埃及人曾经也是世界上最爱洁净的人，但他们的后人科普特人并没有效仿。巴黎很洁净，没有毒虫，甚至连昆虫都没有，也从未听说过那里有人被蝎子蜇过。法国人致力于保持房屋和衣服的洁净，这真是令人惊叹。他们的房屋总是很明亮，因为窗户众多，加上精湛的设计与安装，光线透入家中各处，空气四处流通。窗户都是用玻璃制作的，这样即便关了窗，光线也不会被挡住。

无论穷富，人们总是在窗前挂上窗帘。巴黎人通常还会挂床帷，就像一种蚊帐。

第五章

巴黎人的食物和饮食习惯

你要知道，小麦是巴黎人的主食。除了国外进口的品种外，法

国本土的小麦颗粒都很小。这里的人用风力和水力驱动的磨把小麦磨碎，然后在烘焙铺烤制成面包，再在面包店出售。人人都从面包店购买每日的配给。这种做法既省时又省钱，因为每个人都有自己的工作要忙，在家里做面包会花上［更多的］时间。虽然市场督查（*muḥtasib*）[214]要求面包店店主每日供应足够全城食用的面包，但实际上，巴黎从来不缺面包，也从不缺其他食物。这个城市的人也吃肉类、豆类、蔬菜、奶制品、鸡蛋等。一般说来，他们一顿饭要吃许多道菜，即使是穷人也不例外。

屠宰场不在城中，而是在郊区。这么做有两个考虑，一是为了清除污物，二是为了防止动物逃脱造成伤害。他们有各种宰杀动物的方法。相较于其他动物，绵羊更容易宰杀，在喉咙后面也就是喉咙和脖子之间插刀，然后反向割断。牛犊也以同样的方式宰杀。对公牛，则用铁棒击打头中央，它会因重击而眩晕，反复几次，直至 223
停止呼吸，但此时公牛仍然会动弹，之后用宰杀绵羊的方法即可。有一天，我按照习惯，派了一个埃及仆人去屠宰场处理我买的牲畜。他看到公牛被如此对待，回来后就乞求至高无上的安拉保护，赞美安拉没有把他变成法兰克地区的公牛，否则便会遭到他所看到的那头牛所遭受的折磨。这个国家食用的牛是牛犊和公牛，水牛是用来观赏的。禽类也有多种宰杀方式，有的用的是杀羊的方式，有的是割舌头，有的是用线勒，有的是割脖子，等等。对兔子，为了将血液留在其体内，他们不会割喉，而是将它勒毙。杀猪有专门的屠宰场，我没有见过，貌似同宰杀牛犊差不多。

巴黎城中供人们休闲的设施中，用餐的场所叫作“餐厅”[215]，这些餐厅和“旅馆”很像[216]。凡是家里有的，这些餐厅都有，甚至更好，在那里，人们点什么都是现成的。餐厅里有许多房间，且配备了各种家用设施。有的餐厅还有卧房，铺有最豪华的床铺。除了各种食物和饮料外，餐厅还提供水果和干果。

法国人习惯上用波斯式或中国式的盘子用餐，从不用铜制器皿。
224 每人面前的餐桌上总是摆放着刀、叉和勺，叉和勺都是银制的。他们认为，不用手接触食物是卫生和优雅的表现。每人面前都有一个盘子，每道菜都用一个不同的盘子。每人面前都有一只高脚杯，喝水时从餐桌上的大瓶子里往杯中倒水，这样便不会需要使用别人的杯子。饮器（水杯）[217]总是水晶和玻璃的。餐桌上还放着几个小型玻璃器皿，分别盛放盐、胡椒、芥末等。总之，他们的餐桌礼仪和布置安排都很出色。一顿餐食往往以汤开始，以甜点和水果结束。用餐时，他们大多数时候喝的是葡萄酒而不是水，大人物尤甚。但他们喝葡萄酒从不会喝到醉的程度，因为醉酒不仅会为人诟病，也是一种恶习。餐后，他们经常喝一点烈酒（*ʿaraqī*）[218]。

虽然他们常喝这些酒精饮料[219]，但并不经常在诗歌中赞美它们，他们也不像阿拉伯人那样用许多词来指代酒。他们享用酒的本质和特性，但并不会去想象酒的内涵，也不会用比喻和夸张的手法［去描述它］。是的，他们有专门描写醉汉的作品，但这些不过是描写酒的幽默文字，绝对算不上真正的文学。巴黎人经常在餐后立即喝茶，他们说这有助于消化食物，也有人喝加糖的咖啡。大部分人还有早上把面包撕碎泡在奶咖里吃的习惯。如果你想了解更多有关饮食的信息，可以参考我翻译的《荣耀项链》（*Qalāʾid al-mafākhir*）中谈论饮食的那一章。[220]

巴黎人每年的饮食消费总量约为：面包消费超过3500万法郎，肉类消费为81430头公牛、1.3万头黄牛、47万只绵羊和10万头家猪
225 和野猪，油消费为1000万法郎，鸡蛋消费为5000法郎。巴黎人保存

易腐食物的巧妙方法令人惊叹。例如，通过运用一种特殊技术，他们可以使牛奶保存5年之久而不变质，肉可以保鲜10年，水果可以存储起来，过季了也能吃到。尽管他们有很多制作菜肴和点心的方法，但他们的食物一点都不美味，除了桃子，这个城市的水果都吃不出真正的甜味。

巴黎的酒馆不计其数，每个街区都有。混迹其中的都是下等人，尽是些不三不四的人和他们的女人。他们走出酒馆时，常常大声喧哗，喊一些“酒啊酒啊”之类的话。然而，尽管他们处于醉酒状态，但通常不会带来任何真正的伤害。有一天，我在巴黎一条街上走的时候，遇上一个醉汉，他一边冲我喊“嘿，你这个土耳其人”，一边抓我的衣服。当时我正在一家糖果店附近，便同他一起进去店里，让他坐在椅子上，开玩笑地问店主：“你愿意给我等同此人身价的糖果或干果吗？”店主回答说：“你们的国家可以随意处置人，这里可不一样。”对此，我只回应了一句：“这个醉汉在他目前的状态下根本算不上是人！”进行这些对话的时候，这名男子就只是坐在椅子上，对周围发生的一切仿佛毫无知觉。我把他留在那家店里就离开了。

第六章

巴黎人的衣着

在我们的国家，大家都知道，法国人头上戴的是四角帽，脚上穿的是黑鞋，也即特苏马（*tāsūma*）[221]，衣服面料通常是黑色绒布。法国人大多也确实是这么穿的，但他们并没有一种特定的服饰，每人都在风俗习惯允许的范围内自行选择着装。

大多数情况下，他们的穿着不讲究装饰，但十分讲究清洁。他们有一个很好的习惯，就是在外衣里穿衬衣、内裤和背心。有钱人
226 一周会换好几次内衣，这有助于隔绝害虫。因此，除了非常贫穷的人之外，其他人身上都见不到跳蚤或其他害虫的踪影。

法国女人的衣着都很雅致，但有些也不是很端庄，特别是当她们穿戴上最昂贵的服饰时。她们不会戴很多首饰，戴的主要是镀金耳环、露在衣袖外的金手镯、轻盈的项链，脚链是完全不戴的。她们的衣服面料很精致，有真丝、印花布和轻棉布。天冷时，她们会围一条毛皮围巾，两端垂到接近脚的位置，就像围上纱巾（*mi'zar*）[222]那样。她们还习惯在外衣上系上一条细腰带，这样可以让腰部显得纤细，让臀部显得丰满。

这里可以读一读哈加里（al-Ḥājarī）诗集中的诗句，当然，其中的内容不太得当：

有个系腰带（*zunnār*）[223]的人，我好想做他的主人，
　　这样我就能搂一搂他的腰腹。
神父让他喝下他颊上飞红般的酒，
　　穆斯林全都成为他的俘虏。
唉，若不是他那绰约的身姿，
　　我的信仰又怎会因这异教之徒迷误？

奇妙的是，系上了腰带，腰部就会变得非常纤细，可以双手握住。她们还倾向于在腰带上系一根锡棒，从腹部延伸到胸部，这样她们的身姿就总是能保持笔直而不会弯曲，她们确实很有办法。

227 她们不像阿拉伯女子那样让头发自然下垂，而是把头发盘在头中间，插上一把梳子之类的物件，这种做法不值得称道。

炎热时节，她们习惯于露出一部分身体，胸脯以上连同脑袋都袒露在外，有时甚至会露出背部。夜间舞会上，她们还会露出双臂，这个国家的人并不认为这是不雅的行为。但她们从不露腿，特别是在街上走的时候，总是穿着连大腿都遮上的长筒袜。事实上，她们的腿一点儿也不出众，比不上诗人以下诗句的描述：

我如何能忘记？他那时有意站起身，

露出他的小腿像闪亮的珍珠。

别奇怪我会因此而重振雄风（*qiyāmatī*），

在复活（*qiyāma*）日不都小腿袒露？224

再来看看法国人的丧服。他们会在特定时间内，在特定位置佩戴服丧的标记。男人们将其佩戴在帽子上，女人们则将其佩戴在衣服上。若失去父亲或母亲，会佩戴六个月；若失去祖母，佩戴四个半月①；若失去丈夫，佩戴一年零六周；若失去妻子，佩戴六个月；若失去兄弟姐妹，佩戴两个月；②若失去叔叔、婶婶、舅舅、舅母，佩戴三周；失去堂表兄弟姐妹，佩戴两周。

巴黎每年卖出价值约100万法郎的布料、300万法郎的丝绸和100万法郎的毛皮，这可能是因为毛皮是专供巴黎人购买的巴黎特产。

在法国，秃头或头发状况不好的人戴假发颇为常见，他们还可能会粘上假胡须。这是法国国王路易十四时代流行的风俗，当时这位国王一直戴着假发，在睡觉时才摘下来，如今只有秃头或头发状况不好的人才这么做。有趣的是，埃及开罗的女性现下也在使用假发。 228

① 英译本作“四个月”，依据阿拉伯语原文改。——译者注

②“失去兄弟姐妹……”一句英译本缺，依据阿拉伯文原文补。——译者注

第七章

巴黎城里的休闲娱乐场所

你要知道，巴黎人完成生计所需的日常工作后，并不会去虔拜礼神，而是把时间花在世俗之事上，欢娱，游乐。他们在这些事情上的多才多艺令人惊叹。

在他们的休闲娱乐场所中，有一类叫作剧院（*al-tiyātir*）[225]或戏院（*al-sibiktākil*）的地方，里面表演着世间发生的一切，以幽默的方式呈现严肃的事情，人们因而从演出中获得很好的教益。他们在这里看到了各种各样的善恶行径，善行受赞扬，恶行遭谴责，法国人甚至会说，这些演出规训了道德，陶冶了情操。其中
229 有许多场面让人发笑，也有许多场面让人哭泣。[226]演出结束后垂下的幕布上，有一句用拉丁语写的话，翻译过来意思是：娱乐可正风俗。[227]

从样式来看，剧院是座覆以巨大穹顶的大房子，内部有好几层，每一层都有许多房间[228]，沿着穹顶的内围排列。所有的房间都俯瞰着内场一侧宽大的舞台[229]，坐在房间里的人可以看到舞台上发生的一切。照亮舞台的是巨大的枝形吊灯。舞台下面是演奏席，一排房间与舞台相连，演出用的设备和道具在此存放，男女演员均在此候场。舞台会根据演出的要求进行改造。例如，演出君王的故事时，他们就把舞台改造成宫殿的样子，然后演绎君王的形象，吟诵君王的诗歌，等等。准备舞台期间，他们会降下幕布，以免观众看到。演出开始时，他们会升起幕布。

男女演员都很像埃及的歌女（*ʿawālim*）[230]，但巴黎的演员都是举止文雅、口才极佳的人，可能还创作过许多文学和诗歌。如果你听到他们背诵的诗句、演出和彼此之间的嬉笑怒骂，你会为之大加惊叹的，因为这些表达都蕴含着深意。更有甚者，他们甚至会在演出中提出疑难艰深的科学问题，并进行深入探讨。你几乎会因此以为他们是学者，甚至连参与演出的孩童也能说出自然科学等学科中 230
的重要概念。

演出开始前会先奏乐，然后按计划进行表演。演出信息会做成海报张贴在城里的墙上，也会刊登在每日公告上，以让精英与民众知晓。每晚会进行多场演出，演出间隙会降下幕布。若要表演波斯国王，他们就让人穿上波斯国王的服装，让他出现在舞台上，坐在王座上，等等。在这些演出中，他们能表现一切存在的事物，甚至连大海在穆萨——愿他平安——身前分开的场景都能表现出来。[231] 他们表演大海的时候，就做出波涛汹涌的样子，看上去与大海无异。我曾在某天晚上看到他们在演出落幕时表演了太阳，太阳转动着，把剧场照得亮堂堂的，枝形吊灯黯然失色，人们仿佛身处白昼。他们还有比这更神奇的表演。总体看来，剧场对他们来说就像是公共学校，有知者与无知者都可以在其中接受教育。

巴黎最大的剧院是巴黎歌剧院（*al-ūbirā*）[232]，你可以在其中见到最好的乐手和舞者。歌曲和着伴奏，舞蹈仪态万千，就像聋哑人的手语，却又表达出各种新奇的含义。其他剧院有喜歌剧院（*ūbira kūmīk*）[233]，里面唱着令人开怀的诗句；还有意大利剧院（*al-tiyātir al-Ṭilyāniyya*），里面有最好的乐手，用意大利语吟唱诗句。这些都是巴黎的大剧院，此外还有一些小剧院，这些小剧院同前者相似，只是规模小一些。

此外，他们还有让马、大象等动物表演的剧院。弗兰克尼剧院中，就有一头训练有素的大象，以精彩的表演而闻名。[234]［我们
231 已经说过］最大的剧院是巴黎歌剧院，而最小的剧院则是孔特剧院（*Théâtre de Monsieur Comte*）[235]，这家剧院是给孩子们提供娱乐节目的，类似于埃及那些戏法师（*ḥāwī*）[236]。“孔特”是剧院经理的名字，剧院里的男女演员年纪都很小，但是他们会表演各式各样的戏法、魔术等节目。[237]

法国的剧院，如果没有包含那么多不良倾向的话，将会是非常高尚、有益的场所。看看那里的演员，他们尽量回避诱惑人心、无耻下流的内容，这同埃及的歌女、乐师（*ahl al-samāʿ*）形成了鲜明的反差。

我不知道有哪个阿拉伯语词可以表示“*spectacles*”或“*théâtre*”的意思，前者的意思是“景象”“娱乐场所”等，后者本义也是这类意思，随后引申为表演与表演的场所的意思。阿拉伯语与之最接近的，是一类叫作“皮影艺人”[238]的演员，以及一种叫作“皮影戏”的表演形式（*khayālī*），土耳其人称其为“喜剧”（*komedya*）[239]。但这个［阿拉伯语］词的词义是有限的，我们不妨扩大词义，以便用来翻译“*spectacles*”或“*théâtre*”。[240]

232 还有一种类似剧院的地方，在那里人们可以看到城镇、地区等的风光。其中有“全景画”（*Panorama*）[241]，人们可以在那里看到想要看到的城市全貌，举例来说，就会像站在卡罗苏丹哈桑清真寺的宣礼塔上，将鲁玛依拉（*al-Rumayla*）广场和城市其余各处尽收眼底一样。其中也有“地景画”（*Cosmorama*），一个接一个地展示城镇风光。还有“透景画”（*Diorama*）[242]，展现一座房屋的形貌，还有“天景画”（*Uranorama*），按照法兰克人的方式呈现天球及其包含的一切，从中

观众还可以了解天文学。最后是“欧洲景画”（*Européorama*），展现的是法兰克人地区的风貌。

有一类休闲娱乐活动是跳舞，叫作“舞会”（*bāl*，即*ball*），人们在那里唱歌跳舞。在夜间，很少有走进大人物的宅邸而听不到音乐与歌声的。因为不懂他们的语言，我有一段时间听不懂他们的歌在唱些什么。有人说得好：

> 我听不懂它的意思，
> 　　但我心中的哀伤却如此清晰。
> 我如同深受折磨的瞎子，
> 　　心爱着歌女们却看不见她们的样子。

舞会有两种类型：所有人都可以参加的公共舞会，比如在咖啡 233
馆和公园里的舞会；私人舞会，一群人受邀来跳舞、唱歌、娱乐等，像埃及的婚礼。[243]

舞会总是有一堆男男女女一起参加。舞会的大厅灯火通明，还布置有座椅。大多数情况下坐着的都是女性，在女性都有座位前，男性是不会落座的。若有女性来到会场却没有空位，会有男性而不是女性起身给她让座。在社交场合，女性总是比男性得到更多的尊重。去朋友家拜访时，人们必须先问候女主人，再问候男主人。无论男主人的地位有多高，他都得排在家中女眷之后。

还有一类娱乐休闲活动是聚会，类似于埃及的乡村聚会（*ḍamma*）[244]，但不同之处在于，聚会的形式总是演奏、歌唱和跳舞，每一场音乐和演唱的间隙，在场的人都会分到轻型的食物和饮料。总的来说，首先是音乐，其次是轻型饮料。聚会的乐趣就在于此。正如诗人所说：

生活不正是澄澈的酒，
　　混入云中水在杯里，
加上指尖拨动的乌德琴弦，
　　同祖纳姆[245]的笛子一起？

我们说过，对他们而言，跳舞是一门技艺。麦斯欧迪在他的史学著作《黄金草原》中曾指出过这一点，他认为就肢体[①]平衡和相互角力而言，跳舞就像是摔跤。并不是每个强壮的人都会摔跤，但体格弱小的人可以通过既定策略取胜。同样，并不是每个舞者都会做
234 精巧的肢体动作。看上去，跳舞和摔跤是同源的，至于这个源头是什么，则需要仔细思考。

在法国，人人都喜欢跳舞，认为跳舞是美好的、优雅的，既不是道德败坏的，也不是离经叛道的。在埃及，跳舞是女性的专属，是用来唤起欲望的。但在巴黎，跳舞是一种特殊的蹦蹦跳跳，没有一丝放荡的气息。每个男人都可以邀请一个女人跳一支舞，结束后，第二个男子可以邀请她跳第二支舞，以此类推，男女之间不必一定要相识。邀舞者很多的话，女人会很高兴。仅一两名邀舞者，是不会让她们满足的，她们乐于让别人见到自己与多人共舞，这是因为她们的内心厌倦那种从一而终的喜爱，正如诗人所说：

喂，你这个不满足于交一个朋友的女人，
　　每年两千个朋友都不能让你感到知足。
我看你是穆萨一族的后裔，

① 英译本把本段的两处“肢体”都理解成了“成员”，依据上下文修改。——译者注

他们当时也是那么迫不及待地想要食物。

法国人有时会跳一种特殊的舞，男子一只手搭在舞伴的腰上，另一只手则大部分时间牵着女伴的手。总的来说，对这些基督徒来说，无论一位女性是什么身份，接触她的上半身都不是过错。同女人交谈并赞美她们，如果男人在这方面做得出色的话，就会被认为有教养。女主人也会问候前来参加聚会的人们。

到了夏季，巴黎还会举行公共游园会，内容有跳舞、演奏、放烟花等。这类公共节庆包括嘉年华会（*carnival*），埃及的科普特人将其称为"狂欢节"（*ayyām al-rifāʿ*）。这个节日会持续多日，其间人们可以做各种乔装打扮，男扮女，女扮男，大人物们扮成牧羊人，等等。总之，任何不损害王国安宁和秩序的事情都是被允许的。法国人称这些日子为"疯狂的日子"。在"油腻星期二"[246]，法国最肥 235
的公牛会被放在大彩车上游街，之后再被宰杀，它的主人会得到与饲养投入[247]相称的报酬，这是为了鼓励人们都把牛养得肥肥的。

巴黎的休闲娱乐场所还有那些宽敞的公园。大规模的公园大约有4个，精英和平民都可以在那里散步。其中有一个叫"香榭丽舍"的公园，翻译成阿拉伯语，就是"天堂花园"的意思。[248]这是最精美、最繁盛的休闲胜地。它是一个大花园，面积有40阿尔邦（*arpent*）。阿尔邦是一个计量单位，同费丹（*faddān*）[249]差不多。虽然园中大道约有1000卡玛那么长，但它设计得如此精巧，以至于你从一端远望，另一端好像就近在眼前。这个宏伟的花园里，总进行着数不胜数的娱乐活动。树木成行成行地平行排列，四面八方都设有入口，四面八方都是直直的树行，每一组树的中心都有一块正方形地面。公园的一边挨着塞纳河的一个码头，另一边是大片的郊外房屋。公园里有很多咖啡馆和餐厅，可提供各种食物和饮料，这里也是情侣和名流会聚之地。公园里还有多条走马的小径，名流们坐着华丽的马车进进出出。还有数千把椅子供人们在春季的白日与夏季
236 的夜晚租用。这里星期天游人最多，因为这天是法国人的休息日。总之，这座公园是用来过节、举办公共庆祝仪式和装点布置（*zīnāt*）[250]的场所，也是那些美丽女子们散步的地方。

其他休闲娱乐场所还有林荫大道，那里绿树成排，并行排列，就像我们上文描述的那样。那里每日都有来来往往的行人，还有巴黎最好的咖啡馆，巡游的乐手带着乐器转来转去，当然，还有多家剧院①。也有意欲结识男性的女人们在那里闲逛，特别是在晚上。实际上，每天晚上，特别是周日晚上，那里都是熙熙攘攘的，你会看到情侣们手挽着手一直漫步到午夜。[251]诗人以下的话很是应景：

唯有夜晚才适合相爱的人团聚，
　　因为太阳只会揭露而黑夜却会牵线。
多少情人在夜色的掩映中
　　与心爱之人相会，而此时揭露者已然入眠。

又一位诗人说：

黑夜啊，飞吧，即使你没有翅膀！
　　眼睛在白天可真是不舒服！
我怎能不讨厌白天啊？在其中，
　　我与那些脸蛋俊俏之人的分别是多么清楚！

① 英译本误作“其中多人在剧院工作”，依据阿拉伯语原文修改。——译者注

赞美黑夜的人是那些期待在夜里与心爱之人相会、得到所求对象的人。还有些人在夜里内心焦灼，入睡艰难，辗转难眠以至于睡意全消。他们喜欢白天，天亮之后，他们的忧愁就会消散，心情也会舒畅起来，正如诗人所说：

漫漫黑夜啊！你何时天亮？
　　尽管白昼的愁绪还是有增无减。
星星为什么像用巨绳拴在山崖上，
　　眼睁睁地不肯移动一星半点？[①]

又一位诗人说：

我睡不着啊，因为美女的恩典与黑夜的长度[②]
　　并不同步，要是两者同步那该有多么喜乐！
美女吝啬时，黑夜却很慷慨，
　　美女慷慨时黑夜却又很吝啬。

还有一位不抱怨黑夜的：

黑夜，无论你长或短，
　　我都得把你给过完。
如果我有了我的月，
　　你的月我又哪会去照看？

① 这两个联句取自乌姆鲁勒·盖斯所作悬诗，系第48和49联，译文引自仲跻昆：《阿拉伯文学史》（第一卷），北京大学出版社2020年版，第81页。——译者注

② *Laylā*（莱拉，女性名，常用来指心爱的美丽女子）和*laylī*“黑夜”构成一个文字游戏。——译者注

另有一位与他类似：

黑夜你就持续吧，思念你就盘桓吧，
　　这两种情形，我都能熬着。
对你，我是最勇敢的圣战士，
　　如若黑夜确实是个渎神者。[①]

花市也是他们的休闲娱乐场所，你会在其中发现各种各样奇异珍稀的植物花卉，即便不是当季的，也都能在这里找到。人们在一天之内就能翻新他们的花园，只要去花市上买上所需的花，当日栽下即可。当然，要享受所有这些休闲娱乐场所，必须要身体健康才行。

第八章

巴黎城维护身体健康的政策

人越有智慧，必然就会越注重维护身体健康，法兰克人是最有智慧的民族，因而也非常重视这一点，注重完善各种维护健康的设施和手段。对身体有益的事，他们是最积极的，比如热水浴、冷水浴和身体训练。他们让身体适应去开展高难度的运动，比如游泳、骑马和让身体变得灵活的项目。

巴黎有很多不同类型的浴室，这些浴室确实要比埃及的浴室干净，但埃及的浴室更有益、更完善，总体上也更好。巴黎的浴室内

---

① 第202页“诗人以下……”至此处的内容英译本缺，依据阿拉伯语原文补充。——译者注

有多个小房间，每个房间放有一个只能容纳一人的铜浴缸，也有房间会放上两个浴缸。他们不像埃及那样有公共浴池[252]，人们彼此之 237
间看不到对方的私处，这样做更能保护隐私。即便是带两个浴缸的房间，浴缸之间也有帘子隔开，洗浴的人彼此看不见对方。进到这些小浴缸里时，你体验不到进入［埃及］浴池那样的愉悦。人们不会出汗，因为热量只在浴缸里，而不在房间里。不过，你也可以订蒸汽浴，他们会为你准备好，但价格会同常规的有区别。

浴室里有两排小房间，一排供男性使用，一排供女性使用。除了固定的浴室外，还有移动浴室。如果有人想在家里洗澡，或是生病了，等等，他们就会运一个桶形的车过去，其中一半装的是冷水，另一半装的是热水。一起运去的还有一个大水壶，浴室的人会把这个水壶装满热水放在屋里，供洗澡时取用。洗完澡后，他们再把这些设备运回去。

还有一种洗浴方式叫作“半浴”[253]，人们只将部分身体浸入水中，用来治疗某些疾病。巴黎有很多浴室，其中知名的大约有30家。

至于对身体健康有益的体育锻炼，有一些学习游泳技术的学校设在塞纳河上的三艘船上。还有一些学校训练人们提升身体的灵活度，使其能够进行杂技、摔跤等奇妙的运动。

第九章

巴黎对医学的重视

你应该知道，巴黎是法兰克地区最重要的城市，很多外国人到那里学习科学，特别是医学，也有很多外国人会千里迢迢去那里治病。

医学，也被称为智慧之学（*ʿilm al-ḥikma*）[254]，包括治疗学、外科学、解剖学、通过人的状况［判断其健康程度］的生理学技术［即诊断学］、卫生政策、兽医学等。

238 巴黎的医生（*ḥukamāʾ*）很多，每个区都有好几位，大街上也到处都有。如果一个人走在路上犯了病，他立马就可以找到一位医生。病人看医生有不同的形式。有的病人要求医生到自己家里来看病，医生每次出诊都要收取特定的费用。有的病人则去医生家里看病，医生会有固定的时间在家里接待病人。还有的病人会搬到"健康之家"住一段时间，那里为病人有偿提供餐饮、住宿、治疗、护理等服务。

巴黎还有"医生之家"，专为患有驼背等骨病的人而设。病人可以去那里通过一些方法矫正身体进行治疗。如果病人四肢断损，他们会在断损的位置接上金属或木质的东西。

在这座城市里，还有专门接待即将分娩的孕妇的地方，供她们在产期生产和休养，那里有助产士以及分娩所需的一切设施。

其他为病人而设、有医生的地方还有公共医院（*māristān*）[255]，在那里治疗与住院都是免费的。

巴黎有两类医生，一类是诊治各种疾病的全科医生，另一类是诊治某些疾病的专科医生。这是因为医学所涉范围很广，很少有人能投入钻研所有的分支领域。因此，法国医学界要求医生在学习了医学各个分支之后，必须选择其中一个领域专心投入、不断积累、深入研究，直到他在这一领域声名鹊起，脱颖而出，从而吸引患有相关疾病的病人前来。在巴黎，有专攻肺部疾病的医生，专攻眼部疾病的眼科医生（*mukaḥḥilātiyya*），专攻耳部疾病的医生，专攻鼻部
239 疾病和接鼻术的医生，有些甚至能用专门技术修复被割断的鼻子。

在巴黎，也有医生利用人体的磁性来治疗疾病。[256]具体如下：

在巴黎，有一群自然学家声称，他们确信人体内含有一种流动的物质，即人体磁性，也就是说这种物质具有磁铁的性质，用手贴近［一个人］作摩擦状就会产生这种磁性，结果是这个人变得昏昏欲睡，感官丧失直至毫无知觉。如果患有重病的病人就这样失去了知觉，医生就可以切除或切开其身体的一部分来治疗，而病人对此将一无所知。曾经有一名妇女在磁力作用下被切除了乳房，她活了几天，然后死了。磁学家声称，她不是死于切除器官后所带来的疼痛，而是其他原因，因为她在接受切除手术后还活着。他们还说，磁性对于治疗神经疾病是很有用的。

在巴黎，有专门治疗精神疾病、生殖器疾病或结石病的医生；有专门治疗麻风病[257]和疥疮等令人厌恶的皮肤病的医生；有专长女性分娩的医生，在巴黎，通晓分娩过程的男性医生帮助女性分娩是很常见的；有治疗眼上白翳［即白内障］和致盲水［即青光眼］的医生；有治疗胸痛或偏瘫的医生，偏瘫即部分肢体瘫痪，医生通过针刺的方式治疗，即用很多细针扎刺，排出少量血液，这有利于减轻这种疾病的病痛；有治疗外表缺陷的医生，这种治疗被称为“整形术”，即儿童肢体缺陷矫正术；有矫正口腔或面部畸形的医生；有用人工设计的肢体修补残肢的医生。

医学有很多分支，人们熟悉的有：解剖技术［即解剖学］、根据人的身体状况辨识疾病的技术［即诊断学］、药物化学技术［即药剂 240
学］、探究内在生理病因的技术［即病理学］、包扎伤口并上药的手术学、治疗患外部疾病卧床病人的技术［即外科学］、治疗患内部疾病卧床病人的技术［即内科学］、治疗产妇并助分娩的技术［即产科学］、与医学相关的自然学、简单和复合药物的科学［即药理学］以及诊疗与病人管理的专业。

巴黎的医学院及其附属设施是非常知名的，其中规模较大的一所为皇家医学院，这所医学院同时也是一皇家医学迪万。该学院的成立是为了满足法兰西王国应对威胁公共安全疾病的需要，如瘟疫和其他法国人认为具有传染性的疾病，包括导致牲畜死亡的疾病。该学院学者的职能之一是基于公共利益，借助王国赋予民众的资源，为全体民众提供医疗服务，这方面的工作包括给民众广泛接种牛痘以预防天花、研究新的和未知的药物、研究天然的矿物药物或人工药物并添加到现有药物中。总的来说，这所皇家医学院的成员是法国最杰出的医生。

关于巴黎的医院，我们在本章已经涉及过一些，在讨论慈善的一章中，我们还将继续描述。为了增加这本游记的价值，我们想在这里介绍一篇关于健康和卫生法规的文献。这篇文献是我在巴黎翻译的，篇幅很小，这样埃及所有人都能用得上。尽管辑录它偏离了我们的主题，但确有很大的益处。[258]

第十章

巴黎城里的慈善

要知道，在法兰克人的国家以及其他工艺发达、匠人辈出的
241 国家，大多数人都是靠劳动为生的。如果人们因为生病等原因无法劳动，便会失去生计，被迫以乞讨等其他方式谋生。于是便有了行慈善的公共医院，这样人们便不用乞求他人的救济。一个城镇的工艺越发达，收入越高，人口也就越多，对医院的需求也就越大。众所周知，巴黎是世界上人口最多的城市之一，也是工艺最发

达、最突出的城市之一。因此，这里有大量的医院和慈善团体[259]，这也弥补了当地人贪婪与吝啬所造成的不足。我们之前说过，法兰克人缺乏阿拉伯人那样的慷慨。他们之中，没有像哈提姆·塔伊（Ḥātim al-Ṭāʾī）[260]与其子阿迪（ʿAdī）这样的人，也没有出现过像马恩·本·扎伊达（Maʿn b. Zāyida）[261]这样以宽厚和慷慨著称的人。关于后者，诗人是这么描述的：

他们说："马恩没给他的财产缴天课。"
　　可他已经散尽家财，又能如何做？
年复一年，他的屋里空空如也，
　　只留下他的名声和他的骆驼。
你去找他时他眉开眼笑，
　　明明是他在周济你却好像你俩互换了角色。
无论你从哪里靠近，他都是大海，
　　他的善行确定了海的深度，他的善心划定了海的轮廓。
他经过山谷时，群山哭泣，
　　他经过人群时，寡妇呜咽。
他已经习惯摊开手掌去给予， 242
　　即便他想合上，他的手指也不允诺。
若是他的手上只余下他的灵魂，
　　他也会慷慨给予，但索要之人当求安拉保佑。

在法兰克人的国家，没有听到过有人传诵有关他们君王与大臣的类似阿拔斯王朝[262]与巴尔麦克家族[263]事迹的故事，一点都没有。即使是以吝啬[264]著称的君王曼苏尔，与法兰克人的国王相比，也会成为最慷慨的人。诚然，在文明发达的国家，慷慨是相当罕见的。他们还认为，给有工作能力的人一些补助会让他丧失以劳动谋生的动力。

在巴黎，有一个管理医院的迪万，这个迪万由15名成员组成，会进行一般性的商讨。该迪万下设五个部，一部管理医院，二部管理医院设施、病人服务和一般药物，三部管理医院基金（*awqāf*）[265]，四部为贫困人口家庭提供帮扶，五部管理医院及其附属设施的开支。

只有得到医生的诊断证明后才能入住医院。已经入院的病人中，若有已从疾病中恢复元气但想要在痊愈和复原之前离开医院的，可从基金中获得一笔补助[266]，以帮助他休养直至能够重返工作岗位。

243 巴黎最大的医院是主宫医院（Hôtel-Dieu）[267]，意思近似于“安拉之家”，是为病人和伤者设立的。儿童、患上不治之症的人、精神病人、产妇、慢性病患者和法兰克病［即梅毒］患者[268]不能进入这家医院，因为他们都有各自专门的医院。巴黎另一家著名的医院叫圣路易医院[269]，这家医院专门面向慢性病患者和患有皮癣、皮疹、瘙痒、疥疮等疾病的人。

在巴黎，有一家弃儿院[270]，弃儿就是那些从街上捡来的孩童。弃儿院里收留的都是那些被父母抛弃的孩童，诸如私生子之类的。

在巴黎，还有一家孤儿院，专门收留失去亲人的孩童，这里可容纳大约800名孩童，男孩和女孩分片居住。这个机构由数名修女运作，她们被称为“慈善姐妹”（*Soeur de Charité*）。孩子们在孤儿院里学习读、写和算术。孤儿院受一个迪万管理，凡是收留孩童都需要得到这个迪万的许可。孩童年满11岁①后，经迪万成员批准，可离开孤儿院，同一名手艺师傅一起生活，相关的费用从孤儿院的基金里进行拨付。手艺师傅可以收养这个孩子，即纳其为养子，条件

① 英译本误作“21岁”，依据阿拉伯语原文修改。——译者注

是他必须向迪万成员证明自己有足够的经济能力、良好的道德操守和健康的身体。

巴黎的医院中，有一家专门负责接种牛痘预防天花的医院；有 244
两家为年老体衰者设立的医院，一家面向男性，另一家面向女性；有一家为患有不治之症的人设立的医院，可容纳450名男性患者和520名女性患者；有一家为巴黎和其他省份盲人设立的医院，为他们提供饮食和教育所需的各种设施等；有一家精神病院；有一家面向伤残人士的大型医院［即荣军院］[271]，用来安置在战场上负伤和四肢伤残的人，这是巴黎最干净和规模最大的医院之一，有16名医生和手术医师以及6名负责药物制作的药剂师。

除了这些医院，巴黎还有一个公共迪万，叫作“慈善迪万”（Bureau De Bienfaisance），目的是开展不能通过医院进行的慈善工作。例如，如果一名商人的货物被焚毁或生意破产，就可以获得该迪万有条件的援助。巴黎的每个区都有自己的慈善迪万，提供即时和长期两种方式的援助，前者面向的是那些陷入困境或意外失业的穷人，后者面向的是因一些持续性状况失去工作能力的人。

其他的慈善行为还有在巴黎的河岸边提供装有香味剂的应急盒，以便让溺水、晕倒或受伤的人吸入后能苏醒过来。在这些场所还有慈善组织的人，他们会对遇到事故的人进行急救。

从以上种种可以看出，巴黎的慈善活动比其他任何地方都多，但这是从群体或王国的角度来说的，具体到每个个体则不然。我们可以在路上看到那些去往①慈善基金建立的医院等机构的人中有因为饥饿而倒在路中间的，你也会看到行乞者受人驱赶，一无所获，因 245

① 英译本误作“不去”，依据阿拉伯语原文修改。——译者注

为人们声称，行乞是绝对不应该的，行乞者如有能力工作，便不应行乞，如果没有能力工作，也可以去收容所等处。确实，在他们那里，行乞者都是骗钱高手，他们甚至装作受伤的样子，为的是引起人们的同情。

他们的慈善行为还包括在必要时为时运不济的人募捐，这种募捐甚至可以让受捐人变得富有。例如，他们为将军[272]的子女募集了大约200万法郎，即600万基尔什。

第十一章

在巴黎城里谋利及其方式

你要知道，对谋利的喜爱与狂热在这些［法兰克］民族中根深蒂固，他们对此全心投入。他们赞美决心与行动，批评懒惰与迟缓，以至于“懒惰”和“懒散”成了他们指摘他人时使用的咒骂语。工作有高下之分，但他们对工作的热爱却是一致的，哪怕会因此经历重重困难，甚至冒上生命危险。他们好像很能理解诗人所言：

贪图安逸消磨了他朋友
　　向上攀登的决心，并诱使他怠惰。
若你也倾向如此，那你就寻个地道
　　去地下藏，或找架梯子去空中躲。
把攀高的风险留给一马当先者，
　　你在对冒险的向往中寻求满足即可。

诗人接着说，直到这句：

这世上真正的好汉，

任谁他都不依赖。

巴黎最重要和最有名的业务是银行交易。银行家分为两类：王国的银行家，即政府银行家；巴黎的银行家［即私人银行家］。在银行交易中，国家的角色是让人们按照自身意愿进行储蓄，每年根据法律规定获得利息。只要利率不超过法律规定的限制，他们就不认为这是重利（*ribā*）[273]。每个人都可以随时提取存放在国家银行的资金。巴黎的银行家也以利息交易货币，他们给出的利息比国库银行家也即王国银行家们给出的更高，但资金存放在王国银行家那里要比存放在城市银行家那里更安全，因为后者可能会破产，而前者接受的资金构成国家负债，而国家是永远存在的。 246

对巴黎人来说，他们的交易活动中有一个重要机构——一家名为“保障合伙人”的公司[274]。它为每年向它支付一小笔固定金额的人因重大事故造成的房屋及屋内物品损坏提供保障。例如，若此人的家或店铺被焚毁或遭遇类似事故时，该公司会将其恢复到原来的状态或对其损失进行等价补偿。

巴黎既有皇家工厂，也有非皇家工厂。其中有冶金厂，他们在那里加工金银并用这两种材料制作器皿；还有瓷器厂（*farfūrī*）、蜂蜡[275]厂、肥皂厂、棉厂、制革厂、摩洛哥皮革（*sukhtiyān*）厂等。这些工厂的工艺质量不断提高，大约每三年就会公开展示他们的成果，既包括新发明的，也包括改进提升的。[276]

巴黎有几个大型市场，里面售卖各种各样的商品，满是旅店（*wakāʾil*）[277]、商店，门面上是商人和公司的名字，有时也会写上商品的名称。想做生意，就必须向财库支付一笔钱，哪怕这笔钱数额 247

很小，之后他会获得一块商标，证明已获商业许可。持有者须随身携带商标，商标也必须贴在销售的商品上。

巴黎还有一所专门的商业学校，学生们在其中接受商业训练、学习区分产品种类与规格的方法，以及价格与价值的相关知识。学校下属15个学院，学生都来自不同地区。根据学院的规定，任何人不分国籍，在支付固定费用后，都可以在这里注册、学习。

陆路和水路建设是促进繁荣与增加盈利的因素。这包括开凿运河、制造蒸汽船[278]、建造桥梁、设立迪万调度大型马车[279]和管理可
248 见信号电报[280]、建立有人员和马匹递送的邮政服务，等等。以巴黎为例，城市被四条运河环绕，货物经由运河运达，塞纳河上有像马车一样运行的船只[281]和蒸汽快船。

巴黎有各种类型的马车，样式、名称、速度和用途都不相同。有从巴黎向外地运送货物的马车，叫作“货车”；有人们出行乘坐的载人马车，叫作“快车”；有通向巴黎附近地区的小型马车，叫作“樱草车”[282]，乘客支付固定票价，就像乘船旅行一样。在巴黎，还可以在固定期限内租用马车，可以是一天，也可以是一月或一年。巴黎常见的马车是“菲亚克车”，内有两排面对面的座位，可容纳6人，由两匹马拉着。常见的还有“敞篷车”，大小约是菲亚克车的一半，只有一排座位。菲亚克车和敞篷车可以按小时计费，也可以按站点计费，票价是固定的，不会加收也不会优惠。巴黎街上的马车比开罗街上的驴子还多。现在，他们发明了一种大型马车，叫作“公共车”，意思是“面向所有人”[283]。这种马车车厢宽大，可容纳许多人，车门上写着开往某某街区，去往同一街区的人会一起乘坐，每人支付固定票价。这些马车在巴黎主干道上运行。马车中还有一
249 种是专门运送家具的。此外，还有商贩用的小车，他们用车装上货

物走街串巷进行售卖。这种车有时是马拉的，有时是驴拉的，有时是人拉的，有时是人和狗一起拉的。也有装运石头、泥土等的小车。

被法国人称为*la poste*[284]的邮政是有利于推动商业和其他往来联系的最重要的服务之一，方便人们通过信件传递信息，信件寄送很快，回信也会在尽量短的时间内返回。邮政的管理与运作是最了不起的事情之一。寄往某某城市或省份的信件肯定会到收信人手中，因为房屋上都写着门牌号，用以彼此区分。若要寄信，就把信件放在每个街区的邮筒内，邮递员会过来取信。信件被送到另一个街区后，当天就可以收到回信。

法国人极其尊重通信相关的事宜。任何人都不能拆别人的信件，即便是被指控犯罪的收信人，他的信件也不能拆。正是由于通信在巴黎如此受到尊重，所以亲朋好友之间，特别是恋人之间，信件往来非常频繁，因为人们确信寄出去的信不会被收信人以外的人打开。恋人之间表白、安排约会都可以通过书信完成。巴黎还有一处可以通过邮递员安心寄送货物和个人物品的地方。

还有一项事物有益于商业往来，那就是报刊。报刊上会介绍有益的、制作精良的商品，对其给予好评并大加推广，让人们知晓，同时，货主也会支付给报社相应的报酬。我们之后还会继续说报刊的事。

有时商人还会印一些小传单来推销货物，派仆人送到各家各户并 250
向路人免费分发。传单上会写上他的名字、店铺名称、货物与价格。

总的来看，世界上所有的商品，不论价值高低，在巴黎都有售卖。此外，药房也很了不起，那里有各种成品药，以及所有世上已有名称、已知特性的药物。

巴黎的每个人，无论贫富，都热衷于谋利和交易。即使是一个只会说几句话的孩子也是如此，你要是给他一枚小硬币，他会高兴地拍手说一些话，这些话翻译成阿拉伯语的意思是“我挣到啦！我得到啦！”[285]他们的谋利行为，如果不是被重利给玷污了的话，会是各国中最出色的。在这个国家，生意不顺是常有的事情，若有人因生意不顺陷入窘迫，他就会求人施舍。他会携带一封大人物出具的信，证明他境况不佳，需要帮助。尽管这座城市商贸繁荣，但这类事情还是经常发生。

风雨交加并不会妨碍人们外出工作，因为这就好比在说：“空闲的手会迅速作恶，空荡的心会立马沉沦。”巴黎人非常富有，中等收入者的财富甚至超过了开罗的大商人，因此他们定不会赞同诗人如下的话：

荣誉只在于馈赠与给予，
　　积聚财富既不伟大也不光荣。

他们努力获取财富，走上聚敛之路，声称这是为了改善生计[286]，因此他们也定不会认同诗人以下的诗句：

贪求者不会得到更多天赐的给养，
　　纵使他劈波斩浪去谋求也是徒然。

哪怕是职业很一般的巴黎人，其年收入也在10万法郎以上，原
251 因是他们享有完完全全的正义，这是他们政治的根基，暴虐无度的暴君与酷相的执政是不会持久的。毋庸置疑，他们心中所念正是像诗人这样的话：

暴虐的君王难以接近，
　　无人引导也无人说情。
暴君的臣民长燃战火，

君王公正即已成就王国一半的荣兴。

这并不妨碍他们自愿缴税，因为他们知道，只要每个人都按自己的能力缴税，王权就会稳固，税收支撑着王国的形象，把钱花在最值得花的地方是再好不过的事情，正如诗人所说：

形象需要财富来支撑，
但更重要的是从善如流。

百姓富足，国家的岁入就会很客观，法国的岁入约为9.89亿法郎。

法国人富裕的原因之一是他们知道如何节省和管理他们的开支，他们会记账并把它变成一门学问，这属于王国事务管理［学］的一个分支。在积累财富上他们有很多好方法，例如，不执着追求一定会带来开销的事物。大臣的仆从不会超过15人，走在路上，你都不知道如何把他和别人区分开，因为无论在家中还是在外面，他都会尽可能地压缩随从的数量。我听说，当今国王——法国最伟大和最富有的君主之一——还是奥尔良公爵的时候，他的全部随从，包括卫兵、园丁和仆人等，总计也不超过400人。但法国人还是认为他的随从太多了，这体现了巴黎和埃及之间的不同。在埃及，一个普通士兵都有好几个仆人。

第十二章

巴黎人的宗教

我们已经在《宪章》中了解到，基督教天主教派是［法国的］

252 国教。但在上次革命后，这一条从《宪章》中被删除了。法国人承认教皇，即罗马主教，是基督徒的领袖和他们教会的领袖。天主教既是法国的国教，也是大多数法国人的宗教。巴黎还有新教等其他［基督］教派，也有定居的犹太人，但没有穆斯林在那里定居。

我们之前说过，从大体上看，法国人只是名义上的基督徒。虽然他们名义上都属于“有经之人”，但他们并不关心他们的宗教禁止了什么，规定了哪些义务，等等。在斋戒期间，除了一些教士和前国王的家人，各家各户都继续吃肉。［除了上述的人之外］巴黎余下的人则对斋戒嗤之以鼻，也从来不实践，他们说：“任何教义得不到认可的宗教信仰，都是异端和妄想。”在这个国家，教士只有在教堂里、在来教堂的人那里才能得到尊重，从来没有人关心他们，好像他们是光明与知识的敌人一样。据说，就宗教习俗而言，大多数法兰克王国都与巴黎的情形相似。德·萨西先生读到这里时，写了这么一段话：

> 你所说的法国人根本没有任何宗教，他们只是名义上的基督徒，这一说法有待斟酌。诚然，许多法国人，特别是巴黎人，只是名义上的基督徒，他们不相信他们宗教的教义，也不履行基督教的敬拜功课，在日常行为中，他们只追随自己的欲望，他们专注现世，而无心考虑后世。你看，他们一辈子都在想尽各种办法赚钱，一旦死亡的时刻到来，他们就会像动物一样死去。然而，还是有人信奉祖辈的宗教的，他们信上帝，信末日，做善事。[287]他们是人数非常庞大的群体，有男有女，有平民有精英，还有著名的学者和文学家。他们的虔诚与敬畏程度不尽

相同：有的人行为举止就和普通人一样，也一样参加娱乐活动，如戏剧表演、舞会和音乐会等；有的人则是苦行者，摈弃一切欲望。两类人中，后一类人数量更少。如果你在重要的节日来 253
我们的教堂的话，你就会明白我所言不虚了。

他的评论到此为止。他之所以这么说，是因为他自己是信教的人。但是，这样的人数量很少，[对我们评价法国人整体信仰情况] 无足轻重。

在法国乃至所有天主教国家，有一个挺可怕的习俗，就是禁止教士结婚。无论其处于何种级别，享有何种头衔，都是如此。但独身更加重了他们已有的罪恶。另一个令人反感的习俗是，教士们认为普通人有义务向他们忏悔犯下的罪过并获得他们的宽恕。教堂里设有一把椅子，被称为忏悔椅，教士会在上面久坐。每个想要自己罪行得到赦免的人会通过一扇门来到忏悔椅跟前，一道网状的屏风将忏悔者和教士隔开，忏悔者坐下向教士坦诚自己的罪行并请求宽恕，然后教士便会宽恕他。他们那里的人都知道，大多数去教堂忏悔的人都是妇女和儿童，这与一位阿拉伯诗人的话不谋而合：

谁哪天进教堂，
只会遇见牛犊与羚羊。

他们的教士有不同的级别。第一位的是红衣主教，他的级别仅次于教皇，只有红衣主教才能成为教皇。红衣主教之后依次是大主教、主教、牧师、助理牧师和执事。

法国人的宗教节日是动态的，即每一年这些节日的具体日子不是固定的，而是变动的，这主要取决于复活节的日期。法国人的那些古怪新奇的节日中，就有我们之前已经提过的忏悔节。[①]其中还有主显节，法国人称之为“国王的节日”。其时，家家户户都会做一个大馅饼，面里会放一颗蚕豆，馅饼分给用餐者后，得到有蚕豆的那
254 块馅饼的人就是“国王”。如果得到这块带有蚕豆的馅饼的是一名男性，那他就会被称为“国王”，整个晚上，餐桌上的人们都会这么称呼他。他会选择一名在场的女性，封她为“王后”，于是人们也会这么称呼她。如果得到蚕豆的是一名女性，她就会现场选择一名男子做她的“丈夫”，这个人就会被称作“国王”。整个晚上，“国王”和“王后”都会按照特定的、固有的规则受到礼遇。巴黎的每个家庭都是这样做的，连法国王室也不例外。

教士们有一种异端行为，就是在基督圣体圣血节举行游行。他们身着刺绣长袍，手捧着他们称之为*Le bon Dieu*的东西在城里巡游。*Le bon Dieu*由表示“好”或“伟大”的*bon*和表示“神”[288]的*Dieu*组成，这就好像在说神就在教士们手中拿着的那一小块食物里。[289]在他们那里，*Le bon Dieu*就是指以撒［即耶稣］——愿他平安。法国人知道这种事情是愚蠢的，这不仅玷污了他们的国家，也嘲弄了他们的智力。但在这些事情上，教士们受到王室的鼓励，百姓也只能带着屈辱和反感跟随。教士们的异端言行，数不胜数，巴黎人总是指出其谬误并加以嘲讽。教士们其他的节日，限于篇幅，本书就不涉及了。

每个法国人都有自己的节日[290]，那就是与他们同名的圣徒的诞辰。例如，如果一个人叫“保罗”，那圣保罗的诞辰就是他的节日。

① 指第三篇第七章描述过的“油腻星期二”，又叫“忏悔星期二”，是忏悔节的组成部分。——译者注

到那一天，每一个名叫保罗的人都会设宴庆祝，公开宣告他的节日。在这样的节日里，过节的人会收到各式各样的鲜花。

第十三章

巴黎人在科学、技术、工艺方面的进展和组织以及对相关问题的解释

任何审视巴黎科学、文学艺术和技术工艺现状的人都会发现，人类的知识在这座城市广为传播，并达到了顶峰。他们也发现，法 255
兰克［其他］地区的智者，甚至前人中的智者，都不能和巴黎的智者相提并论。

中肯的评论者也许会说，对于那些已经通过实践显示出效果的科学学科，这些智者已经建立起了牢固的认知，他们对这些学科的精通是无可争议的。一位大智者的话体现了这一点："评价事情要看其完成得如何，评价工作要看其结果如何，评价工艺要看其耐久性如何。"他们对大多数科学知识和理论方法都有极其深入的了解，但他们的一些哲学理念却背离了其他国家的人所遵循的理性法则。他们用歪理来粉饰这些理念，使它们看起来真实、可信。例如，他们研究天文学，取得了比他人更为深入的认识，这归功于他们对旧有的与新发明的各类工具设备机理的了解。我们都知道，了解这些机理会大大促进工艺的发展。然而，在实证科学中，他们有很多谬误的观点[291]，与所有的天经都背道而驰。[292]人们也很难反驳他们对这些观点的论证。我们还会在合适的时候继续讨论他们的多种异端邪说。这里我想强调一点：他们的哲学著作中所充斥的异端邪说，都可以应用于《阶

梯》(*al-Sullam*)的作者[293]在他的哲学研究中提出的“证伪第三原
256 则”。因此，若想钻研法国人的哲学语汇，便须精通《古兰经》和逊奈，以免思想被误导，信仰被削弱，如若不然，便会丧失立足之本。我写过一首诗，在赞扬这座城市的同时又对其进行谴责：

世上可还有像巴黎这样的地方？
　　一边是科学的太阳永不落，
一边是异端的长夜不破晓。
　　这难道不是怪事咄咄？[294]

在助推法国科学和技术进步的一众力量中，就有他们的语言，这门语言很简洁，又有各种元素使其完善。学习它不需要花费大量的时间和精力，有良好接受能力和天分的人，学了这门语言后，就可以阅读任何［法语］书籍。它一点也没有晦涩和含糊之处。老师讲解一本书时，不需要去分解词语，因为每个词本身就很清楚。总的来说，读者不需要额外的、其他学科的规则来理解语词。阿拉伯语的情况则正好相反，读者阅读某学科中的某本书时，需要用上各种语言［学］工具、尽一切可能去考察语词，因为一段话的含义可能与其表面的含义相去甚远。这种情况，在法国人的书中完全没有。他们的书很少有注解和注释，即便有，也很简短，不过是对某段话的含义做一些限定之类的，文本本身就足以让人［直接］理解其所指的内容。阅读任何一门学科的书籍时，人们从一开始就可以全身心地投入去理解这门学科的问题和原理，而不必去琢磨语词。这样，人们就能够把全部注意力放到学习学科主旨、学科话语与概念的内
257 涵以及其他各类衍生内容上，除此之外的任何事情都是浪费时间和精力。例如，学习算术，理解与数字相关的内容就可以了，而不必

去分析词尾的形态变化和文本中的各类隐喻，不必去质疑可做成双关语的短语为何不做双关语以及应该后置的成分为何要提前，评价该使用“和”还是使用“于是”，等等。

法国人天生好学，渴望知道一切，这就是为什么你看到他们一个个的对各种事物都有全面的了解，对他们来说，没有什么是陌生的，以至于你与他们交谈时，不是学者的人说起话来都像学者一样。因此，你会看到，连法国的普通人都在研究和探讨深奥的科学问题，他们的孩子也是如此，从小就极其出色，就像诗人所描述的那样：

> 未经世的少年就渴望了解事物的意义，
> 　　刚出生的婴儿就开始探索未知的天地。

你可以和一个刚脱离幼儿期的孩子谈他对某某问题的看法，他不会回答说：“我不知道这件事情的根源。”他的回答是根据自己的想法对事物做出的判断。他们的孩子总是乐于学习和获得［知识］，也都受到了很好的教育，所有的法国人都是如此。一般来说，他们不会让孩子在完成学业前结婚，法国人一般在20到25岁之时完成学业。很少有年满20岁却仍未获得一定程度的教育或未习得想要学习的［可传授给他人］的手艺[295]的人，但要精通一门科学技术需要浸 258
润更长的时间。一般来说，20岁正是才华大展、鸿运当头的年纪，正如诗人所说：

> 矛头若是没刺中[296]，
> 　　矛身又如何能取胜？
> 年过二十事无成，
> 　　这是多么不光荣。

这个年纪对世界各地的人来说都是才华登峰造极的时候，你看艾赫道里（al-Akhḍarī）在21岁时就写下了著作《阶梯》并做了注释，那位被称为“埃米尔”（al-Amīr）的大学者[297]在20岁前就已经编撰了自己的文集，就像艾赫道里所说的那样：

> 廿一年华之人
>
> 　　更易得到善意的谅解。

这么说是因为，他在还没到这个年纪的时候，就在难度超越自身能力，也超越我们所说的法兰克知识分子水平的领域内写下了著作。①

至于法兰克人中的学者，他们［对待知识］的方式又不一样。除了完整地学习多门学科外，他们还会钻研一个专门的分支领域。他们发现了很多事物，也带来了前所未有的益处，在他们那里，这
259 就是学者的特征。他们并不认为每一位教师都是学者，也不认为每一位作者都是大家。［若要成为学者，则］必须要具备上述特征，取得特定的学历，并在［专业领域］中取得成果后，才能获得学者的头衔。不要错误地认为法国的学者都是教士，虽然他们之中也有学者，但在这里，教士只是通晓宗教知识而已。[298]被称为学者的人，指的是具有理性科学知识的人，但他们对基督教神学各分支知之甚少。如果在法国听到有人说“这是一位学者”，这并不是说这个人了解他的宗教，而是说他了解一门［宗教学］以外的学问。你将会看到这些基督徒在科学领域的他人无法比拟的卓越地位。与此同时，

① 英译本将前半句“这么说……自身能力”误以为是前引诗歌的一部分，且未译后半句，依据阿拉伯语原文修改、补充。——译者注

你会认识到，尽管开罗的爱资哈尔清真寺、大马士革的伍麦叶清真寺、突尼斯的宰桐清真寺、非斯的卡拉维因清真寺、布哈拉的宗教学校等也会在精研传承诸学之外传授一些理性之学，如阿拉伯语语言学、逻辑学等工具学科[299]，但法国人的很多学科，我们是没有的。

在巴黎，科学每天都在进步，知识也在不断增加，每一年都有新发现。有时，他们会在一年的时间内就发明多项新技术、新工艺、新方法或实现新改进。希望你能了解其中的一些。①

让人惊奇的是，他们的军人中有一些人同纯正的阿拉伯人在秉性上颇为相似，比如他们都英勇无畏，这表明他们天生强壮；他们都感情充沛，这表明他们头脑不发达。同阿拉伯人一样，他们总是把战争诗与爱情诗融合在一起。我了解到，他们有很多言辞都很接近一位阿拉伯诗人对他所爱的人说的话：

我想起了你，当时战场喧嚣如汹涌的海，
　　尘土遮天如处黑夜，矛头点点如星满天。
我想象这是我们在花园中的婚宴，　260
　　我和你在树荫下尽享欢甜。

另一位诗人说：

我想起了你，在长矛初饮我殷红之际，
　　我的血从那莹白的印度钢剑上往下滴。
我好想亲吻这些宝剑，
　　因它们亮闪得就如你微笑时嘴角的光彩熠熠。

① “希望……”一句英译本缺，依据阿拉伯语原文补充。——译者注

《波斯人L韵》（*Lāmiyyat al-Aʿjam*）[300]的作者有诗道：

我不讨厌那沉重的一击，与之相伴的
　　是来自那高贵、宽大眼睛的一次注视。
我也不害怕闪亮的刀锋，让我幸福的
　　是在疲惫中透过帘幕的缝隙瞥见的你。
别让我抛下正同我调情的羚羊，
　　哪怕我会因此陷入黑暗的密林而遭偷袭。①

让我们给你讲讲他们的学会、名校和图书馆[301]等机构，这样你就可以知道法兰克人相比其他民族优越在哪里。

图书馆中有皇家图书馆，那里收藏了法国人在各学科领域、各
261 语种中所能获得的一切书籍，既有印刷书籍，也有手稿。[302]馆藏印刷书籍总数达40万册，包括大量在埃及或其他任何地方都很罕见的阿拉伯语书籍[303]，其中有几部《古兰经》还是孤本。[304]在法国人的图书馆里，《古兰经》并没有受到亵渎，而是被极其小心地保存着。当然，这种尊敬可能是偶然的，而不是有意为之的。但危险的是，他们会将《古兰经》交予他们之中任何想要阅读、翻译该书的人。[305]巴黎也有《古兰经》出售，有学者对其加以提炼，选择翻译了其中一些经文，并加入了对伊斯兰教基本原则及一些分支的讨论。[306]
262 这位作者在书中说，在他看来，伊斯兰教是所有宗教中最纯粹的，有着其他宗教中没有的［教义］。

另有一家“先生图书馆”（*Bibliothèque de Monsieur*），又称“武

① 英译本将“宽大的眼睛”译作“侮辱性的眼睛”，将最后半联译作“即使狮子从它们的巢穴里偷袭我”，皆为误读。——译者注

器库图书馆”（*Bibliothèque de l'Arsinál*）[307]，“武器库”这个词来源于［阿拉伯语词］*tarskhāna*[308]。这家图书馆的规模仅次于皇家图书馆，藏有大约20万册印刷书籍和1万份手稿。这些馆藏大多是史书和诗集，尤以意大利语诗歌为主。

其他图书馆有马扎然图书馆（*Bibliothèque Mazarine*）[309]，藏有9.5万册印刷书籍和4000份手稿；［法兰西］学会也即科学院的图书馆，有5万册藏书；市图书馆，约有1.6万册藏书，为文学类书籍，且数量还在不断增加；植物园图书馆，藏有1万册科学书籍；皇家天文台图书馆，藏有天文学书籍；医学院图书馆；法兰西学院（*Académie Française*）图书馆，有3.5万册藏书。所有这些图书馆都有公共基金的支持。[310]私立图书馆为数众多，有的藏书可达5万册。国家图书馆约有40家，每家至少有3000册藏书，大部分都拥有5万册藏书，这里就没必要一一说了。

每个学者、学生或富人都有自己的藏书，规模依据自身财力而
不同。由于巴黎的每个人都会读书写字，因此很少有人不藏书。所 263
有名流的家里都有一间独立的房间，用来藏书和安置科学仪器、各学科领域的新奇玩意，比如用于研究矿物的石头等。

在巴黎，还有许多“新奇物品储藏馆”[311]［即博物馆］，里面存放的物品，高贵者都心向往之。博物馆里有用以探索自然诸学的物品，比如矿物、石头、保存完好的各种陆地和海洋动物的尸体［即标本］、各个［地质］年代的石头与植物、有先人使用痕迹的各类物品。这些物品与科学的关联在于，人们可以将书中读到的事物同实际物品相比较来进行学习和研究。例如，如果一个人在书中读到某类石头或某种动物的介绍，而那类石头或那种动物就摆在他眼前，那他就可以将书中提到的特征与实物进行比较。

对自然科学而言，巴黎城中让人受益最多的是被称为“植物园”的皇家花园[312]，这里有所有已知的陌生土地上的域外之物。园中的土壤里种了所有的本土植物，凭借高超的技艺与智慧，法国人让这些植物在自然环境里生长。研究药物与植物的学生在这里上课，将书本上的东西与眼前的事物进行比较。他们从每种植物那里摘取一节枝条，放在类似纸一样的东西上，并写下它的名称与特征。这里也有各种各样的活物，既有外来的，也有本土的，既有驯养的，也有野生的，其中有白熊、黑熊、狮子、鬣狗、豹、奇特的猫、骆驼、
264 水牛、藏羊、森纳尔的长颈鹿[313]、印度的大象、柏柏尔的瞪羚、雄鹿、野牛[314]、各种各样的猴子、狐狸和所有已知的鸟类。所有这些动物，你都可以在这座皇家花园中见到。这些动物有活的，也有死的。后一类是用稻草填充的，看上去活灵活现，就像埃及河谷的农民们制作的小牛犊那样。[315]这座花园中还有满满陈列着珍贵矿物和各类石头的廊屋，廊屋里既有原矿石也有天然石。你可以在这里看到自然界三界①的所有类型和种属，其中有许多是没有对应的阿拉伯语名称的，比如美洲的动物、植物和石头。所有这些都作为［自然界中］各类事物的标本或样本存放于这座花园里，每一样都标有法语或拉丁语名称。例如，在饲养狮子的展厅里，狮子的名字是用法语标注的，即*lion*，其他展厅也是如此。这座花园发生过一件著名的事情：一头狮子［受伤］病倒了，饲养员带着狗进去看望。狗走近狮子，舔了舔后者的伤口，伤口就愈合了。于是狮子和狗变得亲近起来，狮子的心里除了对狗的爱，再无其他，狗也总是会回来看望狮子，对它示好，视它为自己的朋友。狗死了之后，狮子因为

① 即矿物界、植物界和动物界。——译者注

与狗离别又病倒了。于是他们又在它身边放上一条狗，看它能否恢复正常状态。这条狗排遣了狮子失去朋友的悲伤，并一直陪伴着它。在植物园里，还有一个叫作解剖室的房间，里面存放着木乃伊，也就是长久防腐保存的尸体，以及其他类型的尸体。已故谢赫苏莱曼·哈拉比（Sulaymān al-Ḥalabī）的部分遗骸也存放在此，在法国人占领埃及期间，他因暗杀法国将军克莱贝尔（Kléber）而被法国人处死，牺牲了自己的生命。[316]［是的，］除了依靠至高至大的安拉外，我们无能为力。

用于天文学研究的地方有巴黎皇家天文台，这是地表最令人叹为观止的天文台之一。[317]它是完全用石头建造的，建筑材料中没有夹杂铁或木头。建筑的造型是一个平行六面体，各面之间成直角[318]①。四个立面分别朝向东、西、北、南四个方向。南侧有两座八角形的塔楼，北侧有第三座角楼，这座角楼是方形的，为天文台的入口。在一楼大厅，法国人划定了他们的子午线，这条线延伸出来，把大厅分成两个相等的部分。法国人就是根据这条线来计算经度并确定同这条线所处位置的方位角（*samt*）不同的地方的相对位置的。对此，我们在第二篇第一章中已经解释过。天文台的屋顶距离地面83英尺，内部有多个厅，皆适合天文学研究。其中有6个厅都有开口[319]，每个开口的直径为3英尺，设置在可以通过它看到天空并开展其他必要观察的位置。通过这些开口，你可以从地下的房间里[320]看到星星。正是在这些厅里，他们检测了自然物质的重量和大气的压力[321]。天文台有一个很大的房间，里面放置着仪器。台顶上有一 265

① 英译本作“带有平行屋顶的六边形，各屋顶之间成直角”，英译者作注表示这样的描述很奇怪，与实际情况不合，但依据阿拉伯语原文修改后，就合理了。——译者注

个记录风力变化的装置，叫作“风速计”，用来测量风力。台顶上还有一个盆状装置，叫作“量缸”，用来测量每年的降雨量。天文台的［研究］室位于地表之下，深度同它墙体的厚度一样。进入这些房间需要下一段螺旋楼梯，就像宣礼塔的楼梯那样，共有360级。这些房
266 间可能是供物理学家和化学家使用的，他们在那里进行实验，让液体凝固，让各种物质冻结，以确定气体[322]的构成。

天文台还有一个房间叫作“密语室”或“密室”，之所以这么命名是因为房内声音入耳时，也即声音通过空气传播的过程会呈现出一种很神奇的形式。房内有两根面对面的柱子，一人把嘴贴在其中一根柱子上低语时，另一根柱子那里的人可以听到，而站在低语者附近的人则听不到。只有熟悉声音特性的人才能理解这些事情。

巴黎的科学机构中，有一个叫作*Conservatoire*的地方。[323]这是个法语词，意思是“仓库”或“贮藏处”。那里存放着各种大大小小的设备，特别是工程设备，如牵引和搬运重物的器械。法国人声称这个仓库举世无双。在那里，人发出的声音还会有奇特的回声。

在巴黎，各类科学、技术和工艺的学校众多。我们之前说过，法国人很重视医学，他们也有很多医学学校。

现在让我们谈一谈学者的地位和等级。巴黎的学者有许多重要的团体，名称五花八门，有的叫“学术院”（*académie*）[324]，有的叫
267 “协会”（*majma‘*）或“学会”（*majlis*）。至于“学院”（*Institut*），则是一个统称，包含以下所有5家学术院或学会，即法语学术院[325]［即法兰西学术院］，文学、历史与考古学术院[326]［即法兰西铭文与美文学术院］，自然与工程科学院[327]［即法兰西科学院］，［法兰西］艺术院[328]和哲学学术院[329]［即法兰西道德与政治科学学术院］。我们读成*akadamiyya*、*akadama*、*aqadama*的这个词［即*académie*］源自雅

典城的一处地方，智者柏拉图曾在那里教授学生，这也正是一群古代哲学家被称为“院士”的原因所在。这个地方被称为 *akadamiyya*，因为它的所有者是一位名叫 *Akadamus*［即阿卡德摩斯］的希腊人。[330] 他把这处地方献给了雅典人，而雅典人把这里变成了一个人们可以漫步、欢娱的花园。柏拉图就是在这里授课的，而他身边的那群人则被称为“院士”，也被称为“柏拉图主义者”。在阿拉伯语文献中，他们被称作“启明者”（*ishrāqiyyūn*）或“指导者”（*ishrāfiyyūn*）[331]，
也被称为“有神论者”（*ilāhiyyūn*）。今天，在法国人这里，“院士” 268
这个词仅被用来称呼法兰西学院的成员，他们是法国最杰出的学者。做了这样的限制后，“学术院”这个词的含义就显而易见了。如果我们说“埃及学术院”，那就是指爱资哈尔清真寺，因为那里是埃及最伟大学者的迪万。

巴黎乃至整个法国最重要的 40 位学者组成了一个学会，叫作“法兰西学术院”（*Académie Française*），其中的每一位学者都被称为“成”员（*ʿuḍw*），就好像学术院是个身体，每位学者都是它的组成部分。总的来说，学术院的成员比任何其他法国人都要杰出。他们的任务是编纂法语词典和审读文学、历史类的著作。曾有这么一位法国学者，他取得了很高的学术成就，并因此有资格在一名学术院成员逝世后接替他的位置，但由于这位学者声名狼藉，学术院众成员都拒绝接纳他。然而这位学者除了攻讦他们之外，却什么也做不了。关于这位学者，还有这么一则逸事。有一天，他和一些朋友交谈着经过学术院时，朋友们提起了学术院学者的优点，此时，他说道：“没错，这个学术院成员的头脑抵得上四个普通人的头脑。”[332] 他这么说，是借用了一句用来夸人的法国谚语：“此人的头脑以一当四。”但他实际想说的是，法兰西学术院的成员每 10 个人的头脑才抵得上

一个人的。他的话表面上看是在恭维，内里意思却完全不同。还有一则关于他的逸事：他在死前按照法国人的习惯写了一句诗，打算在去世后刻在他的大理石墓碑上。诗是用法语写的，翻译成阿拉伯语是：

墓中人一无所有，
　　院士有者他亦无。

意思是：这座坟墓里埋葬着一位什么地位都没有的人，甚至连学术院成员这样“卑微”的地位也没有得到。

269 有一家学术院叫作“文艺铭文学术院”。这个机构由30人组成，他们的任务是研究有用的语言，以奇异、罕见的建筑为主的古迹，文学诸学，各民族的习俗与道德。他们的大部分工作集中在完善法语学术文献上，即通过拉丁语、阿拉伯语、波斯语、印地语、汉语、希腊语、希伯来语、科普特语等外文学术文献来补充法语文献所缺少的内容。

有一家学术院叫作“皇家科学院”，其成员被安排在12个部门，每个部门专门研究一门学科。第一部门研究数学，如几何和算术。第二部门研究力学，如重物牵引学等。第三部门研究天文学。第四部门研究地理学和实验科学。第五部门研究普通自然学（*al-ṭabīʿa al-ʿāmma*）。第六部门研究物理学。第七部门研究矿物学和岩石学。第八部门研究植物学。第九部门研究土地资源管理。第十部门研究兽医学。第十一部门研究解剖学。第十二部门研究内科学和外科学。

有一家皇家学术院叫作艺术院，分为绘画、雕塑、建筑、雕刻、作曲5个部门，并设一所美术学校，专注绘画与相关学科的教学[333]，可以在此间学习绘画、雕塑和建筑。

其他学会还有致力于推动技术与工艺进步的艺术协会（*Athénée des Beaux-Arts*），这个协会像一个裁判机构，主要执行相关决议并就此发表意见。

有巴黎皇家协会，这是一个技术与科学机构，人们每年只要缴纳一小笔费用就可以在这里上课，教师都是杰出人士。

有科学爱好者协会，该协会的宗旨是推动博物学（*ʿulūm al-tawalludāt*）的研究，也即对动物、植物和矿物进行分类排序。 270

有研究写作和修辞的协会，其宗旨是记录文科诸学，留存生僻的词语，以防止法语腐化。若一个人发明了一个新的意义，或回答了一个罕见的问题，或创作了一首脍炙人口的诗歌，该协会就会给他颁奖。

有"善教协会"，其职能是教授天主教的礼仪与教义。

有一个叫作"阿波罗之子学术院"的协会，即文学家协会，这是文学艺术界人士的组织。

有亚洲协会[334]，该协会专注于亚洲和东方语言，其职能是获取这些语种的珍稀书籍，将其译成法语或出版流通。

有地理协会[335]，这是为改进和完善地理学而设立的。该协会鼓励人们去未知的国度旅行，若有人进行了这样的旅行，回来后协会就会询问他对这次旅行的见闻感受，并记录下来，然后加入地理书中。也正是因此，地理学才会被法国人不断完善。总的来说，这个协会提供所有与地理相关的服务，如印制地图等。

有专注于法语语法的语法协会。语法在法语中叫作"*grammaire*"，在拉丁语和意大利语中叫作"*grammatica*"。该协会的职能是纠正语言使用、创制新术语、保留旧术语，因为法语是一门拼写或发音规则不固定的语言。

有藏书爱好者协会，其成员的职责是鼓励珍稀的、有价值的书籍的印刷出版。

有书法家协会，其成员致力于完善书法技巧。

有动物磁性协会，该协会主张动物体内存在磁性液体。

有古迹保护协会，这是一个旨在保护古人所有辉煌遗迹的组织，
271 如建筑、木乃伊、服装等。该协会通过搜寻这些遗迹来研究古人的习俗，比如许多取自埃及的珍贵物品，如从丹达腊取走的绘有黄道十二宫图样的石头[336]，法国人通过它来了解古埃及人的天文学。他们取走这些物品后却不给埃及任何回报，虽然他们很明白这些物品的价值。相反，他们往往对这些物品予以妥善保管，从中获得［研究］成果，并提炼出更普遍的价值。

有“经度局”，该局共有12名成员，包括3名工程师、4名天文学家、4名海员和1名地理学家，他们忙于研究天文学、编制历书与星历、测定各城镇的经度。

有一个皇家学会研究农学和对外与对内经济规划[337]，其成员中的富裕者会给做出有用新发明的人颁奖。

有羊毛改良协会，其成员主要开展同羊相关的研究。

有致力于促进法国人提升技术与工艺水平的协会。该协会有助于各类工艺的进步，因为提出有益新建议的人将从协会成员那里得到厚礼与名声。

巴黎有一些叫作“学院”的皇家学校，人们在那里学习重要的、可以满足各类需求的科目。这样的学院有5所，教授作文和写作技能、古代外语、数学、历史、地理、哲学、基础物理（即物理学的小书）、绘画和书法。学生们会被分为不同的级别，通常情况下，一年可以修完一个级别。在学院的6年中，学生每年会上升一个级别，

这种分级所依据的是学业进展程度，而不是个人的理解力等其他因素，因此，没有人可以跳级。巴黎还有两所非皇家学院，但教授的科目与以上5所相同。

这些学校中最重要的要数法兰西皇家学院[338]，学生们在那里学 272
习数学、计算物理[339]、应用物理、天文学、实践医学、实践解剖学以及阿拉伯语、波斯语、土耳其语、希伯来语、叙利亚语、印地语、汉语与汉学、鞑靼语［即蒙古语］、希腊智慧也即希腊哲学、拉丁语言说与修辞学（*ʿilm al-faṣāḥa wa-l-balāgha*）和法语修辞学等语言相关的课程。这所学院拥有最杰出的教师，在读学生有6000人。

另一所著名的学校是综合理工学院（*École Polytechnique*），该校主要教授数学和物理，培养地理［即土木］和军事领域的工程师。地理工程师设计桥梁、码头、道路、堤坝、运河以及各类牵引和起重设备。军事工程师则设计堡垒、要塞、塔楼、防御工事、军营[340]和火药爆破装置。这所学校的教员是精通各门学科的资深人士，成为该校学生即可提高自身地位。

还有法学诸科学校（即法学院），人们在那里学习商法、刑法等。

还有教授绘画的学校，男女学生在那里学习绘图技法。[341]

还有皇家歌唱学校，男女学生在那里学习声乐和教堂唱诗。

还有教授绘画和数学并以这二者作为学习其他技术的工具的学校，学生们在那里学习算术、几何、测量、石雕、木雕以及动物、人和花卉的测算与绘制以及各类装饰等。

还有桥梁和堤坝学校（即桥路学校），教授道路、运河和码头相关的工程学。

还有皇家矿业学校（*Ecole Royale Des Mines*），教授矿物勘探与 273

提取的方法。

还有技术与手艺学校[342]，教授各种技术和手艺中蕴含的化学与工程学原理，这所学校拥有迄今为止所有已知的制造设备。

还有一所教授正在使用中的东方语言的学校[343]（即东方语言文化学院），学生们在那里学习波斯语、马来语、经典和口头阿拉伯语、土耳其语、亚美尼亚语和鲁姆语［即现代希腊语］。

还有考古学校，“考古”的意思是解释用古代语言书写的古代铭文。人们在那里破译古代硬币、贸易文书和雕刻石器上的文字并翻译古代神庙上的铭文。

还有一所皇家学校，教授各国历史、政治等。

还有皇家音乐、作曲与演讲学校，演员、歌手和乐手[344]在那里学习，男男女女共有400名学生。

还有皇家花园学院，即植物园学院，这所学院开设有13门课程，覆盖多个学科，如植物学、物理学、化学、矿物学、解剖学以及人体和动物比较解剖学。

还有园艺学校[345]，教授树木种植和御冷、外来植物环境适应等技术。还有一所学校教授如何通过修剪打理使不结果的植物结果。另一所学校为希望到其他国家旅行的人提供植物学和矿物学课程，使他们能够辨识将在那里遇到的各种植物和矿物。

还有兽医学校，教授如何医治动物，校内有面向患病动物的医
274 院、化学研究所、物理研究所、药房、草药花园、应用农学院和各种各样的动物。这些动物被用于实验研究，主要是为了考察不同动物种属之间的差异。例如，他们会将一匹阿拉伯公马和一匹安达卢西亚母马这样不同种的马杂交以培育新的品种。

还有聋哑人学校[346]，接收100名年龄在11—16岁之间的学生。

他们在那里学习读写、算术、语言[347]、历史、地理和一门实用技能。学校有一个作坊，学生们在那里学习烹饪、雕刻、木工、车工、缝纫、制鞋[348]等。

还有皇家盲人学校[349]，限额招收盲人学生。他们在那里通过专为他们设计的书写方式进行学习，通过触摸来阅读。他们还通过特制的地图学习地理，并学习历史、语言、数学、歌唱、演奏和织袜子等手艺。

除上述学校外，巴黎还有许多其他的学校，如寄宿学校，小孩子在那里学习读写、算术和几何等工具科学以及历史与地理。这样的学校大约有150所，校内会提供饮食、住宿、衣物盥洗等，家长需每年支付固定的费用。

寄宿学校以外，一些学者还会招几个孩子到家里来，提供饮食，亲自教授或延请其他老师来给这些孩子上课。许多人也会请老师每日到家里来教孩子。

有一类人们可以从中获取大量即时消息的东西，那就是被称为“*jurnālāt*”的日志，这个词是“*jurnāl*”的复数形式，法语中对应的复数形式是“*jarnū*”［即“*journaux*”］。[350]这指的就是每日印刷出版的报纸，报纸上记录着他们［指报社］当天获悉的事情。报纸在全 275
城发行，面向所有人发售，巴黎所有的名流和咖啡馆每日都会预订一份。[351]每个法国人可以在报纸上发表自己的想法，褒扬心中的良善之事，谴责心中的丑恶之事，并对国家的治理发表意见。人们享有完全的自由，前提是这种自由不会被滥用，滥用自由的人会被带到法官面前定罪。不同的报纸代表不同团体的利益，而每个团体都有自己的思想倾向，且每天都在强化、捍卫和支持这一倾向。这个世界上没有什么比报纸更虚假的了，尤其对法国人而言，若非欺骗是不光彩的事情，他们定是对此趋之若鹜的。一般说来，为这些报纸撰稿的人往往带有偏见或偏袒，在这方面他们要比诗人差劲。

报纸有不同的类型，有的报道的是法国国内外的新闻，有的则专注于王国事务，还有的专注于贸易、医学或其他专门领域。每期报纸大约会售出2.5万份，但发行量也可能会随着公众的需求而增加。报人（*arbāb al-jarnū*）比任何人都更了解国外的新闻，因为他们同各国都有信息往来[352]。实际上，他们就好比这个民族的演说家，或颂扬，或斥责，或认可，或否定，或粉饰，或攻讦，或激励，或警告，凡此种种，不一而足。在此之前，发挥这些作用的是作家，但到此时，作家也可能已经借鉴起报人的“演说”来。最高级别的演说家是在各类大会上发言的议员们，他们的地位比诗人高。考据一番之后你会发现，在古代阿拉伯人那里，也是同样的情形。艾布·阿穆尔·本·阿拉曾说：

> 贾希利叶时期，诗人要优于演说家，因为人们太需要诗歌了，诗歌能记录功绩、抬高地位、渲染兵强马壮与人多势众以威慑来犯之敌，他方诗人因此而惊惧，时时关注我方诗人的动向。但当诗歌与诗人泛滥、诗人以诗谋利以至自降身价、自甘卑下之时，演说家的地位便高于诗人了。因此前人有言，诗歌是高贵之中最低下者、低下之中最高贵者。诗歌初兴之时声誉日隆，但纳比埃·祖卜雅尼之后便开始走下坡路了。[353]

在巴黎，获取知识的渠道还有年鉴、更新的年历和更正的星历等。每年都会出现多部历书，这些历书中包含各种预测，科学与技术领域的趣闻，大量的国家大事，世界上重要人物的名字，法国名流的名字、地址、头衔和职务。如果需要查找其中一位的名字和地址，就可以翻阅这些历书。

巴黎还有阅览屋或阅览室。人们在支付一定的费用后，就可以 276
在那里阅读所有的报纸和书籍。他们还可以把需要的书籍借出来，日后再归还。[354]巴黎的书摊、书店和图书销售令人叹为观止。尽管店铺和出版社众多，且每年印刷出版的作品难以计数，但图书依然卖得很好。大部分图书是以盈利而不是裨益为目的的。每年，巴黎的出版社都会出版别处无可比拟的图书。法国人对知识的重视是最值得称道的，正如一位诗人所说：

如果你想从这所有的书中，
　　看到最好的叙述，听到最美的故事，
那就好好阅读吧，因为书
　　能够驱散年轻人各种各样的抑郁。

另一位诗人说：

打开书时，让它成为你的伴侣吧，
　　它能将被时间湮没的过往复现。
它是品行的导师，孤独的慰藉，
　　在你独处时做你的好友与良伴。

总之，我们不可能详细描述巴黎的科学和技术，只能像现在这样做一个概述。

第四篇

本篇是关于我们为实现统治者的目标而勤奋，努力学习要求我们学习的技术，关于我们在阅读、写作和其他学习环节上的时间安
277 排，关于殿下对外的巨额支出，关于我和一些法兰克精英围绕学习进行的多次通信，关于我在巴黎学习过的科目和读过的书籍。

在这一篇中你会明白，学习技术并不是一件容易的事情，求知者必须不畏艰险才能在异国他乡实现自己的目标。正如一位诗人所说：

> 让我去攀登不可及的高峰吧，
>
> 　　攀高易中有难，难中有易。
>
> 你们想以低价购得好物，
>
> 　　但不被蜂蜇如何能获蜂蜜？

另有人做了一句警句：

> 一旦知道了蜂蜜的甜美，
>
> 　　就不再惧怕蜂蜇的疼痛。

还有位诗人也说过：

美德热衷与风险相伴，

　　追求美德，其价值需以辛劳来衡量。

若有好美德者对风险不屑一顾，你便对他说：

　　“朋友之爱亦会带来宿命的死亡。”

第一章

我们一开始接受的阅读、写作等教学安排

巴黎人习惯于用字号很大的书来教人阅读，这样字母形状就会深深地印在学习者的脑海里。书中先按照字母表的顺序列出字母，之后给出一些名词和动词。通过这种方法，学习者学会书写，记下单词，并以正确的方式拼读，这样学习者从很小的年纪起就能学会说高质量的语言。之后你会在书中发现这样一些易于理解、适合年幼之人的句子：“这是马，有四条腿”“鸟儿只有两条腿，但它们有翅膀以飞翔”“而鱼则在水中游”等。这些对于倾听者来说都是众所周知的事情。这种方法类似于［阿拉伯］语法学家用“天在我们之上，地 278
在我们之下”这样不包含新信息的句子做例句。但他们对文本构成（*waḍʿ*）的解释则不同，他们说：“话语是在文本构成中词语的合成。”书中还有对广为人知的动物的描述，特别是那些儿童喜欢与之玩耍的动物，如雀、鸟、猫等。紧随其后的是关于儿童行为举止与顺从父母等内容的小短文，以及一篇关于算术的短文。

读完这本书后，大家就开始读另一本更重要的、关于法语语法的书以及其他书籍。上课时间是这么分配的：每人每天要学习不同的科目，比如早上先学习历史，之后跟美术老师上绘画课，然后是

法语语法课，接着是各国地理[1]课，再之后是同书法老师学习书写规则，等等。这些我们之前也提过。

因为恩主希望我们尽快学成回国，所以我们在到达巴黎之前就已经在马赛开始学习［法语］字母拼写了，在马赛，我们学了大约30天。到巴黎后，我们所有人都住在同一所房子里，开始读书学习，日程安排如下：早上读两个小时的历史书，午饭后上写作课和法语对话课，下午先上绘画课，再上法语语法课。每周，我们要上三节算术和几何课。①刚开始的时候我们还要上两节法语书写课，后来改成每日一节，待到我们学会后，书法老师就不再来了。至于算术、几何、历史和地理，在安拉给我们铺平回国的道路之前，我们一直在学习。

在将近一年的时间里，我们所有人都住在同一所房子里，一起学习法语和前述各个科目。但除了法语语法学习外，我们在其他方面受益并不多。之后，我们被分到几所学校，三人、两人，甚至一人去一所学校与法国学生一起上学，或去一座私人住宅跟着一名私人教师［学习］。我们要为吃喝、住宿、课程和洗衣等照料我们
279 日常生活起居的服务支付一定的费用，学校或住宅的主人每年因此可以得到大约10袋（*kīs*）钱[2]，我们在吃喝方面什么都不缺。由于这个国家的气候极其寒冷，我们每人每年有300角的木材用来取暖。除了这些巨额开支外，政府还为我们购买了衬衫、裤子、鞋子以及书籍、纸张、墨水、画笔等所有必要的工具和材料。我们也应当提一下生病时支付给医生和药剂师的治疗费用，因为尽管巴黎有非常多的医生，但对生活宽裕的病人，他们的出诊是收费的，费用

---

① 英译本作“三节算术和工程课”，根据阿拉伯语上下文改。——译者注

的多少则取决于他们名气的大小。因为医生没有固定的年收入，所以他们每出诊一次就会收取一笔费用。我们已经在法国人对医学的重视、对健康的关注的那一章中谈过这一点。最没名气的医生每次出诊收取3法郎，时间大约为半小时，名声一般的医生每次出诊收取5法郎，德高望重的医生每次收取50法郎。如果医生一天出诊多次，相应地也会收取多笔费用。如果遇到赤贫的病人，医生可能不收取任何费用。我们在巴黎被视作生活宽裕甚至富裕的人，这是由于在他们眼中看起来奇怪的我们的服饰、我们同恩主的关系、我们学业的巨额开销以及其他上述种种。我们的教育督导（*nāẓir al-taʿlīm*）[3]，也即负责管理我们学业的人总是提醒我们这一点，以此来鼓励我们勤奋学习。你将会在他于普通考试后写给我的信中看到一些例子。

第二章

对我们出入的管理

在我们一起住在埃芬迪之家的那段时间里，我们日日夜夜都待在那里，只有周日，也就是法兰克人的公休日时，向门卫出示许可后才能外出，许可是由恩主给我们指定的督导出具的。我们被分到各所学校后，就住进了住宿学校，此时我们可以在空闲的日子外出，也就是周日全天、周四课后和法国人的节假日。如果晚饭后没有课， 280
也会有人在晚上出门。

这里我们想向你介绍一下进入寄宿学校后埃芬迪们给我们制定的规章手册（*qānūn nāma*），全文如下：

寄宿学校埃芬迪管理规定副本

第一条　周日［埃芬迪们］可获准外出，他们须在［上午］9点离开寄宿学校，先到［留学团］中心馆，向当月当值的埃芬迪出示［管带］教师出具的证明，当值者记录学生进入中心馆时间，之后可去指定场所休闲，条件是三人或四人一组。返回寄宿学校的时间夏季为［下午］8点，冬季为［下午］9点。必须遵守该安排，不得例外。如能在指定时间之前返回寄宿学校并用餐再好不过。任何人不得于夜间在街巷闲逛。进入寄宿学校后，需将上述证明交还［管带］教师。

第二条　凡不遵守上述规定者，在符合相关要求的情况下，一周或两周内禁止离开住宿学校。

第三条　对教师的投诉，除非以书面形式提出，否则不予听取和受理。只有关于教学或关于导致投诉人受到伤害的其他情形的投诉才会被听取。在做出书面投诉前，须告知［被投诉］教师一次，然后才可向当月当值的埃芬迪提交投诉。

第四条　全体埃芬迪每月末参加一次考试以检验当月学习成果，他们同时还会被问及需要哪些书籍和材料。每月末要确切记录他们的学习进展与活动。此一点当谨记，以实现恩主殿下的目标。

第五条　若该月需要任何书籍和材料，须向教师提交书面申请，由后者告知若马尔先生。若他认为申请适当，则会在知
281 会当值者后向申请者提供。未经许可的购买须自行承担费用。

第六条　在第四条所述考试后，表现出色的一名埃芬迪将获得书籍、材料和金钱奖励。

第七条　在休闲场所和街头，不得做出有损个人荣誉的行

为，此一点为重中之重，此类行为当严厉禁止。

第八条 寄宿学校中的埃芬迪每15天[4]方可进入一次中心馆，入馆日为周日。

第九条 每逢周日，若埃芬迪们不来中心馆，那么他们可与法国学生或教师一起外出前往休闲、体育场所或有必要参观的地方。同样，在周四或节假日，若没有任务，埃芬迪们可与上述人士前往上述类型的场所。

第十条 在宗教以外的领域，须同法国学生一样一丝不苟地遵守寄宿学校的规定。

第十一条 凡违反本规定者，将受到相应处罚。若有不服从的表现，即关禁闭。若持续有不当行为和令人不悦的表现且其教师出具报告，证明其确有不良举止、冥顽不化，我们将遵照我们的恩主埃芬迪殿下给予我们的指示，经与殿下在这座城市的友人协商后，将行为不端、冥顽不化者立即遣送回埃及，丝毫不得迟疑。

第十二条 寄宿学校中的埃芬迪们在本规定前一律平等。即使寄宿学校教师和学生分桌用餐，我们的埃芬迪们也须同其教师同桌用餐。

第十三条 本规定所涉埃芬迪均需遵守上述条款，不得例外，因此，我们给予每位埃芬迪本规定的副本一份。

第十四条 以上所有条款是我们和我们的埃芬迪殿下托付给我们的重要人士深思熟虑的精华。基于此，每人都应小心 282
谨慎、严格遵循以让我们的恩主埃芬迪殿下满意。凡不遵守或找借口规避者将受到我们的恩主埃芬迪殿下——愿安拉保护他——法律的惩罚。

第三章

恩主如何勉励我们勤奋学习

从我们离开埃及开始，恩主每隔几个月就发布一则敕令[5]，督促我们习得技术与工艺。这些敕令中有的属于奥斯曼人所说的“振奋心灵”的文字，比如下面这一篇；有的则是关于他从我们这里或别人那里听到的关于我们的情况，无论真假。我们在返回开罗前收到的最后一封敕令就是一例。这里我想给你们介绍第一类也即“振奋心灵”类的一则敕令，尽管其中有一些指责，但你们可以了解到他——愿安拉保护他——是如何督促我们学习的。以下为该敕令译文[6]的副本：

尊敬的典范、为学习科学和技术而居住在巴黎的埃芬迪们——愿安拉让你们更强大！

你们的月度汇报、日程和课程安排我已收到，特告。但你们有三个月的学习日程含糊不清，无法从中了解你们在这段时间里取得了什么收获，事实上，我什么也没有了解到。要知道，你们可是在巴黎，那是科学与技术的源泉！根据你们这些稀松的日程安排，我明白，你们缺乏热情，收获寥寥，这让我非常痛心。埃芬迪们啊，我对你们报以多大的期望啊！此时此刻，你们每个人都本应给我发来一些学业有成、技能长进的证明。如果你们再不用十分的投入、勤奋和热情来取代悠闲的话，如果你们仅仅读了几本书就回到埃及，自以为学到了科学和技术的话，那你们就大错特错了。在我这里——赞美并感谢安拉——你们那些学有所成的同伴们正在辛勤工作为自己赢得声誉，如果你们以这种状态回来，将如何面对他们呢？将如何 283
向他们展示科学和技术的完美呢？人们应当洞悉自己行为的后果，聪明人不应当放弃通过辛苦努力赢得成果的机会。这样看来，你们没有好好抓住这个机会，你们这是自甘愚蠢，没有想过你们将因此而遭受的困难和惩罚。你们没有竭尽全力来引起我的关注和重视，以让你们在同辈中脱颖而出。如果你们还想得到我的认可，那就必须把全部时间都投入学习科学和技术中去，一分钟也不能浪费。从现在起，你们每个人都要每月汇报自己的进展。此外，还要说明自己在几何、算术和绘画方面已经达到的水平以及还需多久才能完全掌握这些学问。你们每个月都要写下来，同上个月相比你们又多学到了多少。如果你们勤奋不足、热情不高，就得告诉我原因，是自己不重视，还是身体抱恙。如果是后者，就需要说明那是自然原因还是意外造成的。简而言之，必须描述你们的实际情况，这样我才能掌握你们的动向。这就是我对你们的要求，请你们一起把这则敕令通读一遍，并理解其宗旨。

这则敕令是在埃及迪万亚历山大会议期间写成的，感谢至高无上的安拉。收到我的敕令后，你们必须遵照执行，不得违背。

［伊历］1254年3月5日[7]

副本到此结束。

收到这封信后，我们遵照指示，每月写下当月读过和学到的一切，让教师们在报告下方签上名，然后寄给恩主。如果我们中有人忘记写报告，若马尔先生就会给我们所有人写信，命令那些坚持每月报告的人继续坚持下去，并指责那些疏忽遗忘的人。以下是他寄给我的表达这一意思的信件的译文副本，我们如实收录在此：

巴黎，[公历]6月15日即[伊历]1246年1月25日

我们亲爱的里法阿谢赫：

您一定很清楚您的恩主关于每月学习报告的敕令，请继续
284 坚持，每月30日向穆赫达尔埃芬迪先生提交报告，并向他索要用于下次报告的空白页。大家都知道，写月度报告只需要半个小时，因其内容是记录您所学课程的数量和类别，然后您所在学校的校长每月可在月度报告上您的署名之下签字。您的勤奋众所周知，您的学习成果我也很清楚。我请您继续履行您负有的义务。

请了解并相信我对您的友爱！

法兰西学院院士[8]若马尔

第四章

我与除若马尔先生以外的一些法国大学者的往来书信

在多次给我写信的人中就有德·萨西先生，让我们给你展示几封他的信，有些是用阿拉伯语写的，有些是用法语写的。

其中一封如下：

亟须至高无上、广受赞美之主怜悯的人致尊贵的好友、尊敬的兄弟、谢赫拉费阿·里法阿·塔赫塔维，愿伟大崇高的安

拉保护他远离灾祸和邪恶，并赋予他健康、幸福和福祉。

您那珍贵书稿中关于您巴黎生活经历的部分我已经读完，现由您的仆人亲手归还给您，随函附上我对您在有关我们法语动词的一章中所述内容的评论。[9]您仔细阅读后就会明白我们对过去时动词的用法是正确的。

鉴于法语通行于欧洲各民族与各王国，您应该写一本法语语法书，以引导埃及人找到我们科学和技术著作的源头，这会在贵国给您带来巨大的声誉，并会让您在接下来的数个世纪中永远为人铭记。

愿您永远健康！

您的朋友，西尔韦斯特·德·萨西

另一封如下： 285

致我亲爱的朋友、谢赫里法阿·塔赫塔维，愿安拉保佑他。

随函附上您所要求的证明，证明我已读过您记录旅行经历的书稿。您对法国人的道德、习俗、政治、宗教准则、科学和文学的考察，让我读来觉得很愉快，也很受益。这不仅让关注这些问题的人兴致盎然，也让研究它们的人大为惊叹。

您可以把我的手稿给若马尔先生看，这没有关系。希望您的这部作品可以让您得到帕夏殿下的青睐和合适的赏赐。

愿您永远诸事顺遂！

您的朋友，巴黎人（*al-Bārīzī*）西尔韦斯特·德·萨西

他随信寄来一页法语写的文字，让我交给若马尔先生看。这页文字像是一篇颂词，译文如下：

里法阿先生希望我读一下他用阿拉伯语写的游记，我通读了这部记录[10]，只略过了一小部分，因此，我确实可以说，在我看来，这部书结构颇佳，他的同胞可以从中正确理解我们的风俗习惯以及我们的宗教、政治和科学事务。但它也含有一些伊斯兰教的偏见。[11]人们可以从书中学到宇宙结构学的知识。该书表明，作者具有出色的批判意识和健全的领悟力，但他有时对全体法国人做出的评判，其实只适用于巴黎和其他大城市的居民。当然，这是他个人经历带来的必然结果，因为他只了解巴黎和其他几座城市。在讨论科学的章节[12]中，他努力以已知的事物做铺垫去讨论未知的事物，这一点在有关算术和宇宙结构
286 学的部分尤为突出。总体上看，该书的语言清晰，没有那些故作的藻饰，这与书中讨论的问题是相适应的。但这些语言并不总符合阿拉伯语的语法规则，这可能是因为作者写作时很匆忙，相信在正式稿中他会改正这类错误。就书中蕴含的诗歌知识而言，作者有时会离题并引用一些阿拉伯诗歌，在我看来，这些诗歌与书的主题是格格不入的，但或许他的同胞会喜欢。涉及圆形相对于其他形状的优点，他的一些讨论没有什么价值，应当删去。[13]

我谈这些并做这些解释完全是为了表明我已经仔细阅读了这部书。总而言之，我认为，里法阿先生很好地度过了在巴黎的时光，学到了有益的知识并精益求精，乃至到了可以为国效力的程度。我非常高兴地证实这一点，并向他表达我崇高的敬意和热烈的爱。

西尔韦斯特·德·萨西男爵

1831年2月即1246年8月19日于巴黎

以下是我离开巴黎前不久他写给我的一封信的译文：

向里法阿先生致意。

如果下周一3点他能来我处，我将感到非常荣幸。如果可能的话，我希望他能小坐一段时间。如果他能在抵达开罗后发来消息，我会十分高兴。万一我没能见上他，我会祝他一路平安。我将永远记得他的作品，也将怀着期盼和喜悦的心情等待听到他的消息。

西尔韦斯特·德·萨西男爵

我曾写信给巴黎皇家图书馆[14]阿拉伯语口语——也即百姓们所称的“通俗话”（*dārija*）——教师科桑·德·佩瑟瓦尔先生[15]，询问他对我这部游记的看法，他给我的回信是这样的： 287

致亲爱的、最尊贵的朋友、言文俱佳的尊敬的里法阿谢赫，愿安拉保佑他，阿敏！

向您问好，并请接受我持续的问候与敬意。

昨日收到您的来信后，我毫不迟疑地答应了您的要求。随函附上一份密封文书[16]，内含我对您请我阅读的这部记录旅行经历书稿的意见。我如实地陈述了我的看法，说明了我发现的该书的优点。至于不足，我一点都没有发现。由于您已决定于本月底离开，我希望，出于友情，请您在平安抵达贵国后不要忘记我，并希望您继续告知您的健康状况。我还想请您在此书出版后寄给我一本，对此，我会非常感激。愿至高无上的安拉保佑你！祝安好！

您的朋友科桑·德·佩瑟瓦尔

1831年2月24日

他所说的密封文书就是他读过此书后写的证明，他还在其中发
288 表了意见。这封文书是用法语写给若马尔先生的，目的是向后者表明他对这部游记的看法。文书的译文如下：

> 我仔细读了里法阿谢赫题为《披沙拣金记巴黎》的作品，该书用较短的篇幅讲述了埃及大臣、哈只穆罕默德·阿里帕夏派往法国的埃及人的旅程，内有对巴黎城的描述和这些（埃及）学生被要求学习的所有科目的介绍。在我看来，这部作品值得大加赞扬。作者的写作方式将让他的同胞大为受益。他为他们提供了关于法国的技术、风俗习惯、国民品性和国家治理的可靠描述。当认识到他的祖国在人文科学和实用技术方面不如欧洲国家时，他深表遗憾，并希望用他的这本书来唤醒伊斯兰世界的民众[17]，激发他们对有用知识的渴望，燃起他们对学习法兰克文明、对实现民生相关各门工艺进步的渴望。他谈论皇家机构、教育等是想提醒他的同胞，他们应当效仿。他在一些段落中所表达的观点表明他的思考总体看来是合理的，并不武断，也不带偏见。这部书的语言很平易，没有藻饰，但读起来很愉快。我读到的这部书稿，其中关于科学和技术的部分还没有完成，我只读到了数学、宇宙结构学以及工程学和自然地理学原理的［一些］章节。这些章节虽然简短，但却让人受益匪浅。我希望作者继续以同样的方式完成余下的章节。这些章节如果整合在一起，将构成一本独立的科学书籍，进而成为探索其他科学的钥匙，并使阿拉伯人受益。这部作品若能以现在的方式最终完成，将证明作者才智的高超和学识的渊博。
>
> 科桑·德·佩瑟瓦尔

如果把德·萨西先生和科桑先生的证明文书放在一起比较，就会看到两者一致认为这部书是部佳作，因其语言平易，不做藻饰，也因其给埃及人带来益处。但德·萨西指出了三个缺点：第一，含有一些他认为属于伊斯兰教偏见的内容；第二，把只适用于巴黎和其他城市的［评价］扩大到整个法国；第三，做了一些诸如圆形比其他形状更优这样含金量很低的讨论。而对于这些缺点，科桑先生却不以为意。当我和他谈到这一点时，他回答说，他并不觉得这有什么害处，因为我是按照我的信仰写的。他说，如果我仅仅出于羞愧或其他［类似］原因而听从法兰克人的说法，认同他们的观点，那就是表里不一。至于德·萨西先生说这部书语言平易，他的意思是说，我在遣词造句上并没有采用修辞的方式。根据法国学者的说法，平易可取代修辞。 289

接下来，我想展示一封我的一位至交好友写给我的信。我们相遇在图书馆，我去那里读报，也就是刊登每日新闻的出版物时，结识了这个人，他是财政部的一名会计，他的兄弟是某省（*département*）的省长[18]。所谓省，就是法国的行政区。他来自一个大家族，这个家族可以追溯到“萨拉丹”，也就是萨拉丁。事实上，他们的确认为自己是艾尤布王朝君主萨拉丁的后人，他们称后者在同法兰克人作战时纳了一个法国女奴做妃子，该女子怀孕后回到了自己的国家，她的孩子和后人便沿用这个名字直到现在。后来我又像结识他那样结识了他所有的家人，并在巴黎居住期间一直同他们保持密切的联系。当我动身离开时，他正同他那任塔恩（*Tarn*）省省长的兄弟一起在一个叫阿尔比（*Albi*）的城里，于是他给我寄来了这封信，以下是该信的译文，在可被接受的范围内做了一些删减：

致我亲爱的里法阿谢赫：

你托付我的东西我已经交给了省长的儿子，让他归还给你，你收到这封信后不久就能拿到了。我兄弟托我向你表示感谢，
290 感谢你如此好心借给他这样东西。同时，他还想祝贺你实现了预期目标。很快你就要离开我们重回你心爱的祖国了吧？希望你能同久别的亲友重聚，也希望你能看到故国一切安好。我听说你马上就要动身了，我想我没法再同你在巴黎见上一面了。不过，如果你能比计划时间稍早一点动身，那我们就可以在马赛见面，这样我就可以在你旅途中要经过的最后一个法国城市同你告别了。如果你推迟一小段时间出发，我们就可以在巴黎第一次见面的地方道别了。我不知道我们的相识是否是命中注定，但命运多变，对法兰克人而言尤甚，相识与否，不是我能决定的。但是，毫无疑问，你会在法国留下一位朋友，他会想念你，与你休戚与共。当听闻你在你的国家凭借你的长处和品质取得成果时，他会欣喜若狂。

我要是知道你将带着何种对法国人本性的认识回到你的国家就好了！你所见到的这个民族，当是处于其整个历史上最不平凡的时期之一。我想，在你的国家，你会被经常问到这场伟大的革命以及法国人在追求自由上获得的胜利。若你恰巧能推迟几天出发，我希望还能在巴黎见到你。否则的话，我希望你能在启程前写信向我告别。

致以我对你最深的爱！

朱勒·萨拉丹

下面这封信，你读了之后就会明白法国人获取稀奇的书籍、鼓

励翻译和著述的意愿有多么强烈。这封信的译文如下：

致谢赫里法阿先生：

您翻译的那本有关各民族特性、风俗与习惯的学术小书，作者德平先生让我询问一下翻译的情况。[19]若您的译文将在埃及出版，原书作者可以预约购买几本吗？

我们还想请您告知，您翻译的马尔特-布戎的《普通地理
学》第一册[20]进展如何，因这一册的修订版正要出版，增添了 291
一些第一版没有的内容。请您知晓这一情况，新版本本月内就会面世。

谨致问候！

您真诚的朋友雷诺[21]

巴黎皇家图书馆

第五章

我在巴黎读过的书、考试的方式、若马尔先生写给我的信、学术刊物上对最终考试的介绍；我将按顺序介绍我读过的内容，如有与前文重复之处，那也实在是在所难免

法语语法原理的学习 292

［伊历12］41年闪瓦鲁月（10月）27日[22]，我们结束了检验隔离，在马赛住了几天后，我们开始学习拼写和阅读，大约40天后，我们学会了法语字母和拼写。穆哈兰姆月（1月）[23]抵达巴黎后，我们开始再次学习与字母相关的基础知识，为此忙碌了大约1个月。之

后我们开始全体一起学习法语语法，读的是洛莫（Lhomond）的基础语法[24]。必要的时候，老师还会从另一种基础语法中补充一些内容。离开埃芬迪之家后，我又跟着舍瓦利耶（Chevalier）先生读了一种基础语法，跟着一位叫洛莫尼耶（Laumonier）的老师读了两种基础语法。在这两处地方，也即埃芬迪之家和老师家，我忙于研习语法分析[25]和读音分析，即将语法和读音规则应用在言语之中，我也投入学习听写、作文和阅读。这些科目的学习持续了3年。

历史

我们住在埃芬迪之家时先一起从头到尾读了《希腊哲学家传》[26]，
293 后又读了一部简明通史，内有埃及、伊拉克、沙姆地区、希腊、波斯、罗马、印度古代人物的传记，书末还有一篇短文介绍神话学，也就是研究希腊贾希利叶时期及其传说的学科。后来，我又跟着舍瓦利耶先生读了《史海拾趣》（*Les Agréments de l'Histoire*）一书，该书由故事、传闻、逸事构成。接着我读了《各国道德与习俗》[27]《罗马盛衰原因论》[28]和小阿纳卡西斯（Anacharsis）的希腊游记[29]。我又读了塞居尔的一部通史[30]、一部拿破仑传[31]、一部历史学和谱系学著作、一本题为《世界全景》——意思是“世界的镜子”的书。再往后，我还读了一部奥斯曼游记和一部阿尔及利亚游记，这两部书都是由游历过那里的旅行者编著的。

算术学和几何学

算术学方面，我读了伯祖（Bezout）的著作[32]。几何学方面，我读了勒让德（Legendre）所著手册[33]的前四篇。

294 **地理学各学科**

我跟着舍瓦利耶先生读了一部地理学著作，内容包括历史地理、自然地理、数学地理和政治地理。后来，我又读了一篇自然地理的论文，这是一篇类似《各国词典》[34]的地理辞典[35]的序言。然后，我又跟着另一位老师再读了一遍第一部书。我还跟着舍瓦利耶先生读了马尔特–布戎的《普通地理学》的大量选文和布戎为他女儿写的天文学歌谣（*mawwāl*）[36]。

翻译术

在法国期间，我翻译了12本书或其节选，本书的最后一部分会有对它们的介绍。[37]也就是说，共有12种译作，一些是全书，一些是小篇幅的节录。

其他学科

我跟着舍瓦利耶先生和洛莫尼耶先生读了一部法国逻辑学著作[38]；《王港逻辑学》（*La Logique du Port-Royal*）[39]中的几个部分，其中包括范畴学[40]；孔狄亚克的逻辑学著作[41]，其中涉及亚里士多德 295
逻辑的部分除外。

我还跟着舍瓦利耶先生读了一本关于矿物的小册子，并翻译了它。[42]

我也读了很多文学书籍，其中有诺埃尔编的文选[43]，这本文选收录了伏尔泰、拉辛和卢梭的作品，特别是后者的《波斯人信札》[44]，该书展示了法兰克人和波斯人在品行修养上的差异，对西方人和东方人的品行修养做了比较。我还独自阅读了切斯特菲尔德伯爵为教育他的儿子而写的英文书信[45]以及多篇法语的玛卡梅。总之，我读了很多法国文学名著。

我跟着我的自然法老师读了布拉马基的著作，我对该书理解得很透彻，并做了翻译。[46]这门学科是关于如何运用理性对事物好 296
坏进行判断，法兰克人将其作为他们的政治法令，也就是他们所说的“法律”（*sharʿiyya*）[47]——的基础。我还跟着舍瓦利耶先生读了

《论法的精神》的两卷，该书比较了不同的法律和思想流派，依据的就是运用理性对事物好坏进行判断的原则，作者是孟德斯鸠，在法国名气很大。[48]法国人称孟德斯鸠为法兰克的伊本·赫勒敦[49]，又称伊本为东方的孟德斯鸠或伊斯兰世界的孟德斯鸠。相同主题的著作我还读了卢梭的《社会契约论》[50]，书的内容极其重要。

297 在哲学领域，我读了上面提过的那部古代哲学家的传记[51]，内容包括哲学家的流派、思想、智慧和告诫。我还读了伏尔泰先生[52]《哲学辞典》[53]中的许多有价值的段落，以及孔狄亚克所著哲学书籍的几个节选。[54]

在物理学领域，我跟着舍瓦利耶先生读了一篇小论文，但没有做任何实验。

在军事学领域，我跟着舍瓦利耶先生读了100页的《高级军官作战指南》[55]并做了翻译。

我还读了许多每日或每月出版的知识性报刊，这些报刊报道每日传来的国内外所谓的“政治”（*būlītīqiyya*）新闻。我非常喜欢读这些新闻，并借此来学习法语。我有时也会翻译其中的科学和政治类文章，特别是在奥斯曼国和俄国交战[56]期间。

让我给你介绍一封虚构的信，这封信我已经翻译好了。这封信设定为是俄国军队的一名法国志愿者写给巴黎一名准将的，寄自“近”希姆莱（Shumlā al-Qarīb）[57]，日期是公历1828年7月[58]22日。

298 要知道，亲爱的朋友，这是我们加入俄国的[59]军队以来第一次与穆斯林军队交战。我所看到的一切让人震惊无措，瞠目结舌。对于像我这样的人来说，这怎么能不让人惊讶呢？如果我像您那样久经沙场，参加过埃及战役，目睹过阿布基尔

（Abukir）之战和对阿卡（Akka）城的围困，那我就不会因为见到未曾见过的景象而彷徨，以至于不知如何去描述。

但是，我的兄弟，考虑一下我的情况，自打我从圣西尔军校毕业进入国王卫队服役以来，除了安达卢西亚一战外，我没有参加过任何战斗。然后，在穿越了草原与沙漠，忍受了艰难困苦之后，我突然发现巴尔干山就在面前，当地人或威胁我们，或躲着我们，或突袭我们。你看看，当土耳其骑兵以穆斯林军队作战时的奇怪阵型从希姆莱上方飞驰而下时，我有多么震惊，以至于大脑一片空白。阁下无疑已经从俄国的报告中了解到了这场战斗的细节，我们的大量士兵被屠戮，战斗已经失败。我目睹了俄罗斯上校巴拉迪被土耳其的炮弹炸成两段、横死沙场的惨状。此时此刻，这场战争的艰巨性和长期性已经再明显不过了。

尽管我们的士兵在战斗中英勇又顽强，但穆斯林军队的冲击力实在巨大，以致我们没有逃脱的余地。正是这种冲击力，让他们面对危险也毫不在意，反而冲破重重障碍去实现目标。这就带来了两种效应，一是让人不知所措，二是让无论多么英勇的敌人都心生恐惧。如果你像我一样目睹奥斯曼骑兵让人心生恐惧的可怖外表，他们令人惊讶又钦佩的侵入速度，他们随着野蛮的音乐声行进的样子，他们的库尔德战马的嘶鸣，他们对俄国步兵的闪电袭击，你就会和我一样认识到，这场战争将会旷日持久，其战火将长燃不熄。

可不是吗？奥斯曼国有一支杰出的骑兵，列着奇怪的阵型，
带着勃勃的雄心，有着精妙的组织。有谁能否认吗？他们的骑 299
兵训练有素，他们的战马天生凶猛，无论进退都服从主人的指

令，这些都帮助他们实现了战争的目标。同这样的战马、这样出色的骑兵交战的军队，是多么不幸啊！这些骑兵，除了自身的战斗力外，他们对伊斯兰教和祖国的热情也提供了强大的支撑。这个优点在俄国士兵身上根本找不到。在战时凝聚人心需要正确的组织，而在这场战争中，每个人——即便是哥萨克人（*al-Quzāq*）也都明白，荣耀属于伊斯兰军队。

从我这样的人这里听到这样的报告，你们可能会觉得很奇怪。特别是考虑到我是自愿加入俄国军队，与他们一起抵御危险，分享荣耀。但当我来到这里时，我的幻想破灭了，我［发现自己］犯下了错误。我发现曾被我们指责为低贱、邪恶的敌人实际上是威武的雄狮，一点也不低级。更重要的是，他们比法兰克人更具修养，也更优雅。我想让你知道，我亲爱的朋友，我对将鲁姆人［即希腊人］从奥斯曼人手中解放出来的热情丝毫没有减退。但我想说的是，我非常想知道，是否必须袭击伊斯坦布尔才能够解救他们？还是我们可以侥幸①凭借在夺取布勒伊拉（Brăila）[60]城期间我们损失的差不多的士兵兵力就足以解放被俘虏的鲁姆人，并减少我们在面对伊斯兰军队时的流血牺牲？

最近，我们俘虏了一名奥斯曼军官，他是一个容貌出众的年轻人，身上有多处负伤。因为可惜这容貌，怜悯这伤势，所以我们的士兵没有像处理其他俘虏那样杀死他。我用意大利语和他交谈，他明白我在说什么，也回答了我的问题。他告诉我，他的父亲现在已经80岁了，他有几个兄弟在为侯赛因帕夏[61]效

① 英译本在此处断句，译作“我希望我知道袭击伊斯坦布尔对于解放他们是必要的，还是说这不会令人后悔”，系误读，依据阿拉伯语原文修改。——译者注

力。他毫不怀疑奥斯曼国将最终获胜，还说土耳其人将一直打进莫斯科。你要知道，我的朋友，希姆莱大约有20万［奥斯曼］军队，且每天都有增援部队到达，他们的苏丹无疑是一名伟大的英雄。

我给你的信就只能写到这里了，因为我要去登上我的坐骑了。此刻，敌军士兵正在与我们的先遣部队作战，我要被土耳 300
其军乐的回响和俄罗斯人的喧嚣给淹没了。你仔细思忖一下就会明白这场战争有多么可怕了。

第六章

在巴黎期间给我安排的考试，特别是我回埃及前的最终考试

你要知道，就学问来说，法国人一般认为，聪明、勤奋的名声或老师的赞扬不足以表明一个人的实力以及他与同辈之间的区别，必须有通过考试得来的明确和切实的证据。考试有公开的，平民和精英都能参加，就像受邀参加宴会那样；也有私人的，即老师每周或每月对学生进行考查，评估他们在这段时间内取得的进步，并将结果以书面形式传达给家长。

我们在寄宿学校期间就是如此。除此之外，每年我们还会被安排一次公开考试，法国知名人士也会到场。[62]第一次考试几乎全部是围绕法语进行的。按照法国人的惯例，他们会给考试中答题出色、优于他人者发礼物。第一次公开考试后，若马尔先生寄给我一本书，书名为《青年阿纳卡西斯希腊游记》[63]，书共有7卷，且装帧精美，

封面是烫金的，同时还附上了一封信，译文如下：

公元1827年8月1日

鉴于你在法语上取得的进步和在最近一次公开考试中取得的成绩，你当获法语科目的礼物。我非常高兴能代表督导埃芬迪将这份礼物送给你，以表彰你对学习的专注。

毫无疑问，当恩主得知你的勤奋和学习成果值得他为你的教育投入巨额费用时，他会很欣喜的。

向你致以亲切的问候！

301 他所说的“最近一次考试”，指的是相较于之前考试而言最近的一次考试。而考试的礼物则类似于奖品，就像颁发给诗人的奖品那样。

在第二次公开考试后[64]，他寄给我的礼物是德·萨西先生所著的《求知者益友：诗文片段集》[65]，并附有一封信，译文如下：

公元1828年3月15日，巴黎

鉴于你在法语上取得的进步和在最近一次公开考试中取得的成绩，你当获法语语法科目的礼物。我很高兴，你值得我给你寄去这件物品，以表示我对你的欣赏，并给你加油鼓劲。我会把你的考试报告寄给恩主殿下，并告知他你的勤奋和成绩。毫无疑问，他会为此感到高兴，因为你的付出收获了成果，你值得他对你的关照和对你教育的重视。

此致问候！

就这样，我在这两次考试中都获得了奖励。在我回埃及前的最后一次考试时，若马尔先生召集了一次由多位知名人士出席的考试会议[66]，俄国教育大臣主持了此次会议[67]。召集这个考试会议，是为了确定我这个资历尚浅的人在法国期间专攻的翻译领域所达到的水平。法国人把我的考试过程刊登在了学术刊物[68]上，全文如下：[69]

对学生里法阿的考试形式如下：会上宣读两份材料，第一 302
份包括考生在过去一年中将法语翻译成阿拉伯语的12种作品，篇目如下：

1. 从古代人物传记中节选的《亚历山大大帝传》

2. 一本关于矿物学原理的书[70]

3. 若马尔先生编写的伊历1244年历书，供埃及和沙姆地区使用，内有各种科学和实用资料

4.《各国道德与风俗百科全书》①[71]

5. 洪堡先生《自然地理学导论》校订版[72]

6. 马尔特-布戎《普通地理学》选段

7. 勒让德几何学著作中的三篇

8. 一篇宇宙结构学短文

9.《高级军官作战指南》[73]选段

10. 法兰克人所谓自然法的原理[74]

11. 一篇神话学也即希腊贾希利叶时期及其传说研究的短文

12. 一篇关于公共卫生的短文[75]

第二份材料包括考生对其旅程的记录和描述。[76]然后，向
考生出示几篇布拉克[77]印刷局印制的作品，考生快速翻译了其 303
中一些选段。随后，考生将布拉克印刷局印制的《埃及邸报》

① 即德平的《各国风俗与习惯历史概要》。——译者注

[即《埃及纪事报》]中长短不一的若干篇文章口头翻译成法语。之后，同考生一起讨论他翻译的《高级军官作战指南》，在这个阶段，现场一人持法语原文，谢赫[里法阿]持译文，后者快速将阿拉伯语口头翻译成法语，从而将译文的表达同原文相比较。他以优异的成绩通过了这次考试，因他忠实地翻译了原文的表达，而没有改变原文的意思。有时，阿拉伯语的固定表达习惯迫使他使用另一种比喻来取代原来的比喻，但他并没有破坏原义。例如，原文把军事学比作供人取用的富矿，而他则翻译成"军事学是开采珍珠的汪洋"。[78]考试时，他也收到了一些批评意见，比如说有时译文和原文并不完全相符，或是重复，或是用几句话翻译一句话，或是用一句话翻译一个词，不过，这并没有带来语义混乱，他的译文总能保持原文的精神。谢赫现在确已认识到，翻译科学书籍必须避免割裂原文[指解释性翻译]，有相关需求时，必须创制符合表达意图的语词。

现场还考了他另一篇作品，即已经由他翻译成阿拉伯语的《自然地理学通用辞典》的导言。[79]但他翻译该书时[80]还没有达到目前的法语水平，因此译得不如前一部作品好。他的问题在
304 于没能全面地保留原文的表达方式，但他没有改变原文的意思，他的翻译方法也是合适的。

考试会议结束时，考官们肯定了该名学生所取得的进步，并一致认为他能够通过翻译重要书籍来裨益他的国家。这些书籍是传播科学所必需的，也是文明国家希望其多多益善的。[81]

无疑，这些书有的会带有插图，他的同胞阿塔尔正因此忙于研究石版印刷术。阿塔尔也参加了考试，向考官们展示了他亲手制作的石版印刷样品，有图片，也有阿拉伯文和法文。他已

经开始学习使用书法笔和绘画羽毛笔进行雕刻。他的画中，有动物、建筑等，但都是由线条构成的，没有画阴影。考虑到他来法国时已经上了年纪，他再也不可能正确地绘画而不犯这样或那样的错误了。然而他能够在理论上和时间上完全掌握石版印刷的方法，复刻交给他的插图样张，并在有需要时自行印刷。他也有能力开办并管理一家印刷厂。他还翻译了一篇有关石版印刷术的短文，并亲手刻写在石板上印刷，其中一份印刷成品就放在若马尔先生的书桌上。

这篇刊登在《百科博览》（*La Revue Encyclopédique*）上的文章到此结束。

他［若马尔］给我写了一封信，祝贺我在达到预期目标后返回埃及，但这封信被我遗失了，否则的话，把它收录在这里倒是挺不错的。下面翻译的这封信是舍瓦利耶先生写给我的，相当于给我的许可[82]和证明：

战争部： 305

本信署名人舍瓦利耶，曾就读于综合理工学院[83]，［现为］战争部注册的工程兵军官，受若马尔先生和埃芬迪们的委托，指导谢赫里法阿先生的学习。本人陈述：本人证明，在与该生相处的大约三年半时间里，无论是他的学习，还是他睿智、审慎的举止，无论是他善良的品质，还是他温良的性情，都处处令人满意。

第一年，他跟着我学习法语和宇宙结构学（*qusmughrāfiyā*），然后是地理、历史、算术以及其他科目。由于他不具备绘画的天资与灵敏度，因此他每周只学一次，为的是遵循恩主的命令。

但他以最大的热情全力投入翻译，这是他注定要从事的行业。关于他做的翻译工作，我在月度报告特别是我提交给若马尔先生的第一批记录中都已经说明了。这些报告和记录的内容充分说明了这名学生的情况。

还值得一提的是谢赫里法阿先生的热情，这热情驱使着他在夜间还长时间工作。他的左眼因此变得模糊，甚至到了需要看医生的程度。医生禁止他夜读，但他没有听从，因为担心这会阻碍他的进步。他发现，为了加快学习进度，最好能在政府批准购买的书籍之外再购买一批书籍，在政府聘请的老师之外再聘请一位老师，于是他把很大一部分津贴花在了买书和请老师上。这位老师带了他一年多，在他不跟着我学习的时间里给他上课[84]。我认为在他临行前，我应当给他出具这份报告，其中的内容完全符合事实。此外，我也应当表明，我发自内心地、完完全全地肯定他的价值和我同他之间的友谊。

舍瓦利耶先生

1831年2月28日①

① 英译本误作“2月18日”，依据阿拉伯语原文修改。——译者注

第五篇

［本篇］记述我们回埃及前法国爆发的革命，以及国王遭到罢黜［的过程］。之所以写这一篇，是因为法国人认为这场革命是他们历 306
史上最好、最有名的，甚至可能是一段将被载入史册的历史。

第一章

［背景］介绍，以此了解法国人不再服从他们国王的原因

你要知道，根据法国人的观点，可以将这群人[1]分为两大阵营：保皇派和自由派。前者是指那些追随国王的人，他们声称权力必须交付给执政者[2]，臣民一点都不能反对。后者则更偏向自由，即他们认为只需考虑法律，国王只是依法作出的判决的执行者，换句话说，他只应被视作工具。毫无疑问，这两种观点大相径庭，这就是为什么法国人缺乏团结，因为他们没有实现观点的一致。

保皇派大多是教士和他们的追随者，而自由派则大多是哲学家、学者、医生和大部分平头百姓。保皇派[3]试图支持国王，而自由派则扶持弱者、帮助百姓。自由派中有很大一批人希望所有

的统治权都掌握在人民手中，因此他们认为国家根本不需要国王。然而，由于人民不能同时统治和被统治，所以他们又必须从他们中间选出能代表他们统治的人，这就是“民众的统治”[4]［共
307 和制］，而这些人则被人们称为“民众的谢赫”[5]。这就像哈马姆（Hamām）统治时期的埃及，当时上埃及政权实行的就是基于包税制（*iltizām*）的民众统治[6]。①由此可以清楚地看出，一些法国人想要一个绝对君主制国家，另一些则想要一个受法律限制的君主制国家或者共和国[7]。

法国人曾经在1790年［原文如此］发动革命，并判处他们的国王和王后死刑。然后，他们建立了一个共和国，将名为“波旁”的统治家族驱逐出巴黎，并宣布这个家族为［国家的］敌人。革命的影响一直持续到1810年［原文如此］，在此之后，以“拿破仑”之
308 名著称的波拿巴成为统治者，并采用了“众王之王”[8]［即皇帝］的称号。他通过多次战争征服了许多王国，他的力量和勇敢让人恐惧。法兰克的国王们结成联盟反对他，要把他驱逐出他的王国。虽然法国人很爱戴他，但这些国王们还是成功地驱逐了波拿巴，并且罔顾法国人的意愿，复辟了波旁王朝。

复辟王朝的第一位统治者是路易十八。为了让人们支持他的统治，巩固王权，他在征求法国人的意见并获得同意后，制定了一部适用于他和其他所有法国人的法律，他强迫自己遵守它而不去违背，这部法律就是《宪章》，我们已经在关于法国政治制度的一章中提供了译文。确实，尊贵者的承诺比债务人的负债更有约束力。路易

① 第二版中，或许是出于自我审查的原因，塔赫塔维删去了这句对哈马姆时期的评价，改为：“仔细考察上述三类统治并了解其渊源后便会发现，伊斯兰统治所基于的伊斯兰法融合了这三类。”——译者注

十八使自己和之后的法国［王位］继承者们都受这部法律约束，除经国王、贵族迪万和臣民代表迪万批准外，不得对其作任何增减，因此，两迪万同国王一样，都是不可或缺的。据说他做这一切违背了他的家人和亲属的意愿——他们希望拥有对臣民的绝对权力。据说他们还曾密谋反对他，领头的是他的弟弟查理十世。国王发现了他的阴谋，并挫败了他的计划。据说，当路易十八年迈时，他想要废除这项法律，恢复专制统治，但未能如愿。

哥哥去世后，查理使用了策略，他掩饰自己的意图，假装从来不曾想要绝对君权。他允许每个人以书面的形式在报纸上发表观点，且在印刷出版前不需要审查。人们相信了他的话，认为他不会食言。不仅如此，全体臣民还为他治国的政策和守法的做法欢欣鼓舞。但最终他却践踏并违背了法律，那可是相当于法国人的沙里亚啊。[9]① 而他的这种转变，在此之前就已经有迹象了，因他任命波利尼亚克（Polignac）［亲王］为首相[10]，后者的理念与政策是众所周知的——他赞成国王独揽大权。据说这位首相是国王的私生子，也就是说国王才是他真正的父亲，他的不公与暴虐，尽人皆知。有这么一句流传极广的格言：追随者的不公会被算到被追随者的头上。圣训有云：拔不公之剑者，必吃败仗之剑，必忧虑终身。诗人说： 309

公正待人又不求报偿，
　　此乃真王子。
想被公正对待又同样公正待人，
　　此乃鲜有人可及。

---

① 英译者处理成“但最终他使保障法国人民权利的法律蒙羞了”，这是过度发挥，偏离了阿拉伯语原文。——译者注

想被公正对待但却不公正待人，
　　此乃下作卑鄙。

这位首相先前作为代表被法方派驻英国以调节两国关系，每当国王违反自由派的做法时，法国人就会归咎于他。每次有传言说他要回法国时，所有人都以为他回来就是为了做首相和修改法律。正因为如此，所以所有自由派的人和大多数臣民都对他怀恨在心。法国人事先就知道国王将任命他做首相，这是专门针对他们的。果不其然，国王即位后大约一年，任命就下达了。

310 我们先前说过，作为臣民代表的各省使者迪万，每年都会召开全体资政会议。该迪万开会时，曾提请国王解除这位首相和六位大臣的职务，但国王根本不听从他们的建议。这个资政迪万的惯例是，按照多数成员的意见决定各类事项。迪万大会在讨论首相和大臣［去留］问题时，在场的430人中有300人投票反对保留他们的职务，有130人赞成保留，也即多数人反对，少数人赞成，因此，该迪万决定罢免他们。但国王希望留下他们，以帮助执行他的秘密计划，他也确实这么做了，还发布了一些违反法律［即《宪章》］的敕令。最后的结果是，这些大臣失去了职权，国王被众人赶下了台。[①]诗人是这样说的：

他不知道自己将会因言获罪，
　　也不知道最终结局将走向何方。
他以一贯的方式把话说出口，

① 英译本作“这些大臣被免职并被驱逐出境”，系对阿拉伯语原文的误读。——译者注

却没有好好想过后果会是怎样。
就这样草率又鲁莽地张口发言，
就这样与邪恶和愚昧者交往。
愚昧者对你的歌颂实是羞辱，
他们所声称的益处实是中伤。

第二章

发生的变化和随之而来的革命

之前我们在阐述法国人的权利时已经介绍过相关的法律规定，［《宪章》］第八条规定，在法国，在不触犯法律的条件下，任何人都不得阻止他人发表、书写和刊印观点。只有在触犯了法律的情况下，［相关的观点］才会被移除。

然而，1830年，国王突然颁布了多条敕令，其中一条就是禁止人们在某些条件下发表、书写和刊印观点，特别是在日报上。此条敕令后，任何观点在刊印前都必须交由一名政府官员进行审查，只有他希望发表的内容才能发表。但是，［颁布法令］并不是国王独有 311
的权利，他必须依据法律才能获取这样的权力，而法律的制定须得国王和贵族迪万与各省使者迪万这两个资政机构三方意见一致。也就是说，国王只有同另两方一起制定敕令，敕令才能生效，但他却独自去操作了。

在这些敕令中，他还对有关选民团的规定做了一些修改，选民团即选举派往巴黎的各省使者的机构。他还在代表聚集之前就召开各省使者迪万，而他本应等到代表们聚集后才能召开这一迪万，就像他上次做的那样。上述种种，都违反了法律。颁布这些敕令时，他好像预感到要发生抗议，便任命了一些众所周知的与自由为敌的头脸人物担任军队职务，而自由是法国民众追求的目标。这些敕令来得如此突然，法国人似乎完全措手不及。这些敕令一经发布，大部分熟悉政治的人就都表示，这座城市将遭受重大的磨难，该来的都会来的①。正如诗人所说：

在灰烬中，我看到炭火星在闪烁，
似将要燃起熊熊的大火，
那柴火枝②上的微火将要升腾而起，
是的，挑起战争的常常是言说。

就在这些敕令将要见报的前夜，一些人开始在皇宫附近活动，里面住着的王室家族，叫作“奥尔良家族”（*Maison d'Orléans*），现任国王就出身于这个家族。③那一天是7月26日，人们都面带悲伤。到了27日，大多数自由派的报纸都没有出版，因为它们不接受［新敕令设置的］条件。新敕令也因此家喻户晓，那些除非遇到重大情况才停刊的报纸也纷纷停刊。敕令更是催生了一场大规模运动的爆发，车间、作坊、工厂[11]和学校都关闭了。而一些正常出版的自由
312 派报纸则呼吁民众反抗国王，不再服从于他，并列出了他的种种错误行为，这些报纸被免费分发给民众。

① 英译本作“后果将不可估量”，依据阿拉伯语原文调整。

② 英译本误将 *ʿīdān*“枝杈”“短棒”读作 *ʿaydān*“枣椰树”，依据阿拉伯语原文上下文修改。——译者注

③ 查理十世与七月革命后登上王位的奥尔良公爵虽系亲属，但并不属于同一家族，查理十世属波旁家族，奥尔良公爵属奥尔良家族，但他确是波旁直系外最近的亲属。此处应系作者误解。——译者注

在这个国家，同其他很多地方一样，言语传播所能达到的距离可能比射出的箭还要远，特别是演讲词，它们十分有力，其中的修辞也极具感染力。正如有人曾经说过的那样："众先知之后，若还有启示降临到谁身上的话，则必是那些修辞大家。"如果那些日报上所刊登的内容被百姓接受，被精英作为追求目标的话，那正是正确［使用］修辞的功劳，百姓因之而理解，精英因之而认可。[12]

警长们得到消息后，纷纷赶到公共场所，阻止人们阅读这些报纸。他们包围了印刷厂，开始捣毁印刷机。他们捣毁了几台，监禁了被指控出版这些报纸的出版人，还粗暴地对待了民众中许多以各种方式反对国王政策的人。这加剧了法国人的愤怒。

这些报纸的作家，也即在其上发表观点的法国重要人士，拟了一封公开抗议信，并复制了多份张贴在城里各处立面上，他们号召民众起义，还确定了一个汇合地点，即在皇宫附近的一条巷子里。各色人等蜂拥而至，挤满了周围的巷子。国王卫队试图去驱散人群，但人们咆哮、呼喊、愤怒的声音仍响彻街巷。士兵们冲向民众，双方扭打在一起。

人们投掷石块，士兵们则用剑和"作战武器"［即枪］回击。打斗越来越激烈，双方相互的追打也越来越暴力，民众也去找来"作战武器"，两边都响起了火药爆炸的声音，在巴黎城里回响。法国人曾说过这么一句话："你的表亲们已经举起了长矛！"而此时他们的状况比这句话更真实。

战斗愈演愈烈，大部分伤亡人员都是民众这边的，这进一步加 313
剧了他们的愤怒。他们将死者陈列在广场上，揭示士兵的罪行，鼓动人们继续战斗。人们对他们的国王怒不可遏，因为他们认定下令杀戮的就是他。当时，街区里四处都是此起彼伏的呼喊："拿起武器！拿起武器！”“宪章万岁！”“国王去死！”从那一刻起，流血杀戮变得越来越常见。民众或买或抢，从武器贩子那里弄来武器。大量的工人和工匠，特别是印刷工，袭击了警察局和军营，夺取了那里的武器和火药，杀死了那里的士兵。人们还从商店和公共场所移除了国王徽章。法国国王徽章的图案是百合花，而伊斯兰国家国王徽章的图案是新月，俄国国王徽章的图案是鹰。人们砸碎街灯，撬开城市街道上的铺路石，堆积在主干道上，阻挡骑兵，他们还洗劫了皇家火药库。

正值局面严峻之际，正在城外的国王得报后立即下令包围这座城市，并任命一位与法国民众敌对的亲王为军队总司令——后者以背叛自由派思想而为人所知。这个决定把他推向了睿智、善治与英明的对立面，进一步向民众表明这位国王是如此昏庸。要知道，贤明的君王必会做出宽恕、包容的姿态，因为宽恕能延续他的统治。贤明的君王也会把军队交给他和民众都喜爱的、通情达理的人，而不是那些受人憎恨和敌视的人。但这位国王一心只想要毁灭他的臣民，把他们视作敌人。即便如此，与敌和解也比置敌于死地要来得明智啊！有人说得好：

你当以仁慈与克制、
　　温柔与宽容来对待有罪者。
若你不能减轻他们被控的罪过，
　　很快你就将被愚人包裹。

314 但事与愿违，国王对敌对者展开的行动反噬其身，如果他施恩，给予一个具有自由派性质的团体以自由，他就不会陷入这样的困境，也不会在最后遭此大难，丢掉王位了。事实上，对于自由的品质，法国人早已熟知，熟悉且习以为常。自由，已经成为他们的精神特质之一。有诗人说得好：

人们有习以为常的做法，
　　和恪守的规矩与原则。
与他们同处却不遵习俗[13]，
　　于他们这是惹人生厌的折磨。

［7月］28日，民众从士兵手中夺取了市政厅[14]，也即巴黎市长[15]的所在地。也就在此时，国民卫队[16]也即人民的保护者出现了，他们是以前负责保护民众的士兵，就像国王有保护自己的士兵那样。查理十世解散了国民卫队，但革命爆发后，为了捍卫自由，卫队又一次组织起来了。[17]卫队士兵们挥舞着武器参与战斗，将其他所有 315
士兵都赶出了阵地，还火烧了不少士兵。当时还设立了法院，由民众担任法官。国王简直无能为力，虽然他竭尽全力镇压、平息起义，但都没能成功。所有的宪兵[18]都被动员起来了，炮兵还为1.2万名国王卫队的士兵和6000名步兵[19]提供了支援。也就是说，当时国王出动的军队总兵力达到了1.8万人，而这还不算炮兵和宪兵。民众这边，有武器装备的人数少于1.8万人，但没有武器的人也会从旁协助或用石块战斗。在［起义民众］攻占市政厅并从军队手中夺取了一门大炮后，城里的国王军队开始溃败，他们撤入卢浮宫和王宫杜伊勒里宫，在这两处，城里的民众继续和士兵战斗。民众战斗时，象征自由[20]的三色旗就在教堂和公共建筑顶部飘扬，敲响的大钟，号召着巴黎城内外所有的人，无论是否是巴黎居民，都拿起武器对抗士兵。眼见着民众即将胜利，军人们意识到，把武器用在同胞和亲属身上是多么可耻，于是大部分士兵都拒绝战斗，许多军官也纷纷

辞职。

［7月］29日早晨，民众已经占领四分之三的巴黎城，杜伊勒里宫和卢浮宫也落入他们手中。他们占据这两座宫殿，在宫殿上方升
316 起了自由派的旗帜。受命让巴黎民众服从国王的将军[21]了解到这一情况后便退却了。巴黎民众取得了全面的胜利，军队也加入了民众的队伍。

紧接着，临时政府和临时迪万成立，负责暂时管理国家，直到确立［下一位］长期统治者。临时政府的领导人是拉法耶特（Lafayette）将军，他曾参加过第一次为自由而战的革命。他以热爱自由、捍卫自由而闻名，因为这个特质，也因为他在政治[22]上立场坚定，始终如一，他如同国王一般受到了尊敬。虽然他不像大多数法国人和知名人士那样具有在科学领域，特别是军事科学领域开拓创新的天分，虽然他的天资和悟性都不是最好的，但他的地位是最高的。这么说，不是为了贬低他的学识，也不是为了贬损他最终掌握领导权这个事实。成为领导者并不总是依靠学识，这是世界各地都很常见的情况，尽管无论从法律还是自然的角度来看，领导地位与学识应该是相称的。当然，这样的事情发生在文明程度如此之高的国家，还是很奇怪的。在我看来，这恰恰印证了这样一则圣训："一个人的智力是从他命中所得（*rizq*）之中支取的。"①正如诗人所说：

如果你遇见一位学有所成之人，

不要奇怪于他的贫穷和拮据。

① 这则圣训的意思是智力是一个人命中所得的一部分，智力高了，别的方面获得的就相应少了，英译本译作"一个人的智力并不总是归功于持有它的人"，这是错误的，依据阿拉伯语原文修改。——译者注

先知曾有言说得好： 317

“智力应算入命里所得的赐予。”

另一位诗人也说得好：

如果智慧如雨自云端倾泻，

那它不会同时浇灌黄蓍胶与枣椰树。

如果雨按高度选择降落的对象，

那它会灌溉高原而避开低谷。

第三章

国王在这一期间的行动；他同意和解却错过了时机；他逊位给他的儿子

你要知道，国王颁布敕令时正在巴黎附近的圣克卢（Saint-Cloud）[23]，也就是说，革命发生时，他并不在巴黎。巴黎城里的民众向他传话，要求他撤换内阁，撤回和废除这些敕令。换句话说，他们要求他颁布一项敕令来撤销他先前颁布的敕令。但国王拒绝了，于是民众又派去了一些代表，向他提出要求，试图改变他的想法。然而，他们说的话无济于事，或者更准确地说，是白费力气，比在废墟前掉的眼泪还不如[①]。代表们告诉国王，民众决不会接受［这些法令］，因为它们会带来更严重的崩坏。国王反驳说，他说出的话是不会改变的。

当国王明确意识到，由于他拒绝接受和解，他的政权正处于毁灭

① 英译本误作“就像眼泪落在海里一样”，依据阿拉伯语原文修改。——译者注

的边缘时，他派人向民众求和。但民众告诉国王，再没有和解的余地了，和解的时机已经过去了。国王先前没有预见这样的后果，没有先见之明的人会自吞苦果，他太不审慎了，否则何至于此。

318 7月30日，各省使者议院[①]同意向国王的二级亲属奥尔良公爵传信，要求他摄政，直至另一个协商会议召开并确定由谁继任国王。公爵当时不在巴黎，但他一收到该议院的要求，就在［7月］31日赶到了巴黎，入驻市政厅，并回应称同意议院成员的方案。抵达市政厅后，公爵发表了精彩的讲话，阐释了他接受这一方案的原因。讲话的核心内容如下：

> 我对巴黎陷入这种境地深感遗憾，其肇因是对法律的破坏，或者说，是对法律条文含义的恶意曲解。我听从了［你们的召唤］，来到你们中间，为的是拯救国家于困厄。我须得同你们一起戴上我那小时候经常佩戴的三色徽章。

他在结束讲话时说："从此刻起，《宪章》就是法（*ḥaqq*）。"他的意思是，他将按照王国的规则行事，始终遵守而不背离，因为这些规则就是法。在法国人那里，这句话成了格言，其中的语词激起了他们莫大的激情。

查理十世认为，他可以通过逊位给他的儿子来避免他的政权垮台，［然而，］有诗言道：

> 他多么希望能回到过去他受保护的日子，
> 　　但失而复还者少之又少。

---

① 此处起作者用 *mishwara*"协商会议""议院"而非 *dīwān*"迪万"来指称"议院"。——译者注

于是，有一天在圣克卢，王太子在院子里现身，向在场聚集的士兵们宣布，他的父亲已任命他为国王，士兵们以轻蔑和漠不关心的态度接受了这一消息。把王位移交给儿子后，国王带着他的内阁和朝臣于7月29日前夜出走，留下王太子独自一人等待他掌权的后果。查理十世召集了身边所有的士兵，让他们在他前面行进，以了解这些士兵的倾向。他发现士兵们不愿为他而战，于是他便决定出走，并离开了圣克卢。国王出走后几个小时，三色旗就在圣克卢宫也即该小镇的王宫飘扬。

国王和他的随行人员于8月1日抵达朗布依埃。[24]第二天，查理十世和王太子给他们的亲戚奥尔良公爵送了一封信，信中说他们已经把王位让给了国王的孙子、王太子的侄子波尔多公爵[25]，并任命奥尔良公爵为摄政官直至新王成年。他们还在信中要求临时政府派人护送他们安全离开法国。奥尔良公爵向各省使者议院提交了这封信，代表们并不同意逊位的安排，但他们同意给国王派去几位大人物们的代理人，以确保他安全离开法国。之后，又有消息传到巴黎，说国王不同意立即离开，于是他们又派出一队士兵去强迫他马上出发。国王一得到这样的答复，就立马动身去了英国，此事有诗为证： 319

命运浮沉，
权倾天下有时，
卑躬屈节亦有时。

在此期间，他的堂兄［即奥尔良公爵］在巴黎担任王国的摄政（*qāʾim maqam al-mamlaka*）[26]，所有的权力都掌握在他和两协商迪万［指贵族院和众议院］的手中。他做出的第一个决定是保留象征法兰西民族自由的三色旗。然后，他召开了各省使者协商迪万和贵

族协商迪万。按照惯例，各省使者协商迪万召开时，国王会出席并
320 在讲台上发表讲话，陈述他为改善国家所做的工作以及下一年的计划。既然公爵此时暂摄国王的位置，便由他登台做了简短的发言，他对巴黎因王国法律遭到破坏而经历的危难表示遗憾。发言完毕之后，他向协商迪万提交了查理十世和王太子给他发来的信件——他们在信中表示，将王位让与波尔多公爵，并称其为亨利五世，因为法国之前已经有过四位名为亨利的国王。在这之后，王国的摄政离席，协商迪万从此日起每日开会进行商讨。

第四章

［各省使者］议院作出的决定；革命以奥尔良公爵被任命为法兰西人之王而结束

你要知道，是议院谋划了法国未来的形态。我们之前说过，法国人在［政］见上的分歧很大，这甚至反映在议院的席位安排上：保皇派坐在右边，自由派坐在左边，而支持内阁的坐在中间。每个人都可以不受阻挠地表达自己的观点，因为真正起决定作用的是获得多数票。这种做法一直持续至今，没有因这次革命而发生任何改变。

持各种政见的人可以分成两个阵营，一个阵营想要君主制，而另一个则想要共和制。在支持君主制的阵营中，有一些人想让前国王的孙子波尔多公爵做国王，有一些人想让拿破仑·波拿巴的儿子做国王，还有一些人想让王国的摄政奥尔良公爵做国王。王位继承时，奥尔良家族只排在第二位，只有在长支波旁家族灭绝后才可以继承。

接着，［巴黎］的各个街区与公共道路上都张贴了印制的传单，传单的内容是：

> 实践告诉我们，共和制不适合法国。如果让波尔多公爵继位，则法国人将［再次］被波旁王朝统治，势必将［再次］陷入他们刚刚脱离的困境。至于拿破仑之子，他是由教士们抚养的， 321
> 他们都是自由的敌人。鉴于此，应任命奥尔良公爵［为国王］。[27]

议院还提出并通过了以下几条意见：[28]

> 第一条　无论从形式上还是实质上来说，王位都是空缺的，没有人有资格拥有它，但另一方面，又必须有人占据它。[29]
>
> 第二条　从法国人民的愿望和利益[30]出发，删除《宪章》也即王国法典中拔高［国王］的表述，因为保留现有的［表述］形式会降低法国民众的地位。《宪章》中的一些条文必须删除，并代之以与目前形势所需相符的新条文。

完成上述工作后，民众代表协商迪万为了全体法国人的公共利益，请王国摄政、奥尔良公爵路易-菲利普殿下接任国王，王位继承人为其男性子嗣，其王位由其长子继承，并以此类推。换句话说，国王去世后，王位将传给长子，若长子亡故或因故无法继承，则传给长孙，以此类推。继位后，国王必须接受议院成员确定的条件和效忠[31]形式，并被称为“法兰西人之王”而非“法兰西国 322
王”。[32]这两个称号的区别在于，“法兰西人之王”对民众的心理意义重大，因为这是他们任命的国王，而“法兰西国王”则意味着，只要法国的国土存在，国王就永远是法国的主人和统治者，国民决不能反对他。之所以［更改称号］，是因为之前的国王都被称为“法兰西国王”，国王们起草敕令时会使用这样的格式：

> 我，某某，基于上帝的恩典，任法兰西和纳瓦拉的国王。我向所有见此敕令者致以问候！我已下令如此如此，我将下令如此如此。[33]

“法兰西国王”的含义不言自明，而“纳瓦拉国王”则是一种固定的荣誉称号。究其原因，是因为纳瓦拉王国曾为法国国王的祖先统治，后归西班牙国王所有，成为西班牙的一部分，而法国国王则保留了此称号。至于“法兰西人之王”，则会使用以下格式：

> 我，某某，乃法兰西人之王，向所有现在和未来的人致以问候！我已下令如此如此，我将下令如此如此。[34]

两种格式的区别在于，在前一种中，［统治者］使自己成为法兰西和纳瓦拉全境的国王，并称“基于至高无上的上帝的恩典”，而在后一种中，［统治者］使自己成为法国人的国王，且不提“基于上帝
323 的恩典”。他避免这种说辞，是为了让法国人满意，因为民众会说，他成为法国人的国王，是法兰西民族的意愿，是法兰西人任命的，而不是至高无上的上帝赋予他的特权，民众并非对此没有任何发言权。由此可见，对他们来说，提“上帝的恩典”就意味着国王因其出身或血统而有权登上王位，这与称“法兰西国王”就意味着国王是国土的所有者和统治者是一样的。但在埃及，这两个称号就是一样的。王权是源自民众的选择还是源自至高无上的安拉的恩典与恩赐，这两者并不矛盾。例如，对我们来说，“波斯人之王”与“波斯国之王”就没有区别。[35]

协商会议结束后，协商迪万派了几名特使去［路易–菲利普］那

里，迪万主席向他宣读了迪万成员们通过的决定，他立即回答说：

> 我怀着激动的心情倾听你们向我通告协商会议关于选择我担任国王的决定，你们所表达的也是全体民众的心声，这一点于我而言是确凿无疑的。我也很清楚，你们制定的法律与我毕生实践的政治信念是一致的。但我内心对这一任命极度不安，因为我永远不会忘记我过去所经受的可怕经历，以至于我决定永不谋求成为统治者，只与我的家人一起去过平和、闲散的生活。但我希望祖国繁荣昌盛的心愿胜过了一切，因此，我以国家为先是应当的，也是必要的。

然后，他确定了在各省使者迪万加冕的日期。加冕当日，他在约定的时间到达，盛大的队列簇拥着他，队列中没有国王卫兵，也没有侍臣，而原本这两类人都是［之前的］法国国王队列中必不可少的。他每迈一步，众人都会从四面八方向他呼喊："上帝保佑奥尔良公爵！""上帝保佑国王！"进入迪万后，他走上王座边的讲台，向所有在场的人致意三次后，便坐在王座前的长凳上。他的长子坐在他右边，次子坐在他左边，身后是四位军事大臣，他们被称作"*mārishālāt*"（*maréchaux*"元帅"），这个词是"*mārishāl*"［即 324
"*maréchal*"］的复数形式[36]，是法国的最高军衔，军衔后通常还会附上"法兰西"作偏次，即"法兰西元帅"，用法语说就是"*maréchal de France*"。其中的"*de*"标记正次与偏次间的主属关系，就好比是我们［阿拉伯语］的正偏组合中假定存在的"*lām*"［意为"属于"］，在法国人那里，这个标记主属关系的词是显性的。

奥尔良公爵坐下后，他命令贵族迪万和各省代表迪万的成员就座，并要求迪万主席宣读两迪万成员关于将王位移交给他的决议。

主席宣读完毕后，公爵回应道："先生们，我认真地听取了两院的决议，审慎考察了其中的表述，仔细考虑了其中的内容。我在此向你们表示，我无条件、无保留地接受其中的所有条件，以及你们授予我的'法兰西人之王'的称号。"[37]随后，国王站起身，他的头上没有帽饰，他一字一句缓缓地念出了以下誓词，译文如下：

> 我向至高无上的上帝发誓，我将忠诚地守护承载王国法律的《宪章》和在决议中列出的对《宪章》内容的最新修订，我将只依据成文的法律及其规定的方式统治国家，我将依据法律的规定给予每个人有权享有的权利，我将始终以法国民众的利益、幸福和荣耀为纲行事。[38]

接着，他登上王座，并发表了以下讲话：

> 325 先生们，我刚才立下了一个重大的誓言，我充分意识到我被赋予的重大、广泛的职责，我内心的声音告诉我，我将全心全意地履行这些职责。我曾决定，永远不登上这个法兰西民族刚刚赋予我的王位，但却不忍见法国的自由受到伤害，法国大地上的公共福祉遭到破坏，王国因其法律被践踏而濒临崩坏。法律必须恢复，这是贵族迪万和各省使者迪万的职责，也是我托付给他们的任务。我们对《宪章》的修订将确保未来的安宁，我希望法国在内享有安定，在外受到尊敬，希望和平在欧洲国家越来越稳固。[39]

当他结束演讲时，人们高呼："上帝保佑路易斯-菲利普一世国王！"国王向在座的人致意，一边同其中一些人和其他一些在场的人握手，一边往外走。他骑上马离去，左右两边的人们争相与他握手，他可能还拥抱了不少人。簇拥着他的激动万分的队伍中，既有当地民众，也有民族卫队，也即国民卫队。夜幕降临，巨型的篝火照亮了巴黎。新王登基那日，是公元1830年8月7日。

第五章

关于那些在敕令上签字的大臣们的下场；那些敕令致使颁布它们的国王的统治终结，而那些大臣们欲求不可得之物却没有考虑后果

正如诗人所说：虽然众生各有别，皆求世间不可得。你要知道，法国人在这场革命之后全力搜捕那些始作俑者的大臣。事实上，根据法律，这些大臣对王国所受的伤害负有责任，应当被追究的是他们，而不是国王。因为国王本没有多少责任，但大臣们本就应担负 326
重大的责任和艰巨的职责，因此，他们当为所发生的一切担责，正如诗人所说：

人们在彼此之间轮享着权力，
　　我本想分一杯羹，但我绝不
把沉重的负担加给他人；确实，
　　受考验的不是领导而是下属，
下属肩负着交给他们的重担，
　　而领导则只负责盖章与签署。

这个国家的所有街道上都张贴起了通缉令，一旦发现这些大臣经过，就立即实施逮捕。我们说过，之前的首相是波利尼亚克亲王。

后来，有四名大臣被抓获，其中就有这位亲王。[40]亲王被抓获时，他正扮作一位贵妇人的仆人准备离开法国[41]，但士兵们认出并逮捕了他。街上的卫兵护着他，担心民众过来伤害他。巴黎的迪万得到了通报，而波利尼亚克本人也给贵族协商迪万写去一封信——他自己曾是该迪万的一员。他在信中说，逮捕他是非法的，因为他是迪万的成员。他援引了《宪章》第三十四条，即“若无贵族迪万命令，不得逮捕该院任何成员，他人不得审理其涉罪案件”。而迪万成员的答复是，他们一起读了他的信，商议了信中的内容，并形成决议，即批准对他进行逮捕和监禁直至他接受审判。波利尼亚克亲王随后被带到巴黎附近的万塞讷镇，并被监禁在该镇的城堡[42]中。其他三人被捕后也被关在此处，他们在监禁期间没有受到任何形式的虐待。

在这些人被拘禁期间，贵族协商迪万给他们建了一大块囚禁区
327 以便对他们进行审判。囚禁区建得非常坚固、牢靠，这样可以防止民众攻击和伤害他们，也可以防止他们的朋友营救他们，当然，这也花了很大一笔钱。随后，囚犯们被带到这个地方，关押在单独的囚室内，然后每天从囚室里被带出来［接受审判］。对他们的审判是世人所能见识到的最令他们印象深刻的审判之一，也是法兰西人的文明与法兰西国的正义最为明确的实证之一。[43]

让我们向你说明与此相关的一些事情。你要知道，法国人的新国王一继位，就表示希望解除由前国王查理十世任命的70名贵族议院成员的议员资格，这样他就可以从与他有共同目标的人中任命新成员。而如果这70名成员留下来，他们就会联合起来为那些［有罪的］大臣们辩护。虽然贵族协商迪万的大多数成员都对这些罪臣怀有敌意，但他们严格遵守法律，且普遍心地善良，自然而然地厌恶不公，这也将成为这些罪臣［有可能］被赦免的因素之一。关于此

一点，让人惊讶的是，［前］首相波利尼亚克被捕后想挑选一名懂得法律事务的人为他辩护，他选择了一名在他之前就被罢免的大臣马蒂尼亚克[44]，但他们二人之间并没有联系的纽带，也没有友谊。更让人惊讶的是，马蒂尼亚克尽最大努力忠实地完成了这项任务，他运用自己所有的专业知识来为委托人辩护，反驳所有指控。其他被捕的大臣也都任命了自己的律师。审判中，这些被囚禁的大臣中每人都被最亲切和温和地问及了一些个人信息。最先问的是："你叫什么名字？""你的个人特征是什么？""你的职务是什么？""你的级别是什么？"尽管答案事先都知晓，但审判议会还是让他们都回答了这些问题。接着，他们每人又被问道：

"你承认你曾在［前］国王的敕令下签字吗？"

"是的，"他们回答。

"你为什么要那样做？"他们回答是［前］国王让他们那样做的。 328

"［前］国王为什么要这样做呢？他是很久以前就决定了，还是在最后才决定的？"

面对这样的问题，他们每个人都说："我决不会泄露［前］国王陛下枢密迪万的秘密。"确实，被废黜的国王受到审判会议成员的高度尊重，［被告］中没有一个人透露过枢密迪万的任何秘密，也没有任何人强迫他们这样做。讯问结束并做了记录之后，律师们就到了。此后几天，律师们不断阐明大臣们没有犯任何罪行，他们行为的动机是好的，等等。之后，［审判］会议审查了整个审判过程，然后做出了以下判决："由于大臣们在违反王国法律的敕令下签字，并因此近乎破坏了法律的神圣性并违反了法律，［审判］会议判处他们终身监禁，剥夺其荣誉与称号；额外判处波利尼亚克司法死亡。"所谓"司法死亡"类似于这样一种情况：某人失踪超过一定期限后，法官判断[45]他基本上不可能继续存活，便判定他死亡。法国人称“司法死亡”为“民事死亡”[46]，即在很多情形下把活人当作死人来对待。被判处这种刑罚的人会失去所有财产，他的财产将转给他的继承人，就好像他真的死了一样。他不能再从任何人那里继承，任何人也不能从他那里继承他在判决生效之后拥有的财产。他不得处置其部分或全部财产，无论是以馈赠还是遗产的形式都不行，除食物外，他也不得收受任何馈赠或遗产。他不得成为监护人、遗嘱人或法庭见
329 证人，法庭也会不接受他发起的任何诉讼。他不能结婚，他的既有婚姻及由此产生的法律权益皆为无效，他的妻子和孩子可以自由处置他的财产或自行采取其他方式，就如同他真的死了一样。总而言之，他是活人中的死人。然而，由于这位［前］首相和其他一些像他这样被判处这种刑罚的人都来自精英阶层，且他们的后代都受过良好的教育，因此他们通常可以继续保持判罚前的地位，他们的家人认为这种刑罚是对［他们权利］的公然侵犯，且在上帝那里，他们将会被拯救。他们的妻子也绝不会离开，因为她们与丈夫的婚姻纽带是深层的，若在判决后给丈夫生下儿子，其他的儿子也会接受他同他们一起成为继承人，即便这违反了“司法死亡”的规定。

民众听完判决，起立要求对这些人判处真正的死刑。政府官员告诉他们，这将与他们一直要求的自由、正义和公平相矛盾，因为法典没有规定犯叛国罪的大臣将受到何种惩罚，是［审判］会议通过研究决定了对他们的惩罚方式，以对像他们这样的人形成威慑。诗人以下的诗句很适合描述［审判］会议的成员：

身处山脚他们荣耀尊贵，

身处山间他们勤勉用功。

他们若进行调查与思忖，
　　必比青春复归还要贵重。①

判决当晚，在［审判］会议告知［这些罪臣］判决的结果前，这些人就从专门为他们建造的囚禁区被带走并被护送到万塞讷城堡关押，后又被转移到另一座城堡[47]中被关押至今。对他们的判决方式体现了法国良好的道德水平。

第六章

革命后法国人对查理十世的嘲讽以及法国人如何不满足于此

你要知道，在这场革命前不久，法国人得知阿尔及利亚已落入了他们之手。[48]听到这个消息时，他们虽然表现出了喜悦，但并不激 330
动。然而首相波利尼亚克听到这消息后，立即就下令鸣炮庆祝。有人说得好：

多少喜悦暗藏悲伤，
　　时间正是为此而生。

他开始在城里大摇大摆地走来走去，露出一副自我陶醉的样子，因为他的想法得到了实现——在他的任期内法国战胜了阿尔及利亚。然而，没过几天，法国人就战胜了他和他的国王，而且胜得更彻底。

---

①“诗人以下……”一句及以下引用的诗句为作者在第二版新增，英译本缺，仅做注说明，现依据阿拉伯语原文补充，并删去该注。——译者注

结果，阿尔及利亚问题被完全遗忘了，人们只谈论这最近的一次胜利。阿尔及尔的统治者确实离开了他的城市，但这是有条件的，且他还带走了他的财产，而法国国王离开他的王国时却是对所发生的一切满心悔恨。岁月沧桑，世事轮转，这就好像是他［波利尼亚克］袭击阿尔及利亚的报应。这袭击基于似是而非的动机，全无必要兵戎相见。这么做不过是为了满足个人的突发奇想，当幻想占上风时，理性就失去作用了。

还有这么一件事：当大主教得知法国打下了阿尔及利亚，前国王走进教堂感谢至高无上的上帝时，大主教走到他面前，祝贺他取得这次胜利。大主教的贺词大意是：赞美至高无上的上帝使基督教民族大胜伊斯兰民族，希望这样的胜利一直持续下去。[49]然而，法国人和阿尔及利亚人之间的战争纯粹是出于政治冲突、商贸争端和因自大、傲慢而导致的争吵与争执。[50]有格言道："争执如树，其果为躁怒。"[51]

革命爆发时，大主教逃走了，法国人毁了他的房子，砸了房子
331 里的一切。他藏了起来，有一阵子都找不到他的踪迹。后来他露了一次面，但又躲了起来，他的房子也又被袭击了一次。［时至今日］他仍然受到谴责和冷落，[52]正如诗人所说：

别奇怪，也别一时不能接受，

时运轮转，不过是从一群人到另一群人。

当法国人看到查理十世像阿尔及尔的帕夏一样被赶出他的王国时，他们也开始取笑他，把他的形象和帕夏放在一起进行刻画。幽默小报会写一些含沙射影的故事和诙谐的笑话，比如，他们把查理十世和帕夏画在一起，并在后者的下方配上这么一句话："轮到你了吗？"就好像帕夏在嘲弄地问他："你也像我一样被罢黜了吗？"

有诗言道：

对幸灾乐祸的人说：悠着点！
　　你们也要祸事临头了！

另有诗人说：

造化弄人，所以不要
　　为职位与地位所左右。
多少福荫葬于小失误，
　　诸事皆藏有逆转之由。

在幽默小报上，他们还写道："帕夏对查理十世说：'我们下注玩些什么吧，要是你身上没钱，我从民众那里给你募些钱。'" 这句话指出了这么一个事实：阿尔及尔的帕夏离开自己的国家时腰缠万贯，而查理十世离开自己的国家的时候却是两手空空。他们还把［前］国王描绘成向人行乞的盲人，他乞求人们说："施舍我这个穷瞎子点什么吧！" 这里暗示的是他当初没有预见发布敕令的后果。报上还描绘他和他的首相一起离开教堂，暗示他们只擅长这种虚幻的崇拜， 332
与其说他们是统治者，不如说他们是教士。还有人声称，［前］国王会在一些场合打扮成教士，并在自己宫殿的教堂里给人们做弥撒。

革命结束后，国内到处叫卖着印制的小册子，描述［前］国王年轻时的情事和放荡行为、大主教的道德败坏以及其他类似的事。此外，小册子中还谈到［前］国王的孙子不是货真价实的，而是冒名顶替的。让人惊讶的，这些小册子是在新国王宫殿前的广场上被叫卖的，而新国王毕竟是［前］国王的亲戚。更让人惊讶的是，小册子中写道，［关于王孙身份的情况］是当年他出生后新国王在英文报纸上披露的。叫卖小册子的人大声说着这些内容，却没有人站出来反对，因为这符合法律规定的人人都有口头与书面表达自由。

［新］国王登基后，出现了几个大阵营，其中有想要罢免他并建立共和国的人，他们不满足于现有的自由，要求得到更多；其中也有想要复辟旧政权[53]，扶持［前］王孙做国王的。这场革命的影响一直延续到今天，甚至其他国家也多多少少受到了它的影响。例如，革命导致先前属于弗拉芒王国的比利时脱离该王国独立，还鼓励了俄国统治下的地区提出了脱离王国统治独立的要求，并激发了意大利的革命。

第七章

法兰克人听到第一位国王被赶下台和第二位国王被扶上王位后的反应以及他们对该［变局］的接受

众所周知，前王室[54]是在法兰克各国结盟反对拿破仑皇帝、把他赶下台并流放到圣赫勒拿岛之后重新获得统治权的。该王室是从
333 外国被接回来，通过与法兰克各国君主建立盟约来统治［法国］的。说实话，这个政权违背了大多数法国人的意愿，甚至可以说是强加给他们的。革命爆发时，法国人担心各国君主会带兵前来，让前王室重登大宝。最后，他们通过将权力移交给奥尔良家族而避免了［大军压境的危险］。但他们不知道各国君主们对此是否满意，但是他们也下定了决心，如果这些国王对此不满并发动战争，他们也将与之交战。他们为此做的准备就证明了他们的这一决心。

这里我们想介绍一下法兰克各国君主对这个问题的态度。你要知道，西班牙国王支持法国前国王的政策和行为，前国王也是他的

亲戚，西班牙的统治家族就来自法国的统治家族。因此，西班牙国王不论是明里还是暗里都倾向支持前国王。葡萄牙也有同样的倾向，所以，这两个王国对前王室不构成任何威胁。至于意大利地区，那不勒斯、罗马和撒丁岛三国的政策同波旁家族也即前王室的政策是一致的，因此，对法国发生的事件，意大利三国的君主都深受刺激。俄国、奥地利、普鲁士曾为让前王室波旁家族掌权而与英国结盟，因而这些国家也在一定程度上受到了革命的影响，尤其是俄国。法兰克地区的小国都追随大国的脚步，因此，只有少数几个希冀自由的小政权站在法国新政府这边。然而，英国人却对所发生的变化表示赞同，他们的国王也是第一个承认法国新国王政权的。按照惯例，新掌权的国王登基，必须得到其他国王的承认和批准，这通常都是有固定程式的。据说，我们最尊贵的苏丹陛下在得知此情况并收到大使的汇报后回应称，他将先观望法兰克各国君主的反应，再采取行动。如果他们都承认［新政权］，那么他也会予以承认。［奥斯曼］帝国对法兰克各国事务的干预范围是非常有限的。俄国国王一直拒绝承认法国新国王，但他最终也表示承认，条件是法兰克各国的力量平衡不得发生改变，也即各国维持现状，不得出现政治力量上的此消彼长。以法国来说，这也就意味着，革命之后，法国不得扩张。 334

看来，大多数承认法国新国王的君主都是基于上述条件，而且他们的承认都是暂时的。法国人也感受到了这一点，并进行公开的谈论。他们似乎对这样的和平没有信心，而是认为这是一种休战和搁置。我离开法国时，所有人都在等待法国向奥地利、俄国、西班牙或普鲁士宣战，或同这些国家爆发冲突。只有至高无上的安拉才最清楚已经发生了什么和将要发生什么。现在，法国人和英国人的关系比以往任何时候都要好。关于我回国的情况，请参阅本游记的结语。

第六篇

关于前言第二章所提及的各门科学与技术的简介，包含多章。第一章介绍科学与技术的分类以及全体学生皆需学习的科目。

第一章

法兰克人对科学和技术的分类

你要知道，法兰克人把人类的知识分成两类：科学和技术。前者指经过实证检验的认知，后者指按照特定规则制造事物的知识。

科学又分为数学科学和非数学科学，非数学科学又分为自然科学和神学。数学科学包括算术、几何和代数[1]。自然科学包括自然史、
335 物理和化学。自然史涉及草木学[2]、矿石学[3]和动物学。这三门分支学科分别对应三个级别的自然物（*tawalludāt*），即植物级、矿物级和动物级。神学又被称为形而后（*warā'*）学[4]或形而上（*fawq*）学。

技术分为脑力技术[5]和体力技术，前者同科学颇为接近，例如表达与修辞[6]、语法、逻辑、诗歌、绘画、雕塑和音乐。所有这些都属

于脑力技术，这是因为它们都需要科学的规则，而体力技术指的则是手工艺。

以上就是法兰克学者所做的分类，而在我们这里，科学和技术往往没有区别，区别仅在于一门技术是独立的科学还是别的科学学科的工具。

全体学生必修的科目是算术、几何[①]、地理、历史和绘画，但学习这些科目必须先学习法语及相关知识，为此我们当先简单介绍一下法语。

第二章

语言的分类和法语的固定用法

你要知道，为了能让听者理解，语言是必不可少的，语言的这一属性，对于语言使用者来说是无需多言的。无论是传递信息还是彼此交流，无论是演讲还是对话，语言都是必须的，因此，在所有的国家，学生们的学习都必须从语言开始，并把它作为获取其他知识的手段。

语言本身是由表示特定含义的特定词语组成的。各国语言的言说与书写方式各不相同。语言可分为两类：被使用的语言和被废弃的语言。前一类即目前正在使用的语言，例如阿拉伯人、波斯人、土耳其人、印度人、法国人、意大利人、英国人、西班牙人、奥地利人和俄国人使用的语言。而后一类语言，以它为母语的民族和

① 英译本缺，依据阿拉伯语原文补充。——译者注

336 ［日常］口头使用它的人群都灭亡了，使得语言只留存在书本上，例如科普特语、拉丁语和古希腊语[7]。对于想要阅读古人书籍的人来说，掌握有关如何使用这些被废弃的语言的知识是很有用的。在法兰克国家，有专门教授这些语言的学校，因为那里的人们认识到了它们的益处。每种语言都得有规范其书写和朗读的规则，这些规则在意大利语中叫作*grammatica*，在法语中叫作*gramaire*，意思是"话语构成"，即通过语法（*nahw*）来规约语言的科学。"语法"指的就是语言的规则，这一点是毋庸置疑的。这里我们用的也是这个意义上的"语法"，也即有关如何正确地使用意欲使用的语言进行书写和言说的科学。而"话语"则是指这样一种物事，凭借它可以向听者传递信息，这一点毋庸赘述。话语由词语组成，对阿拉伯语语言学家而言，词语可分成三类：名词、动词和虚词。名词有显性的（*muẓhar*）[8]［指实体名词］，如"宰德"（*Zayd*），隐性的（*muḍmar*）［指人称代词］，如"他"（*huwa*），和模糊的（*mubham*）［指指示代词］，如"这"（*hādhā*）。动词有过去式，如"打了"（*ḍaraba*），现在时，如"在打"（*yaḍribu*），和命令式，如"打！"（*iḍrib*）。虚词或是只能同上两类词之一连接，如"从"（*min*）［后接名词］和"也许"（*qad*）［后接动词］，或是两类词都可以连接，如"吗？"（*hal*）［疑问词］和"而"（*bal*）。

我们在这里提上述词类划分是因为我们即将看到，在法语中，人称代词和指示词是同名词并列的独立词类，无论从哪方面看，它们都不属于名词。法国人把词语分成十类，每一类都是独立的，且都有各自的［形态］标志。这些词类是：名词、代词、冠词、形容词、主动名词和被动名词［即动名词］、动词、副词——他们称之
337 为动词修饰语、介词、连词以及表达呼唤、感叹等含义的虚词。他

们把名词定义为表示人或物的词，也即有智力的或无智力的，比如“宰德”、“马”（*fars*）和“石头”（*ḥajar*）。他们把代词定义为代替名词的词。他们的定冠词同我们一样用的是“*l*”，但会因所带名词的不同而变化，带阳性名词时“*l*”读合口符（*u*）[实际应是“*le*”]，带阴性名词时“*l*”读开口符（*a*）[即“*la*”]，无论带阳性名词还是阴性名词的复数时冠词都是“*les*”，但这里的“*s*”不发音。他们将形容词定义为用某种特性来修饰的词，如“好的”“美的”，也即类似于[阿拉伯语中的]半主/被动名词[9]。主动名词和被动名词则分别类似于“打击”（*dārib*）和“被打击”（*maḍrūb*）。他们的副词同阿拉伯语中的宾词类似，而介词则类似于阿拉伯语的宾词和介词。例如，如果用法语说“我在宰德之前，在他之后到达”，那其中的“在……之前”和“在……之后”就是介词，如果说“宰德最早到达”或“宰德早些时候已经到了”等，那“最早”和“早些时候”就是宾词。至于连词，他们把其定义为位于两个词或两个句子之间的词，类似于[阿拉伯语中]“*Jāʾ Zayd wa-ʿAmr*”（宰德和阿穆尔来了）中的连词“*wa*”（和）和“*Āmul an aʿīsh zaman ṭawīlan*”（我希望我活得长）中的“*an*”。“你很聪明，因此你能够学习”和“那么，你就能够……”中的“因此”（*idhan*）和“那么”（*ḥīnaʾidhin*）也属于这一词类。至于表达呼唤、感叹等含义的虚词，大家都很熟悉了。

从法国人语言的规则来看，这样的划分是必须的，这证明了他们一位学者的说法，即在所有的语言中，单词或言语都[至少]有三类。这是由于智力上的限制，因为任何一个成分都不足以或根本不能独立表意，而即便是独立表意的成分，其含义抑或受时间限制，抑或根本不存在。

每个人都用口头或书面语言来表达自己想要表达的意思，用口头语言实现的是“表达”（ʿibāra）和“言语”（manṭiq），而用书面语言做的表达则被称为“风格”（nafas）、“记录”（musaṭṭara）和“文风”（qalam）。一个人的书面表达可能比口头表达更为明畅；他也许说话时会口吃，但笔头却流畅通达。如果一个人表达明畅，又能在可接受的范围做到新颖别致，那这种表达就是高级的。如果一个人的表达充分地传达了他的意思，那么这种表达就是合适的。如果
338 一个人的表达中含有让听者排斥的东西，那么这种表达就是孱弱的、糟糕的。无论如何，表达要么周详，要么简洁，要么能传达基本的意思。

作家在表达自己想要表达的内容时，要么用诗歌，要么用散文，但无论用哪种体裁，他们在言说或写作时，使用的或是平时交谈中的口头方言，或是大家都接受的共同语。散文的规则与言说同写作的基本规则是一致的，除非是韵文（sajʿ）[10]，否则散文既不需要格律，也不需要押韵。散文的语言是科学、历史、贸易、通信、演讲等领域使用的语言。由于阿拉伯语传播广泛，因此许多阿拉伯人的科学书籍都是用诗体写成的，而法语科学书籍则从来不用诗体。

诗歌就是用合辙押韵的语言来表达意欲表达的内容。除了韵律，诗歌还需要细腻的表达和将语言诗化的强大动机。我很喜欢一位诗人语带双关的诗句：

诗歌是为各式各样的人而作，

　　有些诗是石子儿，有些则是宝珠。

若想得到连串的珍珠，

　　需从焦海里的《正典》取出。[11]

又一位说：

你这个做诗粗糙的人，
　　把修辞炼句的重任强加我身。
我有天资禀赋襄助于此，
　　你会惊异粗词糙句如何成雅韵。[12] 339

另一位诗人则用以下诗句描述了缺乏［创作］动机[13]的情形：

他们问："你不写诗了吗？""迫不得已，"
　　我回答说，"动机的大门已经关闭；
大地空空荡荡，慷慨之人得不到回报，
　　也没有美人值得怜惜。"

还有一位诗人说：

诗歌的处境你们都很清楚，
　　它一度受人追捧而如今却无人问津。
可怜可怜那些诗人吧，因为他们
　　因贫穷而活得如行尸走肉。

诗歌并不是阿拉伯语特有的，每一门语言都可以按照其诗歌艺术的规则被用来创作诗歌。确实，阿拉伯语所记载的特定的诗歌韵律方式和15种可被使用的格律是阿拉伯语特有的。[14]而法语中没有押韵的散文，其用来创作诗歌的知识也不够充分。诗人必须有一种诗歌天性和本能，否则的话，他的文字风格会很冰冷，他的诗歌也不会被大众接受。[15]

阿拉伯人天然有做诗的倾向，
　　阿拉伯语是完美之人的语言。
波斯人的诗如让人沉醉的杯中酒，
　　突厥人的诗如织锦由想象织就。

这里让我们从最好的长诗或断章中引用一些诗句。我们说，众所周知，阿拉伯人的贞情诗中最精巧的诗句来自哲里尔（Jarīr）：

眼睛黑白分明的姑娘们，
　　勾去了我们的魂魄却对我们正眼不瞧，
偷去了好人的心儿又让他们动弹不得，
　　怎会这样啊，要知道她们可是人间最弱小。

与此相关的有一则趣事：有一个游牧阿拉伯人去拜见萨阿拉卜，并向他问道："听说你是最富学养的人，是这样吗？"萨阿拉卜说："大家是这么说的。"游牧人说："那请你给我吟诵阿拉伯人所做的最精巧、念起来最流畅的诗句吧。"萨阿拉卜便吟诵起哲里尔的诗："眼睛黑白分明……"吟闭，游牧人说："这诗差劲得很，是那种不三不四的人做的结结巴巴的诗，换一首！"萨阿拉卜说："游牧人啊，你给我们来一首吧！"游牧人便吟诵了穆斯林·本·瓦立德描绘的迷恋歌女之人的诗句：

我们在打仗时同勇士厮杀并将他们置于死地，
　　却在和平时因瞥见丰满的女郎而丧失生机。
战场上的利箭没有穿入我们的胸膛，
　　面纱后的利箭却直射入我们的心房。

萨阿拉卜对他的门人说："快把这诗记在你们的喉咙上，哪怕用短刀刻也得记下，因为穆斯林·本·瓦立德的诗句比哲里尔的诗句更富激情。"在我看来，两者间力度的差异就好比某位诗人如下的诗句：

微风吹拂伤了他的双颊，
　　抚触绸面破了他的指尖。

与伊本·赛赫勒·伊斯拉易利如下诗句间的差异：

我对造成他流血向他表示歉意，
　　我说，为让他流血我耗尽心力。

也有诗人创作了穆斯林·本·瓦立德风格的诗句：

阿兹拉是我们时代的最狡黠者，
　　最为致命的是她的眸子与眼窝。
我们向她抱怨无常的灾祸，
　　其中最大者便是她的项链与手镯。

我很喜欢艾敏·祖拉利埃芬迪写的尾韵押在海姆宰［即辅音 ʾ］上的诗句：

夜饮连着晨酌，怎能将
　　欢娱之机限于一晚一晨？
娶了那酒肆之女[①]吧，用我的理智

① *bint al-ḥāl*，指"酒"。

　　做聘礼，在座的高朋都是见证人。
给她穿上新娘的嫁衣，在脖上戴上项链
　　那是珍珠串成的，哦不，是夜空的星辰。

他接着写道：

佳酿从那斟酒少年的掌中来，也在他的
　　唇上、眸内与言语中。
他的颊上泛起殷红的玫瑰，他用箭矢守护，
　　以免那殷红被那注视与挑逗采走。

这里也值得引用希哈布·希贾基[1]的诗句：

看那枝条如此纤细，如此悦目，
　　穿着盛装，敲着铃鼓。
太阳不曾在我眼前消失，
　　头发是黑夜，脸颊是日光。
那眼睛剥夺了我的睡眠，
　　只允许我流泪，辗转反侧。
酒色渐红只因这酒羞赧于
　　让眼眸为之沉醉的唾液。
那众人都以为是泡沫的，
　　其实是杯壁上挂着的酒珠。[2]

---

① 以下所引诗句的作者实际上是埃及学者、诗人希哈布丁·哈法吉（Shihab al-Din al-Khafaji, 1569—1659）。——译者注

② 此句字面义为酒杯脸颊上的汗珠。——译者注

有人写的以下诗句我也很欣赏：

若非她那长发替那痴爱她的人求情，
　　她既不会延续也不会消除那相思之疾。
可如今就连那长发也放弃了求情，
　　反而拜倒在她的双足之下。

有人照此方式写下了这样的诗句：

他从目光中抽出宝剑，
　　披下头发作剑带。
细腰抱怨长发，这并不新鲜，
　　如同病弱者[1]抱怨长夜漫漫。

也有人写了比得上乃至胜过沃沃·迪马士奇（al-Waʾwāʾ al-Dimashqī）作品的诗作：

她问："喂，几时启程？"
　　我答："据说不是明日就是后日。"
于是她滴下珍珠似的水仙花苞，落下玫瑰，
　　用冰雹似的牙咬了枣子。

还有人写道：

那白云也争相倾慕的可人，
　　那让太阳也自惭形秽的脸庞。

---

① 此处是一个双关，*naḥīl*有"因患病而虚弱"和"纤细"的意思，"纤细"呼应"细腰"。——译者注

裹巾之下是起伏的沙丘，
　　腰带之内是潮润的枝条。
丝纱之后是火热的气息，
　　宽袍之上是流淌的泪水。
与众芳同辉而不离群索居，
　　但群女之中又无可媲美者。
梨花带雨，
　　解那倾慕者之干渴。
单手捧心，
　　忧那胸膛中之心碎。
过桥时众女都追随着那颗心，
　　就像成群的羚羊失了魂魄。
口中珍珠轻咬腕上银环，
　　便是金镯似也无可比拟。
若非意志坚定我几已止步不前，
　　因那眼皮是弯弓，睫毛是箭。

以下的诗句也很精妙：

我注视着他，面色变得苍白，
　　他的颊上因羞涩泛起红晕。
那颊上红，
　　正是流过去的我身中血。

据说哈里发哈伦·赖世德曾写过以下的诗句：

你看她那周身的倩丽，

　　目力所及，处处雍容。
你挡得住矛头与箭镞，
　　却抵不住她眼波流动。
她牢牢占据你的心，
　　见她姿容者皆陷其中。
她对觊觎者心高气傲，
　　视若无睹，漠然不动。
她的面庞，自含皓月，
　　她的眼睛，自带妆容。

语辞精妙的还有以下诗句：

我的泪止不住，他们却骂骂咧咧，
　　好像我心中爱欲，他们全然不晓。
我怼回去说："骑士[①]答应了来访，
　　我不得用泪把他的路来浇？"

艾布·塔伊布［即穆太奈比］悼念艾布·舒贾·法提克（Abū Shujāʿ Fātik）的诗句也颇为惊艳：

每日都要换衣的人啊，
　　你怎能忍受再也脱不下的衣？
你一直把衣给求衣者，
　　直到自己穿上了除不去的衣。
你一直在阻挡祸患事，

① *khayyāl*"骑士"和 *khayāl*"幻象"构成双关。——译者注

　　直到此事降临再也无力能抵。
你眼睁睁地看着它来袭，
　　你的矛击不中，你的剑再不能削铁如泥。
我多想给你赎命，因你在全军恸泣时傲然屹立，
　　但眼泪是最差劲的武器。
即使你的装备只有眼泪，
　　你也不会任它惊扰你的心，在你的颊上敲击。

他继续写道：

指引众人、带领军队、指挥战斗的人啊，
　　失去了你，星光将不再熠熠。
你将门客托付给继任者，他们却流离失所，
　　若有你这样的人，就绝不会将他们抛弃。

在另一首悼念法提克的诗中，他写道：

埃及不再有法提克值得投奔，
　　众人之中再无后来者。
活着时他的品格超群无人可比，
　　死去后他泯然众人成枯骼。
失去他后我四处游历遍寻相似者，
　　可终究两手空空一无所得。

他最后写道：

我经受岁月重重磨难，
　　岁月也赞叹我的忍耐。

时光流逝，光阴虚度，
　　多想与先民同一时代。
他们乐享时间的芳华，
　　而我们却遭遇时间的朽衰。

以下诗句方方面面看来都是最精彩、最风趣的：

离开情人与女士，
　　放下缠绵与浪荡。
将自己交给神明，
　　告别那风流放浪。
寻求我主的奖赏，
　　让我不再深陷情网。
不要放开欲望的缰绳，
　　将它牢牢握手上。
远离死寂般的老衰，
　　这样更难逃情场。
酒喝一口少一口，
　　纵使掌中杯盈如月望。
多少次，我纵情声色，
　　驾着欲望进入温柔乡。
多少次，我拈花惹草，
　　吻上红腮，搂上娇娘。
我将阴沉着脸递上酒杯，
　　她款款走来笑意荡漾。
我已下决心不再犯禁忌，

坚定如我者矢志不忘。[①]

第三章

书写技术

书写是一门技术，人们通过特殊的图案来表达自己的意图，这
340 种图案叫作“拼音字母”（*ḥurūf al-hijā*ʾ）或“字典字母”（*ḥurūf al-muʿjam*）。大多数拼音字母在所有语言中都是通用的，且第一个字母都是艾利夫（*alif*）[此处指字母 a]。有一个例外是埃塞俄比亚语，艾利夫是它的第13个字母。

书写这门技术对所有国家都十分有用，它是社会交往的灵魂，呈现过去，计划未来；它也是人们表达所思所想的使者；观察与见证得以进行，一半的功劳要归于它。

书写时，阿拉伯人、希伯来人和叙利亚人（Suryānīyūn）习惯从右往左书写，中国人习惯从上往下书写，法兰克人习惯从左往右书写。哪种书写方式更恰当呢？是像阿拉伯人等从右往左，还是像法兰克人那样反过来从左往右呢？支持第一种方式的是数字的排列，其自然的排列顺序是右起向左，作为十位数的一部分，个位数在十位数的右边，而十位数又在百位数的右边，百位数在千位数的右边。如果说数字是所有其他事物的基础，是最根本的元素，其特性是所有人——无论这些人自身如何千差万别——都一致认同的，那么这就意味着，违背数字就是违背根本，这样一来，到底什么是与

---

① 自296页诗作“阿拉伯人天然……”至此的内容英译本缺，依据阿拉伯语原文补充。——译者注

根本对立的就明确了，因为根本才是我们想要的。但法兰克人也做了很大的努力，他们只按照［他们自己］朗读和书写数字的方式来朗读和书写［语言文字］，以此证明他们的方式更合乎自然。这么来看，［至少］我们更有理由说的是，从上往下的书写方式是违背自然的。

据说在艾尤卜——愿他平安——时期，阿拉伯人就掌握了书写。但拼音字母是神的创制还是人的创制？阿拉伯人对此存在分歧。如果是由人创制的，那是哪个民族创制的？对此也没有定论，有人说是叙利亚人，也有人说是古埃及人。前一种说法占了上风，因为据说叙利亚人把拼音字母传给了希腊人[16]，证据就是，希腊语字母除了书写顺序更改为从左往右外，其他与叙利亚语字母是一样的。后来，拼音字母又由希腊人传给了罗马人。

字迹的优劣反映修养的高低[①]，不按正确的方式书写是无知的标志。

诗人们一直在争论，笔与剑，孰者更优，以及作文之笔与算术 341
之笔，孰者更优。穆太奈比[17]在他的诗中说，他更喜欢剑：

剑说起话来比书本更真实，
　　剑锋是严肃与消遣的界限。
是莹白剑身而非墨黑书页，
　　清除了所有的疑问与不解。[18]

苏尤提在《本原》（*al-Awāʾil*）[19]一书中表示相较于剑他更喜欢

---

① 英译本误作“虽然好的字迹不是文化和文雅的标志”，依据阿拉伯语原文修改。——译者注

笔，他说：

> 书籍是珍词妙语（*shawārid al-kalim*）的系绳（*ʿaql*）[20]，
>
> 文字是智慧宝珠的串线。
>
> 写作可以串起离散之物，
>
> 也可以将串起之物打散。
>
> 而不得不去崇拜笔的，
>
> 如你所知，是剑。

342 伊本·卡达布希在《诸国史》(*Tārīkh al-duwal*)[21]一书中完美解决了这一争议，他说："支撑王权的有两样物事，一样是剑，一样是笔，但后者优于前者。"他援引证据证明了这一点。或许可以参照对作文与算术的比较来解决这个问题。人们说，作文更高尚，但算术更有用。我们同样可以说，剑比笔高尚，但笔比剑有用。

第四章

修辞学，包含形象修辞、句式修辞和藻饰修辞三科[22]

这是一门优化表达或使表达符合情境需要的科学，其总体目标是让人们用明畅通达的言语表达内心的想法。从这个角度来看，这门科学并不是阿拉伯语所特有的，它可能存在于在任何一门其他语言中。在法兰克人的语言中，这门科学被称为"*rhétorique*"。是的，阿拉伯语的修辞学比其他语言的修辞学更完整、更完善，特别是藻饰修辞，这是阿拉伯语的专长，而这在法兰克人的语言中并不发达。

作为一种奇迹降示给人类的《古兰经》的修辞方式是阿拉伯语的特性之一。

在一种语言中被认为是修辞的表达，在另一种语言中却可能完 343
全不是，甚至惹人生厌。也可能一种表达在两种语言或更多语言中都被认为是修辞。例如，如果你想用“宰德是狮子”这样的表达来说明一个人像狮子一样勇敢，这在阿拉伯语和非阿拉伯语中都一样能被接受。然而，如果你想用“他是太阳”来形容一个人的美，或用“他的双颊在燃烧”来描绘一个人红扑扑的脸颊，这样的比喻在阿拉伯语中是好的，但在法兰克人的语言中却完全不被接受。以下诗句中对唾液的描写也是如此：①

朋友，如果卜塞娜问起：“为什么
　　他没有提前约好就来找我们？”你就说：
“因为他心烦意乱，全心投入自己的大事，
　　整夜不睡凝视星辰的人自然魂不守舍。”
卜塞娜让上午的太阳黯然，
　　她若现身，这一日的光辉都因她的闪耀而失色。
她天生有一双上了眼影似的大眼睛，
　　就好像她父亲是羚羊，她母亲是野牛似的。
爱上她让我生不如死，自投罗网，
　　她用爱杀死了多少爱她爱得死去活来者。
她迈着优雅的步伐，婀娜多姿，
　　我仿佛看到柳条在摇曳。

① 以下诗句前五联出自伍麦叶时期的诗人贾米勒·卜塞娜（Jamīl Buthayna，卒于701年）的诗集，后四联为续作，作者不明。——译者注

我追上去想要拉住她，
　　让她停下脚步，她说：
“提取自唾液的佳酿已足够醇香又刚被净化，
　　不在这玉液琼浆中醉生梦死就不是好样的。
在这红唇中藏着沉疴的解药，
　　你若想吮一吮，它就在这儿。”[23]

这些诗句中包含的大多数比喻对法兰克人来说都是不可接受的，因为他们认为人的天性是不会喜欢唾液的，它到底是要被吐掉的东西。同样，如果你把未经人事的处女外阴比作含苞待放的玫瑰，而在破瓜之后又把它比作绽放的玫瑰，这对法国人来说是非常可怕的。
344 他们认为修辞是建立在天性所能接受的基础上的。

有人说，修辞学之于修辞就像韵律之于诗歌。因此，可能有人擅长修辞却不懂修辞学，有人精通修辞学却不擅修辞。

修辞的主要作用集中在诗歌、演讲等文学和历史作品的创作中，这门科学最大的益处就是可以通过它了解到天启降示及其所含神迹的奥秘。

先知——愿安拉赐他福祉与安康——接受使命的时代是一个诗歌、韵句与预言的时代，安拉——赞美他——为了支持他降示了《古兰经》，“如果人类和精灵联合起来创造一部像这样的《古兰经》，那么，即使他们互相帮助，也必不能创造像这样的妙文”[24]。有正确认知能力的人都能看到，有一种言语极有力量，它凌驾一切，再没有什么可以凌驾在它之上；它不同于人类的言语，人们相信它，追随它，如若不然，就当受到惩罚。《古兰经》就是根据当时情境的要求降示的，其形式与内容与这些情境都相适应。如果你想清楚地了解形象修辞、句式修辞和藻饰修辞这修辞学三科并学习其规则，你应当去阅读相关的专门书籍。

第五章

逻辑学

这是一门研究不同概念与断言之间相互关联的科学。[25]众所周知，它的创建者是智者艾里斯图（Arisṭū），又称亚里士多德。法国人的书中称是他完善了这门学科，而柏拉图是它的改进者，芝诺[26]则是它的奠基者。这门科学之于心灵，就像句法之于语言、韵律之于诗歌。

这门科学有其“要素”（*mabādi*ʾ）和“目标”（*maqāṣid*），要素有概念和断言，目标有定义和三段论。概念是一种未被判断的认识， 345
与之相对的就是断言。如果我们想象一个人是真实存在的，但并不对此加以肯定或否定的判断，那么这就是一个概念。如果判断这个人是有学问的，那这就是断言。概念分为简单概念和复合概念两类。前者指仅对事物本身而不对其属性的认识，后者指对事物本身和其部分属性的认识。举个例子来说，如果是简单概念，那么当你想象一个人时，你仅仅想象一个人，而不去想象他是运动的。但就复合概念来说，你在想象一个人的同时也想着他有别于静止物体的运动特征。

概念只以单词的形式存在，而断言则只以命题的形式存在。命题是通过肯定或否定一个概念与另一个概念的关系而产生的判断。肯定或否定所依托的概念叫作主项，依托于主项的概念叫作谓项，主项先于谓项，两者被称为命题的两个部分，将这两个部分连接起来的第三个部分，叫作联项。例如，“宰德口齿伶俐”一句中，“宰德”是主项，“口齿伶俐”是谓项，联项是假定存在的［隐含的］，即假定相当于“宰德是口齿伶俐的”（*Zayd huwa al-faṣīḥ*）[27]或“宰德成为口齿伶俐的”（*Zayd yakūnu faṣīḥan*）。“宰德是口齿伶俐的”一句中，联项是显露的。命题要么是全称的，即涵盖所有个体，如“每个人都是至高无上的安拉创造的”；要么是特称的，如“有些动物是人”。每一个命题，无论是全称的还是特称的，都是有限制的，要么是单称的，如“宰德站着”，要么是不定的，如“有人在写”，这里不用考虑命题是全称的还是特称的。命题也可以是自然的，如“不公是不好的”。命题还可以是简单的或复合的。简单命题中不存在多个主项和谓项，如“美德是值得赞扬的，恶行是应受指责的”。复合命题则不然，其中要么存在多
346 个主项，要么存在多个谓项，要么同时存在多个主项和谓项，如“美德和恶行是对立的”“美德是被喜爱的和被要求的”“美德和恶行是对立的和不可调和的”，等等。如果一个复合命题是由多个简单命题构成的，那么反驳其中一个简单命题就能反驳整个复合命题。

定义可解释概念的含义，说明命题的对错。定义分为限制定义、形式定义和语词定义。限制定义的例子有“人是会说话的动物”，形式定义的例子有“人是会书写的动物”，语词定义的例子有“人就是人类（*Ādamī*，即亚当的后裔）”——如果我们假定“人类”这个词比“人”更有名、更广为人知的话。所有对从一门语言翻译到另一门语言的词语的解释都属于这第三类定义，假定有个波斯人不知道“安拉”的意思，你就得给他提供这个词的语词定义，即告诉他：“安

拉就是胡大（*hudāy*）。”① 每一条限制定义和形式定义又都可以分为完整定义和不完整定义，这取决于该定义所涉及的是事物的本质还是其他，是事物的主要属性还是次要属性，是事物的特征还是总体样貌。所有这些在逻辑学书中都有解释。

三段论构成了逻辑学的基本目标。三段论要成立，需要用别的断言［来证明既有的断言］。例如，对于我们所说的“至高无上的安拉——赞美他——会替被压迫者向压迫者报仇”，你解释说：“至高无上的安拉——赞美他——是一位正义的审判者，凡正义的审判者都会替被压迫者向压迫者报仇，因此，至高无上的安拉——赞美他——会替被压迫者向压迫者报仇。”如果我们接受前两个命题，那么我们也必须接受第三个命题。前两个命题称为前提，其中一个是小前提，一个是大前提，而结论则是三段论的精髓。当实质和形式都为真时，则三段论有效。当其中之一为谬时，三段论就无效。实质为真，是指所有命题为真；形式为真，是指按照必然得出结论的方式安排命题。有效的三段论被称为论据或证明，无效的三段论或证明被称为诡辩。诡辩看上去像有效的三段论，但其实并不是，因为它表面的结论并不依赖有效的前提。在法国人的书中，判断三段 347
论有效并有别于诡辩的原则包含两个基本推理：一是肯定推理，二是否定推理。前者指的是事物必要条件的必要条件也是该事物的必要条件。后者指的是否定另一事物的事物的否定就是否定这另一事物或否定这两个事物。这两个基本推理是这么被应用到三段论上的：如果你被问到愤怒是否应该受到指责，而你想要证明这是应该的，那么你就会去寻找［小前提］命题的主项。接着你在愤怒的整

① “所有……”一句英译本缺，依据阿拉伯语原文增补。——译者注

个定义中发现愤怒是一个缺点，也即“愤怒”这个词包含了“缺点”的意思，这样你就构建了一个前提：愤怒是缺点。然后你把“缺点”和“指责”放在一起，后者就构成了［小前提］命题的谓项，也即对于缺点来说，指责是必要的，于是你说：“缺点应该受到指责。”也就是说，当你认识到，愤怒必然是缺点而缺点又必然会受到指责，你就会得出这样的结论：缺点应该受到指责。凡是不能应用此推理原则的三段论都是诡辩，例如，亚里士多德是哲学家，有些哲学家是有德行的，所以亚里士多德是有德行的。这个结论是站不住脚的，因为这些命题并不必然导致这个结论。也就是说，从“亚里士多德是哲学家”“有些哲学家是有德行的”这两个命题并不能必然推演出“亚里士多德是有德行的”这个结论。如果三段中有的组成部分，说的是众所周知的事情，那么就是可以省略的。例如，美德是值得称赞的，获取美德是应该做的。

三段论可以是直言式的（*ḥamalī*），也可以是假言式的（*sharṭī*）。上面的例子都是直言三段论，而假言三段论的例子有：如果太阳升起，那现在就是白天，但是太阳没有升起，结论是现在不是白天。这些都可以在逻辑学的书中找到。

正如法兰克人将法语的语法规则应用到词语上进行他们所谓的“语法分析”[28]一样，他们也将逻辑规则应用到词语进行他们所谓的“逻辑分析”。例如，如果对“宰德是杰出的”进行语法分析，那他们就会根据法语的语法规则进行类似于“‘宰德’是起
348 语，‘杰出的’是述语”[29]这样的分析。如果要对这句话进行逻辑分析，那他们会说：“‘宰德’是主项（*mawḍū‘*），‘杰出的’是谓项（*maḥmūl*），这是一个单称命题。”他们对所有的句子都会进行这样的分析。

第六章

被认为是亚里士多德提出的十范畴[30]

众所周知，亚里士多德将可被理解的事物（*al-ashyāʾ al-mutaʿaqqila*）限制在十个级别内，并将这些级别称为范畴，他把物质置于第一个范畴，把所有的偶然性（*aʿrāḍ*）置于其余九个范畴。[31]

第一个范畴是本体，包含物质的和精神的本体。

第二个［范畴］是数量，有的数量是间断的，也即各部分之间是分散的，如数目。有的数量是连续的，也即各部分连接在一起。这后一种数量，要么是连续不断的，就像天体的运动，要么是静止的，也即以长度、宽度和深度来认识的物体的大小和范围。通过长度可以认识线条，通过长度和宽度可以认识平面，通过长度、宽度和深度可以认识那些教学用的立方体。[32]

第三个［范畴］是性质，亚里士多德将其细分为四类。第一类是习性，即通过反复的行为而获得的精神或身体的能力，如科学、美德、恶习以及书写、绘画和舞蹈的能力。第二类是天生能力，如感知、意志、记忆力、五大感官、行走能力等心灵与身体的能力。第三类是感受到的性质，如硬度、软度、密度、冷度、热度、颜色、 349
声音、气味和味道。第四类是形状，也即数量的最终样式，如圆形、方形、球形和立方体。[33]

第四个［范畴］是关系，指的是两者之间的关系，如父子、主仆、君民［之间的关系］，又如能力与同此二者关联对象的意志的关系，视觉与所见之物［的关系］，再如相似、相等、不同、大小等需要［两者共同］参与的关系。[34]

第五个［范畴］是动作，既包括行走、站立、跳舞、认识、恋爱等施事者自身的动作，也包括击打、杀戮等施事者施加于他人的动作。[35]

第六个［范畴］是遭受，比如被折断、被弯曲等。[36]

第七个［范畴］是地点，即对有关地点的问题的回答，例如“在埃及”“在闺房”“在床上”等。[37]

第八个［范畴］是时间，即对有关时间的问题的回答，例如你问，某某人在世是什么时候？回答是：“一百年前。”又如你问：“这是什么时候发生的？”回答是：“昨天。”

第九个［范畴］是状态，如坐着或站着的状态，或某事物在前、在后、在对面、在右、在左的状态。[38]

350 第十个［范畴］是具有，即某物存在于某人身上或归属于他，如物品的持有和拥有都属于这个范畴。[39]

这就是亚里士多德提到的十个范畴，它们被认为是隐奥的知识，但法兰克人认为这类知识的用处不大，甚至会有害处，原因有二。[40] 第一，人们认为［这些范畴］是基于理性判断得出的，严格符合推理论证的要求，但实际上，它们其实是约定俗成的、人为的，局限于这样的分类不过是有些人试图由此彰显自身对其他人的优越性罢了，而其他人中也会有人提出新的分类方式。确实有人提出了所谓“可被理解的事物”（*mawādd ʿaqliyya*）的七范畴分类方式：[41] 第一范畴是头脑或认知实体；第二范畴是身体或占据一定空间的实体；第三范畴是大小或构成物质的粒子的尺寸；第四范畴是物质的状态即物质内部各粒子之间的相互关系；第五范畴是物体的形状；第六范畴是运动；第七范畴是静止。[42]

第二个原因是，学习了这些范畴的人满足于假想的概念词汇，认为自己知道了些什么，但其实他通过这些概念词汇并不能了解那些在现实中有着明确意义的事物。[43] 351

第七章

在法语中叫作arithmétique的算术科学

你要知道算术是一门纯粹的数学学科。法兰克智者将数学分为纯粹数学和非纯粹数学，或称混合数学。纯粹数学包括算术[44]、代数、几何等。混合数学包括力学、重物牵引技术等。纯粹数学是研究数量和可能增减的事物的科学，而混合数学则还需要考虑来自物理学或其他科学的一些外部因素。算术是数学中最重要的一科。历史记载表明，发明算术的是沙姆地区的苏尔人[45]［指腓尼基人］和古埃及人。这两个民族最先将数字和算术联系在一起，并按照一定的方式将两者结合在一起。智者毕达哥拉斯从希腊来到埃及，在埃及学到了这门科学。古人都知道算术是苏尔人发明的，据说他们也是最先使用清单和账簿的民族。

手指似乎是人们最早用来算数的途径，这就是为什么数字中的第一组是两位数，第二组是十倍的两位数也即三位数，第三组是十倍的三位数也即四位数，以此类推。手指只有十个，于是［算数 352
时］每满十个就要计入下一个十之中。[46]由于手指只够这样十个十个的计数，因此还需要用别的方法和其他标记，于是人们用上了小石头、沙粒、麦粒等物，用它们来确切计数，就像现在美洲和世界其他一些地方的野蛮人做的那样。一些古老民族的先民们的语言中没有十以上的数字的表示方式，于是他们说“127”时，就会说“一个7、两个10和10个10”。古人说数时，从最小位数往最大的位数说，先说个位，然后是十位，再然后是百位，以此类推。有人说，希伯来语和希腊语的书中就存在这一数字表示方式的证据，而阿拉伯语一百以内的计数用的也是这一方式。[47]如今，各民族已经深入钻研了算术并充分认识了其复杂性，这门科学已经很完善了。

算术被定义为围绕数字所服从的各种运算来研究数字的科学。数字由最小单位的数集合而成，分为整数和分数两类，也有人加上了第三类，即两者的复合体，称为“含有分数的数”[即带分数]。同这些数相关联的有四种运算，即加法、减法、乘法和除法。所有这些都可以从有关算术的书中获知。

至于几何学，其目标是对长度、宽度和深度三个维度的尺寸进行测量，正如我们专为几何学所作的诗中所说的那样：[48]

其内容是测量尺寸，
　　围绕的是三大维度。
毋庸解释，它们是：
　　长度、宽度和深度。

353 至于地理学，本书的前言已对它作了简要介绍，这里我们继续介绍它的分支。研究地球的形状、它的静止或运动以及它与其他天体关系的分支叫作数学地理学或世界形态学[即宇宙结构学]。研究地球的土壤和水以及与之相关的像山脉这样的地表形态的分支叫作自然地理学，也即关注地球的自然状态。研究地球上人口宗教与教派差异的分支叫作宗教地理学。研究地球上不同民族在行政治理、政治制度、法规、法律等方面差异的分支叫作政治地理学或行政地理学。研究世界各地不同时期发生的宗教、政治等方面的变革与变化的分支叫作历史地理学。

以上是基本的学科划分，但还有更细致的学科分工，若想进一步了解，应当参阅我们编写的《习地理者必备译文辑》，书中对此有非常明确的解释。这里我们想谈一谈一个数学地理学也即天文学的问题。我们说，法兰克人把天体分为恒星[49]、行星、卫星和彗星[50]。他们认为太阳是恒星，地球是行星，月球是卫星，因为月球遵循行星的轨道。持这一观点的是奥地利人［原文如此］哥白尼的学派。[51] 晚近的一些法兰克学者又发现了一些行星，前人们并没有发现这些行星的存在，因为他们缺乏后来的法兰克学者所拥有的工具。这样一来，法兰克人已知的行星就已经达到11颗，这还不包括太阳和月亮，因为他们认为前者是恒星，而后者是卫星。这些行星按照同太阳的距离由近到远依次是：水星；金星；地球；火星；维斯塔［即灶神星］，也即“移动的火炉”；朱诺星［即婚神星］，朱诺是木星（朱庇特）的妻子，土星（萨图恩）的女儿；刻瑞斯星［即谷神星］，也即“移动的谷穗”；帕拉斯星［即智神星］，也即破晓者（Abū al- 354
Falaq）[52]；木星；土星；天王星，也即“最高之星”。这些新发现的行星，它们的运转很难观察到，因为有些行星肉眼看去很小，有的又很远，除天王星外，其他的只能通过望远镜才能观察到，这就是为什么它们被法兰克人称为望远镜行星的原因[53]。法兰克人希望能发现更多的行星。[54]

历史也需要人们，特别是政治家去研究。在这里，我们给你介 355
绍一位法兰克作家写的历史短文，短文写得很不错：

历史就像是一所公共学校，每一个希望受教的民族都心向往之。历史是历朝历代所发生之事的经验集合，对当下的处境多有裨益。历史记载着过往的经验教训，帮助人们思考那些看上去正要发生的事情。的确，每一个人，无论其地位如何，只要愿意，都可以从历史中得到教益。历史向所有见证者展示了人与人之间的冲突与分歧带来的恶果，而正是这样令人害怕的图景，促使人们去追寻宽容、正义等值得称赞的道德品质。通过历史，君王们得以明白，若君王善治，那在他的统治时期，王权和王位将能庇护众生。

博须哀[55]说："如果假定历史只对王子有用，那就必须将历史读给他们听。"但实际上，历史会为所有有头脑的人打开它的宝库，让他们了解其中的秘密与象征，这样就能让他们在阅读历史的过程中将头脑从人类琐碎无益的日常生活变迁中转移出来，去思考更重要的问题。于是，那时间之链上众多的环将会展露在他们面前，而其中的最后一环关乎世界的创造。这样的锁链不也正像一块巨大的田野吗？人们可以在其中同时观察所有的民族、国家和时代。看看这巨大的集会吧！有多少人享受幸福，又有多少人遭遇不幸？有多少城市毁灭，多少王朝倾覆，又有多少王国湮灭，多少地方破败，多少坟墓修起？一切终将进入坟墓，最终只有坟墓在广袤的大地上显现。站在历史的高空俯瞰，尘世生活的美好是多么的渺小，我们当下的社会比之之前历时历代的人类社会又是多么的微不足道。我们这个时代的君王与过去时代的统治者是多么不同啊！前者的伟岸与威严肉眼可见，但后者在人们眼中就如那过往的岁月中地平线上耸立的高山。我们那些短暂的战争，我们对那些转瞬即逝的崇高与荣耀的热爱，又如何能同古人从天地混沌初开之时就已开始的筚路蓝缕、开疆拓土相提并论？凡是如实审视历史上那种种奇观的人，都会脱下戏谑的罩袍，披上严肃的外衣，登上观察的高峰，纵览双足之下的整个世界。那世界就如同汪洋大海，载着人类希望与期许的船只漫无目的地在其上航行。它们承受着暴风的肆虐[56]，最终难免撞上礁石而分崩离析，能够停靠的唯有昔日的港口。当你不带丝毫欲望，从这个位置向下看时，你会看到那瞬息即逝的尘世中的无谓虚荣和虚妄的赞誉，那么多的人趋之若鹜，最终都是徒劳。难道不是这样吗？在命运的所有赐予中，不都有不幸和沧桑吗？有哪个王国的王座不会倒下，哪个王国的宝座我们不会哀叹其倾覆①？难道我们不曾看见，那同一座神庙的圣坛上，多个宗教的轮转交替吗？在美德曾经亘居的地方，曾经有过多少罪孽？在荣耀与财富扎根的地方，已经有多少贫穷和苦难相继而来？有多少次我们看到野蛮和文明在地球的表面步履匆匆，在世界各处相互交替却从不彼此调和②？泰西封[57]啊，你曾经在亚洲的土地上繁荣，曾经统治过所有的国家，现在变得怎么样了？约拿的尼尼微啊，祭司们的巴比伦啊，波斯人的波斯波利斯啊，苏莱曼［所罗门］的台德穆尔［巴尔米拉］啊，你们的城邑，曾经是科学王国的都城，如今如何成了废墟了呢？你们昔日的荣耀与耀眼的光辉已不复存在，余下的只有你们的名字和一些石刻了。然而，世界上没有一个国家像埃及这块常受祝福却又屡遭不幸的土地那样，遭 356

① 英译本误作“哪个王国的宝座不会没有被抬高的希望呢”，依据阿拉伯语原文修改。——译者注

② 英译本作“［野蛮和文明］不停地交换各自的部分”，意思有所偏差，依据阿拉伯语原文修改。——译者注

受过如此多令人震惊的灾难和不可思议的祸患，而在荣耀、科学和智慧的竞技场上，埃及的骏马们又曾领先所有其他王国的马群。这就好像命运想要对埃及一下子就倾其所有，无论是最大的福祉还是复仇的折磨。没有一个民族像古埃及人那样倾尽全力将自己留存在他们那巍峨的神庙建筑之上以求永生。然而，他们全都消失了，灭绝了，所以今天的埃及人不再是一个民族，而是一个不同成分的融合体，他们的血统可以追溯到亚洲和非洲的若干不同的民族。他们就像是混合体，没有共同的特征，
357 他们的五官外形也不能构成一个统一的形貌，让人可以仅通过面容就来判断一个人是否是埃及人。的确，这就好像世界上所有的国家都在为埃及增添人口。

［这篇短文］译自雅古布先生所著《埃及史话》[58]的前言，在前言的结尾，他赞扬恩主从一无所有中重振埃及。他还写了一首题为《破碎的诗琴》（*Naẓm al-ʿuqūd fī kasr al-ʿūd*）的法语诗来赞美他，我翻译了这首诗，并已经在［本书］第三篇第二章引用了其中部分。

历史学是一门庞大的学科，希望在安拉的意愿和恩主意志的推动下，各种各样的历史研究都能从法语翻译成我们的语言。[59]总之，遵照至高无上的安拉的意旨与热爱科学和技术的殿下的雄心，我们承诺将在我们幸福的埃及翻译历史和地理两门科学［的著作］。［殿下］的统治将因此被视为一个科学与知识在埃及革新的时代而载入史册，就像巴格达哈里发时代科学与知识的革新那样。[60]

结 语

358

我们从巴黎返回埃及和其他一些事情。

这本游记的读者无疑希望知道这次旅行是如何结束的。恩主为这次旅行投入巨资，这是之前任何一位君王都无法比拟的，在各国的历史记载中也是没有先例的。这样巨大的投入被记录到赫迪夫王朝的历史中，这一点表明志存高远的殿下在他所开启的每一件事情上都预见了成果，实现了目标，这一切将在岁月荏苒中被铭记。毫无疑问，即便是雄心勃勃如恺撒也不能及[①]；强大如亚历山大大帝，实现类似目标时亦会力不从心。在这件事情上，拿破仑也不能比他更伟大，腓特烈甚至可能都不会考虑此事并做些憧憬。难道不是吗？恩主将埃芬迪们派到巴黎，这件事现在已经大获成功，成果斐然。他们中的大多数人都急切地去求取所需的知识，全情投入，刻苦勤奋，并最终获得了恩主的认可。恩主——愿至高无上的安拉保佑他——用科学哺育了［埃及］各地的初学者们，使他们成为学识

---

① 此句英译本作“这等同于恺撒的雄心”，意义出现了偏差，依据阿拉伯语原文修改。——译者注

渊博的人，有些人甚至还达到了法兰克杰出人士的水准。他们中有在民政领域达到完美境界的王国事务管理者，如阿布迪（ʿAbdī）埃芬迪阁下[1]，他能文善治，且受天恩眷顾，既有高贵的血统，又有正确的判断力[2]；也有在军事管理方面才华卓越的大师、海洋事务专家、医学专家、医化学专家、自然科学专家、农学与植物学的
359 行家，还有技术与工艺领域的翘楚，能够开办以其无可争议的高超技艺而闻名的工厂。若不是担心自己会连篇累牍地喋喋不休，对于埃芬迪们中所有已经实现自己目标的人，我会按照他们获得的高位一一介绍。但是，我实在不能不提几位取得极其杰出成绩的人①，当然我的介绍会尽量简短。我怎么能不说说穆斯塔法·穆赫塔尔贝伊埃芬迪阁下[3]呢？他在军事管理学上造诣深厚，达到了法国大学者的水平，［对于这门学科的内容，］他既能透彻地理解，也能清晰地表达。此外，他在［国家］治理诸学上的造诣也很突出，并掌握了所有法兰克国家的相关知识，这一点是毋庸置疑的。愿安拉通过他在埃及和沙姆传播知识，使他获得伟大恩主与将军的青睐，使他的后代皆成为雄狮。并不是每一个获得知识的人都能做出好的行为，正如诗人所说：

宝剑纵有千般好，
无有英雄也枉然。

至于哈桑贝伊埃芬迪阁下[4]和来自海军的埃芬迪们，他们的优点和他们学识的精湛都是确实可信的，他们在同辈人中脱颖而出即

---

① 此句英译本误作“但这实在是不可能的，因为涉及的人太多了”，依据阿拉伯语原文修改。——译者注

是证明。伊斯提凡埃芬迪[5]的名声也不证自明，他已经成功地掌握
了需要掌握的科学和技术。艾勒廷埃芬迪[6]和哈利勒·马哈穆德埃 360
芬迪[7]对各种知识的理解是不可否认的，艾哈迈德·尤素福埃芬迪[8]的学识也是无可辩驳的。总之，大多数埃芬迪都达到了预期的目标，他们回来后将致力于在伊斯兰国家传播他们所学的知识。

让我们给你讲讲卑微的奴仆是如何回到埃及的，这也将完结这 361
部游记。我们说：我们于［伊历］1246年拉马丹月（9月）[9]离开巴黎前往马赛，准备从那里出海返回亚历山大。我们路过了巴黎附近的枫丹白露，那里有一座王宫，因公元1815年［原文如此］拿破仑在此放弃法国王位而知名。[10]在这座宫殿里，你可以看到一根金字塔形状的石柱，这是波旁王朝重返法国的纪念，上面刻着该王朝统治者们的名字、出生日期等信息。在最近一次革命中，人们把这些名字给抹去了，只留下一些痕迹依然可见。时间惯常如此，它拥有各种各样的色彩，也许一天之内就会背叛和消灭一些人，与此同时又会施恩于另一些人，正如诗人所说：

我杀死了一个又一个勇士，
　　不放过一人也不让敌军喘息。
我驱逐了一个又一个国王，
　　他们背井离乡，朝东或向西。
我似星辰强大并高高在上，
　　众人对我俯首又卑躬屈膝。
急飕飕烈箭射来灭我心火，
　　赤条条葬身黄土遭人遗弃。

照着古埃及人和其他古代民族的方式来刻写这些文字是法兰克

人的习惯做法。看看埃及人是如何建造吉萨的神庙和金字塔的，他们建造的是后人得以观瞻的古迹。让我们对你说说法兰克人对此的看法，以及他们经过详细研究后得出的结论，以便你们可以将其与
362 ［阿拉伯］历史学家在这个问题上的奇思妙想相比较。[11]按照法兰克人的说法，其要点是建造［这些神庙和金字塔］的人是埃及国王，但对于建造日期他们还有分歧。有人说它们是三千年前由一位名叫古夫（Qūf）[12]［即胡夫］的国王建造的，另一些人则称是一位叫卡哈蒙瓦塞特（Khaemuas）[13]或基奥普斯（Cheops）［胡夫的希腊语名称］的国王建造的。建筑用石的切割很可能是在上埃及进行的，而不是在下埃及。有些法兰克学者认为，建造用时不超过23年，参与建造的工人有36万人，且开销巨大。根据普林尼（Pliny）的说法，仅仅给工人购买洋葱和大葱的费用就高达2000万基尔什。这些金字塔可以追溯到一位法老[14]，据说他建造那座最大的金字塔是为了存放他的遗体，其余的则是用来埋葬他的妻子和女儿。然而，他本人并没有被埋葬在第一座金字塔中，这座金字塔至今仍然是敞开的。但他的妻子和女儿确实被埋葬在另外两座金字塔中，且这两座金字塔是被完全密封的。这就是法兰克人对金字塔的看法。有这样的诗句描绘了这两座金字塔的宏伟：

朋友，普天之下没有建筑，
　　可与埃及那两金字塔相比。
世间一切都害怕岁月侵蚀，
　　但岁月却在它们面前战栗。

也有诗人这样做诗描述金字塔，并在第二联的后半联中融入了塔拉法（Ṭarafa）所做悬诗中的诗句：

我与好友夜宿金字塔下，
　　眼皮因干冷而冻得僵硬。
见我眼皮冰冷又伤别离，
　　同伴劝我坚忍莫悲欲尽。[①]

苏尤提在《思想的终极》（*Muntahā al-ʿuqūl*）[15]中说道，学者们
称在埃及最奇妙的事物是金字塔，而他对这种说法颇为讶异，因为 363
上埃及的神庙[16]更为奇妙。神庙因其方尖碑而为民众所熟悉，因为方尖碑颇具异域风情，所以法兰克人把其中两个运回了他们的国家，一个在古代时就被运到了罗马，而另一个则在我们这个时代被运到了巴黎，这体现了恩主的慷慨大方。[17]我想说的是，由于埃及已经开始效仿欧洲国家的文明和教育，它更有权获得它的祖先留下的装饰和工艺物品。在有头脑的人看来，把这些物品一件一件地从埃及夺走，同把别人的首饰偷来装饰自己并无区别。事实上，这就像是侵占。这一断言不需要任何证据，因为它是不言自明的。[18]

拿破仑用他从俄国人和奥地利人那里缴获的枪支造了一个空心 364
柱子立在巴黎。俄国人在巴黎时曾试图把它推倒，但事实证明，他们做不到。

经过枫丹白露后又过了四个小时，我们到了讷穆尔市，那里距离巴黎有20个小时的车程。随后我们经过了位于卢瓦尔河沿岸的科讷［库尔］（Cosne）市，这里是制造皇家船只船锚的地方。之后我

①“也有诗人……”一句与之后引用的诗英译本缺，依据阿拉伯语原文增补。塔拉法是伊斯兰教兴起之前贾希利叶时期的诗人阿穆鲁·本·阿卜杜（ʿAmr b. al-ʿAbd）的别号，意为“柽柳”。塔法拉著有一篇悬诗，其中第二联“旅伴勒住坐骑对我说/且莫过于悲伤要振作”（仲跻昆：《阿拉伯文学史（第一卷）》，北京大学出版社2020年版，第108页）的“且莫过于悲伤要振作”就是这里被融入的诗句。——译者注

们又经过了默伦（Melun）市，那里有许多阿拉伯人的后代，这些阿拉伯人都是当年随法国人一起从埃及撤回法国的。[19]我们继续行进，抵达了巴黎以南77法里的罗阿讷（Roanne）市，那里距离里昂还有13法里。

罗阿讷有7000名居民，有一个工业协商迪万、一个农业协商［迪万］、一个图书馆和一个自然科学与工程学设备的储藏库，还有一座漂亮的横跨卢瓦尔河的桥和一个著名的码头。罗阿讷是里昂和［该地区］其他城镇贸易的中心港口，所有类型的货物都经由此地，周围地区还有大理石采石场。卢瓦尔河靠近罗阿讷的河段是可以航行的，但［要注意］这座城市不是鲁昂（Rouen）市，鲁昂在巴黎以北30法里处，塞纳河穿城而过，属于诺曼底地区。

接着，我们就到达了里昂市，这座城市之前已经提过了。再往下走，我们到了巴黎以南178法里的奥尔贡（Orgon）市，这座城市坐落在一座山的山脚下。拿破仑经过那里时曾因为害怕当地居民而把自己藏了起来，这座市镇也因此事而闻名。就这样，我们经过一个又一个市镇，终于到达了马赛。这座城市之前已经详细讨论过了。我们从那里登上一艘商船驶向亚历山大。这一路所见同前言中所描述的一致，便无须赘述了。但我还想补充的是：我已经离开埃及有一段时间了，我在法兰克国家见到了不同于埃及的种种，而刚到［法国］时所见到的新奇景象我也已经习以为常了，因此，在有了上述经历之后，所有认识我的法国人都要求我谈一谈刚回亚历山大后让我觉得陌生的事情，我答应了他们，也这样做了。

365 这就是［这次旅行的］全部经历，我已经尽可能地简明扼要了。[20]我剩下要做的就是对这次经历的总结以及我对它的审视与思考。

我想说的是，在考察了法国人的言行举止和政治状况之后，我感觉他们似乎比土耳其人以及其他民族更像阿拉伯人。在名誉（*'irḍ*）、自由和骄傲等方面，他们尤甚于阿拉伯人。他们将名誉视为［标志身份等级式的］荣誉（*sharaf*）[21]，在做重要的事情时，他们以此名誉为誓，但凡做出承诺就会兑现。毫无疑问，阿拉伯人的那种名誉［感］是人类共通的最重要的品质，正如他们的诗歌和事迹所证明的那样。有诗人说：

是的，对友善者我热情洋溢，
　　对心怀恶意者我横眉冷对生怒气。
是的，我衣食无虞，但也不因富足而得意，
　　若有人向我借贷，我会提供便利。
有时我也会一贫如洗，
　　富足者对我解囊，却不伤我名誉分厘。[22]

他们认为破坏名誉是不光彩的，甚至是无耻的。有诗人说：

你攻讦说我们人数少，
　　但我说高贵之人本就凤毛麟角。
我们让邻人强大，便是人少又何妨？
　　那人数众多者的邻人是那么卑微弱小。
对死亡的向往让我们更接近宿命，
　　对死亡的厌恶让他们苟活苦等大限到。
我们是这样一个部落，认为被杀不是耻辱，
　　即便这在阿米尔与赛鲁勒[23]看来并不好。 366
我们的领袖前赴后继，
　　承继者一如高贵之人能言又善道。

你若不辨人的优劣，可以问我们也问他们，
有知与无知必定不同道。[24]

［法国人］不会嫉妒他们的女人，但不要以为他们因此就不在乎这方面的名誉。恰恰相反，他们把这种名誉看得比其他什么都重。虽然他们不嫉妒，但他们若是要对他们的女人做些什么的话，他们会对她们、对自己、对同她们一起背叛他们的人做出最狠心的事情来。他们错就错在把领导权交给了女人，当然，对恪守妇道的女人[25]，没什么可以担心的，正如诗人所说：

丈夫离家她严守秘密，
丈夫归来她满心欢喜。

宰迈赫舍里（al-Zamakhsharī）[26]在注释至高无上的万能的主（*al-ʿazīz*）[27]安拉的话“你为你的罪过而求饶吧，你原是错误的！”时说，万能的主确确实实是宽大的，别人说他几乎不会嫉妒。谢赫艾希尔丁·艾布·哈彦（Athīr al-Dīn Abū Ḥayān）[28]在注释这节尊贵的经文
367 时说：“这，也即少妒，是埃及这块土壤所要求的。这与我们国家的一位国王身上发生的事情相比，差别真是太大了。当时国王正和一群密友在聚会，气氛友好融洽，一名女奴在帘幕后唱歌，一位在座的人让她重复两句歌词，然而国王割下了女奴的头，并放在一个盘子里。然后国王对那个提出让女奴重复唱两句歌词的人说，‘你让这颗头颅重复那两句歌词！’可这个人马上晕倒了，此后终其一生，就一直病着。”我想问，这位国王的嫉妒同阿卜杜·穆赫辛·苏里（ʿAbd al-Muḥsin al-Ṣūrī）[29]［在以下诗句中］表达的对他所爱之人的嫉妒相比又如何呢？

我紧紧抱着他，他的青春如醴让我沉迷，
　　对我的相思和哭泣，他却毫不在意。
我爱着他，同每一个高贵的人一起，
　　他在我心中，占据一片天地。
别强加给我那使我无措的妒忌，
　　爱我所爱，就都是我的知己。

［我们对］伊本·哈加拉[30]所编爱情诗集《糖罐》（*Sukkardān*）［的引用］就到这里。总的来说，各民族都会抱怨女性，即便是阿拉伯人也是如此，有诗人说：[31]

乌姆·奥法就要离去，我心哀戚，
　　但乌姆·奥法自己却不以为意。

另一位说：

关于女性，你向我咨询，
　　我是医生，深谙因之而起的心疾。
若你满头白发，钱少财稀，
　　她们的爱，便不再有你的一席之地。
但当她们发现，自己不可遏制的贪欲，
　　青春韶华，也几已从她们身上消逝。

人们经常会问起法兰克女性的状况，对此我们已经做了说明。368
再概括说一下：造成［他们］女性贞洁问题混乱局面的不是她们是否戴面纱，而是她们所接受的教育的好坏，她们是否习惯于只爱一人而不让他人分享这份爱，以及夫妻之间是否和睦。法国的实际状况是，中产阶级的女性恪守妇道，但上层和底层的女性则不然，她们经常让人心生疑窦，并总是遭到指责。法国人经常指责波旁王朝王室的女子，被废黜的法国国王的儿媳身上发生的事情让这些指责变得更为可信。她是波尔多公爵的母亲，公爵的祖父遭废黜后继承了王位，但法国人并不接受。他们说这位公爵是私生子，还说公爵母亲还生了一个私生子，并称她是秘密结婚的。她因此而名誉扫地。在为她的大儿子谋求王位并想尽办法给他寻求支持之后，人们更担心她会对王国做些什么，她因此失去了民众的信任。当她落入法国［当局］手中时，人们认为她的末日要来了，但当局放过了她，理由是她已经变得无关紧要了。于是，她又带着小儿子回［到了家人那里］。

法兰克地区还发生过一件咄咄怪事，英国国王乔治四世在多次得知王后的放荡行为后对她发起指控。事实上，所有人对此都很了解，王后经常同她喜欢的人在法兰克地区游历，在每个地方都有情人。[32]她的行为被诉诸法律，并相应地进入了诉讼程序，国王希望通过证实她通奸来与她离婚，这样他就可以再娶。但离婚所需的证
369 据并不充分，法官因此裁定国王必须与她保持婚姻关系。他们就此保持分居，国王也没能再娶。他们的事情闹得满城风雨，尽人皆知。事实上，虽然人们相信她做下了不端的事，但依据的只是间接证据，并没有谁亲眼见证。否则的话，她的声名早就一片狼藉了。

对于名誉内涵的理解，法国人同阿拉伯人颇为相似，他们都认同豪侠气概、言语真挚以及其他彰显完美道德的特质。名誉还包括正直与高洁，他们中很少有人有着卑劣的内心。这也是阿拉伯人的品质之一，根植于他们高贵的本性。当然，如今这一品质已经退化，变得衰弱，因为他们遭受了压迫和岁月的磨难，现实的处境迫使他

们纡尊降贵，乞人帮助。尽管如此，仍有人坚守他们的阿拉伯本性，心志高洁，正如诗人所说：

> 把正直给我留下，
> 　　因它已成为我生命的惯习。
> 比砍下男子双手更困难的，
> 　　是让他接受卑鄙者的善意。

法兰克人一直要求的自由在过去也是阿拉伯人本性的一部分，比如阿拉伯国王努阿曼·本·穆恩奇尔（Nuʿmān b. al-Mundhir）[33]和波斯国王霍斯劳（Kisrā）[34]之间爆发的一场争荣（*mufākhara*）[35]，记录如下：[36]

> 努阿曼去见霍斯劳，在座的有来自鲁姆、印度、中国、波 370
> 斯和突厥等地的代表团，他们介绍各自的君王、国家、屋宇和城堡。努阿曼夸赞阿拉伯人，称他们优于包括波斯人在内的所有其他民族。霍斯劳妒火中烧，说道："努阿曼啊，关于阿拉伯人和其他民族［的优劣］，我仔细想了想，也考虑了代表团成员们介绍的情况，发现鲁姆确实深受眷顾，那里百姓团结，君王强大，城市众多，信仰稳固；印度以其智者而闻名遐迩，又有可观的财富，众多的河流和城镇，物产丰富，工艺精巧，佳丽婀娜，人丁兴旺；中国也是非凡的，因其社会的组织，手工艺的繁荣，沙场上的凌云壮志，冶铁的技术和凝聚人心的君王；至于突厥人，尽管他们的生活条件恶劣，良田不足，收成不丰，没什么城堡要塞，也不是聚居和衣着等世俗文明领域的源头，但他们有既能使偏远之地归心，又能治国理政的国王。然而，

在阿拉伯人中，无论是在宗教还是在世俗方面，我都没有看到任何优秀的品质，尊重、力量、决心、智慧等，一概皆无。相反，有证据表明他们卑微、低下、胸无大志，就如同奔逃的野兽和无措的飞鸟。他们会因贫困所累而杀死自己的孩子，会因饥饿所迫而啃食骨肉同胞。他们被剥夺了世上的各种食物、饮料、衣服、欢娱和乐趣。他们能吃上的最好的食物是骆驼肉，而这肉难以下咽、气味难闻，即使是很多飞鸟和猛兽都避而不食，担心会招致疾病。如果他们中有人招待了客人，他们就认为这是慷慨，如果他们中有人吃上了一口食物，他们就认为这是获益。对于这些，他们做诗记述，人人吹嘘，只有塔努赫（*al-Ṭanūkh*）部落除外，把这个部落凝聚在一起的是我的祖父。他巩固了他们的王国，保护它不受敌人侵害，直到今天人们还在谈论他的这些贡献。当然，阿拉伯人也有历史遗迹、堡垒和同某些民族用的货币相似的钱币。然而，我看你们并没有对自己的卑微、匮乏、贫穷和不幸保持沉默，反而去吹嘘夸耀，总想着让自己高人一等。”

努阿曼回答说：“愿安拉纠正陛下您的错误！您说得对，的确，［你们］这个民族因其功绩、实力和崇高的地位而出类拔
371 萃。但陛下您说的每一点，我都可以回应，既不是反驳，也不是否认。如果您保证不会对我要说的话生气，我就继续。”

霍斯劳说：“你就放心讲吧！”

于是努阿曼便接着说：“你们的民族智力与道德水平很高，你们的国家幅员辽阔，实力强大，至高无上的安拉又通过您和您父辈、祖辈的统治赋予你们尊荣，这让你们处于无可争议的优越地位。但您刚才提到的那些民族，没有一个能及得上阿拉

伯人的。”

霍斯劳问：“为什么？”

努阿曼回应道：“因为他们强壮而有耐力，他们外表俊美，他们信守诺言，他们勇敢而有驾驭力，他们慷慨大方，他们的语言充满智慧，他们的头脑敏锐犀利，他们忠实可靠。

“说他们强壮而有耐力，是因为无论您的父辈和祖辈如何杀伐掠地，建立起王权，统帅起军队，他们依然是你们的邻居。没有人［胆敢］觊觎他们，他们一直受人尊敬，却没有得到他人的任何恩惠。他们以马背为堡垒，以大地为床铺，以天空为屋顶。除了身侧的剑，他们的装备就只有头顶的天空，而其他的民族则凭借着岩石、沙土、岛屿、海洋、堡垒和城堡而变得强大。

“说他们外表俊美，肤色好看，是因为他们在这方面要比火烧过般的印度人、无毛的中国人、奇形怪貌的突厥人和容貌小气的鲁姆人来得优越。

“谈到血统和出身，这些民族对他们的祖先和根源一无所知，对他们的历史也知之不全，甚至你问一些人他们父亲之上的家族成员，他们都不能往回追溯，也不知道祖辈是谁。但是，每一个阿拉伯人都能一个接一个地说出他父辈和祖辈的名字，对于自己的出身和谱系，他们都十分清楚并熟记于心[①]。如此，人们只会归属于自己的部落，而不会将自己的血统追溯到别的族脉上去，人们在称呼他时也不会把他归到他父系之外的人身

① 阿拉伯语原文为“清楚并熟记于心”，英译本误作“保护”和“保存”，依据阿拉伯语原文修改。——译者注

上去。

“说他们勇敢和慷慨，是因为他们之中哪怕是最卑微的人，即便他只有一头扛着他的必需品、家什、食物和水的幼驼或老驼，他仍然会因为一个夜访者敲门求取食物和水而去宰杀他的骆驼。他愿意穷尽他所有世俗的财富来赢得世人的赞誉和传世的美名。

“说他们的语言充满智慧，是因为至高无上的安拉赐予了他
372 们诗情、文采和优美的韵律，让他们了解如何指涉、打比方和用精妙的言辞进行描写。这是其他民族的语言所不能及的。

“他们的马，是最好的；他们的女人，是最贞洁的；他们的衣服，是最漂亮的。他们的矿藏是金和银，他们的山石是玛瑙，而只有骑上他们的坐骑才能完成旅行，穿越荒漠。

“他们也是最严格遵循他们的宗教和法律的。他们有禁月、圣地和接受朝觐的天房，他们在那里举行仪式，宰祭物。若一个人在那里遇到杀害他父亲或兄弟的凶手，他也有能力复仇并宣泄愤怒，但他高贵的品性和他的宗教会阻止他这么做，以表达对天房的尊重与敬意。

“说他们忠实可靠，是因为他们哪怕只是瞥一眼就能同对方建立约定，他们不会违背心中的承诺，直至履约。若他们从地上捡起一根树枝，这就是他们债务的担保，他们不会解除担保，也不会背弃债务，因为他们敬畏至高无上的安拉。如果得知有人需要他们的庇护，哪怕已经离家很远，他们也会去保护此人免受敌人的伤害，即便是他们自己的部落或是寻求庇护者的部落被消灭他们也不会退缩，他们这样做就是为了维护这个庇护关系。若有穷困潦倒的人或是别人说起过的人来投靠他们，即

便非亲非故，他们也会接纳他，并把他的财物看得比自己的名声和财产还要重要[1]。

“至于陛下您——愿安拉保佑您——说他们在必要时会杀自己的孩子，这么做的人都是被迫的，是为了防止给他们带来耻辱，或是［女子］害怕［未来的］丈夫嫉妒。

“至于陛下您说他们能吃上的最好的食物，正如您所描述的那样，是骆驼肉，那是因为他们瞧不上别的食物而只食用最高级的、最好的食物。骆驼既是他们的坐骑，也是他们的食物来源。在所有的动物中，骆驼的肉最多，脂肪质量最优，奶也最好。骆驼肉［对健康的］危害最小，最容易咀嚼。没有任何其他肉类可以胜过骆驼肉，骆驼肉的优点是显而易见的。

“至于说他们自相残杀，骨肉相食，且不愿意接受一个人的领导，让他来统治他们和管理他们的事务，只有那些认识到自身软弱、害怕敌人来袭的民族才需要一个国王来管理他们的事 373
务。这个国王将是他们中最有权势地位的人，也是他们所有人公认的最受尊荣的人。在遭遇危机时，他们将跟从他，听从他的命令。但陛下啊，阿拉伯人不一样，因为他们的高贵、忠诚、信仰、语言中的智慧和内心的慷慨，他们中的许多人会说，他们全都是国王，都享有崇高的地位，不会有谁去跟从谁，他们都是尊贵的。

“至于陛下您刚才描述的也门，您的父亲和祖父比任何人都更了解它的统治者。当阿比西尼亚的国王率领20万大军来袭并

① 英译本作“用生命和财产来保护他的财物”，不够准确，依据阿拉伯语原文修改。——译者注

征服了这位统治者的王国后，他来到你的门前，哀号求救，他是那么卑微、低下、凄惨，但你的祖先和父亲都没有庇护他，于是他向阿拉伯人求助，而阿拉伯人接纳了他。[37]如果不是阿拉伯人来承受祸患，他会遭受重大损失，且再也回不到故土。如果他没有找到那些擅长杀伐的人同他一起征讨自由民，驱散不信教者的队伍，击杀邪恶的奴隶，那么他就不可能回到也门。”

对于努阿曼的话，霍斯劳颇为惊异，他说："你确实不愧为你的人民和你所在地区的人的领袖，你甚至适合去领导比这些人更优秀的人。”他给努阿曼披上袍子，给了他丰厚的赏赐，把他送回了他在希拉（*al-Ḥīra*）的家。

之后，霍斯劳又派人去把努阿曼给杀了。塔努赫是也门的一个部落，穆太奈比以该部落一成员的口吻说道：[38]

古道阿人知我才华横溢，
　　把我雪藏以备十万火急。
馨迪芙人以我尊贵为据，
　　谓高贵者皆出也门之地。
我杀伐征战又古道热肠，
　　我剑术高超又枪法凌厉。
我徒步荒野又口吐珠玑，
　　我纵横驰骋又攀岩附壁。
我剑带长长又帐篷高高，
　　我挥舞长枪又矛头尖利。
我眼神坚毅又固守不移，
　　我斩金截玉又心如磐石。

剑锋取敌敢与宿命争先，
　　剑刃穿心无惧尘沙蔽日。
剑光闪闪立判生死无疑，
　　雄辩滔滔以舌代剑足矣。[①]

艾纳斯·本·马立克[39]——愿安拉对他满意——说：

一名埃及人来见欧麦尔·本·哈塔布，向他控诉阿穆尔·本·阿斯，他说："信士的长官[40]啊，我是来这里避难的。"欧麦尔回答说："你已经安全了，发生了什么事情？"那人说："我和阿穆尔·本·阿斯的儿子赛马，我赢了，他拿起手中的鞭 374
子，对我劈头盖脸一顿打，还对我说：'我可是最尊贵之人的儿子！'阿穆尔·本·阿斯得知此事后，担心我会来找你控诉他的儿子，便把我关押起来，我逃了出来，便来找你了。"于是，欧麦尔·本·哈塔布给阿穆尔·本·阿斯去了一封信，信中说："你收到这封信后，同你的儿子一起来朝觐。"［信送出后，］他转向这个埃及人，对他说："你起来，等欺负你的人过来。"

阿穆尔·本·阿斯和他的儿子完成朝觐后，来到欧麦尔·本·哈塔布这里并坐了下来。这个埃及人像之前那样又控诉了一次，欧麦尔·本·哈塔布示意他［上前］，对他说："拿起这鞭子[41]打他！"这埃及人就走近阿穆尔·本·阿斯的儿子，［开始］用鞭子打他。

---

① 这首诗英译本缺，依据阿拉伯语原文补充。诗中"古道阿"（*Quḍāʿa*）和"馨迪芙"（*Khindif*）皆为阿拉比亚部落名；"馨迪芙"（Khindif）是先知穆罕默德的先祖易勒雅斯·本·穆达尔（Ilyās b. Muḍar）的妻子。"剑带长"指身量高，"帐篷高"指访客多，矛与矛头长指力气大。——译者注

艾纳斯接着说：

是的，这埃及人真的打了他，我们也都想打他。他不停地打，一下又一下，打得我们都想让他停下来。但欧麦尔——愿安拉对他满意——说："给我打这个'最尊贵之人的儿子'！"

阿穆尔·本·阿斯说："信士的长官啊，这下你可解了气了。"欧麦尔·本·哈塔布对埃及人说："取下阿穆尔的缠头巾，用鞭子抽他的秃头！"这个埃及人害怕了，说："信士的长官啊，我已经打了打我的人，为什么还要去打没打我的人呢？"欧麦尔——愿安拉对他满意——回答说："打吧，打了以后就肯定不会有人再限制你［的自由］了。"然后他转头对阿穆尔·本·阿斯说："你是什么时候开始奴役那些从娘胎里出来就自由的人的？！"

由此可见，自由自古以来就是阿拉伯人天性的一部分。

在结束这部游记之前，我们还应当对一个人的善行表示感谢，他在巴黎安排学生的诸项事务，帮助恩主实现了目标，他就是埃及和埃及人的朋友若马尔先生。他满怀热情、全心全意地实施我们恩主埃芬迪的计划。他毫不犹疑地全力投入于此，就仿佛是一个赤诚的埃及之子。确实，他理应被列入赫迪夫友人的行列。最能证明这
375 一点的是他在伊历1244年为埃及和沙姆编写的《历书》[42]中所说的话：如果他收到［相关］法令和赫迪夫的敕令，他将每年编写一部这样的《历书》，以帮助改善埃及各省的文明状况。他在《历书》前言中说，他要在这本《历书》中谈以下问题：

第一，按照优先程度从高到低逐一说明埃及必须［发展］的手艺与工艺。

第二，[介绍]欧洲、亚洲和非洲各地的商业贸易，如柏柏尔人、达尔富尔人、森纳尔人和希贾兹人的商队；比较各国使用的度量衡。

第三，介绍农业情况。农业历来是埃及人财富的来源，因此，在土壤条件优质的埃及王国，农业应当是政府的头等关切。农业包含许多重要的分支，包括土地资源管理学，其中涉及作物改良和新地规划；完善棉花、亚麻、葡萄、橄榄和桑葚的种植；亚麻籽和多种油料的提取；蜜蜂[1]、蚕和胭脂虫的饲养；家畜的照料；通过分开喂养优化马、山羊、绵羊等本地动物种群并引进外来种群；兽医学和家畜流行病等疾病的治疗[方法]；保护谷物不受虫类侵袭；行道树的种植与布置；种植园与所有有利于农业发展的土地设施的开发利用。在农业领域，我们还会涉及用于土地灌溉和排水的沟渠与运河，以及在平原和山地输送水的道路、桥梁与水坝。上述所有内容都会在农业范畴内进行讨论。

第四，我们将讨论有关自然科学、研究三类自然物体的博物学和数学的各种内容，包括医生用来治疗瘫痪和类似疾病的磁性物质以及磁力、地温、气象和两回归线之间的露水与降雨
等。我们也将讨论陨石，火山，测量时间、温度和湿度等自然 376
属性的仪器，避雷，天文望远镜，能够将肉眼不可见的微小物体放大的透镜。我们还将讨论有关矿物及其开采的科学、岩石切割、草药学、技术和工艺相关各领域使用的植物、有益的动物以及代数和几何。

---

① 英译本误作“枣椰树的种植”，系误读“*naḥl*”（蜜蜂）为“*nakhl*”（枣椰树）之故，依据阿拉伯语原文修改。——译者注

第五，包括经济学的所有分支、国家统治、各国状况、各国富裕与繁荣的原因、目前和未来的生活状况、各个城镇的男女出生率、行政管理，［还包括］法兰克人政治制度所依据的一般原则，即世俗权利、法律权利、人的权力，［这最后一种］指不同国家间施于彼此的权利。

第六，公共和个人健康政策。在这方面，我们将讨论用以预防天花的牛痘的接种、瘟疫及其治疗、各类疾病与常见症状，并会涉及一些解剖学。

第七，我们将讨论有关哲学和文学问题、语言及相关学科（如修辞学）的各种内容。我们也将讨论各国的学校、各国历史概要（特别是埃及）、法兰克和东方文学和修辞中的奇闻逸事。我们还将谈一点逻辑学，并简要说明促进读写和算术教学的方式以及在最短的时间内向民众普及这些知识的途径。

第八，我们将研究好几个不同类型的问题。我们将讨论有关商业、轮船、公共马车的设立、道路、沟渠、运河和悬索桥的改进，也将讨论被称为“电报”的信号系统，也即信息的编码，还将讨论法兰克人所有的新发明。为了让［本书］更为全面地裨益［读者］，我们还加入了图表，绘制了地图和动植物图像，这些动植物是从外国引入埃及培育的。我们还将提到许多随着时间的推移而更新的事情。简而言之，我们将收入一些同重大的根本性问题相关联的话语片段，这些片段都引自那些值得信赖的人所说的话，很容易让广大读者理解。至于书本上艰深的文字，我们将不引用。

377 我们对若马尔先生的书的引用就到这里。

然而，若马尔先生并没有履行他的承诺，因为他做出这项承诺的条件是收到［相关］法令，但这样的法令至今都未曾颁布过。但总的来说，无论从他的外在言行还是内心来看，他都热衷于同埃及保持友好关系，并出于对恩主和他政府的好感而乐于效力。

在饱受赞美、至高无上的安拉的帮助下所做的旅行经历记录到此就结束了，对于旅行所去的那个地区，只有偏颇和无知的人才会拒绝去了解它，正如诗人所说：

目生翳而不见光，
　　口得疮而不进汤。
高德如日众皆视，
　　除非生来双眼盲。

也不应剥夺人们应有的权利，就像诗人在以下充满智慧的诗句中所说的那样：

如果你需要派出一名信使，
　　那就派一位贤人去吧，但不要把你的想法强加于他。
如果有一天一位谏士来到你身边，
　　不要疏远他，也不要驱赶他。
如果你难下决断，
　　那就听取智者的意见吧，不要否定他。
有权利的人不要去缩减他们的权利，
　　缩减权利会导致恩断义绝。
高谈阔论时不要随口提某个年份，
　　如果你不曾好好计算过的话。

引经据典时要确定出处，

　　确定出处的引用才真实可信。

不要去谋求，有多少

　　一心谋求的人，栽在了谋求的道路上。

有多少青年头脑腐坏，

　　而人们曾对他们寄予厚望。

又有多少人你以为他们愚笨，

　　他们却向你显露出金玉的本质。①

考虑到行为是由意图决定的，[正确的行为] 取决于良好的意愿，所以不能去依赖那些缺乏高超的运筹帷幄能力、谋略和见识平庸的人，而需要去倚重已经晋升至高级别的官员和法律人士，专注于教法并在此领域处于引领地位的人和理解如下宗旨的人[43]：敦促我们的同胞去吸收那些能使他们变得强大有力、能培养他们判断能力 [的知识]。我们仰仗这样的人，总的来看，就如同 [阿拔斯王朝] 哈里发时代 [的做法] 那样，正如诗人所说：

晨光由蓝入白，

　　大雨始于滴答。

也如我的一个亲戚所说：

正要被我的建议所吸引的人啊，

　　这建议已开始招来口诛与笔戕。

---

① 上页“也不应剥夺”一句及至此引用的诗英译本缺，依据阿拉伯语原文补充，该诗的作者是贾希利叶时期的诗人塔拉法。——译者注

在我看来正午的太阳便是西斜，
　　奋进者仍可求诸灯火获得光亮。

另有人说：

此青年有为，
将引领众生，
将青史留名。①

无论如何，我希望读这本书的人能完整地把它读完，以便深入了解其中的内容，细读书的人才能更清楚地看到书的缺点，没有比以下这位诗人的话更能反映我心声的了：

你面前摆的是纸页的纹饰，
　　绣制之人仅有平庸的天资。
缺点显露时请将它们掩饰， 378
　　你看安拉宽恕了多少过失。

最后，让我们为赫迪夫祈祷，愿安拉保佑他和他的后人，并使他屹立于东方和西方的王国之中。

高贵者子嗣不多，
　　但个个意气风发。②

---

① 从上页“也如我的一个……”至“将青史留名”英译本缺，依据阿拉伯语原文补充。——译者注

② 这句联句英译本缺，依据阿语原文增补，其中“高贵［的事物］”（*al-ma'ālī*）一词语带双关，因为该词还被用作“阁下”这一称号，此处当是指穆罕默德·阿里。——译者注

愿安拉使埃及和埃及各省享受到恩主赐予的高度文明和正义，并以封印先知的荣誉［做担保］延长他统治，因为引领殿下的正是先知——愿安拉赐福于他、他的家人、他的弟子、他朋友和他的部落，阿敏！

注　释

序

1. 虽然分别完成于1957年和1966年，但两个译本都在1988年出版：A. Louca, *Tahṭāwī. L'Or de Paris. Relation de voyage, 1826–1831*, Paris (Sindbad), 342pp.（基于1849年版）；K. Stowasser, *Rifāʿa al-Ṭahṭāwī. Ein Muslim entdeckt Europa. Die Reise eines Ägypters im 19. Jahrhundert nach Paris*, Munich (C. Beck), 339pp.（基于1834年版）。

2. J. Haywood, 1971: 72–77.

第一部分　导　言

一、赴欧埃及留学团

1. 阿拉伯语词“马木鲁克”（*mamlūk*，复数为*mamālīk*）是动词*malaka*（拥有）的被动名词，字面义是“被拥有的人”，指的是非穆斯林出身的奴隶，特别是那些来自奥斯曼帝国欧洲行省的奴隶，且明显倾向于指代切尔克斯人（*Jarākisa*或*Sharākisa*）。这些人被安排于宫廷供职，并为此接受专门训练。马木鲁克中的出类拔萃者，常被赋予自由，许多人进入了最高权力阶层。从1250年到1517年奥斯曼帝国征服埃及期间，有数个马木鲁克王朝统治过埃及，其统治者包括著名的“奴隶战士”苏丹，如拜伯尔斯（Baybars，1260—1277年在位）和“千金奴”盖拉温（Qalāʾīn，1278—1290年在位）。17世纪中叶，马木鲁克贝伊们重新控制了埃及，尽管严格来说，他们只是奥斯曼苏丹的总督。贝伊们属于不同的“家族”（*bayt*），各家族间为争夺统治权而持续对抗。马木鲁克对埃及的寡头统治直到穆罕默德·阿里掌权后才最终瓦解。同样，在突尼斯的贝伊制政府中，许多马木鲁克身居高位，其中最著名的无疑是政治家和改革家海伊鲁丁·突尼西，他在突尼斯担任过几个大臣职务，最终成为奥斯曼苏丹的大维齐尔（大维齐尔是苏丹以下的最高大臣，相当于宰相。——译者注）。见ʿA. al-Jabartī, 1997: 多处；*EI*$_1$, s.vv. “Egypt” (C. Becker), “Mamlūks” (M. Sobernheim/

J. H. Kramers); EI_2, s.v. “Mamlūks” (D. Ayalon); A. Raymond［A. Ibn Abī ʾl-Ḍiyāf］, 1994: II, 38–40; D. Ayalon, 1949; U. Haarmann, 1988; H. Laurens, 1997: 66及之后多页。

2. 见S. J. Shaw, 1971; B. Lewis, 1969: 56及之后多页等。

3. 参见G. Goodwin, 1994: 193, 195; de Tott, 1784: II, 78; S. Gorceix, 1953。

4. 见G. Goodwin, 同上, 92, 107; F. Hitzel in D. Panzac, 1985: 814; B. Lewis, 1994: 235及之后多页。

5. 见F. Hitzel, 同上, 815, 816–817; M. Göcek, 1986。

6. F. Hitzel, 同上, 820–822.

7. F. Masson, 1897–1919: II, 96–97, 120–124; H. Laurens, 1997: 29–30.

8. 苏丹塞利姆三世倒台（1807）后，该驻外系统被中止，直到19世纪30年代才由苏丹马哈穆德二世恢复。有趣的是，在此期间维也纳大使馆一直开放运转。见R. Davison, 1985。

9. 关于埃及“新军”，见D. Nicolle, 1978。

10. 见J. Tagher, 1951; A. Louca, 1970: 34–35; J. Heyworth-Dunne, 1940: 328; A. Silvera, 1980: 7; F. Charles-Roux, 1955: 33–34。

11. 参见J. Heyworth-Dunne, 1940: 328及之后多页。

12. K. Ṣābāṭ, 1958: 148–151; J. Heyworth-Dunne, 1940: 331; A. Louca, 1970: 34; A. Silvera, 1980: 7.

13. A. Louca, 1970: 34. 1809—1818年，共有约28名学生被送往国外，可惜，1820年的大火焚毁了［开罗］城堡中的档案，没有留下他们中任何一人的档案记录。Y. Artin, 1890: Annexe E.

14. A. Ibn Abī ʾl-Ḍiyāf, 1963–65: IV, 100.

15. 参见H. Schuchardt, 1909; H. Kahane, R. Kahane and A. Tietze, 1958。

16. G. Guémard, 1927.

17. 见al-Jabartī, 1997: IV, 336, 647, 670; G. Delanoue, 1982: I, 86–90; H. Laurens, 1997: 222–223, 385等; J. Savant, 1949; G. Homsy, 1921; Sh. Ghurbāl, 1932 (=ʿA. al-Jabartī 1997: 788–809); G. Douin, 1924; G. Guémard, 1927。

18. 见ʿA. al-Jabartī, 1997: 1082–1088; A. Raymond, 1998: 306及之后多页; H. Laurens, 1997: 68及之后多页, 228及之后多页, 421及之后多页; T. Philipp, 1985; A. Bittar, 1992; M. Motzki, 1979。

19. 著名的舍瓦利耶·泰奥多尔·德·拉斯卡里斯（Chevalier Théodore de Lascaris）的确制定过这样一个计划，他曾是一名马耳他骑士，也曾加入过法军。

20. 参见A. Raymond, 1998: 214–215, 270, 324及之后多页。

21. 根据当时的记录，这批流亡海外的少数族裔包括93名马木鲁克、438名科普特人和221名希腊人（妇女和儿童除外）。A. Raymond, 1998: 271.

22. 这名阿卡出生的基督徒米哈伊勒·本·尼古拉·本·易卜拉欣·萨巴厄后来同法国著名东方学家西尔韦斯特·德·萨西（Silvestre de Sacy，见第二篇注33）合作，并撰写了多部著作，其中有一部阿拉伯语方言（叙利亚/埃及）语法的研究著作

《平民话通论与口头语研究法》(*al-Risāla al-tāmma fī kalam al-ʿāmma wa-l-manāhij fī aḥwāl al-kalām al-dārij*)，该书于1886年由H.托尔贝克出版(*Mīhāʾīl Sabbāg's Grammatik der arabischen Umgangssprache in Syrien und Aegypten*, Strasbourg, Karl J. Trübner Verlag, x/80pp.)，这部著作依然是历时方言学的主要参考书。见L. Shaykhū, 1991: 22–23, 34–35; G. Graf, 1944–1953: III, 249–251; J. Aumer, 1866: 400及之后多页; Michaud, 1854: XXXIX, 427; Y. Sarkīs, 1928: 1192–1194; J. Humbert, 1819: 291及之后多页; *GAL*, II, 479, *GALS*, II, 728; ʿA. al-Jabartī, 1997: IV, 1083。

23. 法赫尔(卒于1830年)是一名富商，他回埃及后任法国驻杜姆亚特领事(受总领事马蒂厄·德·莱塞普领导)，负责促进埃及与法国的贸易。法赫尔富丽堂皇的杜姆亚特宅邸成为来访法国官员、贵族等人的必去之所。见J.-M. Carré, 1956: I, 197–198, 257; Auriant, 1923; 同上, 1933: 70–104; A. Silvera, 1980: 11。

24. 易勒雅斯·布格图尔·艾斯尤提(1784—1821)曾在著名的东方语言学校(今法国国家东方语言文化学院前身)短暂担任阿拉伯语方言讲席，他也是19世纪第一位阿拉伯语词典学家。见A. Louca, 1958; Michaud, 1854: LVIII *Sup*. 408; F. Hoeffer, 1862–1877: VI, 314; Y. Sarkīs, 1928: 574–575; ʿU. Kaḥḥāla [n.d.]: II, 312; A. Messaoudi, 2008: 72及之后多页; F. Pouillon, 2008 (A. Messaoudi): 115。

25. 参见J. Heyworth-Dunne, 1938。

26. J. Heyworth-Dunne, 1940: 326.

27. G. Dupont-Ferrier, 1921–1925: III, 419.

28. 这个机构的历史可以追溯到1669年。为响应法国商业政策向地中海盆地转移以及主要港口贸易站点的设立，科尔贝(Colbert)建立了儿童语言学院(*Ecole des Enfants de Langues*)。除此之外，法国商人曾多次向马赛商会抱怨口译员缺乏的问题，认为这对商业交易造成了不利影响。虽然儿童语言学院设立在享有盛誉的克莱蒙学院(*Collège de Clermont*，1682年更名为路易大帝学院)，但1700年前，实际授课地点是佩拉(伊斯坦布尔)和士麦那的嘉布遣会修道院。儿童语言学院的著名毕业生有吕芬(Ruffin)父子、佩蒂·德拉克鲁瓦(Pétis de la Croix)、科桑·德·佩瑟瓦尔(Caussin de Perceval)和旺蒂尔·德·帕拉迪(Venture de Paradis，波拿巴在埃及的首席口译员)。除了古典学课程(拉丁语、希腊语)和法语外，这些男孩还要接受土耳其语、波斯语和阿拉伯语的强化训练，并学习物理、历史、地理、法律、商业和绘画等所谓的"辅助科学"课程。见AN AJ62 12 (anon. Report on the history of the Ecole des Langues Orientales Vivantes); F. Masson, 1881: 905–930; G. Dupont-Ferrier, 1921–1925: III, 360–398。

29. 见A. Hamilton, 1994; M. Houtsma, 1888: 6–12。

30. 齐拉依留下了大量书信[采用"卡尔舒尼"(*Garshūnī*)的方式，也即用叙利亚语字母书写阿拉伯语]，这些是关于马木鲁克时期马龙派和叙利亚雅各布派社群的主要一手文献之一。

31. 见P. Raphael, 1950。

32. 这位学者(卒于1648年)后来在智慧大学(即罗马大学)教授阿拉伯语和叙

利亚语，之后又受法国国王路易八世邀请在皇家学院（即后来的法兰西公学院）讲学。他同哈奇利一起编制了第一部多语言版的《圣经》（1628—1642），并在其中使用了叙利亚语和阿拉伯语。他还同哈斯鲁尼合作，编写了著名的“马龙派［阿拉伯语］语法”（*Grammatica Arabica Maronitarum*），并将谢里夫伊德里西（Sharīf al-Idrīsī）《意欲云游四方者娱游书》（*Kitāb nuzhat al-mushtāq fī ikhtirāq al-āfāq*）的一个（匿名）节略本翻译成拉丁语。该书又称《罗杰之书》，因为作者将之献给了他的赞助人西西里的诺曼统治者罗杰二世。这个节略本于1592年由罗马的美第奇出版社出版，是第一部在欧洲引起关注的阿拉伯地理著作。见G. Graf, 1944–1953: III, 351–353; L. Shaykhū, 1924: 137 (no. 507); J. Fück, 1955: 73–74。

33. 见G. Graf, 1944–1953: III, 355–359; L. Shaykhū, 1924: 88 (no. 312)。

34. 见G. Graf, 1944–1953: III, 354–355; L. Shaykhū, 1924: 91 (no. 323); J. Fück, 1955: 74–75。

35. 这位无疑是这些旅居欧洲的马龙派学者中最知名的。他是梵蒂冈图书馆阿拉伯语和叙利亚语写本的负责人，编制了一部意义重大的目录书《梵蒂冈克雷芒东方图书馆》（*Bibliotheca Orientalis Clementino-Vaticana*），并将其献给教皇克雷芒十一世。西姆阿尼还承担了重要的官方使命，作为教皇的特使参加了在黎巴嫩卢韦扎（al-Luwayza）修道院召开的教会会议，这是18世纪最重要的宗教会议，也是1596年卡努宾（Qannūbīn）修道院会议后第二次召开这样重要的会议。这次会议巩固了罗马和马龙派（后者在1180年承认了教皇的权威）之间的密切关系，并使后者的礼拜仪式更贴近罗马天主教会。见G. Graf, 1944–1953: III, 444–455; L. Shaykhū, 1924: 118–119 (no. 421)。

36. 见J. Nasrallah, 1958; Kh. Ṣābāt, 1958; *EI*$_2$, s.vv. “maṭbaʿa” (G. Oman/Günay Alpay Kut), “djarīda” (B. Lewis-Ch. Pellat/P. Holt/P. Hitti)。

37. 见*EI*$_2$, s.v. “Būlāḳ” (J. Jomier); A. Riḍwān, 1953.关于该印刷局早期出版物的详细目录，见J. T. Reinaud, 1831; T. X. Bianchi, 1843。

38. *Qāmūs Iṭālyānī wa ʿArabī. Dizionario italiano e arabo, chi contiene in succinto tutti vocaboli che sono più in uso e più necessari per imparar a parlare le due lingue correttamente,* 266/6pp.这位教士的家庭在18世纪初从阿勒颇移居开罗，他在罗马接受宗教教育，于1775—1779年在圣亚他那修（St. Athanasius）学院学习，之后又在那里多待了两年来完善他的意大利语。在法国，他被称为唐·拉斐尔·德·莫纳奇斯（Don Raphaël de Monachis）。他是埃及科学院唯一的埃及本土院士（文学与美术部），在梅努将军（General Menou）于1800年11月设立的迪万中任首席口译员。1803年，作为效力法军的回报，唐·拉斐尔成为著名的东方语言学校的首任阿拉伯语方言讲席（该讲席专门为他而设），他教过的第一批学生中有商博良（Champollion）。他一直担任这一讲席，直到1816年被另一位埃及侨民易勒雅斯·布格图尔·艾斯尤提接替，后者于1821年被正式任命，随即成为［该校］第二位（也是最后一位）非欧洲裔教授。回到埃及后，唐·拉斐尔开始从事口译工作。奥斯曼·努鲁丁的学校成立后，他成为该校首批教师中的一员。埃及政府的出版社出版过他翻译的皮埃尔–约瑟夫·马凯（Pierre-Joseph Macquer）的丝绸印染手册（*Art de la teinture en soie*, Paris, Desaint, 1763, ix/86pp.），译本名为《丝绸印染术》（*Sinā ʿat ṣabāghat al-ḥarīr*, 1238/1823, 12/118pp.）。See ʿĀ. Nuṣayr, 1990: 163 (no. 1061), 192 (no. 6/441); Y. Sarkīs, 1928: 895–896; C. Bachtaly, 1934–1935; ʿA. al-Jabartī, 1997: 1084及之后多页; A. Silvera, 1980: 7; L. Shaykhū, 1924: 109–110 (no. 387); G. Graf, 1944–1953: III, 255–256; J. Heyworth-Dunne, 1940: 337–378; A. Louca, 1970: 34 (note 4); A. Raymond, 1998: 300; L. de la Brière, 1897: 59。

39. 这份"刊物"起初是手抄，然后是石版印刷，一开始出版并不规律，后来发展为周报，最后变成了日报。见A. Ayalon, 1995: 14–15; I. ʿAbduh, 1983: 29–34。需要指出的是，许多学者［P. di Ṭarrāzī, 1913–1914: IV, 214–215; I. ʿAbduh, 1951: 23–25; A. Muruwwah, 1961: 73, 142, 148–149; P. Vatikiotis, 1991: 182, note no.6 (p. 516); EI_2, s.v. "djarīda" (B. Lewis et al.)］将这一荣誉给了另一份名为《通告》（*al-Tanbīh*）的刊物，据称，该刊物是于1800年12月初在法国将军梅努的命令下在亚历山大出版的。梅努确实于1800年11月25日宣布创办一份以该名称命名的"阿拉伯期刊"，其目的是"在全埃及传播有关法国政府作为的信息，避免当地居民产生可能被他人激发的偏见与忧虑，并维护当地人与法国人之间日益增进的信任和联盟关系"（转引自A. Raymond, 1998: 233）。还有些学者（P. di Ṭarrāzī, 1913–1914: I, 48–49; J. Zaydān, 1957: IV, 48）更倾向于认定另一份名为《每日事件》（*al-ḥawādith al-yawmiyya*）的刊物才是此处所指。根据哲拜尔提的记述，波拿巴设立的［埃及］本土政要委员会的秘书伊斯玛仪·卡沙卜（Ismāʿīl al-Khashshāb，卒于1814年）受托编写法国当局内部的每日发展报告，这些报告随后被翻译成法语，以供部队使用。然而，即使是哲拜尔提也没有说明这些报告的阿拉伯语版是否也被印制出来了。P.迪·塔拉奇试图解决这个问题，他进一步说，《每日事件》和《通告》是同一份出版物。但不管是什么情况，没有任何记录表明这两种刊物曾被印刷出版过，也未见有任何副本留存下来。

40. 关于这份出版物的历史，见I. ʿAbduh, 1983，又见A. Ayalon, 1995: 13及之后多页。

41. 关于这方面情况的当代记载，见E. Lane, 1923: 60及之后多页（早期教育），215页及之后多页（爱资哈尔）。寺名"爱资哈尔"的字面意思是"闪耀的"，源自先知的女儿法特梅，因她被称为"光彩照人的法特梅"（Fāṭima al-Zahrāʾ）。这座世界上最古老的清真寺大学于［公元］970–972年建于开罗，就在法特梅王朝控制埃及后不久。见"al-Azhar", EI_1 (A. Wensinck), EI_2 (J. Jomier)。

42. A. Louca, 1970: 36.

43. J. Tagher, 1951: 393; G. Brocchi, 1841: I, 159–161.

44. J. Heyworth-Dunne, 1938; 108; A. Louca, 1970: 36; J.-M. Carré, 1956: I, 287.

45. 关于这所学校的更多细节，见A. ʿAbd al-Karīm, 1938: 221及之后多页。

46. Y. Artin, 1890: 70; A. Silvera, 1980: 6–7.

47. A. Louca, 1970: 41.

48. 参见A. Silvera, 1971。

49. 贝尔纳迪诺·德罗韦蒂（Bernardino Drovetti, 1776—1852）出生于巴尔巴尼

亚，是里窝那的一名律师，1796年第一次意大利战役结束后，他加入了法国军队，后来作为缪拉（Murat）将军的副官随法军前往埃及。1802年，他主动要求担任驻埃及副领事，随后在马蒂厄·德·莱塞普手下任职，并于1807年取代马蒂厄。他积极讨好穆罕默德·阿里，并在1807年9月组织开罗防务，对抗英国人。由于与统治者的特殊关系，德罗韦蒂在法国上校布坦的帮助和怂恿以及法国政府的纵容下，获得了寻找埃及文物的许可。1811—1812年，他在孟菲斯和底比斯的国王谷组织了多次挖掘活动。1814年，因被认为是波拿巴主义者，路易十八的政府不再让他担任领事。然而，他并没有离开埃及，而是选择继续进行考古研究，并与英国领事、著名的阿拉伯学家亨利·索尔特（Henry Salt）展开直接竞争。他不懈地进行考古勘探寻找宝藏。1820年3月，他说服穆罕默德·阿里派遣一支探险队前往锡瓦（Siwa）绿洲。这次探险的记录不久后由埃德姆–弗朗西斯·若马尔编辑出版（*Voyage à l'Oasis de Syouah*, Paris, 1823）。1821年，德罗韦蒂再次成为法国驻埃及总领事。1829年，他回到祖国意大利，在都灵定居，并在那里去世。他在埃及逗留期间所积累的大量古物藏品最终被收藏在都灵博物馆（尽管最初的时候他提出由法国博物馆收藏）。关于他生平的详细研究，见R. Ridley 1998。

50. R. Ridley, 1998: 206–207; A. Louca, 1970: 37; A. Silvera, 1980: 8.

51. 工程师、地理学家和考古学家埃德姆–弗朗西斯·若马尔（1777—1862）毕业于著名的综合理工学院，是随法国军队前往埃及的67名专家学者之一。作为埃及研究院的成员，他于1818年正式入选法兰西学院。10年后，他在法国国家图书馆成立了制图部。1828年3月，他与拉普拉斯（Laplace）、洪堡、居维叶（Cuvier）、瓦尔克纳尔（Walckenaër）和马尔特–布戎一起成立了地理学会。见J.-M. Carré, 1956: 多处; A. Louca, 1970: 多处; C. du Bres, 1931。

52. F. Charles-Roux, 1955: 34; A. Louca, 1970: 33, 253–254; A. Silvera, 1980: 5–6.

53. 参见A. Silvera, 1980: 4–5。

54. A. Louca, 1970: 35.

55. G. Douin, 1923: 110.

56. 见G. Douin, 1923。

57. 见G. Douin, 1926。

58. 全员名单见E. Jomard, 1828: 第109页及之后多页; J. Zaydān, 1957: IV, 21–22; J. Heyworth-Dunne, 1938: 163，又见A. Silvera, 1980: 8及之后多页。留学第一年有5名学生回国，其中包括穆罕默德·卢卡伊卡（Muḥammad al-Ruqayqa）和阿拉维（al-ʿAlawī）这两名埃及谢赫，同时又另外增补了两名埃及人侯赛因（Ḥusayn）埃芬迪和卡西姆·准迪（Qāsim al-Jundī）。

59. 见结语注释6。

60. 关于此三人，见第二部分前言第四章注释。

二、塔赫塔维的生平

1. 我们很幸运地拥有两部与塔赫塔维同时代的人写的关于他生平的传记，一部是他的弟子萨利赫·麦吉迪写的长篇研究（1958），另一部是他长期以来的竞争对手阿里·穆巴拉克写的简传（1886–8：XIII，53–56）。另见G. Delanoue, 1982: II, 383–487; A. Badawī, 1959; Ḥ. F. al-Najjār［n.d.］; M. al-Ḥijāzī, 1975: 3–135; M. ʿImāra［al-Ṭahṭāwī］, 1973–1980: I, 9–241; ʿA. Al-Rāfiʿī, 1930: 498–543; J. Heyworth-Dunne, 1937–1942; Y. Sarkīs, 1928: 942–947; Y. Dāghir, 1972–1983: II, 552–555; EI_1, s.v. "Rifāʿa Bey" (Maurice Chemoul); J. ZaydÁn, 1910: II, 19–24; *GAL*, II, 481; *GALS*, II, 731; ʿA. Ḥamza, 1950: I, 88–138。关于塔赫塔维在埃及翻译运动中发挥的作用，另见J. al-Shayyāl 1951: 多处; J. Heyworth-Dunne, 1938: 多处。I. Altman, 1976; G. Delanoue, 1982: II, 第462页及之后多页; E. Orany, 1983; J. Cole, 1980; L. ʿIwaḍ, 1962–6: II, 175–246; A. Hourani, 1989: 69–83; L. Zolondek, 1964，以上作品讨论了他的政治和社会思想的一些方面。关于教育家塔赫塔维，见Ṣ. Ali, 1994; J. Livingston, 1996; J. Heyworth-Dunne, 1938; L. ʿIwaḍ, 1962–1966: I, 7–19; J. Crabbs, 1984: 关于他的历史著作和思想的考察可参见67–86等, Y. Choueiri, 1989: 3–24。关于塔赫塔维著作的概述，见G. Delanoue, 1982: 618–630; A. Badawī et al., 1958; Y. Sarkīs, 1928: 1996–1998。

2. 谢里夫（*sharīf*，复数形式为*shurafāʾ*）指生而为自由民的人，因高贵显赫的血统而在社会上拥有显要的地位。EI_1, s.v. "sharīf" (C. Van Arendonk); S.Elatri, 1974: 403–404.

3. 他的全名是艾布·阿兹姆·里法阿·拉菲阿·伊本·巴达维·侯赛尼·卡西米·沙斐仪（Abū al-ʿAzm Rifāʿa Rāfiʿ Ibn Badawī al-Ḥusaynī al-Qāsimī al-Shāfiʿī; Ṣ. Majdī, 1958: 17; 序言）。

4. 见序言和第二篇（第一章）; al-Ṭahṭāwī, 1973–1980: I, 537及之后多页 (*Manāhij*)。

5. "包税制"的基本做法即通过拍卖（*muzāyada*）出售一个地区、村庄、城市地产等的征税（*mīrī*）权，拍卖通常在9月举行。作为回报，特许权持有人［即包税人］(*multazim*)——通常是地方官员或知名人士——将被授予部分承包税收的土地以供自己使用［即所谓的"乌斯叶"（*ūsya*）土地］。虽然最初的承包期为一年或几年，但在穆罕默德·阿里统治前夕，埃及的保税土地已成为世袭财产，由统治阶层的成员持有。例如，在18世纪末，埃及所有的农业收入由仅仅1600名马木鲁克人和军官（尤其是禁卫军军官）控制。因此，国家被剥夺了部分农业收入。此外，为了限制税收，产量被有计划地少报，低于实际水平。1812年，穆罕默德·阿里没收了上埃及所有的包税土地，且没有给予任何补偿，而下埃及的包税人则得到了补偿（1814）。见EI_2，s.vv. "iltizām" (G. Baer)，"mültezim" (F. Müge-Göçek); G.Baer, 1962; R. Owen, 1993: 12及之后多页; A.Raymond, 1998: 9。

6. 易卜拉欣·伊本·穆罕默德·巴朱里（Ibrāhīm Ibn Muḥammad al-Bājūrī, 1783–1860），如其名字所示，出生于巴朱尔（Bājūr）村［米努夫（Minūfiyya）省］。他是当时无可争议的最著名的学者之一。他于1847年担任爱资哈尔的长老直到去世。他写了大量的伊斯兰法、神学、语法学、修辞学等方面著作的评论和注释。在这位学者的指导下，塔赫塔维学习了14世纪埃及语法学家哲马鲁丁·本·希沙姆·安萨里（Jamāl al-Dīn b. Hishām al-Anṣārī，见下文）的综合语法论著《词尾变化书的智者指南》(*Mughnī al-labīb ʿan kitāb al-aʿārīb*)。见M. ʿAbd al-Raziq, 1922: 760; G. Delanoue, 1982: I, 109–118; “al-Bādjūrī”, EI_1 (T. Juynboll), EI_2; Y. Sarkīs, 1928: 507–510; ʿA. Mubārak, 1886-8: IX, 2–3; *GAL*, II, 487; *GALS*, II, 741。

7. 这位盲人谢赫(卒于1838年)于1834年成为爱资哈尔的长老，是继承法的专家，在此领域写过一篇权威性文章《遗产论》(*Risāla fī al-mawārīth*)；见ʿU. Kaḥḥāla [n.d.]: III, 43。塔赫塔维跟着他读了博学多才的哲拉鲁丁·苏尤提(Jalāl al-Dīn al-Suyūṭī，卒于1505年)编写的圣训集《全集》(*Jamʿ al-Jawāmiʿ*)和哈桑·本·穆罕默德(·阿达维·哈姆扎维)·萨嘎尼[Ḥasan b. Muḥammad (al-ʿAdawī al-Ḥamzāwī) al-Ṣaghānī, 1181–1252]编写的圣训集《关于穆斯塔法的确凿记录中的先知光耀之地》(*Mashāriq al-anwār al-nabawiyya min ṣiḥāḥ al-akhbār al-Muṣṭafawiyya*)。后者以其在词典学领域的贡献而闻名，曾增补过焦海里(al-Jawharī)那部未完成的词典《正典》(*al-Ṣiḥāḥ*)，也有自己的作品《湍流》(*al-ʿUbāb*)。见Y. Sarkīs, 1928: 1208–1209; ʿU. Kaḥḥāla [n.d.]: III, 279。

8. 塔赫塔维跟着这位谢赫(卒于1284/1868–1869)一起学习了流传甚广的埃及人伊本·阿基尔(Ibn ʿAqīl，卒于1367年)对伊本·马立克(Ibn Mālik)著名语法手册《千联诗》(*al-Alfiyya*)做的注释(*sharḥ*)。达曼胡里后来加入了翻译学校的教师队伍，最后成为穆罕默德·阿里的儿子们的导师。见Ṣ. Majdī, 1958: 56; Y. Sarkīs, 1928: 883–884。关于伊本·阿基尔，见ʿU. Kaḥḥāla [n.d.]: VI, 70; *GAL*, II, 88; *GALS*, II, 104; Y. Sarkīs 1928: 187–188。

9. 这位学者(卒于1821年)的生平鲜为人知，他曾是巴朱里的老师之一。法道利写了两部著作，分别是《万物非主唯有真主论》(*Risāla fī lā ilāha illā Allāh*)和《大众应晓教义学知识足本》(*Kifāyat al-ʿawāmm fī-mā yajibu alayhim min ʿilm al-kalām*)。这两部著作都由巴朱里做了评注。塔赫塔维跟着法道利学习了9世纪的学者穆罕默德·本·伊斯玛仪·布哈里(Muḥammad b. Ismāʿīl al-Bukhārī)著名的圣训集《实录集》(*al-Jāmiʿ al-Ṣaḥīḥ*)。见G. Delanoue, 1982: I, 104–109; Y. Sarkīs, 1928: 1453–1454; *GAL*, II, 489; *GALS*, II, 744。

10. 据萨利赫·麦吉迪(Ṣ. Majdī 1958: 25)的说法，法道利对这部作品印象深刻，并答应写一篇评论。遗憾的是，他是否真这么做了，我们不得而知。

11. 参考*EI1*, s.v. “Ibn ʿAtāʾ Allāh” (Brockelmann); *GAL*, II, 117–118; ʿA. Mubārak, 1886–88: VII, 70; Y. Sarkīs, 1928: 184–185。

12. 关于这个15世纪末从高加索地区经安纳托利亚传到埃及的苏非教团，见B. G. Martin, in N. Keddie, 1972: 275–305; E. Bannerth, 1964–1966; E. Lane, 1923: 251。

13. 沙尔卡维(1737—1812)于1793年被任命为爱资哈尔的长老，后来被任命为拿破仑于1798年7月25日设立的本土政要委员会的主席，设立该委员会是拿破仑的伊斯兰绥靖政策的一部分。沙尔卡维一直担任这一职务直到法军撤离。他写过几部关于沙斐仪派法律的著作和评注，关于他，见G. Delanoue, 1982: I, 84及之后多页；Y. Sarkīs, 1928: 1115–1117; *GAL*, II, 479–480, *GALS*, II, 729; ʿU. Kaḥḥāla [n.d.]: VI, 41–42, XIII, 400。

14. Y. Sarkīs, 1928: 1058–1059; ʿA. Ibn Sūda, 1950: 292; *GAL*, II, 250, *GALS*, II, 352–353; ʿU. Kaḥḥāla［n.d.］: XII, 132.

15. 埃及学者哲马鲁丁·艾布·穆罕默德·本·希沙姆·安萨里受教于当时顶尖的语法学家，可以说他是继承西伯威（Sībawayh）和伊本·金尼（Ibn Jinnī）传统的最后一位伟大的古典阿拉伯语语法学家。伊本·赫勒敦早已对他学术研究的深度和广度大加赞许，称他为“世上罕见的奇迹之一”。伊本·希沙姆写了大量著作，涉及语法的各个方面，但他最为人所知的是《阿拉伯人话语知识精要》(*Shudhūr al-dhahab fi maʿrifat kalām al-ʿArab*)，他还给这部作品写了一篇名为《词尾变化书的智者指南》的长篇评注（见中译正记第三篇注77）。见EI_1, s.v. “Ibn Hishām” (M. Ben Cheneb); *GAL*, II, 23–25; *GALS*, II, 16; Y. Sarkīs, 1928: 273–276; Ibn Khaldūn［F. Rosenthal］, 1986: II, 289–290等。

16. 又见A. Marsot, 1977。

17. 对这段历史的精彩讨论，见D. Crecelius, ‘Non-ideological responses of the Egyptian Ulama to modernization’, in N. Keddie, 1972: 167–209; A. Marsot, ‘The beginnings of modernization among the Rectors of al-Azhar (1798–1879)’, in W. Polk and R. Chambers, 1968: 267–280; *idem*, ‘The role of the *ʿulamāʾ* in Egypt during the early nineteenth century’, in P. Holt, 1968: pp. 264–280; *idem*, ‘The *ʿulamāʾ* of Cairo in the eighteenth and nineteenth centuries’, in N. Keddie, 1972: 149–165。

18. 见EI_1 & EI_2, s.v. “al-ʿAṭṭār” (H. Gibb); F. De Jong, 1983; G. Delanoue, 1982: II, 344–57; M. ʿA. Ḥasan, 1968; ʿA. Mubārak, 1886–1888: IV, 38–40; P. Gran, 1979：多处(特别是第4章)；ʿA. Ramaḍān, 1948; Y. Sarkīs, 1928: 1335–1337; A. Taymūr, 1967: 19–38; ʿA. al-Jabartī 1958–67: VII, 334–341; *GAL*, II, 473; *GALS*, II, 720。

19. 参见al-Ṭahṭāwī, 1973–80: I, 536［*Manāhij*］。

20. 例如，热气球、电和气体实验。ʿA. al-Jabartī, 1997: IV, 148ff., 156–160; P. Gran, 1979; A. Raymond, 1998: 349–351.

21. 但科学家的私人住所则在易卜拉欣·卡特胡达·希纳里（Ibrāhīm Katkhudā al-Sinnārī）的宅邸，见J. Goby, 1953。

22. ʿA. Mubārak, 1886–1888: IV: 38.阿塔尔的学者同行同样被法国学者的活动和书籍所吸引；事实上，参观［法国人所设］图书馆的埃及人数量一定相当可观，因为法国人甚至还聘请了一位图书馆管理员易卜拉欣·萨巴赫（Ibrāhīm Ṣabbāḥ）。参见A. Raymond, 1998: 291–294; ʿA. al-Jabartī, 1997: IV, 154–156; P. Gran, 1979: 189–190。

23. 法国外交官布瓦勒孔特（Boislecomte）男爵关于他1833年拜访阿塔尔的描述进一步证实了这一点，在拜访期间，阿塔尔直白地对他说：“我喜欢接待欧洲人，但我邀请他们在我固定接待来访者以外的时候来，这是因为在学者群体看来，［接待欧洲人］不会给自己带来任何好处。”（G. Douin, *La mission du baron Boislecomte. L’Egypte et la Syrie en 1833*, Cairo, IFAO, 1927:142–143, quoted in G. Delanoue,1982: 347）

24. A. Raymond, 1998: 301.事实上，法国人道德［败坏］的行为最令哲拜尔提等观察者反感，他们对法国人的丧葬习俗、饮酒、饮食和公共场所的不雅行为表示厌恶

（ʻA. al-Jabartī, 1969: 32–5, 65; *idem*, 1975: 12/43, 29/57）。

25. 关于阿塔尔的游历，参阅F. De Jong的出色研究（1983）。

26. ʻA. Mubārak, 1886–1888: IV, 40.

27. 关于他在国外游历期间撰写的其他著作，见F. De Jong, 1983: 112及之后多页；P. Gran, 1979: 197–208。

28. 关于阿塔尔的作品目录（实际印刷出版的作品很少），见F. De Jong, 1983: 112–126。

29. 这位学者为法国占领埃及的情形提供了最重要的同期史料。他至少写了三部作品，第一部是《法国人在埃及》（*Tārīkh muddat al-Faransīs bi-Miṣr*）涉及［法国埃及］战役的头几个月（1798年7月至12月）。该书最初由 S. Moreh 编辑（并翻译）（*Al-Jabartī's chronicle of the first seven months of the French occupation of Egypt, Muḥarram-Rajab 1213/15 June-December 1798*, Leiden, E. J. Brill, 1975），其中的译文部分于1997年被收入一部名为*Napoleon in Egypt. Al-Jabartī's chronicle of the French occupation, 1798* (Princeton, NJ: Markus Wierner Publishers)的同类型史料汇编而得以重印。第二部作品《法国人离去之天恩显现》（*Maẓhar al-taqdīs bi-dhahāb dawlat al-Faransīs*）是在1801年12月大维齐尔尤素福解放［埃及］后编撰的，也是献给这位维齐尔的。［这部作品］除了本书使用的版本（1969）外，还有以下版本：Muḥammad ʻAṭā *ed.*, *Yawmiyyāt al-Jabartī* ('Al-Jabartī's Memoirs'), 2 vols,［n.d.］; Cairo (Dār al-Maʻārif); ed. ʻAbd al-Raḥmān ʻAbd al-Raḥīm, 1998, Cairo (Matbaʻat Dār al-Kutub al-Miṣriyya); ed. ʻAbd al-Rāziq ʻĪsā & ʻImād Hilāl, 1998, 2 vols, Cairo (al-ʻArabī li-l-Nashr wa-l-Tawzīʻ)。［第三部作品］《传记与事记中的传奇事迹》（*ʻAjā'ib al-āthār fī al-tarājim wa-l-akhbār*）囊括了1517至1821年间的埃及历史。该书首次出版于1297/1879—1880年（4卷，布拉克），此后经历了多次编辑，如：1322/1904—1905 (4 vols, Cairo: Maṭbaʻat al-Ashrafiyya); 1958–1967 (7 vols, ed. Ḥasan Muḥammad Jawhar, ʻAbd al-Fattāḥ al-Sarnajāwī, ʻUmar al-Dasūqī and Ibrāhīm Sālim, Cairo: Lajnat al-Bayān al-ʻArabī); 1997 (4 vols, ed. ʻAbd al-ʻAzīz Jamāl al-Dīn, Cairo: Maktabat Madbūlī), 1997–1998 (4 vols, ed. ʻAbd al-Raḥmān ʻAbd al-Raḥīm, Cairo: Maṭbaʻat Dār al-Kutub al-Miṣriyya)。早在1838年，书中关于法国远征的内容就已经由亚历山大·卡丹（Alexandre Cardin）翻译成法语，并附有同时期仅有的另外一部史料，即尼古拉·图尔克（Niqūlā al-Turk）的编年史的摘录［这一部史料的全文后来由加斯东·维特（Gaston Wiet）编辑并翻译，译本名为《埃及编年史（1798–1804）》*Chronique d'Egypte (1798–1804)*, 1950, Cairo: IFAO］; *Journal d'Abdurrahman Gabarti pendant l'occupation française en Egypte; suivi d'un précis de la même campagne par Mou'Allem Nicolas al-Turki* (Paris)。1888–1896年，《传记与事记中的传奇事迹》（糟糕的）法语全译本出版（9 vols, Cairo: Imprimerie Nationale by Chefik Mansour Bey, Abdulaziz Kahil Bey, Gabriel Nicolas Kahil Bey and Iskender Ammoun Efendi）。第一个英语（节）译本于 1994 年出版（Thomas Philipp and Moshe Perlmann, *ʻAbd al-Raḥmān al-Jabartī's History of Egypt*, 2 vols, Stuttgart: Franz Steiner）。书中关于法国占领的部分也被翻译成了德语［Arnold Hottinger: *Bonaparte*

in Ägypten: aus der Chronik des Abdarrahman al-Gabarti (1754–1829), 1983, Zurich: Artemis]。关于哲拜尔提（爱德华·莱恩对他的评价很高），见G. Delanoue, 1982: I, 3–83（迄今为止对哲拜尔提及其思想的最有见地和最深入的研究）；A. ʿAbd al-Karīm, 1976; K. Shaybūb, 1948; ʿA. Mubārak, 1886–1888: VIII, 7–13; M. al-Sharqāwī, 1955–1956: I, 3–24; D. Ayalon, 1960; *idem* in B. Lewis and P. M. Holt, 1962: 391–402 ("The historian al-Jabartī"); "al-Djabartī"; *EI*$_1$ (D. B. MacDonald), *EI*$_2$ (D. Ayalon); J. al-Shayyāl, 1958: 10–27; H. Pérès, 1957: 122–129; T. Philipp and G. Schwald, 1994: 1–13; M. Cuoq, 1979: 13–17; E. Lane, 1923: 222。

30. E.-F. Jomard, 1831.

31. E.-F. Jomard, 1831.

32. 这个村庄在开罗东北，如今位于盖卢比尤（Qalyūbiyya）省的桥村（Shibīn al-Qanāṭir）地区，这里也是埃及第一家现代欧式医院的所在地和主要的军事训练场。医院和医学院都是由法国医生安托万–巴泰勒米克洛贝伊（Antoine-Barthélémy Clot-Bey，埃及卫生系统的创始人和负责人）于1827年建立的。见J.-M. Carré, 1956: I, 286–290等; D. Panzac, 1989; J. Zaydān, 1957: IV, 32及之后多页。

33. 突尼西曾在达尔富尔生活多年，并曾在北非和撒哈拉以南的非洲各处游历。他因记录非洲长途旅行的游记而名声大噪。第一部游记是《关于阿拉伯与黑人之地生活方式的知识提升之旅》（*Riḥla tashḥīdh al-adhhān bi-sīrat bilād al-ʿArab wa-l-Sūdān*），在他的朋友、法国化学教师佩龙（Perron）博士（1839—1847年间担任艾因尼宫医学院院长）的鼓励下，该书于 1850 年在巴黎出版，法文书名为*Voyage au Darfour ou L'aiguisement de l'esprit par le voyage au Soudan et parmi les Arabes du centre de l'Afrique*。而佩龙翻译的法语译本早在1845年就出版了（*Voyage au Darfour par le cheikh Mohammed Ebn Omar el Tounsy*）。1851年，佩龙翻译出版了突尼西的另一部游记《瓦达伊行记》（*Riḥlat Wadāy*），译本名为*Voyage au Ouaday*。见*EI*$_1$, *EI*$_2$ s.v. "al-Tūnisī" (M. Streck); ʿA. Ḥamīda 1984: 660及之后多页; ʿU. Kaḥḥāla [n.d.] : XI, 82–83; Y. Sarkīs, 1928: 1683–1684; L. Shaykhū, 1991: 104; J. Zaydān 1957: IV, 206; *GAL*: II, 491; *GALS*, II, 748–749; ʿĀ. Nuṣayr 1990: 175 (Nos. 5/360, 5/364), 177 (no. 5/419), 182 (no. 6/135), 185 (no. 6/237), 186 (no. 6/279); J.-M. Carré, 1956: I, 274。

34. 昂侯里翻译的法国医学手册是该领域第一部印刷出版的译作。该书题为《解剖学明释》（*al-Qawl al-ṣarīḥ fī ʿilm al-tashrīḥ*），于 1248/1832 年在布拉克出版（28/46pp.），该书所基于的底本是安托万·洛朗·贝尔（Antoine Laurent Bayle）的《一般解剖手册：包含对人体基本组织的简要描述》(*Manuel d'anatomie descriptive, ou description succincte des organes de l'homme*, 3rd edn, Paris, Gabon, 568pp., 1826)。昂侯里可能也是第一部阿拉伯语现代医学论著的作者(*Qawāʿid al-uṣūl al-ṭibbiyya al-maḥrura ʿan al-tajārib li-maʿrifa kayfiyya ʿilāj al-amrāḍ al-khāṣṣa bi-badan al-insān*, 2 vols, Būlāq, 1242/1826), 该书的译本是Francesco Vaccà Berlinghieri: *Codice elementare di medicina pratica sanzionato dall'esperienza per conoscere e curare i mali particulari del corpo umano* (2 vols, Pisa, 1794)。见J. Zaydān, 1957: 170; Y. Sarkīs, 1928: 1389–1390;

E. Van Dyke, 1896: 440–441; T. Bianchi, 1843: 40 (no. 73), 42 (Nos. 87, 92), 51 (no. 160); ʿĀ. Nuṣayr, 1990: 174 (no. 5/333), 175 (no. 5/370), 177 (no. 5/420), 181 (no. 6/95), 182 (Nos. 6/157–8), 183 (Nos. 6/159–60), 184 (no. 6/218), 187 (Nos. 6/298, 6/314)。

35. 若阿尼・法拉翁（1802—1846）是法国军队撤出埃及后离开祖国的埃及难民之一，他在埃及留学团抵达法国时曾担任翻译，还以翻译的身份在阿尔及利亚陪同入侵的法国部队。他曾在巴黎著名的圣巴尔贝中学（Saint-Barbe Lycée）担任拉丁语教师，并撰写了第一本阿尔及利亚阿拉伯语手册 *Grammaire Elémentaire d'Arabe Vulgaire ou Algérien, à l'usage des Français* (Paris, Didot, 1832, 96pp.)，以及两部关于1830年革命的著作 *Histoire de la Revolution de 1830 et les Nouvelles Barricades* (with F. Rossignol), Paris (Ch. Vimont), iv/384pp.; *Biographie des Ex-ministres de Charles X, mis en accusation par le peuple*, Paris (Les marchands du nouveautés), 47pp。这两部著作可能为塔赫塔维对此次革命的讨论提供了有用的资料（见第五篇）。见 A. Massé, 1933: 210–211; A. Louca, 1970: 39 (note); A. Silvera, 1980: 11; Y. Sarkīs, 1928: 1445; Bibliothèque Nationale, 1897–1981: CXXXV, 879–880. A. Messaoudi 2008: 594–595。

36. 参考 Y. Sarkīs, 1928: 575–576; ʿU. Kaḥḥāla［n.d.］: XI, 44–45; L. Shaykhū, 1991: 229; J. Zaydān, 1957: IV, 31, 174–175; ʿĀ. Nuṣayr, 1990: 182 (Nos. 135–136)。

37. Būlāq, 1833, 2 vols in 1; J. Shayyāl, 1951: 132; ʿĀ. Nuṣayr, 1990: 177 (no. 5/435); Y. Sarkīs, 1928: 1446; E. Van Dyke 1896: 439. 该书是时任阿尔福（Alfort）兽医学院院长、解剖学家让・吉拉尔（Jean Girard）所著 *Traité d'Anatomie Vétérinaire, ou histoire abrégée de l'anatomie et de la physiologie des principaux animaux domestiques* (2nd edn, Paris, Mme Huzard, 1819–1820, 2 vols; 3rd edn, 1830) 的译本。10年后，他的另外两部作品由穆罕默德・阿卜杜・法塔哈埃芬迪（Muḥammad Efendi ʿAbd al-Fattāḥ）翻译成阿拉伯语［穆斯塔法・哈桑・卡萨卜（Muṣṭafā Ḥasan Kassāb）校对］，第一部是 *Traité du Pied Considéré dans les Animaux Domestiques, contenant son anatomie, ses difformités, ses maladies* (Paris, Mme Huzard, 1813, 288pp.; 2nd edn, 1828, xxxix/383pp.; 3rd edn, 1836, 446pp.)，译本名为 *Tuḥfat al-qalam fī amrāḍ al-qadam* (Būlāq, 1258/1842, 7/219pp.); ʿĀ. Nuṣayr, 1990: 186 (no. 6/264); Y. Sarkīs, 1928: 1752，第二部译本名为 *al-Bahja al-sanniyya fī aʿmār al-ḥayawānāt al-ahliyya* (Būlāq, 1260/1844, 4/111pp.)，原书是 Girard's *Traité de l'Age du Cheval, augmentée de l'âge du boeuf, du mouton, du chien et du cochon* (3rd edn, Paris, Béchet jeune, 1834, 202pp.); ʿĀ. Nuṣayr, 1990: 190 (no. 6/386); Y. Sarkīs, 1928: 1676。

38. Būlāq, iv/210/4pp. 该书的后续版本有：1849 (2nd revised edn, by the author, Būlāq); 1905 (Cairo, Dār al-Taqaddum); 1958 (Cairo, Muṣṭafā al-Bābī al-Ḥalabī); 1973 (in M. ʿImāra, *Aʿmāl al-kāmila li-Rifāʿa al-Ṭahṭāwī*, II, pp. 7–266); 1975 (in M. al-Ḥijāzī 1975: 139–413);［1982］(Cairo, Maktabat al-Kulliyyat al-Azhariyya/Beirut, Dār Ibn Zaydūn); 1993 (Cairo, GEBO); 2001 (Cairo, Dār al-Hilāl), 2001 (Sousse, Dar al-Maʿārif li-l-Ṭibāʿa wa-l-Nashr); 2002 (Cairo, Maktabat al-Usra); 2002 (Abu Dhabi, Dār al-Suwaydī li-l-Nashr wa-l-Tawziʿ); 2003 (Cairo, Dar al-Anwar li-l-Tibaʿa wa-l-Nashr wa-l-Tawziʿ); 2006 (ed.

Yunān Labīb Rizq, Cairo, Dār al-Kutub wa-l-Watha'iq al-Qawmiyya)。本译本使用的是1834年的版本。(本条注与之后的注45内容相似但又有所不同，可以相互参照。——译者注)

39. 塔赫塔维在医学院的工资达到了1322皮亚斯特（不包括服装费和其他津贴），相当于爱资哈尔谢赫月平均工资的5倍多，因此，这在他看来肯定是一笔巨款。值得一提的是，在他的整个职业生涯中，塔赫塔维积累了大量财富，包括金钱（例如，1856—1861年在城堡军事学校任职期间，他的月收入高达1.3万埃镑）和地产。根据ʿAlī Mubārak中的说法（1886–1888: XIII, 56），塔赫塔维总共留下了1600费丹（约1600英亩）的土地，其中700英亩是统治者赠送的礼物（穆罕默德·阿里赠送了250英亩；赛义德赠送了200英亩；伊斯玛仪赠送了250英亩），以换取他为国家提供的服务。此外，他还在开罗以及他的家乡塔赫塔拥有许多房屋和财产。关于工资的历史，见Ṣ. Majdī, 1958: 42。

40. 次子巴达维成年后大部分时间都在塔赫塔度过，管理家族的财产，关于他的信息很少。见ʿA. Mubārak, 1886–1888: XIII: 56; A. Badawī, 1959: 86及之后多页。

41. 马蒂厄·奥古斯特·柯尼希（Mathieu Auguste Koenig, 1802–1865）于1820年离开祖国法国前往埃及，开始了为期五年的旅行，在此期间他也去了周边国家（如叙利亚）。从1827年起，他在开罗定居，先是担任法语教师，后又被任命为穆罕默德·阿里孩子们的家庭教师（1834）。不久后，他被授予贝伊头衔，负责管理外交部翻译室。他将一些法语著作翻译成阿拉伯语，涉及多个领域（数学、物理、军事）。见J. Balteau *et al.*, 1933-: XVIII, 1245; G. Vapereau, 1893: 877。

42. 参见P. Hamont, 1843: II, 163。

43. 1937–1939: 965.

44. 对圣西门主义者在埃及活动的讨论，见J.-M. Carré, 1956: I, 261–277; P. Régnier & A. Abdelnour, 1989。

45. Būlāq, iv/210/4pp. 该书的后续版本有：1849 (2nd revised edn, by the author, Būlāq, 236pp.); 1905 (Cairo, Dār al-Taqaddum); 1958 (= 2nd edn; ed. Mahdī ʿAllām, Aḥmad Aḥmad Badawī, Anwar Lūqā, Cairo, Muṣṭafā al-Bābī al-Ḥalabī); 1973 (= 2nd edn; ed. M. ʿImāra, Aʿmāl al-kāmila li-Rifāʿa al-Ṭahṭāwī, II, pp. 7–266); 1975 (= 2nd edn; M. al-Ḥijāzī 1975: 139–413); [1982] (= 1st edn; Cairo, Maktabat al-Kulliyyat al-Azhariyya/Beirut, Dār Ibn Zaydūn, 335pp.); 1993 (= 2nd edn; Cairo, al-Hay'a al-Miṣriyya al-ʿĀmma li-l-Kutub/General Egyptian Book Organization); 2001 (ed. Muṣṭafā Nabīl, Cairo, Dār al-Hilāl)。英译本使用的是1834年的版本。

46. Maṭbaʿat Maktab al-Ṭōbjiyya, 1250/1834, 250pp. 参见J. Shayyāl, 1951: 132; ʿĀ. Nuṣayr, 1990: 241 (no. 9/115). 根据J. Livingston (1996: 562, note no. 11)的说法，这是塔赫塔维在巴黎完成的天文学论文。

47. Cairo, al-Maṭbaʿa al-Amīriyya, 1250/1834; 2nd edn, 1254/1838. 该书还带有一个地理学术语表。见Y. Sarkīs, 1928: 944; G. Delanoue, 1982: 622; J. Shayyāl, 1951: 132–134。

48. G. Delanoue, 1982: 623.

49. 直到1844年，这一瘟疫才最终被消灭。见D. Panzac, 1985: 128–132, 162–163等。

50. 这是土耳其语借词，原型是“*sağkol agası*”，表示介于上尉和少校之间的军衔（对应于现代术语*rāʾd*），见S. Spiro, 1895（‘Adjutant-Major’）。

51. 参见爱德华·莱恩在开罗书商处目睹的场景：一个当地人将这本书描述为法国之旅的记录，其间作者沉迷于饮酒、嫖娼和吃猪肉。见S. Lane-Poole, 1877: 70–71.

52. Ṣ. Majdī 1958: 62; 参见EI_2, s.v. “dustūr” (B. Lewis); J. Heyworth-Dunne, 1938: 166–167, 265–266, 297。

53. 背景信息见B. Lewis, 1969。

54. 见A. ʿAbd al-Karīm, 1938: 221及之后多页; J. Heyworth-Dunne, 1938: 264–271; Ṣ. Majdī, 1958: 36–38; J. Shayyāl, 1951: 38–44; J. Tājir［n.d.］: 29–36, 52–56; al-Ṭahṭāwī, 1973–80: I, 438［*Manāhij*］(*ʻmadrasa li-l-alsun al-ahliyya wa ʾl-ajnabiyya*ʼ)。

55. 根据詹姆斯·海沃斯–邓恩(J. Heyworth-Dunne 1937–1939: 965)的说法，这所语言学校的前身是一所翻译学校，成立于1836年6月，由土耳其人易卜拉欣·艾德哈姆（Ibrāhīm Adham，见下文）领导，1837年1月该校更名时，里法阿取代了他。

56. 参见Ṣ. Majdī, 1958: 37; J. Tājir［n.d.］: 29。

57. 见Y. Sarkīs, 1928: 1187–1188。

58. 其中10人的名单及小传见Ṣ. Majdī, 1958: 55–58。

59. 参见ʿA. Mubārak, 1886–89: XIII, 54–55。

60. 例如，他给前伊斯兰时期（即贾希利叶时期，即伊斯兰教创立之前的时期。——译者注）的诗人尚法拉（Shanfarā）的著名诗篇《阿拉伯人L韵》（*Lāmiyyat al-ʿArab*）作了评注，并编写了《〈概要〉例证详考》（*Maʿāhid al-tanṣīṣ ʿalā shawāhid al-Talkhīṣ*）的节略本。后一部作品是阿卜杜·拉希姆·阿巴西（ʿAbd al-Raḥīm al-ʿAbbāsī，卒于1556年）对哲拉鲁丁·卡兹维尼（Jalāl al-Dīn al-Qazwīnī，卒于1338年）修辞学著作《〈诸学之钥〉概要》（*Talkhīṣ al-Miftāḥ*）的评注，也是赛卡基（al-Sakkākī）那部广博的《诸学之钥》（*Miftāḥ al-ʿulūm*，见译文正记第三篇注70）的精要本。

61. 关于此翻译部门，见J. al-Shayyāl, 1951; J. Tājir［n.d.］: 33–38。

62. ʿA. al-Rāfiʿī, 1930.

63. Būlāq, 1252/1836, 2/186pp. (Istanbul 1302/1885; Cairo 1328/1910); 该书的书名有时也被写作*Tārīkh falāsifat al-Yūnān*. See G. Delanoue, 1982: 623; ʿĀ. Nuṣayr, 1990: 246 (no. 9/271); T. Bianchi, 1843: 47 (no. 124); Y. Sarkīs, 1928: 1294 (‘*Tārīkh al-falāsifa*’)。

64. Būlāq, 1254/1838, 7/60pp.; See ʿĀ. Nuṣayr, 1990: 9 (no. 1/145); Y. Sarkīs, 1928: 834.该书翻译自法国哲学家和语法学家塞萨尔·谢诺·迪马赛（César Chesneau Dumarsais, 1676–1756）的作品《逻辑学》（*La Logique*），该书于塔赫塔维到达法国那年重印。关于迪马赛，见Michaud, 1854: XI, 504–507; J. Balteau, 1933-: XII, 106–107。

65. Būlāq, 1838, 8/236pp. (2nd edn, Cairo, n. p., 1893, 236pp.); Y. Sarkīs, 1928: 937; E. Van Dyke, 1896: 413, 451; ʿĀ. Nuṣayr, 1990: 176 (Nos.5/380–401). 该书翻译自植物学家和自然历史学家让·文森特·费利克斯·拉莫鲁（Jean Vincent Félix Lamouroux, 1779–1825）的作品《自然地理基础课程概要》（*Résumé d'un Cours Elémentaire de*

Géographie Physique, 2nd edn, 1829, Paris, Verdière, 397pp.)；参考J. Balteau, 1933-: CXI, 637–639; Michaud, 1854: XXIII, 107–110。

66. Būlāq, 1254/1838, 28/16/7/271pp. (2nd edn, 1272/1855, 181pp.; 1282/1865, 280pp.); 参见ʿĀ. Nuṣayr, 1990: 251 (Nos. 426–428); Y. Sarkīs, 1928: 943; E. Van Dyke, 1896: 409; Bibliothèque Nationale, 1897–1981: CLI, 1058。塔赫塔维给这部作品撰写了导言，可以推测，他对正文前的外语词汇表也有相当的贡献。

67. Būlāq, 1260/1844, 2 vols (268/359pp.); ʿĀ. Nuṣayr, 1990: 253 (no. 9/475); Y. Sarkīs, 1928: 965; E. Van Dyke, 1896: 425; A. Badawī, 1959: 214. 塔赫塔维也给这部翻译作品写了导言。

68. Būlāq, 1258/1841, 6/278pp.; T. Bianchi, 1843: 58 (no. 222); ʿĀ. Nuṣayr, 1990: 250 (no. 9/382); Y. Sarkīs, 1928: 1696; E. Van Dyke, 1896: 408, 424. 后来，塔赫塔维还让艾哈迈德·欧倍德·塔赫塔维（Aḥmad ʿUbayd al-Ṭahṭāwī）翻译了伏尔泰的《彼得大帝在位时期的俄罗斯帝国史》(*Histoire de l'Empire de Russie sous Pierre-le-Grand*，在塔赫塔维留学巴黎期间，该书有不下三个版本：F.-G. Levrault, 1826, xxiv/468pp.; Lecointe, 230/180pp.; A. Hiard, 1831, 242/262pp.)，并由他本人和古塔·阿达维（Quṭṭa al-ʿAdawī, 卒于1864年）做了修订，后者曾是语言和翻译学校的教师，后来成为布拉克官方印刷局的审校。译本名为《彼得大帝历史的辉煌花园》(*al-Rawḍ al-azhar fī tārīkh Buṭrus al-akbar*)，并于1266/1850年出版（Būlāq，348）。Y. Sarkīs, 1928:1247; ʿĀ. Nuṣayr, 1990: 253 (Nos. 9/484–486).

69. Būlāq, 1257/1841, 24/351pp.; ʿĀ. Nuṣayr, 1990: 253 (no. 9/480); T. Bianchi, 1843: 58 (no. 221); A. Badawī, 1959: 214. 这部作品还包含塔赫塔维翻译的《马赛曲》和《巴黎人》(*La Parisienne*，1830年七月革命期间创作的革命歌曲)。ʿA. Abū ʾl-Suʿūd, 1841: 212–220［又见M. ʿAllām et al., 1958: 219–222 (*Marseillaise*), 223–225 (*Parisienne*)］。

70. Būlāq, 1258/1842, 269pp.; T. Bianchi, 1843: 58 (no. 223). 这是威廉·罗伯逊（William Robertson）历史著作(《查理五世皇帝统治时期史，兼议从罗马帝国覆灭至十六世纪初欧洲社会的进步》(*The History of the Reign of Emperor Charles V, with a view of the progress of society in Europe from the subversion of the Roman Empire to the beginning of the sixteenth century*, London, W. Strahan & T. Cadelle, 1769）法语版 *L'Histoire du Règne de l'Empereur Charles Quint, précédé d'un tableau des progrès de la société en Europe depuis la destruction de l'empire romain, jusqu'au commencement du XVIe siècle* (2 vols, Paris, Janet et Cotelle, 1817)的阿拉伯语译本第一卷。阿拉伯语译本的第二卷和第三卷于1844年和1849年相继出版，书名为*Itḥāf mulūk al-zamān bi-tārīkh al-imbirāṭūr Sharlkān*。参见ʿĀ. Nuṣayr, 1990: 253 (Nos. 9/469–471)。

71. 关于19世纪上半叶埃及翻译运动的总体情况，见J. al-Shayyāl, 1951; J. Tājir［n.d.］; J. Zaydān, 1957: IV多处；L. Zaytūnī, 1994。

72. 见第四篇注33。

73. 参见Ṣ. Majdī, 1958: 43–51提供的令人印象深刻的72人名单。又见J. Heyworth-Dunne, 1938: 269–271。

74. 除了《关于个人状况的法律规定》（*al-Aḥkām al-shar ʿiyya fī al-aḥwāl al-shakhṣiyya*, 1875）等法学著作外，卡德里还翻译了法国刑法典（此法典构成了埃及刑法典的基础），并出版了题为《法国人、奥斯曼人和阿拉伯人语言精选》（*al-Durr al-muntakhab min lughāt al-Fransīs wa-l-ʿUthmāniyyīn wa-l-ʿArab*, 1875）的三语手册。见Y. Sarkīs, 1928: 1495–1496; J. Zaydān, 1957: IV, 274; ʿĀ. Nuṣayr, 1990: 81 (Nos. 2/1830, 2/1840), 95 (no. 2/2254), 109 (Nos. 3/143, 3/144), 130 (no. 4/3)。

75. 奥斯曼·杰拉勒在政府中的工作经历也很成功，除了担任官方翻译和法官外，他还曾短暂地在内阁中担任过职务（伊斯玛仪赫迪夫统治时期）。M. Badawī, 1992: 28–29, 63–64, 183, 421–423等; Y. Sarkīs, 1928: 1306–1307; ʿĀ. Nuṣayr, 1990: 101 (no. 2/2453), 109 (no. 3/132), 124 (Nos. 3/633, 3/643, 3/657), 201 (no. 8/263), 217 (Nos. 8/769–772), 218 (Nos. 8/809–810), 235 (no. 8/1385), 236 (Nos. 8/1390–1401), 244 (no. 9/204)。

76. 见ʿU. Kaḥḥāla［n.d.］: VI, 78–79; Y. Sarkīs, 1928: 314–315; P. dī Ṭarrāzī, 1913–1914: I, 130–131 II, 162; L. Shaykhū, 1991: 146–147; I. ʿAbduh, 1948: 114–118。

77. 关于这所学校，见A. Chenoufi, 1976; M. Qābādū, 1984: II, 32, 46; M. ʿAbd al-Mawlay, 1977; Ibn Abī ʾl-Âiyāf, 1963: IV, 36; B. Tlili, 1974: 446及之后多页; L. Brown, 1974: 292–295; P. Marty, 1935: 317–338; M. Kraïem, 1973: II, 173–181; M. Ibn ʿĀshūr, 1972: 28及之后多页; M. Smida, 1970: 290–293; S. Binbilghīth, 1995: 56–57等; C. Monchicour 1929: 298–301。L. Brown (1974: 292), J. Ganiage (1959: 116), P. Marty (1935: 315–317), B. Tlili (1974: 447) 和N. Sraïeb (1992: 203; 1995: 14) 认为这所学校是1838年成立的，但没有证据表明该校在1840年之前就已经开始运作。

78. 参见P. Marty, 1935: 316–317, 331–332; B. Tlili, 1974: 446; R. Drevet, 1922: 22; N. Sraïeb, 1995: 54; F. Arnoulet, 1994: 26; H. Dunant, 1858: 81。

79. 见C. Monchicour, 1929: 295–307; B. Tlili, 1974: 447–448; J. Ganiage, 1959: 116; A. Demeerseman, 1956: 281及之后多页; ʿA. al-Mawlay, 1977: 18–19; H. Hugon, 1913: 95–96; P. Marty, 1935: 317–318; Y. Sarkīs, 1928: 1042–1043; M. Ibn ʿĀshūr, 1972: 29。

80. C. Findley, 1989: 144.

81. 见M. Qābādū, 1984: II, 46–47。

82. 参见M. Chenoufi, 1974: 57–62; A. Chenoufi, 1976: 81–85; S. Binbilgīth, 1995: 20及之后多页中的书目。关于翻译运动及其主要参与者，见Binbilgīth, 1995: 99及之后多页。

83. 例如，al-Ṭahṭāwī, 1973–1980: II, 440 (Manāhij)。

84. 见R. al-Jayyid, 1985: 46–55; A. Muruwwah, 1961: 145; A. Badawī, 1959: 61–6; J. al-Shayyāl, 1951: 139及之后多页; ʿA. Ḥamza, 1950: 109及之后多页。

85. 见H. Rivlin, 1961; E. Toledano, 1990: 多处（索引）。

86. 天文学家和未来的教育大臣伊斯玛仪·本·穆斯塔法·苏莱曼·法拉基（Ismāʿīl b. Muṣṭafā b. Sulaymān al-Falakī, 1825–1900）是被派往巴黎的3名学生之一。具有土耳其血统的伊斯玛仪回国后，被安排负责管理开罗天文台和工程学校。见A. Louca, 1970: 100; Y. Sarkīs, 1928: 444–445; J. Zaydān, 1957: IV, 214; E. Van Dyke, 1896: 461; ʿU. Kaḥḥāla［n.d.］: II, 296。

87. 共有41名学生被派去学习科学（医学、工程学）。见J. Heyworth-Dunne, 1938: 296–299, 301–307。

88. al-Ṭahṭāwī, 1973–1980: I, 453 [*Manāhij*] .

89. 关于塔赫塔维人生的这一时期，见al-Ṭahṭāwī, 1973–1980: I, 453及之后多页 [*Manāhij*] ; A. Sayyid Aḥmad, 1973。

90. al-Ṭahṭāwī, 1973–1980: I, 453 [*Manāhij*] .

91. 巴尤米 [当年] 17岁，是留学团最年轻的成员之一。他在巴黎住了9年，在综合理工学院学习工程学（专攻水力学），之后成为开罗工程学院的一名教师（不过是化学专业），同时也加入了塔赫塔维的翻译学院。他尤以翻译数学著作而知名。见Y. Sarkīs, 1928: 622; Ṣ. Majdī, 1958: 39; ʿU. Kaḥḥāla [n.d.] : IX, 124; ʿA. Mubārak, 1886–1888: XI, 68; J. Shayyāl, 1951: 110–112; J. Zaydān, 1957: 188–189; A. Louca, 1970: 50。

92. C. Didier, 1856: 37–38.

93. al-Ṭahṭāwī, 1973–80: I, 462, 570 [*Manāhij*] ; Y. Sarkīs, 1928: 946. 对该译本的讨论，见M. Peled, 1979: 139–146; A. Hourani, 1989: 73–75。

94. 又过了70年才有了第二次尝试，即苏莱曼·布斯塔尼（从希腊文原版）翻译的荷马的作品《伊利亚特》。

95. 见*EI*$_1$, s.vv. "Ibn Muqaffaʿ" (Cl. Huart), "Kalīla wa Dimna" (C. Brockelmann); *EI*$_2$, s.v. "Ibn Muqaffaʿ" (F. Gabrieli); J. Ashtiany *et al*., 1990: 48–77 (J. Latham)。

96. 例如Fénelon, 1995: 226及之后多页。

97. 1279/1872–1873, Cairo, Maṭbaʿat al-Madāris al-Malakiyya, 4/395pp; 2nd edn, Cairo, Maṭbaʿat al-Madāris al-Malakiyya, 1295/1875; 3rd edn, in al-Ṭahṭāwī, 1973–80: 269–767.

98. al-Ṭahṭāwī, 1973–1980: I, 453–6 (*Manāhij*).

99. al-Ṭahṭāwī, 1973–1980: I, 456–62 (*Manāhij*). 该诗共有208 联（简律）。关于布拉伊，见*GAL*, I, 259; *GALS*, I, 459; Y. Sarkīs, 1928: 550–551; ʿU. Kaḥḥāla (n.d.): V, 202; M. de Slane, 1883–1895: I, 550。

100. Al-Maṭbaʿa al-Sūriyya, 792pp. (2nd edn, 1885, revised by Shāhīn ʿAṭiyya, Beirut, al-Maṭbaʿa al-Lubnāniyya, 1885, 439pp). 有趣的是，该书的土耳其语译本（译者的地位不亚于奥斯曼帝国大维齐尔尤素福·卡米勒帕夏）早在1862年就出现了。

101. 有关阿里·穆巴拉克生平的基础资料来自他自己所著编年史中的自传（ʿA. Mubārak, 1886–1888: IX, 37–61），该自传的德文译本和研究来自S. Fliedner (1990)。关于阿里·穆巴拉克的其他长篇研究有：M. ʿAbd al-Karīm [n.d.] ; M. Khalaf Allāh, 1957; Ḥ. al-Najjār, 1987; M. al-Sharqāwī, 1962; S. Zāyid, 1958; M. ʿImāra, 1988; S. Abū Hamdān 1993. 也见于：G. Delanoue, 1982: 488–559, 654–657 (迄今为止对穆巴拉克的生活和工作最出色、最有见地的研究); Y. Sarkīs, 1928: 1367–1369; *EI*$_1$, s.v. "ʿAlī Pā<u>sh</u>ā Mubārak" (K. Vollers); *EI*$_2$, s.v. "ʿAlī Pā<u>sh</u>sā Mubārak" (K. Vollers); A. Rāfiʿī, 1987: I, 212–255; J. Zaydān, 1910: II, 33–39; J. Crabbs, 1984: 109–129; A. Amīn, 1949:184–201; L. Kenny, 1967; J. Heyworth-Dunne, 1938: 多处; *GAL*, II, 482; *GALS*, II, 733。

102. ʿA. Mubārak, 1886–88: IX, 39.

103. ʿA. Mubārak, 1886–88: IX, 41–42.

104. 关于这所学校（1844至1849年间录取了70名学生），见A. Louca, 1970: 75及之后多页；ʿA. Mubārak, 1886–88: IX, 42–43。

105. 见G. Wiet, 1948。

106. 其中两名学生显然有点过于沉迷于美好的生活，他们因犯“应受谴责的行为”而被召回，并被直接送上开往亚历山大的桨帆船。

107. ʿA. Mubārak, 1886–1888: IX, 43–44.

108. ʿA. Mubārak, 1886–1888: IX, 44–45.

109. 艾德哈姆曾是奥斯曼军队的军官，他被穆罕默德·阿里的军队现代化计划所吸引。他还是塞夫上校的朋友，并和他一样都是圣西门思想的坚定支持者。他在官僚体系中屡屡升迁（成为将军、教育部长），并得到历任埃及统治者的宠信，但伊斯玛仪继位后，他就失势了。于是他离开埃及，回到家乡伊斯坦布尔定居，不久（1869）在那里去世。见ʿA. Mubārak 1886–8: XII, 5–6; J.-M. Carré 1956: I, 272。

110. ʿA. Mubārak 1886–1888: IX, 47.

111. ʿA. Mubārak 1886–1888: IX, 48.

112.《埃及军队使用的几何学指南》（*Taqrīb al-handasa li-istiʿmāl al-ʿaskariyya al-Miṣriyya*），1873, Cairo, Maṭbaʿat Wādīʾl-Nīl, 95/4pp。ʿĀ. Nuṣayr 1990: 168 (no. 5/145).

113.《工程师的备忘与学子的启蒙书》（*Tadhkirat al-muhandisīn wa-tabṣirat al-rāghibīn*）, 1873 (1876), Cairo, Maṭbaʿat al-Madāris al-Malikiyya, 419pp。ʿĀ. Nuṣayr 1990: 168 (no. 5/142–144).

114.《关于滋养身体的启示书》（*Tanwīr al-afhām fī taghadhdhī al-ajsām*），1872, Cairo, Maṭbaʿat al-Madāris al-Malakiyya, 72pp。ʿĀ. Nuṣayr 1990: 181 (no. 6/111).

115.《阿拉伯语拼读法与阅读练习》（*Ṭarīq al-hijā wa-l-tamrīn ʿalā al-qirāʾa fī al-lugha al-ʿArabiyya*）。编写该书的直接灵感来源是穆巴拉克在巴黎留学期间学习的法语手册；该书于1285/1868年出版（Maṭbaʿat Wādī al-Nīl），并在19世纪最后的25年中重印了不下11次；参见Ā. Nuṣayr 1990: 162 (nos. 4/1027–1044), 163 (no. 4/1050)。该书第一卷（20/88pp）是写作样例，而第二卷（144pp）是里法阿·塔赫塔维前弟子萨利赫·麦吉迪（当时在语言学校的翻译部工作）挑选的阅读文本。这些常带有说教色彩的文本与法语手册中的文本非常相似，有几篇文字显然是从法语原文翻译过来的。

116. 对伊斯玛仪统治的权威研究见ʿA. al-Rāfiʿī 1987。对他的现代化计划的讨论，又见L. Kenny 1965。

117. ʿA. Mubārak 1886–1888: IX, 49; ʿA. al-Rāfiʿī 1987: I, 230–231.

118. ʿA. Mubārak 1886–1888: IX, 49–50.

119. 关于伊斯玛仪统治时期的此项与其他逐项教育改革，见G. Delanoue 1982: 507及之后多页；J. Crabbs 1984: 93及之后多页；A. ʿAbd al-Karīm 1945: II; E. Dor 1872。

120. 关于这所学校的详细讨论，见D. Newman 1998: 317及之后多页；N. Sraïeb 1995; A. Abdesselam 1975. 又见M. Smida 1970: 301–320, 401–404; G. Van Krieken 1976: 192–198; M. Kraïem 1973: II, 195–201; F. Arnoulet 1954: 160–167; M. Chenoufi 1974:

747–766; M. Bayram 1884–93: II, 66及之后多页, 126。

121. A. Abdesselam 1975: 25.

122. ʿA. Mubārak 1886–1888: IX, 51; J. Zaydān 1957: IV, 100–102; ʿA. al-Rāfiʿī 1987: I, 236–237.

123. 该刊从伊历1287年1月15日/公历1870年4月17日起每两周出版一次，最后一期出版于 1877 年 9 月。见M. Ḥasan & ʿA. al-Dasūqī 1975。

124. J. Heyworth-Dunne 1938: 353–354.

125. 今天，师范学院是开罗大学的一个学院，专门研究阿拉伯语和宗教学，位于开罗大学吉萨校区著名的圆顶附近。

126. ʿA. Mubārak 1886–1888: IX, 51; ʿA. al-Rāfiʿī 1987: I, 235–236. 关于穆巴拉克对爱资哈尔的观点，又见M. Reimer 1997。

127. Maṭbaʿat Wādī ʾl-Nīl, 206pp (ʿĀ. Nuṣayr 1990: 188, no. 6/241). 对该书的讨论，见M. Khalaf Allah, 1957: 208及之后多页。该书之后被重印，并被收入阿里·穆巴拉克的文集中（例如M. ʿImāra, 1979–1980: III, 5–220）。

128. 关于此时期，见G. Delanoue, 1982: 516–523。关于背景情况，见Donald Malcolm Reid, 'The `Urabi revolution and the British conquest', in M. Daly, 1998: 217–238; D. Daly, 'British Occupation, 1882–1922', in ibid., 239–251。

129. Būlāq, 1311/1893, 256pp.; 1309/1891, Cairo, Maṭbaʿat Muḥammad Muṣṭafā, 16/298pp; ʿĀ. Nuṣayr, 1990: 254 (Nos. 9/511–512). 根据同时代人M·杜里（M. Durrī 1894: 60–61）的说法，穆巴拉克并不是自己翻译的，而是委托别人翻译的。

130. 1867: 28–31（参见L. Sédillot, 1854: i-v, 332及以下多页）。

131. 1900: 47–48（参见L. Sédillot, 1854: 183, 364), 49–50（参见L. Sédillot, 1854: 367–369, 439）。

132. Vol. 4, 347–352. 关于这部作品，见G. Baer in P. Holt, 1968: 13–27; J. Crabbs, 1984: 116及之后多页。

133. K. Vollers, 1893: 721.

134. P. Vatikiotis, 1991: 110. 关于这部作品的讨论，见A. Louca, 1970: 88–100; G. Delanoue, 1982: 526及之后多页; W. al-Qadi, 1981。该书重印本被收入阿里·穆巴拉克的文集中（例如M. ʿImāra, 1979–1980: I, 316–685）。

135. 参见G. Alleaume, 1982; G. Roper, 'Texts from Nineteenth-Century Egypt. The role of E. W. Lane', in P. and J. Starkey, 1998: 248。

136. ʿA. Mubārak, 1882: XI,10.

137. ʿA. Mubārak, 1882: I, 7.

138. 有趣的是，罗杰·艾伦（Roger Allen）在完成《伊萨·本·希沙姆叙事录》英译之前发表的对这部作品的研究（1992）中并没有评论《阿拉姆丁》与《第二次旅行》（必须补充的是，该英译本并没有包括此篇）之间的相似性。

139. ʿA. Badr, 1963: 63–64.

140. ʿA. Mubārak, 1882: IV, 1334.

141. 参见A. ʿAbd al-Karīm, 1945: II, 176及之后多页；同上，III, Annexe I, 1–14。

142. G. Delanoue, 1982: 626–627; J.Heyworth-Dunne, 1940–1942: 399–400; ʿA. al-Rāfiʿī, 1954: 8–12; W. Braune, 1933: 119–123.

143. al-Ṭahṭāwī, 1973–1980［Manāhij］: I, 251及之后多页。参见K. Al-Husry, 1966: 29及之后多页。

144. M. ʿImāra［al-Ṭahṭāwī］, 1973–1980: I, 132.

145. J. Crabbs, 1984: 78.

146. Ṣ. Majdī, 1958: 42.

147. 参见Ṣ. Majdī, 1958: 42–43; J. al-Shayyāl, 1958b: 46–50。

148. 2 vols, Būlāq; ʿĀ. Nuṣayr, 1990: 111 (no. 3/205), 114 (Nos. 310–13); Y. Sarkīs, 1928: 944.

149. Būlāq, 8/224pp. (2nd edn, 1896) ʿĀ. Nuṣayr, 1990: 112 (Nos. 3/243–245); Y. Sarkīs, 1928: 944.

150. Cairo, Maṭbaʿat al-Madāris, 180pp. (= M. Imara, 1973–80: III, 7–262). ʿĀ. Nuṣayr, 1990: 162 (Nos. 4/1019–20); Y. Sarkīs, 1928: 943; A. Badawī, 1959: 111–12; J. Heyworth-Dunne, 1940–1942: 404–406.

151. 1286/1869, Būlāq, 18/269pp; 2nd edn, 1330/1920, Cairo, Maṭbaʿat Sharikat al-Raghāʾib, 20/450pp.(编者是作者的孙子穆罕默德・里法阿); al-Ṭahṭāwī, 1973–1980: I, 243–591. 对该书的讨论，见A. Hourani, 1989: 72及之后多页；G. Delanoue, 1982: esp. 451–481; J. Crabbs, 1984: 74及之后多页；K. Al-Husry, 1966; J. Cole, 1980; 1966: 23及之后多页；I. Altman, 1976。

152. See S. Ali, 1994: 13及之后多页；G. Delanoue, 1982: 481及之后多页。

153. 1285/1868, Maṭbaʿat al-Madāris, 553pp. (= al-Ṭahṭāwī, 1973–80: III, 7–262).

154. Y. Choueiri, 1989: 6及之后多页。

155. 1291/1874, Maṭbaʿat al-Madāris al-Malakiyya, 332/8pp. (= al-Ṭahṭāwī, 1973–1980: IV).

三、塔赫塔维在欧洲

1. 除了塔赫塔维本人提供的信息外，以下文献也讨论了他的旅法生活：A. Louca, 1970: 33–74; G. Delanoue, 1982: II, 386–397; J. Heyworth-Dunne, 1938: 159–170; M. ʿAllām, Aḥmad A. Badawī, A. Lūqā (eds.) 1378/1958: *Takhlīṣ al-Ibrīz fī talkhīṣ Bārīz*, Cairo (Muṣṭafā al-Bābī al-Ḥalabī), 3–51。关于埃及留学团的一般情况，见J. Heyworth-Dunne, 1938; A. Silvera, 1980; ʿU. Ṭūsūn, 1934。

2. A. Louca, 1970: 37–38; A. Silvera, 1980: 9.

3. 值得补充的是，19世纪40年代，法国的一些中学已经开设了阿拉伯语课程；例如，有个名叫尤素福（Yūsuf或Youssouf）的阿尔及利亚人就在蒙彼利埃教授阿拉伯语（和法语修辞）。见AN F_{17} 4097, 4099. *L'Orient des Provençaux dans l'Histoire*, 105–126 (A. Louca/P. Santoni)。

4. 关于这部译作，见*Revue Encyclopédique*, XXXVI, Nov. 1831, 208–209。

5. E.g. J. Agoub, 1824: 6.

6. 见正记第四篇注36。

7. J.-M. Carré, 1956: I, 288, II, 121–123.

8. 关于阿古布，见A. Louca, 1958; 同上, 1970: 26等; A. Silvera, 1980: 10–11; J.-M. Carré, 1956: I, 288, II, 122; A. Messaoudi 2008: 72及之后多页, 692-693; F. Pouillon 2008 (A. Messaoudi): 8。

9. 见正记第四篇第一章。

10. *Revue Encyclopédique*, XXXII, December 1826, 837.

11. J. Heyworth-Dunne, 1938: 159及之后多页; T. Bianchi, 1843: 42 (no. 90)。

12. 见正记第三篇第五章。

13. 见正记第四篇第二章。

14. 见正记第四篇第三章。

15. 见正记第四篇第三、四、六章。

16. A. Louca, 1970: 43.

17. 见正记第四篇第六章。

18. 见G. Dardaud, "L'extraordinaire aventure de la girafe du Pacha d'Egypte", *Revue des Conférences françaises en Orient*, 1951, 13, 1–72。

19. 参见A. Louca, 1970: 255。

20. 见E. Plantet, 1930; K. Chater, 1984; C.-A. Julien, 1986: 21–63。

21. 参见C.-A. Julien, 1986: 33及之后多页。

22. E. Jomard, 1828.

23. 同上，98。

24. 同上，99。应该赶紧补充一点：塔赫塔维的法语口语能力仍然低于法语写作能力，根据他的传记作者萨利赫·麦吉迪的说法，他从未真正学会流利地讲法语。

25. 同上，102–103。

26. 同上，105。

27. 同上，100, 104; 见正记第四篇第六章。

28. E. Jomard, 1828: 101.

29. 同上，105; P. Hamont, 1943: II, 192。

30. 关于课程的内容，见E. Jomard, 1828: 105–108。

31. A. Louca, 1970: 260–262.

32. 见正记第四篇第五章。

33. 见正记第四篇第五章。

34. R. al-Tahṭawī, 1872–1873: 24.

35. 见正记第四篇第六章。

36. 见正记第四篇第六章。

37. E. Jomard, 1828: 104.

38. A. Louca, 1970: 255–256.

39. ʿU. Ṭūsūn, 1934: 104–118.

40. J. Zaydān, 1957: IV, 31; A. Louca, 1970: 46–47; A. Clot-Bey, 1833: 219ff; *idem*, 1840: II, 414; *idem*, 1949: 174–175; P. Hamont, 1943: II, 107.

41. A. Silvera, 1980: 16; A. Louca, 1970: 48.

42. ʿU. Ṭūsūn, 1934.

43. ʿU. Ṭūsūn, 1934: 414及之后多页。

44. R. Wielandt, 1980: 38.

45. A. Louca, 1970: 48及之后多页; A. Silvera, 1980: 14, 17–19; P. Hamont, 1843: II, 192及之后多页。

46. Y. Artin, 1890: 73.

47. 又见J. Heyworth-Dunne, 1938: 157及之后多页, 243及之后多页; ʿU. Ṭūsūn, 1934; R. Wielandt, 1980: 34及之后多页。

48. 转引自A. Louca, 1970: 52。

49. E. Dor, 1872: 343.

50. J. Ampère, 1881: 258–259.

51. A. Paton, 1863: II, 271.

52. 见结语部分注7。

53. A. Louca, 1970: 103.

54. B. Lewis, 1969: 83–84;同上, 1982: 133;同上, 1964: 39. 有趣的是，随后在伊斯坦布尔建立的两所学校也直接受到埃及学校的启发，即帝国音乐学校（1831），意大利作曲家多尼采蒂的兄弟是该校的教师之一，以及军事科学学校（1834）。启发前者的埃及学校是成立于1824年的“军事音乐学校”（*madrasat al-mūsīqā al-ʿaskariyya*），而启发后者的无疑是开罗军事学校，尽管其蓝本是法国圣西尔军事学院。参见B. Lewis, 1969: 84。

55. 原本贝伊要求圣西尔录用6名突尼斯军官，但最后圣西尔只接受了两名军官：穆罕默德·穆拉利（Muḥammad al-Mūrālī）学习炮兵课程，阿里·卡迪里（ʿAlī Qādirī）学习步兵课程，他们在圣西尔待了不到两年的时间（1862年10月至1864年7月）。见P. Marty, 1935: 329–330。

56. 见N. Sraïeb, 1995: 59, 92; G. Van Krieken, 1976: 196; A. Abdesselam, 1975: 33–34。

57. 见Hafez Farman Farmayan, ‘The forces of modernization in nineteenth century Iran: a historical survey’, in W. Polk and R. Chambers, 1968: 122及之后多页; B. Lewis, 1962: 133: C. Storey, 1939–97: I, 2, 1148–1150。

58. S. al-Ḥarāʾirī, 1862: 1.

59. D. Newman, 2002a; K. Kreiser, 1995: 843–844.

60. C. Findley, 1989: 159–160.

61. B. Lewis, 1969: 136及之后多页。

62. 这份刊物的法文名称是“*Le Lien Indissoluble*”，它先是周刊，然后是双月刊。刊名来自《古兰经》第2章第257节和第31章第21节。该刊总共出版了18期（1884年3月13日至1884年10月16日）。

四、关于本书

1. 对此的详细讨论，见D. Newman, 2001。

2. 实际上，很多后来的旅行者都会参考这本书。Khayr al-Dīn, 1867: 69; A. Ibn Abī ʾl-Âiyāf, 1963: III, 169, IV, 99 (1971: 139); F. al-Shidyāq, 1882: 222, 272, 289; M. Ibn. al-Khūja, 1900: 6; *idem*, 1913 (intro); M. al-Ṣaffār［S. Gilson Miller］, 1992: 123; M. al-Sanūsī, 1891–1892: 236; *idem*, 1976–1980: I, 82–83.

3. 见正记部分注1。

4. 见正记第四篇第四章。

5. 参见Khayr al-Dīn, 1867。

6. 见A. Louca, 1970: 64,注3。

7. 见正记第六篇注54。

8. 见正记第四篇第四章。

9. 见第二部分序言。

10. al-Ṭahṭāwī, 1973–1980［*Manāhij*］: I, 534.

11. M. Zaki Badawi, 1978: 13ff; H. Sharabi, 1970: 6及之后多页（他把这种中间立场称为"复兴主义"）。

12. 见A. Gunny, 1978。

13. 见I. Netton, 1996: 12–16。

14. 见正记第四篇第四章。

15. *Nabdha ʿan dukhūl al-Faransīs li-l-Jazāʾir*；参见A. Badawī, 1958: 25。

16. 见前言第一、第二章。

17. *Journal des Débats*, 30 March 1883 (= E. Renan, 1947: I, 944–965).

18. E. Renan, 1947: I, 956.

19. 同上 : I, 955。

20. 同上 : I, 957。

21. 在前引文中。

22. Al-Ṭahṭāwī［*Manāhij*］, 1973–1980: I, 249–250. 又见L. Zolondek, 1964。

23. 见D. Newman, 2001。

24. al-Ṭahṭāwī, 1833: 3.

25. R. Barthes, 1972: 183.

26. 见正记第三篇第二章。

27. 参见D. Newman, 2002b; M. Sawāʿī 1999; M. Sawaie 2000。

第二部分 披沙拣金记巴黎

序 言

1. 参见《古兰经》第13章第39节（英译本：A. Arberry, 1983: 244）。

2. 这显然是在说作者家族命运的变迁，从父亲时的家道中落到他现在享受统治者的恩宠。

3. 沙姆（*al-Shām*）或沙姆地区（*bilād al-Shām*，又作*Sha'm*)，在今天是叙利亚共和国（及其首都大马士革）的同义词。然而，在以前，它覆盖的区域横跨现代叙利亚、黎巴嫩、约旦和以色列等国，因此，将其等同于过去所谓的“大叙利亚”更为合适。在塔赫塔维的时代，从地缘政治形态上看，沙姆地区是奥斯曼帝国的一个省，由四个帕夏领地组成（每个帕夏领地又细分为若干个区）：大马士革（包括耶路撒冷和贝鲁特）、的黎波里、阿勒颇和阿卡（以前是赛达）。当然，在英译本中使用的是更广泛意义上的“叙利亚”。See *EI*$_1$, s.v. “al-Sha’m” (H. Lammens)。（为同狭义的“叙利亚”加以区别，中译本用“沙姆”来翻译广义的“叙利亚”。——译者注）

4. 阿拉伯语原文为“迁徙到麦地那”。先知先是在家乡麦加传播伊斯兰教的教义，后因被当地居民迫害，于公元622年迁往麦地那。麦地那最初名为“叶斯里布”（*Yathrib*)，后来被称为“先知之城”（*Madīnat al-Nabī*)，简称为“麦地那”（*al-Madīna*，意思是这座城市）。

5. 这里指麦加。

6. 阿拉伯语原文使用了以特征代整体的名称——“远寺”（*al-masjid al-aqṣā*）。这里的整段话与《古兰经》第17章（夜行）的起始节有密切的关联：“赞美真主，超绝万物，他在一夜之间，使他的仆人，从禁寺行到远寺。”（英译本：A. Arberry, 1983: 274）［中译本所用《古兰经》译文皆来自马坚译本（中国社会科学出版社，2003年版）。——译者注］

7. 这个阿拉伯语短语是围绕穆罕默德·阿里（Muḥammad ʿAlī）名字的文字游戏：*al-ḥaḍrat al-ʿaliyya, bi al-ḥaḍrat al-Muḥammadiyya*。

8. 指的是穆罕默德·阿里与瓦哈比派（见下文）的斗争。穆罕默德·本·阿卜杜·瓦哈卜（Muḥammad b. ʿAbd al-Wahhāb）开创了以他名字闻名的运动，在他于1792年逝世后，瓦哈比派从据地迪尔伊叶开始了一系列袭击，扩大了他们的地盘，控制了包括两大圣城在内的希贾兹地区大部（1804—1806)，并对巴格达和大马士革发动了袭击。瓦哈比帝国日益增长的威胁引起了奥斯曼苏丹的极大关注，他命令穆罕默德·阿里发动反攻（1811 年 9 月）。1812年，穆罕默德·阿里的儿子图苏恩攻占了麦加。六年后，在图苏恩死后，穆罕默德·阿里的另一个儿子易卜拉欣帕夏攻占了瓦哈比派的首都；瓦哈比派运动的领导人阿卜杜拉（ʿAbd Allāh）被送往君士坦丁堡斩首处决。然而，在易卜拉欣离开后不久，瓦哈比派再次起事（这次是在纳吉德），并控制了波斯湾沿岸。见*EI*$_1$, s.vv. “al-Wahhābīya” (D. S. Margoliouth), “Muḥammad ʿAlī Pasha” (J. H. Kramers)。

9.［此处阿拉伯语原文是］*walī al-naʿim*（或*walī al-niʿma*），意为“施恩者、恩主”。

10. 这个词指完成朝觐（*ḥajj*）的人，后被用作一种尊称。

11. 这是指以麦加出生的伊玛目艾布·阿卜杜拉·穆罕默德·本·伊德里斯·沙斐仪（Abū ʿAbd Allāh Muḥammad b. Idrīs al-Imām Shāfiʿī，卒于820年）的名字命名的教法学派（*madhhab*）。他是古来氏部落（先知穆罕默德的部落）哈希米家族［先知的家族］的成员，因此与先知有血缘关系。他在麦地那师从马立克·本·艾纳斯（Mālik b. Anas，见中译本前言注80），之后去了埃及和巴格达。他死于开罗，他在开罗的墓仍然是一个颇受欢迎的朝圣地。沙斐仪派在埃及、一些海湾国家以及中亚和东南亚部分地区特别流行。见“al-Shāfiʿī”, EI_1 (Henning), EI_2 (E. Chaumont); EI_2 s.v. “al-Shāfiʿiyya” (E. Chaumont); J. Schacht, 1975; 同上，1966: 45及之后多页, 58及之后多页。

12. 这句诗用同音词*zahr*“花”和*zahra*“开花、盛开”玩了一个文字游戏。

13. 这里，诗人用同形异义词*azhar*“璀璨、辉煌”和*azhur*“花朵”玩了一个文字游戏。

14. 阿拉伯语原文依靠的是*baḥr*一词的多义所产生的复杂性，它可以指“海”“知识如海般渊博的智者”（*baḥr al-ʿilm*）和“（诗歌）格律”。在最后半句可能用同形异义词*ʿarūḍ*“海岸”和*ʿurūḍ*（单数形式为*ʿarḍ*“地平线上的云”）玩了一个文字游戏，若如此，这里的意思就是“没有雨水的云”。（此二句英译处理为“那里有像大海奔涌那样知识渊博的伟人，而在他处则只有海岸很少被冲刷的海洋”，是以英译者做此注。——译者注）

15. 即给养大门的开启者，这是安拉的99个美名（*al-asmāʾ al-ḥusnāʾ*）之一。

16. *ʿawāmm*，单数形式为*ʿāmma*，源自一个意思是“散开、完全覆盖”的词根，单数和复数形式都指“大众”，但单数更常见，同“精英”（*al-khāṣṣa*“特别的人”）一词意义相对。见EI_2, s.v. “al-khāṣṣa wa ʾl-ʿāmma” (M. A. J. Beg)。

17. *maʿshar*，原阿拉伯语版第二版中改为*maʿshar ashrāf*，即“谢里夫家族”。

18. 阿拉伯语词*mazār*（复数形式为*mazārāt*）的意思是“人们拜访的地方”，进而引申为“朝圣地”，特指伊斯兰教圣人的坟墓，因此，这里显然是作者先人身份的暗示（见导言部分）。这加强了之前*naṣab*“标记、路标”一词的宗教内涵，其复数形式*anṣāb*指的是麦加圣寺禁地的界标。当然，整段文字都是对塔赫塔维家族家道中落的哀叹。

19. 在这里，作者提到了三种教法渊源（*uṣūl al-fiqh*），即有资格的教法学者就宗教问题达成的公议（*ijmāʿ*）、《古兰经》和圣训（先知穆罕默德和圣门弟子的言行记录）。见EI_2, s.v. “uṣūl al-fiqh” (N. Calder); EI_1, s.v. “idjmāʿ” (D. B. MacDonald); N. Coulson, 1978: 76–81等。

20. *Afandiyya*（单数形式是*Afandī*），奥斯曼帝国的一个头衔，源自（拜占庭）希腊语词ἀφέντης（参见αὐθέντης“主人”）。这是对各类要人的尊称，苏丹本人即被称为*Efendimiz*“我们的主人”；在埃及，对应的阿拉伯语称号*Efendīnā*是对穆罕默德·阿里及其继任者的尊称。内阁的大臣们也被称为“埃芬迪”（Efendi），所有高级官员和统治家族成员也被如此称呼。在实际使用中，“埃芬迪”很快就成为对所有具有一定文化水平的人的称呼。

21. 见导言部分。

22. 这指的是一类通用于埃及的说法，其中亚历山大被称为“地中海的新娘”（*ʿarūs al-baḥr al-abyaḍ*），艾斯尤特（Asyūṭ）被称为“上埃及的新娘”（*ʿarūs al-*

ṣaʿīd）。将这段话与爱德华·莱恩初见埃及时（1825）所说的话进行比较会很有趣："当我靠近海岸时，我觉得自己就像是一个将要掀开新娘面纱的东方新郎。"（转引自L. Ahmed, 1978:1）

23. *Ifranj*（亦作*Firanj, Ifranjiyyūn*, φράγγοι）一词可追溯到中世纪，在伊本·胡尔达兹比赫（Ibn Khurdādhbih）的《道里邦国志》（*Kitāb al-Masālik wa al-Mamālik*）中就已出现，该书创作于9世纪，是现存最古老的阿拉伯语地理手册（Ibn Khurdādhbih, 1889: 多处）。关于这个术语及其所指涉的民族和地区的更多细节，见D. Newman, 2001: 10–12; I. Guidi, 1909; E. Ashtor, 1969; Y. al-Khuri, 1967; EI_2, s.v. "Ifrandj" (B. Lewis); A. Miquel, 1967–80: II, 342ff., 354–362; B. Lewis, 1994; I. Krachkovskij, 1963: I, 272ff.; A. El-Hajji, 1970: 119–124; H. Eisenstein, 1994。本译本［英译本］中该词一般译作"法兰克人"，偶有译作"欧洲人"。（为反映阿拉伯语原文的面貌，此中译本中一般译作"法兰克人"。——译者注）

24. 参见《古兰经》第10章第35节。

25.［此处阿拉伯语原文是］*naṣṣ al-sharīʿa al-muḥammadiyya*，这就是为什么英译本此处不用*shariʿa*"沙里亚，即伊斯兰法"一词，因为该词将不适当地缩小作者所指概念的范畴。

26. 阿拉伯语词*īwān*（复数形式为*īwānāt, awāwīn*）指的是一个大房间中高起的台子（在埃及也叫*līwān*），上面放着垫子和靠垫。在阿拉伯传统建筑中，*dīwān*（复数形式为*dawāwīn*）指的是待客厅，但该词还有其他几种含义："账簿""诗集""（国家）委员会"和某种类型的"客栈"。又见E. Lane, 1923: 12; "dīwān", EI_1 (Cl. Huart), EI_2 (A. A. Durri – H. L. Gottschalk); EI_2, s.v. "īwān" (O. Grabar)。

27. 当然，这一颇为拗口的表达在阿拉伯语原文中更为悦耳动听：*al-wurūd ʿalā ḥiyāḍihi wa-l-wufūd ʿalā riyāḍihi*。

前　言

1. *hamal*指生活在自然界中的，没有任何文化、政治和法律组织或固定的社会结构的人。

2. 在许多情况下，*taḥaḍḍur*、*tamaddun*和*tamaṣṣur*可以且经常彼此替代来表示"文明"，但它们之间存在着微妙的差异。第一个词*taḥaḍḍur*"居住在过定居生活的人中间"强调的是人们在固定的住所中定居，同源词*ḥaḍāra*在现代标准阿拉伯语（以下简称"现代标准语"）中常用来表示"文明"。第二个词来自一个含义为"（在城市中）定居"的词根，与πόλις概念，即"市民社会的生活"密切相关（参见Khayr al-Dīn, 1867: 5, 19, 27, 44等）。塔赫塔维在他后来的一部著作中在将*tamaddun*与*takhashshun*"粗俗"对比时曾做如下描述："［它］表示［一个国家］已经获得了文明人（*ahl al-ʿumrān*）改善其状况所需的一切工具"，并进而带来"教养的完善、对值得称赞的品质的喜爱和生活质量的提高"（1973–1980: II, 469［*al-Murshid al-amīn*］）。*tamaṣṣur*"建设大城市"与*tamaddun*密切相关，因此在某种程度上可以被认为是对前两个词的必要补充。

3. *bilād al-Sūdān*：阿拉伯地理学家用这个词来指代埃及以南的黑人居住的地区以及非洲撒哈拉以南伊斯兰化的地区（大致从塞内加尔盆地到尼罗河上游盆地）。见“Sūdān”, EI_1 (Maurice Delafosse), EI_2 (A. S. Kaye); M. Cuoq, 1975; S. Kaplan, ‘Arab geographers, the Nile, and the history of the Bilād al-Sūdān’, in H. Erlich and I. Gershoni (eds), 2000。

4. 很明显，作者分别使用*ḥarām*“非法”和*ḥalāl*“合法”这两个有专门的宗教含义的词来表明他主要是从“异教徒”的角度来看待这些民族的。

5. 事实上，这种贬低黑人的观点可以追溯到中世纪，当时的地理学家们表达了几乎相同的观点；参见B. Lewis, 1971（该书围绕穆斯林对黑人的看法做了深入的历史概述）。

6. *ʿumrān*源于一个意为“建设”或“耕种”的词根，表示“任何超越个体野蛮的定居状态”（F. Rosenthal［Ibn Khaldūn］, 1986: I, lxxvff）。它是伊本·赫勒敦社会思想中的一个核心概念，带上了“人的社群”的含义，因为他提出*ʿumrān*同人与人之间合作具有不可分割的联系。在实践中，这个词可以有多种译法，包括“文化”“文明”“繁荣”“人口稠密”等。又见Khayr al-Dīn, 1867: 如4, 8, 10, 21, 22, 27等; B. Tlili, 1972a; V. Monteil, 1960: 215及之后多页; L. Brown［Khayr al-Dīn］, 1967: 138 (note 189)。

7. *ʿulūm ʿaqliyya wa-naqliyya*的字面意思是“心智的科学和同（宗教传统的）传承有关的科学”。理性科学（*ʿilm*，复数形式为*ʿulūm*）共有七门：逻辑学（*manṭiq*）、几何学（*handasa*）、音乐学、物理学（*ṭabīʿyāt*，包括农学）、形而上学（*ilāhiyāt*）和医学（*ṭibb*）。至于宗教科学，伊本·赫勒敦（1986: II, 436ff.）确定有《古兰经》注学（*tafsīr*）、《古兰经》诵读学（*qirāʾāt*）、圣训学（*ḥadīth*）、教法学（*fiqh*）、教法渊源学（*uṣūl al-fiqh*）、神学（*kalām*）、苏非神秘主义（*taṣawwuf*）和解梦术（*taʿābīr al-ru'yā*）几门。传统上，*ʿilm*常常与*maʿrif*相对，后者指“通过经验或思考形成的知识”，而非“（对某一确定事物的）知识”。例如，14世纪的教义学家朱尔加尼（al-Jurjānī, 1339–1413）对这两种“知识”的区别作了如下解释：“*maʿrifa*也指基于某一事物正处的状态时对该事物的了解，在此之前对此事物是无知的，同*ʿilm*相对；这就是为什么安拉被称作*al-ʿālim*而非*al-ʿārif*”（1983: 382）。另一方面，在伊斯兰新柏拉图主义思想中，*ʿilm*用来指“关于更高级别的也即任何具有复合性质并由上义词指称的事物或范畴的知识，而*maʿrifa*则用来指关于［某个事物的］分体或［某个范畴下的］主要个体［的知识］；这就是为什么用后者而绝非前者来指安拉的任何一种知识”（I. Netton 1984）。必须要说的是，这种区别在今天已经不存在了，*maʿrifa*最常被用于人文学科，带有“认识论”或“认知”的含义；事实上，阿拉伯语中用新词*maʿrifī*表示“认知的”（有时是“认识论的”）。另一方面，在现代标准阿拉伯语中，*ʿilm*主要用于指精密科学和自然科学，形容词*ʿilmī*表示“科学的”。见EI_1, s.v. “ʿilm” (D. B. Macdonald); F. Rosenthal, 1970; M. Enani 2000: 20及之后多页。

8. 这个集合名词（Ρομεο；个体名词是*Rūmī*）首次出现是在《古兰经》中，指的是拜占庭人，拜占庭人有时也被称为*Banū (al-) Aṣfar*（艾斯法尔部落，字面义为“黄色的人”）。在此后的时代里，*Rūm*一直保持着这个意思，尽管它也经常被用作“基督徒”的同义词。虽然也并不总是如此（例如al-Mas'ūdī, 1894: 129; al-Dimashqī, 1866: 258），但中世纪的阿拉伯地理学家一般将拜占庭人（*Rūm*）与（古）罗马人（*Rūmāniyyūn*）和古希腊人（*al-Yūnāniyyūn*或*al-Ighrīqiyyūn*）区分开来，有些作者，如迪马士奇（al-Dimashqī 1866: 260）和艾布·菲达（Abū al-Fidā' 1840: 213），甚至还用另一个术语*al-Kharā'iṭa*来指称早期东罗马帝国的居民，后来，艾布·菲达还将该名称溯源到*kharaṭa*（Abū al-Fidā', 1840:同上；又见trans., II/1, 313 note 2）。这个词的词源尚不明确，但可以推测它与卡拉派（*Karaite*，8世纪出现的一个犹太教派）或《新约》中的希腊语词εὐλογέω“保佑”存在关联。西班牙基督徒有时被称为*Ifranj*（法兰克人），有时也被称为*Rūm*（参见：例如，Ibn al-Khaṭīb, 1956: II, 11–12, 23）。有趣的是，17/18世纪的摩洛哥旅行者们只用*Rūm*来指称“罗马人”（例如al-Miknāsī, 1965: 35）。后来，土耳其人用*bilād al-Rūm*来表示奥斯曼帝国的欧洲省份。同时，奥斯曼人还用*Rūm*一词来指代现代希腊人（也用*Urūm*），或泛指土耳其，这后一种用法比较罕见。在下文中，塔赫塔维用*arwām*（*Rūmī*的复数形式）来指称现代希腊人，在如今的埃及阿拉伯语口语中，该词的这个意思仍在使用，而在现代标准阿拉伯语中，该词则用来指称希腊东正教徒。见EI_1 (F. Babinger), EI_2 (Nadia El Cheikh/C. E. Bosworth); EI_1, EI_2, s.v. “Aṣfar” (Goldziher); A. Miquel, 1967–1980: II, 381–481; S. Elatri, 1974: 361。

9. 严格来说，这个词的意思是“太阳落下的地方”，即西方（相对于*al-Mashriq*“太阳升起的地方”，也即东方），指埃及以西的伊斯兰世界（即欧洲文献中的巴巴里或小非洲），有时也包括安达卢西亚。今天，*al-Maghrib*是摩洛哥的名称。见“Maghrib” EI_1, EI_2 (G. Yver)。

10. 这个前基督教努比亚王国位于苏丹东部的白尼罗河和青尼罗河之间。苏丹的同名城镇在首都喀土穆以南约270千米处。见EI_1, s.v. “Sennār” (S. Hillelson)。

11. *al-baḥr al-muḥīṭ*（古希腊人称之为Ωκεανός）。中世纪的阿拉伯地理学家也将这片海称为*baḥr Ūqiyānūs al-muḥīṭ*、*al-Muḥīṭ*、*Ūqiyānūs*（或*Uqiyānus*）以及*al-Baḥr al-Akhḍar*“绿海”。该名称的由来是，他们将此海想象成一个圆形的水团，包围了整个可居住的世界（以及所有其他海洋的源头）。在许多情况下，此海对应的是大西洋（尽管与安达卢西亚和马格里布相邻的部分通常被认为是*Baḥr al-Maghrib*，即西海的一部分）。见“Baḥr muḥīṭ”, EI_1 (Carra de Vaux), EI_2 (D. M. Dunlop)。

12. (*lam yathdadū*) *al-ṭarīq al-mustaqīm*是一个常见《古兰经》短语*al-ṣirāṭ al-mustaqīm*的改述，这个短语出现在开篇（第一章第六节），意思是“正信”（the True Faith）[马坚译本作“正路”]，通常指伊斯兰教（如第二章第142节、第三章第101节和第四章第68节），但也用来指穆萨[摩西]（第37章第118节）和尔撒[耶稣]（第三章第51节）所传的教义，甚至还指一般的宗教生活方式（第七章第16节）。同样形式的短语*al-ṭarīq al-mustaqīm*只出现过一次（第46章第30节），出自皈依的精灵之口。

13. *al-'ulūm al-ḥikmiyya*，也可被译作“实证科学”。（英译本译作“哲学”，中译本译作“实证科学”。——译者注）

14. *khalīfa*（复数形式为*khulafā'*）一词的字面意思是“跟随（他人）者”，最初指先知穆罕默德的直接继承人，他们后来被称为“正统哈里发”（*al-khulafā' al-rāshidūn*）。但塔赫塔维在这里指的是所谓的伊斯兰黄金时代，即阿拔斯王朝统治者的时代。在这个时代，伊斯兰帝国达到了顶峰。

15. 哈伦·赖世德（763—809）无疑是所有阿拔斯王朝哈里发中最著名的一位。他在《一千零一夜》中多次出场，该书被翻译到欧洲后，他的名声也传了过去，成了一个充满魅力和神秘感的人物以及“东方的力量与辉煌的化身”（K. V. Zetterstéen, EI_1, III, p. 272）。他的宫廷是教育、学术和艺术的中心，而他本人也是一位极其精明的政治家和战士，发动了多次成功的战役，使帝国的实力得以加强。见“Hārūn” EI_1 (K. V. Zetterstéen), EI_2 (F. Omar)。

16. 艾布·阿巴斯·阿卜杜拉·本·哈伦·赖世德（Abū al-ʿAbbās ʿAbd Allāh b. Hārūn al-Rashīd），以麦蒙（al-Maʾmūn）之名而闻名，是阿拔斯王朝第七任哈里发（786—833）。813年，他在其兄艾敏（809—813）被暗杀后继位。除了是一位伟大的战士外，他还是一位狂热的艺术和科学赞助人。在他统治期间，阿拔斯王朝的艺术和科学发展达到了顶峰，其标志就是于830年建立的智慧宫（*Bayt al-Ḥikma*）。麦蒙还下令在巴格达（以及大马士革）建立了天文台，他手下的学者们在那里建立了已知世界的城镇和城市的坐标，编制了恒星的目录，并修订了天文表。他统治时期最著名的天文学探索无疑是为了测量经度而进行的实地实验：两组人在沙漠中朝相反的方向移动，通过对极星的观测来测量一个纬度所覆盖的距离。根据这两组人的发现，哈里发本人将一个经度的弧长定为562/3英里，即111.8千米（与如今公认的数值仅0.7千米之差！）。塔赫塔维在他后来的著作中对麦蒙的成就给予了更多的赞美，因后者对世俗科学的投入而称其为“革新者”（mujaddid），但同时也批评了他的宗教政策（al-Ṭahṭāwī, 1871: 17–18）。见“al-Ma'mūn”, EI_1 (K. V. Zetterstéen), EI_2 (M. Rekaya); EI_2 s.v. “bayt al-ḥikma” (D. Sourdel); C. Nallino, 1944: 301及之后多页; A. Sayili, 1960: 50及之后多页; P. G. Donini, 1991: 21, 36及之后多页; A. Zeki Validi Togan, 1937–1938: 65及之后多页。

17. 此处作者用的是阿拉伯语埃及方言词*mīqātiyya*（单数形式为*mīqātī*）。

18. 事实上，学者们当时把该夹角定为23°23′（今天公认是23°27′）。需要立即补充的是，没有任何记录可以证实塔赫塔维有过任何关于麦蒙亲自参与这些实验的说法。见P. G. Donini, 1991: 36。

19. 艾布·法德勒·贾法尔·本·穆罕默德（Abū al-Faḍl Jaʿfar b. Muḥammad），又称穆塔瓦基勒（al-Mutawakkil ʿalā Allāh, 822–861），是阿拔斯王朝哈里发穆阿塔西姆（al-Muʿtaṣim）之子。在其在位期间，他大力推动翻译运动，并以他的医生侯纳因·本·伊斯哈格（Ḥunayn b. Isḥāq，卒于873年）为中心建立了一所学校。同时，由于著名数学家萨比特·本古拉（Thābit b. Qurrah, 836–901）及其弟子的工作，一个新的哲学和医学学派在哈兰（Ḥarrān）形成。参见M. Young, 1990: 486, 487, 495; EI_2, s.v. “al-Mutawakkil ʿalā ʾllāh” (H. Kennedy)。

20. 即古希腊医生佩达努思·迪奥斯科里德斯（Pedanius Dioscorides，约卒于90年）所著《药物志》(*De Materia medica*）。这里的伊斯提凡指的是侯纳因·本·伊斯哈格的学生伊斯提凡·本·巴希勒（Iṣṭifān Ibn Bāsīl），他亲自将多部希腊医学著作翻译成阿拉伯文，主持翻译药典，尤以翻译盖伦（Galen）的一些作品而闻名。参见 *GAL*, I, 255; *GALS*, I, 370. M. Young, 1990: 362, 487–491。

21. 安达卢西亚是阿拉伯人对伊比利亚半岛穆斯林统治地区的称呼。基督教西班牙和现代西班牙被称为*Isbāniyā*（见前言第三章），其居民通常被称为*Isbānyūl*或*Isbān*。伊本·胡尔达兹比赫用的是后一个词，他在解释该词起源时说："征服安达卢西亚时，当地的居民是西班牙人（*Isbān*），他们由一位叫罗德里克（Lūdhrīq）的国王统治，这就是为什么来自科尔多瓦的人被称为'西班牙人'。"（1889: 89）

22. 阿卜杜·拉赫曼三世·本·穆罕默德·阿卜杜拉（ʿAbd al-Raḥmān III b. Muḥammad b. ʿAbd Allāh, 912–961) 是科尔多瓦伍麦叶王朝的第八任哈里发，也是第一位获得"拯救者"（*al-Nāṣir*）称号的人。他最为人所知的他在科尔多瓦附近的宏伟宫殿扎哈拉（al-Zahrāʾ）宫。他给伊比利亚半岛带来了和平，并将统治范围扩大到地中海西部和北非。此外，他还是一位伟大的艺术赞助人。

23. 即罗曼努斯一世（Romanos I, 922–944）。

24. 这个拜占庭修士协助科尔多瓦的犹太医生（同时也是维齐尔、语言学家和外交官）哈斯达伊·本·沙普鲁特（Ḥasday b. Shaprūṭ, 905–975）主持迪奥斯科里德斯《药物志》的翻译工作，该项翻译于951年完成。著名的拜占庭学者皇帝"生于紫室者"君士坦丁七世（Constantine VII Porphyrogenitus, 905–959）曾将《药物志》作为礼物送给"拯救者"。见M. Young, 1990: 494–495; E. Lévi-Provençal, 1953: IV, 508; E. Meyerhof, 1935。

25. 这些话和其他一些评论实际上有双重目的：一方面，它们是对作者的赞助人的习惯性颂扬，另一方面，它们也为作者前往这些异教徒的土地并颂扬他们的优点——尽管只是在物质方面——进行辩护。

26. *wirash*，单数形式是*warsha*。虽然这个词经常被溯源至英语词workshop，但该词在19世纪初就已经出现，而当时还没有来自英语的影响，因此，同意K.Vollers关于该词起源"不明"（*unklar*）的说法（1887–1897：636）似乎更为谨慎。

27. 阿拉伯语短语*ahl al-shirk*"以物配主者"或其同源词*mushrik*（复数形式为*mushrikūn*）通常与*kāfir*（字面义为"掩盖、隐瞒［安拉的恩赐和保佑］"）即"不信教者"互换使用。见"kāfir" EI_1 (W. Björkman), "s̲h̲irk" EI_1 (W. Björkman), EI_2 (D. Gimaret); B. Lewis, 1994。这则圣训或其变体"智慧是信仰者迷途的羔羊，无论在哪里发现，都必须抓住它"（*al-ḥikma ḍāllat al-mu'min ya'khudhuhā ḥaythu wajadahā*或*al-ḥikma ḍāllat al-mu'min aynamā wajadahā qayyadahā*）经常被引用来描述穆斯林国家采用欧洲的新事物。例如，19世纪突尼斯政治家海伊鲁丁（Khayr al-Dīn 1867: 6）和早期改革派谢赫马哈穆德·卡巴杜（Maḥmūd Qābādū 1984: II, 44）都引用了这则圣训。

28. 即克劳狄乌斯·托勒密（Claudius Ptolemy），"二世"是中世纪的说法，当时流行的观点是这位地理学家是［罗马帝国］皇帝克劳狄乌斯之子。见EI_2, s.v. "Baṭlamiyūs" (M. Plessner)。

29. 这则圣训经常被用来支持旅行的合法性，特别是前往非穆斯林的国度（即欧洲！)。参见S. al-Ḥarāʾīrī, 1861: xi-xiv; S. Gellens, 1990。

30. 阿拉伯语第二版中此处添加了“及后续各支”。

31. 白哈乌丁（字面义为“宗教的荣光”）· 穆罕默德 · 本 · 侯赛因 · 阿米利（Bahāʾ al-Dīn Muḥammad b. Ḥusayn al-ʿĀmilī, 1547–1622）出身于叙利亚阿米利山（Jabal ʿĀmilī），是什叶派博学家和诗人，在数学、天文学和修辞学等不同领域皆有著述，并作为阿拉伯和波斯诗人而闻名。他最著名的作品是名为《僧钵》（*al-Kashkūl*）的诗集。见EI_1, s.v. “al-ʿĀmilī”; Y. Sarkis, 1928: 1262–1264; E. Van Dyke, 1896: 240–241, 350; *GAL, II*, 415; *GALS, II*, 595。

32. *al-shurūḥ maʿa al-ḥawāshī*，这是指古典阿拉伯学者习惯于花时间撰写大量的文本注释，并对注释（*sharḥ*）继续做注上注（*ḥāshiya*）。

33. 在第二版中，塔赫塔维加了一小段总结：“因为说这话的人要么脱离了现世，全心投入后世，要么高价购买了学问，但这学问的价值随着时间的流转缩水了。”[M. ʿImāra (ed.): 19]

34. *ʿilm al-iqtiṣād fī al-maṣārīf*“节约开支的科学”这一说法过去用来指簿记。现代标准语中用来表示“经济学”的词语*iqtiṣād*最初只与“节约”相关联，因此，19世纪的阿拉伯语词典只将该词与“储蓄”关联在一起（即作为*tawfīr*的同义词）。K. Vollers（1897: 322）说该词“与节俭意义上的‘经济’相对应，但被扩展到指涉国家和国民经济的概念”。有趣的是，从该词在古典阿拉伯语中的用法来看，无论是《阿拉伯人之舌》（*Lisān al-ʿArab*）还是爱德华 · 莱恩的词典都没有为这个词根形态的词设立单独的词条。参见F. al-Shidyāq, 1881: 39; J. Habeisch, 1896: 237; G. Badger, 1895: 280; A. Kazimirski, 1860: II, 749。

35. *al-khāzāndāriyya*是阿拉伯语埃及方言词，指“同国库有关的事物”（见译文第三篇注101）。

36. *īljiyya*（单数形式是*īljī*）实际上是一个土耳其语词（参见现代土耳其语词*elçi*），意思是“大使”“使节”。

37. *fann al-miyāḥ*，“水文技术”。

38. *ajzāʾ*，单数形式是*juzʾ*，“部分”。

39. *tadbīr al-ṣiḥḥa*，“健康的组织或维持”。

40. *fann naqash al-aḥjār*，“石刻技术”。

41. 中世纪的阿拉伯地理学家将有人居住的世界（*al-arḍ al-maʿmūra*）分为四个部分（效仿克劳狄乌斯 · 托勒密的划分方式）。例如，9世纪的伊本 · 胡尔达兹比赫的划分如下（1889: 155）：“欧洲（*Urūfā*），包括安达卢西亚、斯拉夫人之地、鲁姆人之地、法兰克人之地和丹吉尔，直到埃及边界；利比亚（*Lūbiyyah*），与埃及、古勒祖姆、阿比西尼亚、柏柏尔人之地和所辖诸地以及南海（……）；埃塞俄比亚（*Ītiyūfiyā*），包括帖哈麦（*Tihāma*）、也门、信德、印度和中国；以及斯基提亚（*Isqūtiyā*），也包括亚美尼亚、呼罗珊、突厥人之地和哈扎尔人之地。”[可与宋岘译《道里邦国志》（华文出版社，2017年9月版）第144页的译名比对阅读。——译者注]

42. 第一个术语实际上似乎是指北冰洋，而第二个术语显然是指极地海（参见法语词Océan glacial）。

43. 这是一个会引起混乱的术语选择，因为这个“西海”（*Baḥr Gharbī*）可能很容易与“西部之海”（*Baḥr al-Maghrib*）混淆，后者是“鲁姆之海”（*Baḥr al-Rūm*）的同义词。有趣的是，10世纪的地理学家、旅行家伊本·鲁斯塔（Ibn Rustah 1892: 83, 85）就已经做出了这样的［错误］关联。又见*EI_1*, s.v. “Baḥr al-Maghrib” (C. F. Seybold); *EI_2*, s.v. “Baḥr al-Rūm” (ed.)。

44. *Baḥr al-Ẓulamāt*（又作*Baḥr al-Ẓulma/al-Muẓlim*），古代阿拉伯地理学家有时把这个词用作环绕洋（*Baḥr al-Muḥīṭ*）的同义词，表示的是北大西洋。见*EI_2*, “Baḥr al-Muḥīṭ” (D. M. Dunlop)。

45. 现代标准阿拉伯语只使用*al-baḥr al-mutawassiṭ*，而*al-baḥr al-abyaḍ*是来自土耳其语*Aq Deniz*的借译［见*EI1*, s.v. “Aq Deniz” (K. Süssheim)］。关于这些同义术语，见*EI2*, s.v. “Baḥr al-Rūm” (D. M. Dunlop); *EI1*, s.v. “Baḥr al-Maghrib” (C. F. Seybold)。应当补充的是，在古典阿拉伯语地理文献中，海洋或海洋的一部分通常以其毗邻陆地上居住的民族命名。例如，10世纪的旅行家麦斯欧迪（al-Masʿūdī 1894: 56）将地中海称为“鲁姆人之海，亦是沙姆、埃及、马格里布、安达卢西亚、法兰克人、斯拉夫人、罗马人以及其他民族之海”（*al-baḥr al-Rūmī, huwa baḥr al-Shām wa-Miṣr wa-l-Maghrib wa-l-Andalus wa-l-Ifranj wa-l-Ifranja wa-l-Ṣaqāliba wa-Rūmiyya wa-ghayrihim*）。将某片海与某一地区或民族联系在一起，意味着该名称既可以指其中的一部分，也可以指整片海；例如，“沙姆之海”（*Baḥr al-Shām*）和“马格里布之海”（Baḥr al-Maghrib）既可以分别指地中海的东部和西部，也都可以指整个地中海。伊本·鲁斯塔等作者对“鲁姆人、易弗里基叶和沙姆之海”（*Baḥr al-Rūm wa-Ifrīqiyya wa-l-Shām,* 1892: 83）与“鲁姆人、易弗里基叶和埃及之海”（*Baḥr al-Rūm wa-Ifrīqiyya wa-Miṣr*, 同上，85, 86, 96），以及沙姆和沙姆之海（*baḥr al-Shām*，包含塞浦路斯岛和罗得岛）与沙姆人之海（*al-baḥr al-Shāmī,* 同上，97, 98）的区分，更是进一步混淆了这一系列名称。

46. 即里海；见“Baḥr al-Khazar” *EI_1*, *EI_2* (D. M. Dunlop), 其中词条作者就这个高加索部落的名称给出了并不常见的读音*Khuzur*。该部落最初来自伏尔加河下游和达吉斯坦，在8—10世纪曾建立过一个帝国，这个帝国甚至一度能够对抗当时的两个超级大国，即阿拔斯哈里发帝国和拜占庭帝国。

47. *iyāla*（字面义为“管理”“行使权力”）传入土耳其语后变为*eyālet*，指奥斯曼帝国最高级别的行政单元，由“贝伊之贝伊”（*beglerbeg*，即总督）领导。在欧洲文献中，该行政单元通常被译作“摄政国”（Regency）。例如，直到法国征服之前，埃及和阿尔及利亚都是*iyāla*。1864年，*eyālet*制度正式被*wilāyet*“行省”制度取代。

48. *bilād al-Inklīz*，“英格兰人之地”。奇怪的是，塔赫塔维从未使用过“英国”（*barīṭāniyā*“不列颠”）或其变体，尽管这个术语在中世纪的阿拉伯地理文献中就已经出现。见D. Dunlop, 1957。

49. *bilād al-Falamank*，“弗拉芒人之地”。用以指称“荷兰人”的现代术语*Hūlandī*是很久以后才造出来的。在阿拉伯语文献中，荷兰人/弗拉芒人最早出现在摩洛哥人艾哈迈德·本·卡西姆·哈加里（卒于1645年）的游记中，他提供了有关低地国家的详细信息，游记中将弗拉芒称之为弗兰德斯（*Flanḍas*）。见al-Ḥajarī, 1987: 105及之后多页等。

50. *al-Nimsa*（又作 *al-Nimsā*），这个词是从土耳其语*nemče*“哑”借来的，而后者又是从斯拉夫语借来的，用来指德国人以及神圣罗马帝国或哈布斯堡王朝统治下的地区。见EI_2, s.v. “Nemče” (M. Köhbach)。

51. *bilād al-Brūs*，这是阿拉伯语［文献］中第一次提到普鲁士。参见Khayr al-Dīn, 1867: 286–311 (*al-Brūsiyya, al-mamlaka al-Brūsiyāniyya*)。

52. *Jarmāniyā al-mutaʿāhada*，字面义为“受盟约约束的德国”。参见Khayr al-Dīn, 1867: 312ff.(*al-muʿāhada*)。

53. 尽管这里是奥斯曼帝国的领土，但作者还是给指称此地的术语标注了元音，这可能是因为他的术语是法语*Bosniaque*的转写，而通常的阿拉伯语术语是*Būsna*。

54. 作者补充说，最后一个字母可以“是*b*或*f*（即*ḥarf*）”。

55. 这是该国土耳其语名称（Boghdān）的阿拉伯语形式，源自其开国君主波格丹一世（Boghdan I Dragosh, 1352）的名字。见EI_1, s.v. “Boghdān” (Cl. Huart)。

56. *bilād al-Rūm*（又作*al-bilād al-Rūmiyya*或*bilād Rūmīlī*），这是指鲁米利亚（Rumelia，鲁姆人之地），该省包括色雷斯、保加利亚、马其顿、塞尔维亚和阿尔巴尼亚这些［罗马帝国的］旧领土以及古希腊的一部分。见EI_1, s.v. “Rumeli, Rumelia” (Franz Babinger)。

57. *Baḥr al-Hind*“印度之海”，在古典阿拉伯语地理文献中又被称作“黑人之海”（*Baḥr al-Zanj*）或“阿比西尼亚海”（*al-Baḥr al-Ḥabashī*）。见“Baḥr al-Hind”, EI_1 (R. Hartmann), EI_2 (R. Hartmann –［D. Dunlop］)。

58. *Bihrangh*（除了描述该词的元音外，作者还指出，最后一个辅音*gh*也可以用*k*代替），这是欧洲语言（如法语）的拼写影响到本应是语音转写的几个例子之一，加上不发音的*h*仅仅是因为*Behring*这个专有名词的拼写形式。

59. 阿拉伯语词*Afghhānistān*又是一个明显的欧式拼写转写，塔赫塔维对该词元音的描述进一步证实了这一点，在描述中他完全忽略了*gh*后面的*h*，因为*h*的存在会造成阿拉伯语语音上不被接受的三辅音丛。

60. 作者使用的是*Yābūn*（并对该词的元音作了说明）；通常认为，中世纪阿拉伯语地理文献中的*Wāqwāq*实际上是指日本。见EI_1, s.v. “Wāḳwāḳ” (Gabriel Ferrand); A. Miquel, 1967–1980: II, 511–513等。

61. 这是阿拉伯语文献中对印度次大陆（不包括恒河和亚穆纳河平原的北部，后者被称为印度斯坦）的一般称呼。在中世纪的穆斯林地理文献中，它指的是印度未被伊斯兰教征服的地区，一般与信德（*al-Sind*）也即印度河下游河谷（*Miḥrān*）和三角洲（即俾路支斯坦和上溯至阿罗尔的印度河河谷）穆斯林控制的领土区分开来。见“Hind”, EI_1 (M. Longworth Dames), EI_2 (S. Maqbul Ahmad); “Sind”, EI_1 (T. Haig), EI_2 (T. Haig –［C. Bosworth］); “Miḥrān”, EI_1 (T. Haig), EI_2 (C. Bosworth); A. Miquel, 1967–1980: II, 82–97, 等; V. Minorsky: 235–254 (‘India’), 371–373. (‘Sind’). 又见J. Sauvaget, 1948; al-Masʿūdī, 1960–1979: I, 201 (par. 422及之后多页); 同上，1894: 多处；

Ibn Ḥawqal, 1938: 316–323等; Yāqūt, 1866–73: III, 167, 497–498等; Ibn Khurdādhbih, 1889: 54–57, 62及之后多页，等; Abū ʾl-Fidāʼ, 1840: 353及之后多页, 346及之后多页; Ibn Rustah, 1892: 124及之后多页; al-Qazwīnī, 1848: 62–63, 84–87等; al-Dimashqī, 1866: 170–176等; al-Muqaddasī, 1906: 474; Ibn al-Faqih, 1885: 11–16中多处, 257等; al-Iṣṭakhrī, 1927: 170–180。

62. 伊斯兰教瓦哈比派由穆罕默德·本·阿卜杜·瓦哈卜（Muḥammad b. ʿAbd al-Wahhāb, 1703–1787）创立，信奉一种与艾哈迈德·本·穆罕默德·本·罕百里（Aḥmad b. Muḥammad b. Ḥanbal）学派有关联的特别严格的伊斯兰教教义。瓦哈比派的人认为伊斯兰教出现3个世纪以后的所有创新都是异端，并特别反对崇拜圣人。今天，瓦哈比派是沙特阿拉伯王国最主要的教派。见*EI*$_1$, s.v. “Wahhābīya” (D. Margoliouth)。

63. 在阿拉伯地理学中，这个词（字面义为“哭泣之门”）指红海和亚丁湾之间的海峡。见*EI*$_1$, s.v. “Bāb al-Mandab”; Yāqūt, 1866–73: IV, 650ff.; Abū ʾl-Fidāʼ, 1840: 24, 154; al-Hamdānī, 1968: 53, 98, 127。

64. 此名称当然是源于苏伊士附近的古勒祖姆镇［古代的克莱斯马（Klysma）]。这片海通常也被称为希贾兹海（*Baḥr al-Ḥijāz*）。见“baḥr al-Qulzum”, *EI*$_1$ (C. Becker), *EI*$_2$ (C. Becker – C. Beckingham)。

65. *bilād al-Zanj,* “黑人之地”，通常指非洲东海岸的黑人。但在阿拉伯历史上，黑人（*Zanj*）通常指的是反抗阿拉伯主人的奴隶（694, 868—883）。见*EI*$_1$, s.v. “Zandj” (L. Massignon); V. Minorsky, 1982: 471–472。

66. *al-arḍ al-qadīma*，法语短语*la veille terre*的借译。

67. *bilād al-Amrīka aw Amrīkiyya*，作者补充说这些术语中的*k*也可以发作*q*。

68. *al-Hind al-gharbī*，17世纪的旅行家、宗教学者伊勒耶斯·毛苏利（Ilyās al-Mawṣulī）可以说是第一个到美洲旅行的东方人，他用类似*bilād Hind al-gharb*“西方印度人之地”这样的词来指称美洲大陆（特别是中部和南部）；见D. Newman, 2001: 48. 又见A. Ayalon, 1984。

69. 在第二版中，塔赫塔维增加了一页，以介绍地理大发现、新的交通方式所起的作用等，这些内容在其他许多穆斯林旅行者的记载中也占据突出位置（如M. al-Sanūsī, 1891–2; 19等；同上，1976–1981: I, 51, 197; Khayr al-Dīn, 1867: 76; M. Bayram, V 1884–1893: II, 133, 134, III, 4, 7, 48, 67, 87, IV 79）。塔赫塔维在他后来的著作中会再回到这个主题，他对蒸汽机的颂词（al-Ṭahṭāwī, 1869: 123–128）即是一例。这段增补的内容在风格和语言上都很突出，因为它是用韵文写的，而本章的其他部分则不是。

70. 即阿拉斯加和美国西北海岸。

71. *Ibriṭāniya al-jadīda*，不应与如今美国的新英格兰地区混淆，这里指的是加拿大（或其一部分）。

72. 参见法语词*Etats-Unis*。

73. *Bīrū al-ʿulyā*；参见西班牙语短语*Alto Perú*。

74. 这是指成立于1816年的拉普拉塔联合省（今阿根廷）。以前，该领土是西班牙拉普拉塔总督辖区的一部分，该辖区是西班牙为管理中美洲和南美洲殖民地而设立的四个总督辖区之一，其他三个分别是新西班牙、秘鲁和新格拉纳达。拉普拉塔总督辖区成立于1776年，包括今天的阿根廷、乌拉圭、巴拉圭和玻利维亚的领土，由秘鲁总督辖区（1543）控制。到1810年，该总督辖区实际上已不复存在。

75. *Islāmbūl*，变体有*Isṭānbūl*和*Isṭānbul*，三者都可以溯源至土耳其语词*Istānbūl*，而该词本身又源于希腊语 εις την πόλιν“这就是城市”。此外，这座城市在阿拉伯语中也被称为*Qusṭanṭīniya*或*al-Āsitāna*（土耳其语*āsitāna-i-sa ʿādat*“幸福之门”的省略语）。见EI_1, s.v. “Constantinople” (J. Mordtmann)。

76. 这又是一个作者用词前后不一致的例子，无疑是因为作者的世界地理知识并不扎实：之前的*Yābūn*在这里变成了*bilād jazāʾir Yābūniyā*“日本群岛之地”。

77. 阿拉伯语转写*Was-hinghitūn*反映了拉丁语的拼写，这里作者给出的是字位转写。

78. 西班牙新格拉纳达总督辖区于1717—1724年期间临时运作，并于1743年正式成立，其首都为圣达菲（Santa Fé，今波哥大），该总督辖区包括今哥伦比亚、巴拿马（1751年后）、厄瓜多尔和委内瑞拉，所有这些地区此前都在秘鲁总督辖区的控制之下。1810年，西班牙官员在各辖区领土上被赶走，从而终止了总督辖区的存在，但西班牙在1814—1816年重新征服了新格拉纳达，当时这里已是新格拉纳达联合省。直到1823年，新格拉纳达才彻底挣脱西班牙殖民统治的枷锁。1830—1858年，哥伦比亚被称为“新格拉纳达国”（*Estado de Nueva Granada*）。值得注意的是，塔赫塔维用方言发音描述了该词的读音*Ghurnāta (al-jadīda)*，而不是传统的、因其西班牙语同名词而为人熟知的*Gharnāṭa*。

79. 第二版中删除了“或不信教者”（*aw kafara*）。

80. *(sayyid) al-awwalīn wa-l-ākhirīn*；参见《古兰经》第56章第49节（指伊斯兰教传教先知穆罕默德。——译者注）。

81. 艾布·阿卜杜拉·马立克·本·艾纳斯（Abū Abd Allāh Mālik b. Anas，卒于796年）出生于一个著名的圣训学者家庭，他本人是最著名的圣训收集者和传播者之一，也是以他的名字命名的教法学派马立克派（*al-mālikiyya*）的伊玛目。他一生中的大部分时间都在麦地那传教，并以他的巨著《穆宛塔圣训集》（*Kitāb al-muwaṭṭaʾ*）而声名远扬，这部圣训集是现存最古老的伊斯兰法律书籍。马立克派是马格里布和中非、西非最流行的学派，在穆斯林西班牙也占主导地位。见EI_1, s.v. ‘Mālik b. Anas’ (J. Schacht); EI_2, s.v. “mālikiyya” (N. Cottart)。

82. 法学家和圣训收集家艾布·哈尼法（Abū Ḥanīfa，卒于767年）名字的字面意思是“正（教）之父”，他是以他的名字命名的教法学派哈乃斐派的创始人。他本人似乎从来没有写过任何著作，其［观点和思想］的记录都基于弟子们的传述。哈乃斐派在叙利亚和伊拉克非常流行，是奥斯曼帝国的国家学派。埃及的法庭遵循的也是这一学派。见EI_1, s.v. ‘Abū Ḥanīfa’ (T. Juynboll), ‘Ḥanafīs’, ‘Ḥanīf’ (F. Bruhl); EI_2, s.vv. “Ḥanafiyya” (W. Heffening –［J. Schacht］), “Abū Ḥanīfa al-Nuʿmān” (J. Schacht); J. Schacht, 1975: 294及之后多页等；同上，1966: 40及之后多页，65等；N. Coulson, 1978:

50–52。

83. 教义学家和以他的名字命名的教法学派罕百里派的创始人艾哈迈德·本·穆罕默德·本·罕百勒（Aḥmad b. Muḥammad b. Ḥanbal, 780–855），即伊本·罕百勒，出生于巴格达，也在那里去世。他最著名的著作是名为《穆斯奈德》（*al-Musnad*）的圣训集，由其子阿卜杜拉记录（并扩充）。罕百里派是沙特阿拉伯的官方学派。见 EI_1, s.v. “Aḥmed b. Muḥammad b. Ḥanbal” (Goldziher); EI_2, s.vv. “Ḥanābila” (H. Laoust), “Aḥmad b. Ḥanbal” (E. Laoust); N. Coulson, 1978: 71–73 等; J. Schacht, 1966: 63 及之后多页, 66 及之后多页。

84. 根据穆斯林的传统记述，哈希姆·本·阿卜杜·麦纳夫（Hāshim b. ʿAbd al-Manāf）是先知的祖父，据说他的名字是因在饥荒期间为饥饿的人掰碎（*hashama*）面食而得来的。虽然关于他的许多故事其真实性不可考，但可以肯定的是，先知是他家族的一员。一个家族如果能够追溯到哈希姆的血统，就有资格使用“哈希姆”的尊称。例如，现代约旦国的王室就是如此，其正式名称实际上是“约旦哈希姆王国”（*al-Mamlaka al-Hāshimiyya al-Urduniyya*）。见 EI_1, s.v. “Hās͟him” (F. Buhl)。

85. 这是朝向麦加天房的方向，穆斯林朝此方向礼拜。清真寺中的壁龛即标记此朝向。见 “Qibla”, EI_1 (C. Schoy), EI_2 (A. Wensinck – D. King)。

86. 麦加一座山丘的名字，在麦尔旺（*al-Marwa*）山丘对面。每年朝觐期间信仰者会在这两座山丘之间举行奔走仪式（*saʿy*）。见 “al-Ṣafā”, EI_1 (B. Joel), EI_2 (F. Braemer and M. MacDonald); “ḥadjdj” EI_1 (A. Wensinck), EI_2 (A. Wensinck –［J. Jomier］– B. Lewis)。

87. *Bayt* “房子”，这里指天房。

88. 这是麦加以东的山中的一个地方，位于通往阿拉法特山的路上。每年朝觐结束时，几道仪式会在这里举行，其中最重要的是在伊斯兰历12月10日宰牲节仪式结束时进行的“射石”。石头被投击到米纳山谷的三个石柱上，这三个石柱被称为首石柱（*al-jamra al-ūlā*，在东边，靠近哈伊夫清真寺）、中石柱（*al-jamra al-wusṭā*，在中间）和尾石柱（*jamrat al-ʿaqaba*，靠近山谷的西出口）。见 EI_1, s.vv. “Minā” (F. Buhl), “al-djamra” (F. Buhl), “ʿArafāt” (A. Wensinck), “al-Ṣafā” (B. Joel), “ḥadjdj” (A. Wensinck); EI_2, s.v.), “ʿArafāt” (A. Wensinck –［H. Gibb］)。

89. 这里使用的阿拉伯语双数名词 *sibṭayn*（单数形式是 *sibṭ*，意为“部落”）值得关注，因为其复数形式 *asbāṭ* 在《古兰经》中多次出现（第2章第136节、第2章第140节、第3章第84节、第4章第163节、第7章第160节），但只用来指称《圣经》中也提到的以色列人部落。不过这里用来指称传说中伊斯兰教产生以前的阿德（ʿĀd）和赛莫德（Thamūd）这两个部落，他们在先知出现之前就已经消失了。《古兰经》中多次提到这两个部落，特别是他们被毁灭的故事。在早期的阿拉伯古典文学中，他们常常被作为形容世俗荣华易逝的例子。见 EI_1, s. vv. “Thamūd” (H. Bräu), “ʿĀd” (F. Buhl); al-Masʿūdī, 1960–1971: II, 156 及之后多页 (chap. XXXVIII)。

90. *rawāfiḍ*（单数形式是 *rāfiḍ*，意为“叛教者”）指什叶派的一支派（即拒绝派。——译者注），并进而指异教徒。该词特别用于指称波斯什叶派。

91. *awliyāʾ*（单数形式是*walīy*）是*awliyāʾ Allāh*“安拉的友人、安拉的选民”的简称。这个词的传统译法是“圣徒”或“圣人”，但对此必须加以解释，因为它不是指基督教中被“圣化”（或美化）的人（阿拉伯基督徒用*qiddīs*，复数形式为*qiddīsūn*这个词），伊斯兰教中没有这个概念。同样，穆斯林圣人超越常人的行为从未被称为“奇迹”（*muʿjizāt*，单数形式为*muʿjiza*，这是一个专指基督教圣人奇迹的术语），而是被称为*karāmāt*（单数形式为*karāma*），可译作“可敬的行为”；*āyāt*（单数形式为*āya*）则仅限于指先知超越常人的行为。参见*EI*$_1$, s.v. “walī” (B. Carra de Vaux)。

92. 这是指穆罕默德・阿里对苏丹的征服（1819）。参见P. Holt and M. Daly, 1994: 47及之后多页。

93. 语法学家和诗人艾布・穆罕默德・卡西姆・本・阿里・哈里里（Abū Muḥammad al-Qāsim b. ʿAlī al-Ḥarīrī, 1054–1122）以他搜集的50篇玛卡梅（*Maqāmāt*，字面义为“站立的位置”，但通常被译为“集会”）编成的集子而闻名。这是一种严重依赖韵文（*sajʿ*）形式和语言技巧呈现的叙事体裁，每篇玛卡梅都是一个主人公的冒险经历，并通常由一个叙述者来讲述（在哈里里这里，他们分别是艾布・宰德・赛鲁吉和哈里斯・本・海马姆）。该体裁是波斯出生的艾哈迈德・本・哈马扎尼（Aḥmad b. al-Ḥusayn al-Hamadhānī, 968–1008）发明的，他也因其文学成就和才华被称为“时代奇才”（*Badīʿ al-Zamān*）。见J. Ashtiany *et al*,. 1990: 125–145; “maḳāma” *EI*$_1$ (C. Brockelmann), *EI*$_2$ (C. Brockelmann –［C. Pellat］); “al-Ḥarīrī”, *EI*$_1$ (D. Margoliouth), *EI*$_2$ (D. Margoliouth –［C. Pellat］); “Hamadhānī” *EI*$_1$ (D. Margoliouth), *EI*$_2$ (R. Blachère)。

94. 参见《古兰经》第12章第18节。

95. *ḥubb al-waṭan min shaʿb al-īmān*，这是一则著名的圣训，至今依然很流行。

96. 阿拉伯语短语*Miṣr al-Qāhira*实际上是一个文字游戏，其中*Miṣr*既指［埃及］这个国家，也指其首都（同时也是一个普通名词，意思是“城市”“首都”，复数形式是*amṣār*），*al-Qāhira*是开罗的名字，但作者却追溯*qāhira*的词源，将它作为动词“征服”“获胜”的主动名词来用。开罗得名如此是因为在建城时，被称为“星辰征服者”（*Qāhir al-falak*）的火星正在升起。

97. *al-jazāʾir al-baḥriyya*“海岛”！

98. *kayfiyyat siyāsatihā*，其中*siyāsa*一词源自一个意为“管理”的词根，最初的意思是“治国术”“国家事务的管理”，进而指“政治”，这后一含义在现代标准语中沿用至今。塔赫塔维用这个词来表示“政治机构”“政策”甚至“法律”（如他翻译的法国《宪章》第46条）。在后来的著作《当代人文之怡悦中的埃及心灵之路》（1869）中，他对这个词代表的概念进行了详细的讨论，区分了五种类型的含义（al-Ṭahṭāwī, 1973–80: I, 511及之后多页, 517及之后多页）。又见*EI*$_2$, s.v. “siyāsa” (C. Bosworth – F. Vogel)。

99. 这是伊斯兰法的一个重要概念，在《古兰经》中多次出现（如第3章第104、110、114节、第7章第157节、第9章第67、71、112节），也被其他穆斯林旅行者使用（如al-Sanūsī, 1891–1892: 201）。塔赫塔维之后会用它来为剧场的合法性辩护。关于此概念的讨论，见M. Cook, 2000。

100. *kutub ahl al-kitāb*，“信奉天经之人的经书”，即伊斯兰教、基督教和犹太教这三大天启宗教的经书。短语“信奉天经之人”在《古兰经》中多次出现（如第2章第105和109节、第3章第64—65、70—72和75节）。见“Ahl al-Kitāb”, EI_1 (Goldziher), EI_2 (G. Vajda)。

101. 第二版在此处增加了“这第一次”。

102. 见导言部分。第二版中，作者在此处增加了“去奥地利”。

103. 巴格达出生的诗人艾布·哈桑·穆罕默德·本·艾布·塔希尔·谢里夫·拉迪（Abū al-Ḥasan Muḥammad b. Abī Ṭāhir al-Sharīf al-Raḍī, 970–1016）是先知的女婿、第四位正统哈里发阿里之子侯赛因的直系后裔，也是同样著名的作家艾布·卡西姆·阿里·本·塔希尔·穆尔塔达·谢里夫（Abū al-Qāsim ʿAlī b. al-Ṭāhir al-Murtaḍā al-Sharīf, 966–1044）的弟弟。他的作品显示他信奉什叶派。见EI_1, s.vv. “al-Sharīf al-Raḍī” (F. Krenkow), “al-Murtaḍā al-Sharīf” (C. Brockelmann)。

104. *Muhrdār*（阿拉伯语词*muhr*“印章”和波斯语词*dār*“持有人”），原本是国家高级官员私人秘书的头衔（*mühürdār*）。在埃及（直到1848年），*Muhrdār*是统治者的私人秘书。见EI_1, s.v. “muhr” (J. Deny); “khātam” EI_1 (J. Allen), EI_1 (J. Allan – Ed.); R. Dozy, 1967: II, 621。

105. 阿布迪·舒克里埃芬迪（ʿAbdī Efendi Shukrī，卒于1854年）出生于君士坦丁堡，是穆罕默德·阿里的内政大臣哈比卜（Ḥabīb）埃芬迪的儿子。在学习了民法和政治学（行政管理）之后，舒克里于1831年返回埃及。三年后，他成为最高委员会（*al-majlis al-aʿlā*）成员。在做了一段时间的警察局长后，他被阿巴斯一世任命为国家教育系统负责人（*mudīr al-madāris*，1850）。见E. Jomard, 1828: 106; ʿU. Ṭusūn, 1934: 34–35; A. Louca, 1970: 41–51。

106. *Dawīdār*字面义为“掌墨（*dawā*）人”。这个阿拉伯语和波斯语的混合词（又作*dawātdar*、*dawādār*、*duwaydār*）是埃及马木鲁克王朝官职的称号。“掌墨人”与*jāndār*“苏丹的保镖”和私人秘书一起替苏丹接收来自信使的信件，并确保苏丹签署他发出的信件。在马木鲁克王朝时期，“大掌墨人”（*amīr dawādār al-kabīr*）一职的权力和威望稳步增长，并经常兼任其他几种职务。见EI_1, s.v. “djāndār” (M. Sobernheim), “dawātdār” (M. Sobernheim)。

107. 穆斯塔法·穆赫塔尔埃芬迪（Mūṣṭafā Mukhtār Efendi, 1802–1839）与穆罕默德·阿里出生于同一个村庄，即马其顿东北部的卡瓦拉。他曾在巴黎学习军事科学（军事管理专业，在著名的矿业学院上课），1832年返回埃及，并于同年获得贝伊头衔，随后作为易卜拉欣帕夏的副官被派往叙利亚。他后来被任命为院校管理委员会主席（*dīwān al-madāris*）和高级委员会（*al-majlis al-ʿalī*）主席。见E. Jomard, 1828: 105; ʿU. Ṭūsūn, 1934: 36; A. Louca, 1970: 52; A. Silvera, 1980: 15; M. Ḥasan, 1949: 5–15。

108. 土耳其出生的哈桑·伊斯坎达拉尼（Ḥasan al-Iskandarānī）很受塔赫塔维的推崇，他先是在布雷斯特学习海洋科学，后被选入一个小型留学团被派往英国学习一年。1833年回到埃及后，他被安排负责管理亚历山大造船厂，后来成为海军司令。1855年，他的战舰在克里米亚战争中被击沉，他也不幸遇难。See E. Jomard, 1828: 107; ʿU. Ṭūsūn, 1934: 37–38; J. Heyworth-Dunne, 1938: 159; A. Louca, 1970: 51, 64。

109. 第二版中，这个动词及之后的动词都从现在时改为过去时。

110. 见导言部分。

111. 这当然是指法兰西学院。参见Khayr al-Dīn, 1867: 67 (*maktab Faransā*); M. Ibn al-Khūja, 1900 (*mashyakha li ʾl-ʿulūm*); M. al-Sanūsī, 1891–1899: 145 (*majmaʿ*)。

112. 即公元1828年7月至1829年6月。此处提到的著作是《埃及和叙利亚希历1244年年鉴》（*Almanac de l'Egypte et de la Syrie pour l'année 1244 de l'hégire,* Paris, 1830）。塔赫塔维用［来表示“年鉴”］的词是土耳其语词*ruznāma*（源自波斯语词*rūznāmce*），该词经常被用来指这些类型的出版物（尽管它最初的意思是“账簿”或“登记簿”）；参见突尼斯人穆罕默德·本·扈加的《突尼斯年鉴》（*al-Ruznāma al-Tūnisiyya*，见J. Quémeneur, 1967, 1968）。见*EI₂*, s.vv. “ruznāma” (C. Bosworth), “Taḳwīm” (D. Varisco), “daftar” (B. Lewis)。

113. 见正记第四篇第三章和第六章。

正 记

1. 参见译者对《披沙拣金记巴黎》缘起的介绍。

第一篇

1. 1826年3月18日。

2. 1826年3月23日。

3. 拉斯汀（Raʾs al-Tīn“无花果头”）宫是穆罕默德·阿里于1818年建造的，是他大规模的亚历山大重建项目中的一部分，该项目构成了他地中海扩张政策的核心。如今的拉斯汀宫是1925年在其前身的原址（法罗斯岛的西南端）上建造的。

4. 这当然是指“通用语”（*lingua franca*），见导言。

5. 在第二版中，这段话之后补了一句：“［伊历12］62年［即公历1846年］我去亚历山大时，我在其中发现了一块欧洲式的地方。”

6. *Askandar Ibn al-Faylasūf*, 这里的阿拉伯语词*faylasūf*可能是对Philippos的错误拼写或矫枉过正，该名字在阿拉伯语中拼作*Filibus*、*Filifus*或*Filifūs*。又见*EI₁*, s.vv. “al-Iskandar”, “Iskandar-nāma”, “Dhu ʾlqarnain”; *EI₂* s.vv. “al-Iskandar” (W. Montgomery Watt), “Iskandar Nāma” (A. Abel – Ed.)。

7. *Ṣughd Samarqand* (al-Ṣoghd/al-ṣoghd)，即古代的索格狄亚那，为中亚的一个地区。在中世纪的阿拉伯地理文献中，它对应的是布哈拉以东的地区，首府是撒马尔罕。古代的撒马尔罕几乎是一座神话般的城市，它位于河中地区（*mā warāʾ al-nahr*），且因位于粟特河（今泽拉夫尚河）流域而土地肥沃。见*EI₁*, s.v. “Soghd” (W. Barthold); al-Dimashqī, 1866: 95, 178等；Ibn al-Faqīh, 1885: 78; al-Yaʿqūbī, 1892: 110及之后多页；al-Muqaddasī, 1906: 322等。

8. 艾哈迈德·本·穆赫塔尔·本·穆巴希尔·艾布·伯克尔·伊斯坎达拉尼（Aḥmad b. al-Mukhtār b. Mubashshir Abū Bakr al-Iskandarānī，约12世纪人）是阿拔斯王朝哈里发哈迪（al-Hādī，785—786年在位）的后人，他在巴格达度过了他大部分的人生。见Yāqūt, 1866–1873: I, 256。

9. 全段引自al-Fīrūzābādī's *Qāmūs al-Muḥīṭ* (n.d.: II:52)。参见M. al-Zabīdī, 1888–1890: III, 276。

10. 即伊斯玛仪·本·阿里·艾尤比（Ismāʿīl b. ʿAlī al-Ayyūbī, 1273–1331）。1310年，伊斯玛仪·本·阿里·艾尤比被他的主人马立克·纳西尔（al-Malik al-Nāṣir,“拯救王”，伊斯玛仪后来名字中的“纳西尔”即由此而来）苏丹任命为哈马的统治者；10年后，他获得了苏丹的世袭头衔，被称为马立克·穆艾叶德（al-Malik al-Muʾayyad，“受拥王”）。作为文人，他因《各国地理》（该书的一个版本是1840年J. Reinaud编辑和翻译的版本）和一部名为《人类简史》（*Mukhtaṣar tārīkh al-bashar*）的世界史而声名显赫。值得一提的是，塔赫塔维回埃及后不久，他的导师哈桑·阿塔尔为艾布·菲达的《各国地理》写了一篇评论（F. De Jong, 1983: 115, no. 38; P. Gran, 1979: 208, no. 60）。见*EI$_1$*, s.v. “Abū ʾl-Fidāʾ” (Brockelmann)。

11. 这自然是指瓜达尔基维尔河（Guadalquivir），该名称源自阿拉伯语*al-wādī alkabīr*，“大河谷”。见*EI$_1$*, s.v.”Guadalquivir” (C. Seybold)。

12. Abū al-Fidāʾ, 1840: 46. 引文与原文略有偏差，塔赫塔维的引文为：*wa-minhā nahr Ishbīliyya min bilād al-Andalus wa-yusammā ʿind ahl al-Andalus al-nahr al-aʿẓam*，而原文为：*nahr Ishbīliyya min al-Andalus*［*qāla Ibn Saʿīd wa-huwa fī qadr dijla*］*wa-huwa aʿẓam nahr bi-l-Andalus wa-tusammīhi ahl al-Andalus al-nahr al-aʿẓam*（根据伊本·萨义德的说法，塞维利亚河有底格里斯河那么大，是安达卢西亚最大的河流，当地居民称它为“大河”）。

13. 事实上，这整段话，包括诗歌在内，同样引自艾布·菲达（1840: 47）；塔赫塔维的引文为：*wa-yadkhuluhu al-madd wa-l-jazr ʿinda makān yusammā al-Arḥā, lā tazālu fīhi almarākib munḥadira maʿa al-jazr ṣāʿida maʿa al-madd*，而原文为：*yablughu fīhi al-madd wa-l-jazr sabaʿīn mīlan wa-dhālika fawqa Ishbīliyya ʿinda makān yuʿrafu bi-l-Arḥā ... wa-l-marākib lā tazālu fīhi munḥadira maʿa al-jazr ṣāʿida maʿa al-madd*［起落的潮水有70阿拉伯里（1阿拉伯里在1.8—2千米间。——译者注）长，在塞维利亚往入海口方向一个叫做艾尔哈的地方］有趣的是，塔赫塔维省略了原文的中间部分：“尽管潮水涌动，但塞维利亚附近的水并不咸，相反，它们一直是淡水。塞维利亚离入海口有50里，潮水在距离塞维利亚20里的地方，潮起潮落，昼夜交替，永不停息。当月亮投下更多的光亮时，潮汐就会更甚……［船只在退潮时下行……］从大洋来的法兰克大船带着货物驶入河中，在塞维利亚的城墙脚下抛锚。”

14. 这就是著名的埃及历史学家穆罕默德·本·艾哈迈德·本·伊耶斯（Muḥammad b. Aḥmad b. al-Iyās, 1448–1524），他最著名的成果是一部详细的埃及编年史，名为《历代事件中的奇葩》（*Badāʾiʿ al-zuhūr fī waqāʾiʿ al-duhūr*）；*EI$_1$*, s.v. “Ibn Iyās” (M. Sobernheim); *GAL*, II, 295; *GALS*, II, 405–406; Y. Sarkīs, 1928: 42–43。

15. *jabal al-Ṭāriq*，这个错误的术语可译为“敲门者之山”，但“直布罗陀”在阿拉伯语中的正确名称是*jabal Ṭāriq*，得名自柏柏尔将军塔利格·本·齐亚德·本·阿卜杜拉（Ṭāriq b. Ziyād b. ʿAbd Allāh），他率领穆斯林军队征服伊比利亚半岛，直布罗陀是他首次登陆之地。

16. al-Fīrūzābādī［n.d.］: IV, 260.

17. 见《古兰经》第18章第83—98节（叙述亚历山大如何建造铜墙或大坝以阻挡传说中的雅朱者和马朱者——即《圣经》中的歌革和玛各）。又见EI_1, "Yādjūdj wa-Mādjūdj" (A. Wensinck); A. Miquel, 1967–80: II, 503pp; al-Qazwīnī, 1848: 400–402。

18. 参见al-Masʿūdī, 1960–1979: II, 8。

19. 这个传奇人物名字的字面意思是"绿人"（另一种拼法是*al-Khiḍr*），在《古兰经》（第18章第59—81节）中关于穆萨寻找"两海相交接处"（*majmaʿ al-baḥrayn*）的描述中，他通常被认为是穆萨的那位（没有给出名字的）童仆（*al-fatā*）。这里值得注意的是，这个人物也曾出现在亚历山大的传奇故事中，其中讲到，亚历山大和他的厨子伊德里斯（Idrīs）的旅程，后者在途中曾跳入生命之井（从而获得了永生），但遗憾的是，他没能带着亚历山大再次去到那个地方。见EI_1, s.v. "al-Khaḍir" (A. Wensinck)。

20. 这是"伊奥尼亚（人）"（Ionia(n)，古希腊语Ἴων<ες>, "Ionians"; Ἰωνία/Ιαονία, "Ionia"）的阿拉伯语音译。

21. 第二版删去了下面的一小段，代之以一段长篇大论，作者在其中概述了自己对亚历山大的看法。他将亚历山大与赫拉克勒斯相提并论，试图解释赫拉克勒斯作为神明朱庇特（*al-mushtarī*）和人类阿尔克墨涅的后代的半神地位，并将之与一位天使和女子结婚所生的穆斯林历史人物联系起来，还提到了《古兰经》第55章第56节所揭示的精灵和人类之间可能发生的性关系（中译本已补译。——译者注）。

22. 这是土耳其人对阿尔巴尼亚自由战士和民族英雄乔治·卡斯特里奥蒂（George Kastriota, 1405–1468）的称呼，他在欧洲以斯坎德培（Skanderbeg）之名而更为人所知，他曾（短暂地）把土耳其人赶出阿尔巴尼亚。见EI_1, s.v. "Skanderbeg" (J. Kramers); EI_2 s.v. "Iskender Beg" (H. Inalcik)。

23. 欧麦尔·本·哈塔布是先知去世后的第二任哈里发（634—644），他是"正统哈里发"之一，也是伊斯兰早期最著名的英雄之一和阿拉伯帝国的创始人（伊斯兰教经此帝国在当时已知的世界里传播），建立了帝国的大部分政治机构。在穆斯林的历史传统中，欧麦尔是严厉但公正廉洁的统治者的典型。见EI_1, s.v. "ʿOmar Ibn al-Khaṭṭāb" (G. Levi Della Vida); EI_2, s.v. "ʿUmar Ibn al-Khaṭṭāb" (G. Levi Della Vida –［M. Bonner］); H. Kennedy, 1986: 57–69等; P. Holt *et al.*, 1988: 57–103。

24. 阿慕尔·本·阿斯·赛赫米［ʿAmr b. al-ʿĀṣ(ī) al-Sahmī，卒于约663年］，出身于先知所在的部落，因征服埃及（640）而闻名。位于开罗科普特博物馆东北部大型的阿穆尔清真寺就是以他的名字命名的。这座清真寺是他在642年建立的，是开罗最古老的清真寺。不幸的是，该清真寺在十字军东征期间被毁，目前的大部分结构实际上建于18世纪。见EI_1, s.vv. 'ʿAmr b. al-ʿĀṣ' (A. Wensinck); A. Butler, 1978; H. Kennedy, 1986: 多处; P. Hitti, 1991: 160–168。

25. *jizya*，这种税的征收对象是所谓的"顺民"（*ahl al-dhimma*），即居住在穆斯林控制区的非穆斯林。见"djizya", EI_1 (C. Becker), EI_2 (C. Cahen-Halik Inalcik); 'dhimma', EI_1 (D. MacDonald), EI_2 (C. Cahen); S. Elatri, 1974: 316。

26. 这个故事的主要权威来源似乎是13世纪的历史学家格雷戈留斯·艾布·法拉吉（Gregorius Abū al-Faraj），他以巴尔·希伯来（Bar-Hebraeus，即Ibn al-ʿIbrī，“犹太人之子”）之名而更为人所知，他在他的通史《各国简史》（*Mukhtaṣar tārīkh al-duwal*）的阿拉伯语译本中提到了这件事。虽然大图书馆被故意毁坏的故事显然是一个伪史，但这一伪史后来被其他阿拉伯历史学家接受，并很快成为西方（基督教）历史传统的一部分。

27. 1828年，亚历山大据说有12528名居民（当时埃及全国人口约460万人，开罗人口约26.4万人），这个数字在10年内增加了3倍多，主要是由于穆罕默德·阿里的现代化项目促使大量工人涌入，其中包括修建马哈穆迪亚（Maḥmūdiyya）运河（1819）和兵工厂（1829），兵工厂项目在19世纪30年代末雇用了不少于4000名员工。到英国开始占领时（1882），该市的居民人数为231396人；而同一时期，开罗的人口仅增加到374838人，全国的人口为6831131人。见J. McCarthy, 1976; *EI*$_1$, s.v. “al-Iskandarīya” (Rhuvon Guest); R. Owen, 1993: 216–217; M. Fahmy, 1954: 39及之后多页。

28. 法尔萨赫（*farsakh*，复数形式为*farāsikh*），在古代，这个起源于波斯的计量单位最初表示“马匹行走一小时所走的距离”，相当于三［阿拉伯］里（*mīl*，复数形式为*amyāl*），其中一里相当于4000个“官方”腕尺（*dhirāʿ sharʿī*），一腕尺约为50厘米，这样一［阿拉伯］里即为1.25英里（约2千米），一法尔萨赫为6千米。然而，作者在后文又常常明确指出他使用的是法制法尔萨赫（*farsakh faransāwī*），这表明他实际上是以法里（*lieue*）来描述距离的，一法里约为4千米，与英制的“里格”（league，3英里长）完全对应。见W. Hinz, 1970: 61, 62, 63; *EI*$_1$, s.v. “farsakh” (C. Huart); Ibn Khaldūn［F. Rosenthal］1986: I, 96。

29. *al-Baḥr al-juwwānī*，其中后一词是阿拉伯语埃及方言词，对应古典阿拉伯语词*dākhilī*“内的”。

30. 土耳其语名称*Baḥr-i safīd*（参见波斯语名称）和*Aq Deniz*“白海”，后者我们已经知道是指地中海（见前言注44）。

31. *baḥr Bunṭush*［拉丁语Pontus (Euxinus)，参见土耳其语 *Qara Deniz*］，这是正确拼法*Bunṭus*和常见的错误拼法*Nīṭash*（原拼写中辅音字母的点和所携带的元音皆发生了混淆）的奇怪合成。在古典地理文献中，此海也经常以相邻的民族（如*Baḥr al-Rūs*“俄罗斯人之海”，*Baḥr al-Bulghār*“保加利亚人之海”等）或地方（如*Baḥr al-Ṭarābazunda*“特拉布宗海”）的名字命名，现存最早的地理手册甚至将其称为哈扎尔人之海（*Baḥr al-Khazar*），如Ibn Khurdādhbih, 1889: 105，al-Masʿūdī, 1894: 138及以下多页。(参见：同上，1960–1979: I, 146: ‘*baḥr bunṭus*’!)也是如此，但后一种名称通常指里海（见前言注45）。在现代标准阿拉伯语中，只使用*Baḥr al-Aswad*“黑海”。见*EI*$_2$, s. vv. “Baḥr Bunṭus” (D. Dunlop), “Baḥr al-Khazar” (D. Dunlop); *EI*$_1$, s.vv. “Qara deniz” (J. Mordtmann); “Baḥr al-Khazar”; “Baḥr al-Maghrib” (C. Seybold)。

32. 这在当时指巴伦支海（一部分）。

33. 即1826年4月13日。

34. 即鳟鱼号，见导言部分。

35. *harbajiyya*，单数形式为*harbajī*，意为“扛着长枪或长矛（*ḥarba*）的人”，施事后缀*-jī*表明该词源自土耳其语（*harbejī*）。

36. 这又是指哈桑·阿塔尔。

37. 阿卜杜·拉赫曼·萨夫提·沙尔卡维（ʿAbd al-Raḥmān al-Ṣaftī al-Sharqāwī，卒于1848年）是一位著名诗人，以诗集《同心进益》（*Talāqī al-arab fī marāqī al-adab*）而闻名。ʿU. Kaḥḥāla［n.d.］: V, 142; *GALS*, II, 721.

38. 哈桑·本·哈尼厄·哈卡米·艾布·努瓦斯（al-Ḥasan b. Hāniʾ al-Ḥakamī Abū Nuwās, 747–814）被普遍认为是古典时代最伟大、最多才多艺的阿拉伯诗人之一，是传奇的阿拔斯王朝哈里发哈伦·赖世德的宠儿，尤以其恋情诗、颂酒诗和尖刻的讽刺诗而闻名。见*GAL*, I, 15; “Abū Nuwās”, *EI₁* (C. Brockelmann), *EI₂* (Ewald Wagner); *EI₂*, s.v. “khamriyya” (J. Bencheikh); J. Ashtiany *et al.*, 1990: 290–299等。

39. 必须补充的是，作者的家乡有一个相当大的科普特人社区，基于这一点，将此处的评论同沃利斯·巴奇导游书中有关塔赫塔的描述比较来看会很有趣：“……［该镇］是许多科普特人的家园，这也许解释了为什么镇上一直比较干净。”（1895：264）

40. *al-naẓāfa min al-īmān*，这是一则著名圣训。

41. 这是指德国出生的历史学家和地理学家乔治斯–贝尔纳德·德平（Georges-Bernard Depping, 1784–1853）所著的《各国风俗与习惯历史概要》（*Aperçu Historique sur les Moeurs et Coutumes des Nations*, 2 vols, Paris, 1830），他知名的作品还有《黎凡特与欧洲贸易史》（*Histoire de commerce entre le Levant et l'Europe*, 2 vols, Paris, 1830）。正是在若马尔的建议下，塔赫塔维翻译了《各国风俗与习惯历史概要》，该译本于伊历1245年6月2日/公历1829年11月29日完成，以《前人与后人奇风异俗中的荣耀项链》（*Qalāʾid al-mafākhir fī gharīb al-awāʾil wa-l-awākhir*）为题于1249/1833年在开罗（布拉克）出版（105/112pp.）。该书还包括一长串法语术语，并附有译者的解释。

42. *bilād al-aqālīm al-mujtamaʿa min Amrīka*“美洲联合地区国”参见法语的*le pays des Etats-Unis*，不同于先前所使用的*al-aqālīm al-mujtamaʿa*“联合地区”。使用*aqālīm*（单数形式为*iqlīm*）一词颇耐人寻味，该词除了有“气候”的含义（古希腊语κλίμα），在地理文献中的基本含义是“地区”和“省”，而对于“省”这个行政单位，塔赫塔维通常使用ʿ*imāla*（参见法语的*départements*）或*iyāla*。又见M. de Goeje, 1879: 180。

43. “……麻风病……”等几句话其实是塔赫塔维补充的，并不在德平的原文中。

44. *Krīd*，这显然是法语词*Crète*的音译。该岛常用的阿拉伯语名称*Iqrīṭi/ush*，也是中世纪阿拉伯语地理文献所使用的。见*EI₂*, s.v. “Iqrīṭish” (M. Canard); al-Dimashqī, 1866: 142; Abū ʾl-Fidāʾ, 1840: 194; al-Masʿūdī, 1894: 58; *idem*, 1960–1979: I, 112 (par. 215), 139 (par. 276); Ibn Ḥawqal, 1938: 63, 203; al-Iṣṭakhrī, 1927: 70; Ibn Khurdādhbih, 1889: 112, 231; Ibn Rustah, 1892: 85 (*Iqrīṭiya*); Yāqūt, 1866–1873: I, 326; Ibn Saʿīd, 1958: 103。

45. 来自马格里布和安达卢西亚的中世纪阿拉伯历史学家用*Majūs*一词来指诺曼人和斯堪的纳维亚人，他们都经常试图入侵西部的穆斯林国家。在东部，该词指的是琐罗亚斯德教的信徒。*EI₁*, s.vv. “al-Madjūs” (E. Lévi-Provençal), “Madjūs” (V. Büchner); *EI₂*, s. v. “al-Madjūs” (A. Melvinger).

46. 见下注。

47. 这个位于意大利东南部的地区（古称阿普利亚）在阿拉伯文献中首次出现（Ibn Saʿīd, 1958: 103）是在13世纪，该地实际上是那不勒斯王国的一部分。“两西西里”是16至19世纪西班牙和波旁王朝统治西西里岛和那不勒斯王国期间一直在使用的名称，1815年成为正式名称。1860年，这两个地区被并入新成立的意大利王国。今天的普利亚从西北的福尔托雷河延伸到萨伦丁半岛（意大利的“脚后跟”）的顶端，包括福贾、巴里、塔兰托（也是该地区的首府）、布林迪西和莱切等省。

48. 遗憾的是，作者没有提供这个词的元音，因此可以将其理解为不存在的形式*Jabīl*，也可以理解为*Jubayl*，即*jabal*“山”一词的指小形式。阿拉伯地理学家和编年史家仅将其称为*(al-) jabal*（这座山，参见：如Ibn Ḥawqal, 1938: 256），这也是后来（西西里）意大利语词*Mongibello*（*montejabal*）的由来。

49. 历史学家、地理学家和旅行家艾布·哈桑·本·阿里·本·侯赛因·麦斯欧迪（Abū al-Ḥasan b. ʿAlī b. al-Ḥusayn al-Masʿūdī，卒于956年）生于巴格达，但早年间就离开了故乡，在伊斯兰世界内外的各地游历。他的作品很多，但只有两部流传下来：一部是《黄金草原与珠玑宝藏》（*Murūj al-dhahab wa-maʿādin al-jawāhir*），这是一部对当时已知世界的百科全书式的地理兼历史调查；另一部是上一部作品的节选本《提醒与审视书》（*Kitāb al-tanbīh wa-l-ishrāf*）。《黄金草原》一书意义重大，因为它是了解中世纪阿拉伯人对非穆斯林认知的唯一的也是最重要的资料（参考A. Shboul, 1979年对此所作的出色研究）。另见I. Krachkovskij, 1963: I, 177–185; EI_1, s.v. “al-Masʿūdī” (C. Brockelmann); R. Blachère, 1957: 201–204; Yāqūt, 1936–1938: XIII, 90–94; *GAL*, I, 150–152; *GALS*, I, 220–221。

50. 参见al-Masʿūdī, 1960–1979: II, 146, par. 912 (‘*Aṭma*’! – 又见I, 139, 222)。又见al-Masʿūdī, 1894: 59–60。参见伊本·哈乌卡勒（Ibn Ḥawqal），1938：255–256（*burkān*）。有趣的是，塔赫塔维并没有提及斯特龙博利火山，但伊本·哈乌卡勒却提到了它，称其为*Siranjulū*（同上，第255页）。

51. 当然，这个数字是被严重低估的，因为实际高度超过1万英尺（约3200米）。

52. 这里有一些事情值得注意。首先，众所周知，从公元元年到1825年，埃特纳火山共喷发了57次。第二，公元739年没有喷发的迹象，从受灾范围和伤亡人数来看，这里指的可能是1669年（3—7月）的喷发，其间卡塔尼亚镇的一半土地被岩浆淹没。让这一推测更可信的是，阿拉伯语的*Kābān*只是*Kātān*的误拼（尽管再早前该镇的名称以*al-Kanān*的形式出现）。日期的问题仍然没有解决，如果假定作者说的是伊历793年，即公元1391年，也并不会让问题迎刃而解，因为没有记录显示这一年发生过火山爆发（虽然1381年有一次大爆发）。最后，也不可能是1793年，因为卡塔尼亚镇在1669年至塔赫塔维留欧期间并没有因为埃特纳火山而遭受任何大规模的破坏。

53. 这个词的正确拼法，即以海姆宰结尾（*kahrabāʾ*），会在后文出现（参见波斯语词*kahrobā*“吸引稻草”）。W. Braune（1933）认为塔赫塔维是现代术语“电”（*kahrabāʾiyya*）的发明者，大概就是以此处为据。拜伊拉姆五世（Bayram V, 1884–1893: III, 26)似乎是最早用*kahrabāʾ*来表示“电”的人之一（参见al-Sanūsī,

1976–1981: I, 86）。这个时间点很有意思，因为在同一时期，这个词第一次进入了字典（E. Gasselin, 1880–1886: I, 599）。在此之前，该词仅有“琥珀”的含义（参见F. al-Shidyāq, 1919: 284; Khayr al-Dīn, 1867: 如297）。同样有趣的是，词典编纂者卡兹米尔斯基（Kazimirski）将*rasīs*（1860: I, 858）同*jādhibiya muḥāka*（1860: I, 469）一样都解释为“电”。*Rasīs*一词，弗赖塔格（Freytag）解释为“爱的开始；明智的、聪明的”（1830–37: II, 147），它在现代标准阿拉伯语中的含义是“覆以铜绿的”。又见V. Monteil, 1960: 134–135; K. Vollers, 1887–1897: 648 (1896)。

54. 见前文。

55. “愉悦、小憩”（*rāḥa*）和“酒”（*rāḥ*）在阿拉伯语中构成一个文字游戏。

56. 虽然关于这个词源的这种说法很有吸引力，但该名称的实际来源是邻近该城的卡塔尼亚镇，这样称呼是为了将其与拼写形式相同的突尼斯小镇那不勒（*Nābul*）区分。

57. *waṭan*（复数形式是*awṭān*），这可以说是现代标准阿拉伯语中第一次使用这个词的“祖国”这一含义（A. al-Rāfiʿī, 1930: 410）。然而，与此同时，我们应该注意不要给这一含义附加上那些通常与“祖国”相关的情感内涵。事实上，对于塔赫塔维来说“爱国主义”或“民族主义”（现代标准阿拉伯语中的*waṭaniyya*、*qawmiyya*）的概念至少在当时是陌生的，因为他的忠诚所依托的首先是更广泛的伊斯兰社会，即乌玛（*umma*）。此外，在书中的其他地方，他也用*waṭan*这个词来表示“地区”（比照*iqlīm*）。然而，在他后来的著作中，我们可以看到，他明显转向对祖国的强调，并写了许多颂歌和颂词。例如，在《女孩与男孩的可靠指南》（1872）中，他显然以现代的方式描述了*waṭan*：“它是一个人的巢穴（*ʿushsh*），他从那里离开；那是他的家所在的地方；是他的脐带被割断的地方；是他出生、成长、得到养育和爱护并给他空气以呼吸的地方；也是他童年的保护符被摘下［即长大成人］的地方。”他强调一个人和他的祖国之间在感情上的天然联系，并补充说：“人们对自己的祖国有一种不知从何而来的热切的渴望。”（例如M. ʿImāra, 1973–1980: II, 429）又见S. Ali, 1994: 10及之后多页; D. Newman, 1998: 299及之后多页。在当代阿拉伯社会中，*umma*和*waṭan*偶尔会被合成为*umma waṭaniyya*来使用，意为“民族国家”。见A. Amor, 1983; Sylvia G. Haim, ‘Islam and the theory of Arab nationalism’, in W. Laqueur, 1958; EI_2, s.v. “ḳawm” (A. J. Wensinck); R. Dozy, 1967: II, 324–325。

第二篇

1. 马赛和土伦是法国的港口，来自黎凡特和北非的船只可以在这里停靠。虽然根据其词源，检疫隔离（意大利语词*quarantina*“40一组”）最初确实持续了40天（据说是指基督在旷野度过的时间），但实际上，隔离期在不同时期和不同国家（和城市）之间有很大差异。在法国，最短的时间是5天（瘟疫和黄热病的隔离期分别是5至7天，10至15天）。1822年，法国在1821年黄热病流行后，进一步加强了检疫隔离规定。在塔赫塔维抵达前不久，法国政府在波梅格岛（船只必须停靠的地方）和拉托诺（Ratonneau）岛（那里的卡洛琳医院当时正在施工）之间加建了一条300米长的堤坝，以增加马赛检疫隔离设施的容量。检疫隔离所位于城北约300米处，占地约18公顷。需要补充说明的是，在19世纪上半叶，英国和北欧国家很少实行检疫隔离，英国甚至在19世纪50年代初就正式废除了检疫隔离，比法国（1894）早了40年左右。穆斯林国家也有自己的检疫隔离规定。首位实施检疫隔离的统治者是穆罕默德·阿里（1813），他于1832 年 4 月在亚历山大建造了埃及的第一座检疫隔离所。不过，值得指出的是，早在1722年，突尼斯贝伊侯赛因就已经对从马赛驶来的船只实行过检疫隔离，当时马赛正暴发瘟疫。奥斯曼人在1838年首次推行检疫隔离，并在接下来的10年里在大约29个地中海港口设立了检疫隔离所。见D. Panzac, 1986; 同上，1985: 449, 466, 484及之后多页, 495及之后多页; N. Gallagher, 1983; M. Berthelot, 1886–1902: s.v. "police sanitaire"; P. Larousse, 1866–1877: s.v. "quarantine". 参见Bayram V, 1884–1893: I, 135, II, 60 (*karantīna* alongside *muddat al-ḥimya* – 'protection period'); A. Ibn Abī ʾl-Ḍiyāf, 1963–1965: III, 165–167, IV, 97; F. al-Shidyāq, 1881: 45; al-Salāwī, 1956: V, 183–184。第一个使用该借词的阿拉伯语作者是 18 世纪摩洛哥驻西班牙公使穆罕默德·本·奥斯曼·米克纳西（Muḥammad b. ʿUthmān al-Miknāsī），他在游记中将它拼写为*kuranṭīna*（参见al-Kardūdi, 1885: 19）。在19世纪，该词的其他变体还有*kūrantīna* (J. Habeisch, 1896: 662; K. Vollers, 1887–1897: 320, 621)、*kārantīna* (E. Bocthor, 1881: 658)和*qarantīna* (S. Spiro, 1895: 515)。又见H. Kahane *et al.*, 1958: 365–366 (no. 529); A. Jal, 1848: 1244。

2. 艾布·阿卜杜拉·穆罕默德·本·苏莱曼·曼纳伊（Abū ʿAbd Allāh Muḥammad b. Sulaymān al-Mannāʿī，卒于1831年）是突尼斯贝伊侯赛因（Tunisian Bey Ḥusayn，1824—1835年在位）的书记官，曾在突尼斯的宰桐清真寺学习，后来在非斯完成学业，在那里他与艾哈迈德·提加尼（Aḥmad al-Tījānī, 1737–1815）相识，后者创建了以自己名字命名的提加尼耶（*Tījāniyya*）苏非教团，曼纳伊也加入了该教团。他还撰写了一部鲜为人知的著作，题为《虔信者的礼物和迷途者的指南》（*Tuḥfat al-muʾminīn wa-murshidat al-ḍāllīn*）。A. Raymond［A. Ibn Abī al-Ḍiyāf］, 1994: II, 150–151 等; ʿU. Kaḥḥāla［n.d.］: XII, 50; A. Ibn Abī al-Ḍiyāf, 1963–1965: III, 130, 145。

3. 这个词指的是有权发表法特瓦（正式法律意见）的人。在18和19世纪，突尼斯最高宗教法院（*majlis al-sharʿī*）有三名马立克派和三名哈乃斐派穆夫提，由一名哈乃斐派穆夫提领导，称为"大穆夫提"（*bāsh muftī*）。这后一位高级别穆夫提比马立克派穆夫提享有更大的权威，因为他代表了（奥斯曼）帝国的教法学派，他有时被称为法特瓦领袖（*raʾīs al-fatwā*）或法特瓦谢赫（*shaykh al-fatwā*）。在突尼斯的官方用语中，担任大穆夫提职务的人也被称为伊斯兰教谢赫（*shaykh al-Islām*），尽管严格来说，整个奥斯曼帝国只有一个正式的、身处君士坦丁堡的伊斯兰教谢赫是最高的宗教权威，而各行省只有穆夫提。然而，1847 年，突尼斯统治者艾哈迈德贝伊正式使用了"伊斯兰教谢赫"这一称号。但是，这个问题仍然非常微妙，官方的任命文件仍将一如既往只使用"大穆夫提"。见"shaykh al-Islām", *EI₁* (J. Kramers), *EI2* (J. Kramers –［R. Bulliet］– R. Repp); A. Demeerseman, 1978; A. Raymond［A. Ibn Abī ʾl-Ḍiyāf］, 1994: II, 30–32, 35–36; R. Brunschvig, 1965; M. Bayram V, 1884–93: II, 3, 6, 67, 124及之后多页等。

4. 这指的是著名的穆罕默德·拜伊拉姆二世（Muḥammad Bayram II, 1749–1831），

旅行家和改革家拜伊拉姆五世（Bayram V, 1839–1890）的曾祖父。他于1801年被任命为伊斯兰教谢赫。这篇讨论检疫隔离的论文题为《关于允许疫病预防的有益信息》（*Ḥusn al-anbāʾ fī jawāz al-taḥaffuẓ min al-wabāʾ*, Cairo, al-Maṭbaʿa al-Iʿlāmiyya, 1302/1884–1885）。需要补充说明的是，他对这一问题的看法不仅仅是拘泥于法律的推论，因为 1785 年瘟疫袭击突尼斯时，他的妻子和五个孩子都死于该病。他的历史著作实际上是一篇列举奥斯曼帝国苏丹的长诗，题为《奥斯曼王朝苏丹珍闻集》（*ʿIqd al-durr wa-l-marjān fī salāṭīn ʿāl ʿUthmān*）。见 A. Abdesselem, 1973: 288–295; Y. Sarkīs, 1928: 613; A. Raymond［A. Ibn Abī ʾl-Ḍiyāf］, 1994: II, 132。

5. 宰桐清真寺（又称大清真寺）位于突尼斯市中心，早在734年就已建成，并在哈夫斯王朝（1207—1534）的统治下成为穆斯林世界最大的宗教（教学）中心之一，常与爱资哈尔齐名，该寺的许多毕业生在伊斯兰世界的东部谋求事业发展。对该机构及其重要性的考察，见：例如，M. Abdel Moula, 1971。

6. 这个词的原意是“常规”“风俗”“习惯”，在伊斯兰法学中一般用来指先知穆罕默德的权威行为、言论和不言而喻的认可（通过圣门弟子直接或间接地传下来）。见 *EI₁*, s.v. “sunna” (A. Wensinck); N. Coulson, 1978: 39及以下多页等; J. Schacht, 1975: 58–81。

7. 关于此争议，见 N. Gallagher, 1977: 71及之后多页；同上，1983: 31–32。曼纳伊一派援引艾布·欧倍德·阿穆尔·本·贾拉赫（Abū ʿUbayda ʿAmr b. al-Jarāḥ）的例子，后者反对哈里发欧麦尔·本·哈塔布不向瘟疫肆虐的叙利亚派兵的决定，声称祈祷是抵御疫病的最好办法。拜伊拉姆则援引圣训“没有传染就没有凶兆”“像躲避狮子那样躲避麻风病人”。编年史家伊本·艾比·迪亚夫（Ibn Abī al-Ḍiyāf）认为前一种观点是“否认其影响，但实质仍然存在”。关于宗教对流行病态度的更详细讨论，见 D. Panzac, 1985: 280及之后多页 (chap. 11); J. Sublet, 1971; A. Ibn Abī ʾl-Ḍiyāf, 1963–1965: III, 127–132; A. J. Wensinck, 1992: IV, 91。值得补充的是，塔赫塔维似乎认同拜伊拉姆一派的观点，因为他本人在1834年霍乱袭击开罗时逃回家乡塔赫塔住了6个月。

8. 这大概是指穆赫塔尔·本·布纳·欣盖提（Mukhtār b. Būnā al-Shinqīṭī），他那部关于《千联诗》的著作名为《〈千联诗〉之红》（*Iḥmirār al-Alfiyya*）。见 Y. Sarkīs, 1928: 1148; ʿU. Kaḥḥāla: XII, 210。

9. 埃及法学家哈利勒·本·伊斯哈格·艾布·麦沃达·迪亚乌丁［Khalīl b. Isḥāq Abū al-Mawada Ḍiyāʾ al-Dīn，俗称（伊本·）朱恩迪（Ibn al-Jundī），卒于1374年］，是当时最伟大的马立克派学者之一。这里提到的作品是《法学概要》（*al-Mukhtaṣar fī al-fiqh*）。见 *EI₁*, s.v. “Khalīl” (M. Ben Cheneb); *GAL*, II, 83。

10. 出生于哈恩的哲马鲁丁·艾布·阿卜杜拉·穆罕默德·本·阿卜杜拉·本·马立克（Jamāl al-Dīn Abū ʿAbd Allāh Muḥammad b. ʿAbd Allāh b. Mālik, 1203–1274）是历史上最著名的阿拉伯语语法学家之一。他的一些作品流传至今，其中包括著名的《精华千联诗》（*Kitāb al-khulāṣa al-alfiyya*），该书是他对自己所著《语法大全》（*al-Kāfiya al-shāfiyya*）的节略。前者通常简称为《千联诗》（*al-Alfiyya*），起这个题目是因为该书由1000联（拉加兹律）诗组成。伊本·马立克的作品曾是（现在仍然是）爱资哈尔的必读书目。哈桑·阿塔尔给伊本·马立克的《动词L韵》（*Lāmiyyat al-afʿāl*）写了一部评注，这部作品又叫做《动词形态精要》（*Kitāb miftāḥ fī abniyāt al-afʿāl*），是一首（简律）押*L*韵的语法诗。见“Ibn Mālik”, *EI*$_1$ (M. Ben Cheneb), *EI*$_2$ (H. Fleisch)。

11. *aḥzāb wa awrād*，*ḥizb*（复数形式为*aḥzāb*）指《古兰经》的六十分之一（用于祈祷），而*wird*（复数形式为*awrād*）是用于虔诚诵读的一组《古兰经》经文。两者都被用于各苏非教团，是为圣人（*awliyāʾ*）编写的特别祈祷词，会（根据需要）时常念诵或吟唱，特别是在苏非派仪式上。*EI*$_1$, s.vv. “ḥizb” (D. MacDonald); “dhikr”, *EI*$_1$ (D. MacDonald), *EI*$_2$ (L. Gardet); E. Lane, 1923: 251.

12. 摩洛哥出生的艾布·哈桑·沙兹里（Abu al-Ḥasan al-Shādhilī，卒于1258年）是一位著名的神秘主义者，他创建了以自己名字命名的苏非派沙兹里教团，这个教团又衍生出许多其他教团。该教团曾经（并仍然）特别流行于马格里布地区。沙兹里留下了大量作品，其中大部分是祈祷词选集。见*EI*$_1$, s. vv. “al-Shādhilī” (A. Cour), “Shādhiliyya” (D. Margoliouth); “taṣawwuf”, *EI*$_1$ (Louis Massignon), *EI*$_2$ (W. Chittick – F. De Jong)。

13. 很明显，塔赫塔维在这里不得不非常小心，以免得罪爱资哈尔的人，另见下文（第六篇第七章注54）关于地球转动的段落。

14. *ṭabliyyāt*，单数形式为*ṭabliyya*（源自意大利语）是一种低矮的大圆桌，类似于托盘，在东方，食客们围着它席地而坐。值得注意的是，塔赫塔维使用了这个阿拉伯语埃及方言术语，而不是古典阿拉伯语词*khuwwān*，其复数形式为*akhwina*（对应现代标准阿拉伯语的*minḍada*，复数形式为*manāḍid*；*māʾida*，复数形式为*māʾidāt*、*mawāʾid*；*ṭāwila*，复数形式为*ṭāwilāt*；*sufra*，复数形式为*sufar*）。

15. *mukhaddir*，意为“麻醉剂”“毒品”。

16. 即德·博内韦纳城堡，今博雷利城堡。

17. 咖啡（起初是奢侈品）在16世纪从也门传入阿拉伯国家和土耳其后，很快就广受欢迎。然而，很早就有人因咖啡的醉人特性而提出宗教上的反对意见，导致这种饮料被禁。不过从大多数情况来看，禁止咖啡的规定直到穆拉德四世（Murād IV）在位时才得到执行，他在1632年对咖啡实行了最严格的限制。同时，禁喝咖啡也有实际的考虑：17世纪埃及的咖啡馆暂时关闭，因为士兵在咖啡馆待的时间太长而忽视了自己的职责。17—18世纪，咖啡在埃及的经济中发挥了巨大的作用（尤其是在其红海商业中），开罗是也门“摩卡”的再分配中心。以1690—1750年为例，咖啡占埃及进口商品总额的三分之一，出口的四分之一。据说18世纪末的开罗（不包括布拉克和老开罗）有1200家咖啡馆，其中许多咖啡馆还是娱乐场所，专业的说书人、音乐家和皮影戏演员都在其中表演。尽管众人都饮用这种饮料，但在北非和近东国家，咖啡馆往往被认为是下层阶级经常光顾的地方（尽管在各阶层的聚会上都有咖啡供应）。同时，应该指出的是，直到 19 世纪，咖啡的合法性仍然是一个问题——请看突尼斯谢赫苏莱曼·哈拉伊里（他本人是旅法的侨民）关于这一主题的论文，题为《咖啡论：关于禁止烘焙咖啡的真言或对那些不知道自己在享用烘焙咖啡时所犯罪过的人的警告》（*Risāla fī al-qahwa sammāhā al-qawl al-muḥaqqaq fī taḥrīm al-bunn al-muḥarraq aw tanbīh al-ghāfilīn ʿammā irtakabūhu in tanāwul al-bunn al-muḥarraq fī hādhihi al-sinīn*, Paris, 1860）。见A. Raymond, 1973: I, 108–164;同上，1995: 55及之后多页；S. Faroqhi, 1986; "ḳahwa", *EI*$_1$, *EI*$_2$ (C. Van Arendonk – K. Chaudhuri); E. Lane, 1923: 339–341; N. Hanna, in M. Daly, 1998: 107及之后多页；A. Abdesselem, 1973: 94。1798年11月，法国远征军在开罗开设了一家法国小酒馆（位于埃伊特·努比，紧邻艾兹巴基亚），哲拜尔提对其的描述如下（1997: IV, 151）："他们［法国人］建造了一个娱乐场所（*manzaha*），在特定的时间，妇女和男人聚集在这里娱乐和放荡（*khalāʿa*）。只有支付了一定金额或得到授权并持有门票（*waraqa*）的人才能进入。"参见A. Raymond, 1998: 342及之后多页。

18. 第二版在这之后加了一句："如今在赫迪夫的努力下，亚历山大也几乎达到了同样的水准。"

19. 本书的行文在这里明显地出现了突然的变化，因为作者第一次真正地进入到新的环境中去——他是通过女人这个话题来进行的，这一点非常引人注目！

20. 编年史家哲拜尔提对随同埃及远征军［来到埃及］的法国妇女的外表评价更为苛刻，他强烈谴责她们既不贞洁也不端庄，认为她们的行为举止就像女流氓。ʿA. al-Jabartī, 1997: IV, 579及之后多页(1994: III, 161–162/252–253; trans., 1979: 320–301)。

21. *qahwajiyya*，这个阿拉伯语埃及方言词既是*qahwajī*"咖啡馆老板""服务生"的复数形式，也是该词的阴性形式。当然，在埃及，只存在阳性形式。

22. *ṭāwu/ilāt*（单数形式为*ṭāwu/ila*，源自意大利语词*tavola*）；参见M. al-Sanūsī 1891–1892: 65, 266; E. Bocthor, 1882: 792; E. Gasselin, 1880–1886: II, 731–732; S. Spiro, 1895: 358; J. Habeisch, 1896: 615; G. Badger, 1895: 1071; J. Heyworth-Dunne, 1940–1942: 408; K. Vollers, 1887–1897: 314, 320。

23. 历史学家哲拜尔提也同样对法国餐馆的布置与习俗很感兴趣：1997: III, 12/19, 44/69。

24.《新闻事件报》（*awrāq al-waqāʾiʿ*）。在后文中，塔赫塔维还用了《每日事件报》（*awrāq al-waqāʾiʿ al-yawmiyya*）、《每日事件》（*al-waqāʾiʿ al-yawmiyya*）、*al-tadhākir al-yawmiyya*"每日票券"短语，或者干脆仅使用*al-waqāʾiʿ*"事件"，以及借词*jurnāl*和*kāẓīṭa*（见后文）。有趣的是，后来的旅行者只采用了外来借词。希德雅格（al-Shidyāq 1881: 81）可能是第一个使用现代标准阿拉伯语词*ṣaḥīfa*（复数形式为*ṣaḥāʾif*、*ṣuḥuf*）的作者，他也同时使用*ṣaḥīfa akhbāriyya*（1855:多处）。另一个现代标准阿拉伯语词*jarīda*（复数形式为*jarāʾid*）也可以追溯到19世纪。Khayr al-Dīn, 1867: 19等；M. al-Sanūsī, 1891–1892:多处。应该补充的是，这两个现代标准阿拉伯语词很快就挤掉了以上借词。在19世纪最后25年，像穆罕默德·穆维里希这样的作者只在强调报纸这种媒体的外国来源时才使用*ghāzītah*，在一般情况下他更倾向于使用*jarīda*。

25. 这是安达卢西亚出生的诗人艾布·伊斯哈格·易卜拉欣·本·萨赫勒·伊什比利·伊斯拉伊利（Abū Isḥāq Ibrāhīm b. Sahl al-Ishbīlī al-Isrāʾīlī，卒于1251年）。值得注意的是这位诗人第一部印刷出版的诗集（石板印刷，1279/1862年）是哈桑·阿塔尔编的。见*GAL*, I, 273; *GALS*, I, 483; Y. Sarkīs, 1928: 123; EI_2, s.v. "Ibn Sahl" (H. Monés)。

26. 见导言部分。

27. *inkishārīya*（单数形式为*inkishārī*），对应土耳其语词*yeni-çeri*，即"新军"。这是奥斯曼人在14世纪建立的正规步兵部队的名称。这个军团（*ojaq*）由一名阿迦（*agha*"兄长"，阿拉伯语为*āgha*）指挥，其成员的招募最初是通过所谓的"征募"进行的，这是一种对帝国境内基督教徒征收的"税"，其中包含［征募］孩童，让他们皈依伊斯兰教并作为君主的奴隶接受教育。随着奥斯曼帝国的扩张，每一片被占领的领土上都成立了禁卫军。但是，征募的模式并不是一成不变的。例如，在埃及，禁卫军主要由土耳其人组成，但也允许本地出生的埃及自由民加入。总的来说，禁卫军的名声（无论是在国内还是国外）都非常不好，这是因为他们普遍的纪律涣散，以及腐化的和暴徒式的行为。此外，他们也热衷叛乱，反对统治者。虽然奥斯曼帝国的禁卫军之"母"在1826年被苏丹马哈穆德二世镇压，但各地的禁卫军仍继续存在了多年（例如，突尼斯直到1856年才废除禁卫军）。在开罗，禁卫军履行警察职责（同时他们还有许多商业利益！）。见EI_1, s. vv. "Janissaries" (C. Huart), "Dewshirme" (C. Huart), "Agha" (C. Huart); EI_2, s.vv. "devshirme" (V. Ménage); "Bāb-i Serʿaskerī" (B. Lewis); B. Lewis, 1969: 多处; A. Raymond［Ibn Abī ʾl-Ḍiyāf］, 1994: II, 14–16; 同上，1995; G. Goodwin, 1994。

28. 第二版在这之后添加了"据说……"（中译本已补充在正文。——译者注）

29. 这当然是指医学院，塔赫塔维本人从欧洲回来后就在那里开始了职业生涯，见导言部分。

30. 雅克·梅努（Jacques Menou，卒于1810年）于1799年皈依伊斯兰教。伊历1213年9月17日/公历1799年2月23日，他与祖拜达（Zubayda）成婚，并生了一个儿子，取名萨义德·苏莱曼·穆拉德·雅克·梅努（al-Saʿīd Sulaymān Murād Jacques Menou，1800年12月8日生于罗塞塔）。参见ʿA. al-Jabartī, 1997: IV, 512及之后多页; H. Laurens, 1997: 283及之后多页; R. Khoury, 1978; A. Bahgat, 1898; 同上，1900; A. Raymond, 1998: 238, 305。后来，1800年秋，梅努重建本土政要委员会时，祖拜达的兄弟萨义德·阿里成为该委员会成员（A. Raymond, 1998: 227）。塔赫塔维指责梅努的皈依并不真诚，这当然很接近实际情况。事实上，梅努本人也从未否认过他的婚姻背后的政治动机。结果，他的这一做法既没有让他的朋友信服，也没有让他的敌人信服。法国军队不仅反对他们的领导者"本土化"，也反对他的儿子以暗杀克莱贝尔的刺客的名字命名。而本地的穆斯林居民显然认为，这种做法带有赤裸裸的（某种程度上说有悖于他们宗教的）企图，即试图让他们支持法国的计划，他们因而对此无动于衷。关于梅努政权的详细研究，见H. Laurens, 1997: 395–466; A. Raymond, 1998: 222及之后多页。

31. 1800年6月14日，克莱贝尔被苏莱曼·哈拉比暗杀。苏莱曼是一个阿勒颇出生的年轻（只有24岁）书吏，曾在开罗学习过三年。然而，两名禁卫军军官去阿勒颇找他，让他去刺杀克莱贝尔将军。为穆斯林群体除掉一个敌人将会带来荣誉固然是动机之一，但除此之外他还有一个个人动机：哈拉比的父亲是一名黄油商人，同阿勒颇总督发生了纠纷，密谋者提出可以为哈拉比的父亲进行调解。苏莱曼几乎立即被逮捕了，两天后被判处绞刑；四名埃及共犯也被判处死刑，他们都是爱资哈尔的谢赫。See ʿA. al-Jabartī, 1997: IV, 461ff; A. Raymond, 1998: 215ff.关于克莱贝尔在埃及的政策，见H. Laurens, 1997: 321–394; A. Raymond, 1998: 173及之后多页。

32. *barnīṭa*（又作*burnayṭa*、*burnīṭa*，复数形式为*barānīṭ*）。参见al-Sanūsī, 1976–1981: I, 83, 117, 118, 120; Khayr al-Dīn, 1867: 297, 336, 409; Kazimirski, 1860: I, 118; E. Bocthor, 1882: 140; E. Gasselin, 1880–1886; I, 253 (*barnīṭa*); J. Habeisch, 1896: 117; S. Spiro, 1895: 143 (*burnīṭa*); K. Vollers, 1887–1897: 312; B. Ben Sedira, 1882: 28 (*barrīṭa, barnīṭa*)。这一表述相当重要，因为这两种头饰分别象征着伊斯兰教和基督教；事实上，“戴上缠头巾”就等于接受了伊斯兰教。在这方面，我们可以参考突尼斯方言中的*Bū bertella/barṭalla*（*barnṭīa*的变体）一词，意为“有帽人”，指“欧洲人”“基督徒”。在19世纪，穆斯林佩戴基督教头饰是一个非常有争议的话题，曾引起激烈的宗教辩论，突尼斯谢赫苏莱曼·哈拉伊里还曾写过一篇论文为此种穿戴辩护，但遭到了其他宗教学者（如萨努西）的攻击。见D. Newman, 1998: 116及之后多页。又见EI_1, s.v. “turban” (W. Björkman)。

33. 安托万–伊萨克·西尔韦斯特（男爵）·德·萨西自1785年以来一直是著名的法兰西铭文与美术学院的成员，也是法国亚洲学会（*Société Asiatique*, 1822）的创始人。这位多产的语言学家兼杰出的东方学家培养了当时大部分的官方阿拉伯语翻译，如德格朗热（Desgranges）、布雷斯尼耶（Bresnier）。除了哈里里的《玛卡梅集》（巴黎，1822）和著名的《阿拉伯语读本》（见下文），他还出版了至今仍是最好的法语版古典阿拉伯语语法著作之一（见下文）。政治生涯（1808年他成为塞纳地区的议员）之外，他获得的学术任命包括：法兰西公学院波斯语教授（1806）、巴黎大学校长（1815）、法兰西公学院院长（1823）、东方语言学校校长（1824）——并在该校担任为他设立的阿拉伯语教席（1796—1838）、皇家图书馆手稿管理员（1833年2月）——他的助手是同样著名的J. T·雷诺（J. T. Reinaud），是皇家出版社顾问。19世纪突尼斯旅行家穆罕默德·萨努西（1891—1892: 132—133）也提供了关于这位学者的一些细节，并提到了塔赫塔维对他的评论。关于德·萨西，见R. Blachère in *Cent-cinquantenaire de l'Ecole des Langues Orientales*, Paris, Imprimerie Nationale, 1948: 47–49; H. Derenbourg, 1923; H. Dehérain, 1938; H. Thieme, 1933: II, 686–688; C. Décobert, 1989; Y. Sarkīs, 1928: 901–903; L. Shaykhū, 1991: 68–69等; E. Van Dyke, 1896: 15。

34.《古兰经》第2章第62节（英译：A. Arberry, 1983: 8）。

35. 见导言部分。

36. 参见al-Ṭahṭāwī, 1973–1980: I, 542 (*Manāhij*).今天的闪达维勒镇地处上埃及尼罗河西岸，在塔赫塔维的家乡塔赫塔与苏哈吉之间。参见Yāqūt, 1866–1873: Ⅲ, 326 (*Shandawīd*)。

37. 艾布·麦瓦希卜·阿卜杜·瓦哈卜·本·艾哈迈德·沙拉尼（Abū al-Mawāhib

ʿAbd al-Wahhāb b. Aḥmad al-Shaʿrānī, 1491–1565）是一位著名的埃及苏非，是沙兹里教团的成员（见第二篇注12）。此处的作品指的是一组苏非人物传，题为《善人品阶之孕育光辉》（*Lawāqiḥ al-anwār fī ṭabaqāt al-sāda al-akhyār*）（英译者误作*al-akhbār*，导致书名翻译有误。——译者注），又名《品阶大集》（*al-Ṭabaqāt al-kubrā*）。见EI_1, s.v. "al-Shaʿrānī" (J. Schacht); Y. Sarkīs, 1928, 1129–1132; G. Delanoue, 1982: 272–274。

38. 第二版中添加了诗句……（中译本已在正文中补充。——译者注）

第三篇

1. 阿拉伯语的关系名词（*nisba*"关系"）又称"归属名词"（*al-ism al-mansūb*），通过在词干上加上尾缀*-ī*（阴性形式为*-iyya*，复数形式为*-iyyūn/iyyīn*）构成，指一人/一事物同另一人/另一事物相关或源于后者，如*shams*（太阳）*-shamsī*（太阳的）、*Miṣrī*（埃及）*-Miṣrī*（埃及的）。

2. *ṭalaqtu Bārīsan thalāthan*，字面意思是"将巴黎休弃三次"，作者在这里用的是这一表达在伊斯兰法中的含义，即如果丈夫说三次"我将……休了"，则离婚成定局。*ṭalāq bi-l-thalātha*"三休"表示确定无疑的离婚。

3. 关于地理学家克劳迪乌斯·托勒密（约公元2世纪人）与阿拉伯学术，见，例如，EI_2 s.v. "Baṭlamiyūs" (M. Plessner); M. Young, 1990: 303及之后多页等。

4. *al-jazāʾir al-khālidāt*（字面义为"永恒诸岛"，参见希腊语中的των μάκαρων νήσοι）。阿拉伯地理学家认为这些岛屿（其数量被认定为两个、四个或六个不等）位于环绕洋中（也是另一个传说中的岛屿图勒的所在地）。这些岛屿通常被认为是加那利群岛，但也有人认为是加的斯和直布罗陀海峡。它们有时也被称为"幸福诸岛"（*jazāʾir al-saʿāda/al-saādāt*）。参见Ibn Saʿīd, 1958: 45; Abū ʾl-Fidāʾ, 1840: 2, 6, 87; Ibn Rustah, 1892: 85; Ibn al-Faqīh, 1889: 145; al-Muqaddasī, 1906: 14; al-Masʿūdī, 1960–1979: I, 99, 137; *idem*, 1894: 68; al-Idrīsī, 1866: 2, 28; al-Dimashqī, 1866: 19, 131, 132, 133; al-Ḥajarī, 1987: 18, 43 (1997: 11/64, 44/101)。又见EI_1, s.vv. "Baḥr al-Muḥīṭ" (Carra de Vaux), "Cádiz" (C. Seybold), "Khālidāt" (P. Schwarz); EI_2, s.v. "Baḥr al-Muḥīṭ" (D. Dunlop), "al-Djazāʾir al-khālida" (D. Dunlop)。

5. 阿拉伯语短语*ṣūrat al-arḍ*是对中世纪阿拉伯语地理文献的一个回溯，阿拉伯地理学的代表人物之一伊本·哈乌卡勒（约公元10世纪人）甚至写了一本题为*Ṣūrat al-arḍ*的地理百科全书。

6. *al-ḥisāb al-ʿushrī wa-l-ḥisāb al-mitrī*；人们很可能会问，这两种单位中的任何一个对作者的国内读者来说是否有任何意义。

7. 阿拉伯语短语*jazīrat al-ḥadīd*，意为"铁岛"。这当然是该岛最为人所知的名称（即Ferro）的直译。至于欧洲国家使用托勒密本初子午线的情况，目前可以确定的是，18世纪后他们就不这么做了。

8. *madīnat Bāb al-Abwāb*，意为"众门之门城"。在古代地理文献中，这个专名（通常的形式是*al-Bāb wa-l-Abwāb*）指的是位于现今里海西岸达吉斯坦的一座城镇。在很长一段时间里，这个地方是穆斯林最远的前哨，也是主要的贸易中心和港口。见

EI_1, s.vv. “Derbend” (W. Barthold), “Daghestan” (W. Barthold)。关于该镇的早期参考资料， 见 Ibn al-Faqīh, 1889: 286, 288, 291–293; Yāqūt, 1866–1873: I, 437等; al-Qazwīnī, 1848: 340–342; al-Muqaddasī, 1906: 376; al-Masʿūdī, 1894: 60; *idem*, 1960–1979: I, 147 (par. 295), 211–212 (par. 447); Ibn Ḥawqal, 1938: 386–389等; V. Minorski, 1982: 145。

9. *Rūma al-kubrā,* “大罗马”。参见al-Dimashqi, 1866: 208 (*Rūmiyyat al-kubrā*); al-Gharnāṭī, 1925: 193及之后多页(*Rūmiyya al-ʿuẓmā*)。

10. 虽然大多数数字都相当接近现实，但其中一些却偏差很大；有趣的是，塔赫塔维对巴黎–麦加和巴黎–马拉喀什的距离估算与实际情况偏差很大，看上去偏偏是在面对伊斯兰世界的地方时，塔赫塔维失去了他的定位和测量能力。

11. 这个度量单位最初表示一人站立时的高度，1卡玛相当于6英尺。

12. 阿拉伯语词*al-zaman*“时间”是对法语词*le temps*“天气”的字面翻译。

13. 艾布·塔伊布·希哈布丁·艾哈迈德·本·穆罕默德·安萨里·希哈布丁·希贾基（Abū al-Ṭayyib Shihāb al-Dīn Aḥmad b. Muḥammad al-Anṣārī Shihāb al-Dīn al-Ḥiājzī，1388–1470）是一位埃及诗人，他留下了不少作品，包括对玛卡梅和悬诗等体裁的阿拉伯文学作品的评论；见ʿU. Kaḥḥāla［n.d.］: I, 129–130; Y. Sarkīs, 1928: 1151; *GAL*, Ⅱ, 171; *GALS*, Ⅱ, 11–12。

14. 阿拉伯语词ʿ*innīn*同ʿ*anān*“云”构成一个文字游戏，后者是动词ʿ*anna*“形成、涌现”的一个同源词，很容易识别。

15. 1832年，穆罕默德·阿里攻占阿卡，收录这首明确提及阿卡的诗，是对这一事件几乎不加掩饰的指涉，这给了解这一篇的写作时间提供了有价值的线索。

16. 这里指的是穆罕默德·阿里在19世纪第一个25年中的一些军事行动。占领“鲁姆人”领土是指奥斯曼帝国镇压希腊起义过程中埃及军队征服克里特岛（1823）和摩里亚（Morea, 1825）。虽然法、英、俄三国联军于1827年10月在纳瓦里诺摧毁了土耳其–埃及舰队，且此后埃及被赶出希腊本岛，但埃及仍控制克里特岛直到1841年。而占领“沙姆”则是希腊战争的直接结果。奥斯曼苏丹为了请穆罕默德·阿里军援希腊战事，承诺给予后者阿卡总督的位置，但承诺未能兑现，于是易卜拉欣帕夏便于 1831 年 11 月率军进入叙利亚。埃及军队没有遭到多少抵抗就于1832年5月攻下阿卡。易卜拉欣帕夏接着向君士坦丁堡进军，途中在科尼亚击败了土耳其军队。在欧洲列强的干预下——俄国甚至向君士坦丁堡派出了增援部队——悲剧得以避免，君臣之间达成了停战协议（1833年4月），穆罕默德·阿里获得叙利亚和阿达纳（Adana, 指安纳托利亚西部）的总督位置。见EI_1, s.v. “Muḥammad ʿAlī Pasha” (J. Kramers); M. Yapp, 1991: 69–71。

17. *khān*，原意为“商店”，在黎凡特地区，这个词同*kārwānsarāy*“商队旅店”同义，即供旅行商人住宿和存放货物的旅店。例如，法里斯·希德雅格（F. al-Shidyāq）在英国逗留期间，就用*khān*来表示乡村旅馆/酒吧（如1881：73）。在北非，*funduq*（复数形式为*fanādiq*）比*khān*更常用；当然，*funduq*在［阿拉伯世界］东部也为人所知。例如，埃及人穆罕默德·艾敏·费克里（Muḥammad Amīn Fikrī）说欧洲的酒店是“*fanādiq*，我们称之为*lūkāndāt*”（1892：13）。留用至今的是*funduq*，如今的现代标准阿拉伯语用这个词指“酒店”。见EI_1, s.vv. “funduq” (A. Fulton), “kārwān” (C. Huart); EI_2, s.vv. “khān” (N. Elisséeff), “funduq” (R. Le Tourneau), “kārwān” (Cengiz Orlonhu); R. Brunschvig, 1940: I, 413, 433, 435; M. Callens, 1955; al-Fīrūzābādī［n.d.］: Ⅲ, 287 (‘funduq’), Ⅳ, 222 (‘khān’); B. Lewis, 1982: 121; A. Raymond & G. Wiet, 1979: 2–5 (‘funduq’), 5–15 (‘khān’)。

18. *madākhin Musqūbiyya*，这实际上是法语*cheminée à la prusse*“普鲁士壁炉”的误译，指的是一种火炉（*poêle*）；塔赫塔维将*prusse*“普鲁士的”与*russe*“俄国的”混淆了。

19. 这个辟邪语式的程式化表达与一个事实有关，即阿拉伯语中表示“火”的词*nār*在《古兰经》中只用来表示“地狱之火”。塔赫塔维关于好客程度和与火亲近程度之间关系的说法，也应当结合这一事实来分析。

20. 出自al-Qazwīnī, 1849: 268，但原文和引文略有不同：*‘nakhl: shajara mubāraka min ʿajā’ibihā annahā lā tūjadu fī ghayr bilād al-Islām’* (al-Qazwīnī)；*‘nakhl shajara mubāraka ʿajība min ʿajā’ibihā innahā lā tanbutu illā fī bilād al-Islām’* (al-Ṭahṭāwī)。应该补充的是，枣椰树被认为具有许多益处，《古兰经》中经常提到它是主对人类降下的一种恩惠。见EI_2, s.v. “nakhl” (F. Vire)。

21. “戈布兰”指的是壁毯制造公司*Manufacture des Gobelins*，该公司最初是一家染色工坊，由同名的荷兰家族于1450年在圣马塞尔区（现第十三区）的比耶夫尔河右岸建立。17世纪该公司开始生产壁毯，当时大臣柯尔贝尔（Colbert）在戈布兰制革厂所在地建了一家皇家工厂。从很早的时候开始，该工厂的周围区域就被称为“戈布兰”（*les Gobelins*），现在仍然如此。塔赫塔维说的“戈布兰河”就是上述的比耶夫尔河。这条河如今已被覆盖，但仍然在戈布兰街地下流淌。值得注意的是，19世纪的其他旅行者都没有提到过这条河，唯一的例外是曾于1852年到巴黎旅行的阿尔及利亚人苏莱曼·伊本·西亚姆（Sulaymān Ibn Ṣiyām），他的描述几乎与塔赫塔维相同：*‘yashaqquhā nahrān aḥadāhumā* (sic) *wa huwa al-aʿẓam wa-l-ashhar yuqālu lahu nahr alsīn wa-l-thānī nahr ghūblān’* (Ibn Ṣiyām, 1852: 13)；*‘yashaqquhā nahrān aḥadahumā wa huwa al-aʿẓam wa-l-ashhar yuqālu lahu nahr al-sīn wa-l-ākhar nahr ghūblān’* (al-Ṭahṭāwī)。还有一位到访过巴黎的阿拉伯人提到过“戈布兰”（*Qublīn*），即历史学家艾哈迈德·伊本·艾比·迪亚夫（Aḥmad Ibn Abī al-Ḍiyāf），他在1946年12月陪同突尼斯贝伊艾哈迈德进行国事访问时参观了这家工厂（A. Ibn Abī al-Ḍiyāf, 1963–1965: Ⅳ, 106）。

22. 这是开罗尼罗河中的第二个岛，也是较小的一个岛（另一个是布拉克岛，英语中称为Gezira Island）。罗达岛面积约为两平方千米，在其南端有著名的尼罗河丈量仪（*miqyās*或*manyal*）。这个丈量仪实际上是一个封闭的井，中间有一根大理石柱子，柱子上以腕尺（*dhirāʿ*）为单位标出河水的高度。丈量仪最早于715年完工。今天，位于岛屿北端的曼耶勒（Manyal）宫是著名的开罗艾美酒店（Cairo Méridien Hotel）的所在地。

23. 这个词通常指的是“海湾”或“湾”，也是流经开罗的大运河的名称。这条运河最初是尼罗河的一条淤塞的支流，在法老时代就已经被用来连接尼罗河和红海

（终点在今天的苏伊士），但在2世纪时被弃用。阿拉伯人征服埃及后不久，为了向阿拉伯半岛（尤其是圣城！）供应玉米，阿穆尔·本·阿斯（ʿAmr b. al-ʿĀṣ）对它做了改进，赋予了它新的生机。然而，自762年起，这条当时被称为“信士长官之河”（*khalīj amīr al-muʾminīn*）的内运河不再被用作连接红海的水道。后来，它被改道至开罗北部的比尔卡特朱卜（*Birkat al-Jubb*）。这条河于19世纪末被抽干。见A. Raymond, 1993: 多处；*EI*₁, s.v. “Cairo” (C. Becker); ʿA. Mubārak, 1888: XVIII, pp. 1–35。

24. 赞扬巴黎人勤奋，类似的有：Ibn Ṣiyām, 1852: 11–12; al-Ṣaffār, 1992: 157, 159, 160; F. al-Marrāsh, 1867: 21, 69。

25. 阿拉伯语短语*darajāt min al-jumūd*的字面意思是“冰冻的程度”。

26. 阿拉伯语词*zamharīr*具有宗教含义，《古兰经》（第76章第13节）中描绘为信徒保留的乐园时出现了这个词：“他们在乐园中，靠在床上，不觉炎热，也不觉严寒。”（英译：A. Arberry, 1983: 621）

27. 随后是一首48联的赞美诗（全律），其浮夸的风格对于当今的文学和历史研究而言没有什么意义，因此略去不译。

28. 参见Ibn Ṣiyām, 1852: 14。这16座桥是：奥斯特利茨桥（Pont d’Austerlitz）、西堤桥（Pont de la Cité）、耶拿桥（Pont d’Iéna）、艺术桥（Pont des Arts）、玛利桥（Pont de Marie）、托内尔桥（Pont de la Tournelle）、阿尔玛桥（Pont d’Alma）、贝西桥（Pont de Bercy）、黎明桥（Pont du Point-du-Jour）、皇家桥（Pont-Royal）、新桥（Pont-Neuf）、路易-菲利普桥（Pont Louis-Philippe）、荣军院桥（Pont des Invalides）、比扬古桥（Pont de Billancourt）、圣母桥（Pont de Nortre Dame）和小桥（Petit Pont）。

29. 参见Ibn Ṣiyām, 1852: 15。

30. 帕尔马克原本是土耳其人的长度单位，1帕尔马克约为5.5厘米（参见塔赫塔维在后文对此长度单位的使用），而今天的1帕尔马克约为3.175厘米。

31. 在塔赫塔维的时代，这个位于开罗北部的地方还是一个村庄；今天，它已成为一个住宅区，被淹没在特大城市的扩张之中。

32. 开罗附近一个大型军营的所在地，那里还有一所军校；著名的柯尼希贝伊就是在这里开始他为穆罕默德·阿里效力的生涯——担任后者的法语教师。

33. 参见M. Ibn al-Khūja 1900: 20 (*bulfār*); M. al-Sanūsī 1891–1892: 11, 35; M. Amīn Fikrī 1892: 114–115等(*bulwār*); F. al-Shidyāq 1881: 239等。M. Bayram V（1884–1893: Ⅲ, 68）将巴黎的道路分为三类：*āf(i)nū*（非常宽阔的道路，两旁有树木，尽头有城堡）、*bulfār*（规模比大路小，但路边的商店更精美）和*rū*（其他道路）。参见M. al-Sanūsī 1891–1892: 11。

34. 这是开罗城堡脚下一个大广场的名字。那里曾被用作市场，也曾被用作阅兵和军事训练场。如今，广场已经不存在了，留下的是名为“露米拉”（al-Rumīla）的城区。见A. Raymond 1993: 多处。

35. 这座城门，其名称的字面意思是“胜利之门”，是现存少量标记法特梅时期开罗城界的城墙的一部分。最初的纳斯尔门是由如今的开罗城的创建者、法特梅王朝将军焦海尔·希奇利（Jawhar al-Ṣiqillī，卒于992年）建造的。焦海尔还建造了最初的福图哈门（Bāb al-Futūḥ，“征服之门”）。虽然今天仍有两座同名的城门，但它们实际上是“重建”的，由法特梅王朝的指挥官和宰相巴德尔·贾马利（Badr al-Jamalī，卒于1094年）建造，他还主持建造了围绕开罗城的第二道城墙和现存的第三座城门祖韦拉门（Bāb al-Zuwayla）。必须补充说明的是，这两座“重建”的城门并没有建在焦海尔所建城门的原址上。见A. Raymond 1993: 多处；*EI₁*, s.vv. “Cairo” (C. Becker), “Badr al-Djamalī” (C. Becker)。

36. 在第二版中，作者增加了一些关于房屋和道路建设的细节，以及两句诗。（中译本已在正文中补充。——译者注）

37. 这是又一处塔赫塔维与阿尔及利亚旅行家伊本·西亚姆（1852：11–12）的表述非常相似的地方：‘*al-Bārīziyyīn yakhtaṣṣūna min bayn kathīr min al-naṣārā bi-dhikā᾽ al-ʿaql wa-diqqat al-fahm wa-ghawṣ dhuhnihim fī al-ʿawīṣāt*’ (al-Ṭahṭāwī); ‘*fa-ammā ahl bārīs fa-hum yakhtaṣṣūna min bayn al-nās bi-dhikā᾽ al-ʿaql wa diqqat al-fahm wa-ghiyāṣ al-duhn* (sic) *fī umūr ʿāmma*’ (Ibn Ṣiyām)。

38. 参见Ibn Ṣiyām, 1852: 12。

39. 这是出生于巴士拉的著名诗人、语法学家和词汇学家艾布·伯克尔·穆罕默德·本·哈桑·艾兹迪（Abū Bakr Muḥammad b. al-Ḥasan al-Azdī，卒于933年）。这里引用的诗句来自他著名的《截尾》（*Maqṣūra*，是他在米卡利家族治下任一迪万的长官时创作的一篇向该家族致敬的诗）。见 *EI₁*, s.v. “Ibn Duraid” (J. Pedersen), *EI₂* s.v. “Ibn Durayd” (J. Fück); *GAL*, I, 112; *GALS*, I, 172。伊本·西亚姆在他的作品中引用了同样的诗句，这又一次显示出他受到了他那位埃及前辈［即塔赫塔维］的启发。Ibn Ṣiyām, 1852: 12.

40. 这是对J.诺埃尔（J. Noël）和P.德·拉·普拉斯（P. de la Place）编写的文学手册中的一段话 *Il*［*the Frenchman*］*s'affecte avec vivacité et promptitude (...) il passe rapidement du plaisir à la peine, et de la peine au plaisir* (1823: I, 530) 的字面翻译，作者为法国作家雷纳尔（Raynal），塔赫塔维在法国时研读过这部手册。

41. *madhhab*（复数形式为*madhāhib*），字面意思是“行走的地方”，即道路，并引申为“行为”。在伊斯兰法中，它指宗教（思想）学派（中文学界称“教法学派”。——译者注），特别是与四大“正统”伊玛目的学说相关联的学派：马立克·本·艾纳斯（见前言注81）、沙斐仪（见序言注11）、艾布·哈尼法（见前言注82）和伊本·罕百勒（见前言注83）。见*EI₁*, s.v. “fiḳh” (J. Schacht); J. Schacht, 1966。

42. 值得注意的是，原文用的是复数形式*awṭān*，即“诸国”，这可以表明法国人传统上（甚至如今也是如此）强烈的地方归属感或自豪感。

43. 侯塞姆丁·伊萨·本·桑贾尔·哈加里（Ḥusām al-Dīn ʿĪsā b. Sanjar al-Ḥājarī, 1186–1235）是埃尔比勒（伊拉克）的著名诗人。见ʿU. Kaḥḥāla［n.d.］: Ⅷ, 25; Y. Sarkīs, 1928: 731–732。

44. 法里斯·希德雅格对英国人也作了类似的评论；他赞扬他们爱好慈善的特质（他将之等同于阿拉伯语中所说的“慷慨大方”），但谴责这种慈善背后的动机往往是装模作样的伪善（*takalluf*）（1881: 300; 1919: 如337）。

45. 这是指德平著作的译本。

46. 参见al-Sanūsī, 1891–1892。

47. 这似乎是出自那则很少有人使用的法国谚语“内心纯洁如献祭的羔羊”（*avoir le coeur aussi innocent que lamb du sacrifice*），更常见的说法是“纯洁如初生的羔羊”（*être aussi innocent que lamb qui vient de naître*）。

48. *murūʾa*（也作*muruwwa*），源于指“人”“人类”的词*marʾ*（也作*murʾ*，复数形式为*marʾān*、*marwān*），指与阳刚之气和男子气概有关的（道德）品质（忠诚、慷慨、勇气），拥有这些品质的人即是“理想的男子汉”，因此这个概念可与欧洲传统的“骑士精神”等同。从历史发展来看，这个概念在伊斯兰教产生以前的时代似乎只指男子的身体特质；在后来的使用中也颇有些变化，有时被扩展为指包括虔诚、热忱或处事老练等特征，有时又仅限于指“美德”。见“murū'a” *EI$_2$* (Ed.), *EI$_1$ Sup*. (Bichr Farès)。

49. *milal*，单数形式为*milla*；在《古兰经》中（如第7章第86节、第14章第16节），这个词总是指宗教：基督教和犹太教（第2章第120节），“正教”（穆斯林对伊斯兰教的尊称。——译者注）（第12章第38节）。后来，它的意思变为“宗教社群”，特别是信仰伊斯兰教的社群，比如，*ahl al-milla*指穆斯林，与*ahl al-dhimma*“顺民”相对（见译文第一篇注25）。在奥斯曼帝国，*millet*“米勒特”这个词是用来指得到承认的宗教社群（如希腊和亚美尼亚的基督徒、犹太人），他们居住在伊斯兰世界（乌玛）内部，负责大部分内政事务；同时，这个词也指欧洲的各基督教民族。塔赫塔维最常使用*milla*的“宗教社群”的含义（参见Khayr al-Dīn, 1867:多处），偶尔也用它来指“民族”，在使用后一含义时该词可同*qawm*（民族）互换。事实上，在他后来的一部著作中，塔赫塔维是这样解释*milla*的：“在政治实践中，*milla*就如同种族（*jins*），即生活在同一个国家、说同一种语言、共享相同的道德和传统的人的集合。”（1973–1980: Ⅱ, 437［*al-Murshid al-amīn*］）阿里·穆巴拉克也用*milla*来指这个意义上的“民族”（1882: e.g. I, 316）。又见“milla”, *EI$_1$* (F. Buhl), *EI$_2$* (F. Buhl –［C. Bosworth］); *EI$_2$*, s.v. “millet” (M. Ursinus); B. Lewis, 1969: 334–335。

50. 叙利亚基督教徒尼古拉·图尔克（Niqūlā al-Turk）在其关于法国占领埃及的亲历记中也对此做了评论；他补充说，法国男子对妇女的行为方式“不同于世界上任何其他国家”（1950: 31/45, 60/79）。

51. 在第二版中，作者进一步阐述了离婚和随之而来的法律诉讼。

52. 参见M. al-Ṣaffār［S. Gilson-Miller］, 1992: 161。

53. 在第二版中，作者增加了谢赫阿巴斯·也门尼关于这一主题的诗句（另见Y. Sarkīs, 1928: 1266）（中译本已在正文中补充。——译者注）。

54. 在第二版中，作者补充说，当涉及不同性别的人经常来往和相互拥抱时（阿拉伯语原文是“交友、共嬉同行”。——译者注），情况尤其如此。关于穆斯林旅行者对欧洲女性的看法，见D. Newman, 2002。

55. *bidaʿ*，单数形式为*bidʿa*，实际上指的是先知和早期圣门弟子生活的时代中不曾有过的做法，因此自然也就成了异端。这个概念之所以具有重要的宗教意义，是因为与之关联的教义变化与发展被认为偏离了先知的言行。在现代，它开始与欧洲的技术发明相关联。见U. Heyd, 1961: 74–77; B. Lewis, 1953; V. Rispler, 1991; "bidʿa" EI_1 (D. MacDonald), EI_2 (J. Robson)。

56. 人们不禁要问，作者本国的读者是否会理解这个比喻，因为与之关联的背景是当时欧洲的知识分子将古希腊和古罗马视作文明的顶峰，而对于塔赫塔维的同胞来说，希腊人只是奥斯曼苏丹治下桀骜不驯的臣民，罗马所代表的理性、科学的严谨性等显然更是无从说起。

57. 阿卜杜拉·沙尔卡维（卒于1812年）也发表了类似的见解（1281/1864–1865: 182），他是一位爱资哈尔清真寺的谢赫，在法国占领［埃及］时期曾担任本土政要委员会的主席。

58. *zanjiyya*，字面义为"黑人（*zanj*）女子"，见前言注65。

59. 其他旅行者也对此持（不赞同的）意见；见D. Newman, 2002。

60. *al-aʿrāf*（字面意思是"高处"），是《古兰经》第7章的标题，其中第46节提到天堂和地狱之间有一个屏障，高耸于地狱之上，屏障上有一些人，即"在高处的人"（*aṣḥāb al-aʿrāf*），他们会区分享福的人和遭罪的人。

61. 突尼斯旅行家塞利姆·瓦尔达尼（Salīm al-Wardānī）引用了这句话，并加上了"和教士的流放地"（！）；1888–1890: no. 94。

62. 双关（*tawriya*）是一种文学手法（与异叙或拈连有关），涉及对语词罕见意义的使用，使得短语与言辞（往往是整首诗）兼具明显的"主要"（表面）意义和更深奥的"次要"（深层）意义。见s.v. "tawrīya", EI_1 (Moh. Ben Cheneb), EI_2 (W. Heinrichs)。

63. *al-jinās al-tāmm wa-l-nāqiṣ*，其中*jinās*（通常又作*tajnīs*）意为"谐音"，指阿拉伯古典文学中一种极为流行的修辞手法，即使用含义不同但读音完全相同（完全谐音）或部分相同（不完全谐音）的词，通常在成对的语句中使用。塔赫塔维这部作品的书名实际上就是一个不完全谐音：*takhlīṣ*"提炼"与*talkhīṣ*"概述"、*ibrīz*"金子"与*bārīz*"巴黎"。对这一手法的详尽讨论见"tadjnīs", EI_1 (Moh. Ben Cheneb), EI_2 (W. Heinrichs)。

64. 为了展示阿拉伯语中各类修辞格的使用，塔赫塔维引用了一段［修辞］教学诗，说明所谓"藻饰修辞"（*ʿilm al-badīʿ*，阿拉伯语修辞学的一个分支）的修辞格是如何使用的，这些修辞格在阿拉伯古典文学中非常流行。在这段诗之后，他又附上了自己创作的七联诗。见"badīʿ", EI_1, EI_2 (M. Khalafallah)。

65. 下面的这一段是用阿拉伯语写的第一个关于欧洲语言结构和语法的论述，塔赫塔维创制了新的短语来表示许多外来概念。另外还值得注意的是，塔赫塔维的解释是基于法语语法进行的，而19世纪后来的其他旅行者虽然也描述了欧洲语言（法语、英语、意大利语）的语法，但他们几乎都是从阿拉伯语语法的角度来写的。唯一一位与塔赫塔维解释同样［语法］问题的旅行者是突尼斯人哈拉伊里（al-Ḥarāʾirī），他翻译了洛莫的语法解释（见后文）。

66. 这种助动词兼作主动词的概念对阿拉伯语来说是陌生的，阿拉伯语也没有一个动词来表达一般占有意义上的"有"（相应地，这一含义在阿拉伯语中是通过使用诸如"由"或"与"等介词附加一个人称代词后缀来表达的）。（同样，否定式和过去

时之外，阿拉伯语中也没有表示“是”的动词系动词。——译者注）

67. *fann al-naḥw*，即“语法学”，*naḥw*的字面意是“方向”“道路”。在传统的阿拉伯语语言学中，语法被细分为：*ʿilm al-ṣarf*或*taṣrīf*，即曲折形态学，其中包括词形变化、动词词干、名词构词、复数等理论，简而言之，就是与句法关系无关的形态变化；狭义的 *ʿilm al-naḥw*“处理句子中各成分之间的关系”，即句法。在现代标准阿拉伯语中，*naḥw*仍常用来表示“语法”。见*EI₁*, s.v. “naḥw” (Ilse Lichtenstädter); K. Versteegh, 1997: 43; 同上，1977: 64及之后多页, 90及之后多页。

68. *tajwīd*，即《古兰经》诵读的“改进”和“优美化”，传统上分为三种：*tartīl*“慢速诵读”、*tadwīr*“中速诵读”和*ḥadr*“快速诵读”。见“tadjwīd”, *EI₁* (Moh. Ben Cheneb), *EI₂* (F. Denny); “ḳirā'a”, *EI₁* (L. Massignon), *EI₂* (R. Paret)。

69. 在第二版中，作者又补充道：“除非历史指的是用字母数值来记录（每个阿拉伯字母都代表特定的数值。——译者注）每年发生的事件的日期，但即便如此，称其为科学也是夸大其词。”

70. 这是指语法学家、哲学家和教义学家萨阿德丁·麦斯欧德·本·欧麦尔·塔夫塔扎尼（Saʿd al-Dīn Masʿūd b. ʿUmar al-Taftāzānī，卒于1389年）所著的题为《精要长注》（*Sharḥ al-talkhīṣ al-muṭawwal*）的著名修辞学著作，通常简称为《长注》（*al-Muṭawwal*）。事实上，它是对被称为“大马士革的宣讲者”（Khaṭīb Dimashq）的哲拉鲁丁·哈提布（宣讲者）·卡兹维尼（Jalāl al-Dīn al-Khaṭīb al-Qazwīnī, 1268–1337）所著《诸学之钥》（*Miftāḥ al-ʿulūm*）精要本的评注。《诸学之钥》是一部重要的修辞学著作，作者是艾布·伯克尔·本·艾比·伯克尔·希拉吉丁·赛卡基（Abū Bakr b. Abī Bakr Sirāj al-Dīn al-Sakkākī, 1160–1229），他被认为是“第一位阐述社会环境对思想的影响的阿拉伯学者”（G. von Grünebaum, “as-Sakkākî on Milieu and Thought”, *JAOS*, 65, 1945, p. 62），比伊本·赫勒敦早了约150年。塔夫塔扎尼也给自己的这部《长注》另写了一本节略兼评注，题为《长注节略》（*Mukhtaṣar al-Muṭawwal*）。见*EI₁*, s.vv. “al-Taftāzānī” (C. Storey); “al-Sakkākī” (F. Krenkow); Y. Sarkīs, 1928: 635–638, 1033–1034, 1508–1509; GAL, I, 294–296, Ⅱ, 22; GALS, I, 519, Ⅱ, 15及之后多页；ʿU. Kaḥḥāla［n.d.］: Ⅹ, 145–146 (al-Qazwīnī), ⅩⅢ, 282 (al-Sakkākī); E. Van Dyke, 1896: 357–359。

71. 这是对卡兹维尼《诸学之钥》的另一部评注，作者是伊萨姆丁·艾斯法拉伊尼（ʿIṣām al-Dīn al-Asfarāʾīnī，卒于1544年）。艾斯法拉伊尼曾注释过教义学家阿杜德丁·伊智（ʿAḍud al-Dīn al-Ijī，卒于1355年）的一部语言学著作，塔赫塔维的导师哈桑·阿塔尔对该注释又做了评注，题为《伊萨姆丁注阿杜德丁语言构成论之评注》（*Ḥāshiyya ʿalā sharḥ al-ʿIṣām ʿalā al-risāla al-waḍʿiyya al-ʿaḍudiyya*）。见Y. Sarkīs, 1928: 1330; ʿU. Kaḥḥāla［n.d.］: I, 101–102; GAL, Ⅱ, 410及之后多页；G. Delanoue, 1982: 614。

72. 这指的是塔夫塔扎尼另一部著作，即语法论文《伊兹丁词法注》（*Sharḥ al-taṣrīf al-ʿizzī*），通常被称为《萨阿迪注》（*al-Saʿdī*），该著作是对伊兹丁·赞贾尼（ʿIzz al-Dīn al-Zanjānī，13世纪人）所著《词法原则》（*Mabādīʾ fī al-taṣrīf*）的评注。见*GAL*, I, 283; *EI₁*, s.v. “al-Zandjānī” (Ilse Lichtenstädter)。

73. 这指的是哲米勒·本·阿卜杜拉·马麦尔（Jamīl b. ʿAbd Allāh b. Maʿmar），

七至八世纪著名的诗人，他最为人称道的是他写给爱人布赛娜（*Buthayna*，又作*Bathna*）的情诗，他们之间的爱情悲剧已成为有情人难成眷属的象征。这对恋人不顾布赛娜父亲对哲米勒的不喜，一直维系着彼此间的感情，甚至在布赛娜嫁给一个同族男子之后也是如此。最终哲米勒不得不流亡，并在浪迹四方多年后因相思而死。见*EI*$_1$, s.v. “Djamīl” (A. Schaade)。

74. 使用阿拉伯语*jamʿiyya*一词值得注意，因为这可能是这个词第一次以“团体、协会”这样的现代意义出现。事实上，这个词最初是指东仪天主教会的修士团体，到19世纪中叶，这个团体已扩展为指代学术、宗教和文学团体以及政治组织（后来被*ḥizb*，意即“政党”一词取代），甚至还可以指经济团体（如*Jamʿiyyat tujjār al-maʿāsh*）。在现代阿拉伯语中，*jamʿiyya*仅用于指文化团体。参见*EI*$_2$, s.v. “Djamʿiyya” (A. Hourani/A. Demeerseman)。

75. 这是指德·萨西版本的哈里里的《玛卡梅集》，书名为《哈里里闲谈会，以阿拉伯语出版并附有精选注释》（*Les Séances de Hariri, publiées en arabe avec un commentaire choisi*, Paris, Imprimerie Royale, 1822, ed. H. Derenbourg and J. Toussaint, xix/660/12pp），其阿拉伯语书名为《哈里里谢赫玛卡梅集，附有精选注释》（*Kitāb al-maqāmāt li-l-shaykh al-Ḥarīrī, maʿa sharḥ mukhtār*）。该书在1847—1853年间出版了第二版（2 vols, Paris, Imprimerie Royale）。

76. 这是指埃及著名语法学家哈立德·本·阿卜杜拉·本·艾比·伯克尔·爱资哈里（Khālid b. ʿAbd Allāh b. Abī Bakr al-Azharī, 1434–1499），他的著作是爱资哈尔的核心教学材料，其中最著名的是《爱资哈尔阿拉伯语学入门》（*al-Muqaddima al-azhariyya fī ʿilm al-ʿArabiyya*）。就他的著作，哈桑·阿塔尔至少写过两部注疏：《〈爱资哈尔入门〉注疏》（*Ḥāshiya ʿalā sharḥ al-Azhariyya*），注的就是上面这部书；《爱资哈尔词尾变化规则学生用书注疏》（*Ḥāshiya ʿalā sharḥ al-Azharī li-Mūṣil al-ṭullāb ilā qawāʿid al-iʿrāb*），注的是哈立德写的《词尾变化法学生练习》（*Tamrīn al-ṭullāb fī ṣināʿat al-iʿrāb*）。见*EI*$_1$ s.v. “al-Azharī” (Brockelmann); ʿU. Kaḥḥāla［n.d.］: Ⅳ, 96–97; Y. Sarkīs, 1928: 811–812; *GAL*, Ⅱ, 27; *GALS*, Ⅱ, 22。

77. 这部著作的全名是《词尾变化的智者指南》（*Mughnī al-labīb ʿan kutub al-aʿārīb*），作者是埃及语法学家伊本·希沙姆·安萨里（见上文）。西尔韦斯特·德·萨西翻译了伊本·希沙姆的另一部著作《词尾变化规则阐析》（*al-Iʿrāb ʿan qawāʾid al-iʿrāb*），收录于自己编写的《阿拉伯语语法论述选，或阿拉伯语法学家和学者文选》（*Anthologie grammaticale arabe, ou morceaux choisis de divers grammairiens et scholiastes arabes*, 2nd edn, Paris, 1829: 73–92, 155–223）。见*EI*$_1$, s.v. ‘Ibn Hishām’ (M. Ben Cheneb); GAL, Ⅱ, 23及之后多页。

78. 波斯人纳西尔丁·阿卜杜拉·本·欧麦尔·巴依达维（Nāṣir al-Dīn ʿAbd Allāh b. ʿUmar al-Bayḍāwī，约13世纪人）最为人所知的是他的《古兰经》注，题为《降示之光与诠释之秘》（*Anwār al-tanzīl wa-asrār al-taʾwīl*），此书基于艾布·卡西姆·马哈穆德·本·欧麦尔·宰迈赫舍里（卒于1144年）的《降示真相揭示》（又译《卡沙夫〈古兰经〉注》，*al-Kashshāf ʿan ḥaqāʾiq al-tanzīl*）编写。见*EI*$_1$, s.v. “al-

Baiḍāwī” (C. Brockelmann)。

79. 此处塔赫塔维收录了德·萨西用阿拉伯语撰写的前言，篇幅为三页（1822: 3–5）。

80. 指哈马扎尼。

81. 这是德·萨西所著《阿拉伯语佳作选，或多位阿拉伯作家散文和诗歌节选，附有法语翻译和注释，供皇家现代东方语言专门学校学生使用》（*Chrestomathie arabe: ou, extraits de divers écrivains arabes, tant en prose qu'en vers, avec une traduction française et des notes, à l'usage des élèves de l'Ecole Royale et Spéciale des Langues Orientales Vivantes*）的阿拉伯语书名，该书的第二版（修订增补版）于1826—1827年出版（Paris, Imprimerie Royale），作者给了塔赫塔维一本（见第四篇第六章）。塔赫塔维在巴黎留学期间，德·萨西出版了他的《阿拉伯语语法论述选》（见上文），这实际上是《佳作选》的续作。另外值得补充的是，德·萨西的原作还在开罗重印（Būlāq, 1879, 232pp.），编辑是穆罕默德·卡西姆（Muḥammad Qāsim）。

82. 这是德·萨西所著《现代东方语言专门学校阿拉伯语语法学生用书》（*Grammaire arabe à l'usage des élèves de l'Ecole Spéciale des Langues Orientales Vivantes*, 1810, Paris, Imprimerie Impérale, 2 vols (xxvi/434pp.; x/473pp.)），第二版为修订和增补版，新增一篇介绍阿拉伯人的诗律（2 vols, 1831, Paris, Imprimerie Nationale）。值得指出的是，至今法国各大学中仍在使用德·萨西的语法书（最近一版是1986年由阿拉伯世界研究所出版的版本）。

83. 即《阿拉伯语语法论述选》（见上文）。

84. 在第二版中，塔赫塔维增加了三页篇幅的讨论，将德·萨西和穆斯林哲学家法拉比（卒于950年）进行了比较，指出二人都是全能的学者，也都是杰出的语言学家，后者“通晓70种［原文如此］语言”。

85. 为了加以说明，塔赫塔维在此处收录了他翻译的一位匿名法国诗人的诗句和约瑟夫–埃利·阿古布《破碎的诗琴》的片段（见导言），他称后者为埃及人雅古布霍加（*al-khawāja* Yaʿqūb al-Miṣrī）（霍加是尊称，从波斯语传入奥斯曼土耳其语和阿拉伯语，其经典意相当于“老爷”“老师”“大师”，清代汉语史籍中多译作“和卓”，在近现代的埃及等地用作对欧洲男性的称呼，相当于“先生”。——译者注），引用这一诗歌片段后塔赫塔维总结道：“这首诗就像其他从法语翻译过来的诗一样，原作很复杂，但在译文中，它的韵味消失了，作者的精神也几乎没有体现出来。优雅的阿拉伯语诗歌也是如此，对于大部分欧洲语言而言，翻译这些诗歌但不失其美感是做不到的，译文有时也显得冷冰冰的。之后我们还将继续讨论法国文学、科学和艺术的诸多方面。”

86. *tadbīr al-dawla al-Faransāwiyya*，字面意思是“法国国家的安排”（后文又有*tadbīr al-mamlaka*“王国的安排”）。根据上下文，*tadbīr*可以被译为“政治组织”“（政治）管理”“治理”。从词汇语义历时演变的角度来看，这个词很值得关注，因为现代标准阿拉伯语中表示“治理”的词*ḥukūma*早在18世纪末就已经“获得了表示统治、行使权力这样更为普遍的意义”。EI_2, s.v. “ḥukūma” (F. Ahmad).

87. *mamlaka mutawāritha*, 见Khayr al-Dīn, 1867: 411 (*mamlaka wirāthiyya*), 238, 242 (*imbrāṭūriyya wirātha*) 321, 383 (*dawla wirāthiyya*)。

88. 直到1870年，这座宫殿一直是王室的居所。因公社大火（1871年5月）而遭到严重损坏后，宫殿的大部分被拆毁，并在原址上建了著名的杜伊勒里花园，于1889年正式开放。见C. Courtalon, 1995: 353–354; P. Larousse, 1866–1876: XV, 574–575; Berthelot, 1886–1902: XXI, 457–458。

89. *al-mashwara al-ūlā*，塔赫塔维似乎将这些人等同于所谓的*ahl al-ḥall wa-l-ʿaqd*"解开与打结之人"。在传统的伊斯兰政治理论中，这些人是任命和废黜统治者的穆斯林社群代表。还应该指出，在伊斯兰教产生前的阿拉伯半岛，协商就已经被统治者使用（特别是在紧急情况下），统治者需要进行协商是伊斯兰政治学文献中反复出现的主题。伊斯兰传统中的"协商"（*mashwara*，又作*mashūra*）概念后来被穆斯林国家用来证明实行议会制的合理性。见*EI₂*, s.vv. "ahl al-ḥall wa ʾl-ʿaḳd", "mashwara" (B. Lewis), "madjlis al-shūrā" (C. Findley), "shūrā" (A. Ayalon); M. Bayram V, 1898: idem, 184–193: III, 43–44; 22; D. Newman, 1998: 302及之后多页。

90. *Dīwān rusul al-ʿimālāt*，即"各省使者迪万"，书中亦有*dīwān/majlis al-wukalā*"代表迪万/会议"和*dīwān al-mashwara*"协商迪万"等表述，后者显然是指埃及自己的*dīwān al-mashwara*（1829年设立）。后来的穆斯林旅行者用多种译名来指称法国议会，从音译借词*al-Bārlamān*"议会"（M. Ibn al-Khūja, 1900: 72; M. al-Sanūsī, 1891–1892: 250; Khayr al-Dīn, 1867:多处）和*majlis al-Bārlamān*"议政会议"（Khayr al-Dīn, 1867: 185, 299等）到*dār al-nadwa*"议事厅"（Ibn Abī ʾl-Ḍiyāf, 1963–1965: IV, 106; al-Sanūsī, 1891–1892: 13及之后多页）、*dār al-wukalāʾ*"代表厅"（Ibn Abī ʾl-Ḍiyāf, 1963–1965: IV, 106）、*majlis al-nuwwāb*"代表会议"（M. al-Sanūsī, 1891–1892: 13ff.; M. Bayram V, 1884–1893: III,多处）、*majlis nuwwāb al-umma*"国民代表会议"（Ibn al-Khūja, 1900: 33）、*majlis shūrā al-dawla*"国家协商会议"（M. Bayram V, 1884–1893: III,多处）和*majlis wukalāʾ al-ʿāmma*"平民代表会议"（Khayr al-Dīn, 1867: 215等）。由赫迪夫伊斯玛仪建立的第一个埃及议会叫作*majlis shūrā al-nuwwāb*"代表协商会议"（1866）。今天，直接借词*barlamān*仍然与不同国家使用的各种专名共存，彼此间并没有什么冲突。见J. Shayyāl, 1951: 214; *EI₂*, s.vv. "madjlis" (J. Landau), "madjlis al-shūrā" (C. Findley)。

91. 这座宫殿曾是督政府（1797—1800）、执政府和贵族院的所在地。进入现代，自1958年以来，这里一直是参议院的所在地。见C. Courtalon, 1995: 357–358; P. Larousse, 1866–1876: X, 811; Berthelot, 1886–1902: X, 336–349, XXII, 795–796。

92. 1830年，旧的众议院被拆除。1832年11月，新众议院建成并正式启用。1940年，众议院在这里举行了最后一次会议。自1945年起，后继机构国民议会（Assemblée Nationale）使用此处至今。见C. Courtalon, 1995: 584–587; Berthelot, 1886–1902: VII, 712–714。

93. *quwwa tāmma*，是法语短语*plein pouvoir*"完全的权力"的直译，阿拉伯语*quwwa*指的是"物质力""力量"，而不是法语词*pouvoir*所指的"（统治）权力"。

94. *qānūn*，复数形式为*qawānīn*。在传统的伊斯兰律法体系中，这个术语指的是（地方）统治者颁布的关于民法和刑法中未被伊斯兰法（*sharīʿa*）涵盖的法令，但这些法令并不具有同伊斯兰法同等的法律约束力。*qānūn*的基础是*ʿurf*，即“习惯”（*lex principis*）。到了 19 世纪中叶，这个词被普遍用来指欧洲（世俗）法律。政治家海伊鲁丁曾说：“‘*ḥukm qānūnī*’（法治）是‘宪法’的阿拉伯语译名。”（1867: 239；又见：同上，10、12、15、32及之后多页，58、66及之后多页等）而艾哈迈德·伊本·艾比·迪亚夫则讨论过一种被其称为“受法律约束的统治”（*al-mulk al-muqayyad bi-qānūn*）的统治类型（A. Ibn Abī ʾl-Ḍiyāf , 1963–1965: I中多处）。今天，这个词在现代标准阿拉伯语中通常用来指（非宗教的）法律。见“ḳānūn”, EI_1 (Cl. Huart), EI_2 (Y. Linant de Bellefonds – C. Cahen – Halil Inalcik); M. Bayram V, 1884–1893: I, 44, 46, 66等; A. Raymond［Ibn Abī ʾl-Ḍiyāf］, 1994: Ⅱ, 73; M. al-Sanūsī, 1891–1892: 15及之后多页中多处。

95. 这是另一个值得注意的例子，反映了塔赫塔维在翻译欧洲概念时遇到的问题。他把阿拉伯语术语*sharīʿa*（沙里亚）用作世俗、理性法律的全称，从而使其失去了固有的宗教属性，但与他同时代的穆斯林读者会如何理解这个概念，就不得而知了。

96. 参见下文《宪章》第28条。

97. *mukūs*，单数形式为*maks*，意为“关税”“通行费”“什一税”。这个词可以追溯到伊斯兰教产生前，当时的意思是“市场费”，主要见于埃及，指对大宗商品、服务、技术等征收的各种类型的税。见EI_1, s.v. “maks” (W. Björkman); R. Dozy, 1967: Ⅱ, 606–607。

98. *firad*，单数形式为*firda*（更常见的形式为：单数*farḍa*或*farīḍa*，复数*farāʾiḍ*）。严格地说，这是一种为特定目的而征的税（在埃及被称为*firde*或*firḍe*），但无论出于什么目的，它实际上就只是一种人头税，穆罕默德·阿里将其定为每个臣民（不分社会等级或宗教信仰）收入的1/12，最高不超过500皮亚斯特。显然，推出这一人头税是为了支持军队扩容。见E. Lane, 1923: 134–135; EI_1, s.v. “firḍe” (M. Sobernheim); EI_2, s.v. “furḍa” (S. Shaw)。

99. 塔赫塔维写作此书时，“殖民地”概念尚未进入阿拉伯语中，现代阿拉伯语中表示这一概念的术语*mustaʿmara*要到19世纪更晚的时候才出现。这里，塔赫塔维给出了一个有趣的意译：*al-khārijiyyīn min bilād al-Fransīs al-nāzilīn bi-bilād yaʿmurūnahā*，“居住在法国之外法国人定居国家的法国人”，*khārijiyyīn*“在外的人”显然是法语词*ressortissants*“侨民”的直译。

100. 源自波斯语，其阿拉伯化的形式是*kāhiya*（突尼斯）和*kikhiyā*（埃及），最初指禁卫军首领。随着时间的推移，这些首领的权力越来越大，甚至成为埃及的实际统治者（如阿卜杜·拉赫曼·卡特胡达），并建立了名副其实的世袭家族（如卡兹达厄利家族）。见E. Lane, 1923: 114; A. Raymond［Ibn Abī ʾl-Ḍiyāf］, 1994: Ⅱ, 8–9; A. Raymond, 1995。

101. 意为“司库”，又作*khaznadār*、*khazandār*。传统上，*khazindar*是政府中的最高要员之一，也是统治者最信任的资政者之一。A. Raymond［Ibn Abī ʾl-Ḍiyāf］,

1994: Ⅱ, 45–46.

102. 在奥斯曼帝国，这一职位（又称*Reʾīs al-kuttāb*“首席文士”）的任职者地位仅次于大维齐尔，并兼任外事大臣，该职位于1836年被正式废止。在突尼斯，*raʾīs al-kuttāb/al-kataba*（通常称为*bāsh kātib*，“大文士”）是贝伊的枢密文书迪万（*dīwān al-inshāʾ*）的负责人。见*EI*$_1$, s.vv. “Re'īs al-kuttāb” (J. Deny), “Bāsh” (C. Huart); B. Lewis 1969: 98; A. Raymond［Ibn Abī ʾl-Ḍiyāf］, 1994: Ⅱ, 9–10。

103. 事实上，这个机构的所有成员都是国务大臣（*Ministres d'Etat*），可以说是一种没有实职的荣誉职位。

104. *wuzarāʾ al-sirr*“机要大臣”，单数形式为*wazīr al-sirr*，译自法语专名*Ministres d'Etat*。

105. *wuzarāʾ...lahum wizāra muṭlaq*“拥有不受限大臣职能的大臣”，参见法语专名*Ministre en titre*。

106. *jamāʿa min arbāb al-mashwara fī al-dawla*“一群国务顾问”，这些人实际上是国务会议的高级成员。

107. *jamāʿat wukalā' ʿalā al-taqrīr*“一群负责汇报的官员”，这个翻译很好地说明了这些人的任务，他们是检审官，负责向国务会议汇报工作。

108. *jamāʿa yastamiʿūna al-mashwara li-yataʿallamū tadbīr al-duwal*，“为学习国家治理而旁听议政的一群人”。作者的意译准确地描述了这些官员，他们职位的全称是*Auditeur au Conseil d'Etat*“国务会议旁听员”。他们是将要担任高级职务的公务员，被派驻国务会议（或其他高级行政机构）接受培训，学习各类行政程序。

109. *al-raʿiyya*，复数形式为*raʿāyā*，字面意思是“牧群”，这是一个从中世纪起就经常使用的术语，用来指统治者的臣民，即纳税的普通民众，因此，它经常与*ʿāmma*“平民”交替使用（塔赫塔维就是这样做的），尽管后一个术语不包括一些社会阶层。见*EI*$_2$, s.v. “raʿiyya” (C. Bosworth – Suraiya Faroqhi); A. Raymond, 1998: 46及之后多页。

110. 值得注意的是，这个阿拉伯语的音译会使读者联想起阿拉伯语词*sharṭ*“条件、规定”，其复数形式为*shurūṭ*。

111. 这一说法后来得到其他旅欧穆斯林的赞同，海伊鲁丁和艾哈迈德·伊本·艾比·迪亚夫等人还将之置于更广泛的框架内加以阐述（见D. Newman, 1998: chap. V）。关于正义（*ʿadl*）和公平（*inṣāf*）这两个词的使用，见正记第三篇注169。

112. *al-ḥaqq al-ʿāmm li-l-Faransāwiya*，比照法语原文“法国人的公共权利”（*Droit public des Français*）。

113. 法语原文为“国王政府的形式”（*formes du gouvernement du roi*）。

114. *ḥuqūq al-raʿīya*，比照法语原文“国家保障的特别权利”（*Droits particuliers garantis par l'Etat*）！

115. 在以下1814年6月4日宪章的译文中，塔赫塔维省略了序言和过渡条款（第75、76条）。

116. 法语原文中此处还有*quels que soient d'ailleurs leurs titres et leurs rangs*“不论

其头衔和级别”。

117. *kull wāḥid minhum muta'ahhal li akhdhi ayy manṣib kāna wa-ayy rataba kānat*，比照法语原文*Ils sont tous également admissibles aux emplois civils et militaires*“无论文职还是军职他们都有均等的就业资格”。

118. 法语原文为*Leur liberté individuelle est également garantie, personne ne pouvant être poursuivi ni arrêté que dans les cas prévus par la loi, et dans la forme qu'elle prescrit*“他们的人身自由也同样得到保障；除了法律规定的情况和形式外，任何人都不得被起诉或逮捕”。显然，塔赫塔维不太清楚如何处理*poursuivi ni arrêté*“既不被起诉也不被逮捕”，但他却认为应该提及“统治者”（*al-ḥākim*）。这一条译文另有其重要意义：这是阿拉伯文献中首次用*ḥurriyya*来指代欧洲意义上的“（个人）自由”，此前*ḥurriyya*只被用作“奴役”的反义词。这里应该补充的是，*ḥurriyya* 将成为 19 世纪阿拉伯（以及奥斯曼）政治思想中的一个重要组成部分，海伊鲁丁和塔赫塔维都视其为进步和文明的支柱［1973–1980: Ⅱ, 470及之后多页（*al-Murshid al-amīn*）］以及个人福祉的基础。塔赫塔维在他后来的一部著作中用了整整一章的篇幅来论述自由（1973–1980: Ⅱ, 473–477,*al-Murshid al-amīn*），将之描述为“在不受非法阻碍和反对的情况下合法行事的能力”，且“文明国家中所有人的权利都植根于自由”。他区分了五种自由，这显然受到了孟德斯鸠的影响（1973–1980: Ⅱ, 473–474,*al-Murshid al-amīn*）。参见Montesquieu, 1979: 多处，比如I, 328［Book XXII, chap. xii］）。见*EI$_2$*, s.v. “ḥurriyya” (F. Rosenthal/B. Lewis); B. Lewis, 1969: 129及之后多页; A. Ayalon, 1989; A. Hourani, 1989; N. Yared, 1996: 18–23; D. Newman, 1998: 309及之后多页; al-Ṭahṭāwī, 1973–1980: I, 346 (Manāhij), L. Zolondek, 1964; S. Ali, 1994: 8及之后多页; B. Tlili, 1972b; A. Ibn Abī al-Ḍiyāf, 1963–1965: I, 16, 27, Ⅲ, 169, Ⅳ, 99, 103; H. Rebhan 1986: 99及之后多页。

119. 法语原文为*Chacun professe sa religion avec une égale liberté, et obtient pour son culte la même protection*“每个人都可以平等自由地信奉自己的宗教，其信仰也应得到同样的保护”。

120. *al-milla al-qāthūlīqiyya al-ḥawāriyya al-Rūmāniyya*，法语原文强调*la religion catholique, apostolique et romaine est la religion de l'Etat*“天主、使徒和罗马之宗教为国教”。（强调符为英译者所加——译者注）

121. 法语原文为*Les ministres de la religion catholique, apostolique et romaine, et ceux des autres cultes chrétiens, reçoivent seuls des traitements du trésor royal*“天主、使徒和罗马教以及其他基督教派的牧师都从皇家财库中领取俸禄”。在塔赫塔维的翻译中，首先值得注意的是用*ta'mīr*（*al-kanā'is*）而非*qiss*来翻译“牧师”，这个翻译源自*'ammara al-masjid*“离开俗世进入清真寺礼拜”；还有一处奇怪的翻译是“基督教财库”。

122. 法语原文为*Les Français ont le droit de publier et de faire imprimer leurs opinions, en se conformant aux lois qui doivent réprimer les abus de cette liberté*“法国人有权发表和刊印他们的观点，但须遵循限制滥用这种自由的法律”。值得注意的是，“滥用”（*abus*）和“自由”（*liberté*）都被塔赫塔维省去了。

123. 这里塔赫塔维使用了宗教色彩浓厚的*ḥaram*一词来表示“不可侵犯”。

124. 毫无疑问，这处翻译中最值得关注的一点是作者将法语*pour cause d'intérêt public légalement constate*“法律确定的公共利益”直译作*li-sabab ʿāmm al-nafʿ*“出于具有广泛益处的因素”，其核心概念“公共利益/福利”因而缺失了，这个概念最好用*maṣlaḥa*来表达。参见*EI₂*, s.v. “maṣlaḥa” (Madjid Khadduri); Khayr al-Dīn, 1867: 多处 ; al-Ṭahṭāwī, 1973–80: I, 517 及之后多页 (*Manāhij*)。

125. 法语原文为*Toutes recherches des opinions et votes émis jusqu'à la Restauration sont interdites. Le même oubli est commandé aux tribunaux et aux citoyens*“禁止调查复辟前发表的政见和进行的投票，对法庭上和国民间发生的事情也不予追究”。塔赫塔维略去了“调查”并规避了“复辟”这一关键提法。

126. 法语原文为*La conscription est abolie. Le mode de recrutement de l'armée de terre et de mer est determiné par une loi*“废除现行征兵制度，陆军和海军的征募按照法律规定进行”。

127. 法语原文为*La personne du roi est inviolable et sacrée. Ses ministres sont responsables. Au roi seul appartient la puissance exécutive*“国王人身是不可侵犯的、神圣的。他的大臣们是行政负责人。行政权只属于国王”。塔赫塔维的翻译相当复杂，他用字面义为“保证人”的*kufalāʾ*（单数形式为*kafīl*）来翻译“负责人”。他也没有提及国王的“神圣”性，仅仅译作“受人尊敬”（*muḥtaram*），对他而言，这自然是明智的选择。

128. 句末的短语［即“以保障国家利益”］是塔赫塔维添加的。（实际上，法语原文为“制定必要的条例和法令以执行法律和保障国家安全”，塔赫塔维虽没有做到精准翻译，但也并没有添加新的内容。——译者注）

129. 这是对法语原文*La puissance législative s'exerce collectivement par le roi, la chambre des pairs, et la chambre des députés des départements*“立法权由国王、贵族院和众议院集体行使”的颇具创意和隐晦的翻译。

130. 这是又一个破格翻译的例子，译者对法语原文“国王提出法律”（*Le roi propose la loi*）进行了自由阐释。

131. *jabāyāt wa-l-firda*, “通行税和人头税”，但法语原文中只有*impôts*“税”。分列专项税种（另见下文）的原因是，当时阿拉伯语中还没有一个通用词来指民用的税收（参见现代阿拉伯语词*ḍarība*, 复数形式为*ḍarāʾib*）。关于穆斯林国家税收和税制的一般情况，见*EI₂*, s. vv. “bayt al-māl” (N. Coulson – B. Lewis), “ḍarība” (C. Cahen – J. Hopkins – Helen Rivlin)。

132. *puissance legislative*“立法权”这个概念似乎又一次给塔赫塔维带来了挑战，这次他选择了相当迂回的*tashrīʿ al-qawānīn al-tadbīriyya*“制定治理性法律”来翻译。此外，《披沙拣金记巴黎》的所有版本都没有提到，这条实际上是贵族院章（第24—34条）的第一条；［法语文本中］该章标题*De la chambre des pairs*“关于贵族院”就在本条之前。

133. 塔赫塔维将法语短语*illicite et nulle de plein droit*“非法且无效”译作*mamnūʿ al-imḍā*“禁止施行”。

134. 塔赫塔维选择了*tasmiya*而非更通行的*ta'yīn*［来翻译*nomination*“任命”］，虽然前者可能有“任命”的意思，但通常指的是“提名”。当然，我们很轻易地就能想到，他可能是被法语词*nomination*中的*nom*给误导了。（许多英语使用者也总因这种“假朋友”［指与母语形式相似但意义不同的外语词汇或表达式］而犯错。（塔赫塔维的母语是阿拉伯语，在学习法语之前也不通英语等其他欧洲语言，因此此处英译者做的类比其实并不适合。——译者注）

135. 为了帮助读者理解，塔赫塔维选择用*laqab*来翻译法语词*dignité*“贵族地位”。然而，严格来说，*laqab*是添加到人名上的尊号或称谓，如*Ḥājj*（哈只）、*Nūr al-Dīn*（努鲁丁，字面义为“信仰之光”）。

136. 法语原文为*collèges électoraux*。

137. 塔赫塔维在此处的发挥偏离法文文本较远，法语原文为*Les députés seront élus pour cinq ans* (sic)*, et de manière que la chambre soit renouvelée chaque année par cinquième*，“议员的任期为5年，议院每年以此方式更新五分之一的议员”。

138. 比照法语原文*... une contribution directe*“……直接贡献”，“财产”一词是塔赫塔维添加的。

139. *shuraṭ illiktūrāy*，字面义为“选举卫队/部队”。

140. 比照法语原文*Les présidents des collèges électoraux seront nommés par le roi et de droit membres du college*“选举团的主席由国王任命，是选举团的天然成员”。

141. 塔赫塔维说的是“通常在那里定居”（*mustawṭan 'āda*），而法文文本则是*leur domicile politique*“他们政治意义上的居所”。事实上，这种说法至今仍可在法国法律中找到，意思是说，一个人要想在某一选区当选，其主要住所必须在那里。证明此资格的是该选区的选民名册。

142. 法语原文是*Les séances de la Chambre sont publiques; mais la demande de cinq membres suffit pour qu'elle se forme en comité secret*“议会的会议是公开的，但只要有5名成员提出要求，就足以召开秘密委员会”，塔赫塔维又一次增加了一点额外的内容。法语短语*personnes étrangères à la chambre*“不属于本议会的人”在阿拉伯语短语*al-nās al-ajānib min al-dīwān*“此迪万以外的人”之中得到明显的体现。

143. 比照法语原文*La Chambre se partage en bureaux pour discuter les projets qui lui ont été présentés de la part du roi*“议院分为多个局，负责讨论国王托付的议案”，其中*La Chambre se partage en bureau*“议院分为多个局”的阿拉伯语译文为*al-dīwān yanqasimu ilā dawāwīn ṣaghīra*“该迪万划分为若干小迪万”。

144. *ādāb siyāsāt Faransā*“法国的政策惯例”，比照法语原文*aucun amendement ne peut être fait à une loi*“不得修改任何一项法律”。

145. 比照法语原文*La Chambre des députés reçoit toutes les propositions d'impôts; ce n'est qu'après que ces propositions ont été admises, qu'elles peuvent être portées à la Chambre des pairs*“众议院接受所有关于税收的提案；只有在这些提案被接受后，才能将其提交给贵族院”。

146. 比照法语原文*Les impositions indirectes peuvent l'être pour plusieurs années*“间

接税可以多年为期设置”。

147. 比照法语原文*Le roi convoque chaque année les deux Chambres*“国王每年召集两院”。

148. 塔赫塔维又一次对法语文本作了较大的改动，原文为*Aucune contrainte par corps ne peut être exercée contre un membre de la Chambre, durant la session, et dans les six semaines qui l'auront précédée ou suivie*“在会议期间，以及在会议之前或之后的六个星期内，不得对议院的成员行使任何人身限制”。

149. 阿拉伯语词*yutbaʿu*（*tabaʿa*，即“追寻”“追逐”的现在时被动式）显然是对法语*être poursuivi*“‘被追查’‘被起诉’”的借译。

150. *ādāb al-siyāsa al-Faransāwiyya*“法国的政治惯例”，比照法语原文*la loi*“法律”。

151. 比照法语原文*Ils ne peuvent être accusés que pour fait de trahison ou de concussion. Des lois particulières spécifieront cette nature de délits, et en détermineront la poursuite*“他们只能因叛国或贪污而被指控，罪行的性质和起诉的方式由专门的法律确定”。人们不禁要问：塔赫塔维加上了“受贿”一词，（塔赫塔维使用的词是*rishwa*“受贿”，英译者译作corruption“腐败”，略有偏差。——译者注）是希望表意更完整，还是隐晦地指责他自己国家的公职人员普遍而恶劣的贪婪行为呢?

152. 法语文本仅仅是*Toute justice émane du roi. Elle s'administre en son nom par des juges qu'il nomme et qu'il institue*“正义全部来自国王，由其设立和任命的法官以其名义施行”，塔赫塔维此处似乎是在突出一种对法国司法系统公正性的推断。

153. *lā shayʾ yukhriju ʿan ḥukm hāʾulāʾi al-qaḍāʾ*，比照法语原文“任何人都不能脱离其自然法官的管辖”。

154. 塔赫塔维用*quḍāt al-nuqabāʾ*［单数形式为*naqīb*，即“行会、社区领袖”或“地方长官”，参见*EI*$_2$, s.v. “naḳīb” (C. Bosworth)］来指*justice prévotal*，即“地方法官司法管辖区”。*prévot*“地方长官”可以等同于地方法官，他们的管辖范围往往是相当有限的、特定的，如公路犯罪。此外，该词还用来指某些行会的领袖，如*prévot des chirurgiens*“外科医师协会会长”。

155. 比照法语原文*Les débats seront publics en matière criminelle*“刑事案件的审判将是公开的”。

156. 比照法语原文*L'institution des jurés est conservée. Les changements qu'une plus longue expérience ferait juger nécessaires, ne peuvent être effectués que par une loi*“保留陪审团制度。依据较长期经验而被认为需要做出的改变只能通过法律来实现”，其中*L'institution des jurés*“陪审团制度”被译作*al-jamāʿa al-muḥakkamiyyīn*“仲裁团”。

157. *kutub qawānīn al-siyāsāt*“行政法典”，比照法语原文*le code civil*“民法典”。

158. 此处法语文本的表述更模糊一些：*restent en vigueur jusqu'à jusqu'à ce que il y a été légalement dérogé*“在被依法废除之前仍然有效”。

159. 比照法语原文*Droits particuliers garantis par l'Etat*“国家保障的特别权利”。

160. 塔赫塔维显然在努力翻译这些在他的祖国不为人知的社会概念，例如，他没有区分*retraite*“退役”和*pensionné*“领取抚恤金的”，而法语原文中，这是一处关键的区分：*Les militaires en activité de service, les officiers et soldats en retraite, les veuves, les officiers et soldats pensionnés, conserveront leurs grades, honneurs et pensions*“现役军人、退役军官和士兵、遗孀、领取抚恤金的军官和士兵，保留其军衔、荣誉和津贴”，其中“退役军官和士兵”被译作*matrūkīn li-waqt al-ḥāja*“在必要时被解职者”。

161. 塔赫塔维缺乏解释“公债”概念的词汇，因此选择了相当笨拙（和不正确）的*duyūn al-raʿīya al-latī fī dhimmat al-dīwān*“臣民欠国家迪万的债”，比照法语原文*La dette publique est garantie. Toute espèce d'engagement pris par l'Etat avec ses créanciers est inviolable*“公债是有保障的。国家对其债权人做出的任何形式的约定都不可违背”。

162. 比照法语原文*La noblesse ancienne reprend ses titres. La nouvelle conserve les siens. Le roi fait des nobles à volonté; mais il ne leur accorde que des rangs et des honneurs, sans aucune exemption des charges et des devoirs de la société*“旧贵族沿用其头衔，新贵族也保留其头衔。国王根据自己的意愿赋予贵族身份，但他只授予贵族等级和荣誉，不免除贵族的社会责任和义务”。塔赫塔维完全略去了最后部分，用“除被赋予头衔外，贵族不享有任何特权”来转译。

163. 比照法语原文*La Légion d'honneur est maintenue. Le roi déterminera les règlements intérieurs et la décoration*“保留荣誉军团，国王决定其内部条例和勋章”，这里塔赫塔维将荣誉军团中的骑士等级（如指挥官等）与勋章本身混淆了。

164. *alqabāʾil wa-l-nazalāt al-khārija min Faransā*“位于法国以外的部落和社群”，这是对法语词*colonies*“殖民地”的解释性翻译。

165. 比照法语原文*Le roi et ses successeurs jureront, dans la solennité de leur sacre, d'observer fidèlement la présente Charte constitutionnelle*“国王及其继承人应在庄严的加冕仪式上宣誓忠实地遵守本宪章”，塔赫塔维略去了*fidèlement*“忠实地”一词。

166. 当然，正确的日期是1830年，另见下文。

167. 选择用*fitna*，即“内乱”“［伊斯兰社群内部的］叛乱”这个词很是耐人寻味，因为它通常具有宗教含义，也用来表示伊斯兰教的第一次内部分裂。希德雅格（1881: 275）和哲拜尔提（1997: Ⅳ, 103）也用了这个词来指法国革命，哲拜尔提还称其为“起义”（*qiyām*; 同上: 524；这个用法同*fête de la révolution*“革命节日”有关），但他称 1798 年的开罗起义为*thawra*（现代阿拉伯语标准语术语，指“革命”）。阿里·穆巴拉克则使用了不那么感性的*inqilāb*“变革”（如：1882: I, 319），并将欧拉比起义称为*fitna*和*thawra*，这后两种说法被等同于“兵变”（ʿA. Mubārak, 1886–1888: Ⅸ, 58）。见*EI*$_2$ s.vv. “thawra” (A. Ayalon), “fitna” (A. Ayâlon); A. Ayalon, 1987; B. Lewis, 1985; L. Zolondek, 1965。

168. (*min*) *jawāmiʿ al-kalam*，这是一个双关语，按其字面义可译作“含义丰富的话”，也被用来指《古兰经》。

169. 使用ʿ*adl*“正义”与*inṣāf*“公平”这两个阿拉伯语术语颇值得关注，因为这种用法将欧洲的“自由”概念与伊斯兰古典治理理念联系起来。后者要求统治者戒绝压迫（*ẓulm*），公正和合法地行事，并确保其臣民的福利。但同时，正如伯纳德·刘易斯说的那样："臣民有权受到公正的对待，这种提法对于传统政治观念而言是新的、陌生的"（B. Lewis, EI_2, Ⅲ, 590）。见EI_2, s.vv. "ḥurriyya" (B. Lewis), "ʿadl" (E. Tyan), "inṣāf" (M. Arkoun), "raʿiyya" (C. Bosworth), "siyāsa" (C. Bosworth – F. Vogel); L. Zolondek, 1964。

170. *ghūl*（复数形式为 *ghīlān*、*aghwāl*），一种（通常是雌性的）精灵，据说她们以各种伪装出现，引诱男人偏离轨道，然后将他们杀害、吞噬。见"ghūl" EI_1 (D. MacDonald), EI_2 (D. MacDonald-［C. Pellat］); al-Qazwīnī, 1849: 370及之后多页。

171. *ʿanqāʾ*，一种传说中的大鸟（比照《圣经》中的"亚衲族"），同狮鹫和凤凰存在不同程度的关联。见EI_1, s.v. "ʿanḳāʾ"; al-Qazwīnī, 1849: 419–420。

172. *arbāb ʿilm al-ḥashāʾish*"草药科学学者"。

173. 艾哈迈德·本·穆罕默德·艾布·伊斯哈格·尼萨布里·萨拉比（Aḥmad b. Muḥammad Abū Isḥāq al-Nīsābūrī al-Thaʿlabī）是11世纪的教义学家和《古兰经》注家，撰写了一部鸿篇《古兰经》注，题为《〈古兰经〉注之揭秘与解释》（al-Kashf wa-l-bayān ʿan tafsīr al-Qurʾān）。他最著名的著作是一部题为《众先知事迹聚谈精粹》（ʿArāʾis al-majālis fī *qiṣaṣ* al-anbiyāʾ）的先知史。见EI_1, s.v. "al-Thaʿlabī" (C. Brockelmann); GAL, I, 350; Y. Sarkīs, 1928: 663–664。

174. *fayʾ*"归还［应属于穆斯林社群的物品］"。在伊斯兰法中，这指的是所有可以不经战斗从不信教者手中获取的物品（参见《古兰经》第59章第6—7节）。起初，这是指先知在新占领土上获取的一些土地，且作为公共财产由他亲自管理。后来，哈里发欧麦尔下令，只有属于异教徒的可移动资产才能作为战利品分给参与征服的人，而土地则将"归还给"整个社群，以造福子孙后代。当地居民继续在这些土地上耕种，但要向财库上缴一定比例的收益，即所谓的地税（*kharāj*）。见EI_1, s.vv. "Fayʾ" (T. Juynboll); EI2, s.v. "fayʾ" (F. Løkkegaard)。

175. *ghanīma*，"战利品"，源自一个意为"不经艰辛而获取"的词根，指在战场上从不信教者那里缴获的可移动资产（包括战俘）。在伊斯兰教初期，五分之四的战利品会分给参战的士兵，剩下的五分之一则属于安拉；实际上，先知会用他认为合适的方式处理这些资产。见EI_1, s.v. "ghanīma" (T. Weir.)。

176. K. Al-Husry (1966: 20–21) 说得对，遵循沙斐仪教法学派的塔赫塔维实际上是基于哈乃斐教法学派的学说来建议引入世俗的西方税收制度的。

177. 地税（*kharāj*），一种针对土地资产的税，与人头税（*jizya*）相对。最初，这是对新征服的伊斯兰领土上属于非穆斯林的土地征收的税，这些非穆斯林必须向穆斯林财库支付固定比例的土地收益，这些土地实际上已被纳入逆产（*fayʾ*），即使在他们皈依伊斯兰教之后，也要继续向穆斯林财库上缴收益。随着时间的推移，地税逐渐被遗忘，统治者们满足于对土地收益收取什一税（*ʿushr*）。见"kharādj", EI_1 (Th. W. Juynboll), EI_2 (C. Cahen); "ʿushr", EI_1 (Grohmann), EI_2 (T. Sato)。

178. *jurnālāt*（单数形式为 *al-jurnāl*），可能源自意大利语词 *giornale*（参见：如K. Vollers, 1887–1897: 319）。参见M. al-Sanūsī, 1891–1892: 28, 201; *idem*, 1976–1981: I, 93, 94, 189, 215, 220; Khayr al-Dīn, 1867: 75, 106, 108, 124; M. Bayram V, 1884–1893: Ⅱ, 87;

F. al-Shidyāq, 1881: 74; G. Badger, 1895: 666; J. Habeisch, 1896: 410; S. Spiro, 1895: 99 (pl. jarānīl); G. Gasselin, 1880–1886: Ⅱ, 106; J. Heyworth-Dunne, 1940–1942: 408, 411。

179. *kāẓīṭāt*（单数形式为*kāẓīṭa*），源自意大利语词*gazetta*，之后的短语*kāẓīṭāt yawmiyya*"日报"，又用了这个意大利语借词，构成冗言。该借词最早出现在17世纪摩洛哥人维齐尔·加萨尼（al-Wazīr al-Ghassāni）的游记中（1884: 151）。参见al-Ṭahṭāwī, 1973–1980: I, 517 (*ghāzīta*) Khayr al-Dīn, 1867: (*taqrīẓ*) 39 (*ghazita*); G. Badger, 1895: 666; G. Gasselin, 1880–1886: Ⅱ, 106; B. Ben Sedira, 1882: 430; J. Redhouse, 1880: 205/668 (*ghazita*); J. Zenker, 1866: 648。

180. 在伊斯兰教中，精灵（*jinn*）是指一类气或焰态的生物（由无烟的火焰创造），介于天使和人（均由泥土和光创造）之间，魔鬼（*Shayṭān*、*Iblīs*）一般被认为是精灵之一（如《古兰经》第18章第48节）。在民间传说中，精灵有雌雄，分善恶（恶的精灵被称为"恶鬼"），居住在河流、住宅等地，常以猫、狗等形象出现。见"djinn" EI_1 (D. MacDonald), EI_2 (S. Van den Bergh); "ʿIfrīt", EI_1 (D. MacDonald), EI_2 (J. Chelhod); "Shayṭān", EI_1 (A. Tritton), EI_2 (A. Rippin); "Iblīs", EI_1 (A. Wensinck), EI_2 (A. Wensinck –［L. Gardet］); al-Qazwīnī, 1849: 368; C. Padwick, 1923; E. Lane, 1923: 67, 228及之后多页。

181. *(laqaytu) kull al-ṣayd fī jawf al-farāʾ*，这则习语用来指集合了所有好属性的人或物（因此其他的一切就多余了）。H. Wehr, 1976: 701.

182. 将这些关于报纸好处的评论与后来塔赫塔维关于剧院的评论进行比较会很有意思。

183. 第二版中，此处被更正为"1831年"，但这个年份依然是不正确的，因为塔赫塔维所指的修正案是1830年9月4日发布的《宪章》。这个错误的年份在之后也重复出现。

184. 比照法语原文第一条：*Les Français sont égaux devant la loi, quels que soient d'ailleurs leurs titres et leurs rangs*"法国人在法律面前是平等的，无论他们的头衔和等级如何"。

185. 比照法语原文第二条：*Ils contribuent indistinctement, dans la proportion de leur fortune, aux charges de l'Etat*"他们依据所拥有的财富确定的比例支持国家财政支出"。

186. 比照法语原文第四条：*Leur liberté individuelle est également garantie, personne ne pouvant être poursuivi ni arrêté que dans les cas prévus par la loi et dans la forme qu'elle prescrit*"他们的个人自由同样受到保障。除非在法律规定的情况下，以法律规定的形式，否则任何人都不能被起诉或逮捕"。

187. 比照法语原文第五条：*Chacun professe sa religion avec une égale liberté, et obtient pour son culte la même protection*"每个人都可以平等自由地信奉自己的宗教，并在宗教信仰方面得到同等的保护"。

188. 这是对新《宪章》第六条的相当奇怪的解释，该条规定：指定教派的牧师从国库中领取薪水。同样值得注意的是，作者将*traititement*"薪水"译作*waqf*（复数形式为*awqāf*），后者是伊斯兰法中的一个术语（字面义为"制止"），与*ḥubus*（复数形式为*aḥbās*）一样，指不可剥夺的永久性宗教财产（通常是不动产），用于清真寺、学校、医院等宗教和/或公共机构。见*EI*$_1$, s.v. "waḳf" (Heffening); J. Schacht, 1966: 19f., 125及之后多页等。

189. 比照法语原文第七条：*Les Français ont le droit de publier et de faire imprimer leurs opinions en se conformant aux lois. La censure ne pourra jamais être rétablie*"法国人有权按照法律规定发表和出版他们的意见。审查制度永不恢复"。

190. 在这一节中，塔赫塔维对法文文本第十一条作了大量的阐述，原条文仅为：*La conscription est abolie. Le mode de recrutement de l'armée de terre et de mer est déterminé par une loi*"废除兵役制。陆军和海军的征兵方式遵照法律规定"。显然，塔赫塔维的委托人穆罕默德·阿里会对武装部队的征募非常感兴趣。

191. 阿拉伯语短语*ḥuqūq baladiyya*的字面意思是"本国权利"，作者的读者同胞估计不太能够理解这个短语，他们可能会想知道这些"权利"的性质究竟是什么。

192. *taḥt al-bayraq*"在旗帜下"明显是对法语短语*sous les drapeaux*"在旗帜下"的直译，意思是"服兵役"。

193. 比照法语原文第三十四条：*Nul n'est électeur, s'il a moins de vingt-cinq ans, et s'il ne réunit les autres conditions déterminées par la loi*"年龄小于25岁及不符合法律规定的其他条件的人都不能成为选举人"。

194. 比照法语原文第三十二条：*Aucun député ne peut être admis dans la Chambre, s'il n'est âgé de trente ans et s'il ne réunit les autres conditions déterminées par la loi*"未满30岁及不具备法律规定的其他条件的人不得成为议员进入议院"。

195. 比照法语原文第四十九条：*Les juges nommés par le roi sont inamovibles*"国王任命的法官是不可撤换的"。

196. 比照法语原文第五十七条：*La peine de la confiscation des biens est abolie et ne pourra pas être rétablie*"废除没收财产的刑罚，不得再恢复"。

197. 比照法语原文第五十八条：*Le roi a le droit de faire grâce et celui de commuer les peines*"国王有赦免权和减刑权"。

198. 比照法语原文第六十五条：*Le roi et ses successeurs jureront à leur avènement, en présence des Chambres réunies, d'observer fidèlement la Charte constitutionnelle*"国王及其继任者在登基时将在两院面前宣誓忠实遵守现行《宪章》"。

199. 阿拉伯语*muwaqqiʿ al-waqāʾiʿ*"文书记录官"翻译的是法语词*greffier*"书记员"。选择*muwaqqiʿ*"记录官"符合上下文，因为该词指的是负责记录统治者在会面或答复请求时作出的决定的官员。

200. *banādir*，单数形式为*bandar*，源自波斯语，在古典阿拉伯语中意为"港口、港湾"，但在埃及指大城镇或地区首府，因此该词与法语词*chef-lieu*几乎完全对应，即一省首府，大致相当于英国的country town"郡城"。关于这个词的词源，又见S. Elatri, 1974: 204。

201. *shamʿ al-ḥakk*"擦拭用蜡"，比照法语短语*cire à frotter*。

202. *sāʿa bishtakhta*（比照奥斯曼土耳其语*pashtakhta sāʿat-i*）。这个词组中的后一

个词表示餐具盒，即带抽屉和隔层的旅行盒，女式旅行盥洗盒叫作*bishtakhta ḥarīm*。（奥斯曼土耳其语词*pashtakhta*指“柜台”“台板”，*pashtakhta sāʿat-i*，“立在台面上的钟”。——译者注）R. Dozy, 1967: I, 88; E. Bocthor, 1882; G. Badger, 1895: 108.

203. 这个词后来最常以*biyānū*的形式出现（虽然在现代标准阿拉伯语中这两个变体都存在）；参见M. al-Sanūsī, 1891–1892: 65; *idem*, 1976–1981: I, 148; G. Badger, 1895: 753; J. Habeisch, 1896: 590: E. Gasselin, 1880–1886: Ⅱ, 390; J. Zenker, 1866: 231; J. Redhouse, 1880: 93。

204. 此处的阿拉伯语行文颇具藻饰性，很注重音韵的和谐：*yasraḥa nāẓiruhu wa-yanzuha khṭāiruhu*“让目光漫游、心神愉悦”。

205. 作者利用*ẓarf*一词的多义性玩了一个文字游戏，该词既可指“容器”“信封”，也可指“精神”“智识”，因此是“一个充满*ẓarf*的*ẓarf*”。

206. 参见al-Salāwī, 1956: Ⅸ, 116。

207. *shubuq*（也作*shubuk*，比照土耳其语*çubuk*），一种长柄烟斗，一般长1.2至1.5米（但有的长达2米）。这种埃及特有的烟斗已经不再使用，早已被水烟（*shīsha*）所取代。见E. Lane, 1923: 138及之后多页。

208. 作者使用的*dār*（复数形式为*diyār*、*adwar*、*dūr*、*diyārāt*）一词字面义为“房子”，因此是全书经常出现的*bayt*（复数形式*buyūt*）的同义词。在这里，该词对应的显然是法语*Hôtel* (*particulier*) 或*maison de maître*，即“独立住宅”。

209. *sarāya*，借自土耳其语词*seray*，英语词seraglio和法语词*sérail*也源于此，这后两个词在欧洲游记文献中都用来指奥斯曼苏丹的后宫。

210. *Bawwāb*，“门卫”。在现代埃及，履行门卫职责的实际上是看门人或门房。

211. 开罗与大多数东方和北非的大城市一样划分多个街区，每个街区只能通过一个大门进出，通常在夜晚上锁，并设有警卫。

212. *qirsh*, 复数形式为*qurūsh*。19世纪20年代，汇率在72至100基尔什兑1英镑之间变动。1835年，汇率被官方固定为97.5基尔什兑1英镑。由于通货膨胀，埃及货币的国际价值在1805—1843年间贬值了四分之一。1基尔什相当于40个*fiḍḍa*（即“银币”，或*qirsh fiḍḍī*，“银基尔什”），面额有5、10和20。埃镑（*junayh*，复数形式为*junayhat*，英语为*guinea*）是1885年才引入的。见E. Lane, 1923: 580–581; R. Owen, 1993: 67; M. Morsy, 1984: 114–115; K. Vollers, 1887–1897: 323。

213. 选择使用阿拉伯语词*al-ʿāmma*值得注意，该词是对“平民”的统称，不包括商人（*tujjār*）和学者（*ʿulamāʾ*），但这三类人群都是臣民（*raʿīya*）的组成部分。在伊斯兰社会，该词与要人（*al-aʿyān*, 等同于统治精英）相对立。有趣的是，在《路径》中，塔赫塔维将埃及人分为四个阶层：掌权者、学者（包括法官和伊斯兰教以外其他宗教的领袖）、军人和臣民（即余下的埃及人，包括农民、商人和手工业者）。al-Ṭahṭāwī, 1973–1980: I, 515及之后多页。另见A. Raymond, 1998: 52–59。

214. 在伊斯兰社会，*muḥtasib*指监督市场秩序和检查是否缺斤短两的督查官。见A. Raymond, 1973: 588–606; E. Lane, 1923: 125及之后多页。

215. *al-risṭurāṭūr*，这显然是*restaurateur*“餐馆老板、酒席承办者”的音译。这

种形式并不奇怪，因为*restaurant*“餐馆”一词（最早出现在1835年版的《法兰西学术院词典》中）主要还是指“*restaurateur*的馆子”，而*restaurateur*即是通过提供食物来使人们“复原”（*restaurer*）的人。在这个意义上，使用*restaurer*一词，通常与第一个开店营业的餐馆老板（1765）有关，这人是个面包师傅，当时在店门口贴了如下的［拉丁语］告示："腹中空空者来我这里吧，我把你们全都复原”（Venite ad me omnes qui stomacho laboratis et ego restaurabo vos）。见A. Scheler, 1888: 437; P. Imbs *et al.*, 1971–1994: XIV, 992。

216. *al-lūkanja*［原文如此］（源自意大利语*locanda*）。参见M. Amīn Fikrī, 1892: 13.摩洛哥人萨法尔（al-Ṣaffār, M. al-Khaṭṭābī 1987: 21; S. Gilson Miller, 1992: 88）既使用*lūkanda*，也使用*būṣāda*（源自西班牙语/葡萄牙语*posada*“旅店”），后者同时提供住宿和食物。而瓦尔达尼则用 *util* 表示“旅馆”（*hotel*），用*lūkanda* 和 *khān* 表示更低品质的*fonda*、*posada*和*hostería*（S. al-Wardānī, 1888–1890: 多处）。*lūkānda*这个词在埃及仍在使用，指品质较差的旅馆。又见E. Gasselin, 1880–1886: I, 965; G. Badger, 1895: 457 (*lūkanda*); J. Habeisch, 1896: 357; S. Spiro, 1895 (*lūkanda*): 548。在［奥斯曼］土耳其语中，*lūqāndah*的意思是“餐厅”（比照现代土耳其语词*lokanta*）。J. Zenker, 1866: 796; J. Redhouse, 1880: 152, 263, 753.

217. *awānī*（单数形式为*inā'*），“瓶”，指瓶形的传统酒杯。

218. *'araqī*显然是塔赫塔维对法语词*liqueur*“利口酒”的“翻译”，茴香籽是*'araqī*的核心成分，有些利口酒也确实含有茴香籽。

219. 此处作者使用了*khumūr*一词，这是*khamr*的复数，现今专门用来指“酒”，在早期的阿拉伯诗歌中，这个词就以酒的含义出现了。在其他地方，塔赫塔维用同样经典的词语*nabīdh*来表示“酒”，它原本是各种醉人饮料的统称。《古兰经》中只出现过*khamr*（第2章第219节，第5章第90—91节，第12章第36、41节，第16章第69节，第47章第15节）。参见："khamr", EI_1 (A. Wensinck), EI_2 (A. Wensinck – J. Fadan); "nabīdh", EI_1 (A. Wensinck), EI_2 (P. Heine); S. Elatri, 1974: 337–338（关于*khamr*一词的词源）。

220. 见正记第一篇注41。

221. *tāsūmāt*（单数形式为*tāsūma*，另有复数形式*tawāsīm*），通常只用来表示“鞋”（参见：例如G. Badger, 1895: 962; A. Kazimirski, 1860: I, 199），E. Bocthor（1882: 565）将该词的指涉对象描述为*soulier en pantoufle*“拖鞋”，参见R. Dozy, 1967: I, 138–139; 同上, 1845: 104。

222. 这是一种丝质长纱巾（也作*mi'zār*），穆斯林妇女（通常是年纪较大的）将其包在头上，两端悬在肩上（R. Dozy, 1967: I, 20; 同上, 1845: 38–46），与一般是年轻妇女佩戴的 *'itb*（或*mi'taba*）相似（见R. Dozy, 1845: 21–23）。

223. 最初，这个词在阿拉伯语中指“腰带”，特别是着装受到限制的顺民（*dhimmīs*，基督徒、犹太人等）的腰带，但该词主要与基督徒有关，这从*muzannar*“系*zunnār*的人”，是“基督徒”的同义词这一事实中就可见一斑。后来，该词还被用来指“（欧式）腰带”（比照现代标准阿拉伯语词*ḥizām*）和犹太人头部两侧的边落。然而，应该指出，该词在伊斯兰世界的西部还有其他含义。例如，在安达卢西亚，*zunnār* 指粗羊毛外衣，而在突尼斯，则指的是乡村富民的黑白头巾。见 EI_1, s.v. “zunnār” (A. Tritton); R. Dozy, 1845: 196–198; *idem*, 1967: I, 606; S. Ferchiou, 1970: 18; Ibn Jubayr［n.d.］: 215（Gaudefroy-Demombynes译，第361页注2）。

224. 这联诗中的“小腿袒露”带有色情意味，作者显然受到《古兰经》的启发，如第27章第44节，尤其是第68章第42节：“在那日，腿将被裸露，（马坚译作‘大难将临头’。——译者注）他们将被召去叩头，而他们不能叩头。”（英译A. Arberry, 1983: 601）这样一来，诗人在此联中使用的*qiyāma*“复活”或“勃起”就同《古兰经》中的“扣头”（*sujūd*，字面义为拜倒［在安拉面前］）直接相对了。

225. 这一借词最初通过古希腊语θεάτρον“剧场”（比照古典叙利亚语*te'aṭron*和希伯来语*teaṭron*）进入阿拉伯语，突尼斯城诗人马哈利兹·本·赫拉夫（Maḥriz b.Khalaf，卒于1022年）在提到迦太基的罗马剧场时首次使用了该词（H. Ben Halima, 1974:13）。在伊德里西的地理学著作（R. Dozy 和M. De Goeje编，112/132）中，该词的形式为*ṭiyāṭir*。S. Moreh（1990）对阿拉伯语文献中出现“剧场”一词做了出色的研究。在19世纪上半叶，如今现代标准阿拉伯语中使用的*masraḥ*“剧场”一词所指的仍是“牧场”的这个古典含义，黎巴嫩剧作家马龙·奈卡什（Mārūn al-Naqqāsh）可能是第一个使用其现代含义的人（1869:15）。在19世纪一直通行的是借词*tiyātir*（复数形式为*tiyātrāt*）及其变体*tiyātrū*（复数形式为*tiyātrawāt*，源自意大利语*teatro*，比照土耳其语*tiyātrō*）。Khayr al-Dīn, 1867: 55 (*tiyāṭr*); M. Ibn al-Khūja, 1900: 22, 44 (*tiyātir*); M. al-Sanūsī, 1891–1892: 177 (*tiyātir*); *idem*, 1976–1981: I, 126等(*tiyātrū*); S. al-Wardānī, 1888–1891: no. 9 (p. 4), no. 30 (p. 3) (*tiyātrū*); A. Zakī, 1893: 391 (*tiyātir*); A. Ilyās, 1900: 268等(*tiyātir*); al-Salāwī, 1956: Ⅸ, 116 (*tiyātrū*); M. Amīn Fikrī, 1892: 149, 152等(*tiyātir*), 186等(*tiyātrū*); M. al-Muwaylīāī［n.d.］: 201 (*tiyātrū*); ʿA. Nadīm, 1897–1901: 40 (*tiyātir*); A. Ibn Abī ʾl-Ḍiyāf, 1963–1965: Ⅳ, 102 (*tiyātir*); K. Vollers, 1897: 319。形式上，源自意大利语的借词取代了源自法语的借词，前者被多部词典收录，如：S. Spiro, 1895: 88; G. Badger, 1895: 1091; J. Zenker, 1866: 330; J. Redhouse, 1880: 333。还值得关注的是，只有塔赫塔维（见下文）和海伊鲁丁（1967:60）还用*tiyātir*来指“剧”。这个借词很早就有了形态变化，比如，其形容词形式出现在直译短语*qiṭʿa tiyātriyya*“戏剧片段”（源自法语短语*pièce de théâtre*“剧”）中，穆罕默德·奥斯曼·杰拉勒翻译的莫里哀所作《伪君子》(阿拉伯语剧名为《马特鲁夫谢赫》，开罗，1290/1873年）的书名中就用了该短语。埃及人雅古布·萨努阿在一部喜剧的剧名中也使用了*tiyātir*的形容词形式：*al-Quradātī, luʿba tiyātriyya ḥaṣalat fī ayyām al-Ghuzz fī 1204*“耍猴人，发生于乌古斯（指马木鲁克。——译者注）时期1204年（伊历。——译者注）的戏剧”。

226. 塔赫塔维之后，不少人都赞同他对戏剧的这些观点，详见D. Newman, 2002a。19世纪最早提及欧洲（法国）剧院的是哲拜尔提（1997：Ⅳ，536：1215年8月11日/1800年12月28日）：“在爱资拜基耶地区距一个叫巴卜哈瓦（*Bāb al-Hawā'*）不远的地方，他们［法国人］建了一个在他们的语言中叫作*kumidī*的场所，这是他们每十天一次在晚上聚在一起看娱乐演出的地方，演出由一群人进行，持续四个小时，使用的是他们的语言，目的是娱乐和消遣，只有持票并着装得当的人才能入内。”

227. 这是对如下这句格言（源于贺拉斯和伊拉斯谟）的意译：*ridendo castigat mores*（*lectorem delectando pariterque monendo*），大意是“欢笑提升道德水平”。

228. *uwaḍ*（单数形式为*ōḍa*）,参见A. Ibn Abī al-Ḍiyāf, 1963–1965: Ⅳ, 102（*rawāshīn*，单数形式为*rawshan*）。

229. *maq'ad*（复数形式为*maqā'id*），在埃及指大房子一楼的回廊，这个回廊环绕并通向中央庭院，是接待重要访客的地方（比照*mandara*“会客室”）。见E. Lane, 1923: 17。

230. 单数形式为*'ālima*（字面义为“聪明的女子”），这些女子是职业舞者和歌手，在19世纪福楼拜、德纳瓦尔等人带有东方主义色彩的笔下经常占据重要位置，兰波甚至用整首诗《她是歌女吗？》（*Est-elle almée?*）来描述一个歌女。总的来说，这些职业歌手的名声非常不好，以至于穆罕默德·阿里把她们给禁了，但这反过来又导致异装兴起。见E. Lane, 1923: 172, 361–362, 506; D. Hopwood, 1999: 130–134; K. Van Nieuwkerk 1995; W. Buonaventura & I. Farrah 1998。

231. 这明显是指罗西尼的著名歌剧《摩西在埃及》（*Moïse en Egypte*），该剧于1818年首演，修订版本于1827年在巴黎首演。作曲家早在1824年就在巴黎定居了，塔赫塔维旅居巴黎期间，这部歌剧上演了好几季。

232. 参见M. Bayram V, 1884–1893: Ⅲ, 83 (*lūbirah*); M. al-Sanūsī, 1891–1892: 47 (*ūbīrah*), 61 (*lūbirah*); F. al-Shidyāq, 1881: 68 (*ūrpā*), 232 (*ūbīra*); A. Ilyās, 1900: 269, 277, 278, 285 (*ūbrā*); M. Amīn Fikrī, 1892: 125, 152及之后多页(*ūprā*); M. al-Naqqash, 1869: 16 (*ūbirah*)。

233. 该剧院成立于1752年，1762年与意大利剧院合并。见M. Berthelot, 1886–1902: XXV: 411–412。

234. 剧院由劳伦特·弗朗科尼（Laurent Franconi，1776–1849）建立。他来自意大利一个著名的骑手家族，尤以杂技和马术表演（*équitation acrobatique*）闻名，他的儿子维克多也在此类演出中扮演了主要角色。1845年，他们开设了一个竞技场，表演赛马车、默剧等。阿尔及利亚旅行家伊本·西亚姆（1852：16–17）观看了竞技场（*bayḍrum*）中的表演，给他留下了深刻的印象。应该补充的是，动物表演、马戏团等很是吸引穆斯林旅行者，有好几位都详细描述了他们观看的表演，如al-Wardānī, 1888: no. 8, 4。

235. 路易·孔特（Louis Comte，1788–1859）是著名的魔术师和口技师。1815年，他的表演得到了路易十八授予的皇家认可。孔特曾到欧洲各地表演他的魔术。这里提到的剧院于1827年开业，孔特担任该剧院院长直到1848年。

236. 复数形式为*ḥuwā*，指“耍蛇人”“戏法师”，E. Lane（1923：391及以下多页）很好地描述了这一行当。

237. 参见al-Sanūsī, 1976–1981: I, 160; Ibn Khaldūn［F. Rosenthal］, 1986: I, 206, Ⅲ, 159, 169。

238. *ahl al-la'ab al-musammā khayāliyyan*，此处涉及皮影戏（*khayāl al-ẓill*），是

伊斯兰世界的一种演艺形式，见ʿA. Yūnus, 1994; M. al-Khozai, 1984; EI1, s.v. “Khayāl-iẓill”, (T. Menzel); “ḳaragöz”, EI1 (H. Ritter), EI2。

239. 参见ʿA. Al-Jabartī, 1997: Ⅳ, 536 (*kumidī*); F. al-Shidyāq, 1881: 307 (*kūmīdī*); M. al-Sanūsī, 1976–1981: I, 154 (*kūmīdiyā*); idem, 1891–1892: 61 (*kūmīḍī*); Khayr al-Dīn, 1867: 57 (*kūmīdiyā*); M. Amīn Fikrī, 1892: 251 (*kūmidiyā*); M. al-Naqqāsh, 1869 (*kūmidiyā*); 16; E. Bocthor, 1882: 164; E. Gasselin, 1880–1886: I, 292。可能是18世纪的摩洛哥公使米克纳西在他的游记中首先使用了这个借词［1965: 23（*kūmīdiyī*）］。

240. 尽管此处塔赫塔维的论证很有说服力，但其他人并没有听从他的建议。正如我们所看到的，“剧场”的现代标准阿拉伯语术语是*masraḥ*，并从中派生出*masraḥiyya*“剧”和*riwāya/qiṣṣa/ḥikāya masraḥiyya*“戏剧故事”。

241. 1787年，爱尔兰画家罗伯特·巴克（Robert Barker）获得了“全景画”的专利，他最初将其称为*La Nature à Coup d’Oeil*,即“自然览胜”。全景画由一个圆形帆布结构组成，其上绘有各类景象，通常是卢泰尔堡（Loutherbourg）或托马斯·庚斯博罗（Thomas Gainsborough）等著名艺术家的作品，观众可站在中央平台上进行观赏。展出的绘画从街景、战斗场景到自然风光等各不相同。来自周边视野的强大冲击力和由此产生的视觉扭曲有时会让观众痴狂。全景画也往往发挥新闻片的作用，例如1812年，柏林的一家全景画馆就呈现了莫斯科大火3个月后的景象。第一家全景画馆建在蒙马特大街，随后卡皮西纳大街上又建了一家。然而，塔赫塔维只能参观前一家，因为后一家在1824年被毁了。蒙马特馆于1831年被拆除，因为公众对它失去了兴趣。见M. Berthelot, 1886–1902: XXV , 950–951。

242. 这个深受欢迎的景点是由路易·达盖尔（Louis Daguerre，1787–1851）发明的，于1822年建于索尔顿街，也即后来的博纳–努韦勒（Bonne-Nouvelle）大道，由置于一片背景上的微缩人像构成，通过一个小开口观看，在精美灯光的映射下栩栩如生。1854年，该透景画馆关闭，原址上建了个军营——欧仁亲王营（Caserne du Prince-Eugène），即现在的韦里内营（Caserne Vérines）。见*GDU*, s.v.; M. Berthelot, 1886–1902: XⅣ, 617–618。另一位穆斯林旅行家，摩洛哥人萨法尔在记述其1845—1846年间对巴黎的访问时对该透景画馆作了详细的描述；S. Gilson Miller, 1992: 145–146。达盖尔透景画大获成功，敏锐的商人们很快推出了他们各自的版本，取了各种奇妙而诱人的名称，如欧洲景画、天景画、宇宙景画、物景画等。

243. 虽然其他一些穆斯林旅行者也同样对舞会感兴趣（如al-Sanūsī, 1891–1892: 53; S. Ibn Ṣiyam 1852: 24），但另一些则并不如此。例如，阿里·穆巴拉克称这些舞会是荒唐的，让人迷失自我（1882：Ⅲ，845）。另见M. al-Muwaylīḥī［n.d］: 161及之后多页。

244. 这是一种乡村（或部落）男子的聚会，其间会讲故事和朗诵诗歌。

245. 祖纳姆（Zunām）是哈伦·赖世德宫廷中的著名笛子手，他被认为发明了一种叫作“祖纳米”（*zunāmī*）或“祖拉米”（*zulāmī*）的双簧管乐器。E. Lane, 1863–1874: I, 1259.

246. *ayyām al-zafar al-thalātha*“油腻三日”，即Mardi gras“油腻星期二”，基督

教的忏悔节。

247. 有意思的是，塔赫塔维使用转喻的方式以*tasmīya*“念太思米”来表示宰。太思米指宰牲过程中念诵的宗教性程式语言*bismillāh al-raḥmān al-raḥīm*“以至仁至慈安拉之名”，根据伊斯兰法，食用不念此句而宰的动物是不合法的。（阿拉伯语原本作*tasmīnih*“养肥+它”，而非*tasmīyatih*“念太思米+它”，两者形态太过相似以至于英译者误读，并在误读的基础上做了此则注释，其实作者本义不过是“好好饲养”而已。——译者注）

248. 在第二版中，作者在这句话之前插入了以下内容：“其中之一是杜乐丽（*al-Tūlrī*）花园，也是王宫的所在。这座花园是最宏伟的休闲胜地之一，只有光鲜亮丽的人（*al-mutajammilūn*，比照法语短语*le beau monde*“美丽的人”！）才能进入，下层人则不行，这印证了一个风趣之人的说法：“如果有朝一日我来维护这些花园，那微贱之人就踏不进来。”

249. 1830年前，费丹这一埃及的面积单位相当于5306.6平方米。1费丹等于24基拉特（*qīrāṭ*）或333.3平方戛赛布（*qaṣaba*，约3.99米）。之后，1戛赛布被缩减为3.55米，1费丹也相应地减少到4200.833平方米。还应该补充的是，在19世纪初，费丹的大小还存在轻微的地区差异，比如上埃及使用的费丹就比杜姆亚特使用的费丹小不少。见E. Lane, 1923: 578; W. Hinz, 1970: 63, 65, 66; *EI₁*, s.v. “faddān” (C. Huart)。

250. *Zīnāt*“装点”；*yawm al-zīna*“装点日”指官方庆祝活动，其间人们会装点房屋、街道等。

251. 本段之后有六段夜间主题的诗，分别为简律、轻律、长律、简律、谣律和全律，因为与内容关联性较小略去不译。（中译本已补全。——译者注）

252. 关于当时埃及的洗浴习俗，见E. Lane, 1923: 343及之后多页。另见A. Raymond, 1969（19世纪初开罗洗浴设施的数量和分布）。

253. *niṣf ḥammām*，即坐浴。

254. 严格地说，*ḥikma*既指神无限的智慧，也指人的智慧，后来又指“哲学”。再往后，炼金术士也称他们的学问为*ḥikma*，由此与治疗行业和医生（*ḥakīm*）职业联系在一起。见*EI₁*, s.v. “ḥikma” (C. Huart)。

255. 塔赫塔维使用的*māristān*是*bīmāristān*的变体，源自波斯语，常用来指近东地区的医院兼医学院，其中最早和最著名的一家在大马士革。现代标准阿拉伯语中表示“医院”的词*mustashfā*是20世纪才流行开来的，此后*māristān*（及其变体*maristān*、*murustān*）仅用来指“疯人院”。塔赫塔维也用该词指“安养院”。另见*EI₂*, s.v. “Bīmāristān” (D. Dunlop)。

256. 参见al-Sanūsī, 1891–1892: 79. 又见*EI₁*, s.v. “maghnaṭīs, maghnāṭīs, maghnīṭīs” (E. Wiedemann)。

257. 作者此处根据阿拉伯语埃及方言发音拼作*juzām*，而非古典阿拉伯语的*judhām*。（阿拉伯语原版中实际上用的就是后者而非前者，英译者发现的问题并不存在。——译者注）

258. 此处之后录有一本法语医学手册（出处不明）的译文，名为《医生的建议》

（*Naṣīḥat al-Ṭabīb*），包含前言和六章的内容，分别是：（1）“对身体健康者的建议”；（2）“疾病的最初症状出现时该怎么办”；（3）“疾病暴发时该怎么办”；（4）“对正在康复者的治疗”；（5）“关于健康的一般建议”；（6）“各种失调和疾病的治疗”。鉴于此部分的性质是医学指南，没有文学和历史价值，故不收录。

259. 参见al-Sanūsī, 1891–1892: 69及之后多页；al-Shidyāq, 1881: 229。

260. 哈提姆・塔伊・本・阿卜杜拉・本・萨阿德（Ḥātim al-Ṭāʾī b. ʿAbd Allāh b. Saʿd），活跃于伊斯兰教产生以前的公元6世纪下半叶，是一名士兵和诗人。据说他具有豪侠（*murūwa*）的所有品质，特别是慷慨，不仅作为典故进入了谚语（*ajwad min Ḥātim*“慷慨甚于哈提姆”），还为他赢得了慷慨者（al-Jawād）或最慷慨者（al-Ajwad）的称号。这一品质在他的诗作中也表现得很明显，其中大部分是对慷慨和无私行为的赞美。见*EI*$_1$, s.v. “Ḥātim al-Ṭāʾī” (C. Van Arendonk)。

261. 马恩・本・扎伊达・艾布・瓦利德・沙伊巴尼（Maʿn b. Zāyida Abū al-Walīd al-Shaybānī，卒于151/768—769年）是穆斯林将军和也门总督。阿拉伯文献中记录的是他的军事能力、极度的慷慨和对诗人的赞助。见“Maʿn b. Zāʾida”, *EI*$_1$ (K. Zetterstéen), *EI*$_2$ (H. Kennedy); Yāqūt, 1866–1873: I, 145, Ⅱ, 548, 708, 898。

262. 这是以巴格达为中心的哈里发王朝，是先知的叔父阿拔斯・本・阿卜杜・穆塔里布・本・哈希姆（al-Abbās b. ʿAbd al-Muṭṭalib b. Hāshim）的后裔。这个王朝（750—1258）继承了伍麦叶王朝（661—750）。阿拔斯哈里发时期是伊斯兰教的黄金时代，这一时期，一个世界性的帝国得以建立，艺术、文学和科学都得到极大的发展。见H. Kennedy, 1986: 124及以下多页；P. Holt, 1988: 104–139; P. Hitti, 1991: 288–428。

263. *Barāmika*（单数形式为*Barmak*），阿拔斯哈里发时期的一个波斯大臣家族。见*EI*$_1$, s.v. “Barmakids” (W. Barthold); *EI*$_2$, s.v. “al-Barāmika” (D. Sourdel); H. Kennedy, 1986: 141–144等多处；P. Hitti, 1991: 294–296等多处。

264. *dawāniqī*“吝啬人”，源于*dāni/aq*（复数形式为*dawāniq*），即“达尼克”（货币单位，相当于六分之一迪拉姆）。此处指的是阿拔斯王朝第二位哈里发艾布・贾法尔・阿卜杜拉・本・穆罕默德・曼苏尔（Abū Jaʿfar ʿAbd Allāh b. Muḥammad al-Manṣūr，754—775年在位），也是巴格达城的建立者。他吝啬的名声来自他节俭的货币政策和总体上简朴的生活方式。见*EI*$_1$, s.vv. “al-Manṣūr” (K. Zetterstéen), “dānaq” (C. Huart); al-Masʿūdī, 1960–1979: chap. CⅫ。

265. *Awqāf*“瓦克夫”（宗教基金）；为了向读者说明社会福利系统（*assistance publique*），这是作者可以选取的最贴切的词。当然，宗教在法国［的社会福利系统中］也的确发挥着作用，天主教会在法国的医疗保健领域非常活跃，拥有和管理着诸多机构。

266. *akhdh min al-waqf*“从基金中获得一笔补助”；这里的基金可能是指“社会救助基金”（*Caisse d'Assistance Sociale*）。

267. 如今的主宫医院位于巴黎圣母院北侧，建于1866—1878年，原址是儿童之家（见下文）。塔赫塔维所说的建筑是在巴黎圣母院建造时期（公元12世纪）建的，位于圣母院的另一侧（今天的查理曼广场），横跨塞纳河两岸。它在19世纪50年代奥斯曼男爵（Baron Haussmann）主持的［巴黎］改造工程中被拆除。参见al-Sanūsī, 1891–1892: 76及之后多页; M. Amīn Fikrī, 1892: 304。

268. *al-mubtalī bi-l-Ifranjī*［原文如此］，字面意思是“受法兰克（病）的折磨”。这个词的源头［包括其他一些变体，如*maraḍ (I)Firanjī*——“法兰克疾病”、*balā' (I) Firanjī*——“法兰克疾患”］可以追溯到中世纪，据说是十字军将这种疾病传入近东的。土耳其语和波斯语（*ableh Ferangī*“法兰克痘”）中也采用了这种表达。有趣的是，在18世纪的欧洲，这种疾病也被称为*morbus Gallicus*，即“法国病”。

269. 这家医院建于17世纪初，主要为了应对16世纪末流行的瘟疫，现已不再使用。

270. 这指的是弃儿院（*Hospice des Enfants Trouvés*），建于1747年，19世纪60年代初被拆除，以为新的主宫医院腾空间。

271. 参见M. al-Sanūsī, 1891–1892: 82–83 (*līzānfalīd*); A. Ilyās, 1900: 275–276 (*al-anfālīd*); M. Amīn Fikrī, 1892: 135, 403; A. Ibn Abī 'l-Ḍiyāf, 1963–1965: Ⅳ, 104 (*al-Anfalīd*)。

272. 这指的是埃尔欣根公爵、莫斯科亲王米歇尔·内伊（Michel Ney，1769–1815），他是拿破仑手下最著名的将军（1804年起称元帅）之一。1814年拿破仑退位后，内伊宣誓效忠复辟的波旁王朝。一年后拿破仑归来，内伊又回归其阵营，并在滑铁卢战役中负责指挥原来的近卫军。波旁王朝再次掌权后，他被控叛国罪，并被处死。尽管晚年在政治立场上左右摇摆，但内伊的英勇和勇气还是成了传奇。

273. *ribā*，字面义为“增加”；这个词在《古兰经》中多次出现（如第2章第275节及以下），在伊斯兰法中，它指的是增加资本而不给予任何补偿的非法做法，特别是与贷款、投资等的利息支付有关。见*EI_1*, s.v. “ribā” (J. Schacht)。

274. *jam'iyya*，海伊鲁丁也用这个词来表示由股份担保的有限公司（*sharika iqtiṣādiyya/sharika jam'iyya*, 1867: 77）。第一个使用现代标准阿拉伯语术语*sharika*来表示有限公司的旅行者是突尼斯人萨努西（1891–1892: 72）。19世纪的一些词典已经将*sharika*列为现代意义上的公司（如Kazimirski, 1860: I, 1222; G. Badger, 1895: 157; B. Ben Sedira, 1882: 241）。

275. *al-sham' al-Iskandarānī*，阿拉伯语埃及方言中指“蜂蜡”；M. Hinds and E. Badawi, 1986: 478。

276. 这指的是世界博览会的前身，这些博览会是工业时代的典范。在伦敦（1756、1757）和布拉格（1791）进行了几次早期尝试之后，法国内政部部长弗朗索瓦·德·纳沙托（François de Neufchâteau）在法国出台了一项关于展示工业产品的国家政策。1798年，第一届工业产品博览会在战神广场举行，共有110家参展商参加。到1849年，共举行了11次这样的全国性展览。在最初的几十年里，这些展览的举办时间相当不固定，1806年的第四次展览和1819年的第五次展览之间相隔了13年，此后的间隔时间在4到5年之间。塔赫塔维留学期间，只有1827年举行了一次（在卢浮宫），那是在5月1日至6月30日期间，参展商至少有1695家。

277. 单数形式为*wikāla*（去东方旅行的欧洲人提到的*okel*），源自意为“委托”的词根，埃及人用来指商人居住的旅店（*khān*）。见A. Raymond & G. Wiet, 1979: 16–18（见正记第三篇注17）。

278. *qawārib allatī taṣīru bi-l-dukhān*，“使用蒸汽航行的船”，这个冗长的表述是阿拉伯文献中第一次提到蒸汽船（在塔赫塔维到来之前十年才开始在法国投入商业使用）。不久之后，借词*fābūr*（源自法语*vapeur*、意大利语*vapore*）及其变体*wābūr*和*bābūr*（源自西班牙语*babor*）将被引入。最早引入这些借词的是摩洛哥旅行家萨法尔，他于1845—1846年访问法国（S. Gilson Miller, 1992: 78），以及突尼斯人伊本·艾比·迪亚夫（1963–1965：Ⅳ，96）。法里斯·希德雅格（1881: 68，71，92）是第一个使用现代标准阿拉伯语术语*bākhira*（复数形式为*bawākhir*）的阿拉伯作家，该词于19世纪末取代了那些借词。在当今的许多阿拉伯语口头方言中（如叙利亚–黎巴嫩方言、埃及方言），*wābūr*表示炉子和任何电动机驱动的发动机或机器。在突尼斯，*bābūr*仍然用来指“船”（也指厨房用的小炉子）。参见Khayr al-Dīn, 1867: 64, 111, 178, 230等多处；M. al-Sanūsī, 1891–1892: 6, 7, 8, 11, 35等多处；同上，1976–1981: I, 51, 85; S. al-Wardānī, 1888–1890: Nos 3, 4, 5; M. Amīn Fikrī, 1892: 47等多处；G. Badger, 1895: 1023; J. Habeisch, 1896: 924; J. Zenker, 1866: 936; K. Vollers, 1887–1897: 321 (以及变体*bājūr*); E. Gasselin, 1880–1886: Ⅱ, 812– 813; T. Baccouche, 1969: 30; 同上，1994: 464等多处(见第509页术语表); J. Heyworth-Dunne, 1940–1942: 408; J. Redhouse, 1880: 312。

279. *dawāwīn tasfīr al-arabiyyāt al-kabīra*“大车调度迪万”。

280. 当然，这不是指电报机，电报机是1835年由塞缪尔·莫尔斯发明的，10年之后，法国的第一条电报线路（巴黎—鲁昂）才建成。塔赫塔维所指的系统实际上是沙普（Chappe）兄弟的*télégraphe aérien*，它是一种信号系统，由安装在塔楼（或房顶）上的杆组成，杆与杆之间的距离为10—12千米，信号逐杆传递。沙普电报机用起来虽然很费劲，但确实可以在8分钟内将信息从布雷斯特送到巴黎（约600千米），当然，还需要天气条件允许。需要补充说明的是，沙普电报机只供官方使用。另见S. Ibn Ṣiyām, 1852: 8; al-Ṣaffār［S. Gilson Miller］, 1992: 201。

281. 这指的是*coches d'eau*，“用马拉的驳船”。

282. 这种车是19世纪初推出的，实际上是大型的轻跃车，即可容纳4至8名乘客的两轮马车。其名字来自车身的黄色，这是樱草花的颜色。见*TLF*, Ⅵ, 289。

283. 公共汽车（*omnibus*，“面向所有人”，更准确的说法是*voiture omnibus*，“面向所有人的车”）在塔赫塔维到达巴黎前一年才被发明出来，因此在当时仍然是新生事物。用*omnibus*（来自拉丁语）这个名称是因为其低廉的票价让每个人都能乘坐。这些公共汽车沿着固定站点的既定路线在不同的城市区域之间穿梭。另见*TLF*, Ⅻ, 492–493。

284. *al-busṭa* (亦作*būsṭa*)；参见M. al-Sanūsī, 1891–1892: 7, 8, 182, 185, 255; 同上，1976–1981: I, 51, 52, 67, 85等多处；M. Bayram V, 1884–1893: Ⅳ, 135; Khayr al-Dīn, 1867: 61, 171, 231, 278, 331; F. al-Shidyāq, 1881: 93; M. Amīn Fikrī, 1892: 124, 424 (*būsta*); S. Spiro, 1895: 63; J. Habeisch, 1896: 622; J. Catafogo, 1858: 877; H. Salmoné, 1890: 59; E. Gasselin, 1880–1886: Ⅱ, 436 (*būsṭa*/*būshṭa*); J. Zenker, 1866: 219 (*būst*); J.

Redhouse, 1880: 236 (*būsta*); H. Wehr, 1934: 54; K. Vollers, 1887–1897: 319 (*busta*, *busṭa*); J. Heyworth-Dunne, 1940–1942: 410。这个借词现今仍然在许多阿拉伯语方言口语中使用（参见M. Hinds and E. Badawi, 1986: 75; A. Abou-Seida, 1971: 115; A. Butros, 1973: 96），在当代突尼斯方言中，该词的变体*būsṭ*指的是"警察局"（比照法语短语*poste de police*）；T. Baccouche, 1969: 30。

285. *kasabtu wa-qanaytu*，比照法语表达*j'ai gagné (de l'argent)*，"我赢（钱）了"。

286. 参见M. al-Ṣaffār［S. Gilson Miller］, 1992: 219。

287. 参见《古兰经》第2章第62节、第5章第69节、第22章第17节。

288. 此处作者使用*al-ilāh*"神"而不是*Allāh*"安拉"，背后的考量显而易见。

289. 很明显，塔赫塔维对基督圣体圣血节（*Fête-Dieu*，又作*Fête du Saint-Sacrement*）做这样的描述会让他的读者动容，其中的"异教性"也会证明他［之后］的严厉指责是正当的。

290. *ʿīd*，比照法语*la fête d'une personne*"名字节"。

291. *ḥashawāt ḍalāliyya*"谬误的填充物"，其中*ḍalāliyya*（源自*ḍalla*，"迷误"）具有强烈的宗教意味，其同源词在《古兰经》（如开篇章中出现的*al-ḍāliyyīn*，"偏离（正道）的人"）和圣训（参见A. Wensinck, 1992: s.v.）中多次出现。

292. 在原稿中，塔赫塔维在之后还加了"比如'地球是转动的'等说法"（*ka-l-qawl bi-dawrān al-arḍ wa-naḥwahā*）。参见Caussin de Perceval, 1833: 250 (trans. 243)。我们可以推测，这句话是和关于地球转动的那段话一起剥离出来的（见正记第六篇第七章）。

293. 这是指阿尔及尔的哲学家阿卜杜·拉赫曼·艾赫道利（ʿAbd al-Raḥmān al-Akhḍarī, 1513–1575）及其所著的著名逻辑学教学诗（*manẓūma*），谣律，此诗共94联，题为《通向逻辑学的辉煌阶梯》（*al-Sullam al-murawniq fī al-manṭiq*）。塔赫塔维的导师哈桑·阿塔尔曾评注过这部作品，他的另一位老师易卜拉欣·巴朱里则注释了艾赫道利对自己作品的评注。《阶梯》是布拉克政府印刷局最早印制的书籍之一（1826年2月）。见T. Bianchi, 1843: 34 (no. 25)。《阶梯》也被译成了法语（J. D. Luciani, *Le Soullam, traité de logique*, Algiers, Jules Carbonel, 1922）。见Y. Sarkīs, 1928: 406–407; *EI*$_1$, *EI*$_2$ s.v. 'al-Akhḍarī' (Brockelmann); *GAL*, Ⅱ, 356。

294. 将赞颂和批评（往往是激烈的）结合起来，这种理念源于古典阿拉伯文学（如非常流行的体裁*mafākhir*"矜夸"）。离经叛道的黎巴嫩基督徒希德雅格（1804—1887）也使用过这种手段，他在著名的《腿交叠》（*al-Sāq ʿalā al-Sāq*）（即《法里雅格谈天录》。——译者注）中，将两首关于巴黎的诗放在一起，一首用来赞美，一首用来谴责（al-Shidyāq: 1855: 295–300; 1919: 395–400）。

295. *taʿallum ṣanʿatihi allatī yurīd taʿlīmahā*，"习得想要传授的手艺"。自然，这里描述的是"手工艺师傅"，而非学徒，前者独立工作并带徒弟。但作者在此处对法国人的教育水平和文化程度的评论并不符合现实。19世纪初，法国总人口约2900万，但小学只有不到2万所，学生总数不到80万。从19世纪20年代开始，以上数字急剧增加，到1850年，学生总数超过320万（总人口为3500万），小学超过6万所。塔赫塔维的评论在另一个层面上也有一定的误导性，即暗示埃及的情况正好相反。事实上，英国旅行家爱德华·莱恩（Edward Lane）指出，埃及大多数中上层阶级的孩子（虽然只是男孩）和“一些下层阶级的孩子”都接受了基础教育，埃及也有许多学校，每个村庄至少有1所。当然，与法国儿童的主要区别在于，对埃及儿童的教学完全集中在诵读（和背诵）《古兰经》上，校长们很少或根本不注重培养一般的阅读和写作技能，这些技能只会教给注定要从事行政或文职工作或走学术道路的学生（在这种情况下，他们会在爱资哈尔清真寺上正规课程）。见E. Lane, 1923: 60及之后多页; N. Hanna, in M. Daly, 1998: 100及之后多页; F. Furet and J. Ozouf, 1977。

296. 遗憾的是译文没能体现出原文*awwal al-khaṭiyy akhṭā*中的文字游戏。

297. 埃及语言学家和马立克派教法学家穆罕默德·本·穆罕默德·辛巴威·马立基（Muḥammad b. Muḥammad al-Sinbāwī al-Mālikī，1741–1817）被称为埃米尔（al-Amīr）或大埃米尔（al-Amīr al-Kabīr）。他出生于上埃及曼法卢提镇（Manfalūṭ）附近，以对语言（如语法、修辞）和宗教领域古典文献的评论而闻名。这里提到的著作是《教法集成》（*al-Majmūʿ fi al-fiqh*），这是一部马立克教法学派的文献集，他还给这部《集成》写了题为《烛光映照〈集成〉注》（*Ḍawʾ al-shumūʿ ʿalā sharḥ al-Majmūʿ*）的评注。见Y. Sarkīs, 1928: 473–475; ʿU. Kaḥḥāla［n.d.］: Ⅸ, 68; E. Van Dyke, 1896: 499。

298. 这里显然隐含着穆斯林学者（*ʿulamāʾ*）与基督教宗教人士之间的对比，尽管前者主要侧重于宗教，但也涉足其他领域（如语言）。

299. *al-ulūm al-āliyya*，“工具学科”，即那些作为学习其他学科工具的学科，实际上是指与宗教有关的圣训学、教法学和教义学等学科。

300. 这首《波斯人L韵》或《非阿拉伯人L韵》是波斯诗人图额拉伊（al-Ṭughrāʾī）也即穆艾叶德丁·法赫尔·库塔卜·艾布·伊斯玛仪·侯赛因·本·阿里·穆罕默德·本·阿卜杜·萨玛德·伊斯法罕尼（Muʾayyad al-Dīn Fakhr al-Kuttāb Abū Ismāʿīl al-Ḥusayn b. ʿAlī b. Muḥammad b. ʿAbd al-Ṣamad al-Iṣfahānī, 1061–1122）于伊历505年创作的。这是一首关于其所经历的困难时光的长篇素歌，早在1629年就被荷兰阿拉伯学家戈利斯（Golius）翻译成了拉丁文，仅一年后，P.瓦捷（P. Vattier）的法文译本也出版了，而波科克（Pococke）则在1661年出版了［阿拉伯文］版本和拉丁文译本。这首诗由此成为最早在欧洲广为人知的阿拉伯诗歌之一。事实上，《波斯人L韵》是向同样著名的68联长诗《阿拉伯人L韵》的致敬，作者是前伊斯兰时期的著名诗人尚法拉，他在诗中讴歌了阿拉伯人的豪侠气质和英勇的品质（塔赫塔维还为这后一部作品作了评注；Ṣ. Majdī, 1958: 26）。见“al-Ṭughrāʿī” EI_1 (F. Krenkow), EI_2 (F. de Blois); “al-Shanfarā”, EI_1 (F. Krenkow), EI_2 (A. Arazi); Y. Sarkīs, 1928: 1241。

301. *khazāʾin*（单数形式为*khizāna*），*al-kutub*“书库”，布格图尔的词典同时收录了这个术语和*kutubkhāna*（Bocthor, 1882: 92），后者是19世纪阿拉伯旅行者们（如M. al-Sanūsī, 1891–1892; M. Fikrī, 1892）常使用的术语，他们也使用*dār al-kutub*（如A. Ibn Abī al-Ḍiyāf, 1963–1965: Ⅳ, 106），现代标准阿拉伯语词*maktaba*到19世纪下半叶才出现（如M. al-Sanūsī，出处同上）。塔赫塔维用*khizānat al-kutub*表示“书架”（见前文）。

302. 这座图书馆（在不同的当权政权之下有过皇家图书馆、帝国图书馆或国家图书馆等不同名称）是大多数到访法国首都的穆斯林旅行者的必访之地，其中大多数人对它印象深刻，如M. al-Sanūsī, 1891–1892: 127及之后多页；A. Ibn Abī al-Ḍiyāf, 1963–1965: Ⅳ, 106; M. Fikrī, 1892: 433–436; M. Ibn al-Khūja, 1900: 24及之后多页。

303. 塔赫塔维的数字略有偏差，至1822年，该图书馆已经拥有45万册印刷品。根据皮埃尔·迪皮（Pierre Dipy）1677年所编的目录，该馆共有897册阿拉伯文手稿；1883年的德·斯莱恩（de Slane）的目录记录了4665册（包括323册基督教阿拉伯文手稿）；1900年，阿拉伯文馆藏有近1万册图书和6142册手稿（H. Marcel, 1907, 20, 99–100）。至于馆藏书籍总数，1845年已增加到80万册（J.-F. Foucaud, 1978）。

304. 塔赫塔维指的可能是国家图书馆的一些展品，如9—10世纪的微型（40毫米×75毫米，369页）版本《古兰经》（Bibliothèque Nationale, 1878: 12, no. 45; M. de Slane, 1883–1895: I, 120; A. Flottès-Dubrulle, 1989），据称是哈伦·赖世德送给查理曼大帝的礼物，以及15世纪的五卷本紫色银字《古兰经》（de Slane, 同上：I, 119; A. Flottès-Dubrulle, 1989）。

305. 作者在称赞这座图书馆时加上这条评论显然是为了避免受到如下的指责，即无视不信教者持有《古兰经》这一明显的亵渎行为。其他穆斯林访问者批评起来就没有那么克制了：19世纪的摩洛哥公使萨法尔对此表示厌恶（S. Gilson Miller, 1992: 188），他与他17、18世纪的前辈（和同胞）哈加里（al-Ḥajarī, 1987: 50）和米克纳西（al-Miknāsī, 1965: 126）立场一致，其中哈加里因看到圣书在“肮脏的异教徒”手中感到恶心。突尼斯人萨努西则尖锐地指出，欧洲图书馆中的大部分阿拉伯文书籍和手稿都是从穆斯林统治者那里偷来的（al-Sanūsī, 1891–1892: 126–127）。

306. 这是指克劳德·萨瓦里（Claude Savary）的《穆罕默德的道德或〈古兰经〉最纯正格言集》[*Morale de Mahomet, ou recueil des plus pures maximes du Cora*, Paris/Constantinople (Lamy), 1784]。几乎可以肯定的是，塔赫塔维接触到了萨瓦里的《古兰经》全译本，题为《〈古兰经〉，译自阿拉伯文并附有注释，前有穆罕默德生平简编，取自最受尊敬的东方学家［的著作］》（*Le Coran, traduit de l'arabe, accompagné de notes, et précédé d'un Abrégé de la vie de Mahomet, tiré des écrivains orientaux les plus estimés*, 1751），该译本迅速成为经典，并于1783年、1786年和1787年几次再版，还出版了作者的删节本，此前迪·里尔（Du Ryer, 1647）的译本和此后基于G.塞尔英译本（1734）的转译本（1770）都完全无法与之媲美。萨瓦里译本的修订版于1798年出版（巴黎），并于1821—1822年（巴黎/阿姆斯特丹）、1828年（巴黎，Schubart & Heideloff）和1829年（巴黎，Dondey-Dupré et Fils）重印。我们可以假设塔赫塔维参考了1826年的版本（巴黎，Bureau de Courval et Cie），其中收入了科兰·德·布兰西（Collin de Plancy）撰写的《关于穆罕默德的说明》*Ca notice sur Mahomet*。塔赫塔维可能还通过萨瓦里的另一部作品了解了他的成果，即《埃及书简，其中我们比较了古代和现代埃及人的习俗》[*Lettres sur l'Egypte où l'on offre le parallèle des moeurs anciennes et modernes de ses habitans*, Paris: Oufroi, 1785 (+ 1786, 1798)]。最后值得指出的是，塔赫塔维肯定还注意到了萨瓦里对先知穆罕默德的好评（如其《古兰经》译本导言）。

307. 该图书馆建于1756年，地处萨利街。1797年成为国家公共机构，位置不变。“先生”是路易十六的弟弟普罗旺斯伯爵的外号。该图书馆从1935年起被划归国家图书馆。

308. *tarskhāna*（也作*tarsāna*），源自土耳其语*terskhāne*（可考证的首次使用是在16世纪），借自意大利语*arsenal*，而后者又是阿拉伯语*dār ṣinā ʿa*“工坊”的讹误。见H. Kahane, R. Kahane and A. Tietze, 1958: §645。

309. 最初是红衣主教马扎然的私人图书馆，1643年向学者开放，由此成为法国第一家公共图书馆，1923—1945年间短暂并入国家图书馆，今隶属于法兰西学院，同法兰西总部各院一起位于龚蒂河堤的豪华宫殿中。

310. *khazāʾin mawqūfa*，“由基金会运作”。

311. 新奇物品储藏馆（*khazāʾin al-mustaghrabāt*），其他表达方式还有珍品屋（*dār al-tuḥaf*），现代术语博物馆（*matḥaf*）是希德雅格在其欧洲游记中首次使用的（al-Shidyāq, 1881: 70）。

312. 该园早前是皇家药用植物园，1793年依照法令重组并改名为自然历史博物馆。这座自然历史的“实验室”创建于1626年，自1640年起对外开放。该园包括围绕博物馆的公共花园、动物园（大革命期间皇家动物园从凡尔赛宫迁移到这里）、温室、植物园、迷宫、生态缸等。需要补充的是，这里曾经是一所学校（现在也是），自建立以来就教授植物学、解剖学、地质学和化学等科目。见S. Ibn Ṣiyām, 1852: 15 (*jārdān dī blānṭ*); A. al-Shidyāq, 1881: 69, 248; A. Ilyās, 1900: 282–283; M. al-Bakrī, 1906: 323及之后多页 (*ḥadīqat al-nabāt*); A. Ibn Abī al-Ḍiyāf, 1963–1965: Ⅳ, 106 (*dār ʿajāʾib al-ḥayawān wa-l-nabātāt*)。参见*GDU*, Ⅸ, 906–907; C. Courtalon, 1995: 329及之后多页。19世纪与这一著名机构有关的正式文件保存于AN F17 3880–3996 (1789–1898)［F17 13558–13566 (An Ⅳ–1931)］。

313. 这是1827年穆罕默德·阿里赠给查理十世的长颈鹿；参见导言。

314. *baqar waḥsh*，科桑·德·佩瑟瓦尔称其为“阿拉伯诗歌中经常提到的一种鲜为人知的羚羊”，并补充说，塔赫塔维一定是弄错了，因为当时巴黎并没有该物种的样本，第一头羚羊是在1832年作为“摩洛哥皇帝”的礼物“连同其他赠送的动物一起”抵达植物园的（Caussin de Perceval, 1833: 244–245）。

315. 具体做法是：用青草等填塞牛犊，置于奶牛处以使后者产奶，也用于小骆驼。

316. 法军的首席外科医生（埃及研究院成员）I.拉雷（I. Larrey，1766–1842）成功得到了哈拉比的尸体。此后很多年内，他的头盖骨将被许多代法国医学生视为证明具有罪恶和狂热心灵者颅骨特征的一种手段！见H. Laurens, 1997: 394。

317. 塔赫塔维在巴黎留学时期，天文台仅有2位天文学家，一位是台长亚历克西·布瓦尔（Alexis Bouvard，1767–1843），另一位是著名的弗朗索瓦·阿拉戈（François Arago，1786–1853），他在布瓦尔去世后接任经度局（天文台的管理机构）局长。

318. *ʿalā shakl musaddas al-asṭiḥa al-mutawāziya al-qāʾima al-zāwiyā*,作者将它描述成“这座建筑由平顶长方形的主楼和东西两侧的八角形塔楼构成”，颇为奇怪。

319. *mamāriq maftūḥa*，“开口”。

320. *makhādi*ʿ（单数形式为*mikhda*ʿ）表示的是小房间，这里翻译的是法语*cabinet (d'étude)*，"（学习）室"。

321. *mīzān al-hawā*ʾ，即空气的量/平衡。

322. *ahwiya*（单数形式为*hawā*ʾ），"各种气体"。

323. 即工艺学院（*Conservatoire des Arts et Métiers*），由著名的格雷瓜尔神父（Abbé Grégoire）于1794年建立，如今是法国国立工艺学院，是一所教学和培训机构，院内还设有一家工艺博物馆（*Musée des Arts et Métiers*），当年塔赫塔维也参观过。

324. *akada/imāt*，但对于隶属法兰西学院的个体学术院，塔赫塔维有时用*akadamiyya*，有时用*akadama*，19世纪第一位阿拉伯语词典编纂者布格图尔建议使用*dīwān/majama*ʿ*/jam*ʿ*iyyat* ʿ*ulamā*ʾ（Bocthor, 1882: 6）。*Akadamiyya*是其他阿拉伯旅行者的首选术语。参见M. Ibn al-Khūja, 1900: 39 (同*dīwān*一起使用); M. al-Sanūsī, 1891–1892: 142–153; Khayr al-Dīn, 1867: 68, 262(圣彼得堡科学院)。另见H. Wehr, 1934: 55; J. Heyworth-Dunne, 1940–1942: 409, 410 (n. 1)。除了*majma*ʿ以外，塔赫塔维、海伊鲁丁和萨努西也用*jam*ʿ*iyya (*ʿ*ilmiyya)*来指学术（或文化）协会或学院（但不用来指隶属法兰西学院的学术院）。突尼斯旅行家塞利姆·瓦尔达尼将西班牙学院称为*jam*ʿ*iyyat al-*ʿ*ulūm*（1888–1890: no. 41）。而我们也已了解（见第三篇注274），海伊鲁丁还用*jam*ʿ*iyya*来指股份有限公司（1867: 77）和行政委员会（同上，第344页）。参见*EI*$_2$, s.v. "djamʿiyya" (A. Hourani/A. Demeerseman)。

325. *akadamiyyat al-lugha al-faransāwiyya*；比照al-Sanūsī, 1891–1892: 145 (*akadamiyyat al-lugha al-faransawiyya*); M. Ibn al-Khūja, 1900: 39 (*al-akadamiyya al-faransawiyya*); M. Bayram V, 1884–1893: Ⅲ, 86 (*jam*ʿ*iyyat al-lugha al-farānsāwiyya*); Khayr al-Dīn, 1867: 68 (*akadamiyyat Faransā*)。

326. *akadamiyyat al-*ʿ*ulūm al-adabiyya wa-ma*ʿ*rifat al-akhbār wa-l-āthār*（后文亦作*akadamat taqyīd al-funūn al-adabiyya*）；比照M. al-Sanūsī, 1891–1892: 145 (*akadamiyyat al-nuqūsh wa-l-ādāb*); M. Ibn al-Khūja, 1900: 39 (*dīwān al-nuqūsh wa-l-adab*); M. Bayram V, 1884–1893: Ⅲ, 86 (*jam*ʿ*iyyat* ʿ*ulūm al-adab*); Khayr al-Dīn, 1867: 68 (*akadamiyyat al-khuṭūṭ al-qadīma*)。

327. *akadamiyyat al-*ʿ*ulūm al-ṭabī*ʿ*iyya wa-l-handasiyya*（后文简写作*akadamat al-*ʿ*ulūm al-sulṭāniyya*，"帝国科学院"）；比照M. al-Sanūsī, 1891–1892: 148 (*akadamiyyat al-ṣanā*ʾ*i*ʿ); M. Ibn al-Khūja, 1900: 39 (*dīwān al-ma*ʿ*ārif*); M. Bayram V, 1884–1893: Ⅲ, 86 (*jam*ʿ*iyyat sā*ʾ*ir al-*ʿ*ulūm*); Khayr al-Dīn, 1867: 68 (*akadamiyyat al-*ʿ*ulūm*)。

328. *akadamiyyat al-ṣanā*ʾ*i*ʿ *al-ẓarīfa*（后文亦作*akadamat mustaẓrafāt al-funūn*）；比照M. al-Sanūsī, 1891–1892: 146 (*akadamiyyat al-rusūmāt wa-l-funūn al-mustaẓrafa al-adabiyya*); M. Ibn al-Khūja, 1900: 39 (*dīwān al-funūn al-mutaẓarrifa*); M. Bayram V, 1884–1893: Ⅲ, 86 (*jam*ʿ*iyyat al-ma*ʿ*ārif al-ẓarīfa*); Khayr al-Dīn, 1867: 68 (*akadamiyyat al-būzār*)。

329. *akadamiyyat al-falsafa*; 比照M. al-Sanūsī, 1891–1892: 148 (*akadamiyyat al-*ʿ*ulūm al-siyāsiyya*); M. Ibn al-Khūja, 1900: 39 (*dīwān al-*ʿ*ulūm al-adabiyya wa-l-siyāsiyya*);

M. Bayram V, 1884–1893: Ⅲ, 86 (*jam'iyyat al-'ulūm al-'aqliyya*); Khayr al-Dīn, 1867: 68 (*akadamiyyat al-siyāsa wa-tahdhīb al-akhlāq*)。

330. 参见M.al-Sanūsī, 1891–1892: 143。

331. 与前一个术语不同的是，据我所知，后一个术语从未被用来表示这一思想流派。因此，对这一失误的唯一解释是：塔赫塔维在写作过程中查阅了北非的资料，马格里布［阿拉伯］文字用ف表示字母*q*，而所有其他地区的［阿拉伯］文字则用它表示字母*f*。

332. *ka-'aql arba'a*，“好比四个人的头脑”，翻译的是法语短语*comme quatre*“好比四个”，意为“大量”“过度”。

333. 参见Khayr al-Dīn, 1867: 67。

334. *al-jam'iyya al-Āsiyātiyya*；比照M. Bayram V, 1884–1893: Ⅲ, 86; Khayr al-Dīn, 1867: 69。

335. 参见Khayr al-Dīn, 1867: 68; M. Bayram V, 1884–1893: Ⅲ, 86。

336. 这自然就是著名的丹达腊黄道带浮雕，这是在埃及发现的唯一用圆形表征世界的作品，原先在丹达腊哈托尔神庙的天花板上。1820年这一浮雕被运到巴黎，如今展于卢浮宫的奥西里斯地穴（Crypte d'Osiris），而丹达腊的黄道带浮雕则是原作的石膏复制品。见R. Ridley 1998: 108–109; Buchwald & Josefowicz 2010。

337. *taḥrīr tawfīr al-maṣārīf al-barrāniyya wa-l-juwwāniyya*，“对外与对内经济规划”。（英译者将*taḥrīr*“编写、校正”识读为*tadbīr*“管理”，并因此翻译成“外部与内部资源的经济管理”。——译者注）

338. 塔赫塔维很可能访问过该学院，因为时任院长正是西尔韦斯特·德·萨西，他于1923年被任命。参见M. al-Sanūsī, 1891–1892: 119。

339. 塔赫塔维做了解释性翻译：*al-ṭabī'a al-makhlūṭa bi-l-ḥisāb*，“混合算术的物理学”。

340. *'arāḍī*，单数形式为*'urḍī*（土耳其语为*ordu*）。

341. 此处的描述意义重大，因为对塔赫塔维的穆斯林读者来说，这种男女同校的做法令人厌恶又闻所未闻。

342. 这就是法国国立工艺学院（Conservatoire des Arts et Métiers）。参见M. al-Ṣaffār［S. Gilson Miller］, 1992: 196 (*Dār al-fiziq*)。

343. *maktab al-lughāt al-mashraqiyya al-musta'mala*，这当然就是著名的东方语言文化学院。参见M. al-Sanūsī, 1891–1892: 118–124。

344. *al-ālātiyya*（单数形式为*ālātī*），“乐手”。参见E. Lane, 1923: 361。

345. *maktab al-bustanjiyya*，字面意思是“园丁学校”。*bustanjiyya*的正确拼写形式应为*bustānjiyya*（单数形式为*bustānjī*），这是阿拉伯语埃及方言中的阿拉伯–土耳其语合成词，对应古典阿拉伯语中的*bustānī*（复数形式为*bustāniyyūn*）。这样看来，同*bastana*“园艺”组合构成*maktab al-bastana*来表示“园艺学校”可能更合适。

346. *maktab al-ṣumm wa-l-bukm*；参见M. al-Sanūsī, 1891–1892: 105–109。

347. *al-lisān*，这里翻译的是法语短语*la langue*“［这门］语言”，在法国教育体系中指的是*la langue française*“法语”。

348. 塔赫塔维用的是阿拉伯语埃及方言词*ṣuramātī*（现今仍在使用，但大多数情况下带有贬义）。

349. 参见M. al-Sanūsī, 1891–1892: 101–103。

350. 塔赫塔维对报刊业的评论后来启发了摩洛哥人穆罕默德·萨法尔（S. Gilson Miller, 1992: 150及之后多页）。

351. 事实上，报刊非常昂贵，几乎全靠订阅售卖；复辟时期，［一份报刊的］平均年度订阅费为70—80法郎，而当时体力劳动者的平均工资仅为每年550法郎（公务员的平均工资约为每年1000法郎）。直到1836年，情况才有所改变，当时有两份新创办的报纸，即《新闻报》（*La Presse*）和《时代报》（*Le Siècle*），它们将订阅价格减半至40法郎。这种廉价的报刊迅速起势，并由于引入了连载小说这种形式而广受欢迎。见D. Couty, 1988: 34。

352. 这可能是首次在“记者”这个意义上使用*murāsil*（复数形式为*murāsilūn*），现代标准阿拉伯语中仍然得以沿用这个词。（事实上，此处系作者使用的是*murāsilāt*，即“通信、信息往来”，而非*murāsil*。——译者注）

353. 在第二版中，作者扩充了对报纸的描述，还引用了一段艾布·阿穆尔·本·阿拉·马齐尼（Abū ʿAmr b. al-ʿAlā al-Māzinī, 689–770）关于古代阿拉伯人生活中诗歌和诗人作用的文字，他是阿拉伯语言学的开创者之一以及《古兰经》的七位正统诵读者之一［详见“Abū ʿAmr”, EI_1, s.v. (Brockelmann); EI_2 (R. Blachère)］和前伊斯兰时期诗歌的编纂者。（这段文字英译本未收，中译本已补全。——译者注）

354. 由于书价昂贵（3—7.5法郎），这些阅览室（是一个古老的传统）非常受欢迎。《法兰西学术院字典》（*Dictionnaire de l'Académie*, 6th edn, 1835, I, 242）是这样描述的：“有偿提供报纸和书籍阅读的地方”。但这样的阅览室只有城里才有，有些还会提供家庭服务，按季度收取固定费用。见F. Parent-Lardeur, 1982。

第四篇

1. *taqwīm al-buldān*，“诸国的位置”，这个术语在中世纪阿拉伯文献中指“地理概要”（参见Abū al-Fidāʾ）。

2. 阿拉伯语原文为“10袋钱”，1袋相当于500基尔什。E. Lane, 1923: 580.

3. *nāẓir al-taʿlīm*是法语*directeur d'études*“教学主管”的直译。

4. 这里对应的法语表达是*tous les quinze jours*，“每两周一次”。

5. 原为波斯语*framān*，经土耳其语*fermān*传入阿拉伯语，指书面命令。见EI_1, s.v. “fermān” (C. Huart)。

6. 译自（奥斯曼）土耳其语，这是穆罕默德·阿里统治时期唯一的行政语言。

7. 即公元1829年10月4日。

8. 即法兰西学院。阿拉伯文*aḥad arbāb dīwān al-ansṭīṭūt*“学院迪万成员之一”翻译的是法语短语*membre de l'Institut*。

9. 见正记第三篇第二章。

10. 塔赫塔维用的阿拉伯语词是*tārīkh*，字面义为“历史”。之所以做出这一奇怪的选择是因为他误译了德·萨西用的*histoire*，后者除了表示“历史”外，还有“故事”“叙述”等含义。（阿拉伯语词*tārīkh*原先指的是“编年记录”，后泛指“历史”，亦有“故事”“经历”等含义。——译者注）

11. 科桑·德·佩瑟瓦尔（见下文）表达了基本相同的观点，但用了更妥帖的言辞。他说，作者“以东方的精神和穆斯林的观念”来评价欧洲的制度、习俗等（Journal Asiatique, XI, 1833: 222）。

12. 见正记第六篇。

13. 在终稿中，塔赫塔维确实删除了这一部分。遗憾的是，由于无从见到被删去的段落，我们无法评判其内容。

14. *kutubkhāna sulṭāniyya*，“皇家图书馆”。这句话略有误导，会让人以为有一所学校被称为皇家图书馆。事实上，东方语言学校的学生有好几年时间都是在皇家图书馆上课的。

15. 阿尔芒·皮埃尔·科桑·德·佩瑟瓦尔（Armand Pierre Caussin de Perceval，1795–1871），阿拉伯学家让-巴蒂斯特·雅克·安托万·科桑·德·佩瑟瓦尔（Jean-Baptiste Jacques Antoine Caussin de Perceval，1759–1835）之子，皇家图书馆阿拉伯文手稿的管理员，1783—1833年间任著名的法兰西公学院的阿拉伯语讲席。他翻译了《一千零一夜》，编了哈里里的《玛卡梅集》和前伊斯兰时期诗歌选集。他从小就在巴黎青年语言学校接受东方语言（阿拉伯语、波斯语、土耳其语）的训练，他的老师包括国王的翻译，著名的皮埃尔·吕芬（Pierre Ruffin，卒于1824年）。1814年，他在法国驻君士坦丁堡大使馆开始了职业生涯（见习翻译）。三年后，他成为法国驻阿勒颇领事馆的官方翻译，这份工作一直持续到他于1821年回到法国，并接替出生于艾斯尤特的科普特人易勒雅斯·布格图尔成为东方语言学院的阿拉伯语方言（*arbe vulgaire*）教授之时，在接下来的50年里，他也一直担任这个职位。1824年，他出版了最早的阿拉伯语口语语法书之一（*Grammaire Arabe Vulgaire suivie de dialogues, lettres actes, etc., à l'usage des élèves de l'Ecole Royale et Spéciale des Langues Orientales Vivantes*, Paris, Dondey-Dupré，后续版本出版于1833年、1843年和1858年），在此之前阿拉伯语口语语法书仅有C.萨瓦里（C. Savary）身后出版的*Grammaire de Langue Arabe Vulgaire et Littérale. Grammatica linguae arabicae vulgaris necnon litteralis, dialogos complectens* (ed. L. Langlès with the cooperation of S. de Sacy, Dom Raphaël and Mīkhā'īl Ṣabbāgh, Paris, Imprimerie Impériale, 1813, 536pp.)。1828年，他编撰的《法语-阿拉伯语词典》出版（1848年第二版），该词典的原编者布格图尔生前未能完成编撰工作。1833年4月，他接替父亲成为法兰西公学院的阿拉伯语教授。见J. Balteau, 1933–: VII, 1475–1476; G. Colin, in *Cent-cinquantenaire de l'Ecole des Langues Orientales*, 106–107; Y. Sarkīs, 1928: 1579–1580; L. Shaykhū, 1991: 69–70, 183–184。

16. *fa-wāṣala lakum ṭayyat taḥrīr*，*tayya*表示“折叠”或“褶皱”，对应的是法语词*pli*，即“[折起来的]信件”（如*sous ce pli*“随同此信”），这又是一处对法语词的直译，但这次的翻译者是德·佩瑟瓦尔。在信的最后，塔赫塔维纠正了德·佩瑟瓦尔的语法错位，将这个短语改为*ṭayyat al-taḥrīr*。（原文两处皆为*ṭayyat*，并不存在英译者指出的纠正现象。——译者注）

17. 此信作者使用了较为奇怪的阿拉伯语表述*ahl al-Islām*“伊斯兰教的民众”，而非更常见（也更恰当）的*ummat al-Islām*“伊斯兰乌玛”。

18. *maʾmūr*，“奉命行事的人”，该词原为奥斯曼土耳其语术语*meʾmūr*，意为“文官”，在埃及指“官员”，从19世纪20年代起，指地方行政区的长官（*maʾmūriyya*）。在写作本书时，埃及被分为七个省（*mudīriyya*），每个省都由省长（*muḥāfiẓ*或*mudīr*）管辖。一个省又被细分为若干个区（*maʾmūriyyas*），全国共64个区。每个区又被划分为若干个片（*qism*，复数形式为*aqsām*），由片长（*nāẓir*，复数形式为*nuẓẓār*）领导。见E. Lane, 1923: 129; “maʾmūr”, *EI*$_2$ (C. Findley); M. Morsy, 1984: 115–116。这里提到的“兄弟”指的是让–弗朗索瓦·莱昂·萨拉丹（Jean-François Léon Saladin，1795–1873），他曾先后担任塔恩省（Tarn，1830年8月28日—9月10日）、索恩–卢瓦尔省（Saôneet-Loire，1831年1月22日—12月9日）、上阿尔卑斯省（Hautes-Alpes，1834年1月17日—3月3日）、德龙省（Drôme，1835年7月1日—8月1日）、奥德省（Aude，1840年6月5—19日）和约讷省（Yonne，1841年11月23日—12月26日）省长。见R. Bargeton et al., 1981: 272。

19. 见正记第一篇注41。

20. 丹麦出生的地理学家康拉德·马尔特–布戎（Conrad Malte-Brun，1775–1826）是第一个现代地理学会巴黎地理学会（1821）的创始人，以巨著《普通地理学》（*Précis de Géographie Universelle ou description de toutes les parties du monde, sur un plan nouveau, d'après les grandes divisions naturelles du globe, précédée de l'histoire de la géographie chez les peuples anciens et modernes et d'une théorie générale de la géographie mathématique, physique, et politique, et accompagnée de cartes, de tableaux analytiques, synoptiques et élémentaires*, 8 vols, Paris, Buisson, 1810–1826; 2nd edn 1812–1829; rev. edn by J. J. Huot, Paris, A. André, 1832–1837, 12 vols）而闻名。塔赫塔维在1254/1838—1839年出版了他翻译的该书的第一卷译本（Būlāq，32/205pp.），书名为《普通地理学》（*al-Jughrāfiyā al-ʿumūmiyya*），有些书目也记作《小地理》（*Jughrāfiyya ṣaghīra*）。根据T.比安基（T. Bianchi, 1843: 43）的说法，该书于1250/1834年在布拉克出版，也有人认为是1246/1830年（J. Heyworth-Dunne, 1940–1942: 400; Y. Sarkīs, 1928: 944）。E.范戴克（E. Van Dyke, 1896: 409）给出的出版年份是伊历1230年（公历1815年!），这是不符合实际的，于是努赛伊尔（ʿĀ. Nuṣayr, 1990: 239 no. 9/37）又将之修正为1830年。除了出版年份之外还有一个突出问题，即大多数现代书目都没有收录该作品。尽管比安基是塔赫塔维的同代人，但出于如下一些原因，对他编写的书目应该谨慎对待：首先，他书目中的标题充其量不过是近似，例如，《披沙拣金记巴黎》被写作《里法阿谢赫游记，即欧洲各国见闻》（*Riḥlat al-shaykh Rifāʿa yaʿnī akhbār bilād ʿurūbā*）；其次，他没有提到《普通地理学》（但Y.赛尔基斯和范戴克提到了）。由于没有关于这本书的更多信息，我们只知道它是一本从法文翻译成阿拉伯文的书，因此似乎可以合理推断它就是马尔特–布戎著作第一卷的译本，是塔赫塔维于1834年在故乡塔赫塔躲避开

罗瘟疫期间完成的。或者，它可能是指《习地理者必备译文辑》（见导言），但被赛尔基斯（Sarkīs, 1928: 944）误认为是马尔特-布戎《普通地理学》的译本。

21. 约瑟夫-图桑·雷诺（1795—1867）曾是西尔韦斯特·德·萨西的学生，他接替自己的老师担任东方语言文化学院的阿拉伯语教席，同时担任国家图书馆馆长。在他的许多出版物中，有德·萨西编的《哈里里玛卡梅集》的再版版本和叙利亚君王学者艾布·菲达《各国地理》的首个印刷版本（同德·斯莱恩合作）及译本的第一部分（1848），其中还包括一份对阿拉伯古典地理文献的详尽调查（*Introduction Générale à la Géographie des Orientaux*）。见Y. Sarkīs, 1928: 960; L. Shaykhū, 1991: 116。

22. 即公元1826年6月4日。

23. 伊历1242年1月即公元1826年8月。

24. 这里作者使用的阿拉伯语术语*ājurrūmiyya*（又作*ājrūmiyya*）源于出生于非斯的伊本·艾朱鲁姆（Ibn Ājurrūm，逝于1323年）所写的著名阿拉伯语语法论著的标题。见EI_1 s.vv. "Ibn Ādjurrūm" (M. Ben Cheneb), EI_2 (G. Troupeau)。这些埃及学生学习的是夏尔-弗朗索瓦·洛莫（Charles-François Lhomond）《法语语法要点》（*Eléments de la grammaire française*）一书于1825年出版的修订版。该书也是第一部被翻译成阿拉伯语的欧洲语言语法书，书名为《法语语法；洛莫〈法语语法〉阿拉伯语翻译版》（*Naḥw Faransāwī. Grammaire française de Lhomond traduite en arabe*, 1857），译者是移居法国的突尼斯人苏莱曼·哈里里（Sulaymān al-Ḥarīrī，卒于1877年）。

25. *al-irāb al-naḥwī*，准确地说，这是指阿拉伯语的词尾形态变化规则。

26. 即P.C.莱韦克（P. C. Levesque）编/译的《希腊哲学家生平与箴言》[*Vie et Apophtegmes des Philosophes Grecs*, Paris (Debure l'Aîné), 1795, 192pp]。后文作者用的"贾希利叶"（*al-jāhiliyya*）通常指伊斯兰教产生之前的蒙昧时期。这本书的部分内容后来被编入《先人的开端与智者的指引》（见导言），塔赫塔维对该书进行了修订和介绍（1838）。T.比安基（T. Bianchi, 1843: 47）编的布拉克出版书目还提到了塔赫塔维翻译的《古代哲学家史》（*Tārīkh qudamā' al-falāsifa*, 1252/1837），但我没能找到这部作品［范戴克给出的书名是《古代哲学家》（*Qudamā' al-falāsifa*）］，推测该书就是我在导言中提过的阿卜杜拉·侯赛因·米斯里翻译、塔赫塔维审校的《希腊哲学家史》（*Tārīkh al-falāsifa al-Yūnāniyyīn*）。

27. 即德平的《各国风俗与习惯历史概要》。

28. 即孟德斯鸠的《罗马盛衰原因论》（*Considérations sur les Causes de la Grandeur des Romains et de leur Décadence*）。大约50年后，塔赫塔维的学生哈桑·朱拜利（Ḥasan al-Jubaylī）翻译了这部作品（可能是在老师的鼓励下），名为《罗马国盛衰之证明与明证》（*Burhān al-bayān wa-bayān al-burhān fī istikmāl wa-ikhtilāl dawlat al-Rūmān*, Būlāq, 1293/1876, 48pp.）。Y. Sarkīs, 1928: 757; J. Shayyāl, 1951: 146; ʿĀ. Nuṣayr, 1990: 252 (no. 9/459).

29. 即《公元4世纪中叶小阿纳卡西斯在希腊的旅行》（*Voyage du Jeune Anacharsis en Grèce, dans le milieu du IVe siècle avant l'ère vulgaire*, Paris, 1788, 4 vols）。塔赫塔维在巴黎期间，这本书很受欢迎，多次重印，并从1821年起出版了节选（教材）版。

30. 即《古今通史》（*Histoire Universelle Ancienne et Moderne*, Paris, A. Eymery, 1821–1822, 10 vols），作者是路易–菲利普·德·塞居尔伯爵（Louis-Philippe de Ségur, 1753–1810）。

31. 这可能是路易–菲利普之子保罗–菲利普·德·塞居尔（Paul-Philippe de Ségur, 1780–1873）写的广为流传的（圣徒传式）传记，名为《1812年拿破仑及伟大军队史》（*Histoire de Napoléon et de la grande armée pendant l'année 1812*, Paris, Baudouin Frères, 1824, 2 vols）。在1825—1834年间，该书至少有10个版本问世。

32. 即《海军和炮兵用算术……附注释和对数表》（*Traité d'Arithmétique à l'usage de la marine et de l'artillerie, ..., avec des notes et detables de logarithmes,* Paris, 1813, 1816, 1821, 1826, 1828），正文作者为艾蒂安·伯祖（Etienne Bezout, 1730–1783），注释与对数表作者为A.A.L.雷诺（A. A. L. Reynaud）。

33.《几何学原理第二版，增补三角学》（*Eléments de Géométrie, 2ème édition, augmentée de trigonométrie*, 12 edn, Paris, F. Didot, 1823, 431pp.）的第3册，作者是著名数学家阿德里安–马里·勒让德（Adrien-Marie Legendre, 1752–1833），最著名的是他在数论和最小二乘法方面的工作。塔赫塔维将这本著作也翻译成了阿拉伯语，名为《几何学原理》（*Mabādi al-handasa*, Cairo, al-Maṭbaʿa al-amīriyya, 1257/1842, 16/125pp.; 1843, Būlāq, 13/6/125pp.; 1270/1853, Būlāq, 13/4/4/130pp.; 1291/1874, Būlāq, 130pp.）。勒让德手册的全部内容是由穆罕默德·伊斯马特埃芬迪（Muḥammad ʿIṣmat Efendi）以埃德汉姆贝伊（Edhem Bey）的土耳其语译本（参见*Bibliothèque Nationale*，XCIII, 19）为基础翻译的（1255/1839, Cairo, Būlāq, 4/284pp.），1272/1858年又出版了阿里·伊扎特·巴达维翻译的名为《〈几何学原理〉修订版之伊扎特精选》（*Nukhbat al-ʿizziyya fi-tahdhīb al-uṣūl al-handasiyya*, Būlāq，234pp.）的删节译本。参见ʿĀ. Nuṣayr, 1990: 168 (Nos 5/147–152)。

34. 这是指拜占庭出生的释奴雅古特·哈迈维·鲁米（Yāqūt al-Ḥamawī al-Rūmī, 卒于1229年）所著的著名地理百科全书《各国词典》（*Muʿjam al-Buldān*）。

35. 这是康拉德·马尔特–布戎的另一部作品《便携地理词典，包含对已知的世界五部分的总体和专门描述，经过修订……前有通用术语表……由马尔特–布戎先生编写，并由弗里维尔博士和费利克斯·拉勒芒先生补充了任何版本的沃吉安词典中都没有的2万多篇文章》[*Dictionnaire Géographique Portatif, contenant la description générale et particulière des cinq parties du monde connu, revu ... et précédé d'un vocabulaire de mots génériques ... par M. Malte-Brun, augmenté de plus de 20.000 articles qui ne se trouvent dans aucune édition des dictionnaires dits de Vosgien, par M. le Dr Friéville et M. Félix Lallement*, Paris (C. Gosselin), 1827, xxviii/940pp. (1828, Froment & Lequien, 2 vols)]。

36. 复数形式为*mawāwīl*，指一种流行的民间吟唱诗歌体裁，主要依靠表演者的即兴创作。见"mawālīya", EI_1 (M. Ben Cheneb), EI_2 (Ed.); P. Cachia, 1977; Ibn Khaldūn [F. Rosenthal], 1986: Ⅲ, 475及之后多页。

37. 翻译作品名录实际上在下一章（即第六章）。

38. 即塞萨尔·迪马赛的《逻辑学》，后由塔赫塔维在语言学校的学生哈利法·马哈穆德翻译[成阿拉伯语]，名为《启迪东方的逻辑学》；见导言。

39. 这是指著名的《逻辑或思维的艺术，包含常见规则与最新评论，适用于形成判断》（*La Logique ou l'art de penser contenant, outre les règles communes, plusieurs observations nouvelles, propres à former le jugement*, Paris, 1662），是安托万·阿尔诺（Antoine Arnauld, 1612–1694）和皮埃尔·尼克尔（Pierre Nicole, 1625–1695）在德·谢弗勒公爵的指示下写的。在塔赫塔维到达巴黎之前，该书的最新两版是1816年（Paris, A. Delalain）和1824年（同上）版。这本书也被称为《王港逻辑学》，“王港”指的是以王港巴黎修道院（*Port-Royal de Paris*）和王港田园修道院（*Port-Royal des Champs*）为中心的詹森主义派，该派领袖是极为雄辩的神学家阿尔诺，他的姐姐梅尔·安热莉克是王港修道院院长。尼科尔是阿尔诺的合作者之一，也是阿尔诺坚定的反耶稣会运动的盟友。后面提到的此书都是指P.克莱尔（P. Clair）和F.吉巴尔（F. Girbal）的批评版本（根据1662年初版文本）。

40. 即亚里士多德的《范畴篇》，其实这只是该书的一个小章节，只有3页篇幅。塔赫塔维的翻译见下文。

41. 即《逻辑学》（*La Logique*），作者是埃蒂耶纳·博诺·德·孔狄亚克（Etienne Bonnot de Condillac，卒于1780年）。

42. 即西普里安–普罗斯珀·布拉尔（Cyprien-Prosper Brard）的《大众矿物学或对耕种者和工匠的建议，关于土地、石头、沙子、日常用金属和盐、煤炭、泥炭、采矿等》（*Minéralogie Populaire, ou avis aux cultivateurs et aux artisans, sur les terres, les pierres, les sables, les métaux et les sels qu'ils emploient journellement, le charbon de terre, la tourbe, la recherche des mines, etc.*, Paris, L. Colas, 1826, 102pp.）。该书很受欢迎，在1828和1830年都有重印，1832年又出了第二版。塔赫塔维的节译本出版于1248/1833年（Būlāq, al-Maṭbaʿa al-amīriyya, 48pp.），名为《有益于众生生计的矿物》（*al-maʿādin al-nāfiʿa li-tadbīr maʿāyish al-khalāʾiq*）。

43. 语法学家弗朗索瓦·约瑟夫·米歇尔·诺埃尔（François Joseph Michel Noël, 1755–1841）为法国儿童编写了一些标准教科书，其中最受欢迎的是《新法语语法》（*Nouvelle Grammaire française*, Paris, 1823, iv/211pp.），面世10年间出了至少21个版本（直到20世纪仍在使用）。但这里指的是诺埃尔和皮埃尔·德·拉·普拉斯（Pierre de La Place）合作编写的《文学和伦理课程，或过去两个世纪我们语言的文学中最美诗文选集》（*Leçons de Littérature et de Morale, ou recueil en prose et en vers des plus beaux morceaux de notre langue dans la littérature des deux derniers siècles*, 2 vols, Paris, Le Normant, 1804），该书于1826年出版了第15个版本。

44. 这当然是指孟德斯鸠的《波斯人信札》，塔赫塔维犯下如此低级的错误令人诧异，因为，首先，可以肯定他读过这本书；其次，他在翻译德平著作时（译本出版于1833年，比《披沙拣金记巴黎》早一年）正确地将这部作品归于孟德斯鸠（al-Ṭahṭāwī, 1833: 91）。

45. 即第四任切斯特菲尔德（Chesterfield）伯爵菲利普·多默·斯坦诺普所著《已

故切斯特菲尔德伯爵菲利普・多默・斯坦诺普写给儿子菲利普・斯坦诺普的信，由尤金妮亚・斯坦诺普夫人出版》（*Letters Written by the Late Philip Dormer Stanhope, Earl of Chesterfield, to his Son Philip Stanhope, Published by Mrs Eugenia Stanhope*, London, 1774），法译本为《切斯特菲尔德伯爵写给儿子菲利普・斯坦诺普的信……以及其他一些不同主题的作品》［*Lettres du Comte de Chesterfield à son fils Philip Stanhope ... avec quelques autres pièces sur divers sujets*, 4 vols, Paris (Volland Aîné et Jeune, Ferra Aîné, H. Verdier), 1779］。

46. 这是指瑞士自然主义哲学家让–雅克・布拉马基（Jean-Jacques Burlamaqui, 1694–1748）的《自然法要素及自然法规定的人与公民义务》（*Elémens du Droit Naturel et devoirs de l'homme et du citoyen tels qu'ils lui sont prescrits par la loi naturelle*），该书于1746年在作者的家乡日内瓦出版。塔赫塔维写作时的最新版本是1820年版（Paris, Janet et Cotelle, xvi/428pp.）和1821年版（Paris, Delestre-Roulage, 339pp.）。阿拉伯语译本从未出版。塔赫塔维被布拉马基［1741年出版的自然哲学权威著作《自然法原理》（*Principes du Droit Naturel*）中首次概述其思想］及其作品吸引并不奇怪，因为后者在其书中是这么说的："自然法是上帝赐予所有人的神圣法则，他们只能经由推理之光，通过仔细考虑自己的本质和状态来了解。"

47.［*aḥkām*］*sharʿiyya*，"法律规定"，原则上只能用于指伊斯兰法，即沙里亚。

48. 即孟德斯鸠的《论法的精神》，这部作品后来被尤素福・本・哈马姆・俄萨夫翻译成阿拉伯语，名为《法律原理》（*Uṣūl al-nawāmīs wa-l-sharāʾiʿ*, Cairo, al-Maṭbaʿ Umūmiyya, 1310/1892, 252pp.）。Ā. Nuṣayr, 1990: 108 (Nos 107–109); Y. Sarkīs, 1928: 2.

49. 出生于突尼斯城的历史学家阿卜杜・拉赫曼・本・赫勒敦（ʿAbd al-Raḥmān Ibn Khaldūn 1332–1406）是世界历史著作《殷鉴书暨阿拉伯人、波斯人与柏柏尔人历史始末记》（*Kitāb al-ʿIbar wa-Dīwān al-mubtadaʾ wa-l-khabar fī ayyām al-ʿArab wa-l-ʿAjam wa-l-Barbar*）的作者，这部皇皇巨著至今仍是研究柏柏尔人的主要史料。该书第一卷《绪论》（*Muqaddima*）对阿拉伯科学与文化的方方面面做了百科全书式的概述，为作者赢得了盛誉。正是伊本・哈勒敦对文明和文化兴衰过程及其与人类社会和环境间关系的讨论使他理所当然地赢得了"现代社会学之父"的称号。见F. Rosenthal［Ibn Khaldūn］, 1984: I, xxix-cxv（对伊本・赫勒敦生平和成就的权威叙述）；"Ibn Khaldūn", EI_1 (Alfred Bel), EI_2 (F. Rosenthal); *GAL*, Ⅱ, 242–245。

50. 卢梭的《社会契约论》。塔赫塔维在翻译"社会"一词时显然遇到了很大挑战，他把书名翻译成 *ʿaqd al-taʾannus wa-l-ijtimāʿ al-insānī*，"人类相处与聚集的契约"。像现今这样使用*mujtamaʿ*来表示"社会"，是后来才确定的。

51. 奇怪的是，作者给同一著作起了两个不同的书名，之前是《希腊哲学家传》（*Siyar falāsifat al-Yūnān*），此处是《古代哲学史》（*tārīkh al-falsafa al-mutaqaddim*）。（这后一处，原文为*tārīkh al-falāsifa al-mutaqaddim*"古代哲学家史"，英译者混淆了*falāsifa*"哲学家们"和*falsafa*"哲学"。——译者注）

52. 塔赫塔维没有使用*Monsieur*，即"先生"（这是他对法国学者和名人的习惯称呼），而是称他为"伏尔泰霍加"（*al-khawāja* Voltaire）。"霍加"（*khawāja*）源于土耳其语和波斯语中对教师的称呼*khōja*，曾经是（现在在埃及仍是）对任意欧洲男性的常用称呼（尽管在极少数情况下也可能用来指欧洲女性）。同时，我们也不能排除这样一种可能性，即塔赫塔维用的是这个词的原意，也即一种老式的尊称，此处相当于“伏尔泰大师”。

53. *muʿjam al-falsafa*，“哲学词典”，这里指的是《百科问题》（*Questions sur l'Encyclopédie*, 1764），俗称《哲学词典》（*Le Dictionnaire Philosophique*）。

54. 值得补充的是，海伊鲁丁是19世纪唯一的另外一位提到欧洲哲学家的穆斯林旅行家。1867: 30, 58, 59, 88.

55. 该书是莱奥里耶（J. -P. -A. Léorier）所著《高级军官理论，或包含军事技术、职位、事务、行军等细节的论文》[*Théorie de l'Officier Supérieur, ou essai contenant des détails sur l'art militaire, les positions, les affaires, les marches, etc.*, Paris, Leblanc, 1820, xvi/367pp.，基亚尼贝伊（Kiyānī Bey）的土耳其语译本*Tuḥfat ül-ẓābitān*出版于1251/1836]。值得指出的是，军事学是埃及统治者穆罕默德·阿里最重视的学科，但全书提及该学科的仅此一处。

56. 这次冲突发生在1828—1829年。值得一提的是，17世纪摩洛哥旅行家沃齐尔·加萨尼（al-Wazīr al-Ghassānī）也记录了西班牙报纸上关于奥斯曼军队推进的报道（al-Ghassānī, 1884: 179）。此外，摩里斯科人哈加里自豪地讲道：“所有基督教国王都在奥斯曼苏丹面前害怕地颤抖。”（al-Ḥajarī, 1987: 96）

57. 即罗马尼亚希姆莱乌锡尔瓦涅伊镇。

58. *yūlīh al-Ifranjiyya*，“法兰克人的七月”。

59. *Mūsqūbī*，“莫斯科国的”，除了在这封信的最后塔赫塔维使用了*al-Rūs*“俄罗斯人”，这是唯一一个用来指俄罗斯军队的词。考虑到最早的阿拉伯地理学家们就已经提到了*al-Rūs*这个民族，塔赫塔维这样选词可能是为了强调政治实体，而不是民族。参见“Rūs”, EI_1 (V. Minorsky), EI_2 (P. Golden)。

60. 这个港口目前位于罗马尼亚东南部，在俄土战争期间曾发生过激烈的战斗，并在战争结束时被毁。

61. 阿迦侯赛因帕夏（1776—1849）曾任普鲁萨和伊兹密尔总督，在1828—1829年对俄战争期间担任土耳其军队总司令，直到被大维齐尔拉希德·穆罕默德（Reshid Mehemmed）取代。战后，他被任命为阿德里安堡省省长，后于1832年率领土耳其军队对抗穆罕默德·阿里对叙利亚的入侵，但在当年7月面对易卜拉欣的军队时遭遇惨败。见EI_1, s.v. “Ḥusain Pasha” (J. Mordtmann); EI_2, s.v. “Ḥusayn Pasha” (H. Reed)。

62. 第一次考试于1827年7月举行；见导言。

63. 见导言。

64. 此事发生在1828年2月28日和3月1日；见导言。

65. 见导言。

66. *majlis*，“委员会”“会议”。

67. 指的是尼古拉·屠格涅夫（Nikolai Turgenev, 1789–1871），俄国历史学家亚历山大·屠格涅夫（Alexander Turgenev, 1783–1845）的弟弟。他积极支持赋予农民权利，在被缺席的情况下在国内被判处死刑（1825），在英国短暂停留后，永久居住在法国。

68. 此处用来指“学术刊物”的阿拉伯语短语是*waqā'i' al-ulūm*，字面意思是“有关学术的事件”，可能借鉴了埃及政府报纸《埃及纪事报》的名称，当时该报刚创办不久（1928），主编是塔赫塔维的导师阿塔尔谢赫。

69. 以下逐字逐句翻译了刊登在《百科博览》[*Revue Encyclopédique*, XLVIII, (Nov.) 1831: 521–523] 上的文章，但略去了开头：“谢赫里法阿先生是埃及驻法国使团的杰出学生之一，在完成学业后即将返回埃及，他于10月19日接受了考核，若马尔先生、国王图书馆手稿部的东方学家雷诺、阿拉伯语秘书兼翻译穆勒、叙利亚神父哈比比、留学团长‘掌印人’阿布迪埃芬迪、德利勒教授、矿业工程师阿卢先生、前俄罗斯公共教育部部长屠格涅夫伯爵先生等都参加了考试会议。会议的目的是考核有志于从事翻译工作的学生里法阿，考查他的翻译能力。”

70. 法语原文为*Eléments de Minéralogie Populaire par Brard*，“布拉尔大众矿物学原理”，这往轻了说是具有误导性的，因为布拉尔从来没有写过这样一本书，此书可能是《大众矿物学》和《大众矿物学与矿物学新原理或旅行矿物学家手册》（*Nouveaux Eléments de Minéralogie, ou manuel du minéraliste voyageur*, 2nd edn, Paris, 1824）的奇怪混合。

71. 为翻译*encyclopédie*“诸学之圈”一词，作者创造了*dā'irat al-'ulūm*“诸学之圈”[“学术界”] 这个搭配，这遵循了该法语词的词源。碰巧，第一部现代阿拉伯语百科全书是由叙利亚马龙派学者布特鲁斯·布斯塔尼（Buṭrus al-Bustānī, 1819–1883）于1875年开始编写，并由其子塞利姆和苏莱曼等人完成，书名为*Dā'irat al-Ma'ārif*，“知识之圈”（知识界）。

72. 这可能是指《习地理者必备译文辑》；见导言第二节注47。

73. 见第四篇注55。

74. 法语原文为*Eléments du Droit Naturel de Burlamaqui*，“布拉马基自然法原理”。

75. 这是一本医学小册子，作者将阿拉伯语译文收入了《披沙拣金记巴黎》。

76. 法语原文为：“取自里法阿谢赫撰写的关于法国之行的长篇作品的概要。”

77. 这个地处开罗东北郊的地方几个世纪以来一直是开罗的港口，在穆罕默德·阿里的现代化过程中，那里建了多家工厂和一家印刷厂（1822），并对他的现代化项目发挥了关键作用。见EI_2, s.v. “Būlāḳ” (J. Jomier); A. Raymond, 1993: 等。

78. 法语原文没有提到“军事学”这门学科，只是说：“阿拉伯语的固有特点有时会让他不得不在不歪曲原意的情况下使用替代比喻，比如，他不说（在精神意义上）‘供人取用的富矿’，而说‘开采珍珠的汪洋’。”

79. 法语原文“里法阿先生还接受了基于另一部作品的类似考试，即《地理学通用词典》，他翻译了其中关于自然地理的介绍”要比此处的阿拉伯语表述“已经由他翻译成阿拉伯语的《自然地理学通用辞典》的导言”清楚明确得多。

80. 比照法语原文：“此篇一年前已译出。”

81. 同样，此处的阿拉伯语译文与法语原文的偏差也很值得注意，原文为：“[考试］会议结束时，大家对里法阿谢赫的进步感到满意，并相信他有能力服务他的政府；他将能够翻译那些对传播教育和文明有重要作用的作品。”

82. *ijāza*，字面义为“许可”，原是圣训学术语，指某圣训文本的合格传述人发出的允许［弟子］进一步传述此文本的许可。在实践中，*ijāza*是一种教学证书，即知名学者给予［其弟子］的允准，允许后者传授其著作，双方都能从这种安排中获得声誉。事实上，获得*ijāza*会提升个人的学术和社会声望，而学者的名声和认可度也以他授予的*ijāza*的数量来衡量。见“idjāza” EI_1 (I. Goldziher); EI_2 (G. Vajda – I. Goldziher –S. Bonebakker)。

83. 即*Ecole polytechnique*。

84. 阿拉伯语*yuʿṭīhi al-durūs*“给他上课”是对法语短语*donner des leçons*“上课”的直译。

第五篇

1. *ṭāʾifa*（复数形式为*ṭawāʾif*）；源于意为“围绕（某物，特别是天房）转”的词根，指一群人（比照*qawm*“人群”），后也表示“行会”。在后来的中世纪和现代用法中，该词仅用于指“宗教或教派”，其派生形式*ṭāʾifiyya*，指“教派主义”。在苏非术语中，该词的意思是“道团”“派别”，因此与*ṭarīqa*“道团”同义。塔赫塔维的同胞哲拜尔提一直用*ṭāʾifa*来指法国人（1997: Ⅳ多处）。见EI2, s.vv. “ṭāʾifa’ (E. Geoffroy), “ṭāʾifiyya” (A. Rieck)。

2. 作者的阿拉伯语措辞*taslīm al-amr li-walī al-amr*，“权力交给掌握权力的人”，强调了他所描述的这一观点。

3. *firqa*，“分支”“小组”。现代阿拉伯语中表示政党的术语*ḥizb*（其基本含义是“某人的支持者团体，他们赞同并愿意捍卫此人的观点”，但也指“崇拜偶像的阿拉伯人联合起来向先知发动战争的联盟”“坚硬的土地”以及一般意义上的“一群人”）要到之后才出现。首个在“政党”这个现代意义上使用*ḥizb*的作者是19世纪末泛伊斯兰主义的改革者和倡导者哲马鲁丁·阿富汗尼（Jamāl al-Dīn al-Afghānī，卒于1897年）。见*EI2*, s.v. “djamʿiyya” (A. Demeerseman), “ḥizb” (E. Kedouri – D. Rustow); E. Lane, 1863–1874: 559; Ibn Manẓūr, 1881–1890/1: I, 299–300。

4. *ḥukm al-jumhūriya*，“民众的统治”。

5. 阿拉伯语原文*mashāyikh wa-jumhūr*“谢赫和民众”应更正为*mashāyikh al-jumhūr*“民众的谢赫”。*mashyakha*（单数形式为*mashāyikh*的音译）一词也可以指抽象的谢赫身份和职务。在伊斯兰世界西部，该词指城市的长者和要人。见EI_2, s.v. “mashyakha” (A. Ayalon)。

6. *jumhūriyya iltizāmiyya*，“基于包税制的民众统治”。此处涉及的历史背景是控制了上埃及的“阿拉伯人的谢赫”（国家的荣耀）哈马姆·本·尤素福·哈瓦利和开罗的马木鲁克首领阿里贝伊（逝于1773年）之间的权力斗争。1769年，哈马姆的主要支持者哈瓦利部落背叛了他，致使其被阿里击败，后者于是在实际上掌控了全埃及。哈马姆逃离其首府法尔舒特（拿戈玛第以东）前往伊斯纳，于同年12月7日去世，安葬在卢克索附近的村庄卡姆拉（Qamūla）。见ʿA. al-Jabartī, 1997: II, 646–648。

7. *jumhūriyya*，这是阿拉伯语文献中首次用这个词来表示“共和国”，但奥斯曼人在18世纪末就已经创制了*jümhūriyyet*（现代土耳其语*cumhuriyet*），这个词基于阿拉伯语词*jumhūr*，其基本含义是“群众”（该词的其他古典义，见E. Lane, 1863–1874: I, 461–462; G. Freytag, 1830–1837: I; 308; Ibn Manẓūr, 1299/1881–1308/1890–1891)［1300/1883］: V, 219–220。18—19世纪初，目睹法国入侵埃及的阿卜杜·拉赫曼·哲拜尔提和尼古拉·图尔克分别用*al-jumhūr al-Faransāwī*和*jumhūr Faransawiyya*来指法国共和政府。相反，军队译员J·-F·鲁非编写的19世纪最早的法语–阿拉伯语词典收有*mashyakha*（J.-F. Ruphy, 1802: 185），这是后来法国驻埃及占领军官方公报中使用的术语。布格图尔也提出了同样的用法（E. Bocthor, 1882: 707），同时，他使用*jumhūr*来翻译“民主”：*qiyām al-jumhūr bi-l-ḥukm*，“民众运作的统治”（E. Bocthor, 1882: 242）。这个新的创制词可能很快就流行起来了，从 19 世纪中叶开始几乎成为［“共和”］的唯一表达了；参见Khayr al-Dīn, 1867: 121, 321, 335; M. Bayram V, 1884–1893: III, 83等; M. al-Sanūsī, 1891–1892: 13等。突尼斯政治家海伊鲁丁是唯一使用借词*rībūblīk*“共和国”的人，但他也使用*jumhūr*的形容词形式，如*dawla jumhūriyya*“共和国”（Khayr al-Dīn, 1867: 87, 124, 325等）和*ḥukm jumhūrī*“共和统治”（同上：327等），而伊本·艾比·迪亚夫则用过*al-mulk al-jumhūrī*“共和制”（1963: 5: I等多处）。见*EI*$_2$, s.vv. “djumhūriyya” (B. Lewis), “ḥurrīya” (B. Lewis); A. Ayalon, 1989; H. Rebban, 1986: 65–69; H. Wehr, 1934: 40–41; V. Monteil, 1960: 191。

8. 阿拉伯语为*sulṭān al-salāṭīn*，字面意思是“众统治者的统治者”，塔赫塔维用这个短语来翻译法语词*empereur*“皇帝”，虽然来自拉丁语的借词*imbarā(a)ṭur*已经出现在中世纪的阿拉伯地理文献中了。al-Dimashqī, 1866: 342 (*Inbarāṭūr*, *Inbarūr*); Ibn Saʿīd, 1958: 126 (*Inbaraṭūr*); Abū ʾl-Fidāʾ, 1840: 202; Ibn Khaldūn［n.d.］: 238 (*Inbaradhūr*). 此外，在17和18世纪，*imperador/imperaṭori*是奥斯曼帝国与罗马皇帝的官方通信中使用的习惯称谓（参见M. Köhbach, 1992）。类似的借词也经常出现在其他穆斯林访欧者的作品中：Khayr al-Dīn, 1867: 多处(*Imbarāṭūr*); S. al-Wardānī, 1888–1890: no. 11 (*inbaraṭūr*); F. al-Shidyāq, 1881: 256 (*imbarāṭūr*); M. al-Sanūsī, 1891–1892: 16, 138 (*imbarāṭūr*); A. Ilyās, 1900: 4, 5, 15等。这类借词很早就出现了活跃的形态变化，如*imbarāṭūrī*可表示“帝国的”“皇帝的”（如F. al-Shidyāq, 1881: 228; Khayr al-Dīn, 1867: 例如325）。海伊鲁丁还用此借词来指代与“法国”（同上，125,132）和“奥地利”（同上，241, 242）有关的帝国。又见E. Gasselin, 1880–1886: I, 627 (*anbarūr*); J. Redhouse, 1880: 108; J. Zenker, 1866: 153（他又增加了该词土耳其语的阴性形式，但说明“只用于玛丽亚·特蕾西娅”！）。此处更令人不解的是1810年这个年份，因为拿破仑宣布成为皇帝是在1804年5月。

9. 阿拉伯语措辞*hataka al-qawānīn allatī hiya sharāʾiʿ al-Faransāwiya*“践踏了相当于法国人沙里亚的法律”清楚地表明，塔赫塔维在解释非宗教性法律、人民权利等概念时遇到了困难。

10. 1829年8月，波利尼亚克亲王朱尔·奥古斯特·阿尔芒·马里（Jules Auguste

Armand Marie, 1780–1847）被任命为外交部长，三个月后又被任命为首相。次年12月，他被监禁，后遭放逐。

11. *fabrīqāt*（单数形式为*fabrīqa*）；参见Khayr al-Dīn, 1867：61、65、246 等；M. al-Sanūsī 1891–1892, (*fābrīka*)。实际使用中*fābrīqa*这种拼写形式可能是最常见的。E. Gasselin, 1880–1886: I, 768; T. Zenker, 1860: 653; S. Spiro, 1895: 438（复数形式为*fābrīqat*、*fāwrīqāt*、*fawārīq*!）。

12. 当然，我们不禁会把这段话解读为作者对其祖国状况的隐晦指涉，并间接地指向这么一个事实：穆罕默德·阿里的现代化计划只有在社会各阶层充分理解其作用和目的的情况下才能成功。

13. 阿拉伯语文本使用了具有宗教意味的*sunan wa-furūḍ*“教律与义务”。

14. *dār al-madīna*“城市之馆”是对Hôtel de Ville“市政厅”的直译，塔赫塔维之所以采用直译是因为当时作为地方政府所在地的市政厅对阿拉伯国家来说还是陌生概念。需要补充的是，塔赫塔维看到的市政厅后来毁于1871年的大火，如今的市政厅是1882年在原址上重建的。见C. Courtalon, 1995: 414–416; M. Berthelot, 1886–1902: XX, 296–297; P. Larousse, 1866–1876: XII, 247–249。

15. 严格来说，当时的巴黎不设“市长”，而是由塞纳省省长（*Préfet de la Seine*）管理，相当于早期的中央市长（*maire central*）。省长的住所是市政厅。巴黎由三位官员管理：省长、警察总长（*Préfet de police*）和市议会主席。1789年以前，巴黎被划分为21个一级行政区（*quartier*）和60个二级行政区（*district*），由中央市长统管。1794年的宪法将巴黎划分为12个区（*arrondissement*，每个区都像今天一样由一名市长领导），中央市长的职位被市议会主席的职位所取代；省长的职位则要更晚些（1800）才设立。通常情况下，省长负责一个省（*département*），但巴黎是（现在仍然是）一个特例，其省长（即塞纳省省长）同时履行省长和市长的职能。见M. Berthelot, 1886–1902: XVII, 560及之后多页；P. Larousse, 1866–1876: IV, 748–749（“巴黎公社”），XIII，57–61（“省”），X，961–962（“市长”）。

16. *al-khafar al-jinsī*，这是全书唯一一次用*jinsī*来表示“国民的”“国家的”，其他地方用的都是*waṭanī*。在当时，*jinsī*（现代标准阿拉伯语中*jinsiyya*是常用来指“国籍”“公民身份”的术语）与*jins*的基本含义有关，即“家庭”“血统”或“种族”。

17. 国民卫队（1789—1871）是资产阶级民兵组织，有自己的榴弹兵、炮兵和精锐部队，纳税人必须在其中服役一段时间。国民卫队在七月王朝期间将获得巨大的重要性，因为路易-菲利普将他们用作禁卫军；事实上，当他后来在1848年失去他们的支持时，他的政权就崩溃了。查理十世于1827年4月解散了国民卫队，但卫队从未被要求交出武器。A. Malet, 1908: 336–337; M. Berthelot, 1886–1902: XVIII, 511–512, 519; P. Larousse, 1866–1876: VIII, 1023及之后多页。

18. *qawwāṣa*（单数形式为*qawwāṣ*）；参见E. Bocthor, 1882: 370 (*qawwās*)。这是一个［奥斯曼］土耳其语词（比照现代土耳其语词*kavas*），指一类警察（J. Redhouse, 1880: 706）。

19. 颇为奇特的阿拉伯语搭配*ʿasākir al-ṣiffa*是法语短语*soldats* (通常为*infanterie*)

*de ligne*的直译。

20. 此处阿拉伯语词*ḥurriya*的含义很含糊，可能指“自由党”，也可能指“自由”。然而，鉴于*ḥurriya*最常作为表示“自由派”的集合名词出现，而且在叙述中，塔赫塔维明确说明了参与冲突的双方，因此之后的*bayraq*“（三色）旗”很可能代表的是人或运动，而不是抽象的“自由”概念。值得一提的是，当时的三色旗上还有一只“高卢雄鸡”的形象。

21. 这是奥古斯特–弗雷德丽卡·维耶斯·德·马尔蒙（Auguste-Frédéric Viesse de Marmont, 1774–1852），他曾是拿破仑麾下的将军，也曾参加过金字塔之战（1798）。革命后，他随查理十世流亡英国。

22. 比照S. Spiro, 1895: 63（*būlīṭīka*、*būlītīka*，“外交”“恭维”）。在《路径》中，塔赫塔维将这一概念定义为“为君术”（*siyāsa malakiyya*），“行政术”（*idāra*），王国治理学等以及对这一学问的研究、谈论，在议会和会议上的讨论和在报纸上的分析，所有这些都被称为*būlītīqa*或*siyāsa*，“政治”（al-Ṭahṭāwī, 1973–1980: I, 517）。很早的时候，*būlītīk(a/ā)*在阿拉伯语埃及方言中就有了“花言巧语”“闲聊”的含义。在莎士比亚的戏剧中也可以找到对应的用法。见O. Jespersen, 1912: 155–156; S. Somekh, 1984: 183; M. Hinds and E. Badawi, 1986: 96。

23. 奥尔良家族于1658年购买了圣克卢宫（位于凡尔赛宫东北约7千米处），后又被玛丽–安托瓦内特（Marie-Antoinette）购得，推翻了法兰西第一共和国的雾月（1799年11月9日）政变正是在此处发动的，拿破仑宣布建立帝国（1804年5月18日）也是在这里。1815年，它几乎被普鲁士人摧毁。拿破仑之后，这座宫殿是路易十八、查理十世和路易–菲利普的主要住所。见M. Berthelot, 1886–1902: XXIX, 113–114; P. Larousse, 1866–1876: IV, 475–476。

24. 颇具象征意味的是，查理十世将会在这个城堡度过他最黑暗的时刻，而这曾是他最喜欢的狩猎行宫。

25. 这是尚博伯爵和波尔多公爵——阿图瓦的亨利·迪厄东内（Henri Dieudonné d'Artois, 1820–1883），他是查理十世的儿子贝里公爵查理–费迪南（Charles-Ferdinand, 1819年2月被暗杀）的遗腹子，母亲是［两西西里王国的公主］玛丽–卡罗琳·德·波旁–西西里（Marie-Caroline de Bourbon-Sicile）。他的出生引起了很大的争议，他很早就被称为“奇迹之子”，因为据说公主生下他时没有见证人。甚至有人说这是某种隐蔽的政变，孩子的合法性在报纸上被公开质疑。作为波旁家族上一代的最后一个继承人，尚博伯爵从未放弃对王位的要求，他的称号是亨利五世。

26. 这里塔赫塔维用*qāʾim maqam*来翻译法语*lieutenant-général (du royaume)*“（王国的）中将”［摄政］，前者是［奥斯曼］土耳其［帝国］的官衔，指在大维齐尔不在时代行其职权的副维齐尔。在埃及，它的意思是“助理官员”，也即“第二把手”，后用来指“中校”。见“ḳā'im-maḳām”, EI_1 (J. Mordtmann), EI_2 (P. Holt)。

27. 值得注意的是，塔赫塔维没有提到，只有219名议员（仅是众议院半数议员）投票赞成此任命。

28. 以下是对1830年8月10日刊登在《总汇通报》（*Le Moniteur Universel*）上的众

议院声明的粗略翻译。

29. 原文为“[……]王位在事实和法律上都是空缺的，必须填补此空缺”。

30. *min maṣāliḥihim*，“为了他们的利益”；单数形式*maṣlaḥa*的字面意思是指有利于伊斯兰社会的事物，但在这里其宗教含义被去除了，而被用作“中性的”*naf*ʿ（复数形式为*nufūʿ*）或*manfaʿ*（复数形式为*manāfiʿ*）的同义词，这后两个词都是“利益”“好处”的意思。在其他关于欧洲的著作中，*maṣlaḥa*则作为一个主题词出现，有例如*maṣāliḥ khuṣūṣiyya*“个人利益”和*maṣālih waṭaniyya ʿumūmiyya*“一般国家利益”这样的新式表述。首次使用这两个短语的都是海伊鲁丁（Khayr al-Din，1867：40，89等），阿里·穆巴拉克则认为*maṣlaḥa*是社会的黏合剂（ʿAlī Mubārak, 1882: 1, 179）。在现代，*maṣlaḥa*仍然是许多穆斯林国家立法的基础，也是20世纪［民族］独立运动中阿拉伯政治家们最重要的指导原则。

31. *mubāyaʿa*；源于一个词根，意思是“签订（出售）协议”，这个词与*bayʿa*（字面意思是“通过握手签订合同”）有关，后者表示在哈里发登基时向他宣誓效忠。官方的［效忠］仪式包括将手放入统治者张开的手中，这证实了上述词源。应该补充的是，后来奥斯曼帝国的一些摄政国也采用了这种授权仪式（尽管有一些变化）；例如，在突尼斯，新的贝伊上台时要举行两个效忠仪式，一个是由精英和宗教领袖举行的“私人”仪式（*bayʿa khāṣṣa*），另一个是由广大民众参与的“公共”仪式（*bayʿa ʿāmma*）。见*EI*$_1$, s.v. “baiʿa” (C. Huart), A. Raymond［Ibn Abī ʾl-Ḍiyāf］, 1994: II, 3–4等。

32. 比照原文：“贵族院［原文如此］其次宣布，根据法国人民的愿望和利益删除《宪章》序言，因其将本质上属于法国人民的权利以似是而非的方式赋予法国人民，从而伤害了国家的尊严，且《宪章》随后的条款必须撤销或将以指定的方式进行修改。在接受这些条件和建议后，贵族院最终宣布，法国人民普遍和迫切的利益要求奥尔良公爵、王国中将路易–菲利普殿下及其后代按长子继承顺序永久继承王位，女子及其后代除外。因此，将请奥尔良公爵、王国中将路易–菲利普·德·奥尔良殿下接受并宣誓遵守上述条款和承诺，遵守《宪章》和对其指定的修改，并在向两院宣誓后，接受“法兰西人之王”（*Roi des Français*）的称号。”

33. 这里翻译的是法语“某某，以上帝之名，作为法兰西和纳瓦拉的王，向所有将看到这些文书（如《1814年宪章》）的人致以问候”（*X, par la grâce de Dieu, roi de France et de Navarre, à tous ceux qui ces présentes verront, salut*）。

34. 在新版《宪章》（1830年8月9日）中，序言部分内容如下：“法兰西人之王路易–菲利普向所有现在和未来的人致意，我已经下令并正在下令……”（*Louis-Philippe, roi des Français, à tous présents et à venir, salut. Nous avons ordonnés et ordonnons ...*）

35. 显然，塔赫塔维觉得有必要加上这一点，不然他很可能会被指责为是在挑战哈里发制度！是的，奥斯曼苏丹不正是“安拉在大地上的影子”吗？

36. 参见Khayr al-Dīn, 1867: 155, 162, 176, 257, 308, 361 (*mārīshāl*); M. al-Sanūsī, 1891–1892: 16 (*marīshāl*); A. Ibn Abī ʾl-Ḍiyāf, 1963–1965: III, 176, IV, 100, 101, 104 (*marshāl*)。海伊鲁丁是唯一一个将这个军衔应用于不同国家的人，可能在很多情况下他指的是*maréchal de camp*（相当于今天的“准将”）。参见E. Gasselin, 1880–1886: II,

386 (*mārishāl*); G. Badger, 1895: 610 (*marīshāl*); H. Wehr, 1934: 54; A. Butros, 1973: 99。

37. 这是塔赫塔维对1830年8月10日的《总汇通报》上刊登的部分正式记录（《1830年8月9日贵族院和众议院会议记录》）的翻译。法语文本如下："贵族与议员先生们：我非常认真地阅读了众议院的声明和贵族院的附议书，权衡并思考了其中所有的表述；我无条件、无保留地接受声明中的条款和承诺以及赋予我的'法兰西人之王'的称号，并愿意宣誓遵守本声明。"

38. 比照法语原文："在上帝面前，我发誓忠实地遵守《宪章》和声明中所陈述的对《宪章》的修改意见，只依赖并根据法律进行统治，妥善、公正地对待每一个人以保障他们的权利，并在一切事情上都只为法国人民的利益、幸福和荣耀而行动。"

39. 比照法语原文："贵族与议员先生们：我刚刚完成了一项伟大的行动（阿语：*ḥafaltu fī hādha al-waqt yamīnan ʿaẓīman*，"我刚才立下了一个重大的誓言"），我深深地感受到它所赋予我的全部职责，我知道我将履行它们。我怀着充分的信念接受了向我提出的盟约。我本来深深地希望我永远不要登上那由国民的愿望刚刚召唤而登上的王位，但法国的自由受到了攻击，公共秩序处于危险之中（阿语：*takaddarat al-rāḥa al-ʿāmma*，"公共福祉遭到破坏"），违反《宪章》的行为动摇了方方面面；有必要重新确立法律的效力，而这要由议院来规定。先生们，你们做到了；我们刚刚对《宪章》做的明智修正保证了未来的安全（阿语：*yastalzimu al-amn fī al-mustaqbal*，"将确保未来的安宁"），我希望法国人将在国内获得幸福，在国外受到尊重，欧洲的和平将日益巩固。"

40. 另外三人是：内政大臣查理–伊尼亚斯·孔特·德·佩罗内（Charles-Ignace Comte de Peyronnet, 1778–1854）、掌玺人［即司法大臣］让–克劳德·德·尚特洛兹（Jean-Claude de Chantelauze, 1787–1859）、教育大臣马夏尔–科姆·德·盖尔农–朗维尔伯爵（Martial-Côme de Guernon-Ranville, 1787–1866）。虽然这三人都被判处了无期徒刑，但实际上都没有服满刑期。佩罗内和德·盖尔农–朗维尔于1836年获释，德·尚特洛兹于1837年获释。

41. 被捕地是法国西北部的格朗维尔港。

42. 文森城堡（Château de Vincennes）建于14世纪，16世纪时从王室住所转变成监狱，用于关押犯了罪的"要人"，其中最著名的有百科全书派的狄德罗以及萨德侯爵（Marquis de Sade）。见C. Courtalon, 1995: 698–705。

43. 法国社会的这一特点也给历史学家哲拜尔提留下了深刻的印象，他非常详细地描述了对暗杀克莱贝尔的苏莱曼·哈拉比的审判方式（al-Jabartī, 1997: IV, 461及以下多页）。12世纪十字军东征编年史家乌萨马·本·穆恩奇兹极为仇视欧洲，但欧洲的司法是为数不多的他所欣赏的欧洲事物之一（Usāma Ibn. Munqidh，1886：97及之后多页；菲利普·希提译本，1987：161及之后多页）。

44. 马蒂尼亚克子爵让–巴蒂斯特·盖伊（Jean-Baptiste Gaye, 1776–1832）曾是保皇党人，在1827年选举后被任命为内政大臣，后来加入了自由党阵营，当然，这导致他失去了在波利尼亚克内阁中的位置。

45. *ijtihād*，"竭尽全力"（中译有"伊智提哈德""创制"等的意思。——译者

注）；在古典伊斯兰法学理论中，这一概念指一名合格的法学家（*mujtahid*）使用个人推理（*ra'y*）开展法律文本解释或圣训真实性判断等宗教性的工作。一类重要的*ijtihād*是以《古兰经》和圣训为依据通过类比来推导出法律规定，这种“类推”被称为*qiyās*。类推的做法源于实际需求。先知去世后，伴随着穆斯林社会发生的变化，尤其是伊斯兰教的扩张，越来越多的信徒面临《古兰经》或圣训中没有直接提及的问题。应对这种困难局面的唯一途径是通过合理的解释、推理来解决这些问题。见N. Coulson, 1978: 59–60, 76–77; “idjtihād”, EI_1 (D. MacDonald), EI_2 (J. Schacht); EI_1, s.v. “ḳiyās” (A. Wensinck); J. Schacht, 1966：37、69及之后多页。

46. 1835年的《法兰西学术院词典》（II: 232）将这一短语解释为“停止享有一切公民权利”，此后其比喻义“遭到排斥”迅速流行开来。

47. 这是法国北部的哈姆堡，以关押政治犯著称；例如，拿破仑三世就在该堡中被关押了六年（1840–1846）。

48. 波利尼亚克于1830年1月31日对阿尔及利亚宣战，战争大臣布尔蒙亲自率军于6月14日在西迪法拉吉登陆。此处指的是7月5日攻占首都阿尔及尔，此后经过多年法国才控制了整个阿尔及利亚。

49. 这位大主教是亚森特–路易·德·凯朗大人（Mgr Hyacinthe-Louis de Quélen, 1778–1839），他在1821至1839年间担任巴黎大主教。必须补充的是，教会非常赞成对阿尔及利亚的军事行动，认为这是一个赢得新灵魂的机会。参见A. Julien, 1986: 62。

50. 这里塔赫塔维指的是法国进攻阿尔及利亚的起因和巴克里事件（见导言）。自大和傲慢则似乎是指冲突爆发的直接原因，即1827年4月侯赛因德伊与法国领事皮埃尔·德瓦尔之间的争执。

51. *law kānat al-mushājara shajaran lam tathammara illā ḍajran*，这则阿拉伯语格言中的*mushājara*“争吵、争执”和*shajar*“树”构成谐音（*jinās*）。

52. 1831年，这位大主教遭到攻击，宅邸被洗劫一空，藏书和许多家具都被扔进塞纳河，背后的原因当然不是他对阿尔及利亚［军事］行动的支持，而是他对波旁王朝坚定不移的忠诚和对革命直言不讳的反对。事后，他还被指控贪污了100万法郎的贫困基金。见P. Larousse, 1866–1876: XIII, 513; M. Berthelot, 1886–1902: XXVII, 1127。

53. 阿拉伯语短语*al-ḥukm al-qadīm*显然是对法语短语*ancien régime*“旧政权”的直译。

54. *al-ʿīla al-sulṭāniyya*，第一个词是古典阿拉伯语词*ʿāyila*（或*ʿāʾila*）的埃及方言变体。

第六篇

1. *al-jabr wa-l-muqābala*；前一个概念*jabr*的意思是“使完整”（即把分数还原为一个完整的数字），后一个概念*muqābala*表示“对立”（即一个方程式的两边）。在古代的数学著作中，该短语指“一次和二次方程解法”。EI_1, s.v. “al-djabr” (H. Suter).

2. *ʿilm al-ḥashāʾish wa-l-aʿshāb*，字面义为“干草和青草学”［草本植物学］；现代

术语 ʿ*ilm al-nabāt*“植物学”将在晚些时候引入。

3. ʿ*ilm al-maʿādin wa-l-aḥjār*，“矿物和石头学”。

4. 有关自然现象之外现象的学问(ʿilm mā waraʾ al-ṭabīʿiyyāt)，与更传统的有关自然现象之外现象的哲学(falsafa mā waraʾ al-ṭabīʿa)同义。

5. *funūn ʿaqliyya*，也可译为“理论学科”（比照：理论/纯粹科学与应用科学）。

6. 阿拉伯语术语*al-faṣāḥa wa-l-balāgha*指口才的两个方面：表达明畅和古典意义上的修辞，也即使用各种风格手法。另见EI_1, s.v. “balāgha” (A. Schaade)。

7. *al-Yūnāniyya al-qadīma al-musammā bi-l-Ighrīqiyya*，“被称为古希腊语的古代希腊语言”，从中可以看出塔赫塔维明确区分了现代希腊人（*al-Yūnān*）的语言和他们的祖先古代希腊人（*al-Ighrīqiyyūn*）的语言。

8. *al-muẓhar*（或*al-ẓāhir*），字面意思是“明显的”；在阿拉伯语语法中，实体名词指可以取代代词（*al-ḍamīr*）的名词，两者被认为是对立的。事实上，阿拉伯语法学家区分了六种类型的“名词”：名词（*ism*或*al-mawṣūf*、*al-manʿūt*）、形容词（*ṣifa*、*waṣf*、*naʿt*）、数词（*ism al-ʿadad*）、指示词（*ism al-ishāra*）、（关系）代词（*ism al-mawṣūl*、*al-mawṣūl al-ismī*）、（人称）代词（*ḍamīr*、*muḍmar*）。

9. 这是*ṣifa mushabbaha bi-asmāʾ al-fāil wa-l-mafʿūl*（类似于主动和被动名词的形容词）的缩写，是由简式动词派生出来的形容词，通常表示人或事物固有的品质。

10. 这种文学手法需要间歇性地使用押韵词，但不像诗歌（*shiʿr*）那样受到严格的韵律和格律规则的约束。有趣的是，塔赫塔维在前文也使用了相当迂回的表达*taqfiyyat al-nathr*“散文的押韵”。见“sadjʿ”, EI_1 (F. Krenkow), EI_2 (T. Fahd/W. Heinrichs/Afif Ben Abdesselem)。

11. 这首诗确实是使用双关的精彩例子。最后一行*fa-khudhhu min ṣiḥāḥi al-jawharī*“从焦海里的《正典》取出”是双关语。从字面上看，这句诗说的是波斯词汇学家艾布·纳斯尔·伊斯玛仪·本·哈马德·焦海里（Abū Naṣr Ismāʿīl b. Ḥammād al-Jawharī，卒于1003年？）编撰的词典《语言的冠冕与阿拉伯语的正确用法》（*Tāj al-lugha wa-ṣiḥāḥ al-ʿArabiyya*）。然而，这句诗也可以理解为“从中取走珠宝商的真品”。此外，*al-Jawharī*“焦海里或珠宝商”与［上一联末尾的］*jawhar*押韵，*jawhar*表示“珠宝”，但也表示“实质”，即本身存在的东西。黄金和金匠的主题在诗的开头就已经出现了，使用了动词*ṣāgha*［的被动式］（*ṣuwigha al-qarīḍ*，“诗歌被创作出来”），该词通常表示“塑造、制作（金、银器）”，但也表示“创制词语”或“创作（诗）”。最后，在*durrihi naẓman*“他的珍珠连成串”中，后一个词既指“秩序”或“安排”，也有“诗歌”这个含义。

12. 这两联诗围绕*hadhdhaba*一词的各种含义（“迅捷”“修剪”“净化”“打磨”“改善”“纠正”“培养”“教育”）展开。

13. 短语*faqd al-asbāb*围绕*asbāb*（单数形式为*sabab*）玩了一个文字游戏，*sabab*常见的含义是“原因”，但也指“音步的一部分，含有2个辅音”。

14. 事实上，一般认为古典阿拉伯诗歌有16种格律。见“ʿarūḍ”, EI_1 (Weil.), EI_2 (Gotthold Weil/G. Meredith-Owens); W. Wright, 1981: 359–368。

15. 下面是一些诗句，取自作者认为的“最好的长诗或断章”，目的是为了展示阿拉伯语词汇的丰富。这些诗歌的作者都是极擅辞藻的著名诗人，如讽刺诗人哲里尔·本·阿提亚·本·哈塔法（Jarīr b. ʿAṭiya b. al-Khaṭafā，卒于约730年）、穆斯林·本·瓦利德（Muslim Ibn al-Walīd，卒于818年）、伊本·萨赫勒·伊斯拉伊利（见第二篇注25）、艾敏·扎拉利埃芬迪（Amīn Efendi al-Zalalī,）、希哈布·希贾基（见第三篇注13）、穆罕默德·本·艾哈迈德·加萨尼·沃沃·迪马士奇（Muḥammad b. Aḥmad al-Ghassānī al-Waʾwāʾ al-Dimashqī，卒于990年）。每段引诗前都有诸如“……的词句多么优美”“我发现……的词句非常悦耳”等赞美的话。

16. 尽管塔赫塔维此前已经对古代希腊人和现代希腊人作了区分，但在这里他用*al-Yūnān*“（现代）希腊人”来指*Ighrīqiyyūn*“古希腊人”。

17. 穆太奈比（al-Mutanabbī，字面义为“自称先知的人”）是库法出生的著名诗人艾布·塔伊布·艾哈迈德·本·侯赛因·朱阿斐（Abū al-Ṭayyib Aḥmad b. al-Ḥusayn al-Juʿfī, 915–955）的绰号，他以极其华丽的颂诗（*madīḥ*）而闻名。见*EI*$_1$, s.v. “al-Mutanabbī” (R. Blachère); J. Ashtiany et al., 1990: 300–314等.

18. 所引诗句原文为*al-sayf aṣdaq inbāʾ min al-kutub fī ḥaddihi al-ḥadd bayna al-jidd wa-l-laʿb; bīḍ al-ṣafāʾiḥ lā sawwad*（此处理解成*sūd*更合理。——译者注）*al-ṣaḥāʾif fī mutūnihā jalāʾ al-shakk wa-l-rayb*。遗憾的是，诗句中复杂的语音和文字游戏在翻译中完全消失了。例如，诗人将*bīḍ*（“白色”，也有“空白”的意思，如空白的纸，较为罕见的情况下也指“剑”）和*sawwada*（“用文字覆盖”，也有“使变黑”的意思，与*sūd*“黑色”源于同一词根）并置。此外，还隐含有*bayyaḍa*“誊清底稿”和*sawwada*“打草稿”之间的对立。这种对立由*ṣafāʾiḥ*（“金属片”，也指“长刃剑”）和*ṣaḥāʾif*“（纸）片”的并置而加强，并继续由*mutūn*（“文本”，但也有罕见的“剑刃”的意思，与“羽翼下的箭杆”类比）、*jalāʾ*［“出发、移居”，但也有“清晰”和“（闪亮的物体）的外观”的意思］和*shakk*（“疑惑”，但也有“锁子甲”的意思，读音相似的词*shikk*和*shakka*分别表示“弓两端的防潮罩”和“全副武装”）。最后，第一行中的*sayf*“剑”也是直指诗人的庇护人，阿勒颇的哈姆丹王赛弗·道莱（Sayf al-Dawla“国之剑”），穆塔纳比在他的宫廷待了九年（948–957）。

19. 这是指博学多知的埃及著名历史学家艾布·法德勒·阿卜杜·拉赫曼·本·艾比·伯克尔·哲拉鲁丁·苏尤提（Abū al-Faḍl ʿAbd al-Raḥmān b. Abī Bakr Jalāl al-Dīn al-Suyūṭī, 1445–1505）所著的《认识本源之路径》（*al-Wasāʾil ilā maʿrifat al-awāʾil*）。见“al-Suyūṭī”, *EI*$_1$ (Brockelmann)。

20. 诗人这里用了双关：*ʿaql*既指“智力、智慧”，也有较为罕见的“避难所、堡垒”的意思［另有一种可能性为该词是*ʿuqul*（单数形式为*ʿiqāl*），“系绳”，中译本采用这种理解。——译者注］，*shawārid*既指“逃亡者”，也指“人人都在谈论的东西（特别是诗歌）”。

21. 这指的是一部从先知生平开始一直讲到穆瓦希德王朝的哈里发帝国史，书中提到的诸哈里发中的最后一位是尤素福·本·阿卜杜·穆敏（Yūsuf b. ʿAbd al-Muʾmin, 1163–1184），也即尤素福一世。该书书名为《令人满足的哈里发史》（*al-*

Iktifā' fī akhbār al-khulafā'），作者是12世纪突尼斯历史学家艾布·麦尔旺·阿卜杜·马立克·本·卡达布斯（Abū Marwān ʿAbd al-Malik b. al-Kardabūs，塔赫塔维误作卡达布希）。不要将这部著作［部分已由阿巴迪编辑出版（A. al-Abbādī, 1971）］与艾布·拉比阿·塞利姆·卡拉伊·巴兰希（Abū al-Rabīʿ Sālim al-Kalāʿī al-Balansī）所著的名为《令人满意的先知与三大哈里发战记》（*Kitāb al-Iktifā' fī maghāzī al-muṣṭafā wa-l-thalātha al-khulafā'*）等类似著作混淆。关于卡达布斯，见：例如，A. al-ʿAbbādī, 1971: 8及之后多页; *GAL*, I, 421; *GALS*, I, 587。

22. 本章标题的原文为*Fī ʿilm al-balāgha al-mushtamal ʿalā al-bayān wa-l-maʿnī wa-l-badīʿ*，指传统上阿拉伯语言学家划分的修辞学（*ʿilm al-balāgha/al-maʿānī*）三部分，其中*maʿnī*［本义］为"意义""概念"，*bayān*［本义］为"展现"、*badīʿ*［本义］为"装饰"。应当补充的是，准确来说，*balāgha*"修辞"指对语言（特别是阿拉伯语）的正确使用，因此常被等同于*faṣāḥa*"语言纯正"。至于*al-maʿānī wa-l-bayān*则可能指的是"句法语义"，即找到适合不同语境的表达方式。见EI_2, s.vv. "badīʿ" (M. Khalafallah), "balāgha" (A. Schaade –［G. von Grunebaum］), "bayān" (G. von Grunebaum); "al-Maʿānī wa 'l-bayān" (B. Reinert)。在作者使用的阿拉伯语文献资料中，之前提到的艾赫道利写的《三艺中的隐秘宝石》（*al-Jawhar al-maknūn fi al-thalātha funūn*）很可能占据了重要位置，因为他在爱资哈尔清真寺学习期间曾学过这部作品。

23. 阿拉伯语原诗的主要特点是押在各联下半句的韵：*lahā lahā; al-suhā sahā; bihā bahā; ummahā mahā; wadddihā dahā; hazz hāzzahā; mahāmahā; ṣafwihā wa hiya; rashfihā fahā*。

24. 参见《古兰经》第17章第89节；英译本：A. Arberry, 1983: 284。

25. 这里塔赫塔维指出了逻辑的工具（ὄργανον）作用，亚里士多德的逻辑学著作就被命名为《工具篇》（*Organon*）。

26. 哲学家埃利亚的芝诺（活跃于公元前5世纪），以极为有效地使用归谬法（ή ει ςτ ο αδυνατον απαγωγη，拉丁语作*reductio ad absurdum*）这一修辞方法捍卫其导师帕门尼德而著称。

27. 在名词句中插入代词*huwa*"第三人称阳性单数"被阿拉伯语法学家称为*ḍamīr al-faṣl*"隔离代名词"、*ḍamīr al-ʿimād*"支持代名词"或*al-diʿāma*"支撑"。

28. 塔赫塔维将"语法分析"译作*iʿrāb naḥwī*，其中*iʿrāb*指"尾符［词尾形态］变化"，*naḥw*指"句法特征"，从而将这一概念恰当地迁移到阿拉伯语的语境中。

29. 阿拉伯语术语*mubtada'*"起语"和*khabar*"述语"用于描述名词句（*jumla ismiyya*）［的主要成分］。对于动词句（*jumla fiʿliyya*），相应的术语是*fāʿil*"主语"和*fiʿl*"动词"。在描述命题时，表示"主语"和"谓语"的术语分别是*al-musnad*"被倚靠者"和*al-musnad ilayhi*"倚靠者"。见W. Wright, 1981: 250及以下多页。

30. 这一章是对之前提到的《王港逻辑学》（第一册第三章"亚里士多德十范畴"）中两页内容的翻译。A. Arnauld & P. Nicole［1965: 49–51 (1824: 48–50)］.

31. 比照法语原文："我们可以根据概念的对象，用亚里士多德的十范畴来考量概念，这位哲学家想把我们所有的思想对象仅归入这些范畴，其中第一个范畴是所有的

物质，其余九个范畴是所有的偶性，具体如下。”（A. Arnauld, 1965: 49–50）

32. 比照法语原文：“数量，当各部分没有联系时，就称为离散的，如数目；当各部分被联系起来时，则或是连续的，如时间、运动，或是固定的，也就是所谓的空间，即长度、宽度、深度［构成］的范围；长度构成线，长度和宽度构成面，三者一起构成体。”（A. Arnauld, 1965: 50）

33. 比照法语原文：“质量，亚里士多德将其分为四种。（1）习性，也即头脑或身体的倾向，这是通过反复的行为获得的，如科学、美德、恶习；绘画、书写、舞蹈的技巧。（2）天生的能力，如理解力、意志、记忆力，五种感官，行走的能力。（3）感知的特质，如硬度、软度、重量、冷、热、颜色、声音、气味、各种味道。（4）形状和样式，这是数量的外在形式，如圆形、方形、球形、立方体。”（A. Arnauld, 1965: 50）

34. 比照法语原文：“关系，或一个事物与另一个事物的关系，如父亲与儿子、主人与仆人、国王与臣民；权力与对象的关系、视觉与可见物的关系；以及所有意味着比较的关系，如相似、相等、更大、更小。”（A. Arnauld, 1965: 50）

35. 比照法语原文：“行为，或施于自身，如行走、跳舞、认识、喜爱；或施于自身之外，如击打、切割、打破、照亮、加热。”（A. Arnauld, 1965: 50）

36. 比照法语原文：“遭受，［如］被打破、被照亮、被加热。”（A. Arnauld, 1965: 50）

37. 比照法语原文：“如在罗马、在巴黎、在你的书房、在你的床上、在你的椅子上。”（A. Arnauld, 1965: 50）

38. 比照法语原文：“状态，［如］坐着、站着、躺着、在前、在后、在右、在左。”（A. Arnauld, 1965: 50）

39. 比照法语原文：“具有，也就是在你的身边拥有作为衣服、饰品或盔甲的东西，如用来穿的衣服、用来戴的冠、用来穿的鞋和用来装备的武器。”（A. Arnauld, 1965: 51）

40. 比照法语原文：“这些就是亚里士多德的十范畴，有很多神秘之处，但实话来说［划分这十范畴］本身并没有什么益处，［要知道］对于真正的逻辑而言，形成判断才是目的，但十范畴不仅很难有助于判断的形成，还会因为以下两个需要重点提及的原因而较大程度地破坏这一过程。”（A. Arnauld, 1965: 51）

41. 比照法语原文：“第一，我们把这些类别看成是建立在理性和真理之上的，而不是全然任意的，该分类基于的不过是一个人的想象，他没有权力（*autorité*）向其他人施加规则，他们也有和他一样的权利（*droit*），即根据自己的哲学思考以其他方式划分思想的对象。而且，确实有一些人在以下对句中理解了在世界万物中以一种新哲学而考虑的一切：心灵、数量、运动、状态、形状/是各种物质的开端（*Mens, mensura, quies, motus, positura, figura – sunt cum materia cunctarum exordia rerum*）。”（A. Arnauld, 1965: 51）应当指出的是，正如塔赫塔维似乎已经暗示的那样，这并不是一种新的或另一种哲学，而只是吉勒·德·柯南（Gilles de Coninck, 1571–1633）根据记忆对亚里士多德的《范畴篇》的表述。

42. 比照法语原文："也就是说，这些人说服自己，只需考虑这七种事物或模式，就可以解释自然界的一切：（1）心灵，即头脑或用以思维的东西；（2）物质，身体或延展的东西；（3）数量，物质每一部分的大小；（4）状态，即相互之间的情状；（5）形状，即外表；（6）运动；（7）静止，即休息或几乎不动。"（A. Arnauld, 1965: 51）

43. 比照法语原文："学习这些范畴是有危害的，背后的第二个原因是，这使人们习惯于使用文字并假定自己知道所有的事物，但［实际上］他们知道的只是任意的名称，这些名称在头脑中并没有形成明确和清晰的概念……"（A. Arnauld, 1965: 51）

44. 阿拉伯语为 *ʿilm al-ḥisāb al-ghubārī wa-l-hawāʾī*，"地上与空中的算术"，其中 *ghubār* 意为"尘土"，此处指在沙地上或铺满灰尘的板上；*hawāʾ* 意为"空气"。参见 EI_2, s.v.v. "ḥisāb", "ḥisāb al-ghubār" (M. Souissi)。在埃及，人们很早就认识到算术对现代欧洲科学的重要性，布拉克政府印刷局最早印制的书籍中就有希哈卜丁・艾哈迈德・本・穆罕默德・本・伊玛德（Shihāb al-Dīn Aḥmad b. Muḥammad b. ʿImād）所著的《简明算术》（*Lamʿ yasīra fī ilm al-ḥisāb*, 1826）。

45. *al-Ṣūriyyūn*，即古苏尔人，指黎巴嫩西北部最著名的腓尼基城邦苏尔［的居民］。

46. 参见 J. Lemoine, 1932。

47. 其实，在阿拉伯语中，无论是100以下还是以上，比较经典的计数方法都是先说个位数，再说十位、百位、千位。但在现代标准阿拉伯语中，100以上的数字只用"欧式"方法表示。塔赫塔维的这一评论表明传统的数字表达顺序已经被弃用，这从语言学角度来看颇值得注意。

48. 见导言。

49. *thawābit*（单数形式为 *thābit*）；在古希腊和古罗马时期就有了"恒星"的概念，源自某些天体看上去没有相对运动的这一现象。

50. 卫星为 *sayyārat al-sayyāra*，"星的星"；彗星为 *dhawāt al-dhanb*，"有尾的（星）"。

51. *madhhab Kubarnīq al-nimsāwī*，"奥地利人哥白尼的学派"。

52. *falaq*，"破晓"。

53. *al-sayyārāt al-naẓẓāriyya*；塔赫塔维的读者很可能不理解后一个词，这是一个形容词，源于新词 *naẓẓāra*（或 *naẓẓārāt*），"眼镜"；参见 E. Bocthor, 1882: 799 ('télescope, lunette d'approche'). 它也可能是 *naẓariyya* "可见的"一词的错误拼写形式。

54. 塔赫塔维的手稿原本在此处有一段关于地球转动的内容：*wa qāla baʿḍ ʿulamāʾ al-Ifranj inna al-qawl bi-dawrān al-arḍ wa-istidāratihā lā yukhālifu mā waradat bi-hā al-kutub al-samāwiya, wa-dhālika li-anna al-kutub al-samāwiyya qad dhakirat hādhihi al-ashyā (sic) fī maʿraḍ waʿẓ wa-naḥwahu jarīyan ʿalā mā yuẓhiru al-ʿāmma lā tadqīqan falsafiyyan mathalan warada fī al-sharḥ anna Allāh taʿālā waqafa al-shams fa-l-murād bi-wuqūf al-shams taʾkhīran ghiyābahā ʿan al-aʿyun wa-hādhā yaḥṣulu bi-tawqīf al-arḍ wa-innamā awqaʿa Allāh al-wuqūf ʿalā al-shams li-annahā hiya allatī yaẓharu fī raʾy al-ʿayn siyaruha intahā fa-ẓāhir kalāmihi annahu irtakaba ghāyat al-taʾwīl*。其意义如下："一位法兰克学者说：'关于地球的转动及其为圆形的说法，与天经中的相关内容并不相悖。

这是因为天经是以训诫等形式、从普通人的视角提及这类问题的，不具有哲学的准确性。例如，［天经］在解释时说，至高无上的主让太阳停了下来，也就是说，他推迟了太阳从眼前消失的时间，而事实上，这是由于地球停止运转造成的。之所以说是主让太阳［而非地球］停下来是因为太阳的运转是肉眼可见的。’看来，这位学者犯了过度解释的错误。”（Caussin de Perceval，1833：251；译文，245–246）尽管塔赫塔维在引文末尾指责［这位法兰克学者］，但他显然认为这段话太过危险，不适合收录，因为他担心受到穆斯林学者们的严厉批评。然而，这个决定也可能是他与若马尔商量后做出的；事实上，他在翻译德平的《各国风俗与习惯历史概要》时说，他的这位法国导师强调，应当删除任何贬损或诽谤伊斯兰习俗的言论（al-Ṭahṭāwī, 1833: 3）。值得注意的是，如果不是科桑·德·佩瑟瓦尔记录下来，这几句话很可能就永远佚失了。事实上，这位法国学者将这些话收入自己的文章中是有原因的，他评论道：“这种解释在里法阿谢赫看来是非常大胆的；但是，由于他觉得我们的天文知识比阿拉伯人的天文知识更先进，而且如果不采用我们的体系，就不可能在他的同胞中传播这种知识，所以他不得不接受这种解释……”（同上，246）。塔赫塔维本人在后来的作品中又回到了这个问题，但他非常小心谨慎，强调说人们可以介绍这些欧洲人的观点，但这些观点是完全违背宗教教义的。确实，他断然否定地球自转说，并补充说，无论如何，欧洲人终会放弃哥白尼体系，并重新采用托勒密的体系。al-Ṭahṭāwī, 1838: I, 6; 同上，1898: 230–231(= 1973: III, 202–203). 最后，值得注意的是，大约50年后，另一位穆斯林学者、突尼斯人拜伊拉姆五世将在他的地理百科全书中加入一段非常类似的文字（Bayram V, 1884–1893: I, 6–7）。

55. 这是著名主教雅克–贝尼涅·博须埃（Jacques-Bénigne Bossuet, 1627–1704）为他的学生、王储路易十四的长子写的《通史叙说》（*Discours sur l'Histoire Universelle*）中的一段话。这部作品一直很受欢迎，在19世纪再版/重印的次数不计其数。突尼斯政治家海伊鲁丁也提到过博须埃，称赞他的通史著作论述清晰（*ḥusn al-tabyīn fī khuṭbatihi ʿalā al-tārīkh al-ʿāmm*），被欧洲人视为典范（Khayr al-Dīn, 1867: 57）。

56. 在阿拉伯语原文中，作者围绕 *ʿurḍa li-l-riyāḥ*“暴露在风中”中的 *ʿurḍa* 和 *fī ʿurḍ al-baḥr*“在海上”中的 *ʿurḍ* 玩了一个文字游戏，构建了［大海与风暴］的隐喻。

57. *al-Madāʾin*，*madāʾin* 和 *mudun* 都是 *madīna*“城市”的复数形式，后者更常见，但这里 *al-Madāʾin* 毫无疑问指的是泰西封城（在其发展过程中合并了底格里斯河畔塞琉西亚），也被称为 *Madāʾin Kisrā*（今巴格达以南约32千米处），曾是帕提亚帝国和萨珊帝国的首都。关于该城的更多细节，见 *EI₁*, s.v. ‘al-Madāʾin’ (M. Streck)。

58. J. Agoub, *Discours Historique sur l'Egypte, Paris*, 1823. 尽管雅古布本人是埃及人，但塔赫塔维在引文开头称他为“一位法兰克学者”，并再次使用“霍加”（*al-khawāja*）来称呼他（见前文）。

59. 遗憾的是，作者的热望落空了，因为在穆罕默德·阿里的整个时代，包括那些只被译成土耳其语著作在内，仅有不到10种欧洲历史书被翻译过来，见 T. Bianchi, 1843。

60. 这当然是指阿拔斯哈里发王朝这一黄金时代（750–1258）。该王朝继承了伍麦叶王朝，可以说是伊斯兰教［历史上］最著名的王朝。该王朝（包括哈伦·赖世德和麦蒙等统治者）是领土扩张和帝国建设的时期，也是思想活动方面无与伦比的时期。时至今日，这一时期仍被认为是穆斯林和阿拉伯人成就的顶峰。

结　语

1. 关于阿布迪·舒克里埃芬迪，见前文。

2. 这种结构虽然在英语中令人费解，但却迎合了［阿拉伯世界］读者对双关语的偏爱;［阿拉伯语原文为］: *ṣāḥib al-barāʿa wa-l-yarāʿa rabb al-ṭāliʿ al-saʿīd wa-dhū alnajāba wa-l-raʾy al-sadīd*。

3. 见前文。

4. 见前文。

5. 亚美尼亚人伊斯提凡·艾尔玛尼埃芬迪［Iṣṭifān (Eṣṭefān) Efendi al-Armanī］出生于土耳其中部的锡瓦斯，22岁时他去到巴黎学习民政管理。1831年回到埃及后，他被安排在公共教育部，负责管理设备，之后加入行政学院（*madrasat al-idāra*）。他是［留学团中］唯一一个重返巴黎的人，因为他在 1844 —1849 年期间担任埃及军事学校校长，同时担任穆罕默德·阿里的孙子艾哈迈德和伊斯玛仪（未来的赫迪夫）的导师。伊斯提凡贝伊甚至还娶了一位法国贵族，并参与了 1851 年埃及驻巴黎信息（或宣传）机构的创建。见 J. Heyworth-Dunne, 1939: 160, 243 及之后多页; A. Louca, 1970: 多处; J. Tagher, 1949; E. Jomard, 1828。

6. 这当然就是著名的艾尔廷贝伊，不过当时他还只是艾尔廷·西卡亚斯（Artīn Sikyās）。他于1804年出生于君士坦丁堡，拥有亚美尼亚血统，曾在巴黎学习民政管理。值得一提的是，他的弟弟胡斯鲁（Khusrū）也是留学团的成员。艾尔廷回到埃及后，对国家教育系统的现代化发挥了重要作用。他的第一个重要职务是1834年在布拉克新成立的工程学院（*al-muhandiskhāna*）的院长。一年后，他成为行政学院（*madrasat al-idāra*）的院长以及高级委员会（*al-majlis al-ʿalī*）的成员。1836年，他被任命为院校管理委员会主席。1839 年，他成为穆罕默德·阿里的秘书。1844 年，他接替信仰同宗教的他的庇护人布乌斯贝伊出任外交大臣。正是在这个职位上，他认识了法国作家马克西姆·迪·康和福楼拜（后者将他的名字转写为Hartim-Bey或Artim-Bey）。迪·康做了对他做了如下描述:“一个白发苍苍的亚美尼亚人，很瘦，不怎么诚实，他的眼神不定，巨大的鼻子像一个不完整的喙。”赫迪夫阿巴斯帕夏（1848—1854年在位）任命他为首相，之后他被指控犯有贪污罪，艾尔廷贝伊的政治生涯就这样戏剧性地提前结束了。为了逃避指控，他逃往君士坦丁堡，中途在贝鲁特停留时，又与福楼拜和迪·康相遇，三人同船前往罗德岛。他于1859年去世，他的一个儿子雅古布追随父亲的脚步，成为埃及的教育大臣（参考他的著作 *L'Instruction Publique en Egypte*, Paris, E. Leroux, 1890）。见 G. Flaubert, 1991: 103, 173; J. Heyworth-Dunne, 1939: 142–144, 159; A. Louca, 1970: 多处; A. Naaman, 1965: lxiv, 122; M. du Camp, 1882: I, 526。

7. 哈利勒埃芬迪于1806年出生于开罗，他曾在巴黎学习农业，随后又在南锡附近罗维尔的一个实验农场获得了一些实践经验。1832年初，他回到埃及。尽管他取得了优异的成绩，但他是资质和成就没有得到统治者认可的几个回国者之一。在某一阶段，哈利勒甚至主动提出担任导游，在古斯塔夫·福楼拜和马克西姆·迪·康访问埃及时，他与他们相遇了，福楼拜称他为“阿拉伯工程师”。哈利勒为他们提供了很大的帮助，并在所有埃及相关事务中提供了指导。据马克西姆·迪·康说，哈利勒曾在综合理工学院和法律学院上课，之后他又去里昂学习了商业和丝织。遗憾的是，没有任何记录可以证实他的说法。他补充说，穆罕默德·阿里曾要求哈利勒埃芬迪担任爰资哈尔的装订师，但他拒绝了，这导致他失去了统治者的青睐。他还提到，哈利勒后来还是皈依了新教，并获得了英国领事馆的津贴。若马尔翻译了哈利勒的一部作品，以*Mémoire sur le Calendrier Arabe avant l'Islamisme et sur la Naissance et l'âge du Prophète Mohammad*的书名出版（Paris, 1858）。哈利勒·马哈穆德还翻译出版了一本法国手册，译本名为《精通农业技术原则的宝典》（*Kanz al-barāa fī mabādī' fann al-zirāʿa*, Būlāq, 1243/1838）。见G. Flaubert, 1991: 245–246, 316; M. du Camp, 1882: I, 545–546, II, 472–473; A. Naaman, 1965: 200–203; A. Silvera, 1980: 14; A. Louca, 1970: 50, 115; E. Jomard, 1828: 99, 100; Ā. Nuṣayr, 189 (6/356)。

8. 艾哈迈德·尤素福埃芬迪于1806年出生于开罗，曾在巴黎学习化学，1832年回到埃及后，他在开罗造币厂工作，并被穆罕默德·阿里派往苏丹执行淘金任务，据说他还奉命参观了墨西哥的金矿（ʿU. Ṭūsūn, 1934: 43）。根据J. Heyworth-Dunne的说法，学习了农业并去了罗维尔的是艾哈迈德·尤素福埃芬迪而不是哈利勒，尤素福在那里开发了一种柑橘变种，这种柑橘在今天仍然以他的名字命名（阿拉伯语埃及方言*Yūsif Afandī*，即“橘子”）；J. Heyworth-Dunne, 1939: 151; A. Silvera, 1980: 15。

9. 即1831年2月13日至3月14日。

10. 当然，这应该是1814年（4月5日）。建于16世纪的枫丹白露城堡原是路易十四的秋季居所。拿破仑把它作为自己的王宫，而路易十八和查理十世则很少去那里。见M. Berthelot, 1886–1902: XVII, 737–742; P. Larousse, 1866–1876: VIII, 569–570。

11. 写这一段有关埃及学的内容并不令人意外，因为商博良不久前才破译了象形文字，这一发现将自拿破仑远征以来席卷法国的“埃及热”带到了新的高度。值得注意的是，商博良在塔赫塔维抵达法国的那一年被任命为卢浮宫埃及文物馆馆长，塔赫塔维返回埃及几个月后，商博良就去世了。

12. 毫无疑问，这实际上是对“胡夫”的错误音译，这位法老的希腊名字基奥普斯（Cheops）更为人所知。

13. 塔赫塔维似乎把基奥普斯和拉美西斯二世之子卡哈蒙瓦塞特混为一谈了，后者确实与金字塔有关，因为据说他修复了一些古迹，在萨卡拉（Saqqara）的金字塔［如乌纳斯（Unas）］和吉萨的金字塔［如孟卡拉（Mycerinus）］都发现了记载此事的碑文。见I. Edwards, 1985: 171及之后多页。

14. *al-farāʿina*（单数形式为*firʿawn*），该词实际上指的是穆斯林传统中的“法老”。在《古兰经》中（如第2章第49—50节、第7章第127及之后诸节），这个人物是穆萨和哈伦的敌人，而在《古兰经》注中，该词常常用来指称亚玛力人的（Amalekite）国王。

见*EI₁*, s.vv. “firʿawn” (A. Wensinck), “Mūsā” (Bernhard Heller)。

15. 实际书名为《关于传述之终极的心之所欲》(*Mushtahā al-ʿuqūl fī muntahā ʾl-nuqūl*)。见GAL, II, 150; Y. Sarkīs, 1928: 1084。

16. *barābī*(单数形式为*birba*)只用来指古埃及神庙(其他庙宇则用*maʿbad*,复数形式为 *maʿābid*)。这个词是科普特语借词:*p*(阳性冠词)+ *rpe*(寺庙);而*rpe*又可以溯源至古埃及语言中的*rpy*(又作*r-pr*)。见J. Černy, 1976: 138; W. Crum, 1939: 298b; R. Faulkner, 1976: 146。

17. 事实上,罗马有不少于5座方尖碑,第一座于1585年立在圣伯多禄大殿对面。巴黎的方尖碑(位于协和广场)来自卢克索的拉美西斯二世神庙,是穆罕默德·阿里在路易–菲利普登基时送给他的礼物。为了运送这座方尖碑,还造了一艘特殊的船(很恰当地起名为“卢克索号”),这座方尖碑直到1835年才运抵巴黎。由于场地的问题,又花了一年半的时间才完全立好(1836 年 10 月 25 日)。

18. 从历史上看,这是一段极为重要且在开罗不会被忽视的文字。穆罕默德·阿里并不重视古埃及的遗产,除非这遗产能帮助他结成联盟,或是能向意大利人贝尔佐尼(Belzoni)或法国领事德罗韦蒂等欧洲寻宝者施以恩惠,正是他们的收藏品构成了卢浮宫埃及文物馆的核心。同时,穆罕默德·阿里非常希望被视为像欧洲统治者一样的艺术赞助人,他在 1835 年8 月 15 日(希历1251 年4月20日)颁布了一项法令,禁止所有文物的出口。保护已发现的古埃及文物的任务被交给塔赫塔维,他将这些物品存放在语言学校,直到建立起博物馆为止!从塔赫塔维的立场来看,他在该立法过程中毫无疑问起到了关键作用,甚至可能参与了法令的实际起草。值得注意的是,商博良也与此有关。他在 1829 年 12 月结束他唯一一次的埃及之行时向穆罕默德·阿里提交了一份报告,他在报告中也强调了保护所有证明古埃及伟大和荣耀的古迹的必要性,这份报告后来作为附录被收入他所著的《埃及与努比亚来信》(*Lettres Ecrites d'Egypte et de Nubie*, Paris, Firmin Didot, 1833)。最后,值得补充的是,古埃及及其文明的主题出现在塔赫塔维的多部著作中,当然最引人注目的是后来成为埃及历史巨著的《伟大的陶菲克光耀下的埃及历史及伊斯玛仪后裔考》(1868),以及《埃及人习得当世嘉行之路径》(*Manāhij al-albāb al-Miṣriyya fī mabāhij al-ādāb al-ʿaṣriyya*, ed. M. ʿImāra, 1973–1980: I, 383–391)和《女孩与男孩的可靠指南》。(*al-Murshid al-amīn li-l-banāt wa-l-banīn*, ed. M. ʿImāra, 1973–1980: II, 455–457等)

19. 见前文。

20. 阿拉伯语原文*hādhā ḥāṣil mā kāna lakhkhaṣtu ḥasaba al-imkān*有所残缺,可以修正为*hādhā ḥāṣil ma kāna min hādhihi al-riḥla lakhkhaṣtuhā ḥasaba al-imkān*。

21. 阿拉伯语原文将*ʿirḍ*和*sharaf*作对比;前者表示与个人及其亲属名誉有关的荣誉,而后者指的是高社会等级或崇高地位(参见*sharīf*)。

22. 这后两句诗原是伊拉克讽刺诗人哈基姆(al-Ḥakam,卒于718年)所作。参见Abū ʿAlī Ismāʾīl b. al-Qāsim al-Qālī, 1950: II, 261,　又 见A. Beeston [S. Jayyusi], 1983: 409及之后多页。

23. 这是阿拉伯半岛南部两个部落的名字。见*EI₁*, s.vv. “ʿĀmir b. Ṣaʿṣaʿa” (Reckendorf),

"Salūl" (F. Krenkow)。

24. 前四句诗摘自犹太诗人赛玛乌埃勒·本·加利德·本·阿迪亚·艾乌西·加萨尼（al-Samaw'al Ibn Gharīḍ b. ʿĀdiyā' al-Awsī al-Ghassānī，卒于560年）写的一首长诗，最后两句诗的作者是阿穆尔·本·沙斯（ʿAmr b. Shaʿs，卒于约640年），他是先知穆罕默德的同族人和同时代人。参见al-Qālī, 1950: I, 269, 270。关于赛玛乌埃勒，见Y. Sarkīs, 1924: I, 1053–1054。

25. 阿拉伯语词*muḥsina*是一个伊斯兰法术语，指品行纯正的女子。

26. 波斯出生的艾布·卡西姆·马哈穆德·本·欧麦尔·宰迈赫舍里（Abū al-Qāsim Maḥmūd b. ʿUmar al-Zamakasharī, 1075–1144）是著名的语文学家、语法学家和《古兰经》注释家。见EI_1, s.v. 'al-Zamakhsharī' (C. Brockelmann)。

27. *al-ʿazīz*（万能的主）也是安拉的99个美名之一。见EI_1, s.vv. "ʿAzīz", "5iṭfīr" (B. Heller), 'Yūsuf b. Yaʿqūb' (B. Heller)。此处涉及的《古兰经》经文为第12章第29节（英译本：A. Arberry, 1983: 229）。

28. 语法学家、圣训和《古兰经》注释家艾希尔丁·穆罕默德·本·尤素福·艾布·哈彦·格拉纳提（Athīr al-Dīn Muḥammad b. Yūsuf Abū Ḥayyān al-Gharnāṭī, 1256–1344）拥有柏柏尔血统，出生于格拉纳达，他在广泛游历北非后，在埃及度过了大部分的人生。他是一位了不起的语言学家，不仅写过关于阿拉伯语的著作，还写过关于埃塞俄比亚语、波斯语和土耳其语的著作，并为这些语言写过语法书。见EI_1, s.v. "Abū Ḥaiyān" (M. Houtsma); *GALS*, II, 146。

29. 这是出生于苏尔（Tyre）的诗人阿卜杜·穆赫辛·本·穆罕默德·本·艾哈迈德·本·加里布·本·乌勒班·苏里（ʿAbd al-Muḥsin b. Muḥammad b. Aḥmad b. Ghālib b. Ghulbān al-Ṣūrī, 950–1028）。见ʿU. Kaḥḥāla [n.d.] : VI, 173, XIII, 402; Yāqūt, 1866–1873: I, 869。

30. 这是出生于特莱姆森（Tlemcen）的神秘主义诗人希哈布丁·艾布·阿巴斯·艾哈迈德·本·艾比·伯克尔·本·阿卜杜·瓦希德·本·艾布·哈加拉（Shihāb al-Dīn Abū al-ʿAbbās Aḥmad b. Yaḥyā b. Abī Bakr b. ʿAbd al-Wāḥid b. Abī Ḥajala, 1325–1375），这里提到的作品是一部名为《"拯救王"苏丹的糖罐》（*Sukkardān al-sultān al-malik al-nāṣir*）的诗集。ʿU. Kaḥḥāla [n.d.] : II, 201; *GAL*, II, 12–13, *GALS*, II, 5; M. de Slane, 1883–1895: 586–587.

31. 以下诗句出自前伊斯兰教产生之前［贾希利叶时期的］诗人祖海尔·本·艾比·苏勒玛（Zuhayr b. Abī Sulmā，卒于609年），他的许多诗都围绕着他心爱的乌姆·奥法（Umm ʿAwfā）展开，乌姆·奥法是他的第一任妻子（但被他休了）。见EI_1, s.v. "Zuhair b. Abī Sulmā" (F. Krenkow)。

32. 这是指不伦瑞克-吕讷堡公国的卡罗琳公主（1768—1821），她是乔治三世姐姐的女儿，因此也是乔治四世的表妹。这对夫妇在结婚仅8个月后就分居了。当她分居的丈夫成为摄政王时（1811—1820），卡罗琳被禁止进入宫廷。她在意大利流亡了好几年，因被指控通奸（特别是与她的意大利侍从巴尔托洛梅奥·佩尔加米通奸）而引发巨大争议。

33. 艾布·卡布斯·努阿曼·本·穆恩奇尔（Abū Qābūs al-Nuʿmān b. Al-Mundhir）是麦加以南希拉（al-Ḥīra）莱赫米王国的最后一位统治者（约580—602）。他的名字经常出现在阿拉伯古典诗歌中，但并不总是以正面的方式出现。见*EI*$_1$, s.v. ‘al-Nuʿmān b. Al-Mundhir’ (A. Moberg); ‘Lakhm’ (H. Lammens)。

34. 阿拉伯语词*kisrā*实际上是波斯语词*Khosrow*（阿拉伯语转写为*Khusraw*）的阿拉伯语化。虽然萨珊王朝只有两位名为"霍斯劳"的国王，即"不朽的灵魂"霍斯劳一世（Khosrow I Anūshirwān, 531–79）和"得胜王"霍斯劳二世（Khosrow II Parvīz, 590–628），但"霍斯劳"后来却被用作所有波斯国王的称号。见*EI*$_1$, s.v. ‘Kisrā’ (Cl. Huart)。

35. 这个词（字面义为"吹嘘""夸耀"）指的是一种延续至今的文学体裁，内容是"口水战"，往往涉及著名人物并虚构他们之间的交锋。见A. Beeston［R. Serjeant］, 1983: 118。

36. 这篇"争荣"文略有删节，出自科尔多瓦出生的艾哈迈德·本·穆罕默德·艾布·欧麦尔·本·阿卜迪·拉比（Aḥmad b. Muḥammad Abū ʿUmar b. ʿAbd al-Rabbih, 860–940）的著名文集《罕世瓔珞》(*al-ʿIqd al-farīd*，见，例如，A. Amīn, A. Al-Zayn, I. Al-Abyārī (eds), *Lajnat al-taʾlīf wa-l-tarjama wa-l-nashr*, Cairo, 1940, II, 4–9)。关于伊本·阿卜迪·拉比，见*EI*$_1$, s.v. ‘Ibn ʿAbd Rabbihi’ (C. Brockelmann); *GAL*, I, 154。

37. 当然，这就是著名的赛义夫·本·齐亚赞（Ṣayf Ibn Dhī Yazan）的故事，他把也门从阿比西尼亚的统治下解放出来，并在希拉阿拉伯国王的帮助下接掌也门。国王把他介绍给波斯（萨珊）统治者霍斯劳一世，后者于是出兵帮助也门人。不久之后，也门成为萨珊王朝的一个"总督辖地"（satrapy）。见P. Hitti, 1991: 65–66。

38. 下面是一首穆太奈比的诗，塔赫塔维是这么引出来的："穆太奈比以该部落成员的口吻说道。"

39. 艾纳斯·本·马立克·艾布·哈姆扎（Anaas b. Mālik Abū Ḥamza）从10岁起就是先知穆罕默德的仆人，是传述圣训最多的人之一。据说他活了很久（有的说是97岁，有的说是107岁），最终逝于巴士拉。见*EI*$_1$, s.v. ‘Anas b. Mālik Abū Ḥamza’ (A. Wensinck)。

40. *amīr al-mūʾminīn*"信士的长官"是哈里发（及自称哈里发者）使用的称号。见*EI*$_1$, s.v. (A. Wensinck)。

41. *dirrat*（偶作*darra*），而之前用的词是*sawṭ*"鞭子"。不过，严格来说，前者表示任何可用于击打的物体，从卷起的布匹到短棍。

42. 见前文。

43. 这里暗指的当然是作者的导师哈桑·阿塔尔，如前文所述，阿塔尔鼓励他的学生去了解欧洲的一切，并做此记述。

参考文献

1. 档案

AN: Archives Nationales in Paris at the Centre d'Acceuil et de Recherche des Archives Nationales (CARAN).

2. 阿拉伯语文献

al-ʿAbbādī, A. M. (ed.) (1971): *Tārīkh al-Andalus li-Ibn al-Kardabūs, wa-waṣfuhu li-Ibn al-Shabbāṭ. Naṣṣān jadīdān*, Madrid: Instituto de Estudios Islámicos.

ʿAbd al-Karīm, Aḥmad ʿIzzat (ed.) (1976): *ʿAbd al-Raḥmān al-Jabartī*, Cairo: al-Hayʾa al ʿĀmma li-l-Kitāb.

ʿAbd al-Karīm, A. ʿI. (1945): *Tārīkh al-taʿlīm fī ʿMiṣr*, 3 vols, Cairo: Maṭbaʿat al-Naṣr.

ʿAbd al-Karīm, A. ʿI. (1938): *Tārīkh al-taʿlīm fī ʿaṣr Muḥammad ʿAlī*, Cairo: Maṭbaʿat al-Nahḍa al-Miṣriyya.

ʿAbd al-Karīm, Muḥammad [n.d.]: *ʿAlī Mubārak (Ḥayātuhu wa-maʾāthiruhu)*, Cairo: Maṭbaʿat al-Risāla.

ʿAbd al-Mawlay, Maḥmūd (1977): *Madrasat Bārdū al-ḥarbiyya,* Tunis: MTE.

ʿAbduh, Ibrāhīm (1983): *Tārīkh al-Waqāʾiʿ al-Miṣriyya, 1828–1942*, Cairo: Maktabat al-Ādāb li-l-Ṭibāʿa wa-l-Nashr wa-l-Tawzīʿ.

ʿAbduh, I. (1951): *Taṭawwur al-ṣiḥāfa al-Miṣriyya*, 3rd edn, Cairo: Maṭbaʿat al-

Namūdhajiyya.

ʿAbduh, I. (1948): *Aʿlām al-ṣaḥāfa al-ʿArabiyya*, Cairo: Maṭbaʿat al-Namūdhajiyya.

Abū al-Fidāʾ (1840): *Taqwīm al-buldān*, ed. J. T. Reinaud and Mac Guckin de Slane, Paris: Imprimerie Royale; trans. (part I) J. Reinaud, Paris: Imprimerie Nationale (1848); trans. (part II), S. Guyard, Paris: Imprimerie Nationale (1883).

Abū ʿAlī al-Qālī (1950): *Kitāb al-amālī wa-l-dhayl wa-l-nawādir*, 2 vols, ed. M. ʿAbd al-Jawwād al-Aṣmāʿī, Cairo: Dār al-Kutub.

Abū Ḥamdān, Samīr (1993): *ʿAlī Mubārak al-mufakkir wa-l-muʿammir*, Beirut: Sharika al-ʿĀlamiyya li-l-Kitab.

'Allām, Mahdī, ʿAbd al-Ḥamīd Ḥasan, Muḥammad Khalaf Allāh Aḥmad, Aḥmad Badawī and Anwar Lūqā (eds.) (1958): *Mukhtārāt kutub Rifāʿ Rāfiʿ al-Ṭahṭāwī*, Cairo: Wizārat al-Tarbiyya wa-l-Taʿlīm.

Amīn, Aḥmad (1949): *Zuʿamāʾ al-iṣlāḥ fī al-ʿaṣr al-hadīth*, Cairo: al-Nahḍa al-Miṣriyya.

Badawī, Aḥmad Aḥmad (1959): *Rifāʿa Rāfiʿ al-Ṭahṭāwī*, 2nd edn, Cairo: Lajnat al-Bayān al-ʿArabī.

Badawī, Aḥmad A., Anwar Lūqā, Jamāl al-Dīn al-Shayyāl and Muḥammad A. Ḥusayn (1958): *Nashra ʿan kutub Rifāʿa Rāfiʿ al-Ṭahṭāwī*, Cairo: Dār al-Kutub al-Miṣriyya.

Badr, ʿAbd al-Muḥsin Ṭaha (1963): *Taṭawwur al-riwāya al-ʿArabiyya al-ḥadītha fī Miṣr, 1870–1938*, Cairo: Dār al-Maʿārif.

al-Bakrī, Abū ʿUbayd (1968): *Jughrāfiyā al-Andalus wa-Urūbā min al-Kitāb al-Masālik wa-l-Mamālik*, ed. ʿA. al-Ḥājjī, Beirut: Dār al-Irshād.

Bayram V, Muḥammad (1898): *Mulāḥaẓāt siyāsiyya ʿan al-tanẓīmāt al-lāzima li-l-dawla al-ʿaliyya*, Cairo: al-Maṭbaʿa al-Iʿlāmiyya.

Bayram V, M. (1884–1893): *Ṣafwat al-iʿtibār bi-mustawdaʿ al-amṣār wa-l- aqṭār*, 5 vols, Cairo: al-Maṭbaʿa al-Iʿlāmiyya.

Binbilghīth, al-Shībānī (1995): *al-Jaysh al-Tūnisī fī ʿahd Muḥammad al-Ṣādiq Bey (1859–1882). L'Armée Tunisienne à l'Epoque de Mohamed Sadok*

Bey, Zaghwān/Ṣfāqs: FTERSI/Faculté des Lettres et Sciences Humaines Université de Sfax.

Dāghir, Yūsuf (1972–1983): *Maṣādir al-dirāsa al-ʿArabiyya*, 4 vols, Beirut: Manshūrāt al-Jāmiʿa al-Lubnāniyya (Qism al-Dirāsāt al-Adabiyya).

al-Dimashqī, Shams al-Dīn (1866): [*Nukhbat al-dahr fī ʿajā'ib al-barr wa-l-baḥr*] *Cosmographie de Chems-ed-Din Abou Abdallah Mohammed ed-Dimichqui. Texte arabe, publié d'après l'édition commencé par M. Fraehn d'après les manuscrits de St- Pétersbourg, de Paris, de Leyde et de Copenhague*, ed. A. F. Mehren, Saint Petersburg; trans. A. F. Mehren, *Manuel de la cosmographie du Moyen Age traduit de l'arabe 'Nokhbet ed-Dahr fi ʿadjaibil-birr w al-bah'r de Shems ed-Dîn Abou-ʿAbdallah Moh'ammed de Damas et accompagné d'éclaircissements*, 1874, Copenhagen: C. A. Reitzel.

Dī Ṭarrāzī, Philippe (1913–1914): *Tārīkh al-ṣiḥāfa al-ʿarabiyya*, 4 vols, Beirut: al-Maṭbaʿa al-adabiyya.

Durrī, Muḥammad Bey al-Ḥakīm (1894): *Tārīkh ḥayāt al-maghfūr lahu ʿAlī Mubārak Bāshā*, Cairo: al-Mabaʿa al-Ṭibbiyya al-Durriyya.

Fikrī, Muḥammad Amīn (1892): *Irshād al-alibbāʾ ilā maḥāsin Ūrubbāʾ*, Cairo: Maṭbaʿat al-Muqtaṭaf.

al-Fīrūzābādī, Muḥammad b. Yaʿqūb [n.d.]: *al-Qāmūs al-muḥīṭ*, 4 vols, ed. M. M. b.al-Talamīd al-Turkuzī al-Shinqīṭī, Cairo: al-Maṭba'a al-Yamaniyya.

al-Gharnāṭī, Abū Ḥāmid (1925): 'Le Tuḥfat al-albāb de Abū Ḥāmid al-Andalusī al-Garnāṭī édité d'après les Mss 21267, 2168, 2170 de la Bibliothèque Nationale et le MS d'Alger', *Journal Asiatique*, 207, pp. 1–148, 195–303.

al-Ghassānī, Muḥammad b. ʿAbd al-Wahhāb, al-Wazīr (1884): *Voyage en Espagne d'un Ambassadeur Marocain (1690–1691)*, trans. H. Sauvaire, Paris: Ernest Leroux.

al-Ghazzāl, Aḥmad (1941): *Natījat al-ijtihād fī al-muhādana wa-l-jihād*, ed. A. Bustānī, Larache: Instituto General Franco para la investigación Hispano Arabe.

Ghurbāl, Shafīq (1932): *al-Jinrāl Yaʿqūb wa-l-fāris Laskārīs wa-mashrūʿ istiqlāl*

Miṣr fī sanat 1801, Cairo: Maktabat al-Maʿārif.

al-Ḥajarī, Aḥmad Qāsim (1987): *Nāṣir al-dīn ʿalā al-qawm al-kāfirīn*, ed. Muḥammad Razīq, Casablanca: Kulliyyat al-ādāb wa-l-ʿulūm al-insāniyya; ed./trans. P. Van Koningsveld, Q. al-Sāmarrāʾī & G. Wiegers, Madrid: Consejo Superior de Investigaciones Cientificias (1997).

al-Hamdānī (1968): [*Ṣifat Jazīrat al-ʿArab*] *al-Hamdânî's Geographie der arabischen Halbinsel nach den Handschriften von Berlin, Constantinopel, London, Paris und Strassburg*, ed. David Hezinrich Müller, Leiden: E. J. Brill.

Ḥamīda, ʿAbd al-Raḥmān (1984): *Aʿlām al-jughrāfiyyīn al-ʿArab*, Damascus: Dār al-Fikr.

Ḥamza, ʿAbd al-Laṭīf (1950): *Adab al-maqāla al-ṣuḥufiyya fī Miṣr*, vol. I, Cairo: Dār al-Fikr al-ʿArabī.

al-Ḥarāʾirī, Sulaymān (1861): *Guide de l'Afrique du Nord et de l'Orient (Conseils adressés aux Musulmans)*, Paris.

al-Ḥarāʾirī, S. (1860): *Risāla fī al-qahwa sammāhā al-qawl al-muḥaqqaq fī taḥrīm al-bunn al-muḥarraq aw tanbīh al-ghāfilīn ʿammā irtakabūhu min tanāwul al-bunn al-muḥarraq fī hādhihi al-sinīn*, Paris: G.-A. Picard.

Hasan, Muḥammad ʿAbd al-Ghanī and ʿAbd alm-ʿAzīz al-Dasūqī (1968): *Rawḍat al-madāris*, Cairo: al-Hayʾa al-Miṣriyya li-l-Kitāb.

Ḥasan, M. ʿA. (1968): *Ḥasan al-ʿAṭṭār*, Cairo: Dār al-Maʿārif.

Ḥasan, M. ʿA. (1949): *Aʿlām min al-sharq wa-l-gharb*, Cairo: Dār al-Fikr.

al-Ḥijāzī, Maḥmūd Fahmī (1975): *Uṣūl al-fikr al-ʿArabī al-ḥadīth ʿinda al-Ṭahṭāwī*, Cairo: al-Hayʾa al-Misriyya li-l-Kitāb.

al-Ḥimyarī, Ibn ʿAbd al-Munʿim (1938): [*Kitāb al-Rawḍa al-Miʿṭār fī Khabar al-Aqṭār*] *La Péninsule Ibérique au Moyen-âge d'après le Kitāb al-Rawd al-miʿtar fi khabar al-aqtār d'Ibn ʿAbd al-Munʿim al-Himyārī. Texte arabe des notices relatives à l'Espagne, au Portugal et au sud-ouest de la France, publié avec une introduction, un repertoire analytique, une traduction annotée, un glossaire et une carte*, ed./trans. E. Lévy-Provençal, Leiden: E. J.

Brill.

Ibn Abī al-Ḍiyāf, Aḥmad (1963–1965), *Itḥāf ahl al-zamān bi-akhbār mulūk Tūnis wa-ʿahd al-amān*, 8 vols, Tunis (Wizarat al-Thaqafa); partial ed. A. Raymond, *Présent aux Hommes de notre Temps. Chronique des rois de Tunis et du Pacte fondamental. Chapitres IV et V*, 2 vols, Tunis (IRMC/ISHMN/ALIF), 1994; A. Abdesselem, *Chapître VI (Chronique du règne d'Aḥmad bey). Edition critique, d'après 5 manuscrits, et résumé analytique annoté*, Tunis (Université de Tunis), 1971.

Ibn ʿĀshūr, Muḥammad al-Fāḍil (1972): *al-Ḥaraka al-adabiyya fī Tūnis*, Tunis.

Ibn Faḍlān, Aḥmad b. Ḥammād (1939): [*Risāla*] ed./trans. A. Zeki Validi Togan, *Ibn Fadlān's Reisebericht*, Leipzig: Kommissionsverlag F. A. Brockhaus.

Ibn al-Faqīh al-Hamadhānī, Abū Bakr (1885): *Kitāb al-buldān*, ed. M. J. de Goeje, Leiden: E. J. Brill.

Ibn Ḥawqal, Abū al-Qāsim (1938): [*Kitāb ṣūrat al-arḍ*] *Opus geographicum auctore Ibn Ḥauqal. Secundus textum et imagines codicis Constantinopolitani conservati in Bibliotheca Antiqui Palati No 3346 cui titulus est "Liber Imaginis Terrae"*, (*Bibliotheca Geographorum Arabicorum*, II), 2 vols, ed. J. H. Kramers, Leiden: E. J. Brill; trans. J. G. Kramers and G. Wiet: *Configuration de la Terre*, 2 vols, Paris: G.-P. Maisonneuve & Larose (1964).

Ibn Jubayr al-Kinānī, Abū al-Ḥusayn [n.d.], *Riḥla*, Cairo: n.p.; French trans. M. Gaudefroy-Demombynes: *Ibn Jobair: Voyages*, 4 vols, Paris: Paul Geuthner, 1949–1956.

Ibn Khaldūn (n.d.): *al-Muqaddima*, Cairo: n. p.; trans. Franz Rosenthal, *The Muqaddimah. An introduction to history*, 3 vols, London: Routledge & Kegan Paul (1986).

Ibn al-Khaṭīb (1956): *Kitāb Aʿmāl al-aʿlām*, 2nd ed., 2 vols, ed. E. Lévi-Provençal, Beirut: Dār al-Makshūf.

Ibn al-Khūja, M. (1331/1913): *al-Riḥla al-Nāṣiriyya bi-diyār al-Faransāwiyya*, Tunis: al-Maṭbaʿa al-rasmiyya al-Tūnisiyya.

Ibn al-Khūja, Muḥammad (1900): *Sulūk al-ibrīz fī masālik Bārīz*, Tunis: al-

Maṭbaʿa al-Rasmiyya al-Tūnisiyya.

Ibn Kur(ra)dādhbih, ʿUbayd Allāh b. al-Qāsim (1889): [*Kitāb al-masālik wa-l-mamālik*] *Kitāb al-Masālik wa-l-Mamālik auctore Abuʾl-Kāsim Obaidallah ibn Abdallah Ibn Khordādhbeh*, ed. M. J. de Goeje (*Bibliotheca Geographorum Arabicorum*, VI), Leiden: E. J. Brill.

Ibn Manẓūr, Jamāl al-Dīn (1299/1881–1308/1890–1891): *Lisān al-ʿArab,* 20 vols, Būlāq.

Ibn Munqidh, ʿUsāma (1886): *Kitāb al-iʿtibār*, ed. Hartwig Derenbourg, Paris: Ernest Leroux; trans. Philip Hitti, *An Arab-Syrian gentleman and warrior in the period of the Crusades; Memoirs of Usāma Ibn-Munqidh*, London: I. B. Taurus (1987).

Ibn al-Nadīm (1871–1872): *Kitāb al-fihrist*, 2 vols, ed. Gustav Flügel, Leipzig: F. C. W. Vogel.

Ibn Rustah, Abū ʿAlī Aḥmad b. ʿUmar (1892): [*al-Aʿlāq al-nafīsa*] *Ibn Rosteh. Kitāb al-aʿlāk an-nafîsa VII auctore Abû Ali Ahmed ibn Omar Ibn Rosteh* (*Bibliotheca Geographorum Arabicorum*, VII:2), 2nd edn, ed. M. J. Goeje, Leiden: E. J. Brill.

Ibn Saʿīd, Abū al-Ḥasan ʿAlī b. Mūsā (1958): *Kitāb basṭ al-arḍ fī al-ṭūl wa-l-ʿarḍ*, ed. Juan V. Gines, Tetuan: Maṭbaʿat Mawlāy al-Ḥasan.

Ibn Sālim, ʿUmar (1975): *Qābādū. Ḥayātuhu, āthāruhu wa-tafkīruhu al-Iṣlāḥī,* Tunis: al-Jāmiʿa al-Tūnisiyya.

Ibn Ṣiyām, Sulaymān (1852): *Kitāb al-Riḥla ilā bilād Faransā. Relation du voyage en France de Si Sliman-Ben-Siam*, Algiers: Imprimerie du Gouvernement.

Ibn Sudā, ʿAbd al-Salīm (1950): *Dalīl muʾarrikh al-Maghrib al-Aqṣā*, Tetuan.

al-Idrīsī (1970–1984): *Nuzhat al-mushtaq fī ikhtirāq al-āfāq*, 9 fasc., ed. E. Cerruli *et al.*, Naples/Rome; partial ed./trans. R. Dozy and M. J. de Goeje, 1866, Leiden: E. J. Brill (1866).

Ilyās, Adwār (1900): *Kitāb mashāhid Urubbā wa-Amrīkā*, Cairo: Maṭbaʿat al-Muqtaṭaf.

ʿImāra, Muḥammad (1988): *ʿAlī Mubārak, muʾarrikh wa-muhandis al-ʿumrān*,

Cairo: Dār al-Shurūq.

al-Iṣṭakhrī, Ibrāhīm b. Muḥammad (1927): [*Kitāb al-Masālik wa-l-mamālik*] *Viae regnorum: descriptio ditionis moslemicae auctore Abu Isḥák al-Fárisí al-Istakhrí* (*Bibliotheca Geographorum Arabicorum* I), ed. M. J. de Goeje, Leiden: E. J. Brill.

ʿIwaḍ, Luwīs (1962–1966): *al-Muʾaththirāt al-ajnabiyya fī al-adab al-ʿArabī al-ḥadīth,* 2 vols, Cairo: Dār al-Maʿrifa.

al-Jabartī, ʿAbd al-Raḥmān (1997): *ʿAjāʾib al-āthār fī al-tarājim wa-l-akhbār*, 4 vols, ed. ʿAbd al-ʿAzīz Jamāl al-Dīn, Cairo: Maktabat Madbūlī; ed. Ḥasan Muḥammad Jawhar, ʿAbd al-Fattāḥ al-Sarnajāwī, ʿUmar al-Dasūqī and Ibrāhīm Sālim, Cairo: Lajnat al-Bayān al-ʿArabī, 7 vols (1958–1967); English trans. Thomas Philipp, Moshe Perlmann *et al.*, Stuttgart: Franz Steiner (1994).

al-Jabartī, ʿA. (1975): [*Tārīkh muddat al-Faransīs*] *Al-Jabartī's chronicle of the first seven months of the French occupation of Egypt, Muḥarram-Rajab 1213/15 June–December 1798*, ed./trans. S. Moreh, Leiden: E. J. Brill.

al-Jabartī, ʿA. (1969): *Maẓhar al-taqdīs bi-dhahāb dawlat al-Faransīs*, ed. Ḥasan Muḥammad Jawhar and ʿUmar al-Dasūqī, Cairo: Lajnat al-Bayān al-ʿArabī.

Jayyid, Ramzī Mīkhāʾīl (1985): *Taṭawwur al-khabar fī al-ṣiḥāfa al-Miṣriyya*, Cairo: GEBO.

al-Jurjānī, al-Sharīf (1983): *Kitāb al-taʿrīfāt*, ed. Ibrāhīm al-Abyārī, Cairo: Dār al-Kutub al-ʿIlmiyya.

Kaḥḥāla, ʿUmar Riḍā [n.d.] (1957): *Muʿjam al-muʾallifīn. Tarājim muṣannifīn al-kutub al-ʿArabiyya*, 15 vols, Beirut: Dār al-Aḥyāʾ al-Turāth al-ʿArabī.

al-Kardūdī, Abū al-ʿAbbās (1885): *al-Tuḥfa al-saniyya li-l-ḥaḍrat al-sharīfa al-Ḥasaniyya bi-l-mamlaka al-Isbanyūliyya*, Mss no. 1282, Rabat Royal Library.

Khalaf Allāh, Muḥammad Aḥmad (1957): *ʿAlī Mubārak wa-āthāruhu*, Cairo: Anglo-Egyptian Library.

al-Khaṭṭābī, Muḥammad al-ʿArabī (1987): 'Mushāhadāt dīblūmāsī Maghribī fī Firansā ʿām 1845/1846 fī ʿahd al-Mawlā ʿAbd al-Raḥmān b. Hishām',

Da'wat al-Ḥaqq, no. 263 (March), pp. 19–29, no. 264 (April), pp. 36–48.

Khayr al-Dīn al-Tūnisī (1284/1867–1868): *Aqwam al-masālik fī ma'rifat aḥwāl al-mamālik*, Tunis: al-Maṭba'a al-Rasmiyya.

al-Khūrī, Y. (1967): 'al-'Arab wa Urūba', *al-Abḥāth*, 20, pp. 352–392.

al-Khwārizmī, Muḥammad, b. Mūsā (1926): [*Kitāb ṣurat al-arḍ*], ed. Hans von Mzik, *Das Kitāb ḥurat al-Arḍ des Abū Ja'far Muḥammad Ibn Mūsā al-Ḫuwārizmī: Herausgegeben nach dem handschriftlichen Unicum der Bibliothèque de l'Université et Régionale in Strassburg/Cod. 4247*, Leipzig: Otto Harrassowitz.

Krachkovskij, I. I. (1963): *Tārīkh al-adab al-jughrāfī al-'Arabī*, 2 vols, trans. Ṣalāḥ al-Dīn 'Uthmān Hāshim, Cairo: Lajnat al-Ta'līf wa-l-Tarjama wa-l-Nashr.

Lūqā, Anwar (1958): 'Thawrat al-nathr al-'Arabi yaqūduhā Rifā'a min Bārīz', *al-Risāla al-Jadīda*, October, pp. 44–45.

Majdī, Ṣāliḥ (1958): *Ḥilyat al-zamān fī manāqib khādim al-waṭan*, ed. Jamāl al-Dīn al-Shayyāl, Cairo: Maṭba'at Muṣṭafā al-Bābī al-Ḥalabī.

Marrāsh, Fransīs (1867): *Riḥla ilā Bārīs*, Beirut: al-Maṭba'a al-Sharqiyya.

al-Mas'ūdī, 'Alī b. Ḥusayn (1960–1979): *Murūj al-dhahab wa-ma'ādin al-jawhar*, ed. B. de Meynard and Pavet de Courteille (rev. C. Pellat), 7 vols, Beirut: Université Libanaise de Beirut; trans. C. Pellat: *Les Prairies d'Or*, 5 vols, Paris: Paul Geuthner (1962–1997).

al-Mas'ūdī, 'A. (1894): *Kitāb al-tanbīh wa-l-ishrāf* (*Bibliotheca Geographorum Arabicorum*, III), ed. M. J. de Goeje, Leiden: E. J. Brill.

al-Miknāsī, Muḥammad (1965): *Iksīr fī fikāk al-asīr*, ed. M. al-Fāsī, Rabat: al-Markaz al-Jāmi'ī li-l-Baḥth al-'Ilmī.

Mubārak, 'Alī (1979–1980): *al-A'māl al-kāmila*, 3 vols, ed. Muḥammad 'Imāra, Beirut: al-Mu'assasa al-'Arabiyya li 'l-Dirāsāt wa 'l-Nashr.

Mubārak, 'Alī (1305–1306/1886–1888): *al-Khiṭaṭ al-Tawfīqiyya al-jadīda li-Miṣr al-qāhira wa-muduniha wa-bilādihā al-qadīma wa-l-shahī*ra, 20 vols in four, Būlāq: al-Maṭba'a al-Amīriyya.

Mubārak, ʿA. (1882): *ʿAlam al-Dīn*, 4 vols, Alexandria: Maṭbaʿat Jarīdat al-Maḥrūsa.

al-Muqaddasī (1906): *Aḥsan al-taqāsīm fī maʿrifat al-aqālīm*, ed. M. J. de Goeje, Leiden: E. J. Brill.

Muruwwah, Adīb (1961): *al-Ṣiḥāfa al-ʿArabiyya. Nashʾatuhā wa-taṭawwuruhā*, Beirut: Dār Maktabat al-Ḥayāt.

Nadīm, ʿAbd Allāh (1897–1901): *Sulafāt al-nadīm fī muntakhabāt al-Sayyid ʿAbd Allāh Nadīm*, 2 vols, Cairo: Maṭbaʿat al-Hindiyya.

al-Najjār, Ḥusayn Fawzī (1967): *ʿAlī Mubārak, Abū al-taʿlīm* (Aʿlām al-ʿArab, no. 71), Cairo: Dār al-Kātib al-ʿArabī.

al-Najjār, Ḥusayn Fawzī [n.d.] (1966): *Rifāʿa al-Ṭahṭāwī* (Aʿlām al-ʿArab, no. 53), Cairo: al-Dār al-Miṣriyya li-l-Taʾlīf wa-l-Tarjama.

al-Naqqāsh, Mārūn (1869): *Arzat Lubnān*, Beirut: al-Maṭbaʿa al-ʿUmūmiyya.

Nuṣayr, ʿAida Ibrahim. (1990): *al-Kutub al-ʿarabiyya allatī nushirat fī Miṣr fī al-qarn al-tāsiʿ ʿashar. Arabic Books Published in Egypt in the Nineteenth Century*, Cairo: The American University in Cairo Press.

Qābādū, Maḥmūd (1984): *Dīwān*, ed. ʿUmar b. Sālim, Tunis: al-Maṭbaʿa al-ʿAṣriyya li-l-Ṭibāʿa wa-l-Nashr.

al-Qazwīnī, Zakariyyāʾ b. Muḥammad (1849): [*ʿAjāʾib al-makhlūqāt wa-āthār al-bilād*] ed. Ferdinand Wüstenfeld, *Zakarija Ben Muhammed Ben Mahmud el-Cazwini's Kosmographie. Erster Theil. ʿAjāʾib al-makhlūqāt. Die Wunder der Schöpfung. Aus den Handschriften der Bibliotheken zu Berlin, Gotha, Dresden und Hamburg*, Göttingen: Dieterischen Buchhandlung.

al-Qazwīnī, Z. (1848): [*thār al-bilād wa-l-akhbār al-ʿibād*], ed. Ferdinand Wüstenfeld, *Zakarija Ben Muhammed Ben Mahmud el-Cazwini's Kosmographie. Zweiter Theil. ʿAthār al-bilād. Die Denkmäler der Länder. Aus den Handschriften des Hn. Dr. Lee und der Bibliotheken zu Berlin, Gotha und Leyden*, Göttingen: Dieterischen Buchhandlung.

al-Rāfiʿī, ʿAbd al-Raḥmān (1987): *ʿAṣr Ismāʿīl*, 2 vols, Cairo: Dār al-Maʿārif.

al-Rāfiʿī, ʿA. (1954): *Shuʿarāʾ al-waṭaniyya fī Miṣr*, Cairo: Maktabat al-Nahḍa al-

Miṣriyya.

al-Rāfiʿī, ʿA. (1930): *ʿAṣr Muḥammad ʿAlī*, Cairo: Maṭbaʿat al-Fikra.

Ramaḍān, ʿAbd al-Jawād (1367/1948): "Bayna-l-Khashshāb wa-l-ʿAṭṭār", *Majallat al-Azhar*, XIX, pp. 32–35, 139–144, 220–225.

Riḍwān, A. (1953): *Tārīkh maṭbaʿat Būlāq wa-lamḥa ʿan tārīkh al-ṭibāʿa fī buldān al-sharq al-awsaṭ*, Cairo: al-Maṭbaʿa al-Amīriyya.

Ṣābāṭ, Khalīl (1958): *Tārīkh al-ṭibāʿa fī al-sharq al-ʿArabī*, Cairo: Dār al-Maʿārif.

Sāʿid Ibn Aḥmad, Abū ʾl-Qāsim (1967): *Ṭabaqāt al-umam*, ed. Muḥammad Baḥr al-ʿUlūm, Najaf: al-Maktaba al-Ḥaydariyya.

al-Salāwī, A. (1956): *Kitāb al-istiqṣā li-akhbār duwal al-Maghrib al-aqṣā*, 9 vols, Casablanca: Dār al-Kitāb.

al-Sanūsī, Muḥammad (1976–1981): *al-Riḥla al-Ḥijāziyya*, 3 vols, ed. ʿA. al-Shannūfī, Tunis: MTE.

al-Sanūsī, M. (1309/1891–1892): *al-Istiṭlāʿāt al-Bārīsiyya fī maʿraḍ sanat 1889*, Tunis: al-Maṭbaʿa al-Rasmiyya.

Sarkīs, Yūsuf Ilyās (1928): *Muʿjam al-maṭbūʿāt al-ʿarabiyya wa-l-muʿarabba, wa-huwa shāmil li-asmāʾ al-kutub al-maṭbūʿa fī al-aqṭār al-sharqiyya wa-l-gharbiyya maʿa dhikr asmāʾ muʾallifīhā wa-lamʿa min tarjamtihim wa-dhālika min yawm ẓuhūr al-ṭibāʿa ilā nihāyat al-sana al-hijriyya 1339 al-muwāfiqa li-sanat 1919 mīlādiyya*, 2 vols, Cairo: Maktabat al-Thaqāfa al-Dīniyya.

Sawāʿī, Muḥammad (1999): *Azmat al-muṣtalaḥ al-ʿArabī fī al-qarn al-tāsiʿ ʿashar: muqaddima tārīkhiyya ʿāmma*, Damascus: Institut Francais de Damas/Beirut: Dār al-Gharb al-Islāmī.

Sayyid Aḥmad, Aḥmad (1973): *Rifāʿa Rāfiʿ al-Ṭahṭāwī fī al-Sūdān*, Cairo: Lajnat al-Taʾlīf wa-l-Tarjama wa-l-Nashr.

al-Sharqāwī, ʿAbd Allāh (1281/1864–1865): *Tuḥfat al-nāẓirīn fī-man waliya Miṣr min al-wulāt wa-l-salāṭīn*, Cairo: Maṭbaʿat Muṣṭafā Wahbī.

al-Sharqāwī, Maḥmūd (1962): *ʿAlī Mubārak, ḥayātuhu wa-daʿwatuhu wa-āthāruhu*, Cairo: Anglo-Egyptian Library.

al-Sharqāwī, Maḥmūd (1955–1956): *Dirāsāt fī tārīkh al-Jabartī. Miṣr fī al-qarn al-thāmin ʿashar*, Cairo: Anglo-Egyptian Library, 2nd edn (1957).

Shaybub, Khalil (1948): *ʿAbd al-Raḥmān al-Jabartī* (Iqraʾ, no. 70), Cairo.

Shaykhū, Luwīs (1991): *Tārīkh al-ādāb al-ʿarabiyya 1800–1925*, Beirut: Dār al-Mashriq.

al-Shayyāl, Jamāl al-Dīn (1958): *al-Tārīkh wa-l-muʾarrikhūn fī Miṣr fī al-qarn al-tāsiʿ ʿashar*, Cairo: Dār al-Nahḍa.

al-Shayyāl, Jamāl al-Dīn (1958): *Rifāʿa Rāfiʿ al-Ṭahṭāwī*, Cairo: Dār al-Maʿārif.

al-Shayyāl, Jamāl al-Dīn (1951): *Tārīkh al-tarjama wa-l-ḥaraka al-thaqāfiyya fī ʿaṣr Muḥammad ʿAlī*, Cairo: Dār al-Fikr al-ʿArabī.

al-Shidyāq, Aḥmad Fāris (1881): *al-Wāsiṭa fī maʿrifat aḥwāl Mālṭa/Kashf al-mukhabbaʾ fī funūn Ūrubbā,* Istanbul: al-Jawāʾib.

al-Shidyāq, A. F. (1855): *al-Sāq ʿalā al-sāq fīmā huwa al-Fāryāq aw ayyām wa-shuhūr wa-aʿwām fī ʿajam al-ʿArab wa-l-Aʿjam. La Vie et les Aventures de Fariac*, Paris: Benjamin Duprat (Cairo: Maktabat al-ʿArab, 1919).

al-Ṭahṭāwī, Rifāʿa Rāfiʿ (1973–1980): *al-Aʿmāl al-kāmila li-Rifāʿa Rāfiʿ al-Ṭahṭāwī*, 4 vols, ed. Muḥammad ʿImāra, Beirut: al-Muʾassasa al-ʿArabiyya li-l-Dirāsāt wa-l-Nashr.

al-Ṭahṭāwī, R. R. (1285/1898): *Anwār tawfīq al-jalīl fī akhbār Miṣr wa-tawthīq banī Ismāʿīl*, 2nd edn, Būlāq.

al-Ṭahṭāwī, R. R. (1287/1871): *al-Qawl al-sadīd fī al-ijtihād wa-l-tajdīd*, Cairo: Wādī al-Nīl.

al-Ṭahṭāwī, R. R. (1279/1872–1873): *al-Murshid al-amīn li-l-banāt wa-l-banīn*, Cairo: Maṭbaʿat al-Madāris al-Malakiyya.

al-Ṭahṭāwī, R. R. (1254/1838): *al-Jughrāfiyā al-ʿumūmiyya*, 4 vols, Būlāq: Dār al-Matbaʿa al-Khudaywiyya.

al-Ṭahṭāwī, R. R. (1249/1833): *Qalāʾid al-mafākhir fī gharāʾib ʿawāʾid al-awāʾil wa-l-awākhir*, Būlāq: s.n.

Tājir, Jāk [n.d.]: *Ḥarakat al-tarjama bi-Miṣr khilāl al-qarn al-tāsiʿ ʿashar*, Cairo:

Dār al-Maʿārif.

Taymūr, Aḥmad (1967): *Aʿlām al-fikr al-Islāmī fī al-ʿaṣr al-ḥadīth*, Cairo: Lajnat Nashr al-Muʾallafāt al-Taymūriyya.

al-Turk, Niqūlā (1950): *Chronique d'Egypte (1798–1804)*, ed./trans. Gaston Wiet, Cairo: IFAO.

Ṭūsūn, ʿUmar (1934): *al-Baʿthāt al-ʿilmiyya fī ʿahd Muḥammad ʿAlī thumma fī ʿahday ʿAbbās I wa-Saʿīd*, Alexandria: Maṭbaʿat Ṣalāḥ al-Dīn.

Van Dyke, Edward Cornelius (1897): *Iktifāʾ al-qanūʿ fīmā huwa maṭbūʿ*, rev. by Muḥammad ʿAlī al-Babalāwī, Cairo: Maṭbaʿat al-Hilāl.

al-Wardānī Salīm (1888–1890): 'al-Riḥla al-Andalusiyya', *al-Hāḍira*, Nos 3–9, 11, 26–28, 30, 33–34, 37, 40–43, 53, 61–62, 76, 90–91, 94.

al-Yaʿqūbī, Aḥmad Ibn Abī Yaʿqūb (1892): [*Kitāb al-buldān*] *Kitāb al-boldān auctore Ahmed ibn abî Jakûb ibn Wādhih al-Kātib al-Jakûbî* (*Bibliotheca Geographorum Arabicorum*, VII:1), 2nd edn, ed. M. J. Goeje, Leiden: E. J. Brill.

Yāqūt al-Ḥamawī (1355/1936–1357/1938): *Muʿjam al-udabāʾ: Irshād al-arīb ilā maʿrifat al-adīb*, 20 vols, ed. A. F. Rifāʿī, Cairo: Maṭbaʿat al-Ma'mūn.

Yāqūt al-Ḥamawī (1866–1873): *Muʿjam al-buldān*, 6 vols, ed. Ferdinand Wüstenfeld, Leipzig: F. A. Brockhaus.

Yūnus, ʿAbd al-Ḥamīd (1994): *Khiyāl al-ẓill*, Cairo: al-Dār al-Miṣriyya li-l-Taʾlīf wa-l-Tarjama wa-l-Nashr.

al-Zabīdī, Abū al-Fayḍ Muḥammad Murtaḍā (1306–1307/1888–1890): *Tāj al-ʿarūs min sharḥ jawāhir al-qāmūs*, 10 vols, Cairo: al-Maṭbaʿa al-Khayriyya.

Zaydān, Jurjī (1957): *Tārīkh ādāb al-lugha al-ʿArabiyya*, new ed. rev. by Shawqī Ḍayf, 4 vols, Cairo: Dār al-Hilāl.

Zaydān, J. (1910): *Tarājim mashāhīr al-sharq fī al-qarn al-tāsiʿ ʿashar*, 2 vols, Cairo: Dār al-Hilāl.

Zaydān, Yūsuf (1996–1998): *Fihris makhṭūṭāt Rifāʿa Rāfiʿ al-Ṭahṭāwī*, 3 vols, Cairo: Maʿhad al-Makhṭūṭāt al-ʿArabiyya.

Zāyid, Saʿīd (1958): *ʿAlī Mubārak wa-aʿmāluhu*, Cairo: n.p.

Zaytūnī, Laṭīf (1994): *Ḥarakat al-tarjama fī ʿaṣr al-nahḍa*, Beirut: Dār al-Nahār li-l-Nashr.

3. 欧洲语言文献

ʿAbd al-Raziq, M. H. (1922): 'Arabic literature since the beginning of the nineteenth century', *Bulletin of the School of Oriental Studies*, II, 249–265, 755–762.

Abdel Moula, Mahmoud (1971): *L'Université Zaytounienne et la Société Tunisienne*, Tunis: Centre National de la Recherche Scientifique.

Abdesselam, Ahmed and Nebil Ben Khelil (1975): *Sadiki et les Sadikiens (1875–1975)*, Tunis: Cérès productions.

Abdesselem, Ahmed (1973): *Les Historiens Tunisiens des XVIIe, XVIIIe, et XIXe siècles. Essai d'histoire culturelle*, Paris: C. Klincksieck.

Abou-Seida, A. (1971): *Diglossia in Egyptian Arabic: Prolegomena to a pan-Arabic sociolinguistic study*, Unpublished PhD thesis, University of Texas at Austin.

Académie Française (1835): *Dictionnaire de l'Académie Française*, 2 vols, 6th edn, Paris: Firmin Didot Frères.

Agoub, Joseph (1824): *La Lyre Brisée*, Paris: Dondey-Duprey, père et fils.

Ahmed, Leila (1978): *Edward W. Lane*, London: Longman.

Ahmed M., 1968, *Muslim Education and the Scholars' Social Status*, Zurich.

Al-Husry, Khaldun S. (1966): *Origins of Modern Arab Political Thought*, Delmar, New York: Caravan Books.

Ali, Saïd Ismaïl (1994): 'Rifa'a al-Tahtawi (1801–1874)', *Perspectives*, XXIV, vol. XXIV, Nos 3–4, pp. 649–676.

Alleaume, G. (1982): 'L'orientaliste dans le miroir de la littérature arabe', *British Society for Middle Eastern Studies Bulletin*, 9:i, pp. 5–13.

Al-Qadi, Wadad (1981): "East and West in ʿAlī Mubārak's *Alamudddin*", in ed. Marwan Buheiry, *Intellectual Life in the Arab East, 1890–1930,* Beirut: AUB

Press, pp. 21–37.

Altman, Israel (1976): *The Political Thought of Rifāʿa Rāfiʿ aṭ-Ṭahṭāwī, a Nineteenth Century Egyptian Reformer*, Unpublished PhD dissertation, University of California.

Amor, Abdelfattah (1983): 'La notion d' "*umma*" dans les constitutions des états arabes', *Arabica*, XXX, pp. 267–289.

Ampère, Jean-Jacques (1881): *Voyage en Egypte et en Nubie*, Paris: Calmann-Lévy.

Arberry, Arthur J. (1983): *The Koran Interpreted*, Oxford: Oxford University Press.

Arnauld, Antoine and Pierre Nicole (1965): *La Logique ou l'Art de Penser contenant, outre les règles communes, plusieurs observations nouvelles, propres à former le jugement*, ed. Pierre Clair and François Girbal, Paris: Presses Universitaires de France.

Arnoulet, François (1994): 'L'enseignement congrégationiste en Tunisie aux XIXe et XXe siècles', *Revue du Monde Musulman et de la Méditerranée*, 72, pp. 26–36.

Arnoulet, F. (1954): 'La pénétration intellectuelle en Tunisie avant le Protectorat', *Revue Africaine*, 98, pp. 140–182.

Artin, Yacoub (1890): *L'Instruction Publique en Egypte*, Paris: Leroux.

Ashtiany, Julia, T. M. Johnstone, J. D. Latham, R. B. Serjeant and G. Rex Smith (eds) (1990): *The Cambridge History of Arabic Literature. ʿAbbasid belles-lettres*, Cambridge: Cambridge University Press.

Ashtor, Eliyahu (1969): 'Che cose sapevano i geografi Arabi dell'Europa occidentale?', *Rivista di Storia Italiana*, 81, pp. 453–479.

Aumer, Joseph (1866): *Die arabische Handschriften der K. Hof- und Staatsbibliothek in Muenchen* (Catalogus codicum manu scriptorum Bibliotheca Regiae Monacensis, $I/_2$), Munich: Palm'schen Hofbuchhandlung.

Auriant (1933): *Aventuriers et Originaux*, Paris: Gallimard.

Auriant (1923): 'Un précurseur du Docteur J.-C. Madrus', *Le Monde Nouveau*,

1–15 Sep., pp. 176–181.

Ayalon, Ami (1995): *The Press in the Middle East. A History*, Oxford: Oxford University Press.

Ayalon, A. (1989): 'Dimuqraṭiyya, ḥurriyya, jumhūriyya: the modernization of the Arabic political vocabulary', *Asian and African Studies*, 23:2, pp. 23–42.

Ayalon, A. (1987): 'From Fitna to Thawra', *Studia Islamica*, pp. 149–174.

Ayalon, A. (1984): 'The Arab discovery of America in the nineteenth century', *Middle Eastern Studies*, 20, pp. 5–17.

Ayalon, David (1960): 'The historian al-Jabartī and his background', *Bulletin of the School of Oriental and African Studies*, XXIII:2, pp. 217–249.

Ayalon, D. (1949): 'The Circassians in the Mamlūk kingdom', *Journal of the American Oriental Society*, 69, pp. 135–147.

Baccouche, T. (1994): *L'emprunt en arabe moderne*, Tunis: Beït Al-Hikma.

Baccouche, T. (1969): 'Description phonologique du parler arabe de Djemmal', in *Travaux de phonologie. Parlers de: Djemmal, Gabès, Mahdia (Tunisie), Tréviso (Italie)*, Tunis (C.E.R.E.S.), pp. 23–82.

Bachtaly C. (1934–1935): 'Un membre oriental de l'Institut d'Egypte: Don Raphaël (1759–1831)', *Bulletin de l'Institut Français d'Egypte*, XVII, pp. 237–260.

Badawi, M. M. (1993): *A Short History of Modern Arabic Literature*, Oxford: Clarendon Press.

Badawi, M. M. (ed.) (1992): *The Cambridge History of Arabic Literature. Modern Arabic Literature*, Cambridge: Cambridge University Press.

Badawi, M. M. (1988): *Early Arabic Drama*, Cambridge: Cambridge University Press.

Badger, George Percy (1895): *An English-Arabic Lexicon, in which the equivalents for English words and idiomatic sentences are rendered into literary and colloquial Arabic*, London: C. Kegan Paul & Co.

Baer, Gabriel (1962): *A History of Land Ownership in Modern Egypt, 1800–1950*, Oxford: Oxford University Press.

Bahgat, Ali (1900): 'La famille musulmane du général Abdallah Menou', *Bulletin de l'Institut Egyptien*, 4th series, 1:2, pp. 37–43.

Bahgat, A. (1898): 'Acte de mariage du général Abdallah Menou avec la dame Zobaïdah', *Bulletin de l'Institut Egyptien*, 3rd series, 9:2, pp.221–235.

Balayé, Simone (1988): *La Bibliothèque Nationale des Origines à 1800*, Geneva: Droz.

Balteau, J. *et al.* (eds) (1933): *Dictionnaire de Biographie Française*, Paris: Letouzey et Ané.

Bannerth, Ernst (1964–1966): 'La Khalwatiyya en Egypte. Quelques aspects de la vie d'une confrérie', *Mélanges de l'Institut Dominicain d'Etudes Orientales du Caire*, VIII, pp. 1–74.

Bargeton, René *et al.* (1981): *Les préfets du 11 ventôse du VIII au 4 septembre 1870. Répertoire nominatif et territorial*, Paris: Archives Nationales.

Barthélemy, A.-M. and Méry (1827): *La Bacriade ou la guerre d'Alger, poème héroï-comique en cinq chants*, Paris: A. Dupont.

Barthes, Roland (1972): *Le Degré Zéro de l'Ecriture suivi de nouveaux essai critiques*, Paris: Editions du Seuil.

Beeston, A. F. L., T. M. Johnstone, R. B. Serjeant and G. R. Smith (eds) (1982): *The Cambridge History of Arabic Literature. Arabic literature to the end of the Umayyad period*, Cambridge: Cambridge University Press.

Ben Halima, H. (1974): *Un Demi-siècle de Théâtre Arabe en Tunisie (1907–1957)*, Tunis: Publications de l'Université de Tunis, Faculté des lettres et sciences humaines de Tunis.

Ben Sedira, Belkassem (1882): *Dictionnaire Arabe-Français*, Algiers: A. Jourdan.

Berthelot, M. *et al.* (eds) (1886–1902): *La Grande Encyclopédie. Inventaire raisonné des sciences, des lettres et des arts*, 31 vols, Paris: Lamirault.

Bianchi T. X. (1843): 'Catalogue général des livres arabes, persans et turcs, imprimés à Boulac en Egypte depuis l'introduction de l'imprimerie dans ce pays', *Journal Asiatique*, série iv:2 (July-August), pp. 24–61.

Bibliothèque Nationale (1897–1981): *Catalogue Général des Livres Imprimés de la Bibliothèque Nationale*, 231 vols, Paris.

Bibliothèque Nationale (1878): *Notice des Objets Exposés*, Paris.

Bilici, Faruk (1989): 'Révolution française, révolution turque et fait religieux', *Revue du Monde Musulman et de la Méditerranée*, vol. 52–53:2/3, pp.173–185.

Bittar, André (1992): 'La dynamique commerciale des Grecs-catholiques en Egypte aux XVIIIe siècle', *Annales Islamologiques*, 26, pp. 181–196.

Blachère, Régis and Henri Darmaun (1957): *Extraits des Principaux Géographes Arabes du Moyen Age*, 2nd edn, Paris: C. Klincksieck.

Bocthor, Ellious (1882): *Dictionnaire Français-Arabe*, 2nd edn (rev. Caussin de Perceval), Paris: Firmin Didot.

Bozarslan, Hamit (1989): 'Révolution française et jeunes Turcs (1908–1914)', *Revue du Monde Musulman et de la Méditerranée,* vol. 52–53:2/3, pp.160–172.

Braune, Walther (1933): 'Beiträge zur Geschichte der neuarabischen Schrifttums', *Mitteilungen des Seminars für Orientalische Sprachen*, XXXVI:2.

Brocchi, Giovanni Batista (1841): *Giornale delle osservazioni fatte nei viaggi in Egitto, nella Siria e nella Nubia*, Bassano.

Brockelmann Carl (1937–1949): *Geschichte der arabischen Literatur*, 2 vols, 3 Suppl. vols, Leiden: E. J. Brill.

Brown, Leon Carl (1974): *The Tunisia of Ahmad Bey, 1837–1855*, Princeton: Princeton University Press.

Brugman, J. (1984): *An Introduction to the History of Modern Arabic Literature in Egypt*, Leiden: E. J. Brill.

Brunschvig, Robert (1965): 'Justice religieuse et justice laïque dans la Tunisie des deys et des beys jusqu'au milieu du XIXe siècle', *Studia Islamica*, 23, pp. 27–70.

Brunschvig, R. (1940–1947): *La Berbérie Orientale sous les Hafsides: des origines à la fin du XVe siècle*, 2 vols, Paris: Adrien-Maisonneuve.

Buchwald, Jed Z. & Diane Greco Josefowicz (2010): *The Zodiac of Paris: How an Improbable Controversy over an Ancient Egyptian Artefact Provoked a Modern Debate between Religion and Science*, Princeton NJ: Princeton

University Press.

Buonaventura, Wendy & Ibrahim Farrah (1998): *Serpent of the Nile: Women and Dance in the Arab World*, London: Saqi.

Butler, A. J. (1978): *The Arab Conquest of Egypt*, ed. P. M. Fraser, Oxford: Oxford University Press.

Butros, Albert (1973): 'Turkish, Italian and French loanwords in the colloquial Arabic of Palestine and Jordan', *Studies in Linguistics*, 23, pp. 87–104.

Cachia, Pierre (1990): *An Overview of Modern Arabic Literature*, Edinburgh: Edinburgh University Press.

Cachia, P. (1977): 'The Egyptian *mawwāl*', *Journal of Arabic Literature*, VIII, pp. 66–103.

Callens, M. (1955): 'L'hébergement à Tunisie. Fondouks et oukalas', *IBLA*, pp. 257–271.

Carré, Jean-Marie (1956): *Voyageurs et Ecrivains Français en Egypte*, 2nd edn, 2 vols, Cairo: Institut Français d'Archéologie Orientale du Caire.

Catafogo, Joseph (1858): *An English and Arab Dictionary in Two Parts, Arabic and English, and English and Arabic, in which the Arabic words are represented in the Oriental character, as well as their correct pronunciation and accentuation shewn in English letters*, 2 vols, London: Bernard Quaritch.

Caussin de Perceval, A. (1833): 'Relation d'un voyage en France par le Cheikh Réfaa', *Journal Asiatique*, 2ème série, XI, pp. 222–251.

Černy, Jaroslav (1976): *Coptic Etymological Dictionary*, Cambridge: Cambridge University Press.

Charles-Roux, François (1955): *Edme-François Jomard et la Réforme de l'Egypte en 1839*, Cairo: IFAO.

Chater, Khelifa (1984): *Dépendance et Mutation Précoloniales. La Régence de Tunis de 1815 à 1857*, Tunis: Université de Tunis.

Cheddadi, Abdessalam (1980): 'Le système de pouvoir en Islam d'après Ibn Khaldûn', *Annales ESC*, vol. 35:3–4, pp. 534–551.

Chenoufi, Ali (1976): 'Un rapport inédit en langue arabe sur l'Ecole de Guerre du

Bardo', *Cahiers de Tunisie*, 24, pp. 45–118.

Chenoufi, Moncef (1974): *Le Problème des Origines de l'Imprimerie et de la Presse Arabes en Tunisie dans sa Relation avec la Renaissance 'Nahda' (1847–1887)*, 2 vols, Lille: Université de Lille.

Choueiri, Youssef M. (1989): *Arab History and the Nation-state: a study in modern Arab historiography 1820–1980*, London: Routledge.

Clot-Bey, Antoine-Barthélemy (1943): *Mémoires*, ed. Jacques Tagher, Cairo: IFAO.

Clot-Bey, A. (1840): *Aperçu Général sur l'Egypte*, 2 vols, Paris: Fortin et Masson.

Clot-Bey, A. (1833): *Compte-rendu des Travaux de l'Ecole de Médécine*, Paris.

Cole, Juan R. (1980): 'Rifāʿa al-Ṭahṭāwī and the revival of practical philosophy', *Muslim World*, 70, pp. 29–46.

Colin, G. S. (1948): 'Histoire, organisation et enseignement de l'Ecole des Langues Orientales', in *Cent-Cinquantenaire de l'Ecole des Langues Orientales*, París: Imprimerie Nationale de France, pp. 95–112.

Cook, Michael (2000): *Commanding the Right and Forbidding the Wrong in Islamic Thought*, Cambridge: Cambridge University Press.

Courtalon, Corinne (ed.) (1995): *Guide Bleu. Paris*, Paris: Hachette.

Couty, Daniel (1988): *Histoire de la Littérature Française. XIXe siècle. Tome I: 1800–1851*, Paris: Bordas.

Crabbs, Jack A. Jr (1984): *The Writing of History in Nineteenth-century Egypt. A study in national transformation*, Cairo: The American University in Cairo Press/Detroit; Wayne State University Press.

Crum, W. E. (1929–1939): *A Coptic Dictionary*, Oxford: Oxford University Press.

Cuoq, Joseph M. (1979): *Journal d'un Notable du Caire*, Paris: Albin Michel.

Cuoq, J. M. (1975): *Recueil des Sources Arabes concernant l'Afrique Occidentale du VIIIe au XVIe Siècle (Bilād al-Sūdān)*, Paris: CNRS.

Daly, M. W. (ed.) (1998): *The Cambridge History of Egypt. Volume 2. Modern Egypt, from 1517 to the end of the twentieth century*, Cambridge: Cambridge University Press.

Davison, Roderic H. (1985): 'Vienna as a major Ottoman diplomatic post in the nineteenth century', in A. Tietze (ed.): *Habsburgisch-osmanische Beziehungen*, Vienna: Verlag des Verbandes der wissenschaftlichen Gesellschaften Österreichs, pp. 251–280.

de la Brière, L. (1897): *Champollion Inconnu: lettres inédites*, Paris: Plon.

Décobert, Christian (1989): 'L'orientalisme, des lumières à la Révolution, selon Silvestre de Sacy', *Revue du Monde Musulman et de la Méditerranée*, Nos 52–53:2–3, pp. 49–62.

de Goeje, M. J. (1879): *Bibliotheca geographorum arabicorum. IV. Indices, glossarium et addenda et emendanda ad part. I-III*, Leiden: E. J. Brill.

Dehérain, Henri (1939): 'Etablissements d'enseignement et de recherche de l'Orientalisme à Paris', *Revue Internationale de l'Enseignement*, pp.125–148.

Dehérain, H. (1938): *Silvestre de Sacy, ses Contemporains et ses Disciples*, Paris: P. Geuthner.

Derenbourg, Hartwig (1923): *Bibliothèque des Arabisants Français: Silvestre de Sacy*, 2 vols, Cairo: IFAO.

De Jong, F. (1983): 'The itinerary of Ḥasan al-ʿAṭṭār (1766–1835): a reconsideration and its implication', *Journal of Semitic Studies*, XXVIII:1, pp. 99–128.

Delanoue, Gilbert (1982): *Moralistes et Politiques Musulmans dans l'Egypte du XIXe Siècle (1798–1882)*, 2 vols, Cairo: IFAO.

Demeerseman, André (1978): 'La fonction de Cheikh al-Islam en Tunisie, de la fin du XVIIIème au début du XXème siècle', *IBLA,* 142, pp. 215–270.

Demeerseman, A. (1956): 'Un grand témoin des premières idées modernisantes en Tunisie', *IBLA*, pp. 343–373.

de Slane, Mac Guckin (1883–1895): *Catalogue des Manuscrits Arabes de la Bibliothèque Nationale*, 2 vols, Paris: Imprimerie Nationale.

de Tott, François (1784): *Mémoire sur les Turcs et les Tartares*, 4 vols, Amsterdam: M. DCC. LXXXV.

Didier, Charles (1856): *Cinq Cents Lieues sur le Nil*, Paris: Hachette.

Donini, Pier Giovanni (1991): *Arab Travellers and Geographers*, London:

IMMEL.

Dor, Edouard (1872): *L'Instruction Publique en Egypte*, Paris: Lacroix.

Douin, Georges (1926): *Les Premières Frégates de Mohammed Aly (1824–1827)*, Cairo: IFAO.

Douin, G. (1924): *L'Egypte Indépendante. Projet de 1801*, Cairo: IFAO.

Douin, G. (1923): *Une Mission Militaire Française auprès de Mohamed Ali*, Cairo: Société Royale de Géographie d'Egypte.

Dozy, Reinhard Pieter (1967): *Supplément aux Dictionnaires Arabes*, 2 vols, 3rd edn, Leiden: E. J. Brill/Paris: G. P. Maisonneuve-Larose.

Dozy, R. P. (1845): *Dictionnaire Détaillé des Noms des Vêtements chez les Arabes*, Amsterdam: Jean Muller.

Drevet, R. (Commandant) (1922): *L'Armée Tunisienne*, Tunis: Impr. Ch. Weber et Cie.

Du Bres, Charles (1931): 'Edme-François Jomard et les origines du Cabinet des cartes, *Bulletin de la Section de Géographie du Comité des Travaux Historiques et Scientifiques*, XLVI, pp. 1–133.

Du Camp, Maxime (1882–1883): *Souvenirs Littéraires*, 2 vols, Paris: Hachette.

Dunant, J. Henri (1858): *Notice sur la Régence de Tunis*, Geneva: Imprimerie de Jules-Gme Fick.

Dunlop, D. M. (1957): 'The British Isles according to medieval Arabic authors', *Islamic Quarterly*, IV, pp. 11–28.

Dupont-Ferrier, G. (1921–1925): *Du Collège de Clermont au Lycée Louis-le-Grand (1563–1920)*, 3 vols, Paris: De Boccard.

Edwards, I. E. S. (1985): *The Pyramids of Egypt*, rev. edn, Harmondsworth: Penguin.

EI_1, EI_2: see *Encyclopaedia of Islam.*

Eisenstein, H. (1994): 'Die Darstellung Europas an mittelalterlichen arabischen Weltkarten', in W. Scharfe (ed.): *Geschichte der Kartographie*, Berlin: Deutschen Gesellschaft für Kartographie, pp. 119–127.

Elatri, Salah (1974): *Les Rapports Etymologiques et Sémantiques des Langues Classiques et de la Langue Arabe*, Lille: Université de Lille.

El-Hajji, A. A. (1970): *Andalusian Diplomatic Relations with Western Europe during the Umayyad period (138–666 ah/755–976 ad)*, Beirut: Dar al-Irshad.

Encyclopaedia of Islam, 1st edn, 4 vols, Leiden/London (1913–1934; Supplement, 1938) [= EI_1]; 2nd edn, 12 vols, Leiden/London: E. J. Brill (1960–2005) [= EI_2].

Enani, M. M. (2000): *On Translating Arabic: A Cultural Approach*, Cairo: General Egyptian Book Organization.

Erlich, Haggai and Israel Gershoni (eds) (2000): *The Nile: Histories, Cultures, Myths*, Boulder, CO: Lynne Reiner Publishers.

Fahmy, M. (1954): *La Révolution de l'Industrie en Egypte et ses Conséquences Sociales au 19è Siècle*, Leiden: E. J. Brill.

Faroqhi, S. (1986): 'Coffee and spices: official Ottoman reactions to Egyptian trade in the later 16th century', *Wiener Zeitschrift für die Kunde des Morgenlandes*, 76, pp. 87–93.

Faulkner, Raymond O. (1976): *A Concise Dictionary of Middle Egyptian*, Oxford: Oxford University Press.

Fénelon, François de Salignac de la Mothe- (1995): *Les Aventures de Télémaque*, ed. Jacques Le Brun, Paris: Gallimard.

Ferchiou, Sophie (1970): *Techniques et Sociétés. Exemple de la fabrication de chéchias en Tunisie*, Paris.

Findley, Carter Vaughn (1989): *Ottoman Civil Officialdom. A social history*, Princeton: Princeton University Press.

Flaubert, Gustave (1991): *Voyage en Egypte*, ed. Pierre-Marc de Biasi, Paris: Grasset.

Fliedner, Stephan (1990): *ʿAlī Mubārak und seine Hiṭaṭ. Kommentierte Übersetzung der Autobiographie und Werkbesprechung*, Berlin: Klaus Schwarz Verlag.

Flottès-Dubrulle, A. (1989): *Trésors. Bibiliothèque Nationale*, Paris: Bibliothèque Nationale.

Foucaud, Jean-François (1978): *La Bibliothèque Royale sous la Monarchie de*

Juillet (1830–1848), Paris: Bibliothèque Nationale.

Frémaux, Jacques (1989): 'La France, la Révolution et l'Orient: aspects diplomatiques', *Revue du Monde Musulman et de la Méditerranée*, 52–53, pp.18–28.

Freytag, Georg Wilhelm (1830–1837): *Lexicon Arabico-Latinum praesertim ex Djeuhari Firuzabadique et aliorum arabum operibus adhibitis golii quoque et aliorum libris confectum accedit index vocum Latinarum Locupletissimus*, 4 vols, Halle: C.A. Schwetschke et Filium.

Fück, J. (1955): *Die arabischen Studien in Europa bis den Anfang des 20. Jahrhunderts*, Leipzig: O. Harrassowitz.

Furet, F. and J. Ozouf (1977): *Lire et Ecrire. L'alphabétisation des Français de Calvin à Jules Ferry*, Paris: Ed. de Minuit.

Gallagher, Nancy E. (1983): *Medicine and Power in Tunisia, 1780–1900*, Cambridge: Cambridge University Press.

Gallagher, N. E. (1977): *Epidemics in the Regency of Tunis, 1780–1880: a study in the social history of medicine*, Unpublished PhD thesis, UCLA.

Ganiage, Jean (1959): *Les Origines du Protectorat Français en Tunisie (1861–1881)*, Paris: P.U.F.

Gardet, Louis (1973): 'Quelques réflexions sur un problème de théologie et philosophie musulmanes: toute-puissance divine et liberté humaine', *Revue de l'Occident Musulman et de la Méditerranée (Mélanges Le Tourneau, I)*, 13–14, pp. 381–394.

Gasselin, Eduard (1880–1886): *Dictionnaire Français-Arabe (arabe vulgaire - arabe grammatical)*, 2 vols, Paris: Leroux.

Gellens, Simeon (1990): 'The search for knowledge in medieval Muslim societies: a comparative approach', in D. Eickelman and J. Piscatori (eds): *Muslim Travellers: Pilgrimage, Migration, and the Religious Imagination*, Berkeley/Los Angeles: Routledge, pp. 50–65.

Gilson Miller, Susan (1992): *Disorienting Encounters. Travels of a Moroccan scholar in France in 1845–1846*, Oxford: Oxford University Press.

Goby, J.-E (1953): 'Où vécurent les savants de Bonaparte en Egypte?', *Cahiers d'Histoire Egyptienne*, 5, pp. 290–301.

Göcek, M. F. (1986): *East Encounters West. France and the Ottoman Empire in the 18th century*, Istanbul: The Institute of Turkish Studies, Inc.

Goldziher, Ign. (1890): 'Alî Bāschā Mubārak: *al-khiṭaṭ al-Tawfīqiyya al-jadīda li-Miṣr al-Qāhira wa mudunihā al-qadīma wa 'l-shahīra*', *Wiener Zeitschrift für die Kunde des Morgenlandes*, 4, pp. 347–352.

Goodwin, Godfrey (1997): *The Janissaries*, London: Saqi.

Gorceix, Septime (1953): *Bonneval Pacha, pacha à trois queues, une vie d'aventures au XVIIIe siècle*, Paris: Plon.

Graf, Georg (1944–1953): *Geschichte der christlichen arabischen Literatur*, 5 vols, Vatican: Biblioteca Apostolica.

Gran, Peter (1979): T*he Islamic Roots of Capitalism: Egypt 1760–1840*, Austin, TX: University of Texas Press.

Guémard, Georges (1927): 'Les auxiliaires de l'armée de Bonaparte en Egypte (1798–1801)', *Bulletin de l'Institut d'Egypte*, 9, pp. 1–17.

Guidi, Ignazio (1909) : 'L'Europa occidentale negli antichi geografi arabi', *Florilegium ou Recueil de Travaux d'Erudition dédiés à Monsieur le Marquis Melchior de Vogüe à l'occasion du 84ème anniversaire de sa naissance*, Paris, pp. 263–269.

Guidi, I. (1877): 'La descrizione di Roma nei geografi arabi', *Archivio della Società di Storia Patria*, I, pp. 173–218.

Gunny, Ahmad (1978): 'Montesquieu's view of Islam in the *Lettres Persanes*', in Haydn Mason (ed.), *Studies on Voltaire and the Eighteenth Century*, CLXXIV, Oxford: Oxford University Press.

Haarmann, Ulrich (1988): 'Arabic in speech, Turkish in lineage: Mamluks and their sons in the intellectual life of fourteenth-century Egypt and Syria', *Journal of Semitic Studies*, XXXIII:1, pp. 81–114.

Habeisch, Joseph [and J. C. Lagoudakis] (1896): *Dictionnaire Français-Arabe*, 2nd edn, Paris: Boyveau et Chevillet.

Haddad, Geogre (1970): 'A project for the independence of Egypt, 1801', *Journal of the American Oriental Society*, pp. 169–183.

Hadj-Sadok (1948): 'Le genre "rihla"', *Bulletin d'Etudes Arabes*, VIII:40, pp. 195–206.

Hamilton, Alistair (1994): 'An Egyptian Traveller in the Republic of Letters: Josephus Barbatus or Abudacnus the Copt', *Journal of the Warburg and Courtauld Institutes*, 57, pp. 123–150.

Hamont, P. N. (1943): *L'Egypte sous Méhémet Ali*, 3 vols, Paris: Léautey et Lecointe.

Hattox, Ralph S. (1996): *Coffee and Coffeehouses. The origins of a social beverage in the medieval Near East*, Seattle.

Haywood, John (1971): *Modern Arabic Literature, 1800–1970. An introduction with extracts in translation*, London: Lund Humphries.

Heyd, Uriel (ed.) (1961): *Islamic History and Civilization*, Jerusalem: The Hebrew University.

Heyworth-Dunne, James (1940): 'Printing and translation under Muhammad ʿAlî: The foundation of modern Arabic', *Journal of the Royal Asiatic Society*, pp. 325–349.

Heyworth-Dunne, J. (1938): *An Introduction to the History of Education in Modern Egypt*, London: Luzac and Co.

Heyworth-Dunne, J. (1937–1942): 'Rifāʿa Badawī Rāfiʿ aṭ-Ṭāhṭāwī: the Egyptian revivalist', *Bulletin of the School of Oriental and African Studies*, IX (1937–1939), pp. 961–967; X (1940–1942), pp. 399–415.

Hinds, Martin and El-Said Badawi (1986): *A Dictionary of Egyptian Arabic. Arabic-English*, Beirut: Librarie du Liban.

Hinz, Walther (1970): *Islamische Masse und Gewichte umgerechnet ins metrische System*, Leiden: E. J. Brill.

Hitti, Philip K. (1991): *History of the Arabs*, 10th edn, Basingstoke: Macmillan.

Hoeffer, Ferdinand (ed.) (1862–1877): *Nouvelle Biographie Générale depuis les Temps les plus Reculés jusqu'à nos Jours*, 46 vols, Paris: Didot.

Holt, P. M. and M. W. Daly (1994): *A History of the Sudan: from the coming of Islam to the present day*, 4th edn, London: Longman.

Holt, P. M., Ann K. S. Lambton and Bernard Lewis (1990): *The Cambridge History of Islam. 2B. Islamic society and civilization*, Cambridge: Cambridge University Press.

Holt, P. M., Ann K. S. Lambton & Bernard Lewis (1988): *The Cambridge History of Islam. IA. The Central Islamic lands from the pre-Islamic times to the First World War*, Cambridge: Cambridge University Press.

Holt, P. M. (ed.) (1968): *Political and Social Change in Modern Egypt. Historical studies from the Ottoman conquest to the United Arab Republic*, Oxford: Oxford University Press.

Homsy, Gaston (1921): *Le Général Jacob et l'Expédition de Bonaparte en Egypte (1798–1801)*, Marseilles: J. Castanot.

Hopwood, Derek (1999): *Sexual Encounters in the Middle East: The British, the French and the Arabs*, Reading: Ithaca Press.

Hourani, Albert (1991): *A History of the Arab peoples*, London: Faber and Faber.

Hourani, A. (1989): *Arabic Thought in the Liberal Age 1798–1830*, Cambridge: Cambridge University Press.

Houtsma, M. (1888): *Uit de Oostersche correspondentie van Th. Erpenius, Jac. Golius en Lev. Warner. Eene bijdrage tot de geschiedenis van de beoefening der Oostersche letteren in Nederland*, Amsterdam: J. Müller.

Hugon, Henri (1913): *Les Emblèmes des Beys de Tunis*, Paris: Ernest Leroux.

Humbert, Jean Pierre Louis (1819): *Anthologie Arabe, ou choix de poésies arabes inédites, traduites en français, avec le texte en regard, et accompagnées d'une version latine littérale*, Paris: Treuttel et Würtz.

Imbs, Paul *et al.* (1971–1994): *Trésor de la Langue Française: dictionnaire de la langue du XIXe et du XXe siècle (1789–1960)*, 16 vols, Paris: Gallimard.

Jabre Mouawad, Ray 92001): *Lettres au Mont-Liban d'Ibn al-Qilāʿī (XVème siècle), publiées, traduites, commentées, précédées d'un aperçu historique du Mont-Liban aux XIVème–XVème siècles*, Paris: Paul Geuthner.

Jal, Auguste (1848): *Glossaire Nautique: repertoire polyglotte de termes de marine anciens et modernes*, 2 vols, Paris: Firmin Didot.

Jespersen, Otto (1912): *Growth and Structure of the English Language*, 2nd edn, Leipzig: B. G. Treubner.

[Jomard, Edme-François] (1831): 'Extrait d'une lettre adressée par le cheykh Refah, ancien élève de la mission égyptienne en France, à M. Jomard, Membre de l'Institut, etc. Kaire, 15 août 1831', *Nouveau Journal Asiatique*, VIII (November), pp. 534–535.

Jomard, E.-F. (1828): 'L'école égyptienne de Paris', *Journal Asiatique*, 2, pp. 96–116.

Jomard, E-F. *et al.* (eds) (1821–1830): *Description de l'Egypte ou Recueil des observations et des recherches qui ont été faites en Egypte pendant l'expédition de l'armée française*, 24 vols, Paris: Impr. C. L. F. Panckoucke.

Julien, Charles-André (1986): *Histoire de l'Algérie Contemporaine. I. La conquête et les débuts de la colonisation (1827–1871)*, Paris: Presses Universitaires de France.

Kahane, Henry, Renée Kahane, Andreas Tietze (1958): *The Lingua Franca in the Levant. Turkish nautical terms of Italian and Greek origin*, Urbana, IL: University of Illinois Press.

Kazimirski, A. de Biberstein (1860): *Dictionnaire Arabe-Français contenant toutes les racines de la langue arabe, leurs dérivés, tant dans l'idiome vulgaire que dans l'idiome littéral, ainsi que les dialectes d'Alger et de Maroc*, 2 vols, Paris: Maisonneuve et Cie.

Keddie, Nikki R. (ed.) (1972): *Scholars, Saints, and Sufis. Muslim religious institutions in the Middle East since 1500*, Berkeley: University of California Press.

Kennedy, Hugh (1986): *The Prophet and the Age of the Caliphates. The Islamic Near East from the sixth to the eleventh century*, London: Longman.

Kenny, Lorne M. (1967): ''Alī Mubārak: Nineteenth century Egyptian educator and administrator', *Middle East Journal*, 21, pp. 35–51.

Kenny, L. M. (1965): 'The Khedive Ismāʿīl's dream of civilization and progress', *Muslim World*, vol. LV, pp.143–155, 211–221.

Khoury, René (1978): 'Le mariage musulman du général Abdallah Menou', *Egyptian Historical Review*, XXV, pp. 65–93.

Al-Khozai, Mohamed A. (1984): *The Development of Early Arabic drama (1847–1900)*, London: Longman.

Köhbach, Manfred (1992): 'Çasar oder imperaṭor? – Zur Titulatur der römischen Kaiser durch die Osmanen nach dem Vertrag von Zsitvatorok (1606)', *Wiener Zeitschrift für die Kunde des Morgenlandes*, 82, pp. 223–234.

Kraïem, Mustafa (1973): *La Tunisie Précoloniale*, 2 vols, Tunis: Société Tunisienne de Diffusion.

Kreiser, Klaus (1995): 'Etudiants ottomans en France et en Suisse (1909–1912)', in D. Panzac (ed.), *Histoire Economique et Sociale de l'Empire Ottoman et de la Turquie (1326–1960)*, (Collection Turcica, vol. VIII), Paris: Peeters, pp. 843–854.

Laissus, Yves (2004): *Jomard, le dernier Egyptien*, Paris: Fayard.

Laissus, Y. (1998): *L'Egypte, une aventure savant 1798–1801*, Paris: Fayard.

Lane, William Edward (1923): *The Manners and Customs of the Modern Egyptians* (Everyman's Library, no. 315), London: J. M. Dent & Sons/New York: E. P. Dutton & Co.

Lane, W. E. (1863–1874): *Arabic-English Lexicon derived from the best and the most copious Eastern sources; comprising a very large number of words and significations omitted in the Kāmoos, with supplements to its abridged and defective explanations, ample grammatical and critical comments, and examples in prose and verse*, 5 vols, London: Williams and Norgate.

Lane-Poole, Stanley (1877): *Life of Edward William Lane*, London: Williams and Norgate.

Laqueur, Walter Z. (ed.) (1958): *The Middle East in Transition: Studies in Contemporary History*, New York: Frederick A. Praeger.

Larousse, Pierre (ed.) (1866–1876): *Grand Dictionnaire Universel du XIXe Siècle*,

15 vols (2 Sup., 1878–1890), Paris: Larousse.
Laurens, Henri (1997): *L'Expédition d'Egypte, 1798–1801*, Paris: Editions du Seuil.
Lemoine, Jean-Gustave (1932): 'Les anciens procédés de calcul sur les doigts en Orient et en Occident', *Revue des Etudes Islamiques*, pp. 1–58.
Lévi-Provençal, E. (1953): *Histoire de l'Espagne Musulmane*, Paris: Maisonneuve.
Lewis, Bernard (1994): *The Muslim Discovery of Europe*, London: Phoenix.
Lewis, B. (1985), 'Les concepts islamiques de Révolution', in Bernard Lewis, Tina Jolas, Denis Paulme–Schaeffner (ed.) *Le Retour de l'Islam*, Paris: Gallimard, pp. 51–67.
Lewis, B. (1971): *Race and Color in Islam*, New York: Harper and Row.
Lewis, B. (1969): *The Emergence of Modern Turkey*, 2nd edn, Oxford: Oxford University Press.
Lewis, B. (1964): *The Middle East and the West*, London: Weidenfeld and Nicolson.
Lewis, B. and P. M. Holt (eds) (1962): *Historians of the Middle East*, London: Oxford University Press.
Lewis B. (1953): 'Some observations on the significance of heresy in the history of Islam', *Studia Islamica*, I, pp. 43–63.
Livingston, John W. (1996): 'Western science and educational reform in the thought of Shaykh Rifa'a al-Tahtawi', *International Journal of Middle East Studies*, 28, pp. 543–564.
Louca, Anouar (1989): 'Yaqub et les lumières', *REMMM*, no. 52/53, pp. 63–76.
Louca, A. (1970): *Voyageurs et Ecrivains Egyptiens en France au XIXème Siècle*, Paris: Didier.
Louca A. (1958): 'Joseph Agoub', *Cahiers d'Histoire Egyptienne*, IX:5–6, pp.187–201.
Louca A. (1953): 'Ellious Bocthor, sa vie et son oeuvre', *Cahiers d'Histoire Egyptienne*, V:5–6, pp. 309–320.
Malet, Albert (1908): *Histoire Contemporaine, 1789–1900*, Paris: Hachette.

Marcel, H *et al.* (1907): *La Bibliothèque Nationale*, Paris: Librairie Renouard–H. Laureas, Éditeur.

Marsot, Afaf Lutfi al-Sayyid (1977): 'The wealth of the Ulama in late eighteenth century Cairo', in T. Naff and R. Owen (eds), *Studies in Eighteenth Century Islamic History*, Carbondale Southern Illinois University Press, pp. 205–216.

Marty, Paul (1935): 'Historique de la mission militaire française en Tunisie', *Revue Tunisienne*, pp. 171–207, 309–346.

Massé, André (1933): 'Les études arabes en Algérie (1830–1930)', *Revue Africaine*, 74, pp. 208–248.

Masson, Frédéric (1897–1919): *Napoléon et sa Famille*, 13 vols, Paris: P. Ollendorff.

Masson, F. (1881): 'Les Jeunes de Langues. Notes sur l'éducation dans un établissement des Jésuites au XVIIIe siècle', *Le Correspondant*, Nouvelle série, LXXXVIII.

McCarthy, Justin A. (1976): 'Nineteenth-century Egyptian population', *Middle Eastern Studies*, 12, pp. 1–39.

Messaoudi, Alain (2008): *Savants, conseillers, médiateurs : les arabisants et la France coloniale (vers 1830–vers 1930)*, Unpubl. PhD diss., Paris I Sorbonne.

Meyerhof, E. (1935): 'Esquisse d'histoire de la pharmacologie et de la botanique chez les Musulmans d'Espagne', *al-Andalus*, III, pp. 3–13.

Michaud (1854): *Biographie Universelle Ancienne et Moderne, ou Histoire par ordre alphabétique, de la vie publique et privée de tous les hommes qui se sont fait remarquer par leurs écrits, leurs actions, leurs talents, leurs vertus ou leurs crimes. Nouvelle édition, revue, corrigée et considérablement augmentée d'articles omis ou nouveaux*, 43 vols, Paris: C. Desplaces/Leipzig: G. A. Brockhaus.

Miquel, André (1967–1980): *La Géographie Humaine du Monde Musulman jusqu'au milieu du 11ème siècle. I. Géographie et géographie humaine dans la littérature arabe des origines à 1050. II. Géographie arabe et représentation du monde: la terre et l'étranger. Le milieu naturel*, 3 vols, Paris/New York/The Hague: Mouton.

Miquel, A. (1975): 'Rome chez les géographes arabes', *Comptes rendus des séances de l'Académie des Belles-Lettres*, pp. 281–291.

Miquel, A. (1966): 'L'Europe occidentale dans la relation arabe de Ibrāhîm b. Ya'qûb', *Annales ESC*, vol. 21, pp. 1048–1066.

Mollat, M. (1966): 'Ibn Batoutah et la mer', *Travaux et Jours*,18, pp. 53–70.

Monchicour, Charles (1929): *Documents Historiques sur la Tunisie: Relations inédites de Nyssen, Filippi et Calligaris (1788, 1829, 1834)*, Paris.

Monteil, Vincent (1960): *L'Arabe Moderne* (Etudes Arabes et Islamiques. Etudes et Documents, III), Paris: Klincksieck.

Moosa, Matti I. (1970): 'Early 19th-century printing and translation', *Islamic Quarterly*, XIV:4 (Oct.-Dec.), pp. 207–215.

Moreh, Shmuel (1990): 'The background of the mediaeval Arabic theatre: Hellenistic-Roman and Persan influences', *Jerusalem Studies in Arabic and Islam*, 13, pp. 295–329.

Morsy, Magali (1984): *North Africa 1800–1900. A survey from the Nile Valley to the Atlantic*, London: Longman.

Motzki, Harald (1979): *Dimma und Egalité. Die nichtmuslimischen Minderheiten Ägyptens in der zweiten Hälfte des 18. Jahrhunderts und die Expedition Bonapartes (1798–1801)*, Bonn: Selbstverlag des orientalischen Seminars.

Mzali, M. and J. Pignon (1934–1940): 'Documents sur Khéreddine', *Revue Tunisienne*, 18 (1934:2), pp. 177–226; 19–20 (1934), pp. 347–396; 21 (1935:1), pp. 50–80; 22 (1935:2), pp. 209–233; 23–24 (1935:3–4), pp. 289–307; 26 (1936:2), pp. 223–254; 1937, pp.209–252, 409–432; 1938, pp. 79–153; 1940, pp. 71–107, 251–302.

Naaman, Antoine Y. (1965): *Les Lettres d'Egypte de Gustave Flaubert d'après les manuscrits autographes*, Paris: Nizet.

Nallino, C. A. (1944): *Raccolta di scritti editi e inediti. V. Astrologia – Astronomia-Geografia*, Rome: Istituto per l'Oriente.

Nallino, Maria (1966): '"Mirabilia" di Roma negli antichi geografi arabi', in *Studi in onore di Italo Siciliano*, Florence: Olschki, pp. 875–893.

Nallino, M. (1964): 'Un'ineditta descrizione araba di Roma', *Annali Istituto Orientale di Napoli*, vol.14, pp. 193–197.

Nasrallah, Joseph (1958): *L'Imprimerie au Liban*, Beirut: Harissa (Imprimerie de Saint Paul).

Netton, Ian Richard (1996): *Seek Knowledge. Thought and travel in the House of Islam*, Richmond: Curzon Press.

Netton, I. R. (ed.) (1993): *Golden Roads. Migration, pilgrimage and travel in mediaeval and modern Islam*, Richmond: Curzon Press.

Netton, I. R. (1984): *Muslim Neoplatonists: an introduction to the thought of the Brethren of Purity (Ikhwan al-Safa')*, London: Routledge.

Newman, D. L. (2002a): 'Myths and realities in Muslim Alterist discourse: Arab travellers in Europe in the age of the *Nahda* (19th c.)', *Chronos*, 5, pp. 7–76.

Newman, D. L. (2002b): 'The European influence on Arabic during the *Nahḍa*: lexical borrowing from European languages (*ta'rīb*) in 19th-century literature', *Arabic Language & Literature*, Vol. 5, no. 2, pp. 1–32.

Newman, D. L. (2001): 'Arab travellers to Europe until the end of the 18th century and their accounts: historical overview and themes', *Chronos*, 4, pp. 7–61.

Newman, D. L. (1998): *19th-Century Tunisian Travel Literature on Europe: vistas of a new world*, Unpublished PhD dissertation, London: School of Oriental and African Studies.

Nicolle, David (1978): 'Nizam. Egypt's army in the 19th century', *Army Quarterly*, 108, pp. 69–78.

Noël, Jean-François and Pierre de la Place (1823): *Leçons Françaises de Littératures et de Morale, ou Recueil, en prose et en vers, des plus beaux morceaux de notre langue dans la littérature des derniers siècles: avec des Préceptes de genres, et des Modèles d'exercices*, 2 vols, Paris: Le Normand Père.

Orani E. (1983): '"Nation", "patrie", "citoyen" chez Rifāʿa al-Tahtāwî et Khayr-al-Dīn al-Tounsi', *Mélanges de l'Institut Dominicain d'Etudes Orientales du Caire*, 156, pp. 169–190.

L'Orient des Provençaux dans l'Histoire, Marseilles: Archives Départementales, 1984.

Owen, Roger (1993): *The Middle East in the World Economy, 1800–1914*, London: I. B. Tauris.

Padwick, Constance E. (1923–1925): 'Notes on the *jinn* and the *ghoul* in the peasant mind of Lower Egypt. Illustrated by transcripts of peasant tales taken from the lips of the fellāḥīn of the Menûfia Province, Lower Egypt', *Bulletin of the School of Oriental Studies*, III, pp. 421–446.

Panzac, Daniel (1989): 'Médecine révolutionnaire et révolution de la médecine dans l'Egypte de Muhammad Ali: le Dr. Clot-Bey', *REMMM*, no. 52–53, pp. 95–110.

Panzac, D. (1986): *Quarantaines et Lazarets: l'Europe et la peste de l'Orient*, Aix-en-Provence: Edisud.

Panzac, D. (1985): *La Peste dans l'Empire Ottoman*, Louvain: Peeters.

Parent-Lardeur, F. (1982), *Cabinets de Lecture. La lecture publique à Paris sous la Restauration*, Paris: Payot.

Paton, Archibald Andrew (1863): *A History of the Egyptian Revolution from the Period of the Mamelukes to the Death of Mohamed Ali: from Arab and European memoires, oral tradition and research*, 2 vols, London: Trübner.

Peled, M. (1979): 'Creative translation: towards the study of Arabic translations of Western literature since the 19th century', *Journal of Arabic Literature*, X, pp. 128–150.

Pérès, Henri (1957): 'L'Institut d'Egypte et l'oeuvre de Bonaparte jugés par deux historiens arabes contemporains', *Arabica*, IV, pp. 113–130.

Pérès, H. (1937): *L'Espagne Vue par les Voyageurs Musulmans de 1610 à 1930*, Paris: Librairie d'Amérique et de l'Orient Adrien-Maisonneuve.

Pérès, H. (1935–1940): 'Voyageurs musulmans en Europe aux XIXe et XXe siècles', *Mémoires de l'Institut d'Archéologie Orientale du Caire*, LVXIII (*Mélanges Maspero*), III, pp.185–195.

Philipp, Thomas and Guido Schwald (1994): *A Guide to ʿAbd al-Raḥmān al-Jabartī's History of Egypt*, Stuttgart: Franz Steiner (= first volume of *ʿAbd al-Raḥmān al-Jabartī*'s *History of Egypt*).

Philipp, Thomas (1985): *The Syrians in Egypt*, Stuttgart: Steiner-Verlag.

Plantet, Eugène (1930): *Les Consuls de France à Alger avant la Conquête, 1579–1830*, Paris: Hachette.

Polk, W. and R. L. Chambers (eds) (1968): *Beginnings of Modernization in the Middle East*, Chicago: Chicago University Press.

Pouillon, François, Jean Ferreux (Auteur), Lucette Valensi (eds) (2008): *Dictionnaire des orientalistes de langue française*, Paris: Karthala.

Quémeneur, Jean (1968): 'La Ruzname de M'hamed Belkhodja', *IBLA*, XXXI, pp. 17–44.

Quémeneur, J. (1967): 'Almanachs tunisiens', *IBLA*, no. 117, pp. 67–74.

Raphael, P. (1950): *Le Rôle du Collège Maronite Romain dans l'Orientalisme aux XVIIe et XVIIIe Siècles*, Beirut: Université Saint Joseph.

Raymond, André (1998): *Egyptiens et Français au Caire 1798–1801*, Cairo: IFAO.

Raymond, A. (1995): *Le Caire des Janissaires. L'apogée de la ville ottomane sous ʿAbd al-Raḥmān Kathkudā*, Paris: CNRS.

Raymond, A. (1993): *Le Caire*, Paris: Fayard.

Raymond, A. & Gaston Wiet (1979): *Les marchés du Caire. Traduction annotée du texte de Maqrīzī*, Cairo: IFAO.

Raymond, A. (1973): *Artisans et Commerçants au Caire au XVIIIe Siècle*, 2 vols, Beirut: Imprimerie Catholique/IFAO.

Raymond, A. (1969): 'Les bains publics au Caire à la fin du XVIIIe siècle', *Annales Islamologiques*, 8, pp. 129–150.

Rebhan, Helga (1986): *Geschichte und Funktion einiger politischer Termini im Arabischen des 19. Jahrhunderts (1798–1882)*, Wiesbaden: Otto

Harrassowitz.

Redhouse, James W. (1880): *Redhouse's Turkish Dictionary in Two Parts, English and Turkish, and Turkish and English, in which the Turkish words are represented in the Oriental character, as well as their correct pronunciation and accentuation shown in English letters*, 2nd ed. rev. Charles Wells, London: Bernard Quaritch.

Régnier, P. & A. F. Abdelnour (1989): *Les Saints-Simoniens en Egypte*, 1833–1851, Cairo: IFAO.

Reid, Donald Malcom (2002): *Whose Pharaohs? Archaeology, Museums and Egyptian National Identity from Napoleon to World War I*, Berkeley: University of California Press.

Reimer, Michael J. (1997): 'Contradiction and consciousness in ʿAlī Mubarak's description of al-Azhar', *International Journal of Middle East Studies*, 29, pp. 53–69.

Reinaud, Joseph-Toussaint (1831): 'Notice des ouvrages arabes, persans et turcs imprimés en Egypte', *Journal Asiatique*, 8, 2 sér., pp. 333–341.

Renan, Ernest (1947–1952): *Oeuvres Complètes*, 5 vols, ed. Henriette Psichari, Paris: Calmann-Lévy.

Ridley, Ronald T. (1998): *Napoleon's Proconsul in Egypt. The Life and Times of Bernardino Drovetti*, London: The Rubicon Press.

Rispler, V. (1991): 'Towards a new understanding of the term *bidʿa*', *Der Islam*, 68, pp. 320–328.

Rivlin, Helen Anne B. (1961): 'The railway question in the Ottoman-Egyptian crisis of 1850–1852', *Middle East Journal*, 15:4, pp. 365–388.

Ruphy, Jean-François (1802): *Dictionnaire Abrégé François-Arabe, à l'usage de ceux qui se destinent au commerce du Levant*, Paris: Imprimerie de la République.

Salem, Elie (1965): 'Arab reformers and the reinterpretation of Islam', *The Muslim World*, LV, pp. 311–320.

Salmoné, Anthony H. (1890): *An Arabic-English Dictionary on a New System*, 2 vols, London: Trübner.

Sawaie, Mohammed (2000): 'Rifaʿa Rafiʿ al-Tahtawi and His Contribution to the Lexical Development of Modern Literary Arabic', *International Journal of Middle East Studies*, 32: 3, pp. 395–410.

Sayili, A. (1960): *The Observatory in Islam*, Ankara: Turkish Historical Society.

Sauvaget, Jean (1948): *'Ahbār aṣ-ḥīn wa 'l-Hind. Relation de la Chine et de l'Inde*, Paris: Les Belles Lettres.

Savant, Jean (1949): *Les Mamelouks de Napoléon*, Paris: Calmann-Lévy.

Schacht, Joseph (1975): *The Origins of Muhammadan Jurisprudence*, Oxford: Oxford University Press.

Schacht, J. (1966): *An Introduction to Islamic Law*, Oxford: Oxford University Press.

Scheler, Auguste (1888): *Dictionnaire d'Etymologie Française d'après les résultats de la science moderne*, 3rd edn, Brussels: Th. Falk.

Schurchardt, H. (1909): 'Die Lingua Franca', *Zeitschrift für Romanische Philologie*, XXXIII:4, pp.441–461.

Sédillot, Louis-Amélie (1854): *Histoire des Arabes*, Paris: L. Hachette.

Sharabi, Hisham (1970): *Arab Intellectuals and the West: the formative years, 1875–1914*, Baltimore/London: Johns Hopkins Press.

Al-Sharqāwī, Maḥmūd (1960): ʿAlī Moubarak et la civilisation européenne', *Revue du Caire*, XXIII:239–240, pp. 1–14.

Shaw, Stanford J. (1971): *Between Old and New: the Ottoman Empire under Sultan Selim III (1789–1807)*, Cambridge, MA: Harvard University Press.

Shboul, Ahmed (1979): *Al-Masʿūdī and his World. A Muslim humanist and his interest in non-Muslims*, London: Ithaca.

Silvera, Alain (1980): 'The first Egyptian student mission to France under Muhammad Ali', *Middle East Studies*, XVI:2, pp. 1–22.

Silvera, A. (1971): 'Edme-François Jomard and Egyptian reforms in 1839', *Middle Eastern Studies*, VII:ii.

Smida, Mongi (1970): *Khéreddine. Ministre Réformateur, 1873–1877*, Tunis:

Maison Tunisienne de l'Edition.

Somekh, S. (1984): 'Colloquialized fuṣḥā in modern Arabic prose fiction', *Jerusalem Studies in Arabic and Islam*, 16, pp. 176–194.

Spiro, Socrates (1895): *An Arabic-English Vocabulary of the Colloquial Arabic of Egypt, containing the vernacular idioms and expressions, slang phrases, etc. etc., used by the native Egyptians*, Cairo.

Sraïeb, Noureddine (1995): *Le Collège Sadiki de Tunis, 1875–1956. Enseignement et nationalisme*, Paris: CNRS.

Starkey, Paul and Janet (eds) (1998): *Travellers in Egypt*, London: I. B. Tauris.

Stephen, Leslie and Sidney Lee (1937–1938): *The Dictionary of National Biography from the Earliest Times to 1900*, 21 vols/1 Sup., Oxford: Oxford University Press.

Stetkevych, Jaroslav (1970): *The Modern Arabic Literary Language. Lexical and stylistic developments* (Publication of the Center for Middle Eastern Studies, Number 6), Chicago: The University of Chicago Press.

Storey, Charles Ambrose (1939–1997): *Persian Literature: a bio-bibliographical survey*, London: Luzac.

Sublet, Jacqueline (1971): 'La peste prise aux rêts de la jurisprudence. Le traité d'Ibn Ḥajar al-ʿAsqalānī sur la peste', *Studia Islamica*, XXXIII, pp.141–149.

Tagher, Jacques (1951): 'Un agent de rapprochement entre l'Orient et l'Occident: Osman Noureddin Pacha', *Cahiers d'Histoire Egyptienne*, 3, pp. 392–405.

Tagher, J. (1950): 'Les locaux qui abritrèrent la mission scolaire à Paris existent toujours', *Cahiers d'Histoire Egyptienne*, II, pp. 333–336.

Tagher, J. (1949): 'Jacques de Valserre et la création du premier bureau égyptien d'information à Paris', *Cahiers d'Histoire Egyptienne*, I:3, pp. 221–229.

Thieme, Hugo P. (1933): *Bibliographie de la Littérature Française de 1800 à 1930*, 3 vols, Paris: Droz.

Tlili, Béchir (1974): *Les Rapports Culturels et Idéologiques entre l'Orient et l'Occident, en Tunisie, au XIXe siècle (1830–1880)*, Tunis: Université de Tunis.

Tlili, B. (1972a): 'La notion de *ʿumrān* dans la pensée tunisienne précoloniale',

Revue de l'Occident Musulman et de la Méditerranée, 12, pp. 30–56.

Tlili, B. (1972b): 'Autour du réformisime tunisien du XIXe siècle. La notion de liberté dans la pensée de Hayr ad-Dīn (1810–1889)', 77/78, pp. 59–85.

Toledano, Ehud R. (1990): *State and Society in Mid-nineteenth-century Egypt* (Cambridge Middle East Library: 22), Cambridge: Cambridge University Press.

Van Krieken, Gerardus (1976): *Khayr al-Din et la Tunisie (1850–1881)*, Leiden: E. J. Brill.

Van Nieuwkerk, Karin (1995): *A Trade Like Any Other: Female Singers and Dancers in Egypt*, Austin: University of Texas.

Vaperau, Gustave (1893): *Dictionnaire Universel des Contemporains, contenant toutes les personnes notables de la France et des pays étrangers, avec leurs noms, prénoms, surnoms et pseudonymes, le lieu et la date de leur naissance, leur famille, leurs débuts, leur profession*, 6th edn, Paris: Hachette (Sup. Paris, 1895).

Vatikiotis, Peter (1991): *The History of Modern Egypt from Muhammad Ali to Mubarak*, 4th edn, London: Weidenfeld and Nicolson.

Versteegh, Kees (1997): *Landmarks in Linguistic Thought. III. The Arabic linguistic tradition*, London: Routledge.

Versteegh, K. (1977): *Greek Elements in Arabic Linguistic Thinking*, Leiden: E. J. Brill.

Von Grünebaum, G.E. (1945): 'As-Sakkaki on Milieu and Thought', in *Journal of the American Oriental Society*, 65, p. 62.

Vollers, Karl (1887–1897): 'Beiträge zur Kenntnis der lebenden arabischen Sprache in Ägypten', *Zeitschrift der Deutschen Morgenländischen Gesellschaft*, 41 (1887), pp. 365–402; 50 (1896), pp. 607–657; 51 (1897), pp. 291–326, 343–364.

Vollers, K. (1893): ʿAlī Pasha Mubārak', *Zeitschrift der Deutschen Morgenländischen Gesellschaft*, 47, pp. 720–722.

Wahrmund, Adolf (1870): *Handwörterbuch der arabischen und deutschen Sprachen*, 2 vols, Giessen: Ricker.

Wallis Budge, E. A. (1895): *The Nile. Notes for travellers in Egypt*, 4th edn, London: Thos. Cook & Son (Egypt) Ltd.

Wassef, Amin Sami (1975): *L'Information et la Presse Officielle en Egypte jusqu'à la fin de l'occupation française*, Cairo: IFAO.

Wehr, Hans (1976): *A Dictionary of Modern Written Arabic*, ed. J. Milton Cowan, 3rd edn, Ithaca N.Y.: Spoken Language Services.

Wehr H. (1943): "Entwicklung und traditionelle Pflege der arabischen Schriftsprache in der Gegenwart", *Zeitschrift der Deutschen Morgenländischen Gesellschaft*, 97, pp. 16–46.

Wehr, H. (1934): *Die Besonderheiten des heutigen Hocharabischen mit Berücksichtigung der Einwirkung der europäischen Sprachen*, Berlin: Reichsdruckerei.

Wensinck, Arent Jan *et al.* (1992): *Concordance et Indices de la Tradition Musulmane. Les six livres, le Musnad d'al-Dārimī, le Muwaṭṭa' de Mālik, le Musnad de Aḥmad b. Ḥanbal*, 2nd edn, 4 vols, Leiden: E. J. Brill.

Wielandt, Rotraud (1980): *Das Bild der Europäer in der modernen arabischen Erzähl- und Theaterliteratur*, Beirut/Wiesbaden: Deutsche Morgenländische Gesellschaft.

Wiet, Gaston (1948): 'Le voyage d'Ibrahim Pacha en France et en Angleterre, d'après les archives européennes du Palais d'Abdine', *Cahiers d'Histoire Egyptienne*, I:1, pp. 78–126.

Wright, W. (1981): *A Grammar of the Arabic Language. Translated from the German of Caspari and edited with numerous additions and corrections*, 3rd edn (rev. by W. Robertson Smith and M. J. de Goeje), Cambridge: Cambridge University Press.

Yapp, M. E. (1991): *A History of the Near East. The making of the modern Near East, 1792–1923*, Harlow: Longman.

Yared, Nazek Saba (1996): *Arab Travellers and Western Civilization*, London: Saqi.

Young, M. J. L., J. D. Latham and R. B. Serjeant (eds) (1990): *The Cambridge History of Arabic Literature. Religion, learning and science in the ʿAbbasid period*, Cambridge: Cambridge University Press.

Zeki Validi Togan, A. (1937–1938): 'Bīrūnī's picture of the world', *Memoirs of the Archaeological Survey of India*, No. 53, pp. 90–104.

Zenker, Julius Theodor (1866): *Türkish-Arabisch-Persisches Handwörterbuch. Dictionnaire Turc-arabe-persan*, 2 vols, Leipzig: Wilhelm Engelmann.

Zolondek, L. (1965): 'French revolution in Arabic literature', *The Muslim World*, 57, pp. 202–211.

Zolondek L. (1964): 'al-Tahtāwī and political freedom', *The Muslim World*, 54, pp. 90–97.

转写说明

本书中阿拉伯语单词的转写采用《伊斯兰百科全书》(第2版)的转写方式，但有以下改变：k͟h = kh、d͟j = j、s͟h = sh、ḳ = q。转写方式不反映冠词*al*中的边音*l*与之后的所谓“太阳字母”(t、th、d、r、z、s、sh、ṣ、ṭ、ḍ、ẓ、n)的同化，如作者名转写作al-Ṭahṭāwī(而不是aṭ-Ṭahṭāwī)。按照通常的做法，词首位置的“海姆宰”(ʾ)不转写，所谓的“鼻音”也即常规的泛指名词词尾在全书中都不转写(除了宾格单数*-an*在有些情况下会转写)，两词连读时中间的辅助元音也不转写。地名采用英语中常见的约定俗成的形式，如Aleppo(而不是Ḥalab)。对于那些英语中没有固定名称的鲜为人知的城镇或地区名，采用转写形式，并一般会在后面用括号标出相应的英语形式，如Ṭahṭā(Tahta)。阿拉伯语的专业术语在转写后都用斜体表示，除了伊斯兰(Islam)、穆斯林(Muslim)或苏丹(sultan)等常识性词语。除了人们熟悉的如*ʿulamāʾ*(单数形式为*ʿālim*)这样的复数形式，阿拉伯语单词的复数以单数加上英语常规的复数标记*-s*的形式出现，如*sharīfs*(而不是*shurafāʾ*)。名词末尾标记“圆塔乌”出现在停顿位置之前时不转写，只有附在正偏组合的正次之后才转写成*t*，如*madrasa*和*madrasat* *al-alsun*。[①]

最后说明一下日期的格式。一般只给出格里高利历的日期，但当出现日期跨年或对应的格里高利历年份不明确的情况时，则会先标注穆斯林希吉来历[②]（阴历，始于公元622年，即先知穆罕默德从麦加迁徙到麦地那的那一年）的日期，如1236/1820–1821。

① 为更准确地反映阿拉伯语的拼写，根据学界的主流做法，中译本对英译本采用的转写方式做了微调：（1）转写不反映连读只反映实际书写，将诸如Abū 'l-Fidā' 这样的转写调整为Abū al-Fidā'；（2）转写反映阿拉伯语书写中冠词、部分连词和介词等与后面词语的连写，将诸如*wa mashrū'*这样的转写调整为*wa-mashrū'*。——译者注

② 中译使用“伊斯兰历”这一说法，简称“伊历”。——译者注

索　引

ʿAbbās I, Pasha 53, 54, 59, 68
al-Abbāsī, Muḥammad al-Mahdī 71
ʿAbd al-ʿĀl, Agha of Janissaries 158–159
ʿAbd al-ʿAṭī, Ḥammād 59
ʿAbd al-Raḥīm, Muḥammad bin 161
ʿAbd al-Raḥīm, al-Sayyid 161
ʿAbd al-Raḥmān al-Nāṣir 113
ʿAbd al-Rāziq, Muḥammad 49
ʿAbd al-Salām 69
ʿAbdī Efendi Shukrī 29, 75, 80, 132, 358
ʿAbduh, Muḥammad 37, 86
Abī'l-Qāsim al-Ṭahṭāwī, al-Sayyid Ḥurayz 161
Abū Dhaqn, Yūsuf Ibn 23
Abū al-Fidā Ismāʿīl b. Nāṣir, ʿImād al-Dīn 137, 138
Abū Ḥanīfa al-Nuʿmān, Imam 125
Abū Ḥayān, Shaykh Athīr al-Dīn 366
Abū Nuwās, al-Ḥasan b. Hāniʾ al-Ḥakamī 143
Abū Naẓẓāra Zarqāʾ *see* Sanua, James
Abū al-Qāsim, Sīdī Jalāl al-Dīn 31
Abū al-Qāsim al-Ṭahṭāwī, Sīdī Yaḥyā bin al-Quṭb al-Rabbānī 161
Abū al-Suʿūd, ʿAbd Allāh 49, 50–51
Abū Zaʿbal, School of Medicine 40, 42–43, 81, 82, 84, 89, 159
Académie Française 268
Adham, Ibrāhīm, Pasha 60, 61, 68
al-Afghānī, Jamāl al-Dīn 86
Agoub, Joseph-Elie 73–74, 355–357
Aḥmad Bey, of Tunis 20, 51, 85
Aḥmad b. Ḥanbal, Imam 125
Aḥmad b. Ibrāhīm Pasha 58
Aḥmad bin al-Mukhtār bin Mubashshir 137
Aḥmad Efendi Yūsuf 29, 82, 83, 360
al-Akhḍarī 258

ʿAkka (Acre) 168–169
ʿAlam al-Dīn 66–68
Alexander the Great 136, 138–139
Alexandria 136–138, 140–141
Algeria 78, 329–330
ʿAlī Fahmī, Bey 43, 58, 64, 70
Amīn Efendi 75, 83
al-Amīr 258
Ampère, Jean-Jacques 84
ʿAmr b. al-ʿĀṣ al-Sahmī 140
Anas b. Mālik 373–374
ʿAnbar Efendi 57
ʿAnḥūrī, Yūḥannā 41
al-Anṣārī, ʿAbd al-Ṣamad 32
al-Anṣārī, Abū al-Ḥasan ʿAbd al-Azīz 32
al-Anṣārī, Aḥmad al-Farghalī 32
al-Anṣārī, Farrāj, Shāf'ī 32
al-Anṣārī, Ibn Hishām 35
al-Anṣārī, Muḥammad, Shaykh 43
al-Anṣārī, Rifāʿa b. ʿAbd al-Salām al-Khaṭīb 32
Arabs
  freedom illustrated 369–374
  previous proficiency 111–112
Aristotle 130, 344
  categories 348–351
arithmetic 351–352
Armanius, King of Constantinople 113
Artīn Bey 29, 80, 83, 359–360
Asʿad, Muḥammad 29
astronomy 353–354
al-Aṭṭār, Aḥmad 29, 75
al-ʿAṭṭār, Ḥasan, Shaykh
  contacts with French scholars 36–37
  deplores French troops 37
  editor of *al-Waqāʾiʿ Miṣriyya* 40, 53
  endorses modernization 39
  mentor to Rifāʿa 34, 35, 36, 88, 103, 104
  on mirrors 158
  shaykh al-Azhar *36, 40*
  travels in Ottoman Empire 38
  writes preface to *Ṭakhlīṣ* 46
Avennes, Prisse d' 83
Awad, Joseph 73
al-Azhar, university 26, 29, 64, 90, 103, 259

Badawī Fatḥī Bey 43, 69
Bahāʾ al-Dīn Muḥammad b. Ḥusayn al-ʿĀmilī 115–116
Bajali, Eid 73
al-Bājūrī, Ibrāhīm 33
Bakri, Nathan 76, 77
balls and dancing 232–234
banking 246
al-Baqlī, Muḥammad ʿAlī Bāshā 42
Bardo Military School 51–52
Barthélemy, Auguste Marseille 76

Barthes, Roland 96
Bāsim, Rustam Efendi 46
al-Baṣīr, Sīdī ʿAlī 161
al-Bayḍāwī, Nāṣir al-Dīn ʿAbd Allāh 190
Bayram, Shaykh Muḥammad 152, 153
al-Bayyāʿ, Muḥammad Muṣṭafā 49
Bayyūmī, Muḥammad 55, 79, 80, 83
Bellefonds, Linant de 44, 68
Belliard, General 74
Bezout, Etienne 293
Bianchi, T.X. 78
Bibliothèque Royale 260–261
Blessed Isles 164, 166
Bocthor, Ellious (Ilyās Buqṭur al-Asyūṭī) 22
Boghos Bey, Yūsuf 27, 28, 73
Bokty, Joseph, Swedish consul-general 19
Bonaparte, Napoleon 18, 20, 21, 27–28, 150, 293, 307, 320, 332
Bonneval, Count Claude-Alexandre de 18
Bordeaux, Henri Dieudonné, Duke of (Henri V) 319, 320, 368
Bossuet, Jacques-Bénigne 355–357
Bourbon dynasty 193, 307, 320, 332–333
Boyer, General 28
Brugsch (Dutch Orientalist) 64
al-Bukhārī, Shaykh 3
al-Buraʿī, ʿAbd al-Raḥmān Ibn Aḥmad 56
Burhān al-Dīn 67
Burlamaqui, Jean-Jacques 295

Calligaris, Captain Luigi 52
Chabrol, Count de 78
charity 179, 240–245
Charles X, King of France 76, 77, 92, 308–309, 310, 314
  abdication 318–319, 331
  consultation by Chamber of Deputies 321
  mockery of 331–332
  refuses to change 317
  royal ordinances 310–311
  unilateral ordinances 310–311, 317
Charter
  Chamber of Deputies 203–205, 319, 321–325
  Chamber of Peers 201–203
  created 197, 198, 308
  electoral system 214–215
  government of the kingdom 200–201
  judges 205–206
  for justice 197–198
  ministers 205
  obligation to military service 214

remarks on ambition 210–211
remarks on freedom of expression 211–212
remarks on justice 208–209
remarks on tax 209–210
revision of personal rights 213
rights of the people 198–200
rights of the subjects guaranteed 207–208
Chesterfield, Philip Dormer Stanhope, Earl of 295
Chevalier, language teacher 75, 80, 292–297 *passim*, 305
Christianity
celibacy of clergy 253
defended by De Sacy 252–253
observed in name only 252
religious feasts 253–254
Clot-Bey, Antoine-Barthélémy 42, 48, 68, 81
Code Napoléon 69
Comte, Auguste 80
Condillac, Etienne Bonnot de 90, 91, 297
Copts 20–21, 22, 94, 143, 176–177, 210–211, 222, 234
Coste, Pascal 26

al-Damanhūrī, Muḥammad 33, 48
Damascus 38
al-Damhūjī, Aḥmad b. ʿAlī 34
Dār al-ʿUlūm (House of Sciences) 64
al-Dashṭūṭī, Muḥammad 29
al-Dasūqī, Ibrāhīm 67
Depping, Georges-Bernard 95, 144, 290
Desaix de Veygoux, General Louis Charles 74
Deval, Pierre, French consul 77
Didier, Charles 55, 84
Dioscorides, Pedanius 113
Drovetti, Bernardino, French consul-general 27, 28, 78, 81
du Camp, Maxime 74, 84
Dufrénoy, Madame 74

earth, roundness of 153, 164
Ecole Impériale Ottomane 85
Ecole Militaire Egyptienne 58, 84
education
Imperial Naval School 18
Military Engineering School 18
modernization 18
Enfantin, Barthélémy Prosper 44
Erpenius, Thomas 23
Erziehungsroman 68
Exposition Universelle, Paris (1900) 67

al-Faḍālī, Muḥammad Ibn Shāfiʿī 33

Fakhr, Bāsīl 21
Fāṭima, daughter of the Prophet 31
Fénelon, François de Salignac de la Mothe 55
Fikrī, ʿAbd Allāh 64
Firʿawn, Yūsuf 41, 42, 45
Flaubert, Gustave 74, 84
France
  governmental system 193–196
  political history 307–310
  political parties 306–307
  provisional government 316
Franks
  attitude of the other kings 333–334
  cleanliness praised 143–144
  divide knowledge between sciences and arts 334–335
  increasing power 113
  love of work 245
  proficiency in science 110–111, 130
  table manners and meals 154
French
  character traits 177–179
  charity 179
  cleanliness 222
  clothing of men and women 225–227
  dislike of blacks 184
  heresies in philosophical sciences 255–256
  language 185–186, 256–257
  literary ability 192
  place reason above religion 183
  sense of honour 365–366, 369
  sincerity 179–180

geography
  of Africa 122
  of America 122–123
  of Asia 121–122
  divisions of 353
  of Europe 119–121
  Islamic lands 124–130
  major cities 123–124
geometry 352
George IV, King of England 368–369
giraffe 76
Goldziher, Ignaz 66

Ḥadīth ʿĪsā b. Hishām 67
al-Ḥajarī, Aḥmad b. Qāsim 87
al-Ḥājarī, Ḥusām al-Dīn 178, 226
Halabi, Michel 73
Ḥalabī, Shaykh Sulaymān 264
Ḥalīm b. Muḥammad ʿAlī Pasha 58
al-Hamadhānī, (Aḥmad b. al-Ḥusayn) al-Badīʿ, 191
al-Ḥāqilī, Ibrāhīm 23
al-Ḥarāʾirī, Sulaymān 85
al-Ḥarīrī 158, 190

Hārūn al-Rashīd, Caliph 112
Ḥasan al-ʿAṭṭār, Shaykh 25
Ḥasan Bey, Algerian regent 77
Ḥasan Pasha, Interior Minister 56
Hāshim b. ʿAbd al-Manāf 125
al-Ḥaṣrūnī, Yūḥannā 23
Ḥātim al-Ṭāʾī 241
Haybah, ʿAlī 79
Heyworth-Dunne, J 44
Ḥilmī, Aḥmad 69
Hippocrates 130
history 355–357
homosexuality 181–182
hospitals 238, 242–243
Humbolt, Alexander, Baron von 90
Ḥusayn, Algerian ruler 77
Ḥusayn b. Muḥammad ʿAlī Pasha 58

Ibn Durayd 177
Ibn Ḥajala 367
Ibn al-Kardabūsī 342
Ibn Khaldūn 296
Ibn Mālik, Jamāl al-Dīn Abū ʿAbd Allāh Muḥammad b. ʿAbd Allāh 153
Ibn Muqaffaʿ 55
Ibrāhīm, ʿAlī 59, 65
Ibrāhīm Pasha 26, 53, 58, 78
Ilhāmī b. ʿAbbās Pasha 59
ʿĪsā b. Hishām 67
al-Iskandarānī, Ḥasan 29, 82–83, 89, 132, 359
al-Iskandārī, Ibn ʿAṭāʾ Allāh 33
Iskander Bey (Skanderbeg) 140
Ismāʿīl b. Ibrāhīm, Khedive 61, 69
Iṣṭifān Bey 58, 79, 83, 359
Iṣṭifān Ibn Bāsīl 113
Italy, advantages of 19–20

al-Jabartī, ʿAbd al-Raḥmān 34, 39
Jalāl, ʿUthmān Bey 50
Jardin des Plantes 263–264
Jaubert, Amédée 78
Jeunes de langue *22*
Jomard, Edme-François 27, 28, 40, 58, 73, 74, 79–80, 81, 95
  letter to al-Ṭahṭāwī 283–284, 300, 301
  praised by al-Ṭahṭāwī 133, 374–377
journals and newspapers 274–276, 311–312
judicial death 328–329
Jurnāl al-Khidiw 25

Kāmil, Ḥusayn 63
Kassāb, Muṣṭafā Ḥasan 42
Kemal, Namik 86
Khālid b. ʿAbd Allāh b. Abī Bakr al-Azharī 190
Khalīl b. Isḥāq Abū al-Mawada Ḍiyāʾ

al-Dīn 153
Khayr al-Dīn al-Tūnisī, Tunisian statesman 37, 52, 62, 66
Khiṭaṭ for Tawfiq regarding Cairo 66, 67
Khosrow, king of the Persians 369–373
al-Khūja, Muḥammad Ibn 66, 87
Khusrū, Muḥammad 29, 80
al-Kintāwī, Shaykh Muktār 153
Kléber, General Jean Baptiste 159, 264
knowledge, acquisition of 107–108
Koenig, Mathieu Auguste, Bey 43

La Truite (French naval vessel) 28
Lafayette, Marie Joseph, Marquis de 316
Lamartine, Alphonse Marie de 74
Lambert, Charles, Bey 44, 48, 58
Lane, Edward William 67
language
  classifications 335–336
  expression 337–338
  French 185–186
  on logic 344–348
  poetry 338–339
  rhetoric 342–344
  rules of syntax 336–337
  universality of grammar 188–189
  writing 339–342
latitude and longitude 164–166
  time differences 166–167
Laumonerie, Monsieur 292, 294
Lāzughlī, Muḥammad 35
Le Figaro (newspaper) 42
Legendre, Adrien-Marie 293
Les Aventures de Télémaque *55*
Lesseps, Ferdinand de 44, 68
Lhomond, Charles-François 292
Louca, Anouar 13
Louis XVIII, King of France 197, 251, 308
Louis-le-Grand college 22, 73, 86
Louis-Philippe 318, 319–320, 321, 323
  accepts election 323–325
  adopts title King of the French 322–323
  assumes power 319–320
  as King of France 20, 59, 324–325

Maʿan Ibn Zāyid 241
Maḥfūẓ, Nagīb 13
Maḥmūd, Circassian student 83
Maḥmūd, Khalīfa 48, 50
Maḥmūd, Khalīl 79, 83, 84, 360
Maḥmūd II, Sultan 152
Mahramjī, Musṭfa 79, 80
Majdī, Ṣāliḥ 47, 50, 69
Mālik, Imam 125
Malte-Brun, Conrad 290, 294
Mamlūk dynasties 17

al-Maʾmūn, Abū al-ʿAbbās ʿAbd Allāh
b. Hārūn al-Rashīd 112
al-Mannāʿī al-Tūnisī, Shaykh
Muḥammad 151, 153
al-Manṣūr, Caliph 242
al-Maqrīzī, Taqī al-Dīn 66
Marseilles
arrival 150
Christians from Egypt and Syria
158–159
coffee houses 155–157
spectacles 162
travel by carriage 162
Martignac, Jean-Baptiste Gaye,
Viscount of 327
Massābikī, Niqūlā 19, 24
Massābikī, Rafāʾīl 19
al-Masʿūdī, Abū al-Ḥasan b. ʿAlī b. al-
Ḥusayn 146, 233
Maẓhar, Turkish student 79, 80, 82
Mediterranean (Inner) Sea 141–142
Meḥmed, ʿArab-Zādeh, *Shaykh al-
Islām* 38
Mekka 38
Menou, General Jacques 159–161
Mill, John Stuart 80
al-Miṣrī, ʿAbd Allāh Ḥusayn 48
Missale Copto-Arabicum 22
missionary schools 24
Montesquieu, Charles de Secondat,
Baron de 90–91, 296
Morier, David, British consul 78
Moungel, French engineer 82
mourning 227
Mubārak, ʿAlī
at Qaṣr al-ʿAynī school 57–58
birth 56
early life 57
joins mission to Paris 58
Minister of Education 63
Minister of Public Works 62
Nile Barrages 61–62
praised for welcoming Franks
114–115
publications 66–68
recalled to Egypt 59
reorganizes government schools
59–60
requests grammar book 70
sent to Crimean War 60
sneers at al-Ṭahṭāwī 68
writes ʿAlam al-Dīn 66–68
writes *Khiṭaṭ* 66, 67
Muḥammad al-Alfī Bey 47
Muḥammad ʿAlī Pasha
conquest of Syria 45
death 53
decides on France for students 28
distributes al-Ṭahṭāwī's travelogue
46

firmān sent to mission 282–283
introduces European sciences 19
land reforms 32
pardons ʿAlī Mubārak 57
recalls all students 82
refuses to attack Algeria 78
respect for al-ʿAṭṭār 39
selects mission 29–30
sends people abroad 19
sends stream of students abroad 81
sets up Military School 26
sets up schools 25–26
suppresses political comment 53
walī of Egypt 17
Muḥammad, Prophet 31, 32, 56, 101, 344
Mukhtār, Muḥammad 80
Mukhtār, Muṣṭafā, Bey 29, 48, 132, 359
Muṣṭafā Bey, Algerian regent 77
Muṣṭafā III, Sultan 18
al-Mutannabī 341
al-Mutawakkil, Abū al-Faḍl Jaʿfar 112
al-Muwayliḥī, Muḥammad 67

Napoleon III, Emperor 62
Navarra, King of 322
Nicolas, Byzantine monk 113
Noël, François Joseph Michel 295
Nūbār Pasha 65
al-Nuʿmān Ibn al-Mundhir 369–373
Nūr al-Dīn, ʿUthmān 19, 24, 26, 28

Oglou, Colonel Papas 20
Orléans, Louis-Philippe, Duke of *see* Louis-Phillipe
Ottoman Sultan 84, 85, 333

Paris
academies 266–269
bathhouses 236–237
carnivals 234–235
carriage of people and goods 248–249
commercial life 249–250
correspondence and mail 249
distances from 167
doctors 237–238
eating and drinking 223–225
fireplaces 170
food of the people 222
guide to 105
housing of the people 216–220
learned Societies 269–271
libraries 260–263
medical sciences 238–240
museums 263
palm trees 171
public parks 235–236
religious tolerance 130–131
River Seine and bridges 174–175

Royal Observatory 265–266
royal schools and colleges 271–274
scholars superior to all others 254–255
soil and open spaces 175–176
soil, water and climate compared to Egypt 172–174
spellings 163–164
temperature and weather 167–170
visitors to royal palaces 220–221
wealth without extravagance 250–251
widespread scholarship 254–255
Paton, Archibald Andrew 84
patriotism 69
people
advancement of 108
categories of 108–110
Perceval, Causin de 286–289
critique of *Ṭakhlīṣ* 288
Pharaon, Joanny (Yūḥannā Firʿawn) 21, 41–42, 73
plague outbreak 45
Plato 130, 267, 344
Pliny 362
Polignac, Auguste Jules, Prince de 77, 78, 309, 310, 326, 327, 328–329, 330
printing, earliest 24
Ptolemy (Baṭlīmūs) the Second 115, 164
pyramids 361–362
Pythagoras 351

Qābādū, Maḥmūd 52
Qadrī Pasha, Muḥammad 50
al-Qāsim, Sayyid Badawī Rāfiʿ 31, 102
Qaṣr al-ʿAynī school 26, 46, 52, 57–58, 81
al-Qazwīnī, Zakariyyāʾ b. Muḥammad 171
al-Qilāʿī, Jibrāʾīl 23
quarantine 148, 150–152
Qurʾān 160–161, 256, 261, 342, 344
al-Quwīsnī Ḥasan al-Burhān 33

Racine, Jean 295
Rashīd Efendi 80
al-Rashīdī, Aḥmad Ḥusayn 49
Rawḍat al-Madāris *(journal)* 63–64
Reinaud, Joseph-Toussaint 89
Revolution (1830)
newspapers foment unrest 311–312
revolt of the National Guard 314–316
trial of royal councillors 325–329
Renan, Ernest 92–93
republic (*jumhūriyya*) 306, 307, 320, 332
Riyāḍ Pasha 65

Robillard, Captain 28
Rousseau, Jean Jacques 90, 91, 295, 296

Sabbag, Michel (Mīkhāʾīl al-Ṣabbāgh) 21
Ṣabbāgh, Ilyās 19
Sacy, Silvestre de 72, 79, 89, 92, 160–161, 189–191, 252–253, 301
  critique of *Ṭakhlīṣ* 285–286
  letters to al-Ṭahṭāwī 284–286
Ṣādiqi college 62–63, 85
al-Ṣaftī 168
al-Ṣaftī al-Sharqāwī, ʿAbd al-Raḥmān 143
al-Ṣahyūnī, Jibrāʾīl 23
Saʿīd I, Pasha 60, 61, 68
Saint-Simon, Claude Henri, Comte de 44
Saladin, Jules 289–290
Ṣalāḥ al-Dīn al-Ayyūbī 289
Salīm, Georgian student 80
Salles, Eusèbe de 73
Sanua, James (Yaʿqūb Ṣanūʿ) 86
al-Sanūsī, Muḥammad Abū ʿAbd Allāh 33
al-Sayyid, ʿAbd Allāh Bey 69
scholarship
  heresies contained in philosophy 255–256
  proficiency in sciences 255
  propensity for learning 257–258
  in rational sciences – not religion 259
  simplicity of language 256–257
sciences required 117–118
Sédillot, Louis-Amélie 66
Seguerra, Don Antonio de, Bey 43, 44, 46
Ségur, Paul-Philippe de 293
Selīm III, Sultan 18
al-Shāfiʿī, Imam 125
al-Shaʿrānī, Sīdī ʿAbd al-Wahhāb 161
Sharīf Pasha, Education Minister 62, 65
al-Sharīf al-Raḍī 131
al-Sharqāwī, ʿAbd Allāh, Shaykh 33, 35
al-Shihāb al-Ḥijāzī, Abū al-Ṭayyib Shibāb al-Dīn 168
Shkodër 38
Ṣiddīq, Ismāīl, Pasha, Finance Minister 63, 64
al-Simʿānī Simʿān Yūsuf (Assemanus) 23
Smith, Admiral Sir Sidney 78
spectacles 162, 230–232
Stowasser, Karl 13
Suez Canal 44, 62
Sulaymān Pasha al-Faransāwī (Colonel Joseph Sève) 44, 58, 68, 84

al-Ṣūrī, ʿAbd al-Muḥsin 367
al-Suyūṭī 341, 362
Syrian Christians, links to France 20, 21

al-Ṭahṭāwī, Rifāʿa Rāfiʿ
biography
at al-Azhar university 33–34
birth 31
calls for translators' school 46
chosen for mission 29, 36
death 71
director of military school 69
early education 32–33
editor of Waqāʾiʿ Miṣriyya *52*
edits *Rawḍat al-Madāris* (journal) 64, 70
exiled to Khartoum 54, 60
Father of Egyptian Nationalism 69
geographical works 45, 46
heads new translations 69–70
librarian at Qaṣr al-ʿAynī 46, 52
marriage and sons 43
preaches at Military School 35
project for people's schools 68
returns to Egypt 40
revises *Ṭakhlīṣ* 43
revises translations 42
second edition of *Ṭakhlīṣ* 53, 54
sets up Language School 47
teaches at medical school 40–43
translates Fénelon 55–56
unhappy transfer to military school 43–45
writes didactic poems 34–35
writes on education and history 70
European mission
at pension in Paris 75, 279–282
certificate from M. Chevalier 305
contacts in Marseilles 72–74
epilogue 358–365
examinations 300–305
final exam 78–79
graduates as translator 80–81
host to French authors 84
imaginary letter 297–300
initial reading and writing lessons 277–278
list of books read 292–297
recalled to Egypt 82
return to Egypt 361, 364
study regime 75–76
summary 365–359
Taouil, Gabriel (Jibrāʾīl al-Ṭawīl) 72
Tassy, Garcin de 78
Tawfīq Pasha 65
al-Thaʿlabī, Aḥmad b. Muḥammad Abū Isḥāq al-Nīsābūrī 209
theatres 228–330
Tott, Baron de 18
trade and business 246–247

Traité de l'Education des Filles 56
translation movement, military
  manuals 18
Ṭūkhī, Rafā'īl 22, 23
al-Tūnisī, Muḥammad b. ʿUmar 41
al-Ṭurṭūshī, Yaʿqūb 87
Ṭūsūn, Prince ʿUmar 82

ʿUmar b. al-Khaṭṭāb 140
ʿUrābī Pasha 65
al-ʿUrwa al-Wuthqā (periodical) 86

Villèle, Prime Minister 72
volcanoes 145–147
Vollers, Karl 66
Voltaire, François Marie de 90, 91, 295, 297

Wādī al-Nīl (newspaper) 51
al-Waqāʾiʿ al-Miṣriyya (periodical) 25, 40
wigs 227–228
women 180–182, 184–185, 221, 366, 368–369

Yaʿqūb Artīn 83
Yaʿqūb, Muʿallim 20–21, 72

Zakhūr, Rafā'īl Anṭūn 24
al-Zamakhsharī 366
al-Zarābī, Muṣṭafā Sayyid Aḥmad 49
Zeno 344